岩波文庫

30-029-1

後拾遺和歌集

久保田　淳
平田喜信　校注

凡　例

一　本書は、新日本古典文学大系『後拾遺和歌集』(久保田淳・平田喜信校注、岩波書店、一九九四年。以下、「新大系版」と略記)に基づき、注などを改編して文庫化した。

二　底本には、新大系版と同じく、宮内庁書陵部蔵『後拾遺和歌抄』(四〇五/八七)を用いた。

三　本文の校訂は、底本の明らかな誤写、誤脱と認められるものに限った。また、慣習として「の」を省いているものを補った。他本によって補入する場合には〔　〕、校注者の意によって補入する場合には(　)を付した。その場合、校訂に用いた左記の諸本および底本のもとの形を注に記した。

冷泉家時雨亭叢書(冷泉本)/陽明文庫蔵伝為家卿筆本(陽明為本)/陽明文庫蔵甲八代集本(陽明甲本)/陽明文庫蔵乙八代集本(陽明乙本)/太山寺蔵本(太山寺本)/正保四年(一六四七)刊二十一代集本(正保版本)/北村季吟八代集抄本(八代集抄本)/安政五年(一八五八)刊本(安政版本)

四　本文の翻刻は左の方針に拠った。

1 字体は、仮名・漢字ともに通行の字体に改めた。
2 仮名遣いは底本のままとし、歴史的仮名遣いと異なる場合には、歴史的仮名遣いを（　）にいれて右側に傍記した。
3 底本の仮名には清濁の区別がないが、校注者の見解によって、適宜、濁点を施した。
4 仮名には、適宜、漢字を当てて読解の便をはかったが、その場合、もとの仮名を振り仮名の形で残した。
5 反復記号「ゝ」「ゞ」「〳〵」は、原則として底本のままとした。ただし、品詞を異にする場合と、漢字を当てたために送り仮名扱いとした場合は、仮名に改め、反復記号を振り仮名の位置に残した。
6 難読漢字や新たに振り仮名を付した人名については、（　）にいれて歴史的仮名遣いで読みを記した。底本にある振り仮名は〈　〉で括った。
7 序や詞書には、適宜、句読点を施し、詞書の漢文体の箇所には訓点を施した。
8 底本には各巻の歌数、出典その他の書入れ、歌の主題や歌材を朱書した頭書が存するが、それらは翻刻の対象外とした。

五 本文の歌番号は、『新編 国歌大観』に従った。

六　和歌の注は、大意、出典（出典となった可能性のある諸資料）、語釈（○）、参考事項（▽）の順に掲げた。語釈に引用した底本・校合本、参考となる和歌本文で用いた〈　〉は、それぞれの歌に付された異文その他の傍書であることを示す。人名の解説は、概ね巻末の人名索引に譲った。

七　新大系版では、本文および注は、巻一―十を平田喜信が、序・巻十一―二十を久保田淳がそれぞれ分担執筆した。その際、武田早苗・船崎多恵子の両氏が先行注との対照作業に当たられた。今回の文庫化にあたり、巻一―二十の全ての注の改訂・整理を、久保田が担当した。

八　新大系版では、近藤みゆき・武田早苗・松本真奈美・安村史子の諸氏が作成された人名索引・地名索引を付したが、今回は容量の関係で地名索引は割愛した。人名索引は、作者や詞書・左注の人物の簡単な略歴を記し、歌番号を掲げたものである。今回の文庫化にあたり、久保田が改訂・整理をした。

九　新大系版にも掲載した底本にはない歌を本書にも「『後拾遺和歌集』異本歌」として収めた。

十　新大系版にも付録として本文のみを掲げた「後拾遺和歌抄目録序」は、今回は堀川貴司氏が新たに校訂・訓読された本文と訓読文を収めた。記して謝意を表する。

目次

凡例 ………………………………………… 三

後拾遺和歌抄序 ……………………………… 一〇
第一 春上 …………………………………… 一四
第二 春下 …………………………………… 八〇
第三 夏 ……………………………………… 九三
第四 秋上 …………………………………… 一一六
第五 秋下 …………………………………… 一七〇
第六 冬 ……………………………………… 一九〇
第七 賀 ……………………………………… 二一三
第八 別 ……………………………………… 二二七
第九 羇旅 …………………………………… 二五一
第十 哀傷 …………………………………… 二六六
第十一 恋一 ………………………………… 二九二
第十二 恋二 ………………………………… 三二二
第十三 恋三 ………………………………… 三五六
第十四 恋四 ………………………………… 三八四

第十五　雑一	四一〇
第十六　雑二	四二八
第十七　雑三	四四六
第十八　雑四	五一〇
第十九　雑五	五三〇
第二十　雑六	五五六

付　録

『後拾遺和歌集』異本歌 …………………………………… 六一二

後拾遺和歌抄目録序 ……………………………………… 六二五

解　説 ……………………………………（久保田　淳）…… 六三三

初句索引 …………………………………………………… 六六九

人名索引

後拾遺和歌集

後拾遺和歌抄序

[一]わが君天《きみあめ》の下《した》しろしめしてよりこのかた、[二]四《よつ》の[三]海波《うみなみ》の声聞《こゑき》こえず、[四]九《こゝのつ》の国貢《くにみつ》[五]き物絶《ものた》ゆることなし。おほよそ、[六]日のうちによろづのことわざ多《おほ》かる中《なか》に、[七]花《はな》の春《はる》、月の秋《あき》、折《をり》につけ、事《こと》にのぞみて、むなしく過《す》ぐしがたくなんおはします。これによりて、[八]近《ちか》くさぶらひ、遠《とほ》く聞《き》く人、[九]月にあざけり、風《かぜ》にあざけること絶《た》えず、[一〇]花《はな》をもてあそび、鳥《とり》をあはればずといふことなし。つゐ(ひ)に[一一]おほむ遊《あそ》びのあまりに、[一二]敷島《しきしま》の大和《やまと》歌集《うたあつ》めさせ給《たま》ふことあり。[一三]拾遺集に入《い》らざる[一四]中《なか》ごろのをかしき言《こと》の葉《は》、[一五]藻塩草《もしをぐさ》かき集《あつ》むべきよしをなむありける。

一 白河天皇。後三条天皇の皇子。延久四年(一〇七二)十二月八日践祚。本集の下命者で作者でもある。
二 四方の海の内。海内。
三 平和に治まって。「海」の縁語で「波」という。
四 古代中国で全土を九つの州に分けたことから、ここでは「四の海」の対として、日本国内の諸国をいう。「凡四海之内九州」(礼記・王制)。
五 帝威が行き渡っていることをいう。「みつきもの運ぶ船瀬のかけはしに駒のひづめの音ぞ絶えせぬ」(江帥集・承保元年(一〇七四)大嘗会主基方・風俗歌)。
六 天子として一日のうちに執り行うべき多くの政事。「万機」を和らげて「よろづのことわざ」と言った。「兢兢業業、一日二日万幾。無レ曠二庶官一」(書経・皐陶謨)。
七 四季の風物を春秋で代表させ、対句的に述べた。古今集・仮名序の「春の花のあした、秋の月の夜ごとに、さぶらふ人々を召して、事につけつつ、歌を奉らしめ給ふ」に倣った行文。
八 近侍する臣や遠い地方で帝のことを聞く人。
九 月や風に対して勝手気ままに歌を口ずさむことが絶えない。「吟レ山歌レ水嘲二風月一、便是三年官満時」(白氏文集・巻二三・留題郡斎)。
一〇 花や鳥を愛玩しいつくしんで歌を詠む。「月にあざけり…」と対になる文章。
一一 御遊。
一二 和歌。「敷島の」は「やまと」にかかる枕詞。
一三 拾遺和歌集。第三番目の勅撰和歌集。
一四 少し以前のすぐれた和歌。具体的には、天暦(九四七―九五七)の末年以降をさすか。
一五 詠草。「かき集む」の枕詞のように用いた。「もしほ草かき集めたる絵島には花咲く春ぞ色はとりける」(定頼集)、「恨みわび涙絶えせぬ藻塩草かきあつめても潮垂れぞます」(成尋阿闍梨母集)。

仰《おほ》せをうけたまはる[一]われら、[二]朝《あした》にみことのりをうけたまはり、夕《ゆふ》べにのべのたぶこと、まことにしげし。この仰《おほ》せ、心《こゝろ》にかゝりて思《おも》ひながら、年《とし》を送《おく》ること、[三]九《こゝの》かへりの春秋《はるあき》になりにけり。

[四]いぬる応徳のはじめの年《とし》の夏《なつ》、水《みな》無月の二十日《はつか》あまりのころほひ、[五]八《や》座《くら》の官《つかさ》にそなはりて、[六]いつかの暇《いとま》も妨《さまた》げなし。そのかみの仰《おほ》せを[七]老蘇《おいそ》の森《もり》に思《おも》うたまへて、[八]ちり〲になる言《こと》の葉《は》かき出《い》づる中《なか》に、[九]いそのかみ古《ふ》りにたることは、拾遺集に載《の》せて一《ひと》つものこさず。そのほかの歌《うた》、[一〇]秋《あき》の虫《むし》のさせるふしなく、[一一]蘆間《あしま》の舟《ふね》のさはり多《おほ》かれど、[一二]中《なか》ごろよりこのかた、今《いま》にいたるまでの歌《うた》の中《なか》に、とりもてあそぶべきもあり。[一三]天暦の末《すゑ》より今日《けふ》にいたるまで、[一四]世《よ》は十《と》つぎあまり一《ひと》つぎ、[一五]年《とし》は百《もゝ》とせあまり三十《みそぢ》になん過《す》ぎにける。[一六]住吉《すみよし》の松久《ひさ》しく、[一七]あらたまの年《とし》も過《す》ぎて、[一八]浜《はま》のまさごの数知《かずし》らぬまで、[一九]家《いへ》〱の言《こと》の葉《は》多《おほ》くつもりにけり。[二〇]言《こと》を撰《えら》ぶ道《みち》、[二一]すべらきのかしこきしわざとてもさ

一 私。「ら」は卑下の気味を表す。通俊のこと。

二 朝に詔勅を承り、夕にこれを宣下するという公務が繁多である。

三 九年になった。承保二年(一〇七五)九月に勅命を受けたか。「承保之比、予為㆓侍中㆒、季秋之天、…事及㆓和語㆒」(目録序)。

四 去る応徳元年(一〇八四)六月二十日余り。

五 参議。通俊の任参議は同年六月二十三日。

六 底本「いつしかの」、陽明為本「いつかたの」、太山寺本他による。顕昭の後拾遺抄注に、陰陽家で出行を忌む道虚日(どうこにち=毎月六日・十二日・十八日・二十四日・晦日をいう)のことかという。

七 近江国。「老いの身に」の意でいうか。

八 散らばっている歌。「森」と「葉」は縁語。

九 石上。大和国。「古りにたる」の枕詞。

一〇 「させる」を導く句。「或書ニ、蛬(きりぎりす)ヲバ、サセトイフ。…蛬ヲ秋虫ノサセトツヾケテ、指ト云詞ニソヘタル也。是秘蔵説也。且此集撰者礼部納言通俊卿所注ノ書中ニミエタル事也」(後拾遺抄注)。

一一 「さはり多かれど」を導く句。「湊入りの蘆別小舟障り多み吾が思ふ君に逢はぬ頃かも」(万葉集十一・作者未詳、拾遺・恋四・柿本人麻呂)。

一二 「中ごろ」は余り遠くない昔をさす語。

一三 村上天皇の年号。九四七—九五七年。村上天皇の治世の終りから今上天皇の当代までの意。

一四 時代は村上・冷泉・円融・花山・一条・三条・後一条・後朱雀・後冷泉・後三条・今上(白河)の十一代。

一五 年数は一三〇年。本集を撰進した応徳三年は天暦十年(九五六)から一三〇年後にあたる。

一六 住吉神社は摂津国。「我見ても久しくなりぬ住の江の岸の姫松幾代へぬらん」(古今・雑上・よみ人しらず)の歌などから、「久しく」を導く句。

一七 「年」の枕詞。

一八 「数知らぬ」を導く句。「ありそ海の浜のまさご頼めしは忘るることの数にぞありける」(古今・恋五・よみ人しらず)。

一九 歌人達が詠んだ和歌の集。家集。詠草。

二〇 撰歌の方針として。

二一 天皇の御製であるからといって採録することを避けない。白河天皇の詠は七首載っている。

らず、[一]誉《ほま》れをとる時《とき》、[二]山がつのいやしき言と《ことゝ》ても捨《す》つることなし。[三]姿《すがた》[四]秋《あき》の月のほがらかに、[五]言葉《ことば》[六]春の花《はな》のにほひあるをば、[七]千歌《うた》二百《ふたもゝち》十《とを》あまり八《や》つを撰《えら》びて二十巻《はたまき》とせり。名《な》づけて[八]後拾遺和歌抄といふ。

おほよそ、[九]古今、後撰二《ふた》つの集《しふ》に歌入《うたい》りたるともがらの家《いへ》の集《しふ》をば、[一〇]世《よ》もあがり、人《ひと》もかしこくて、[一一]難波江《なにはえ》のあしよし定《さだ》めむこともはゞかりあれば、これに除《のぞ》きたり。昔《むかし》、[一二]梨壺《なしつぼ》の五つ《いつゝ》の人と《ひとゝ》いひて、歌《うた》に巧《たく》みなる者《もの》あり。いはゆる大中臣能宣、清原元輔、源順、紀時文、坂上望城等、これなり。さきに[一三]歌《うた》の心を得《え》て、[一四]呉竹《くれたけ》のよゝに、[一五]池水《いけみづ》の言《い》ひふるされたる人《ひと》なり。これらの人《ひと》の歌《うた》を先《さき》として、今《いま》の世《よ》の[一六]ことを好《この》むともがらに至《いた》るまで、目《め》につき、心にかなふをば入《い》れたり。世《よ》にある人《ひと》、[一七]聞《き》くことをかしこしとし、見《み》ることをいやしとすることわざによりて、[一八]近《ちか》き世《よ》の歌《うた》に心をとゞめむこと、かたくなむあるべき。しかはあれど、[一九]のち見《み》むために、[二〇]吉野川《よしのがは》よしと言《い》ひ流《なが》さむ人《ひと》に、

一 名歌の誉れを取った場合は。
二 身分の低い者の歌。「不レ避二之至尊一、無レ嫌二之疋夫一」(目録序)。
三 歌の姿。歌の風体。
四 「秋の月の」は「ほがらかに」(円満な姿の歌)を導く句。
五 歌の表現。措辞。
六 「春の花の」は「にほひある」(美しさがある歌)を導く句。「にほひ」は、長所、美点。
七 一一一八首。本集奏覧本の歌数と一致する。
八 拾遺抄を念頭において、正式な書名としたか。
九 具体的には六歌仙から古今集撰者時代の歌人達。
一〇 時代も古く、歌人も高名で。
一一 摂津国。蘆が名物であることから、同音の「悪(あ)し」の枕詞としていう。
一二 後撰和歌集の撰者達。同集が撰ばれた撰和歌所が梨壺(内裏五舎の一、昭陽舎)に置かれていたのでいう。
一三 歌の真髄を理解して。
一四 竹には節(よ)があることから、同音の「よゝ(代々)」の枕詞。「すぐれたる人も、呉竹の世々にきこえ、片糸のよりよりに絶えずぞありける」(古今・仮名序)。
一五 池には「樋」(いひ。池の水を流すため地中に埋めた箱)があるので、「言ひ」の枕詞。「池水の言ひ出づることのかたければ水ごもりながら年ぞ経にける」(後撰・恋四・藤原敦忠)。
一六 風流を好む手合い。和歌を好む者達。
一七 伝え聞いている昔を貴いとし、実際に見ている今をつまらないとするのが常であるから。「世咸尊レ古、卑レ今、貴レ所レ聞、賤レ所レ見」(文選・東京賦・薛綜注所引桓子新論)、「設雖レ有下伝二此道一者上、以貴レ耳賤レ目、偏為二人之大情一」(能因集・序)。「貴レ耳而賤レ目者也…宜其陋レ今而栄レ古矣」(文選・東京賦)、「夫貴レ耳賤レ目、栄古陋レ今、人之大情也」(白氏文集・春四五・与元九書)。
一八 最近の歌に関心を抱くことは困難であろう。
一九 後見に備えるために。
二〇 大和国。同音の「よし」の枕詞。「吉野川よしや人こそつらからめ早く言ひてしことは忘れじ」(古今・恋五・凡河内躬恒)。

[一]近江《あふみ》のいさら川《がは》いさゝかにこの集《しふ》を撰《えら》べり。

[二]このこと、今日《けふ》にはじまれることにあらず、[三]奈良《なら》の帝《みかど》は[四]万葉集廿巻を撰《えら》びて、常《つね》のもてあそびものとし給《たま》へり。かの集《しふ》の心は、[五]やすきことを隠《かく》し、かたきことを顕《あら》はせり。そのかみのこと、[六]今《いま》の世《よ》にかなはずして、まどへる者多《ものおほ》し。[七]延喜のひじりの帝《みかど》は、万葉集のほかの歌《うた》廿巻を撰《えら》びて、世《よ》に伝《つた》へ給《たま》へり。いはゆる今《いま》の[八]古今和歌集これなり。[九]村上《むらかみ》のかしこき御代《みよ》には、また古今和歌集に入《い》らざる歌《うた》二十《はた》巻《まき》を撰《えら》び出《い》でて、[一〇]後撰集と名《な》づく。又、[一一]花山法王は先《さき》の二《ふた》つの集《しふ》に入《い》らざる歌《うた》を採《と》り拾《ひろ》ひて、[一二]拾遺集と名《な》づけ給《たま》へり。かの四《よ》つの集《しふ》は、言葉《ことば》[一三]ぬもののごとくにて、[一四]心《こゝろ》、海《うみ》よりも深《ふか》し。

このほか、[一五]大納言公任朝臣、[一六]三十《みそぢ》あまり六《む》つの歌《うた》人を抜《ぬ》き出《い》でて、かれが妙《たへ》なる歌《うた》、百《もゝち》あまり五十《いそぢ》を書《か》き出《い》だし、又、[一七]十《とを》あまり五番《いつゝが》ひの歌《うた》を合《あは》せて、世《よ》に伝《つた》へたり。しかるのみにあらず。[一八]やまともろこしのをかしきこと二巻《ふたまき》を撰《えら》びて、物《もの》につけ、事《こと》によそ

一　「逢ふ」を掛け、「いさ、か」を導く句。近江国。「いさや川」を「いさら川」とも言ったか。「犬上の鳥籠（こと）の山にある不知也（いさや）川いさとを聞こせわが名告（の）らすな」（万葉集十一・作者未詳）。

二　勅撰集を撰集すること。

三　目録序に「平城天子、修㆓万葉集㆒」というので、通俊自身は平城天皇を考えていたと知られる。「いにしへよりかく伝はるうちにも、奈良の御時よりぞ広まりにける」（古今・仮名序）。

四　万葉集は勅撰集であるとする立場で述べる。藤原清輔の袋草紙、顕昭の万葉集時代難事など、この問題は院政期歌学でもしばしば論じられた。

五　万葉仮名による表記が難解なことをいうか。

六　現代には適合しないので迷っている者が多い。

七　醍醐天皇。

八　最初の勅撰和歌集。

九　村上天皇。

一〇　後撰和歌集。第二番目の勅撰和歌集。

一一　花山法皇。その拾遺集との関係については、新大系版『拾遺和歌集』解説参照。

一二　拾遺和歌集。第三番目の勅撰和歌集。後拾遺抄注に拾遺集の歌の誤入を指摘する。

一三　「縫ひ物」で、刺繡の意でいうか。後拾遺抄注に「ヌモノハ繡也。ウルハシクハヌモノトヨメリ。世俗ノ詞ニヌヒモノトハ云也」と注し、藤原教長が後拾遺集を書写した際、脱字したかと、数本と見合せたが、すべて同じであった、顕昭は院（後白河院か）の下問に、「ヌモノ、詞可㆑然之由注進」したと記す。

一四　「棹させど底ひも知らぬわたつ海の深き心を君は知らなん」（古今六帖三・作者未詳）、「わたつ海の深き心はありながら恨みられぬるものにぞありける」（拾遺・恋五・よみ人しらず）。

一五　藤原公任。

一六　三十六人撰のことをいう。同書は柿本人麻呂・紀貫之などの三十六歌仙の秀歌選。

一七　十五番歌合。古今・後撰時代の歌人を中心とする前十五番歌合と拾遺集時代の歌人を作者とする後十五番歌合がある。後十五番歌合は公任撰を疑う説もある。

一八　和漢朗詠集。二巻。

へて、[一]人《ひと》の心《こゝろ》をゆかさしむ。又、[二]九品《こゝのしな》の大和歌《やまとうた》を撰《えら》びて、人に[三]さとし、わが心《こゝろ》にかなへる歌一巻《うたひとまき》を集《あつ》めて、[四]深《ふか》き窓《まど》にかくす集《しふ》といへり。今《いま》も古《いにし》へもすぐれたる中《なか》にすぐれたる歌《うた》を書《か》き出《い》だして、[五]こがね玉《たま》の集《しふ》となむ名《な》づけたる。その言葉《ことば》名《な》にあらはれて、その歌《うた》なさけ多《おほ》し。おほよそこの六《む》くさの集《しふ》は、かしこきもいやしきも、知《し》れるも知《し》らざるも、[六]玉《たま》くしげ[七]あけくれの心をやるなかだちとせずといふことなし。

又、近《ちか》く[八]能因法師といふ者《もの》あり。心、[九]花《はな》の山の[一〇]跡《あと》を願《ねが》ひて、[一一]こと〔の〕は、人《ひと》に知《し》られたり。[一二]わが世《よ》に逢《あ》ひとし逢《あ》ひたる人《ひと》の歌《うた》を撰《えら》びて、[一三]玄〻集と名《な》づけたり。これらの集《しふ》に入《い》りたる歌《うた》は、[一四]海人《あま》の栲縄《たくなは》くり返《かへ》し、同《おな》じことを抜《ぬ》き出《い》づべきにもあらざれば、[一五]この集《しふ》に載《の》することなし。

また、[一六]うるわ《(は)》しき花《はな》の集《しふ》といひ、[一七]あしひきの山伏《ぶし》がしわざと名《な》づけ、[一八]うゑ樹《き》の下《もと》の集と言《い》ひ集《あつ》めて、[一九]言《こと》の葉《は》いやしく、姿《すがたゝ》だびたるものあり。これらのたぐひは誰《たれ》がしわ

一 人の心を満足させる。

二 底本「みのしな」、陽明為本による。和歌九品。九品往生になぞらえて、上品上から下品下まで、九段階に分かち、例歌を掲げて説いた歌論書。

三 歌のよしあしを教え。

四 深窓秘抄。一〇一首を部類して収める私撰集。

五 金玉集。一巻。約七〇首を収める私撰集。

六 「あけ」の枕詞。「玉くしげ明けば君が名立ちぬべみ夜深く来しを人見けんかも」(古今・恋三・よみ人しらず)。

七 日常の心を慰める手段としている。

八 本集作者。

九 僧正遍昭。古今集の作者で六歌仙の一人。寛平二年(八九〇)没、七十五歳。

一〇 足跡にならうことを念願して。「跡」は「山」の縁語。「能因法師といふ者、身幽玄を好みて歌よみのよし振舞へど、それも花山の跡に及びがたし」(八雲御抄六)。

一一 底本「ことは」、冷泉本他による。

一二 自分と同じ時代の人々すべて。

一三 一巻。私撰集。序に「今予所レ撰者、永延已来寛徳以往篇什也」と述べ、作者ごとに歌を掲げ、一六八首を収める。

一四 「くり返し」を導く句。「疑ひになほも頼むか伊勢の海のあまの栲縄くりかへしつつ」(元真集)。

一五 実際は藤原範永・大江正言・源兼澄などの、玄々集の歌三首(後拾遺三五八・四九六・六二二)を収載。袋草紙に「此集拾遺集幷玄々集歌等少々載レ之。失錯歟」と述べ、後拾遺抄注にそれらを引く。

一六 麗花集。撰者未詳の私撰集。八幡切(伝小野道風筆)・香紙切(伝小大君筆)など、断簡が存するのみ、十巻であったか。

一七 山伏集。「あしひきの」は「山伏」にかかる枕詞。八雲御抄・家々撰集に「山伏集〈撰者不レ知〉」。

一八 樹下集。後拾遺抄注に「源賢法眼撰レ之云々」、和歌色葉・私集口伝物語に「源賢〈多田法眼〉が樹下集」、八雲御抄に「樹下集二十巻〈多々法眼源賢撰、有二仮名序一〉」、代集に「一説、多田法眼源賢撰。一説、蓮敏法師撰」という。源賢、連敏とも本集作者。

一九 表現は卑陋で風体のなまっているものがある。

ざとも知《し》らず、また、歌《うた》の出《い》でどころ[一]つばひらかならず。たとへば山川《がは》の流《なが》れを見《み》て[二]水上《みなかみ》ゆかしく、霧《きり》のうちに梢《こずゑ》をのぞみて[三]いづれのうゑ樹《き》と知《し》らざるがごとし。しかれば、これらの集に載《の》せたる歌《うた》はかならずしも[四]さらず、[五]土《つち》の中《なか》にもこがねをとり、石《いし》の中《なか》にも玉《たま》のまじはれることあれば、さもありぬべき歌《うた》はところ〳〵載《の》せたり。このうちに、[六]みづからのつたなき言《こと》の葉《は》も、たび〳〵の[七]仰《おほ》せそむきがたくして、[八]はゞかりの関《せき》のはゞかりながら、ところ〳〵載《の》せたることあり。[九]この集《しふ》もてやつすなかだちとなむあるべき。

おほよそ、このほかの歌《うた》、[一〇]み熊野《くまの》の浦《うら》の浜木綿《はまゆふ》世《よ》を重《かさ》ねて、[一一]白波《しらなみ》の[一二]打《う》ち聞《き》くこと、[一三]鴫《しぎ》の羽搔《はねが》き[一四]書《か》き集《あつ》めたる[一五]色好《いろごの》みの家《いへ》〳〵あれど、[一六]むもれ木《ぎ》の隠《かく》れて見《み》ることかたし。[一七]今《いま》の撰《えら》べる心《こゝろ》は、それしかにはあらず。[一八]身《み》は隠《かく》れぬれど、名《な》は朽《く》ちせぬものなれば、古《いにし》へも今《いま》もなさけある心ばせをば、行《ゆ》く末《すゑ》にも伝《つた》へむことを思《おも》ひて[一九]撰《えら》べるならし。し

一 はっきりしない。
二 水源を知りたく。
三 どんな種類の立木かわからないようなものである。
四 重複を避けず。
五 ともにつまらない作品、取るに足りない作品の中に秀歌が混じっていることの比喩としていう。
六 撰者通俊の自詠は五首載っている。
七 白河天皇の仰せ。
八 陸奥国。「はゞかり」を導く句としていう。
九 この撰集をわざとみすぼらしくするきっかけとなるであろう。
一〇「み熊野の浦」は紀伊国。浜木綿は熊野灘沿いの海岸に多い。浜木綿は茎を包む表皮が重なっていることから、「世を重ね」の「重ね」を導く句としていう。「み熊野の浦の浜木綿百重なす心は思へどただに逢はぬかも」(万葉集四、拾遺・恋一・柿本人麻呂)。→八八五。
一一「み熊野の浦」の縁語で、「打ち聞く」の「打ち」を導く句としていう。「白浪の打ち出づる浜の浜千鳥跡や尋ぬるしるべなるらん」(後撰・恋四・藤原朝忠)。
一二 打聞、すなわち私撰集。
一三「掻き」「書き」が同音であることから、「書き」を導く句としていう。「暁の鴫の羽がき百羽がき君が来ぬ夜は我ぞ数書く」(古今・恋五・よみ人しらず)。
一四 私家集を意味するか。
一五 好士達。数寄者達。「色好みの家にむもれ木の人知れぬこととなりて」(古今・仮名序)を念頭に置いて綴る。
一六「隠れ」を導く句。「真鉇(まかな)持ち弓削の河原の埋もれ木の顕はるましじきことにあらなくに」(万葉集七・作者未詳)。
一七 今この集を撰んだ趣旨はそれらとは異なる。
一八 肉体は滅びても名声は不朽だから。「遺文三十軸、軸々金玉声、竜門原上土、埋ㇾ骨不ㇾ埋ㇾ名」(和漢朗詠集・文詞付遺文・白楽天)などを念頭に置くか。
一九「ならし」は「なるらし」の意。「撰べるなり」と断定することを避けて、推量表現を用いた。

からずは、[一]妙《たへ》なる言葉《ことば》も風《かぜ》の前《まへ》に散《ち》り果《は》て、光《ひかり》ある玉《たま》の言葉《ことば》も、露《つゆ》とゝもに消《き》え失《う》せなんことによりて、[二]菅《すが》の根《ね》の長《なが》き秋の夜《よ》、[三]筑波《つくば》嶺《ね》のつく〴〵と、[四]白糸《しらいと》の思《おも》ひ乱《みだ》れつゝ、[五]三年《みとせ》になりぬれば、[六]同《おな》じき三《み》つの年《とし》の[七]暮《く》れ〔の〕秋《あき》のいさよひのころほひ、撰《えら》びをはりぬることになんありけると言《い》へり。

一 以下、「言葉」の「葉」と「風」「散り」、「光」と「玉」「露」「消え」はそれぞれ縁語。
二 「長き」の枕詞。↓三八。
三 常陸国の歌枕。「つく〴〵と」を導く句として いう。
四 「乱れ」を導く句。「夏引の糸の乱れも隠れなくこやの篠屋を照らす月影」(顕輔集)のごとく、「糸の乱れ」という言い方がある。
五 撰集に着手してから三年になったので。
六 応徳三年(一〇八六)九月十六日。
七 底本「くれあき」、冷泉本他による。

後拾遺和歌抄第一　春上

正月一日よみ侍《はべ》りける

1 いかに寝《ね》て起《お》くる朝《あした》にいふことぞ昨日《きのふ》をこぞと今日《けふ》をことしと

小大君《(こおほぎみ)》

陸奥国《みちのくに》に侍《はべ》りける時《とき》、春立《はるた》つ日《ひ》よみ侍《(はべり)》ける

2 出《い》でて見《み》よいまは霞《かすみ》も立《た》ちぬらん春《はる》はこれより過《す》ぐとこそ聞《き》け

光朝《(くわうてう)》法師母

春は東《ひむがし》より来《き》たるといふ心をよみ侍《(はべり)》ける

3 東路《あづまぢ》はなこそ〔の〕関《せき》もあるものをいかでか春の越《こ》えて来《き》つらん

源師賢《(もろかた)》朝臣

1　どのように寝て起きた朝だというので、特に区別して言うのでしょうか。昨日を去年と、そして今日を今年と。小大君集。○初句　多くは恋歌の中で、それも夢との結び付きで用いられる女歌的な表現。「いかに寝て見えしなるらむ暁の夢よりのちは物をこそ思へ」(赤染衛門集)。

2　外に出てごらんなさい。都では霞も立ったころでしょう。春はここ東国を通って西の方に通りすぎて行くと聞いています。○陸奥国に侍りける時　作者は、陸奥守橘則光(清少納言の元の夫)の妻であったので、夫に随伴し、陸奥国の国府に住んだ時か。○二・三句　霞を立春の象徴と見る常套的な発想。

3　東国路には、「来るな」という名の勿来の関もあるというのに、どのようにして春はこの都まで越えてやって来たのだろうか。○春は東より来たる　礼記・月令の「迎㆓春於東郊㆒」、和漢朗詠集の「誰言春色従㆑東到、露暖南枝花始開」(菅原文時)などの影響を受けた発想。○なこその関　陸奥国。福島県いわき市に関趾の伝承地がある。師賢とほぼ同時代の源義家はこの関で「吹く風をなこその関と思へども道もせに散る山桜かな」(月詣集、千載・春下)と詠んだという。「なこそ」は「な来そ」の意。底本「なこそせき」、冷泉本他による。

立春日よみ侍《はべ》りける

橘俊綱《（としつな）》朝臣

4 逢坂《あふさか》の関《せき》をや春《はる》も越《こ》えつらん音羽《おとは》の山の今日はかすめる

寛和二年花山院《（くわざんゐん）》歌合によみ侍《（はべり）》ける

大中臣能宣《（よしのぶ）》朝臣

5 春《はる》の来《く》る道《みち》のしるべはみ吉野《よしの》の《ゝ》山《やま》にたなびく霞《かすみ》なりけり

年《とし》ごもりに山寺《でら》に侍《はべ》りけるに、今日《けふ》はいかゞと人のとひて
侍《はべ》りければ

6 人知《し》れず入《い》りぬと思《おも》ひしかひもなく年《とし》も山路《ぢ》を越《こ》ゆるなりけり

山寺《でら》に正月に雪《ゆき》の降《ふ》れるをよめる

平　兼盛《（かねもり）》

7 雪降《ゆきふ》りて道《みち》ふみまどふ山里《ざと》にいかにしてかは春《ゝる》の来《き》つらん

題《だい》しらず

加賀左衛門《（かがのさゑもん）》

8 新《あたら》しき春《はる》は来《く》れども身にとまる年《とし》はかへらぬものにぞありける

4（人が越えるだけでなく）逢坂の関を春も越えたのだろうか。音羽の山が今日は霞んでいるよ。経衡集。○立春日　陽明為本「たつはるのひ」。○逢坂の関　近江国。○音羽の山　山城国。逢坂の関のすぐ南にあるので、それが霞んでいるのは、春が東から訪れた証と見たもの。

5 春のやって来る道のしるべは、吉野の山にたなびく霞であったのだなあ（あの霞を目当てに春はやって来たのであったよ）。寛和二年（九八六）内裏歌合。○春の来る道　季節を擬人化して、道を辿って到来し、また道を通って去って行くと考えた。「春の来る道や浜名の橋ならん今日も霞の立ちわたりつつ」（能宣集）。○道のしるべ　春の来る道の道案内。道しるべ。「春の来る道のしるべに立つものは峰よりわたる霞なりけり」（大弐三位集）。○み吉野の山　大和国。

6 人に知られず、こっそりと山峡（やまかい）の寺にこもったと思ったそのかいもなく、新しい年の方も山路を越えて来たのだなあ。能宣集、下句「年も越えゆく山路なりけり」。○年ごもり　大晦日の夜、社寺に参籠して越年すること。○人のとひて　家集によれば、「人」は法師。○かひ「かひ（甲斐）もなく」に「峡」を掛ける。○四句　自分が越えて来ただけでなく、新年までもの意。

7 雪が降り積もって、人も道を求めて踏みまようこの山里に、いったいどのようにして春は訪ねて来たのだろうか。○五句「らん」は「いかにしてかは」の「かは」を受けて連体形。原因の推量。

8 新しい春は、年ごとにあらたまりやって来るけれども、身にとどまる年、よわいは、春とはちがって立ち返らぬものであることだなあ。○初・二句「来る」と下句の「かへる（返る）」とが対比される。○身にとまる年　春が暦年を示すのに対し、わが身の年齢を言う。「はてはみなやらひてすぐす年月のものおそろしや身にとまるらむ」（相模集）。

天暦三年、太政大臣《(だいじやうだいじん)》の七十賀し侍《はべ》りける屏風によめる　大中臣能宣朝臣

9 たづのすむ沢《さは》べの蘆《あし》の下根《したね》とけ汀《みぎは》萌《も》えいづる春は来《き》にけり

一条院《(いちでうゐん)》御時、殿上人、春《はる》の歌《うた》とて請《こ》ひ侍《はべ》りければよめる　紫《むらさき》式《しき》部《ぶ》

10 み吉野《よしの》は春《、る》のけしきにかすめどもむすぼほれたる雪《ゆき》の下草《したくさ》

花山院歌合に霞《かすみ》をよみ侍《(はべり)》ける　藤原長能《(ながよし)》

11 谷川《たにがは》の氷《こほり》もいまだ消《き》えあへぬに峰《みね》の霞《かすみ》はたなびきにけり

題《だい》しらず　藤原隆経《(たかつね)》朝臣

12 春《はる》ごとに野辺《のべ》のけしきの変《かは》らぬはおなじ霞《かすみ》や立《た》ちかへるらん

和泉《いづみ》式《しき》部《ぶ》

13 春霞《はるがすみ》立《た》つやおそきと山川《がは》の岩間《いはま》をくゝる音《おと》きこゆなり

9　鶴が住む沢のほとりの蘆の下根の氷もとけ、その水際に蘆の新芽が生え出るめでたい春はやってきたことだ。能宣集。麗花集。○太政大臣貞信公藤原忠平(ただひら)。基経の男。○七十賀　七十歳を祝う宴。天暦三年(九四九)三月十日に延暦寺で行われた(日本紀略)。○初句　鶴は雲居のものだが、降り立って汀・沢辺・河辺などの低湿地にも住むとも考えられていた。→九八〇。

10　吉野は、もう春の景色で霞んではいるが、ここでは、まだ凍りついたままの雪におおわれた下草であることだ。紫式部集「正月十日のほどに、春の歌たてまつれとありければ、まだ出で立ちもせぬかくれがにて」。○一条院御時　一条天皇の御代。寛和二年(九八六)から寛弘八年(一〇一一)まで在位。○春のけしき　「けしき」は歌語としては新しい。勅撰集では後拾遺集が初出、集中に十三例見出せる。○四句　(氷などで)凝固・凝結する。

11　谷川の氷もまだ消えきらないというのに、峰の霞はもうたなびいていることだ。長能集「花山院の、歌合に召ししかば」。○花山院歌合　不詳。花山院は内裏歌合以外にも何度か歌合を計画したらしい(長能集、道命阿闍梨集、和泉式部集など)。○谷川の氷　谷川は陽光もとどかず、春の到来の遅い場所として詠まれる。ここは「峰」との対比。「世の憂きは春にぞ逢はぬ深山辺の埋(む)もれて行かぬ谷川の水」(曽丹集)。

12　春が来るごとに、野辺の景色が少しも変らないのは、毎年同じ霞が春とともに野辺に立ち戻って立っているからなのだろうか。○野辺のけしき　袋草紙・上に、本来「空のけしき」とあった本文が「野辺のけしき」と改められたとする。○下句　「立ち」は、霞が立つの「立ち」と「立ちかへる」の「立ち」とを掛ける。

13　春霞がたつやいなや、(氷が解けたのであろう)山川の岩の間を潜り流れる水の音が聞えてくるよ。和泉式部集(百首)。○二句　立つやいなやの意の慣用句。「来鳴くべきうぐひすだにも春霞たつやおそきとおとづれやする」(出羽弁集)。○きこゆなり　「なり」は音源などを推定する助動詞。

鷹司殿《たかつかさどの》、の七十賀の月令《（つきなみ）》の屛風に臨時客《（りんじきやく）》の所《ところ》をよめる

14 紫《むらさき》の袖《そで》をつらねて来《き》たるかな春《はる》たつことはこれぞうれしき

赤染衛門《（あかぞめゑもん）》

臨時客をよめる

15 むれてくる大宮《おほみや》人は春《、る》を経《へ》て変《かは》らずながらめづらしきかな

小弁《（こべん）》

入道前太政大臣《（にふだうさきのだいじやうだいじん）》、大饗《（だいきやう）》し侍《はべ》りける屛風に、臨時客のかた描《か》きたる所《ところ》をよめる

16 むらさきも朱《あけ》も緑《みどり》もうれしきは春《、る》のはじめにきたるなりけり

藤原輔尹《（すけただ）》朝臣

同屛風に、大饗のかた描《か》きたる所《ところ》をよみ侍《はべ》りける

17 君《きみ》ませとやりつる使来《つかひき》にけらし野辺《のべ》の雉《きゞす》はとりやしつらん

入道前太政大臣

民部卿泰憲《（やすのり）》、近江守にて侍《はべ》りける時《とき》、三井寺にて歌合し侍《はべ》りけるによめる

18 春立《はるた》ちてふる白雪《しらゆき》をうぐひすの花散《はなち》りぬとやいそぎ出《い》づらん

よみ人しらず

14 （臨時客が）紫の袍の袖を連ね連れ立ってやって来たことよ。立春を迎えたということは、こういう情景が見られるからこそなんとも嬉しいことです。赤染衛門集。栄花物語・歌合。○鷹司殿の七十賀　「鷹司殿」は藤原道長の室、源倫子（りんし）。七十賀は、長元六年（一〇三三）十一月二十一日、賀陽院において行われた（日本紀略）。○月令の屏風　毎月の行事や景物を描いた屏風。○臨時客　正月の二日に摂政・関白等の家で行う私的な饗宴。○紫の袖　上達部の紫色の袍。○春たつこと　「たつ」は「立つ」と「裁つ」とを掛ける。「裁つ」は「袖」の縁語。

15 （臨時客のために）連れ立ってやって来る廷臣たちの様子は、幾春を経ても同じだが、新春にはやはり新鮮な光景と見えることだ。○大宮人　宮中に仕える人。ここでは、臨時客に集う貴人たち。

16 紫の衣、朱（あけ）の衣、緑の衣、誰もが浮き立つように嬉しそうに見えるのは、春のはじめに晴れ着を着て、やって来たからなのだなあ。輔尹集「入道前太政大臣大饗の屏風に、臨時客かたかきたる所に」。○入道前太政大臣　藤原道長（みちなが）。○大饗　年初めの饗宴。ここは大臣の大饗。○初・二句　紫は四位の参議以上の上達部、朱は五位、緑は六位の蔵人の袍の色。○五句　「来たる」と「着たる」とを掛ける。

17 どうぞお越しくださいと（招客を迎えるため）遣わした使は戻って来たらしい。もてなしに供する野辺の雉はもう捕り終えたのだろうか。栄花物語・ゆふしで。○同屏風に　前歌を受ける詞書だが、正しくは頼通の大饗に道長が詠んだ作。頼通大饗は寛仁二年（一〇一八）一月二十三日（左経記、御堂関白記、小右記など）。○初句　「君」はここでは、大饗の主客・賓客。「ませ」は「行く」「来る」意の尊敬語の命令形。○四句　大饗には雉を用い、食用に供するのが常。

18 鶯は春を迎えて降る白雪を見て、（白梅の）花が散ってしまうと、あわてて谷から出て来るのだろうか。○民部卿泰憲　藤原泰憲。寛徳三年（一〇四六）二月より、天喜二年二月まで近江守。○三井寺　近江国、天台宗寺門派の総本山、園城寺の別称。○歌合　天喜元年（一〇五三）五月に行わ

鶯《うぐひす》をよみ侍《(はべり)》ける　　大中臣能宣朝臣

19　山たかみ雪《ゆき》ふるすよりうぐひすの出《い》づる初音《はつね》は今日《けふ》ぞ鳴《な》くなる

正月二日、逢坂《あふさか》にて鶯《うぐひす》の声《こゑ》を聞《き》きてよみ侍《はべ》りける　　源　兼澄《(かねずみ)》

20　ふるさとへゆく人あらば言《こと》つてむ今日うぐひすの初音《はつね》聞《き》きつと

選子内親王《(せんしないしんわう)》、斎院《いつき》ときこえける時《とき》、正月三日、上達部《かむだちめ》あまたまい《(ゐ)》りて、梅《むめ》が枝《え》といふ歌《うた》をうたひて遊《あそ》び侍《はべ》りけるに、内《うち》よりかはらけ出《いだ》すとてよみ侍《はべ》りける　　よみ人しらず

21　ふりつもる雪《ゆき》消えがたき山里《ざと》に春《はる》をしらする鶯の声

加《か》階《い》申《まう》しけるに、たまはらで、鶯《うぐひす》の鳴《な》くを聞《き》きてよみ侍《はべ》りける　　清原元輔《(もとすけ)》

22　うぐひすの鳴《な》く音《ね》許《(ばかり)》ぞきこえける春のいたらぬ人の宿《やど》にも

れたが、証本は伝存しない。

---

19 ここは山が高いので、雪が降る古巣から出て来た鶯の初音は、今日はじめて聞えてきたことだ。能宣集。○雪ふるす「ふる」に「降る」と「古巣」を掛ける。○鳴くなる「なる」は推定。正保版本には、「けふぞき丶つる」とある。

20 ふるさとである都へ帰る人がもしいるなら言づけよう。今日この逢坂の関で鶯の初音をたしかに聞いたと。恵慶法師集。○ふるさと　もと住んでいた所。ここでは都。○下句「待つ人に語り伝へむ時鳥まだ春ながら初音聞きつと」（四条宮下野集）。

21 降り積もった雪が、いつまでも消えないでいる山里に、春が来たことを知らせるのは鶯の声であることだ。大斎院御集「むつきのふつかの日…」。○選子内親王　村上天皇皇女。○梅が枝　催馬楽の曲名。○かはらけ　酒杯。○初句　陽明為本「ふりつらん」。○山里　ここは斎院御所。○五句「梅が枝」を歌う上達部の声をなぞらえている。

22 （朗報は伝わらず）鶯の鳴く声だけは聞えて来るのだなあ。この心楽しむ春のやって来ない人（私）の住居にまでも。元輔集。○加階申しけるに「加階」は位階の昇進のこと。「申しける」は申文などで申請する意。○うぐひすの鳴く音許「許（ばかり）」は限定。加階の報せはなく、鶯の声だけが。○四句　位階昇進にあずからないことを暗に示す。

俊綱朝臣の家《いへ》にて、春山里《はるやまざと》に人を訪《たづ》ぬといふ心《こゝろ》をよめる

23 たづねつる宿《やど》は霞《かすみ》にうづもれて谷《たに》の鶯一声《(ひとこゑ)》ぞする

藤原範永《(のりなが)》朝臣

小《を》野《のゝ》宮《(みや)》の太政大臣の家《いへ》に子日《(ねのひ)》し侍《はべ》りけるに、よみ侍《はべ》りける

24 千歳《ちとせ》へむ宿《やど》の子《ね》の日の松《まつ》をこそほかのためしに引《ひ》かむとすらめ

清原元輔

題《だい》しらず

25 ひきつれて今日《けふ》は子《ね》の日の松《まつ》にまたいま千歳《ちとせ》をぞのべにいでつる

和泉《いづみ》式部《しきぶ》

正月子日《(ねのひ)》、庭《には》にを《(お)》りて、松《まつ》など手《て》すさびに引《ひ》き侍《はべ》りけるを見《み》てよめる

26 春《はる》の野《ゝ》に出《い》でぬ子《ね》の日はもろひとの心ばかりをやるにぞありける

よみ人しらず

23 探し求めてやって来た宿は、春霞にすっかり覆われて、ただ谷の鶯の一声が聞えることだ。範永朝臣集。○俊綱朝臣の家　山城国の伏見にあった橘俊綱の邸宅。数奇を凝らした豪奢なもので、ここに歌人たちが集まり、しばしば歌会が催された。○五句　「一声」が意識されるのは、時鳥の場合が多く、「花だにもまだ咲かなくに鶯の鳴く一声を春と思はむ」(後撰・春上・よみ人しらず)のように鶯について歌う例は少ない。

24 千年も栄え続くであろうこの家の子の日の松だからこそ、それにあやかろうと、他の家でも栄える例として引こうとすることだ。元輔集。○小野宮の太政大臣　藤原実頼(さねより)。○子日　正月最初の子(ね)の日、通常野の小松を引き、遊宴して千代を祈る行事。○初句　「宿」にかかる。○宿　実頼邸。「子日する野辺ならねども我が宿の松も千歳の松にやはあらぬ」(朝忠集)。○ほかのためし　他家にとっても、小野宮家の繁栄にあやかり、栄えるという例。○引かむ　「引く」に「例に引く」「松を引く」の両意を込める。

25 人々と連れだって、今日は子の日の松を引くことによって、さらに千年の寿命を延ばそうと、野辺に出てきたことです。和泉式部集(百首)。○初句　「のべにいでつる」にかかる。「ひき」に小松を「引き」の意を掛ける。○五句　「のべ」は「野辺」と「延べ」とを掛ける。「万代をのべにと聞きし松なれば千代の根ざしのことにもあるかな」(円融院御集・一品の宮)。

26 春の野に出かけない子の日は、大勢の人々はただその心だけを野辺に馳せ、心を慰めていることだなあ。○手すさびに　手なぐさみに。○春の野に出でぬ子の日　野に出ない理由は記されていないが、「内の女房子日せむと侍りしに、中宮なやませ給ふとて俄にとまりたれば…」(元輔集・詞書)など、子の日が中止されたことを詠ずる作は多く見られる。○三句　「の」は主格。○心ばかりをやる　「やる」は野辺に「遣る」の意と、「(心を)やる(気晴らしをする)」の意とを重ねる。

27 正月子日《ねのひ》にあたりて侍《はべ》りけるに、良暹《りやうせん》法師のもとより子日
しになん出《い》づる、いざなどいひにおこせて侍《はべ》りけるに、ま
たも音《おと》せで、日暮《く》れにければ、よみてつかはしける

けふは君《きみ》いかなる野辺《のべ》に子《ね》の日《ひ》して人のまつをば知《し》らぬなるらん

賀茂成助《なりすけ》

28 今上《きんじやう》、六条におはしまして、上達部、うへのをのこども
中島《なかじま》にわたりて、子日《ねのひ》し侍《はべ》りけるによみ侍《はべ》りける

袖《そで》かけてひきぞやられぬ小《こ》松原《まつばら》いづれともなき千代《ちよ》のけしきに

右大臣北方《うだいじんのきたのかた》

29 三条院《さんでうゐん》御時に、上達部・殿上人など子日《ねのひ》せんとし侍《はべり》けるに、
斎院女房、船岡《ふなをか》にもの見《み》むとし侍けるを、とゞまりにけれ
ば、そのつとめて斎院《さいゐん》にたてまつれ侍ける

とまりにし子《ね》の日《ひ》の松をけふよりは引《ひ》かぬためしにひかるべきかな

堀川右大臣《ほりかはうだいじん》

30 題《だい》しらず

浅緑《あさみどり》のべの霞《かすみ》のたなびくにけふの小《こ》松をまかせつるかな

民部卿経信《つねのぶ》

27 今日はあなたは、どのような（すばらしい）野辺で子の日の行事をして、（松の「まつ」ではないが、）私が待っていたのを忘れたままであったのであろう。成助集（断簡）、二句「いづれの野辺に」。○正月子日にあたりて　陽明乙本「正月一日子日にあたりて」。○いざなど　太山寺本「いさなへと」。○またも音せで　二度と何とも言って来ないで。○四句「まつ」に「待つ」と「松」とを掛ける。

28 （どの小松と）袖をかけて、引くことができないことです、この小松原の小松は。どれも皆千年のよわいをたたえている様子に見えて。○今上　当帝の意で、白河（しらかわ）天皇をさす。○六条　右大臣源顕房（和歌の作者の夫）の邸。白河帝中宮賢子は顕房の娘なので、ここは中宮の里邸。永保二年（一〇八二）七月の内裏火災により、一時里内裏となる。○中島　寝殿の前の池に造られた島。▽永保四年正月二十四日の「殿上子日興」（百練抄）での詠か。

29 中止になってしまった、この子の日の行事のことが、今日からは松を引かなかった子の日の例として、（いつまでも）引かれることでしょう。入道右大臣集、二句「子の日の松も」。○三条院御時　三条天皇の御代。寛弘八年（一〇一一）から長和五年（一〇一六）まで在位。○斎院女房　京都紫野にあった斎院御所に仕える女房。○船岡　船岡山。京都市紫野にある丘陵。永観三年（九八五）二月の円融院子の日の遊びを始めとして、野遊の舞台となることが多かった。○とゞまりにければ　中止になってしまったので。→二六。○斎院　選子内親王（せんしないしんのう）。○たてまつれ　「たてまつり」（陽明為本他）、「たてまつり〈レ〉」（太山寺本）。○引かぬためしにひかる　初めの「引く」は松を引く、後の「引く」は例証として引くの意。

30 浅緑色に野辺の霞がたなびいているので、その「引く」霞に、今日子の日の小松引きの行事をすっかりまかせてしまったことだ。大納言経信集。○初句　うす緑色。「たなびく」にかかる。「浅緑野辺の霞はつつめどもこぼれてにほふ花桜かな」（拾遺・春・よみ人しらず）。○三句小松を「引く」の意を重ねる。

承暦二年内裏歌合によみ侍《はべ》りける　　　　左近中将公実《(きんざね)》朝臣

31 君《きみ》が代《よ》にひきくらぶれば子日《(ねのひ)》する松の千《ち》歳《とせ》も数《かず》ならぬかな

正月七日、子日《(ねのひ)》にあたりて雪《ゆき》降《ふ》り侍《はべ》りければよめる　　　　伊勢大輔《(いせのたいふ)》

32 人《ひと》はみな野《の》辺《べ》の小《こ》松《まつ》を引《ひ》きにゆくけさの若菜《わかな》は雪《ゆき》やつむらん

正月七日、卯日《(うのひ)》にあたりて侍《はべ》りけるに、今日《けふ》は卯《う》杖《づゑ》つきてやなど、通宗《(みちむね)》朝臣のもとより言《い》ひにおこせて侍《はべ》りければよめる

33 卯《う》杖《づゑ》つきつままほしきはたまさかに君がとふひの若菜《わかな》なりけり

題不知《(しらず)》　　　　大中臣能宣朝臣

34 白雪《しらゆき》のまだふるさとの春日野《かすがの》にいざうちはらひ若菜《わかな》つみてん

　　　　和泉《いづみ》式部《しきぶ》

35 春日野《かすがの》は雪《ゆき》のみつむと見《み》しかども生《お》い《(ひ)》づるものは若菜《わかな》なりけり

31 君の御代の長さと引き比べると、子の日に引く松の千年のよわいももの数ではないことです。承暦二年(一〇七八)内裏歌合。四月二十八日、白河天皇の主催。判者は源顕房。○君が代　天皇の御代。○二句「ひき」に小松の縁で「引き」を重ねる。

32 人はみな子の日の小松を引きに野辺に出かけて行きます。今朝摘む若菜には雪が積もっているのでしょうか。伊勢大輔集。○正月七日　この日、若菜を摘み、七種の若菜を羹《あつもの》として食す習慣があった。○子日にあたりて　若菜摘みの七日と小松引きの子の日とが重なって。○二句　陽明乙本「ねのひの松を」。○けさの若菜　正保版本「けふのわかな」。○五句「つむ」に「積む」と「摘む」とを掛ける。

33 卯杖をつきながらも摘みたいのは、たまたま(孫の)あなたが問うてくれた、その「問ふ日」ではないが、飛火野の若菜だったのですよ。伊勢大輔集。○卯日　正月初卯の日。○卯杖つきてや　卯杖をつきましたか。「卯杖」は初卯の日に諸衛府から天皇、皇后、東宮などに献上した杖。当日、この卯杖で地面を叩いて悪鬼を払う習慣があった。○通宗朝臣　藤原通宗。母は伊勢大輔の娘。○とふひの「問ふ日の」と「飛火野」とを掛ける。飛火野は、大和国。奈良市春日山のふもとの野。

34 白雪がまだ降り続いている古い都の春日野で、さあ、雪をうち払って若菜を摘むことにしよう。能宣集「(ある所の歌合)わかな」。○ふるさと　雪が「降る」と「古里」とを掛ける。「ふるさと」はここでは旧都の意。○春日野　大和国。若菜摘みの場所として、屏風歌などに多く詠まれた。

35 春日野は雪が積もっているとばかり見ていたが、(その間から)生え出てきたものは何と若菜であったよ。和泉式部集(百首)。麗花集。○春日野→三四。○つむ「積む」と「摘む」とを掛ける。○五句「けり」は断定の助動詞「なり」に付いて、若菜の存在にはじめて気付いた感動を表す。

後冷泉院《ごれいぜいゐん》御時皇后宮《きさいのみや》歌合によみ侍《はべり》ける

36 つみにくる人《ひと》はたれともなかりけり我《わ》がしめし野《の》の若菜《わかな》なれども

中原頼成《よりしげ》妻

正月七日、周防内侍《すはうのないし》のもとへつかはしける

37 数《かず》しらずかさなる年《とし》をうぐひすの声するかたの若菜《わかな》ともがな

藤三位《とうさんゐ》

長楽寺にて、ふるさとの霞《かすみ》の心をよみ侍《はべ》りける

38 山たかみ都《やこ》の春《はる》を見《み》わたせばたゞひとむらの霞《かすみ》なりけり

大江正言《まさとき》

39 よそにてぞ霞《かすみ》たなびくふるさとの都《みやこ》の春《はる》は見《み》るべかりける

能因《のういん》法師

題《だい》しらず

40 春《はる》はまづ霞《かすみ》にまどふ山里《ざと》をたちよりてとふ人のなきかな

選子内親王

36　摘みに来る人は誰ということもなく立ち入っていることよ。せっかく私がしめを結ってしるしを付けた野の若菜ですのに。天喜四年(一〇五六)皇后宮春秋歌合。○後冷泉院御時　後冷泉天皇の御代。寛徳二年(一〇四五)から治暦四年(一〇六八)まで在位。○皇后宮歌合　天喜四年四月三十日皇后宮寛子(かんし)が主催した春秋歌合。○我がしめし野「しむ(占む)」は自分の場所としてしるしを付けること。

37　数も知らないほど多く重ねた年を、鶯の声のする方向の若菜のように、(その声に聞き惚れて)摘むことを忘れる若菜と思いたいものです(積み重なることのない齢でありたいものです)。周防内侍集。○周防内侍　周防守平棟仲女。○うぐひすの声するかた　鶯の美声によって、若菜を摘む手が思わず止まってしまうような所。

38　山が高いので、この場所から都の春の様子を見わたすと、ただ一かたまりの春霞であったよ。能因集。○長楽寺　京都市東山区、八坂神社の東にある寺。○ふるさとの霞　都の霞。当時長楽寺のある東山のあたりは、すでに洛外と考えられていたらしい。○初句　山が高いので。小高い場所にある長楽寺の位置をやや大仰に表現。○ひとむらの霞　都を包む霞を見下ろしての印象。

39　春霞のたなびいているふるさと、都の春はこうして外(とそ)から眺めるのがよかったのだなあ。能因集。○初句　都に対して「よそ」。「見るべかりける」にかかる。

40　春がやって来ると、まず霞が立ちこめてそのため道に迷ってしまうこの山里を、立ち寄って訪れる人もないことよ。大斎院前の御集、初・二句「春はまた霞にまがふ」。○二句　陽明為本他「かすみにまかふ」。○初句「まどふ」にかかる。○山里　ここでは紫野の斎院御所を指す。

41
春《はる》、難波《なには》といふ所《ところ》に網引《あみひ》くを見《み》てよみ侍《(はべり)》ける
はる〴〵とやへのしほぢにおく網《あみ》をたなびく物は霞《かすみ》なりけり
藤原節信《(ときのぶ)》

42
題不知《(しらず)》
三島江《みしまえ》につのぐみわたる蘆《あし》の根《ね》のひとよのほどに春《はる》めきにけり
曽禰好忠《(よしただ)》

43
正月許《(ばかり)》に津《つ》の国《くにゝ》に侍《はべ》りける頃《ころ》、人のもとに言《い》ひつかはしける
心《こゝろ》あらむ人に見《み》せばや津《つ》の国《くに》の難波《なには》わたりの春《はる》のけしきを
能因法師

44
題不知《(しらず)》
難波《なには》潟《がた》浦《うら》吹《ふ》く風《かぜ》に波《なみ》たてばつのぐむ蘆《あし》の見《み》えみ見《み》えずみ
読人不知《(よみびとしらず)》

45
春駒《はるこま》をよめる
粟津野《あはづの》のすぐろのすゝきつのぐめば冬《ふゆ》たちなづむ駒《こま》ぞいばゆる
権僧正静円《(じやうゑん)》

41 はるばると遠く続く海路に、置いている網を「引く」ように、「たなびく」のは春霞であったなあ。○難波　摂津国。ここでは難波潟のこと。○やへのしほぢ　はるかに遠い海路。「さりともと八重の潮路に入りしかどそこにも老いの波は寄りけり」(登蓮法師集)。○たなびく　網を「引く」を掛ける。

42 三島江に(まるで角が出るように)一面に芽ぐみ始めている蘆、その根の「ひとよ」(一節)ではないが、わずか「ひとよ」(一夜)のうちに、春めいたことだなあ。曽丹集。○三島江　摂津国。大阪府高槻市の南部、淀川沿いの地。○二句「つのぐむ」は角のように長い円椎状の新芽が出はじめること。「わたる」は角ぐむ様子が一面に広がっている状態を表す。「難波女につのぐみわたる蘆の根は寝はひたづねてよをたのむかな」(重之集)。○ひとよ　「蘆」の縁語「一節」と「一夜」とを掛ける。

43 情趣を解する心があるであろう人に見せたいものだ。津の国の難波あたりのこの美しい景色を。能因集、四句「なにはの浦の」。○津の国　摂津国。○心あらむ人　「もののあはれ」を解する心のある人。「心あらむ人に見せばや朝露にぬれてはまさる撫子の花」(大江嘉言集)。

44 難波潟の浦を吹く春風によって波が立つと、角のように芽を出し始めている蘆の先が見えたり、見えなかったりすることだよ。○難波潟　摂津国。○浦吹く風　海辺を吹く春の風。○五句　見えたり見えなかったり。

45 粟津野の野焼きのあとの黒い薄の芽が出始めると、冬には立ち渋っていた駒が元気にいななくことだ。○春駒　春の野の馬。荒々しく気力に満ちた馬として詠まれる。○粟津野　近江国。○二句　「すぐろ」は末黒の略。春の野焼きのあとの黒く焦げ残っている薄。○たちなづむ　寒さのために立ち動くのに難渋する。○いばゆる　いななく。

長久二年弘徽殿女御《(こきでんのにようご)》、歌合し侍《(はべり)》けるに、春駒をよめる

源　兼長《(かねなが)》

46 たちはなれさわ《(は)》べになるる春駒《はるこま》はおのが影《ゝげ》をや友《とも》と見《み》るらん

屏風絵に、鳥《とり》おほく群《む》れゐて、旅人《たびゞと》の眺望する所《ところ》をよめる

藤原長能

47 狩《かり》に来《こ》ばゆきてもみまし片岡《かたおか》の朝《あした》の原《はら》にきゞす鳴《な》くなり

題不知《(しらず)》

和泉式部

48 秋《あき》までの命《いのち》も知《し》らず春《はる》の野《ゝ》に萩《はぎ》の古根《ふるね》を焼《や》くと焼《や》くかな

後冷泉院御時、后宮《きさいのみや》の歌合《うたあはせ》に残雪《のこりのゆき》をよめる

藤原範永朝臣

49 花《はなゝ》ならで折《を》らまほしきは難波江《なにはえ》の蘆《あし》の若葉《わかば》に降《ふ》れる白雪《しらゆき》

屏風絵に梅花ある家に、男《をとこ》来《き》たる所《ところ》をよめる

平　兼盛

50 梅《むめ》が香《ゝ》をたよりの風《かぜ》や吹《ふ》きつらん春《はる》めづらしく君が来《き》ませる

46 群れから離れて、水辺になじんでいる春の野の馬は、水に映った自分の姿を友と見ているのだろうか。長久二年（一〇四一）弘徽殿女御歌合・源重成、二句「沢辺に荒るる」。弘徽殿女御生子（せいし）（藤原教通女）主催。判者、藤原義忠。○なるる　陽明乙本「あるゝ」。○四句「影」に「春駒」の縁語となる「鹿毛」を響かせる。▽歌合では下句が「方ぞしめのうちに勝鞭（かちぶち）打ち立ちぬべう、乗り人ゆかしうなむ」と賞せられて、勝った歌。

47 もし、狩に来たのであったなら、近くに行ってたしかめるところなのに。片岡の朝の原に雉（きじ）の鳴く声が聞えるよ。○初・二句　反実仮想。○三・四句「片岡」「朝の原」はともに大和国。「霧たちて雁ぞ鳴くなる片岡の朝の原は紅葉しぬらむ」（古今・秋下・よみ人しらず）。○きゞす　雉の古名。

48 秋まで生きられるかどうか、その命もわからないのに、春の野で、（美しい花を咲かせようと）萩の古根をただひたすら焼くことよ。和泉式部集（百首）、三・四句「春の野の花のふるねを」。○二句　八代集抄本「あはれもしらず」。○古根を　正保版本「ふるえを」。○五句　動詞を重ねて、その動作に没頭するようすを表す。

49 花ではないのに折りたく思うのは、難波江の蘆の若葉に降りつもっている（白い花のような）白雪であるよ。範永朝臣集。天喜四年（一〇五六）皇后宮春秋歌合・範永妻。栄花物語・根合・但馬。○残雪　ここでは、春になって降り、消え残っている雪。○難波江　摂津国。淀川の河口付近。

50 梅の薫香を乗せて伝える風がちょうど今吹いているのでしょうか。この春珍しくあなたがおいでくださったことよ。兼盛集、三・四句「つげつらん春めづらしき」。○梅花ある家　男が訪ねて来た、女の家。一首はその女の立場で詠んだもの。○たよりの風　知らせをもたらす風。ここは初句を受けて、梅の香を伝える風。▽兼盛の類歌に「わが宿の梅の立枝や見えつらん思ひのほかに君が来ませる」（拾遺・春）がある。

51

ある所《ところ》の歌合に梅をよめる　　大中臣能宣朝臣

梅《むめ》の花にほふあたりの夕暮《ゆふぐれ》はあやなく人にあやまたれつゝ

52

春《はる》の夜《よ》の闇《やみ》はあやなし、といふことをよみ侍《はべ》りける　　前大納言公任《(きんたふ)》

春《はる》の夜《よ》の闇《やみ》にしあればにほひくる梅《むめ》よりほかの花なかりけり

53

題不知《(しらず)》　　大江嘉言《(よしとき)》

梅《むめ》が香《か》をよはの嵐《あらし》の吹《ふ》きためて真木《まき》の板戸《いたど》のあくる待《ま》ちける

54

村上《(むらかみ)》御時、御前の紅梅を女蔵人《(にょくらうど)》どもによませさせたまひけるに、代《かは》りてよめる　　清原元輔

梅《むめ》の花香《はなか》はこと〴〵に匂《ほ》はねどうすくこくこそ色《いろ》は咲《さ》きけれ

55

山里《ざと》に住《す》み侍《はべ》りけるころ、梅《むめ》の花《はな》をよめる　　読人不知

わが宿《やど》の垣根《かきね》の梅《むめ》の移《うつ》り香《が》にひとり寝《ね》もせぬ心地こそすれ

51 梅の花が匂うこのあたり一帯の夕暮には、むなしいことに、訪ねて来る人の薫香と何度も間違えてしまうことだ。能宣集。○あやなく　無駄なことに。第五句にかかる。○五句「れ」は自発。

52 春の夜の闇夜だからこそ、匂ってくるのは梅の花のみで、それ以外の花は何もないことだなあ。公任集「闇はあやなしといふ題を」。○春の夜の闇はあやなし　春の夜の闇はわけがわからない。「春の夜の闇はあやなし梅の花色こそ見えね香やはかくるる」(古今・春上・凡河内躬恒)の初・二句。○下句　梅だけは匂いによって知られるが、その他の花はないのも同然だ。

53 梅の香を夜半の嵐が吹きためていて、真木の板戸が開くのを待っていたのだなあ。○梅が香　難後拾遺は、「梅の香」とある方がまさっているとする。他本「梅の香」。○よはの嵐　夜中に吹いた激しい風。

54 梅の花の香は木毎に別々の香に匂ったりはしないが、色の方は薄くも濃くもさまざまに咲いたことだ。元輔集、五句「色は見えけれ」。○村上御時　村上天皇の御代。天慶九年(九四六)から康保四年(九六七)まで在位。○女蔵人　禁中に仕える下臈(低い地位)の女房。○よませさせたまひけるに　天皇がお詠ませになった時に。○代りてよめる　女蔵人に代って詠んだ歌。○こと〴〵に　木によってとりどりに。「梅」の文字、「木」「毎」を踏まえた洒落。「雪降れば木毎に花ぞ咲きにけるいづれを梅とわきて折らまし」(古今・冬・紀友則)。

55 我が家の庭の垣根の所で咲いた梅の移り香によって、まるで独り寝をしていないような気持がすることだ。○移り香　袖などに移り残った香り。ここでは想う相手のたきしめた薫香を想起している。

題《だい》しらず

56 わが宿《やど》の梅《むめ》のさかりに来《く》る人《ひと》はおどろくばかり袖《そで》ぞにほへる

前大納言公任

57 春《はる》はたゞわが宿《やど》にのみ梅咲《むめさ》かばかれにし人も見《み》にときなまし

和泉《いづみ》式部《しきぶ》

山里《ざと》の梅花をよみ侍《はべ》りける

58 梅《むめ》の花《はな》かきねににほふ山里《ざと》はゆきかふ人《ひと》の心《こゝろ》をぞ見《み》る

賀茂成助

春風夜　芳《(かんば)シ》といふ心をよめる

59 梅《むめ》の花《はな》かばかりにほふ春《はる》の夜《よ》の闇《やみ》は風《かぜ》こそうれしかりけれ

藤原顕綱《(あきつな)》朝臣

梅花を折りてよみ侍《はべ》りける

60 梅《むめ》が枝《え》を折ればつゞれる衣手《ころもで》に思《(おもひ)》もかけぬ移《うつ》り香《が》ぞする

素意《(そい)》法師

56 我が家の庭の梅の花盛りの頃にやって来る人は、こちらがはっとするくらい袖が匂っていることだ。公任集。○四句　はっとするほど。口語的言いまわしではあるが、強調表現として歌中でも用いられる。→三九九。「秋来てのほどは経ぬれどこのくれにおどろくばかり風は吹きぬる」（元真集）。

57 春にはただ私の家の庭にのみ梅が咲くのであったら、私から離れてしまったあの人も花見に来るであろうに。和泉式部集（百首）。○かれにし人　別れてしまった人。「かれ」は「離（か）る」の連用形。

58 梅の花が垣根のもとで咲き匂っている山里は、外を行き来する人の心の中を（風流心があるかどうかと）見ていることだ。○人の心をぞ見る　「見る」の主語は「山里」。通り過ぎる人が梅を顧みるかどうかで風流心の有無を量ろうとしているの意。

59 梅の花がこんなに馥郁と、香のみ匂ってくる春の夜の闇には、（香りを乗せて）吹いてくる風がうれしいことだなあ。○かばかり　これほどまでに。「香ばかり」（香りだけ）の意を重ねる。「色見えぬ梅のかばかりにほふかな夜吹く風のたよりうれしく」（四条宮下野集）。

60 梅の枝をふと折ると、自分の継ぎ合せの僧衣の袖に、（出家の身には）思いもかけなかった移り香がすることだ。○つゞれる衣手　布を継ぎ合せてかがった粗末な衣服の袖。黒川本色葉字類抄に「褐衣 ツヽリ」とあり、僧衣の袖のこと。「つづりの袖」とも。○移り香　ここは梅香の染み移ったかおり。人のたきしめた薫香の「移り香」を連想させる。「追ひ風のこしげき梅の原ゆけば妹がたもとの移り香ぞする」（恵慶法師集）。

太皇太后宮《(たいくわうたいこうぐう)》、東三条にて后《きさき》に立《た》たせ給《(たまひ)》けるに、家の紅梅を移《うつ》し植《う》へ《(ゑ)》られて、花《はな》の盛《さか》りに忍《しの》びにまかりて、いとおもしろく咲《さ》きたる枝《えだ》に結《むす》び付《つ》け侍《(はべり)》ける

61 かばかりのにほひなりとも梅《むめ》の花《はな》しづの垣根《かきね》を思《(おもひ)》わするな

弁《(べんの)》乳母《めのと》

題《だい》しらず

62 わが宿《やど》に植《う》ゑぬばかりぞ梅《むめ》の花あるじなりともかばかりぞ見《み》ん

大江嘉言

63 風吹《かぜふ》けばをちの垣根《かきね》の梅《むめ》の花香《か》はわが宿《やど》のものにぞありける

清基《(しやうき)》法師

道雅《(みちまさ)》三位の八条家の障子に、人《ひと》の家《いへ》に梅《むめ》の木《き》ある所《ところ》に、水《みづ》流《なが》れて客人来《き》たれる所《ところ》をよめる

64 たづねくる人《ひと》にも見《み》せん梅《むめ》の花散《ち》るとも水《みづ》に流《なが》れざらなん

藤原経衡《(つねひら)》

61 これほどの美しさで咲きほこっているにしても、梅の花よ、いやしい旧居である我が家の垣根を忘れないでおくれ。弁乳母集。○太皇太后宮　家集には「四条宮」とあり、藤原寛子(かんし)か。寛子が立后本宮の儀に際して東三条殿に赴いたことが、栄花物語・根合に見える。○東三条　旧藤原兼家邸。○移し植へられて　弁乳母の家から、東三条殿へと移植されて。○忍びにまかりて　こっそりと出かけて。「忍びに」は副詞。「人をしのびに相知りて」(古今・恋四・詞書)。○かばかりの　これほどの。「か」に「香」を掛ける。

62 我が家の庭に植えないだけのことなのだ、この梅の花を。たとえ、花の持主であったとしても、今の私と同じ心のほどで賞美し眺めることであろうよ。○かばかり　これほどの心で。「か」には「香」を掛ける。▽大江嘉言集の「日暮れて花を見る／見るほどに日は暮れにけり桜花あるじなりともかばかりぞみん」の改作か(川村晃生『後拾遺和歌集』)。

63 風が吹くと、遠方の垣根の梅の花の香りだけは、我が家の庭のものであったよ。○をちの垣根　遠く離れた家の垣根。後代「梅咲かぬ宿はうらみじ春風ををちの垣根の香をさそひけり」(正治初度百首・藤原季経)と歌われる。○香は　「は」は他と区別する副助詞。梅の花そのものは「をち」ではあっても、香りの方はの意。

64 訪ねて来る人にも見せよう、この梅の花を。たとえ散っても川の水に流れないでいてほしいものだ。経衡集「人家の前に梅の木あり。花散りて遣水に流れ下る所をながめて、女あり」。左京大夫八条山庄障子絵合。○道雅三位　藤原道雅。伊周の男。○八条家の障子　「八条家」は八条(現、京都市下京区、朱雀大路付近の西八条か)にあった道雅の山荘。「障子」は襖(ふすま)障子。

65
水辺ノ梅花といふ心を
末《すゑ》むすぶ人の手《て》さへや匂《にほ》ふらん梅《むめ》の下行《したゆ》く水《みづ》の流《なが》れは
平経章《（つねあきら）》朝臣

66
長楽寺に住《す》み侍《はべ》りけるころ、二月許《（ばかり）》に人のもとに言《い》ひつかはしける
思《おも》ひやれ霞《かすみ》こめたる山里《ざと》の花《はな》まつほどの春《はる》のつれぐ〱
上東門院中将《（じやうとうもんゐんちゆうじやう）》

67
題不知《（しらず）》
ほにいでて秋と見《み》しまに小山田《をやまだ》をまた打《う》ち返《かへ》す春《はる》も来《き》にけり
小弁

68
帰《かへ》る雁《かり》をよめる
帰《かへ》る雁雲居《かりくもゐ》はるかになりぬなりまた来《こ》ん秋も遠《とを》しと思《おも》ふに
赤染衛門

69
ゆきかへる旅《たび》に年《とし》ふるかりがねはいくその春《はる》をよそに見《み》るらん
藤原道信《（みちのぶ）》朝臣

65 下流で水をすくい上げる人の手までも匂うことであろうか。この梅の花の下を流れる川水の流れは。○初句　流れの下流ですくい上げる。

66 思いやってみてください。霞が立ちこめた山里での、(桜の)花が開くのを待つ春のこのやるせない所在なさを。経衡集。○長楽寺　↓三八。○山里　東山にあった長楽寺付近は、当時洛外と考えられていた。○四句　桜の開花を待つ間の。

67 稲穂となって、秋の気配だなあと見ているうちに、いつしか山田を再び耕し返す春もやってきたことだよ。○初句　穂になって出て。表面にあらわれる、の意をも込める。○小山田　山あいの田。「小(を)」は語調を整える接頭語。

68 (鳴き声からすると)帰って行く雁はもう雲のかなたの空遠くになってしまったようだ。再び帰ってくる秋も、まだまだほど遠いと思うのに。長久二年(一〇四一)弘徽殿女御歌合。↓四六。○帰る雁　雁は秋飛来し、春には北国に向かって帰る。○雲居　遠くの空。○また来ん秋　雁が再び来る意と「来ん秋」(来秋)の意を重ねる。▽歌合では伊勢大輔の「行く空もなくなく帰る雁がねの聞えぬほどになりにけるかな」と合わされ、判者は「行く空もなくなくと侍るよりも、また来ん秋をと侍る、今少しまさりてや侍らん」として、赤染衛門の歌を勝と判した。

69 往来する旅の中で年を重ねる雁は、いったいどれほど多くの春を、自分とは無関係のものとして見てきたのだろう。道信朝臣集。○ゆきかへる旅　春に北国に帰り、秋再びやって来る旅。○四句　どれほど多くの春を。「いくそ」の「そ」は「十」の意。▽「春霞立つを見すててゆく雁は花なき里に住みやならへる」(古今・春上・伊勢)と同発想の詠。難後拾遺は、「春」とあって「花」とないことを批判する。

70 とゞまらぬ心ぞ見《み》えん帰《かへ》る雁花《かりはな》のさかりを人にかたるな

馬内侍《(むまのないし)》

71 薄墨《うすゞみ》にかく玉梓《たまづさ》と見《み》ゆるかな霞《かす》める空《そら》に帰《かへ》るかりがね

津守国基《(くにもと)》

72 をりしもあれいかに契《ちぎ》りてかりがねの花《はな》の盛《さか》りに帰《かへ》りそめけん

弁の乳母《めのと》

屏風に、二月山田打《だう》つ所《ところ》に帰《かへ》る雁《かり》などある所《ところ》をよみ侍《はべ》りける

大中臣能宣朝臣

73 かりがねぞ今日帰《かへ》るなる小《を》山田《だ》の苗代水《なはしろみづ》の引《ひ》きもとめなん

天徳四年内裏歌合に柳をよめる

坂上望城《(もちき)》

74 あらたまの年《とし》をへつゝも青柳《あをやぎ》の糸《いと》はいづれの春《はる》か絶《た》ゆべき

70　せっかくの花の季節にここにとどまらない無風流な心が見破られてしまうだろう。帰る雁よ、花の盛りのさまを人に語るではない。馬内侍集「衰へはてて宇治院に住むに、帰る雁をききて」。○とゞまらぬ心　花を見捨てて帰って行く、風流心に欠ける雁の心。

71　薄墨紙に書いた手紙のように見えることだ。霞んでいる空を(文字の形をして)帰っていく雁の姿は。津守国基集。○薄墨　薄墨紙。京都の紙屋川でさらした薄いねずみ色の紙。○玉梓　便り。手紙。もと使者の杖が梓(あずさ)の木であったことから生じた語。「かへるさぞあはれなりける雁がねは緑の紙に書ける玉梓」(大斎院御集)。▽「雁飛二碧落一書二青紙一」(和漢朗詠集・秋雁・島田忠臣)などを踏まえる。

72　折も折、どんなに固い約束を交して雁は、花の盛りの時に帰ることとしはじめたのであろう。弁乳母集。○初句　外に折もあろうに、ちょうどこんな折に。「をりしもあれ別れに落つる涙かな紅葉や秋の涙なるらん」(大江嘉言集)。▽あるいは「時しもあれ花の盛りにつらければ思はぬ山に入りやしなまし」(後撰・春中・藤原朝忠)を意識したか。

73　雁がいよいよ今日帰って行くようだ(その声が聞える)。小山田の苗代水を引くように、雁を引き止めてほしいものだ。能宣集、二句「今かへるなる」。○三・四句「引き」を導き出す序詞。○引きもとめなん　引き止めてほしい。水を「引き」と雁を「引きとめ」とを重ねる。「なん」は誂えの終助詞。

74　どんなに年を経ても、青柳の糸は、いったいいつの年の春に絶えてしまうというのだろう(いつまでも絶えることはないことだ)。天徳四年(九六〇)内裏歌合。○天徳四年内裏歌合　三月三十日、村上天皇主催による内裏歌合。判者は藤原実頼。十二題二十番。○初句「年」にかかる枕詞。○二句「へ」には「経(へ)」と「綜(へ)」(経糸を延ばして織機にかけること)とを掛ける。「綜」「絶ゆ」は「青柳の糸」の縁語。

柳《やなぎ》、池《いけ》の水《みづ》を払《はら》ふ、といふ心をよめる

75 池水《いけみづ》のみくさもとらで青柳《あをやぎ》の払《はら》ふしづえにまかせてぞ見《み》る

藤原経衡

題《だい》しらず

76 あさみどり乱《みだ》れてなびく青柳《あをやぎ》の色《いろ》にぞ春《はる》の風《かぜ》も見《み》えける

藤原元真《(もとざね)》

二月許《(ばかり)》、良暹法師のもとに、ありやとおとづれて侍《はべ》りければ、人《ひと》〱具《ぐ》して花見《はなみ》になむ出《い》でぬると聞《き》きて、つねは誘《いざな》ふものをと思《おも》ひてたづねて遣《(つかはし)》ける

77 春霞《はるがすみ》へだつる山のふもとまで思《おも》ひしらずもゆく心《こゝろ》かな

藤原孝善《(たかよし)》

人〱、花見《はなみ》にまかりけるを、かくとも告《つ》げざりければ、つかはしける

78 山ざくら見《み》にゆく道《みち》をへだつれば人《ひと》の心《こゝろ》ぞかすみなりける

藤原隆経朝臣

75 池水の水草も取らないで、青柳が水面に触れ水草を払ってくれている、その下枝の動きにまかせたまま、その様子をただ見続けることだ。経衡集、初句「いけみづに」。〇みくさ　水辺や水中の草。〇しづえ　下枝。〇五句「見る」の主語は詠者。柳にまかせたままで、じっと見ている。

76 うすい緑色に風に乱れてなびく青柳の色によって、(見えないはずの)春風の色も目に見えたことだ。元真集「(同じ年二月三日内裏の御歌合、方々のをよめる)左」、二句「みだれてみゆる」。〇初句　うすい緑色。〇二句　風によって乱れ揺れている。〇五句　春風の動きも浅緑色に見えることだ。▽中国の五行思想で青は春の色とされていることを前提として、春風も青柳の色に見えるというか。

77 春霞が隔てている(桜の花の咲く)山のふもとまで、あなたの隔て心も知らず、(身を離れ)馳せおもむく私の心であったよ。〇ありやとおとづれて侍りければ「ご在宅ですか」と便りしましたところ。〇たづねて　(誘ってくれなかったわけを)聞き尋ねて。〇初・二句「へだつる」は、霞が山を隔てる意と、良暹が詠者(孝善)を隔てる意とを重ねる。〇四句　良暹の隔て心にも気付かず。〇五句　ふもとまで訪ねる心よ。「心」は「身」と対比して言う。花のもとに赴く「心」は八六・八七・九七などにも出る。

78 あなたは、山桜を見に行く道を霞が隔てるように、私を隔ててしまったので、あなたの心こそが霞であったのだなあ。〇かくとも「花見に出かけますよ」とも。〇二・三句　霞同様、私に対し隔て心を持ち、花見に行くことを教えてくれなかったので。〇下句　山桜を隠し隔てる点で、霞とあなたの心は同じであったよ。

79 きさらぎのころほひ、花見《はなみ》に俊綱朝臣の伏見《ふしみ》の家《いへ》に人〳〵
まかれりけるに、誰《たれ》とも知《し》られでさしおかせ侍《はべ》りける

うらやましいる身《み》ともがな梓弓《あづさゆみ》ふしみの里《さと》の花《はな》のまとゐに

皇后宮美作《（くわうごうぐうみまさか）》

80 花見《はなみ》にまかりけるに、嵯峨野《さがの》を焼《や》きけるを見てよみ侍《（はべり）》ける

小《こ》萩《はぎ》咲《さ》く秋《あき》まであらば思《おも》ひ出《い》でむ嵯峨野《さがの》を焼《や》きし春《はる》はその日と

賀茂成助

81 題不知《（しらず）》

桜花《さくらばな》咲《さ》かば散《ち》りなんと思《おも》ふよりかねても風《かぜ》のいとはしきかな

永源《（やうげん）》法師

82 梅《むめ》が香《か》を桜《さくら》の花《はな》ににほはせて柳《やなぎ》が枝《えだ》に咲《さ》かせてしがな

中原致時《（むねとき）》朝臣

83 明《あ》けばまづたづねに行《ゆ》かむ山桜《ざくら》こればかりだに人にを《（お）》くれじ

橘 元任《（もとたふ）》

79　うらやましいこと、私も入り加わる身になりたいものです。伏見の里での花の団欒のもとに。○俊綱朝臣の伏見の家　橘俊綱の伏見の里邸。数奇をこらしたこの邸内では、しばしば歌会、歌合が開かれた。○誰とも知られで　誰の歌であるとも知られないようにして。○いる　「入る」と「弓」の縁語「射る」とを掛ける。○梓弓　「いる(射る)」を出す枕詞。ここでは、倒置してかかる。○まとゐ　円居。「弓」の縁語「的射」と掛ける。

80　小萩の花が咲く秋まで私の命があったら思い出すことであろう、(萩の花を美しく咲かせようと)嵯峨野を焼いていた春の日は(花見に出かけた)今日という日であったと。○嵯峨野　山城国。京都市右京区嵯峨一帯の野。○小萩　小さな萩。○二句　秋までもし存命ならば。○焼きし春はその日と　野焼きをしていた春の日は、花見に行った当日であったと。

81　桜の花が咲いたらきっと風に散るであろうと思うと、花の咲く前の今からすでに風がいとわしく感じられることだ。○かねても　前もって。

82　梅の香を、(目に美しい)桜の花に匂わせ、(しなやかな枝ぶりの)柳の枝に咲かせたいものだ。○三句　「にほふ」はここでは嗅覚イメージ。

83　夜が明けたなら、まず訪ねて行こう。山桜のもとに。せめてこれだけは人に遅れないようにしたいものだ。○四句　「これ」は山桜を見に出かけること。「だに」は「せめて…なりとも」の意。▽作者の父能因の「夜だに明けばたづねて聞かむほとゝぎす信太の森のかたに鳴くなり」(↓一八九)の歌に影響されたか(川村晃生『後拾遺和歌集』)。

一条院御時、殿上の人〻花見にまかりて、女《をんな》のもとにつか
はしける

源雅通《(まさみち)》朝臣

84 折《を》らばをし折《を》らではいかゞ山桜《ざくら》けふをすぐさず君《きみ》に見《み》すべき

返《かへ》し

盛《さかり》少将《(のせうしやう)》

85 お《(を)》らでたゞ語《かた》りに語《かた》れ山桜風《ざくらかぜ》に散《ち》るだにをしきにほひを

後冷泉院御時、上《うへ》のお《(を)》のこども花見《はなみ》にまかりて、歌《うた》などよ
みて、高倉《たかくら》の一宮《(いちのみや)》の御方《かた》にもてまい《(ゐ)》りて侍《はべ》りけるに

一宮駿河《(するが)》

86 思《おも》ひやる心ばかりは桜花《さくらばな》たづぬる人におくれやはする

今上御時、殿上の人〻花見《はなみ》にまかり出《い》でける道《みち》に、中宮《(ちゆうぐう)》の
御方《かた》よりとて、人に代《かは》りてつかはしける

右大臣北方

87 あくがるゝ心ばかりは山桜《ざくら》たづぬる人にたぐへてぞやる

84 折るのは惜しい。しかし、折らないと、どのようにしてこの山桜を今日という日を過さずあなたに見せることができようか。〇一条院御時　一条天皇の御代。↓一〇。〇いかゞ　「見すべき」にかかる。

85 折らないで、ただひたすら私に語り聞かせてください。山桜が風に散るのさえ惜しい、この満開の美しい様子を。〇二句　難後拾遺では「ただ人のものいふやうにこそおぼゆれ」と、口語的な歌い口を難じている。〇山桜　主語として「散る」にかかる。〇にほひ　ここでは視覚で捉えた美しさ。

86 （実際に出かけこそしませんでしたが）桜を遥かに思いやる私の心だけは、花のもとを訪ねた方々に立ち遅れたことでしょうか（ずっと添っていたのです）。〇後冷泉院御時　後冷泉天皇の御代。↓三六。〇高倉の一宮　後朱雀天皇第三皇女、祐子内親王（ゆうしないしんのう）。〇初句　桜のもとに思いをはせる。〇二句　「身」は赴かなかったが「心」だけは。〇五句　（心は）桜を訪ねた人々に遅れをとったことであろうか。「やは」は反語。

87 （実際に出かけなくても）花にあこがれ浮かれ出る私の心だけは、山桜を訪ねる人々に添えて赴かせることです。〇今上御時　白河（しらかわ）天皇の御代。延久四年（一〇七二）から応徳三年（一〇八六）まで在位。〇中宮　藤原賢子（けんし）。↓二八。〇あくがるゝ心　身を抜け出しさまよう心。

障子絵に、花多《はなおほ》かる山里《ざと》に、女《をんな》ある所《ところ》をよみ侍《はべ》りける　　源兼澄

88 いま来《こ》むとちぎりし人のおなじくは花《はな》のさかりをすぐさざらなん

題不知《(しらず)》　　祭主輔親《(すけちか)》

89 いづれをかわきて折《を》らまし山桜《ざくら》心《こゝろ》うつらぬ枝《えだ》しなければ

菅原為《(ため)》言《(ノブ)》

90 ゆきとまる所《ところ》ぞ春《はる》はなかりける花に心のあかぬかぎりは

遠《とを》き山花をたづぬといふ心をよめる　　小弁

91 山桜《ざくら》心のまゝにたづね来《き》てかへさぞ道《みち》のほどは知《し》らるゝ

長楽寺に侍《はべ》りけるころ、斎院より山里《ざと》の桜《さくら》はいかゞとありければ、よみ侍《(はべり)》ける　　上東門院中将

92 にほふらん花《はな》のみやこのこひしくてをるにものうき山桜《ざくら》かな

88 「今すぐにうかがおう」と私と約束したあの方は、同じことなら、花の盛りの時期を過さず来てほしいものです。○いま来む　いますぐ行こう。「来（く）」はここは相手の立場になってそこに近づく意。「今こむと言ひしばかりに長月の有明の月を待ち出でつるかな」（古今・恋四・素性）。○三句　どうせ来て下さるのなら。

89 どの枝を特に選んで折るとしようか。この山桜のどの枝にも心が惹かれないこととてないので。輔親卿集「三月ばかりに、花見るに」。○初・二句　「か」は疑問。「まし」はためらいの気持を込める。「いづれをかわきてをらまし梅の花枝もたわわに降れる白雪」（躬恒集）。○心うつらぬ枝　「心うつる」は心が惹かれそこに心がのり移る意。

90 春には、落ち着いてたたずむ場所とてないことだ。花に心が満ち足りることなく浮かれさまよっている間は。○ゆきとまる所　行き着いて留まる所。「世の中はいづれかさしてわがならむ行きとまるをぞ宿と定むる」（古今・雑下・よみ人しらず）。○春はなかりける　春という季節には、（ゆきとまる所が）ないことだ。○五句　「飽く」は十分満足する意。「かぎり」は、ある範囲内の時間、あいだ。

91 山桜を心の赴くままに訪ねて来て、帰り道になってはじめて道の遠さが知られることだ。○かへさ　「帰るさ」（帰り途）の転。○道のほど　道のり。○知らるゝ　「るゝ」は自発。

92 今、美しく咲いているであろう桜花に包まれた都のことが恋しくしのばれて、手折っても心の晴れない山の桜であることよ。○長楽寺　↓三八。○斎院　禖子内親王（ばいしないしんのう）か。選子内親王（せんしないしんのう）とする説もある。○初句　離れた都では今ごろはの意。○花のみやこ　桜の花咲く都。平安中期の歌人に愛好された歌語で、後拾遺集中にも多く見出される。○四句　「をる」は「折る」と「居る」とを掛ける。

93 白河院にて花を見て読侍《(よみはべり)》ける　民部卿長家《(ながいへ)》

東路《あづまぢ》の人にとはばや白河《しらかは》の関《せき》にもかくや花《はな》はにほふと

94 南殿の桜を見て　高岳頼言《(よりとき)》

見《み》るからに花《はな》の名《な》だての身《み》なれども心は雲《くも》の上《うへ》までぞゆく

95 上《うへ》のをのこども歌《うた》よみ侍《(はべり)》けるに、春心花に寄《よ》すといふことをよみ侍《はべ》りける　大弐実政《(さねまさ)》

春《はる》ごとに見《み》るとはすれど桜花《さくら》あかでも年《とし》のつもりぬるかな

96 花を惜しむ心をよめる　大中臣能宣朝臣

桜花《さくらばな》にほふなごりにおほかたの春《はる》さへ惜《を》しく思《おも》ほゆるかな

97 河原院にて、遥《はる》かに山桜を見《み》てよめる　平兼盛

道《みち》とを《(ほ)》み行《ゆ》きては見《み》ねど桜花《さくら》心《こゝろ》をやりて今日はくらしつ

93 東国に旅をしている人に尋ねたいものだ。ここ白河院と同じ名を持つ白河の関にも、このように花は美しく咲くのだろうかと。○白河院　もと藤原良房の別邸。京都市北部の白河の地にあり、この歌の当時は藤原教通の別荘となっていた。後には白河天皇の御所ともなる。○東路の人　東国に至る海道を旅している人。→二三六。○白河の関　陸奥国。福島県白河市旗宿付近にあった関所。

94 桜を見るだけで花を引き立てることになる（みすぼらしい）我が身ではあるが、心だけは雲の上（宮中）の南殿の桜まで馳せて行くことだ。○南殿の桜　内裏、紫宸殿の左近の桜。○初句　ただ見るだけで。○花の名だて　ここは花の引き立て役になること。名折れ。→二四。○雲の上　宮中。

95 毎春桜を見ることにするのだが、（咲いている時期が短く）満ち足りる思いもなく年が積もったことだ。○上のをのこ　殿上人。

96 桜の花が美しく咲きほこった残色の漂う中で、季節としての春が去ることまでもが惜しく思われることだ。○なごり　ここでは、桜の盛りが過ぎて、わずかに散り残った様子。○おほかたの春　桜花の開花期とは限らない、季節としての春。

97 道のりが遠いので、行って間近にながめはしなかったが、あの山桜に心を馳せて、今日という一日を過したことだ。○兼盛集、五句「けふはかへりぬ」。恵慶法師集。○河原院　左大臣源融（八二二―八九五）の邸宅。今の京都市下京区にあった。融の死後は寺となり荒廃したが、伝領した安法法師のもとにしばしば風流隠士が集い、往時を偲ぶ交雅の場となった。○初句　道のりが遠いので。○四句　我が身はこのまま、心だけを花のもとに行かせて。「心をやる」には、「気晴らしをする」の意をも重ねる。○五句　陽明為本・陽明乙本・太山寺本等「けふはかへりぬ」。

夜、桜《さくら》を思《おも》ふといふ心をよめる　能因法師

98 桜咲《さくらさ》く春《はる》は夜《よる》だになかりせば夢《ゆめ》にもものは思《おも》はざらまし

桜をうへ《(ゑ)》おきて、主亡《ぬしな》くなり侍《(はべり)》にければよめる　読人不知

99 うへ《(ゑ)》おきし人なき宿《やど》の桜《さくら》花にほひばかりぞ変《かは》らざりける

遠《とを》き所《ところ》にまうでて帰《かへ》る道《みち》に、山の桜を見《み》やりてよめる　和泉《いづみ》式部《しきぶ》

100 みやこ人いかゞと問はば見《み》せもせむかの山桜一《ざくらひと》えだもがな

題《だい》しらず

101 人も見《み》ぬ宿《やど》に桜《さくら》をうへ《(ゑ)》たれば花《はな》もてやつす身《み》とぞなりぬる

102 我《わ》が宿《やど》の桜《さくら》はかひもなかりけりあるじからこそ人も見《み》にくれ

98 桜の咲く春には、もしも夜がなかったとしたら、夢の中までも物思いをすることはないであろうに。能因集。○初句　底本・冷泉本「さくらさへ」、陽明為本他による。○夢にも　「夢」に副詞の「ゆめ」を掛ける。

99 植え残した人のもういないこの家の桜花は、その美しさだけは以前と少しも変らないことだ。○四句　花の美しさだけは。「にほひ」はここは視覚で捉えた美。

100 都の人が山の桜はどうでしたと尋ねたら見せもしたい。あの山桜の一枝が欲しいものだ。和泉式部集「石山より帰るに、遠き山の桜を見て」。○初・二句　都を離れた旅中にあっての慣用的な問いかけ。「都人いかがととはば山高み晴れぬ雲居にわぶとこたへよ」(古今・雑下・小野貞樹)。→一〇四一。○四句　底本「か」の上に「こ」と重ね書き。冷泉本他「かのやまざくら」による。

101 誰も訪ねて来ず、人もふり返って見ることのない我が家に桜を植えたので、花によってますますみすぼらしさの思い知らされる我が身となったことよ。和泉式部集(百首)、五句「身にぞなりぬる」。○四句「もて」は「もちて」の転。手段、材料を表す。「やつす」はみすぼらしく装うの意。ここは、美しい花の存在が、対比的に自分を目立たぬ姿にするという意か。

102 我が家の庭の桜は咲いても甲斐のないことでした。主人の魅力次第で人も見にくるのですから。和泉式部集(百首)。○かひもなかりけり　花は美しく咲いても眺める人はなく、何の甲斐もないことだ。○四句　主人の人望の有無によって。

103
花見《はなみ》にと人は山辺《べ》に入《い》りはてて春《はる》は都《みやこ》ぞさびしかりける

道命《(だうみやう)》法師

104
世《よ》の中《なか》をなになげかまし山桜《ざくら》花見《み》るほどの心《こゝろ》なりせば

紫式部

なげかしきこと侍《はべ》りけるころ、花を見《み》てよめる

105
花《はな》見てぞ身《み》のうきことも忘《わす》らるゝ春《はる》はかぎりのなからましかば

藤原公経《(きんつね)》朝臣

堀川右大臣の九条家にて、山ごとに春《はる》ありといふ心《こゝろ》をよみ侍《はべ》りける

106
わが宿《やど》の梢《こずゑ》ばかりと見《み》しほどによもの山辺《べ》に春《はる》は来《き》にけり

前中納言顕基《(あきもと)》

題不知《(しらず)》

107
思《おも》ひつゝ夢《ゆめ》にぞ見《み》つる桜《さくら》花春《はる》はねざめのなからましかば

藤原元真

103 花見のために人々は山辺に入ってしまって、春は都がかえって寂しいことだ。○初句　三句の「入りはてて」にかかる。○四句　春という季節にあっては、いつもは賑やかな都が。

104 自分の身の上をどうして嘆くことがあろう。いつも、山桜の花をながめるような心でいられたとしたら。紫式部集。○世の中　ここは自分を取り巻く境遇。身の上。○花見るほどの心　花を見る時のような忘我の境地。

105 花を見ることによって、我が身のつらさもおのずと忘れてしまうことだ。（花の咲く）春に終りがないとしたら、どんなによいことだろう。○下句　反実仮想の条件部分。以下に「よからまし」などを省略。

106 我が家の庭の（花のついた）梢にだけ春が来たと見ているうちに、いつのまにかまわりの山辺一帯に（花が咲き）春が来たことだなあ。○堀川右大臣　藤原頼宗（よりむね）。○九条家　頼宗の九条にあった別邸。○山ごとに春あり　安政版本「毎山有春」。○二・三句　桜の咲いた梢にだけ春が来たと見ていたのに。

107 思いながら寝たので夢の中で見たのであった桜の花よ。春には寝覚めがなければよかったのに。○初・二句　「思ひつつ寝ればや人の見えつらん夢と知りせば覚めざらましを」（古今・恋二・小野小町）に依った表現。○ねざめのなからましかば　「寝覚め」は夜中の目覚め。「ましかば」は反実仮想、下に「よからまし」などを省略。

承暦二年内裏歌合によめる　右大弁通俊《（みちとし）》

108 春《はる》のうちは散《ち》らぬ桜《さくら》と見《み》てしがなさてもや風《かぜ》のうしろめたなき

屏風に、旅客見ルレ花ヲところをよめる　平兼盛

109 花見《はなみ》ると家路《いへぢ》におそく帰《かへ》るかな待《ま》ち時《どき》すぐと妹《いも》やいふらん

屏風の絵《ゑ》に、三月花宴《（はなのえん）》する所《ところ》に、客人《まら（うと）》来《き》たる所《ところ》をよめる

110 ひとゝせにふたゝびも来《こ》ぬ春《はる》なればいとなく今日《けふ》は花をこそ見《み》れ

後冷泉院、東宮と申《（まうし）》ける時《とき》、上《うへ》のお《（を）》のこども花見《み》んとて雲林院にまかれりけるに、よみてつかはしける　良暹法師

111 うらやまし春《はる》の宮人《みやびと》うちむれておのがものとや花《はな》を見《み》るらん

通宗朝臣能登守《のとのかみ》にて侍《はべ》りける時《とき》、国にて歌合《うたあはせ》し侍《（はべり）》けるによめる　源縁《（げんえん）》法師

112 山ざくら白雲《しらくも》にのみまがへばや春《はる》の心のそらになる覧《（らん）》

108 春の間は散らない桜として見たいものだ。それでもなお、吹く風がこんなにも気がかりに思えるものかと。承暦二年（一〇七八）内裏歌合（→三二）、五句「うしろめたきと」。○散らぬ桜　散らないはずの桜。現実の散る桜とは異なる「散らない桜」を仮想。○さてもや　そうあっても…かどうか。「わがごとく我を思はん人もがなさてもや憂きと世をこころみん」（古今・恋五・凡河内躬恒）。○五句　陽明為本他「うしろめたきと」。

109 花に見入っていると、つい家路につくのが遅れたことだよ。今ごろは家では、帰りの刻限を過ぎたと妻が言っていることだろうか。兼盛集「三月、旅人の花見るところを」、五句「妹やなげかん」。○ところ　底本・冷泉本「と〈いふ〉ころ」、陽明為本他による。○家路　家への道。「家路に帰る」は家へ帰ると同義。○待ち時（妻が夫の帰りを）待っている時刻。

110 一年に二度もは来ない春なので、ひたすら今日は花を見続けることだ。兼盛集。○花宴　桜花のもとの宴。○ひとゝせにふたゝびも来ぬ春「声絶えず鳴けや鶯ひととせにふたたびとだに来べき春かは」（古今・春下・藤原興風）に依る。○いとなく　暇（いとま）なく。

111 うらやましいことです。春宮に仕える方々が連れ立ってお出かけになり、（春という名のゆかりで）自分たちのものと花を見ていることでしょうか。○雲林院　京都紫野にあった天台宗の大寺。桜花の名所。○二句　春宮（東宮）に仕える人々。

112 山桜が白雲に見まちがえるほど紛らわしいせいで、春の人の心は落ち着かずうわの空になるのであろうか。延久四年（一〇七二）三月十九日気多宮歌合。○通宗朝臣　藤原通宗。○国　能登国。○春の心　春における人の心。「世の中にたえて桜のなかりせば春の心はのどけからまし」（古今・春上・在原業平）。○五句　「そら」には天空の意と心のうわのそらの状態を重ねる。「秋風は身を分けてしも吹かなくに人の心の空になるらん」（古今・恋五・紀友則）。

宇治前太政大臣《(うぢのさきのだいじやうだいじん)》、花見《み》になむと聞《き、》きてつかはしける

113 いにしへの花見《はなみ》し人はたづねしを老《お》いは春《、る》にも知《し》られざりけり

民部卿斉信《(ただのぶ)》

つゝしむべき年《とし》なれば、歩《ある》くまじきよし言《い》ひ侍《はべ》りけれど、三月許《(ばかり)》に白河にまかりけるを聞《き、》きて、相模《さがみ》がもとより、かくもありけるはと言《い》ひにおこせて侍《はべ》りければよめる

114 桜《さくら》花さかりになればふるさとのむぐらの門《かど》も鎖《さ、》されざりけり

中納言定頼《(さだより)》

遠花誰《ガ》家ぞといふ心をよめる

115 よそながらをしき桜《さくら》のにほひかなたれわが宿《やど》の花と見《み》るらん

坂上定《(さだ)》成《(シゲ)》

年《とし》ごとに花を見《み》るといふ心をよめる

116 春《はる》ごとに見《み》れどもあかず山桜《やまざくら》年《とし》にや花の咲《さ》きまさるらん

源縁法師

113 以前に、花見に同道したあなたは今度も花のもとに赴かれたが、我が身に負う老いは（あなたからはもとより）春からも顧みられないまでになってしまったことです。栄花物語・殿上の花見、五句「わすられにけり」。○宇治前太政大臣　藤原頼通（よりみち）。○いにしへの花見し人「人」は頼通。「いにしへ」は道長在世中のことを指すか。○春にも（あなたにはもとより）春にまで。

114 桜花が花盛りになると、都の我が家の雑草の生い茂った門も閉ざしたままにもできなかったことです。○つゝしむべき年　厄年のことを言うか。○言ひ侍りけれど「言ふ」の主語は定頼。○白河　京都市北部の地名。○相模がもとより　歌人の相模のもとから。○かくもありけるは　これは一体どうしたことですか。「かく」は白河に出かけたことを指す。○ふるさと　白河の地から洛中の我が家を指して言う。○むぐらの門　八重葎などの雑草の生え絡んだ門。

115 よそながらも惜しまれる桜の美しさであるよ。（羨ましいことに）誰が我が庭の花として見ていることであろう。○遠花誰家ぞ　遠く見える花は誰の家の花かという意の歌題。○よそながらをしき　余所ながら見ても惜しく感じられる。

116 春が来るごとにいくら眺めても飽きることがないよ、山桜は。それというのも、年ごとに花がより美しく咲くからなのだろうか。○年ごとに花を見る　安政版本「毎年見花」。○二句　万葉以来、頻出する表現。○年にや　その年その年に。「や」は疑問。

117

賀陽院の花盛《はなざか》りに、忍《しの》びて東面《ひむがしおもて》の山の花見《み》にまかりありければ、宇治前太政大臣聞《き》きつけて、この程《ほど》いかなる歌《うた》かよみたるなど問はせて侍《はべ》りければ、久《ひさ》しく田舎《ゐなか》に侍《はべ》りてさるべき歌《うた》などもよみ侍《はべ》らず、今日かくなむおぼゆるとてよみて侍《はべ》りける

能因法師

世《よ》の中《なか》を思《おも》ひすててし身《み》なれども心よは《(わ)》しと花《はな》に見《み》えぬる

これを聞《き》きて、太政大臣、いとあはれなりと言《い》ひて、被物《かづけもの》などして侍《(はべり)》けりとなん言《い》ひ伝《つた》へたる

118

美作《みまさか》にまかりくだりけるに、大《(おほい)》まうちぎみの、被物《かづけもの》の事《こと》を思《おも》ひ出《い》でて、範永朝臣のもとにつかはしける

世《よ》ゝふともわれ忘《わす》れめや桜《さくら》花苔《こけ》のたもとに散《ち》りてかゝりし

119

高倉《たかくら》の一宮の女房、花見《み》に白河にまかれりけるに、よみ侍《はべ》りける

伊賀少将《(いがのせうしやう)》

なにごとを春《はる》のかたみに思《おも》はまし今日白河《しらかは》の花見《み》ざりせば

117　この世の中をすっかり思い捨ててしまった出家の身なのですが、修行の心が弱いと花に見られてしまったことです。能因法師歌集、二句「おもひすてにし」、五句「花にいでけり」。○賀陽院　高陽院に同じ。藤原頼通の邸宅。○東面の山　「高陽院の築山也」（八代集抄）。○宇治前太政大臣　藤原頼通（よりみち）。○世の中を思ひすててし身　出家の身。「世の中」はここは俗世を指す。○心よはし　意志の力が弱い。本来は「つれなきを今は恋ひじと思へども心よわくも落つる涙か」（古今・恋五・菅野忠臣）のように、恋の心に関して言うことが多い。

118　どんなに時がたっても、私はけっして忘れはしません。（あの時）桜花の花びらが私の僧衣に散りかかったことを（宇治前太政大臣から被け物を戴いたことを）。○美作　美作国。岡山県北部。○大まうちぎみ　ここは宇治前太政大臣頼通。○被物の事　二七の左注に記された内容を指す。○範永朝臣　藤原範永。○初句　どれほどの時代を経ても。経過する時の長さを強調。○忘れめや　「や」は反語。○苔のたもと　僧侶・隠者の衣。苔の衣・苔の袖とも言う。

119　いったい外の何事を春のかたみ、春を偲ぶよすがと思うことであろうか。もし、今日、白河の桜の花を見なかったとしたら。○高倉の一宮　祐子内親王（ゆうしないしんのう）。○白河　京都市北部の地名。○春のかたみ　過ぎ去った春を思い出すよすが。「暮れぬべき春のかたみと思ひつつ花のしづくにぬるる今宵を」（能宣集）。○白河の花　白河の地に咲く桜花。

120 内大《(うちのおほい)》まうちぎみの家《いへ》にて、人〴〵酒《さけ》たうべて歌《うた》よみ侍《(はべり)》けるに、遥《はる》かに山桜《ざくら》を望《のぞ》むといふ心をよめる

大江匡房《(まさふさ)》朝臣

高砂《たかさご》の尾上《をのへ》の桜《さくら》咲《さ》きにけり外《と》山の霞《かすみ》たゝずもあらなん

121 遠山《ノ》桜といふ心をよめる

藤原清家《(きよいへ)》

吉野《よしの》山《やま》八《や》重《へ》たつ峰《みね》の白雲《しらくも》にかさねて見《み》ゆる花桜かな

122 周防にまかりくだらんとしけるに、家《いへ》の花《はな》を惜《ゝ》しむ心《こゝろ》、人〻よみ侍《はべ》りけるによめる

藤原通宗朝臣

思《おも》ひおくことなからまし庭桜《にはざくら》散《ち》りてののちの船出《ふなで》なりせば

123 花《ノ》下《ニ》忘《ル》レ帰《ランコトヲ》といふ心をよめる

良暹法師

問《と》ふ人も宿《やど》にはあらじ山桜ちらでかへりし春《はる》しなければ

120 高砂の高い峰の桜は咲いたことだなあ。まわりの人里近い山々の霞は立たないでほしいものだ。江帥集。〇内大まうちぎみ　ここは藤原師通（もろみち）。〇高砂　播磨国。兵庫県高砂市、加古川河口付近の地名。ここは、「高」が掛詞となって高い山の意を添える。〇尾上　山の峰。▽小倉百人一首に選ばれた歌。

121 吉野山に幾重にも重なって立つ峰の白雲の上に、さらに重なって見える花桜よ。〇八重たつ　何重にも重なって立つ。「白雲」の形容。「白雲の八重たつ山の山桜散りくる時や花を見るらむ」（大納言経信集）。〇四句　白い桜の花が白雲の上にさらに重ねたように見える。「重ぬ」は「八重」の縁。

122 思いを残すこともないであろうに。もしも、庭の桜が散ってから後の船出であったとしたら。〇周防　周防国。山口県の東部。〇三句　詞書に言う「家の花」。家の庭の桜。「朝ごとに我が掃く宿の庭ざくら花散るほどは手もふれで見む」（拾遺・春・よみ人しらず）。〇五句　「船出」は難波津から海路周防へ向かう旅なので言う。「せば」は二句の「まし」で結ぶ反実仮想の構文。

123 （誰も皆花に夢中で）我が家に訪ねる人もありはしないだろう。（私だって）山桜が散らないうちに家に帰り着いた春など一度もないのだから。〇花下忘帰　白楽天の「花下忘㆑帰因㆓美景㆒樽前勧㆑酔是春風」（和漢朗詠集・春・春興）の詩句にもとづく句題。「花下忘帰因美景／花を見て帰らむことを忘るるは色こき風によりてなりけり」（千里集）。〇ちらでかへりし春　まだ散らない間に帰った、そういう春。

124
基長《(もとなが)》中納言、東山に花見《み》侍《(はべり)》けるに、布衣着《ぬのごろもき》たる小《こ》法師して、誰《たれ》とも知《し》らせでとらせ侍ける

散《ち》るまでは旅寝《たびね》をせなむ木《こ》のもとに帰《かへ》らば花の名《な》だてなるべし

加賀左衛門

125
東三条院《(ひがしさんでうゐん)》の御屏風に、旅《たび》人山の桜《さくら》を見《み》る所《ところ》をよめる

散《ち》りはてててのちや帰《かへ》らんふるさとも忘《わす》られぬべき山桜《ざくら》かな

源　道済《(みちなり)》

126
同御屏風の絵に、桜《さくら》の花多《はなおほ》く咲《さ》ける所に人〱のあるをよめる

わが宿《やど》に咲《さ》きみちにけり桜花《さくらばな》ほかには春《はる》もあらじとぞ思《おも》ふ

127
大納言公任、花《はな》の盛《さか》りに来《こ》むと言《い》ひて、訪《おとづ》れ侍《はべ》らざりければ

花《はな》もみな散《ち》りなんのちはわが宿《やど》になににつけてか人を待《ま》つべき

中務卿具平親王《(ともひらしんわう)》

124 桜の花が散るまでは旅寝をしていただきたいものです、その木のもとで。もし、そのままにお帰りになったら、それは花の名折れというものでしょう。○基長中納言　藤原基長。永保二年(一〇八二)権中納言。○東山　京都市の鴨川以東に南北に連なる丘陵一帯。○布衣　「ぬのぎぬ」とも。布(絹に対して、麻・楮・苧などの繊維で織った粗い織物)で作った衣服。○三句　倒置。「旅寝をせなむ」にかかる。○花の名だて　ここは悪い評判。名折れ。

125 山桜が散り果ててしまってから帰るとしようか。もとの住い、我が家のこともつい忘れてしまいそうなこの山桜だなあ。道済集。○東三条院の御屏風　「東三条院」は円融院后藤原詮子(九六二―一〇〇一)。「御屏風」は長保三年(一〇〇一)十月の東三条院四十賀の際の屏風。○ふるさと　花の下から見て、もとの住い。ここは自分の家を指す。

126 我が家の庭にはいっぱいに咲きあふれたことだなあ、桜花よ。これほど花が集まると、ほかの場所には春もあるまいと思うよ。道済集。○同御屏風　家集では、一二五とはかなり離れた箇所に収採されており、同じ折の屏風とは特定できない。○ほかには　わが宿以外の場所には。

127 花もすべて散ってしまっての後となると、我が住いでは、いったい何に事寄せて人を待てばよいのだろうか(咲いている内に来てほしいものです)。為頼集「中務の宮の御」、五句「人を見るべき」。○大納言公任　藤原公任。○二句　これから散ってしまうであろう、その後は。

後拾遺和歌抄第二　春下

三月三日、桃《もゝ》の花《はな》を御《ご》覧じて

128 三千代《みちよ》へてなりけるものをなどてかはもゝとしもはた名付《なづ》けそめけん

花山院《くわざんゐん》御製

天暦《てんりやく》御時御屏風に、桃《もゝ》の花《はな》ある所《ところ》をよめる

129 あかざらば千代《ちよ》までかざせ桃《もゝ》の花花《はな》も変《かは》らじ春《はる》もたえねば

清原元輔《もとすけ》

世尊寺の桃《もゝ》の花《はな》をよみ侍《はべ》りける

130 ふるさとの花《はな》のものいふ世《よ》なりせばいかに昔《むかし》のことを問《と》はまし

出羽弁《いではのべん》

128 桃の実は、三千年に一度なるというのに、どうして「千」ではなく「もも(百)」などとまた名付けはじめたのであろうか。〇三月三日　上巳の節句(三月最初の巳の日が後に三月三日に固定)。この日と桃花との結び付きは「三月三日、或所にてかはらけとりて／三千歳経てなるてふ桃の今年より花咲く春になりにけるかな」(忠岑集)などにすでに見える。〇三千代へてなりける　西王母の故事(中国崑崙山に住むとされる仙人、西王母の園には三千年に一度実のなる桃の木があり、漢の武帝にこの仙桃が贈られたという)を踏まえる。〇四句　「もゝ」は桃と「百(も)」とを掛ける。「三千代」の「千(ち)」と対照させる。

129 もし花に飽きないのなら、千年の先まで挿頭(かざし)として髪に挿してください、桃の花を。この花は(三千年に一度の実を付けるように)花も変らないでしょうし、春も絶えないのですから。元輔集「三月、桃の花あるところ」、五句「春も越えなば」。中務集「さくら」、三句「桜花」、五句「春も絶えずは」。〇かざせ　「かざす」は花の枝などを、髪や冠に装飾として挿す意。〇三句　桃に「もも(百)」を重ね、「千代」の「千」と対照させている。▽元輔集では先人詠と見做される屏風歌群中の一首。中務の作とすべきか。

130 このゆかりの地の桃の花がもしものを言う世であったとしたなら、どんなにか昔のことを尋ねたでしょうに。〇世尊寺　京都一条北、大宮西にあった寺。もと清和天皇第六皇子貞純親王の邸宅(桃園第)であったが、長保三年(一〇〇一)藤原行成が寺とした。寺域一帯に桃園が広がっていた。〇ふるさと　由緒ある場所。〇花のものいふ世　「桃李不レ言下自成レ蹊」(史記)を踏まえる。

永承五年六月、祐子内親王《（いうしないしんわう）》家歌合し侍《はべ》りけるに、この中《なか》の題を人《ひと》〴〵よみ侍《はべ》りけるによめる

堀川右大臣《（ほりかはうだいじん）》

131 桜花《さくらばな》あかぬあまりに思《おも》ふかな散《ち》らずは人《ひと》や惜《を》しまざらまし

題不知《（しらず）》

132 惜《を》しめども散《ち》りもとまらぬ花《はな》ゆへ《（ゑ）》に春は山辺《べ》をすみかにぞする

天徳四年歌合に

平　兼盛《（かねもり）》

133 よとともに散《ち》らずもあらなむ桜《さくら》花あかぬ心はいつかたゆべき

大中臣能宣朝臣《（よしのぶ）》

134 桜花《さくらばな》まだきな散《ち》りそ何《なに》により春《はる》をば人の惜《を》しむならぬに

屏風の絵《ゑ》に、桜《さくら》の花《はな》の散《ち》るを惜しみ顔《がほ》なる所《ところ》を、よみ侍《はべ》りける

源　道済《（みちなり）》

135 山里《ざと》に散《ち》りはてぬべき花ゆへ《（ゑ）》に誰《たれ》とはなくて人ぞ待《ま》たるゝ

131　桜花は見飽きることもなく賞美しつくせないあまりに思うことだ。もし花が散らなかったとしたら、人は惜しまないのであろうか(そんなことはないはずだ)。入道右大臣集「歌合の日の桜の歌」。○永承五年六月、祐子内親王家歌合　永承五年(一〇五〇)六月五日に行われた祐子内親王(後朱雀天皇第三皇女)主催の歌合。○この中の題　歌合に実際に出された歌題。○人〴〵よみ侍りけるに　歌合のあとの後宴において、歌合題で人々が歌をよみ合った行事をさす。○二句　(花に)満ち足りるということがない、そのあげくに。○人や　「や」は反語。

132　惜しんでも散り止むこともない花のせいで、春の間は山辺を住みかにしていることだよ。入道右大臣集「殿上人々、尋花所不定といふ題を」。○下句　花のある春のうちは、自邸にとどまることなく、始終山辺にあって花に親しんでいるよの意。

133　ずっといつまでも散らないでいてほしい、桜花よ。花に満ち足りない人の心はいつ絶えるというのであろうか、いつまでも絶えることなどありはしない。天徳四年(九六〇)内裏歌合・元輔(二十巻本)、元実(十巻本)。元真集。兼盛集。○五句　「か」は反語。

134　桜花よ。そんなに早く散らないでくれ。ほかの何によって、人は春を惜しむというのか、桜花以外のもので惜しむということなどないのに。西本願寺本能宣集、三句以下「春過ぎて後のかたみと人も見るべく」、歌仙家集本、五句「をしむなるにか」、書陵部本、五句「をしむならぬを」。○五句　八代集抄本、正保版本では「をしむとかしる」。八代集抄本校異本文に「をしむならひぞ」。底本本文では、「何により」の係受けがやや不明瞭。飛躍ある表現で、花ゆえに春を惜しむ思いを強調したものか。

135　山里でこのまま散り果ててしまいそうな花のせいで、誰ということもなく、(共に花を惜しむ)人が自然と待たれることだ。道済集。○惜しみ顔　(花が散るのを)惜しんでいる風情、様子。○四句　具体的に誰ということもなく。共に花を惜しむ風流人士なら誰でもの意。

大神宮の焼《や》けて侍《はべ》りけることしるしに、伊勢国に下《くだ》りて侍《はべ》りけるに、斎《いつきの》宮《(みや)》のぼり侍《はべ》りて、この宮《みや》、人もなくて、桜《さくら》いとおもしろく散《ち》りければ、たちとまりてよみ侍《(はべり)》ける

右大弁通俊《(みちとし)》

136 しめゆひしそのかみならば桜花《さくらばな》をしまれつゝや今日《けふ》は散《ち》らまし

山路《ノ》落花をよめる

橘　成元《(なりもと)》

137 桜花道《さくらばなみち》みえぬまで散《ち》りにけりいかゞはすべき志賀《しが》の山越《やまご》え

隣《ノ》花をよめる

坂上定成《(さだしげ)》

138 桜《さくら》散《ち》るとなりにいとふ春風《はるかぜ》は花なき宿《やど》ぞうれしかりける

花《はな》の、庭《には》に散《ち》りて侍《はべ》りける所《ところ》にてよめる

清原元輔

139 花の蔭《かげ》たゝまく惜《を》しき今宵《こよひ》かな錦《にしき》をさらす庭《には》と見《み》えつゝ

承暦二年内裏後番の歌合に、桜をよみ侍《はべ》りける

藤原通宗《(みちむね)》朝臣

140 惜《を》しむには散《ち》りもとまらで桜《さくら》花あかぬ心ぞときはなりける

136 もしもこれが、しめ縄を結いめぐらしていた当時であったなら、(目前の)桜花は人々に惜しまれながら今日は散っていたことであろうか。○大神宮の焼けて侍りけること　承暦三年(一〇七九)二月十八日の伊勢大神宮・内宮外院の火災(扶桑略記)。同二十五日、右中弁であった通俊は検分のため現地に派遣されている。○斎宮　白河天皇皇女媞子内親王。○この宮　斎宮の館。○しめゆひしそのかみ　神域を示すしめ縄を張りめぐらしてあった、斎宮がここにおられた当時。「かみ」に「神」を掛ける。

137 桜の花が道も見えないまでに散ってしまったことだ。どうすれば辿れるだろうか、志賀の山越えは。○五句　京都北白川から志賀峠、崇福寺(志賀寺)を経て、大津に抜ける峠道。志賀寺詣での都人がよく利用した道。▽「梓弓春の山辺を越え来れば道もさりあへず花ぞ散りける」(古今・春下・紀貫之)などを連想させる。

138 桜が散る隣家で嫌っている春風は、花の咲かない我が家ではかえって嬉しいことだなあ。○となりにいとふ春風　花を散らすので隣人がいやがる春風。○五句　春風が隣家の花片を散らし運んでくれるから嬉しい。

139 花のもとを立ち離れるのも惜しく思われる今宵だなあ。(庭に散り敷いた花びらが)さながら錦を晒している庭のように見えて…。元輔集。○たゝまく　「たつ」は「立つ」と「裁つ」とを掛ける。「裁つ」は「錦」の縁語。○四句　「錦」は美しい厚地の絹織物。「さらす(晒す)」は、布地などを広げて日に当てること。「錦」は、紅葉の比喩として詠まれることが多いが、ここは庭一面の花片について言う。▽「思ふどちまとゐせる夜は唐錦たたまく惜しきものにぞありける」(古今・雑上・よみ人しらず)を踏まえるか。

140 どんなに惜しんでも散りやむこともなくて、桜花よ。花に飽くことのない(人の)心ばかりは変らないことだ。承暦二年(一〇七八)内裏後番歌合。○承暦二年内裏後番の歌合　四月二十八日の内裏歌合に続いて同題同番で行われた歌合。○ときは　常磐(とこいわ)の意から、永遠に変ることのないさま。

題不知《しらず》

141 心からものをこそ思《おも》へ山桜《ざくら》たづねざりせば散《ち》るを見《み》ましや

永源《やうげん》法師

三月許《ばかり》に花の散《ち》るを見《み》てよみ侍《はべり》ける

142 うらやましいかなる花《はな》か散《ち》りにけむ物思《ものおもふ》身《み》しも世《よ》には残《のこ》りて

土御門御《つちみかどみ》匣《くしげ》殿《どの》

永承五年六月五日、祐子内親王の家に歌合し侍《はべり》けるによめる

143 吹《ふ》く風《かぜ》ぞ思《おも》へばつらき桜《さくら》花心と散《ち》れる春《はる》しなければ

大弐三位《だいにのさんゐ》

題不知《しらず》

144 年《とし》を経《へ》て花《はな》に心をくだくかな惜《を》しむにとまる春《はる》はなけれど

中納言定頼《さだより》

家《いへ》の桜《さくら》の散《ち》りて水《みづ》に流《なが》るゝをよめる

145 こゝに来《こ》ぬ人も見《み》よとて桜花《さくらばな》水の心にまかせてぞやる

大江嘉言《よしとき》

141 自分から進んでもの思いをすることだ。山桜をもしわざわざ訪ねなかったとしたら、散る様子を見たことだろうか。○初句　自分の心がもとで。「心からうきたる舟に乗りそめてひと日も浪に濡れぬ日ぞなき」(小町集)。○五句「たづねざりせば」を受けて、「まし」で結ぶ反実仮想。「や」は反語。

142 うらやましいこと。いったいどれほどの花が散ってしまったのでしょう。つらい物思いをしている我が身ばかりはこの世に残ったままで。○物思身　もの思いにふける我が身。「しも」は強め。

143 思えば吹く風は薄情なことだ。桜花にとっては自分から散ろうとして散った春とてないのだから。永承五年(一〇五〇)祐子内親王家歌合。大弐三位集「かやう院歌合に、桜を」。○思へばつらき「つらし」とは、相手の動作・状態を受けての、主体の側の反応。この場合は、詠者の「吹く風」に対する思い。○心と　自分の心から。自発的に。

144 毎年毎年、花のために心をくだくことだ。惜しんだからとてとどまる春はないのだけれど。定頼集「春ごとに花を惜しむといふ心を」。○初句　長い年月ずっと。○心をくだく　花がいつ散るかいつ散るかと心をいため、心配する。

145 ここに花を訪ねて来ない人も見よと、桜花を川水の流れにまかせて(下流へと)流すことだ。大江嘉言集、五句「まかせてぞ見る」。○こゝに来ぬ人　我が家に訪ねてこない人。○水の心にまかせて　川水の思うがままに(落花を)まかせて。「まかす」には、水を引くの意もあるので、「水」の縁語でもある。「もみぢ葉を水の心にまかすれば大井河をやせきとめて見ん」(小大君集)。

白河にて、花《はな》の散《ち》りて流《なが》れけるをよみ侍《（はべり）》ける　土御門右大臣《（つちみかどうだいじん）》

146 ゆく末《すゑ》をせきとゞめばや白河《しらかは》の水《みづ》とゝもにぞ春《はる》もゆきける

粟田右大臣《（あはたのうだいじん）》の家に、人々のこりの花惜《を》しみ侍《（はべり）》けるによめる　藤原為時《（ためとき）》

147 おくれても咲《さ》くべき花は咲《さ》きにけり身《み》をかぎりとも思《（おもひ）》けるかな

庭《には》に桜《さくら》の多《おほ》く散《ち》りて侍《はべ》りければよめる　和泉式部《（いづみしきぶ）》

148 風だにも吹《ふ》きはらはずは庭桜《にはざくら》散《ち》るとも春のほどは見《み》てまし

三月許《（ばかり）》、野草をよみ侍《（はべり）》ける　藤原義孝《（のりたか）》

149 野辺《のべ》見《み》ればやよひの月のはつかまでまだうら若《わか》きさゐ《（い）》たづまかな

つゝじをよめる　和泉式部

150 岩《いは》つゝじ折《を》りもてぞ見《み》るせこが着《き》しくれなゐ染《ぞ》めの色《いろ》に似《に》たれば

146 流れて行く先を堰きとどめたいものだ。白河の流れと共に春も行ってしまったなあ。○初句　他本「ゆく末も」。○白河の水　比叡山麓に発して洛北・洛東を流れ、三条辺で鴨川に注ぐ川。○五句「も」は並列。「水」も「春」もの意。

147 たとえ咲き遅れても、咲くはずの花は、やはり（ちらほらと）咲いたことであったよ。それにつけても私は、自分の身をもうこれまでと思い込んでしまっていたなあ。○粟田右大臣　藤原道兼。○のこりの花　時期遅れに咲いた花。○下句　栄達の道からは程遠く、我が身をここまでと思っていたことだった。「…峰の白雲　横ざまに　立ち変りぬと　見てしかば　身をかぎりとは　思ひにき…」（拾遺・雑下・藤原兼家）。

148 風だけでもせめて吹き払わないのなら、庭の（散り敷いた）桜は、たとえ枝から散ったとしても春のあいだは見続けていられたのに。○初句　せめて「風」だけでも。一般に庭は「人」が払う（清掃する）ものとの前提でよむ。○三句　庭にある桜。▽「朝ごとにわが掃く宿の庭ざくら　花散るほどは手もふれで見む」（拾遺・春・よみ人しらず）。

149 野辺を見ると、弥生三月の二十日になるまで、まだ若々しさを保っている「さいたづま」の草であるよ。○藤原義孝　少将藤原義孝とは別人↓人名。○やよひの月のはつか　三月二十日の頃。春の暮れ方を指す。○まだうら若きさゐたづま　「さゐたづま」は植物名。イタドリの古名か。「つま」に「妻」を掛ける。「まだうら若き」は「妻」と草の状態を同時に形容。植物については、暮春なのに「まだ」の意。

150 岩つつじを折り持ってふと見入ることだ。いとしいあの人が着ていた紅染めの色に似ているので。和泉式部集（百首）、五句「衣（きぬ）に似たれば」。○初句　岩の間などに自生する躑躅（つつじ）の総称。躑躅の品種名とする説もある。○せこ　女性から男性に向けて親愛を込めて呼ぶ語。平安時代にはすでに死語化していたが、初期の百首や定数歌では多用される。○くれなゐ染めの色　ベニバナで染めた衣の色。衣は緋色の五位の袍であるとも、緋色の単衣であるとも言う。

151 わぎもこがくれなゐ染《ぞ》めの色《いろ》と見《み》てなづさはれぬる岩《いは》つゝじかな

藤原義孝

月の輪といふ所《ところ》にまかりて、元輔、恵慶《(ゑぎやう)》などと《ゝ》もに庭《ゝは》の藤花をもてあそびて、よみ侍《(はべり)》ける

152 藤《ふぢ》の花さかりとなれば庭《には》の面《おも》に思《おも》ひもかけぬ波《なみ》ぞたちける

大中臣能宣朝臣

題不知《(しらず)》

153 紫《むらさき》にやしほ染《そ》めたる藤《ふぢ》の花池《いけ》にはひさす物にぞありける

斎宮女御《(さいぐうのにようご)》

154 藤《ふぢ》の花折《はなを》りてかざせばこむらさきわが元結《もとゆひ》の色《いろ》やそふらん

源為善《(ためよし)》朝臣

承暦二年内裏歌合に藤花をよめる

155 水底《みなそこ》も紫《むらさき》ふかく見《み》ゆるかな岸《きし》の岩根《いはね》にかゝる藤波《ふぢなみ》

大納言実季《(さねすゑ)》

151 いとしい彼女の紅染めの衣の色と見ると、自然と親しく思われるこの岩つつじだなあ。○わぎもこ　男性から恋人・妻に向けて呼ぶ語。○四句「なづさふ」は「水に漂う」意から「馴れ親しむ」「まつわる」の意とも。

152 藤の花が盛りの時期になると（水面ではなく）庭の上に、思いがけない藤波という波が立ったことだ。○月の輪といふ所　ここは洛西愛宕山のふもとの月輪寺あたりか。清原元輔の住いもここにあったらしく、清少納言も晩年はこの地に住んだという（公任集）。○庭の面　庭上。↓七五四。○思ひもかけぬ　波など立つはずもない庭の上に、思いもかけないの意。○五句「波」は「藤波」。藤の花房が風に揺れている様子を波に喩えた言い方。

153 紫色に幾度も染めた藤の花は、池に這うように咲いているよ。なるほど、灰を注（さ）し加えて色を濃くした美しさだなあ。斎宮女御集、五句「物にざりける」。○やしほ　何度も染め汁に浸してよく染めること。○四句「池に這ふ」と「灰注す」とを掛ける。灰は紫色を濃くするために、椿の灰を用いて染め汁に加える。「紫は灰さすものぞ海石榴市（つばきち）の八十（やそ）の衢（ちまた）に逢へる児や誰」（万葉集十二・問答歌）。

154 藤の花を手折って挿し飾ると、花の色によって、濃い紫色の私の元結の紫はいっそう色が増すことだろうか。○二句「かざす」は髪挿すの意で、髪や冠に飾りとして挿すこと。○三句濃紫。黒みがかった紫。ここは元結の色。○元結　髪の髻（もとどり）を結い束ねる糸。▽「濃紫」「元結」の語が用いられたのは、「君来ずは閨へも入らじ濃紫我が元結に霜は置くとも」（古今・恋四・よみ人しらず）を踏まえたか。

155 水の底までも紫色深く見えることだ。岸の大きな岩に咲きかかる藤の花房の波よ。承暦二年（一〇七八）内裏歌合・丹後守仲実。○初句　（藤の咲く）岸ばかりか花の姿が水に映って水底までも。○二句　紫色が濃く。「ふかく」は「水底」の縁語。○岩根　根を下したような大きな岩。磐根。○かゝる　垂れ下がる。ここは、藤が松ではなく岩根に懸るところが新鮮。「かゝる」は「波」の縁語。

民部卿泰憲《（やすのり）》、近江守に侍《はべ》りける時、三井寺にて歌合し侍《（はべり）》けるに、藤花をよみ侍《はべ》りける

156 住《すみ》の江《え》の松の緑《みどり》もむらさきの色《いろ》にぞかかる岸《きし》の藤波《ふぢなみ》

読人不知《（よみびとしらず）》

題不知《（しらず）》

157 道《みち》とを《（ほ）》み井手《ゐで》へもゆかじこの里《さと》も八重《やへ》は咲《さ》かぬ山吹《ぶき》の花

藤原伊家《（これいへ）》

158 沼水《ぬまみづ》にかはづなくなりむべしこそ岸《きし》の山吹《ぶき》さかりなりけれ

大弐高遠《（たかとほ）》

長久二年弘徽殿女御《（こきでんのにようご）》家歌合にかはづをよめる

159 みがくれてすだくかはづのもろ声《ごゑ》にさわぎぞわたる池《いけ》の浮草《うきくさ》

良暹《（りやうせん）》法師

題不知《（しらず）》

160 声絶《こゑた》えずさへづれ野辺《のべ》の百千鳥《もゝちどり》のこりすくなき春《はる》にやはあらぬ

藤原長能《（ながよし）》

156 住吉の松の緑も、(藤の花の)紫色で隠れてしまったように見える、岸の藤の花波よ。○民部卿泰憲 →一八。○歌合　この歌合は天喜元年(一〇五三)五月に行われたが、証本は伝存しない。○住の江　住吉。住吉神社付近の入江。○むらさき　藤の花の色あい。○四句「隠る」と「懸く」の意を掛けるか。太山寺本他「色にてかくる」。

157 道のりが遠いので井手へも行くまい。この里でも八重に咲かないことがあろうか、見事に咲いているではないか、山吹の花は。○井手　山城国。京都府綴喜郡井手町。木津川東岸にあって、「かはづ鳴く井手の山吹散りにけり花のさかりに逢はましものを」(古今・春下・よみ人しらず)と詠まれた、山吹の名所。▽「春深み所もよかず咲きにけり井手ならねども山吹の花」(重之女集)。

158 沼水で蛙の鳴く声が聞えてくる。なるほどそれで、岸の山吹は今花盛りであったのだ。大弐高遠集。○二句「かはづ」は、河鹿のことども蛙のことともいうが、ここは蛙。○三句　なるほど。道理で。

159 水中に隠れて群がっている蛙が声を合せて鳴き騒ぎ、それにつれて一面にふるえ動く池の浮草であることだ。長久二年(一〇四二)弘徽殿女御歌合、五句「井手の浮草」。○弘徽殿女御　後朱雀天皇女御、藤原生子(せいし)。○すだく　群がる。集まる。「我がやどにいたゐの水やぬるむらん底のかはづぞ声すだくなる」(曽丹集)。○五句　底本・冷泉本「ゐて」の「て」をミセケチ、「け」に、「かはなみ」をミセケチ、「うきくさ」に改める。陽明為本「ゐてのうきくさ」、太山寺本「いてのうき草」。

160 声絶えることなくさえずるがよい、野辺の百千鳥よ。今となっては残り少ない春ではないか。長能集「人の屛風のれうに」。○百千鳥　古今伝授三鳥の一。ここでは、「百千鳥さへづる春はものごとにあらたまれどもわれぞ古りゆく」(古今・春上・よみ人しらず)と同じく、数多くの小鳥の意か。▽「声絶えず鳴けやうぐひすひととせにふたたびとだに来べき春かは」(古今・春下・藤原興風)と同想。

161 法輪に道命《(だうみやう)》法師の侍《はべ》りけるとぶらひにまかりたる夜《よ》、呼《よぶ》子《こ》鳥《どり》の鳴《な》き侍《はべ》りければよめる

法円《(ほふゑん)》法師

われひとり聞《き》くものならば呼子《よぶこ》鳥《どり》ふた声《こゑ》までは鳴《な》かせざらまし

162 三月尽日《つごもり》にほとゝぎすの鳴《な》くを聞《き》きてよみ侍《(はべり)》ける

中納言定頼

ほとゝぎす思《おも》ひもかけぬ春《はる》なけば今年《ことし》ぞ待《ま》たで初音《はつね》聞《き》きつる

163 三月尽日、惜ムレ春ヲ心を人〳〵よみ侍《はべ》りけるによめる

大中臣能宣朝臣

ほとゝぎす鳴《な》かずは鳴《な》かずいかにして暮《く》れゆく春をまたもくはへん

164 三月尽日、親《おや》の墓《はか》にまかりてよめる

永胤《(やういん)》法師

思《おも》ひ出《い》づることのみしげき野辺《のべ》に来《き》てまた春《はる》にさへ別《わか》れぬるかな

161 私一人が聞いているのなら、(私を呼んでいるのだと思い、すぐに返事して)呼子鳥に二声までは鳴かせないであろうに。○法輪　法輪寺。京都市西京区嵐山にある真言宗の寺。本尊は虚空蔵菩薩。○呼子鳥　一説に、ほととぎす、また人を呼ぶように鳴く鳥の意。古今伝授三鳥の一。

162 ほととぎすが思いもかけなかった春の内に鳴くので、今年は待ちこがれることもなく初音が聞けたことだ。定頼集、四句「今年はまたで」。○三月尽日　三月の下旬、月末。また、三月の最終日で、春がおわる日。「三月尽」として和漢朗詠集の題とされ、堀河百首以後、歌題として定着した。○二・三句　ほととぎすは、夏、五月に鳴く鳥とされる。「いつの間に五月来ぬらむあしひきの山ほととぎす今ぞ鳴くなる」(古今・夏・よみ人しらず)。底本・冷泉本「なけば」の「け」をミセケチにして「れ」と記すが、陽明為本他、定頼集により改める。○四句　普通の年はほととぎすの声を待ちこがれるのだが、今年は待つ必要もなく。

163 (夏の)ほととぎすは鳴かないのなら鳴かなくてもいい。(それより)暮れて行く春をもう一度加えたいものだ。西本願寺本能宣集、三句「いかでなほ」、五句「かさねてしがな」、書陵部本「三月二つありける年ののちの月のつごもりの日、あるところにて人々歌詠む。かはらけとりて」。○鳴かずは鳴かず　鳴かないのなら鳴かなくても、それでも結構だの意。○下句「暮れゆく春」は月次題では、「三月」として詠まれる。ここも閏三月(家集(書陵部本))に加えて「またも」三月を重ねようとの意か。

164 思い出すことばかり多い緑濃い野辺にやって来て、(親との別れだけでなく)春という季節にまで別れてしまうことだ。○しげき　思い出すことが多くある意の「しげし(密し)」に野辺の草木が茂る意の「しげし(繁し)」を掛ける。○春にさへ　春にまで。親との死別ばかりか、春にまでも。

後拾遺和歌抄第三　夏

四月ついたちの日よめる

165 桜色《さくらいろ》に染《そ》めし衣《ころも》をぬぎかへて山ほとゝぎす今日よりぞ待《ま》つ

和泉式部《(いづみしきぶ)》

四月一日、ほとゝぎす待《ま》つ心をよめる

166 昨日《きのふ》まで惜《を》しみし花も忘《わす》られて今日《けふ》は待《ま》たるゝほとゝぎすかな

藤原明衡《(あきひら)》朝臣

津《つ》の国《くに》の古曽部《こそべ》といふ所《ところ》にてよめる

167 わが宿《やど》のこずゑの夏になるときは生駒《いこま》の山ぞ見《み》えずなりゆく

能因《(のういん)》法師

165 桜色に染めていた春着を夏の衣に脱ぎ換えて、山ほととぎすの訪れを今日からは待つことだ。和泉式部集(百首)。○桜色に染めし衣　「桜色」は春の襲(かさね)の色目。「桜色に衣は深く染めて着む花の散りなむ後のかたみに」(古今・春上・紀有朋)。○四句　山に住むほととぎす。ほととぎすは、山から里に出て鳴くと考えられていた。

166 昨日まで散るのを惜しんでいた花のことも自然と忘れてしまい、(夏を迎えた)今日は、今度は心待たれるほととぎすであることだ。○四句　夏になった四月一日の今日は、おのずと待たれる。「今日」は「昨日」の対。

167 我が家の庭の木々の梢が、夏になって茂るようになると、だんだんと生駒の山は見えなくなっていくことだ。能因集「夏児屋池亭」、五句「やまがくれける」。○古曽部　現在の大阪府高槻市古曽部町。能因は出家後この地に隠棲したため、「古曽部入道」とも呼ばれる。○二・三句　茂って夏の状態になる。○生駒の山　生駒山。大阪府と奈良県にまたがる生駒山地の主峰。▽夏の到来を梢の葉の茂りに見出し、「こずゑの夏になるときは」と詠じたところが新味。「種レ樹当二前軒一、樹高柯葉繁、惜哉遠山色、隠二比蒙籠間一」(白氏文集・截レ樹)によるか。

168
冷泉院《れいぜいゐん》、春宮と申《まうし》ける時、百首の歌奉《たてまつ》りける中《なか》に

夏草《なつくさ》はむすぶ許《ばかり》になりにけり野《の》がひし駒《こま》もあくがれぬらん

源　重之《しげゆき》

169
題不知《しらず》

榊《さかき》とる卯月《うづき》になれば神山の楢《なら》の葉柏《はがしは》もとつ葉《は》もなし

曽禰好忠《よしただ》

170
山里《ざと》の水鶏《くひな》をよみ侍《はべり》ける

八重繁《やへしげ》るむぐらの門《かど》のいぶせさに鎖《さゝ》さずや何《なに》をたゝく水鶏《ゝひな》ぞ

大中臣輔弘《すけひろ》

171
山里《ざと》の卯花をよめる

跡絶《あとた》えて来《く》る人《ひと》もなき山里《ざと》にわれのみ見《ゝ》よと咲《さ》ける卯《う》の花《はな》

藤原通宗《みちむね》朝臣

172
民部卿泰憲《やすのり》、近江守に侍《はべ》りける時《とき》、三井寺にて歌合し侍《はべ》りけるに、卯花をよめる

白波《しらなみ》の音《おと》せで立《た》つと見《み》えつるは卯《う》の花咲《さ》ける垣根《かきね》なりけり

読人不知《よみびとしらず》

168 夏草は葉を結んで道しるべとするほどに伸びたなあ。野に放し飼いにしていた馬も今ごろ道に迷いさまよっていることであろうか。重之集(百首)。○冷泉院、春宮と申ける時　冷泉院は天暦四年(九五〇)から康保四年(九六七)まで皇太子。○初・二句　「夏草は茂りにけりなたまぼこの道行き人も結ぶばかりに」(元真集)。○野がひし駒　野原に放しておいた放し飼いの馬。○五句　「あくがる」はさまよい歩く。「あくがれてゆくへもしらぬ春駒のおもかげならで見ゆる夜ぞなき」(馬内侍集)。

169 (賀茂の夏祭のための)榊を採る四月になると、賀茂の神山の楢の木の葉は、(全山若葉して)古葉も見当らないことだ。曽丹集、二句「うづきになりぬ」、五句「もとつはもあらじ」。○榊とる卯月　神事のための榊葉を採る四月。四月、中の酉の日には賀茂神社の夏祭(葵祭)が行われた。「榊とる我にな聞かせほととぎす願ひなまめく君がおほきみ」(賀茂保憲女集・夏)。○神山　上賀茂神社の背後の山。「その神山」とも。○四句　楢(コナラ・ミズナラなど、ブナ科の落葉高木)の木の葉。○もとつ葉　元つ葉。古葉。

170 雑草が幾重にも絡み繁った門のうっとうしさ故に閉ざさずにおいたというのに、いったい何を叩く水鶏の声なのか。○むぐらの門　葎のからんだ門。荒廃した宿の象徴。○たゝく水鶏　「くひな(水鶏)」は秋から冬にかけて渡来する水鳥。鳴き声が戸を叩く音に似ているので、鳴く様子を「たたく」と表現する。▽「おしなべて叩く水鶏におどろかばうはの空なる月もこそ入れ」(源氏物語・澪標・源氏)。

171 人跡が絶えて、訪ねて来る人もいないこの山里で、この私だけが見よとばかりに咲いている卯の花よ。○初句　「跡」は人の足跡。「絶えて」に副詞の「たえて」(下の打消と呼応)を響かす。○四句　「われ」は詠者である自分。

172 白波が音もしないで立つと見えたのは、卯の花が咲いている垣根であったよ。○民部卿泰憲　↓一八。○歌合　この歌合は天喜元年(一〇五三)五月に行われたが、証本は伝存しない。○白波　卯の花を波と見立てた表現。

173
題不知《(しらず)》
月かげを色《いろ》にて咲《さ》ける卯《う》の花《はな》はあけば有明《ありあけ》の心地こそせめ
大中臣能宣《(よしのぶ)》朝臣

174
ある所《ところ》の歌合に、卯花をよみ侍《(はべり)》ける
卯《う》の花《はな》の咲《さ》けるあたりは時《とき》ならぬ雪《ゆき》ふる里《さと》の垣根《かきね》とぞ見《み》る
相模《(さがみ)》

175
正子内親王《(せいしないしんわう)》の、絵合《ゑあはせ》し侍《(はべり)》ける、かねの冊子《さうし》に書《か》き侍ける
見《み》わたせば波《なみ》のしがらみかけてけり卯《う》の花咲《さ》ける玉川《たまがは》の里《さと》
伊勢大輔《(いせのたいふ)》

176
卯《う》の花《はな》の咲《さ》けるさかりは白波《しらなみ》のたつたの川《かは》のゐせきとぞ見《み》る
源道済《(みちなり)》

卯花をよみ侍《はべ》りける
177
雪《ゆき》とのみあやまたれつゝ卯《う》の花に冬《ふゆ》ごもれりと見《み》ゆる山里《やまざと》

173　月の光の白さをその色として咲いている卯の花は、夜が明けると、有明の月の光がさしているような気持がすることだろう。○月かげ　月光。○二句「月かげを色にて咲ける桜花くもがくるれば散りぬとや言はん」(檜垣嫗集)。○あけば　夜が明けると。○有明の心地　まるで有明の月が照らしているような気分。

174　卯の花が咲いているあたりは、時節はずれの雪が降る、古びた里の垣根と見ることだ。能宣集。○ある所の歌合　不詳。○時ならぬ雪　季節はずれの雪。○ふる里「ふる」に「降る」と「古」とを掛ける。「古里」は古びた荒れた里。家集には同じ折の歌合詠に「我が宿の雪につけてぞふるさとの吉野の山は思ひやらるる」(拾遺・冬・大中臣能宣)があり、本歌もあるいは吉野の里などを想起したものか。

175　見渡すと、一面に白波が立って作った柵《しがらみ》がかけてあるよ。卯の花が咲いているこの玉川の里では。永承五年(一〇五〇)前麗景殿女御歌合。○絵合　世に「正子内親王絵合」「正子内親王造紙合」などという名で知られる現存最古の絵合。○かねの冊子　銀箔を張った冊子。○二句　波の立っている所を、柵と見立てた表現。○玉川の里　八雲御抄に「卯の花咲けるは摂津国か」とある。

176　卯の花の咲いている花盛りは、白波の立つ竜田川の堰と見ることだ。永承五年前麗景殿女御歌合。伊勢大輔集、二句「にほふあたりは」。○さかりは　正保版本「かきねは」。「卯の花の咲けるさかりは山がつの垣根はなれぬ月かとぞ見る」(大江嘉言集)。○たつたの川「竜田の川」に「立つ」を掛ける。○ゐせき　流れをせき止める川中の堰。

177　ついつい雪と見違えてしまうばかりで…。(一面に白い)卯の花によって、冬籠りをしているように見えるこの山里であることだ。道済集。○冬ごもれり「冬ごもる」は、冬の間中、人々が家の中に閉じ籠るさま。

筑紫《つくし》の大山寺といふ所《ところ》にて、歌合《うたあはせ》し侍《はべ》りけるに、よめる

178 わが宿《やど》の垣根《かきね》な過《す》ぎそほとゝぎすいづれの里《さと》もおなじ卯《う》の花

元慶《(げんけい)》法師

題不知《(しらず)》

179 ほとゝぎす我《われ》は待《ま》たでぞ心《(こころ)》みる思《おも》ふことのみたがふ身なれば

慶範《(きやうはん)》法師

四月のつごもりに、右近の馬場にほとゝぎす聞《き》かむとてまかりて侍《はべ》りけるに、夜《よ》ふくるまで鳴《な》き侍《はべ》らざりければ

180 ほとゝぎすたづぬばかりの名《な》のみして聞《き》かずはさてや宿《ゝど》に帰《かへ》らん

堀川右大臣《(ほりかはうだいじん)》

道命《(だうみやう)》法師、山寺《でら》に侍《(はべり)》けるにつかはしける

181 こゝにわが聞《き》かまほしきをあしひきの山ほとゝぎすいかに鳴《な》く覧《(らん)》

藤原尚忠《(なほただ)》

返《かへ》し

182 あしひきの山ほとゝぎすのみならずおほかた鳥《とり》の声《こゑ》も聞《きこ》えず

道命法師

178 我が家の垣根のもとを過ぎて行かないでくれ、ほととぎすよ。どこの里でも、同じ卯の花が咲いているのだから。○筑紫の大山寺　太宰府の東にあった竈門山寺。天台宗。○歌合し侍りけるに　催された時期、規模など不詳。難後拾遺には、源資通が大宰大弐在任中の歌合と読める記述があり、永承五年(一〇五〇)九月から天喜二年(一〇五四)十一月までの間の作か。同書は元慶ではなく、良暹の歌かという。○二句　卯の花の咲いている垣根のもとを素通りするな。

179 ほととぎすよ。私は心待ちしないで(鳴くかどうかを)試すことにしよう。(期待しても)思うことがいつも違う我が身なので。○待たでぞ心みる　待たないで鳴くかどうかを見とどける。▽後代の作に「我が身だに思ふにたがふ物なればことわりなりや人のつらきは」(太皇太后宮大進清輔朝臣家歌合・恋・源師光)と歌う。

180 ほととぎすを訪ねて出かけたという評判を立てただけで、その声を聞かないのなら、おめおめとそのまま宿に帰れようか。いや帰れはしない。入道右大臣集。○四月のつごもりに　四月の下旬に。家集には「五月のつごもりに」とある。○右近の馬場　京都の北野にあった右近衛府に属する馬場。○ほとゝぎす聞かむとて　「つれづれなるを、ほととぎすの声たづねに行かばや」(枕草子・五月の御精進のほど)。○たづぬばかりの名　「たづぬ」はほととぎすの声を求めて探す。「名」は評判。○さてや　「や」は反語。「帰らん」にかかる。

181 ここ都で私は早く聞きたいものです。今ごろ山のほととぎすは、どんなふうに鳴いていることでしょうか。道命阿闍梨集「山寺に侍しに、なをたかがもとより、四月つごもりがたにかくいひたりし」、二句「きかまくほしき」。○こゝ　近称で、この場合は都を指す。○三句　「山ほとゝぎす」の「山」を導く枕詞。

182 (あなたのおっしゃる)山ほととぎすばかりでなく、他の普通の鳥の声も聞えない寂しいこの地です。道命阿闍梨集、四句「おほよそ鳥の」。○おほかた　おしなべて。

183 禖子内親王《(ばいしないしんわう)》賀茂《かも》の斎院《いつき》と聞《きこ》えける〔時《とき》、女房にて侍《はべ》りける〕を、年経《としへ》て、後三条院《(ごさんでうゐん)》御時、斎院《(さいゐん)》に侍《はべ》りける人のもとに、昔《むかし》を思《おも》ひいでて祭《まつり》のかへさの日、神館《かむだち》につかはしける

皇后宮美作《(くわうごうぐうみまさか)》

聞《き》かばやなそのかみ山のほとゝぎすありし昔《むかし》のおなじ声《こゑ》かと

184 祭《まつり》の使《つかひ》して、神館《かむだち》に侍《はべ》りけるに、人《ひと》〴〵多《おほ》くとぶらひにおとなひ侍《(はべり)》けるを、大蔵卿長房《(ながふさ)》見《み》え侍《はべ》らざりければつかはしける

備前典侍《(びぜんのすけ)》

ほとゝぎす名告《なの》りしてこそ知《し》らるなれ訪《たづ》ねぬ人に告《つ》げややらまし

185 四月ばかり、有馬《ありま》の湯《ゆ》より帰《かへ》り侍《はべ》りて、ほとゝぎすをなむ聞《き》きつると、人の言《い》ひにおこせて侍《はべ》りければ

大中臣能宣朝臣

聞《き》き捨《す》てて君《きみ》が来《き》にけんほとゝぎすたづねに我《われ》は山地越《(やまぢ)こ》えみん

183 聞きたいものです。そちらの神山のほととぎすは、以前お仕えしていた昔と同じ声なのかどうかと。○賀茂の斎院と聞えける時　禖子内親王は寛徳三年(一〇四六)から天喜六年(一〇五八)まで、賀茂の斎院の地位にあった。○女房にて侍りける　作者である皇后宮美作がかつて斎院女房として出仕していたことを指す。底本・冷泉本「時…侍りける」ナシ、陽明為本他による。○斎院に侍りける人　斎院にお仕えしていました人。「斎院」は佳子内親王(かしないしんのう)。○祭のかへさの日　賀茂神社の祭礼の翌日、斎院(斎王)が列をなして上社から紫野に戻る日。○神館　神殿の傍の、神官などの人々が参籠するための館(やかた)。○そのかみ山　その当時の意の「そのかみ」と「神山」とを掛ける。「神山」→一六九。

184 ほととぎすは鳴いて名告りをして、はじめてその存在が知られると言います。(ほととぎすのようには)訪ねてくださらないあなたに、こちらから声をかけましょうかしら。○祭の使　葵祭に遣される奉幣のための宮中からの使い。○神館　→一八三。○大蔵卿長房　藤原長房。○名告りしてこそ　「あしひきの山ほととぎす里なれてたそかれ時に名告りすらしも」(拾遺・雑春・大中臣輔親)。○訪ねぬ人　長房を指す。○告げややらまし　「や」は疑問。「まし」は疑問語を伴ったためらいを表す。

185 あなたが聞き捨てにしたまま来たというほととぎすの声をたずねて、今度は私が山路を越えてみることにしよう。能宣集。輔親卿集、二句「君が来にける」、下句「声よいづれの山路なりけん」。○有馬の湯　摂津国有馬郡(現、神戸市北区有馬町)の温泉。○二句「けん」は過去推量。詞書の「人の言ひにおこせて」を受けて、伝聞による事実であることを示す。

いにしへを恋《こ》ふること侍《(はべり)》けるころ、田舎《ゐなか》にてほとゝぎすを聞《き》きてよめる

186 このごろは寝《ね》でのみぞ待《ま》つほとゝぎすしばし都《みやこ》の物語《ものがた》りせよ

増基《(ぞうき)》法師

題不知《(しらず)》

187 宵《よひ》の間《ま》はまどろみなましほとゝぎす明《あ》けて来《き》鳴《な》くとかねて知《し》りせば

橘　資《(すけ)》成《(シゲ)》

永承五年六月五日祐子内親王《(いうしないしんわう)》家の歌合によめる

188 聞《き》きつとも聞《き》かずともなくほとゝぎす心まどはす小夜《さよ》のひと声《こゑ》

伊勢大輔

189 夜だに明《あ》けばたづねて聞《き》かむほとゝぎす信太《しのだ》の森《もり》のかたに鳴《な》くなり

能因法師

190 夏《なつ》の夜《よ》はさてもや寝《ね》ぬとほとゝぎすふた声《こゑ》聞《き》ける人に問《と》はばや

藤原兼房《(かねふさ)》朝臣

186　このところ、寝ないでひたすら待つばかりであったことだ。ほととぎすよ。しばらく、都の話題を聞かせておくれ。増基法師集。〇いにしへを恋ふる　都での往時を恋しく思う。〇田舎にて　家集では、遠江の浜名の橋のさらに東方での詠とわかる。

187　宵の間は仮眠しておればよかったのに。もしも、ほととぎすが、夜が明けてこうしてやって来て鳴くと初めから知っていたならば。〇二句「まどろむ」は、うとうとする。仮睡をとる。「な」は完了、「まし」は反実仮想。

188　聞いたとも聞かなかったともはっきりしないで、ほととぎすよ、（人の）心を迷わす、夜の一声であるなあ。永承五年（一〇五〇）六月五日祐子内親王家歌合。伊勢大輔集。〇初・二句「心まどはす」にかかる。〇五句　八代集抄本「夜半のひと声」。▽「五月闇くらまの山のほととぎすおぼつかなしや夜半の一声」（清正集）。難後拾遺では、一九七を倣った作であると非難する。

189　夜さえ明けたら、たずねて行って聞くことにしよう。ほととぎすがあの信太の森の方向で鳴いているようだ。永承五年祐子内親王家歌合。能因法師歌集。〇信太の森　大阪府和泉市にあった森。葛の名所。▽「たづね来る信太の森のほととぎすわれ待ちがほに今ぞ鳴くなる」（永久四年〔一一二六〕鳥羽殿北面歌合）のように、平安後期では、信太の森とほととぎすとの結び付きが顕著になる。

190　夏の夜には、それでも寝なかったのかと、ほととぎすを二声聞いた人に尋ねたいものだ。永承五年祐子内親王家歌合。〇寝ぬ　「ぬ」は打消の助動詞連体形。〇ほとゝぎすふた声聞ける人　ほととぎすの声は一声を聞くのがやっとで、二声と聞くのは難しいとする発想から、その声を聞いた幸運な人の意。「ふた声と聞くとはなしにほととぎす夜深く目をもさましつるかな」（後撰・夏・伊勢）。

191 寝《ね》ぬ夜《よ》こそ数《かず》つもりぬれほとゝぎす聞《き》くほどもなきひと声《こゑ》により

小弁《(こべん)》

祐子内親王家に歌合《うたあはせ》し侍《(はべり)》けるに、歌合《うたあはせ》など果《は》てて《ゝ》のち、
人ゝ同《おな》じ題《だい》をよみ侍《はべ》りけるに

宇治前太政大臣《(うちのさきのだいじやうだいじん)》

192 有明《ありあけ》の月だにあれやほとゝぎすたゞひと声《こゑ》のゆくかたも見《み》ん

宇治前太政大臣卅講後、歌合し侍《はべ》りけるに郭公《(ほとゝぎす)》をよめる

赤染衛門《(あかぞめゑもん)》

193 鳴《な》かぬ夜《よ》も鳴《な》く夜《よ》もさらにほとゝぎす待《ま》つとて安《やす》くいやはねらるゝ

194 夜《よ》もすがら待《ま》ちつるものをほとゝぎすまただ《ゝ》に鳴《な》かで過《す》ぎぬなるかな

相模守にてのぼり侍《はべ》りけるに、老曽《おいそ》の森《もり》のもとにてほとゝ
ぎすを聞《き》き《ゝ》てよめる

大江公《(きん)》資《(より)》朝臣

195 東路《あづまぢ》のおもひいでにせんほとゝぎす老曽《おいそ》の森《もり》の夜半《よは》の一《(ひと)》こゑ

191 寝ることのできない夜が数多く重なり積もったことだ。ほととぎすの、聞いたとも言えない(かすかな)一声によって。永承五年(一〇五〇)祐子内親王家歌合。○寝ぬ夜　ほととぎすの声を待って寝られない夜。○聞くほどもなきひと声　聞えたか聞えないかはっきりしない程の、かすかな一声。

192 せめて有明の月だけでもあればなあ。(そうすれば)ほととぎすがただ一声鳴いて飛び去る行方をこの目で見ようものを。永承五年六月五日祐子内親王家歌合・後宴歌。○歌合など…よみ侍りけるに　歌合の後宴において、頼通以下の上達部たちが歌合と同題で和歌を詠み合った事実が文献により知られる。内親王の外祖父頼通は、この歌合の実質上の主催者でもあった。

193 ほととぎすが鳴かない夜も、また鳴く夜も、ほととぎすを待つことのために、安眠ができようか。妨げられてまったく眠れないことだ。長元八年(一〇三五)五月十六日賀陽院水閣歌合・衛門(十巻本)、良経(二十巻本)。栄花物語・歌合。○宇治前太政大臣　藤原頼通(よりみち)。○卅講　法華三十講の法会。○さらに　けっして。下の「いやはねらるゝ」と呼応する。○安く　他本「安き」。

194 一晩中(寝ないで)待っていたのに、ほととぎすはもう一声さえも鳴き聞かせないで、飛び去って行ったようだよ。長元八年賀陽院水閣歌合。栄花物語・歌合。○四句　一声だけで、二声とさえ鳴かないままで。○五句　「なる」は推定の助動詞。耳を傾けて、過ぎて行ったことを確認している。

195 この東国からの道のりの思い出にしよう。老曽の森で聞いたほととぎすの夜半の一声を。○相模守にて　大江公資は寛仁四年(一〇二〇)相模守として任地に赴任。女流歌人の相模を妻として随伴した。○老曽の森　近江国。滋賀県近江八幡市にある森。「わすれにし人をぞさらにあふみなる老曽の森と思ひ出でつる」(古今六帖五・作者未詳)。○東路　京都から東国に至る道のり。ここは上洛の路。

時鳥《（ほととぎす）》を聞《き》きてよめる

196 聞《き》きつるや初音《はつね》なるらんほとゝぎす老《お》いは寝覚《ねざ》めぞうれしかりける

法橋忠命《（ちゆうみやう）》

長保五年五月十五日、入道前太政大臣《（にふだうさきのだいじやうだいじん）》家歌合に、遥ニ聞ク二郭公ヲ一といふ心《こゝろ》をよめる

197 いづかたと聞《き》きだにわかずほとゝぎすたゞひと声《こゑ》の心《こゝろ》まどひに

大江嘉言《（よしとき）》

五月許《（ばかり）》赤染がもとにつかはしける

198 ほとゝぎす待《ま》つほどとこそ思《（おもひ）》つれ聞《き》きての後《ち》も寝《ね》られざりけり

道命法師

199 ほとゝぎす夜深《よぶか》き声《こゑ》を聞《き》くのみぞ物思《（ものおもふ）》人のとりどころなる

200

おほやけの御かしこまりにて山寺に侍《はべ》りけるに、ほとゝぎすを聞《き》きてよめる

ひと声《こゑ》も聞《き》きがたかりしほとゝぎすともになく身《み》となりにけるかな

律師長済《（ちやうさい）》

196 たしかに聞いたあれは、初音だったのであろうか。ほととぎすよ。老いた身には、寝覚めがかえって嬉しいことだなあ。〇老いは　老いた我が身は。▽後代の作に「ほととぎす昔をかけて忍べとや老いの寝覚めに一声ぞする」(新古今・除棄歌・顕昭)と歌う。

197 どの方向で鳴いたと聞き分けることさえできないことだ。ほととぎすの、ただ一声に心が乱れてしまって。長保五年(一〇〇三)五月十五日左大臣(道長)家歌合。大江嘉言集、初句「いつしかと」、下句「ただ一声ぞ鳴きわたるなる」。麗花集。〇入道前太政大臣家歌合　法華三十講の際の歌合。〇二句　聞き分けることさえできない。

198 寝られないのはほととぎすを待つ間のことと思っていましたのに、聞いた後も寝られないことでしたよ。赤染衛門集「五月朔日ころ、あざり」。〇四句　聞けば聞いたで、さらにもう一声と期待して。▽赤染衛門の返歌は「まことにぞうちだに臥さで明かしつる山ほととぎす鳴くや鳴くやと」。

199 ほととぎすの深夜の鳴き声を聞くことができるのだけが、「物を思う人」である私の取り柄であることだ。道命阿闍梨集。〇物思人　深い物思いに苦しんでいる人。ここでは自分を指す。〇とりどころ　取るべきよい点。長所。取り柄。「山里にかかるすまひはうぐひすの声まづ聞くぞとりどころなる」(相模集)。

200 (都では)一声を聞くのも難しかったほととぎすよ。(今では)その鳴く音と声を合せて泣く我が身の上となってしまったことだ。〇おほやけの御かしこまり　天皇からのお咎め。勅勘。〇ともになく身　「なく」には「鳴く」と「泣く」とを重ねる。「身」は、詠者自身の身の上。運命。

ほとゝぎすをよめる

201 ほとゝぎす来鳴《きな》かぬ宵《よひ》のしるからば寝《ぬ》る夜《よ》もひと夜《よ》あらまし物《（もの）》を

能因法師

202 待《ま》たぬ夜《よ》も待《ま》つ夜《よ》も聞《き》きつほとゝぎす花橘《たちばな》のにほふあたりは

大弐三位《（だいにのさんゐ）》

203 寝《ね》てのみや人は待《ま》つらんほとゝぎすもの思《おも》ふ宿《やど》は聞《き》かぬ夜《よ》ぞなき

小弁

早苗《さなへ》をよめる

204 御《み》田《た》屋《や》守《もり》けふは五《さ》月になりにけり急《いそ》げや早苗《さなへ》老《お》いもこそすれ

曽禰好忠《（よしただ）》

永承六年五月、殿上根合に早苗《さなへ》をよめる

205 さみだれに日《ひ》も暮《く》れぬめり道《みち》とほみ山田《だ》の早苗《さなへ》とりも果《は》てぬに

藤原隆《（たか）》資《（より）》

201 ほととぎすが来て鳴くということのない宵であると、(あらかじめ)はっきりしているのなら、寝ることのできる夜も一夜ぐらいはあるであろうに。長元八年(一〇三五)五月十六日賀陽院水閣歌合・選外歌。能因集。○来鳴かぬ宵　「来鳴く」は飛来して鳴く。「ぬ」は打消。

202 特に待っているというわけでもない夜も、また待ち受けている夜も、いつも聞いたことでした。ほととぎす(の鳴く声)を。橘の花が美しく咲き匂うあたりでは。治暦二年(一〇六六)皇后宮歌合。四条宮下野集。○下句　「花橘」をほととぎすの宿と見なして詠む。「宿りせし花橘も枯れなくになどほととぎす声たえぬらん」(古今・夏・大江千里)。

203 寝ながらも、人はほととぎすを待っているというのだろうか。物を思い寝られない私の宿では、その声を聞かない夜とてないことです。○もの思ふ宿　物を思い苦しむ人の住む家。↓三九二。

204 田を守る番人よ。今日はもう五月になってしまったことだ。さあ田植を急ぎなさいよ。早苗が伸び切ってしまってはいけないから。曽丹集。○早苗　苗代から田に移し植える稲の苗。○初句　「御田屋」は、神領の田を守る番人の居る小屋。「御田屋守」はそこで警備する番人。○五句　伸びすぎてはいけないので。「もこそ」は危惧の念を表す。

205 五月雨が降り続くうちに日も暮れてしまったようだ。ここまでの道が遠いので、山田の早苗を苗代から採り終らないのに。永承六年(一〇五一)五月五日内裏根合・藤原惟綱(書陵部本)。栄花物語・根合。○殿上根合　後冷泉天皇の御前において行われた内裏根合。○三句　道のりがあり、遠いので。我が家から山田までの距離をいう。○早苗とりも果てぬに　まだ早苗を手にとり終りもしないうちに。「早苗とる」は田植をする動作。

宇治前太政大臣家にて卅講の後《のち》、歌合《うたあはせ》し侍《はべ》りけるに五月雨《さみだれ》をよめる

206 さみだれは美豆《みづ》の御牧《みまき》の真菰草《まこもぐさ》刈りほすひまもあらじとぞ思《(おもふ)》

相模《さがみ》

宮内卿経長《(つねなが)》が桂《、つら》の山庄《(さんさう)》にて、五月雨《さみだれ》をよめる

207 さみだれは見《み》えし小笹《おざゝ》の原《はら》もなし安積《あさか》の沼《ぬま》の心地のみして

藤原範永《(のりなが)》朝臣

208 つれ〴〵と音絶《おとた》えせぬはさみだれの軒《、き》のあやめのしづくなりけり

橘　俊綱《(としつな)》

題不知《(しらず)》

209 さみだれのをやむけしきの見《み》えぬかな庭《には》たづみのみ数《かず》まさりつゝ

叡覚《(えいかく)》法師

五月五日に、はじめたる所《ところ》にまかりてよみ侍《はべ》りける

210 香《か》をとめてとふ人あるをあやめ草《ぐさ》あやしく駒《こま》のすさめざりける

恵慶《(ゑぎやう)》法師

206 五月雨の頃は、（降り続く雨のために）美豆の御牧の真菰草を刈り取って干す晴間もないだろうと思うことだ。長元八年（一〇三五）五月十六日賀陽院水閣歌合。栄花物語・歌合。○卅講の後、歌合し侍りけるに →一九三。○美豆の御牧　山城国。京都府久世郡から伏見区淀美豆町にかけての地にあった皇室の牧場。「淀野なる美豆の御牧に放ち飼ふ駒いばへたり春めきぬらし」（恵慶法師集）。○真菰草　真菰。水辺に生えるイネ科の多年草。筵などの原料となる。▽歌合で披講された時、「殿中鼓動して郭外に及ぶ」（袋草紙）と伝えられる歌。

207 五月雨の降る頃は、これまで見えていた小笹の原はどこにも見えなくなってしまったことだ。ただ安積の沼を目の前に見る気持がするばかりで…。範永朝臣集。○宮内卿経長　源経長。○桂　山城国。現在の京都市西京区桂、桂川西岸。○小笹の原　丈の低い笹の生い茂った原。○安積の沼　陸奥国。

208 しんみりと、音が絶えずしているのは、軒に掛けたあやめに伝う五月雨のしずくの音であったのだなあ。○初句　しんみりと寂しい状態が長く続く様子。○三句　下の「しづく」にかかる。「五月雨のいつかすぎてもあやめ草軒のしづくは雨と見えけり」（赤染衛門集）。

209 五月雨の降り止む様子の見えぬことだ。庭の水たまりの数がまさるばかりで。○庭たづみ　雨が降って、地上に溜った水。

210 香を求めて訪ねる人もあるというのに、あやめ草を、腑に落ちないことに、馬が顧みて口にすることもないのだなあ。恵慶法師集。○はじめたる所　初めての場所。○初句　香りを求めて。「とむ」は求む。○あやしく　「すさめざりける」にかかる。「あやめ草」の「あや」を同音で重ねた技巧。○駒のすさめざりける　「すさむ」は心に留めて愛着する。ここでは、食すこと。▽「大荒木の森の下草老いぬれば駒もすさめず刈る人もなし」（古今・雑上・よみ人しらず）を下に踏まえた作。なお、恵慶法師集には、「香をとめて我はむつぶるあやめ草よそ目に駒の見るがあやしさ」という同想の作が存する。

211
永承六年五月五日殿上根合によめる
筑摩《つくま》江《え》の底《そこ》の深《ふか》さをよそながら引《ひ》けるあやめの根《ね》にて知《し》るかな
良暹《りやうせん》法師

212
右大臣《うだいじん》中将に侍《はべ》りける時、歌合しけるによめる
ねやの上《うへ》に根《ね》ざし留《とゞ》めよあやめ草《ぐさ》たづねて引《ひ》くもおなじよどのを
大中臣輔弘

213
年《とし》ごろ住《す》み侍《はべ》りける所《ところ》離《はな》れて、ほかにわたりて、又《また》の年《とし》の
五月五日によめる
けふも今日あやめもあやめ変《かは》らぬに宿《やど》こそありし宿《やど》とおぼえね
伊勢大輔

214
花橘《はなたちばな》をよめる
さみだれの空《そら》なつかしく匂《にほ》ふかな花たち花に風や吹《ふ》くらん
相模

215
昔《むかし》をば花橘《たちばな》のなかりせば何《なに》につけてか思《おも》ひいでまし
大弐高遠《たかとほ》

211　筑摩江の底の深さがどれほどかを、こうして離れて居ながら、その江で引いたあやめの根の長さで知ることだよ。永承六年(一〇五一)内裏根合・源信房(二十巻本)。↓二〇五。栄花物語・根合。○筑摩江　近江国。琵琶湖の東北端。○底の深さ　筑摩江の深さは、「筑摩江の底ひも知らぬ淵なれどあさましきにや思ひなすらん」(一条摂政御集)とも歌われている。

212　寝屋の上に、根付いて止まってほしい、あやめ草よ。訪ねて行って引く場所も「夜殿」と同じ「淀野」なのだから。天喜四年(一〇五六)五月六条右大臣家歌合・大輔。○右大臣　源顕房。○中将に侍りける時　顕房は天喜四年から康平四年(一〇六一)まで、蔵人頭と近衛中将を兼ねた。○歌合しけるに　顕房が私邸で試みた夏十題十五番からなる歌合。成立時期は夫木抄に「天喜四年五月」と伝える。○初・二句「根ざす」は根をさし伸ばす。邪気を払うため、端午の節句に菖蒲を軒に差す習慣を踏まえていう。○引くあやめ草を引く意と相手の心を引く意とを重ねる。○よどの「淀野」と「夜殿」を掛ける。

213　今日という日も、去年と同じ五月五日という日、あやめ草も同じあやめ草で少しも変ってはいないのに、この住いだけは以前の住いとは思われないことです。伊勢大輔集「年ごろ同じ所に住みし人の居変りにしかば、その人はほかにありて、又の年の五月五日言ひたりし」。○年ごろ住み侍りける所離れて　家集の詞書だと「同じ所に住んだ人」が転居したことになる。○初句　去年と同じ今日。

214　五月雨の空に心ひかれる匂いがたちこめているよ。どこかの花橘のもとに、今、風が吹いているのだろうか。○上句「さみだれの空」は、五月雨時の空。○五句　離れた所に咲いている花橘のもとに、ちょうど今、吹いている風を想像する。「五月闇花橘に吹く風は誰が里までかにほひゆくらん」(詞花・夏・良暹)。

215　昔のことを、もしこの花橘がなかったとしたら、いったい何につけて思い出すことができようか。大弐高遠集。▽「五月待つ花橘の香をかげば昔の人の袖の香ぞする」(古今・夏・よみ人しらず)を踏まえる。

蛍《ほたる》をよみ侍《はべ》りける

216 音《おと》もせで思《おも》ひにもゆる蛍《ほたる》こそ鳴《な》く虫《むし》よりもあはれなりけれ

源　重之

宇治前太政大臣卅講の後《ゝち》、歌合《うたあはせ》し侍《はべ》りけるに、蛍《ほたる》をよめる

217 沢水《さはみづ》に空《そら》なる星《ほし》のうつるかと見《み》ゆるは夜半《よは》の蛍《ほたる》なりけり

藤原良経《(よしつね)》朝臣

題《だい》しらず

218 ひとへなる蟬《せみ》の羽衣《はごろも》夏《なつ》はなを《(ほ)》うすしといへどあつくぞありける

能因法師

219 夏刈《なつかり》の玉江《たまえ》の蘆《あし》を踏《ふ》みしだき群《む》れゐる鳥《とり》のたつ空《そら》ぞなき

源　重之

220 夏衣《なつごろも》たつた川原《かはら》の柳《やなぎ》かげ涼《すゞ》みにきつゝならすころかな

曽禰好忠

216 声も立てないで、「思ひ」の「ひ(火)」に燃える蛍こそ、声に出して鳴く一般の虫よりも、しみじみとあわれが深いことだ。重之集(百首)。〇初句　声にも出さないで。鳴き声を出さない蛍の特性を言う。〇鳴く虫　秋の虫に代表される声を立てて鳴く虫。

217 沢の水に、空にある星が映っているのかと見えるのは、実は夜中に飛び交う蛍だったのだ。長元八年(一〇三五)五月十六日賀陽院水閣歌合。栄花物語・歌合。〇宇治前太政大臣　藤原頼通。〇沢水　低地の湿地帯にある水。〇夜半の蛍　夜中に飛ぶ蛍。「玉だれの御簾の間とほりさやけきは星にはあらじ夜半の蛍か」(大弐高遠集)。

218 単衣の、蟬の羽衣のような生絹(すずし)は、「薄い」とはいっても、夏はやはりあついことだなあ。能因集「夏の衣」、五句「あつくもあるかな」。〇ひとへ　単衣(ひとえぎぬ)。一重で裏の付いていない衣。〇二句　蟬衣。紗(しや)や絽(ろ)などで作った、蟬の羽のように薄い夏衣。〇五句　「あつく」は「厚く」と「暑く」とを掛ける。「薄し」から「厚し」を引き出している。

219 玉江潟の蘆を踏み散らして、群れ集まっている鳥は、(いつまでも留まって)飛び立つ空がないことだ。歌仙家集本重之集。古今六帖六・鳥・作者未詳。〇初句　「玉江の蘆」の「蘆」にかかる枕詞。〇玉江　越前国。蘆の名所。〇五句　五月雨が降り続いて晴間のないことを指すか。「夏刈の蘆のまろやの煙だに立つ空もなき五月雨の頃」(続古今・夏・九条教実)は後代の作。

220 竜田川の川のほとりの柳の木陰に、夏衣を着慣らしながら、涼みにやって来るころとなったことだ。曽丹集、二句以下「たつたの河のこの風に今は行きつつ涼むばかりぞ」。〇夏衣たつた川原　「夏衣」は「裁つ・竜」の掛詞を引き出すための枕詞。「たつた(竜田)川」は大和国。〇三句　柳の木陰。〇きつゝならす　「き」に「来」と「着」とを掛ける。「ならす」は着慣らしてなよらかにする。

氷室《(ひ)むろ》をよめる

221 夏《なつ》の日《ひ》になるまで消《き》えぬ冬氷《ふゆごほり》春立《た》つ風やよきて吹《ふ》きけん

源　頼実《(よりざね)》

夏《ノ》夜《ノ》月といふ心をよみ侍《はべ》りける

222 夏《なつ》の夜《よ》の月はほどなく入《い》りぬともやどれる水に影《かげ》をとめなん

土御門右大臣《(つちみかどうだいじん)》

223 何《なに》をかは明《あ》くるしるしと思《(おもふ)》べき昼《ひる》にかはらぬ夏夜《(なつのよ)》の月《つき》

大弐　資通《(すけみち)》

宇治前太政大臣家に卅講の後《ゝち》、歌合し侍《(はべり)》けるによみ侍ける

224 夏の夜も涼《すゞ》しかりけり月影《かげ》は庭《には》しろたへの霜《しも》と見えつゝ

民部卿　長家《(ながいへ)》

225 常夏《とこなつ》のにほへる庭《には》は《ゝ》唐国《からくに》に《ゝ》おれる錦《にしき》もしかじとぞ見《み》る

中納言　定頼《(さだより)》

221 夏の日になるまで解けて消えることのないこの冬の氷は、春を迎えて立つ風がよけて吹いたのだろうか。故侍中左金吾(頼実)集。〇氷室　冬の氷を天然のまま夏まで貯蔵する室。

222 (短い)夏の夜の月はすぐに西の山に入ったとしても、水に映った月の姿だけはいつまでも留めてほしいものだ。〇夏夜月といふ心　「夏の夜の月」という歌題。〇夏の夜の月　夏の月は短夜のはかない月として詠まれる。〇やどれる水　月影が映っている池水など。

223 いったい何を夜が明けたしるしと思ったらよいのか。昼と明るさの少しも変らぬ夏の夜の月であることだ。〇初句　「かは」は反語。下の「思べき」にかかる。〇明くるしるし　夜が明ける兆候。〇四句　昼の日の光と少しも変らない。月の明るさを強調。

224 暑い夏の夜も涼しいことだったよ。月の光は、まるで庭一面真っ白な霜が置いたように見えて。長元八年(一〇三五)五月十六日賀陽院水閣歌合・行経(二十巻本)。栄花物語・歌合・四位少将行経。〇宇治前太政大臣　藤原頼通。〇しろたへの　「霜」にかかる枕詞。〇五句　月光を霜に見立てる。「月影になべてまさごの照りぬれば夏の夜降れる霜かとぞ見る」(大江千里集)。

225 なでしこの花が美しく咲いている庭は、唐の国で織ったという錦の織物も及ぶまいと見ることだ。長元八年賀陽院水閣歌合。定頼集。栄花物語・歌合。〇常夏　なでしこの古名。〇唐国におれる錦　中国渡来の錦で、美しい物の代表とされた。唐錦。〇見る　太山寺本、定頼集「おもふ」。

道済が家にて、雨《ノ》夜常夏《とこなつ》を思《おも》ふといふ心をよめる
能因法師

226 いかならむ今宵《こよひ》の雨《あめ》に常夏《とこなつ》の今朝《けさ》だに露《つゆ》の重《おも》げなりつる

題不知《（しらず）》
曽禰好忠

227 来《き》て見《み》よと妹《いも》が家路《いへぢ》に告《つ》げやらむわがひとり寝《ぬ》るとこなつの花

平 兼盛《（かねもり）》

228 夏深《なつふか》くなりぞしにける大荒木《おほあらき》の森《もり》の下草《したくさ》なべて人刈《か》る

夏《なつ》の涼《すゞ》しき心をよみ侍《（はべり）》ける
堀川右大臣

229 ほどもなく夏《なつ》の涼《すゞ》しくなりぬるは人に知《し》られで秋や来《き》ぬらん

くれの夏有明《なつありあけ》の月をよみ侍《（はべり）》ける
内大臣《（ないだいじん）》

230 夏《なつ》の夜《よ》の有明《ありあけ》の月を見《み》るほどに秋をも待《ま》たで風ぞ涼《すゞ》しき

226 今夜の雨に打たれて、どんな状態なのであろうか。常夏の花は、今朝でさえ露が重たげであったのになあ。能因集。○初・二句　倒置の形で強調。○今朝だに　雨がまだ降らなかった今朝でさえ。

227 やって来て見てごらんとあの子の家に告げてやろう。私がさびしく独り寝している「床」という名の、我が家に咲く常夏の花を。曽丹集。○来て見よ　我が家に来て常夏の花を見よの意。○二句　彼女の家に。「家路」はここは、家に向かう路から転じて、家そのものを指す。○下句　「とこ」に「床」と「常夏」の「常」を掛ける。

228 夏が深まったことだなあ。すっかり繁った大荒木の森の下草を、一面に人が出て刈り取っているよ。天徳四年(九六〇)内裏歌合。兼盛集。麗花集。○大荒木の森　山城国。○下草　木の下に生えている草。▽「大荒木の森の下草老いぬれば駒もすさめず刈る人もなし」(古今・雑上・よみ人しらず)を踏まえ、「下草老ゆ」「刈る人もなし」という内容を正反対にして詠じた作。

229 時を置かず、いつの間にか夏が涼しくなってしまったのは、人に気付かれないで、ひっそりと秋がやって来たせいなのであろうか。○初句「ほどもなく明けぬる夏の月かげもひとり見る夜は久しかりけり」(家経朝臣集)。▽「待ちかねてうつろふ枝のあたりには人に知られぬ秋や来ぬらん」(中務集)。

230 夏の夜の、西の空に残る有明の月を眺めているうちに、秋の来るのも待たないで、早くも風が涼しく感じられることだ。○くれの夏　晩夏。○有明の月　夜明けになっても空に残る陰暦十六日以後の月。ここでは六月下旬であることを示す。○四句　秋の到来よりも早く。

俊綱朝臣のもとにて、晩涼如シ㆑秋ノといふ〔心〕をよみ侍《(はべり)》ける

源頼綱《(よりつな)》朝臣

231 夏山《なつやま》の楢《なら》の葉《は》そよぐ夕暮《ゆふぐれ》はことしも秋の心地こそすれ

屏風絵に、夏《なつ》の末《すゑ》に小倉《おぐら》の山のかた描《か》きたる所《ところ》をよめる

大中臣能宣朝臣

232 紅葉《もみぢ》せばあかくなりなむ小倉《おぐら》山秋待《ま》つほどの名《な》にこそありけれ

泉《いづみ》、夜《よ》に入《い》りて寒《さむ》しといふ心をよみ侍《はべ》りける

源師賢《もろかた》朝臣

233 さ夜《よ》ふかき泉《いづみ》の水の音《おと》きけばむすばぬ袖《そで》も涼《すゞ》しかりけり

六月祓をよめる

伊勢大輔

234 水上《みなかみ》も荒《あら》ぶる心《こゝろ》あらじかし波《なみ》もなごしのはらへしつれば

231 夏の山の楢の葉がそよぐ夕暮時は、(例年そう感じるように)一際涼しく、今年も早くも秋を迎えたような気持がすることだ。○俊綱朝臣のもとにて　伏見の橘俊綱邸か。○晩涼如秋といふ心を　底本「といふを」、冷泉本他による。○夏山　(木々の繁った)夏の山。○楢　↓一六九。○秋の心地　まるで秋がやって来たような気持。「河風に吹きかへさるる衣手は秋来てのちの心地こそすれ」(橘為仲朝臣集)。

232 秋になり紅葉したら、赤く色付き明るくなることだろう、小倉山も。小倉山が小暗いという名を持つのも、紅葉の秋を待つ間だけの名であったのだなあ。能宣集。拾遺・夏・題しらず・よみ人しらず。○小倉の山のかた　小倉山の絵。○あかく　「(紅葉が)赤く」の意に「暗し」の対語の「明(あか)く」を重ねる。○三句　紅葉の名所。

233 夜ふけた湧水の水音を聞いていると、手で直接掬って濡らしたわけでもない袖までが涼しく感じられることだなあ。○泉、夜に入りて寒し　「泉こゑよに入てさむし」(太山寺本)。○泉の水　陽明為本他「いはゐの水」。○むすばぬ袖　「むすぶ」は水を手で掬う意。

234 川上の水の神も荒々しくふるまう心はないことでしょうよ。波も穏やかにと、夏越(なご)しのお祓いをしたのですから。伊勢大輔集。○六月祓　水無月祓(みなづきばら)え。陰暦六月晦日に行われる、半年間の罪や穢れを除くための祓いの行事。祓えに先立って川の水などで禊を行う。○水上　川の上流を言う「水上」と、水を支配する神、「水神」とを掛ける。「水神に祈るかひなく涙川うきても人をよそに見るかな」(後撰・恋一・よみ人しらず)。○二句　「荒ぶる」は、上二段動詞「荒ぶ」の連体形。「荒ぶる神」と、神の性状について言うことが多い。「さばへなす荒ぶる神もおしなべて今日はなごしの祓なりけり」(拾遺・夏・藤原長能)。○なごしのはらへ　「なごし」は「波も」を受けて、「和(なご)し」と「夏越しの祓」の「夏越し」とを掛ける。「水無月のなごしと思ふ心には荒ぶる神ぞかなはざりける」(曽丹集)。

後拾遺和歌抄第四　秋上

秋立《た》つ日《ひ》よめる　　よみ人しらず

235 うちつけに袂《たもと》涼《すゞ》しくおぼゆるは衣《ころも》に秋はきたるなりけり

恵慶（ゑぎやう）法師

236 浅茅《あさぢ》原《はら》玉《たまゝ》まく葛《ゝず》の裏《うら》風のうらがなしかる秋《あき》は来《き》にけり

扇《あふぎ》の歌《うた》よみ侍《はべ》りけるに　　藤原為頼（ためより）朝臣

237 おほかたの秋《あき》くるからに身に近《ちか》く慣《な》らす扇《あふぎ》の風《かぜ》ぞ涼《すゞ》しき

235 不意に袂が涼しく感じられるのは、衣にこそ秋はやって来たのであったよ。○秋立つ日　立秋の日。○初句　突然に。下の「おぼゆる」にかかる。「うちつけにものぞ悲しき木の葉散る秋のはじめを今日ぞと思へば」(後撰・秋上・よみ人しらず)。○二句　「袂」は古代後期以後はもっぱら衣の「袖」の意と同義に用いられる。「秋立ちて幾日もあらねどこの寝ぬる朝明けの風はたもと涼しも」(拾遺・秋・安貴王、万葉集八)。○きたる　「着」と「来」とを掛ける。

236 茅萱(ちがや)の生えている野原の、葉先が玉のように巻いている葛の葉を裏返して吹く裏風の「うら」ではないが、うらがなしい秋がやってきたことだ。恵慶法師集(百首)「秋」。○初句　丈の低い茅萱の生えている野原。○玉まく　葛の葉の先が美しい玉のように丸まっている様子。「こなたしもなびきおとれる花薄玉まく葛のまくるなるべし」(順集)。○裏風　葛の葉を裏返して吹く風。

237 どこにもやって来る秋という季節の到来とともに、身近に置いて夏中使い慣らした扇の風が急に涼しく感じられることだ。○おほかたの秋　おしなべての秋。「おほかた」は特殊な事柄に対し一般的な事柄について言う。「おほかたの秋来るからに我が身こそ悲しきものと思ひ知りぬれ」(古今・秋上・よみ人しらず。赤人集、大江千里集にも)。○身に近く慣らす扇の風　「身に近く慣れし扇の風なれば秋は来ぬともいかがわたらむ」(大弐高遠集)。

238 七月六日よめる

一《ひと》とせの過《す》ぎつるよりも織女《たなばた》の今宵《こよひ》をいかに明《あ》かしかぬらん

小弁《（こべん）》

239 七月七日、庚申《（かうしん）》にあたりて侍《（はべり）》けるによめる

いとゞしく露《つゆ》けかるらん織女《たなばた》の寝《ね》ぬ夜《よ》にあへるあまの羽衣《はごろも》

大江佐経《（すけつね）》

240 七月七日よめる

織女《たなばた》はあさひく糸《いと》の乱《みだ》れつゝとくとやけふの暮《くれ》を待《ま》つらん

小左近《（こさこん）》

241 七月七日、宇治前太政大臣《（うぢのさきのだいじやうだいじん）》の賀陽院の家にて、人〳〵酒《さけ》などたうべて遊《あそ》びけるに、憶《ヒテ》㆓牛女《ヲ》㆒言《フ》㆑志《ヲ》心をよみ侍《（はべり）》けるに

織女《たなばた》は雲《くも》の衣《ころも》をひきかさねかへさで寝《ぬ》るやこよひなるらん

堀川右大臣《（ほりかはうだいじん）》

242 七月七日、梶《かぢ》の葉《は》に書《か》き付《つ》け侍《はべ》りける

天《あま》の川《がは》とわたる舟《ふね》のかぢの葉《は》に思《おも》ふことをも書《か》き付《つ》くるかな

上総乳母《（かづさのめのと）》

238 去年の逢瀬から一年間を過してきたその待ち遠しさよりも、織女は（明日を控えての）今宵一夜をどのような思いで明かしかねているのであろうか。〇七月六日　七夕（七月七日）の前日。〇一とせ　ここでは、去年の七夕から今までの丸一年。〇三句「たなばた」はここは七夕祭の行事ではなく「たなばたつめ（織女・棚機津女）」の意。▽「一とせを待ちつることもあるものを今日の暮るるぞ久しかりける」（貫之集）などの発想を承けた作か。これより、二四七まで七夕に関する歌群。

239 まれな逢瀬のため、ただでさえ涙がちなのが、ますます濡れそぼっていることだろう。織女星の、寝てはならない夜（庚申）に逢瀬を持っている、その天の羽衣は。〇庚申　庚申待ちの略。「かのえさる」の日に、三尸虫（さんしちゅう）が体外に出るのを恐れて、夜明しをする風習。〇寝ぬ夜　共寝のできない夜。〇五句　ここでは、織女星の衣。「たつとこそ思ひやらるれ七夕の明けゆく空の天の羽衣」（重之集）。▽「いとどしくいも寝ざるらむと思ふかな今日の今宵に逢へる織女」（拾遺・秋・清原元輔）を意識するか。

240 織女星は、朝から心が乱れて、はやく会いたいものと今日の日暮れを、今ごろは待っていることだろうか。〇あさひく糸　二星をまつる五色の麻の糸。「麻」に「朝」を掛ける。〇三句　糸の「乱れ」に心の「乱れ」を重ねる。〇とく「（糸を）解く」と「疾く」とを掛ける。

241 織女星は、雲の衣を重ねて寝て、裏返しにしないで寝ることができるのは、今宵なのだろうか。入道右大臣集。〇宇治前太政大臣　藤原頼通。〇賀陽院　→一一七。〇牛女　牽牛星と織女星。〇雲の衣　二星の衣。「天の川霧立ち上る織女の雲の衣のかへる袖かも」（万葉集十・作者未詳）。〇かへさで寝る　夜着を裏返しにして夢の中で逢うことを願う俗信に反する行為。「いとせめて恋しき時はむばたまの夜の衣を返してぞ着る」（古今・恋二・小野小町）。

242 天の川の瀬戸を渡る舟の楫、それと同音の（乞巧奠に供える）梶の葉に、自分の思うことを書き付けることです。〇梶の葉に書き付け侍りける　七夕の折には、梶の木（クワ科の落葉高

長能《(ながよし)》が家にて七夕をよめる　　能因《(のういん)》法師

243 秋の夜《よ》を長《なが》きものとは星《ほし》あひのかげ見《み》ぬ人のいふにぞありける

七月七日によめる　　橘　元任《(もとたふ)》

244 織女《たなばた》の逢《あ》ふ夜《よ》の数《かず》のわびつゝも来《く》る月ごとのなぬかなりせば

右大将通房《(みちふさ)》

245 待《ま》ちえたる一夜《ひとよ》許《(ばかり)》を織女《たなばた》のあひみぬ夜半《よは》と思《おも》はましかば

七月七日に、男《をとこ》の、今日《けふ》のことはかけても言《い》はじなど忌《い》み侍《はべ》りけるに、忘《わす》られにければ、ゆきあひの空《そら》を見てよみ侍《はべ》りける　　新左衛門《(しんさゑもん)》

246 忘《わす》れにし人に見《み》せばや天《あま》の川忌《がはい》まれし星《ほし》の心《こゝろ》ながさを

木)の葉に歌を書いて供える風習があった。○とわたる　「と」は水門(みと)の「門(と)」で、岸と岸とが両側から迫った所を指す。○かぢ　「楫」と「梶」との掛詞。▽「我が上に露ぞ置くなる天の川とわたる舟の櫂のしづくか」(古今・雑上・よみ人しらず)の三・四句を同音の語を引き出す序詞として転用、七夕の日の天上の景と地上での営みを重ねている。

243　秋の夜を長いものとは、二星の逢瀬の光を見ない人の言うことであったのだ。能因集。○星あひのかげ　「星あひ」は、七夕の夜、牽牛・織女の二星が逢うこと。「かげ」は星の光(かげ)。

244　織女の逢う夜の数が、それでもなお不満であろうが、せめて毎月七日ごとであればよかったのになあ。○二句　下の「来る月ごとのなぬかなりせば」にかかる。「いたづらに過ぐる月日をたなばたの逢ふ夜の数と思はましかば」(拾遺・秋・恵慶)。○来る月ごとのなぬか　巡って来る毎月の七日の日。○なりせば　下に「よからまし」などの意を省略。

245　待ち迎えた七月七日の一夜だけを、(逆に)織女の逢わない一夜と思えたら、どんなによかったことだろうに。○初句　「待ち得(う)」は、待っていてそれがかなうの意。ここは七夕を迎え得たことを指す。○あひみぬ夜半　「夜半」は、他本「ほど」。○五句　下に「うれしからまし」などの意を省略。

246　私のことを忘れたあの人に見せたいものです。天の川の、あの人から嫌われた牽牛・織女二星の愛情の息の長さをこそ。○七月七日に　下の「よみ侍りける」にかかる。○今日のことはかけても言はじ　七月七日の星合のことはけっして口に出すまい。めったに逢えなくなるといけないからである。「わびぬれば常はゆゆしき七夕もうらやまれぬるものにぞありける」(拾遺・恋二・よみ人しらず)。○ゆきあひの空　七夕の空。「ゆきあひ」は出会うこと。○忌まれし星　(あの人から)忌み言葉にして避けられた星。○心ながさ　たとえ年に一度であっても、毎年逢い続ける二星の恋の気長さを言う。

七月七日、風などいたく吹《ふ》きて、斎院《さいゐん》に七夕祭《たなばたまつり》など止《ゝま》りて、八日さてあるべきにあらずとて、祭《まつ》り侍《はべ》りけるによめる

247 たまさかに逢《あ》ふことよりも七夕《たなばた》は今日《けふ》祭《まつ》るをやめづらしと見《み》る

小　弁

居易初《メテ》到《ル》二香山《ニ》一心をよみ侍《はべ》りける

248 急《いそ》ぎつゝ我《われ》こそ来《き》つれ山里《ざと》にいつよりすめる秋の月ぞも

藤原家経《いへつね》朝臣

客依《テ》レ月《ニ》来《ル》といふ心を上《うへ》のをのこどもよみ侍《はべ》りけるによめる

249 忘《わす》れにし人も訪《と》ひけり秋の夜《よ》は月出《い》でばとこそ待《ま》つべかりけれ

左近中将公実《きんざね》

花山院《くわざんゐん》東宮と申《まうし》ける時《とき》、閑院におはしまして、秋月をもてあそび給《たま》ひけるによみ侍《はべ》りける

250 秋《あき》の夜《よ》の月見《み》にいでて夜《よ》はふけぬ我《われ》もありあけの入《い》らで明《あ》かさん

大弐高遠《たかとほ》

247 年に一度だけまれに逢うことよりも、七夕星は八日の今日になって祭ることを珍しいと見ていることだろうか。〇斎院　禖子内親王(ばいしないしんのう)。〇さてあるべきにあらず　中止のままにしておくべきではない。〇七夕は　七夕の二星はの意。下の「見る」にかかる。〇四句　七月八日の今日祭るのを。「や」は疑問。

248 (明月に出会うべく)急ぎながら私はやって来たのに、この山里には、いったいいつから澄んだ秋の月が住みついているのだろうか。家経朝臣集。〇居易初到香山心　「居易」は中唐の詩人白居易(楽天)。「香山」は中国河南省洛陽県の竜門山の東にある山。〇すめる　「澄める」と「住める」とを掛ける。▽白氏文集に「初入二香山院一対レ月」の題で、「老住二香山一初到レ夜　秋逢二白月正円時一　従レ今便是家山月　試問清光知不レ知」と詠ずる。

249 私のことを忘れてしまった人も訪ねてくれたことだ。秋の夜は、月が出るともしやと待つべきだったのだなあ。〇客依月来　客は月に誘われてやって来るという意の題。〇上のをのこども　殿上人たち。〇五句　底本・冷泉本「まつへかりける(れミセケチ)」、陽明為本他による。

250 秋の夜の月見に外に出て夜は更けてしまった。私も有明の月が入らず西の空に残るように、家に入らず夜を明かすことにしよう。大弐高遠集。〇花山院東宮と申ける時　花山天皇は安和二年(九六九)、生後十か月で立太子。〇閑院　もとは藤原冬嗣の邸宅。二条大路南、西洞院西の方を占めた。〇もてあそび給ひける　興じ楽しみなさる。〇いでて　屋外に出て。〇ありあけの入らで　「ありあけの」は「入る」を引き出す枕詞的用法。「いる」は有明の月が「入る」意と人が「入る」意とを重ねる。

三条太政大臣《（さんでうだいじやうだいじん）》、左右をかたわきて、前栽植《う》へ《（ゑ）》侍《はべ》りて、歌《うた》に心得《え》たるもの十六人を選《えら》びて、歌《うた》よみ侍《はべ》りけるに、水上の秋の月といふ心《こゝろ》をよみ侍《（はべり）》ける

251 にごりなく千代《ちよ》をかぞへてすむ水に光《ひかり》をそふる秋夜《（あきのよ）》の月

平兼盛《（かねもり）》

土御門右大臣《（つちみかどうだいじん）》家に歌合し侍《（はべり）》けるに、秋の月をよめる

252 おほ空《ぞら》の月の光《ひかり》しあかければ真木《まき》の板戸《いたど》も秋はさゝれず

源為善《（ためよし）》朝臣

河原院にてよみ侍《はべ》りける

253 すだきけん昔《むかし》の人もなき宿《やど》にたゞ影《かげ》するは秋夜《（あきのよ）》の月

恵慶法師

題不知《（しらず）》

254 身をつめば入《い》るも惜《を》しまじ秋の月山のあなたの人《ひと》も待《ま》つらん

永源《（やうげん）》法師

251 濁りなく、澄んでいる池水、永く住み続けるであろうこの御殿の池の水面に、光を添え加える秋の夜の月よ。貞元二年(九七七)三条左大臣殿前栽歌合、五句「秋の月影」(十巻本)、「秋の月かな」(二十巻本)。兼盛集。〇三条太政大臣　藤原頼忠。〇左右をかたわきて　左方、右方に分けて。〇十六人　陽明乙本「十二人」。〇千代をかぞへてすむ水　黄河が千年に一度澄んで聖人が生れるという中国の故事を踏まえた表現か。「大井川千代にひとたびすむ水のけふのみゆきに逢ひにけるかな」(江帥集)。「すむ」は「澄む」と「住む」の掛詞。

252 大空の月の光は明るいので、真木の板戸も秋にはとざすことができないことだ。長暦二年(一〇三八)九月源大納言(師房)家歌合、初・二句「大空に月の光のあかき夜は」、五句「さゝれざりけり」。〇土御門右大臣　源師房(もろふさ)。〇真木の板戸　「君や来む我や行かむのいさよひに真木の板戸もささず寝にけり」(古今・恋四・よみ人しらず)。〇さゝれず　鎖す(閉ざす)ことができない。「れ」は可能。

253 ここに集い、交遊したであろう昔の人も見当らないこの宿に、ただ光影のみがたたずむのは、秋の夜の月であるよ。恵慶法師集。〇河原院↓九七。〇初句「すだく」はふつう虫・鳥などが多く集まる。人が群れ集まる意に用いられる例は歌中には少ない。〇昔の人　源融のもとに集まった風流人たち。在原行平・業平、紀有常、源至などを指すのであろう。〇影する　光が宿る。「宿ごとに寝ぬ夜の月はながむれど共に見し夜の影はせざりき」(馬内侍集)。

254 我が身によそえて思うと、秋の月が西の山に入るのも惜しんだりはしないことにしよう。山の向う側の人も、月の出を待っているであろうから。〇身をつめば　「身をつ(抓)む」は、我が身を抓って、他人の痛さを知ること。「身をつめばあはれとぞ思ふ初雪のふりぬることも誰に言はまし」(後撰・恋六・右近)。▽月に対する名残惜しさを逆説的に表出。「月の入る山のあなたの里人と今宵ばかりは身をやなさまし」(恵慶法師集)などの影響下に成った作か。

蔵人になりての秋《あき》、南殿の月をもてあそびて、よみ侍《はべ》りける

255 よそなりし雲《くも》の上《うへ》にて見《み》る時《とき》も秋《あき》の月にはあかずぞありける

源道済《(みちなり)》朝臣

寛和元年八月十日、内裏歌合によみ侍《(はべり)》ける

256 いつも見《み》る月ぞと思《おも》へど秋《あき》の夜《よ》はいかなる影《かげ》をそふるなるらん

藤原長能

八月許《(ばかり)》、月雲隠《くもがく》れけるをよめる

257 すむとてもいくよもすまじ世《よ》の中《なか》に曇《くも》りがちなる秋夜《(あきのよ)》の月

前大納言公任《(きんたふ)》

広沢の月を見てよめる

258 すむ人もなき山里《やまざと》の秋《あき》の夜《よ》は月の光《ひかり》もさびしかりけり

藤原範永《(のりなが)》朝臣

山寺に侍《はべ》りけるに、人〳〵まうで来《き》て、帰《かへ》りけるによめる

259 とふ人《ひと》も暮《く》るれば帰《かへ》る山里《ざと》にもろともにすむ秋夜《(あきのよ)》の月

素意《(そい)》法師

255　今までは他所として見上げていた雲の上（宮中）で眺める時も、秋の月には（いくら眺めても）見飽きるということはないことだなあ。道済集。○蔵人になりての秋　源道済は長保三年（一〇〇一）三月に蔵人（家集勘物）。○南殿　↓九四。○よそなりし雲の上　地下（げじ）のときは自分とは関係のない場所と思っていた宮中。「雲の上」は宮中の意に、実際の天空の雲の上の意を重ねる。

256　いつも見る見なれた月だと思うが、秋の夜はいったいどういう光を添え加えているのだろうか（今夜の月は格別であることだ）。寛和元年（九八五）内裏歌合。公任集。○下句　「影」は光。「影をそ（添）ふ」はここでは主催者の花山天皇の威光の意を重ねるか。「宰相元輔の朝臣の娘の裳着侍りしに／結びあぐる君が玉もの光にはさやけき月の影ぞ添ふらん」（元輔集）。

257　月が澄むといっても、幾夜も澄み続けることはないであろう（人もまた、この世に幾世も住み続けることはできまい）。雲に隠れて（心も）曇りがちなこの秋の夜の月よ。公任集。○初・二句　二か所の「すむ」には共に「澄む」と「住む」とを掛ける。「いくよ」は「幾夜」と「幾世」とを掛ける。○四句　月が雲に隠れて曇りがちである意に、人が無常を感じて暗澹としているさまを込める。

258　住む人さえいない山里の秋の夜は、月の光までもが寂しく感じられることだなあ。範永朝臣集。定頼集「広沢に人々行きて、月のいみじうあかう池にうつりたりけるに」。玄々集。○広沢　洛西嵯峨の広沢池。観月の名所。○すむ人もなき山里　広沢池のほとりは、当時、荒涼とした人少なの地とされていた。「すむ」は月の縁語。○四句　山里のさびしさに加えて月光までも。

259　訪れた人も、日が暮れると帰って行くこの山里に、ともに住むのは、ただこの澄んだ秋の夜の月であるよ。○山寺に　正保版本、八代集抄本「山里に」。○四句　月を擬人的に言う。「すむ」は「住む」と「澄む」とを掛ける。「もろともにすむべきかげのなかりせば都のともに誰をせましな」（大弐高遠集）。

260
題《だい》しらず
白妙《しろたへ》の衣《ころも》の袖《そで》を霜《しも》かとて払《はら》へば月《つき》の光《ひかり》なりけり
藤原国行《くにゆき》

261
八月十五夜によめる
いにしへの月かゝりせば葛城《かづらき》の神は夜《よる》ともちぎらざらまし
惟宗為経《ためつね》

262
夜もすがら空《そら》すむ月をながむれば秋は明《あ》くるも知《し》られざりけり
堀川右大臣

263
憂《う》きまゝにいとひし身こそ惜《を》しまるれあればぞ見《み》ける秋《あき》の夜《よ》の月《つき》
藤原隆成《たかなり》

264
今宵《こよひ》こそ世《よ》にある人《ひと》はゆかしけれいづこもかくや月《つき》を見《み》るらん
赤染衛門《あかぞめゑもん》

260 真っ白の衣の袖を霜が置いてあるのかと払ってみると、それは月の光であったよ。〇白妙の衣　ここでは白地の衣の意。

261 もしもその昔、今宵の仲秋の月のような月が空に懸っていたとしたら、葛城の一言主神(ひとことぬしのかみ)は夜に働こうなどと約束しなかったであろうに。〇初句　昔の。〇葛城の神　葛城山に住むという一言主神。役(えん)の行者に吉野の金峰山との間に岩橋を懸けることを命ぜられたが、自分の容貌を恥じて、夜間だけしか働かなかったという。「岩橋のよるの契りもたえぬべしあくるわびしき葛城の神」(拾遺・雑賀・春宮女蔵人左近)。

262 一晩中、空が澄みわたっている月を(物思いにふけって)ながめていると、秋は、夜が明けるのさえ気付かなかったことだ。入道右大臣集。〇空すむ月　空が月によって澄む、その月。

263 つらい思いのままに、自ら厭(いと)い嘆いた我が身のことが、今では悔やまれることだ。生きていたからこそ、見ることができたのだった。この美しい秋の夜の月を。

264 十五夜の今夜に限っては、世の人々の様子を知りたいことです。どこでも、私のように月を眺めているのでしょうか。赤染衛門集「久しく訪れぬ人の来て、前近き荻に結び付けていにけるを、つとめて見てやりし、人に代りて」。〇初句　八月十五夜の今宵こそ。〇世にある人　ありとある世の人。

265
題不知《(しらず)》
秋も秋《あき》こよひもこよひ月も月ところもところ見《み》る君も君《きみ》
読人不知《(よみびとしらず)》

或人云、賀陽院にて八月十五夜月おもしろく侍《はべ》りけるに、宇治前太政大臣歌よめと侍《はべ》りければ、光源《(くわうげん)》法師のよみけると言《い》へり

266
いろ〳〵の花《はな》のひもとく夕暮《ゆふぐれ》に千代《ちよ》松《(まつ)》むしの声《こゑ》ぞ聞《きこ》ゆる
清原元輔《(もとすけ)》

鈴虫《すゞむし》の声《こゑ》を聞《き》きてよめる

267
とやがへり我《わ》が手《て》ならしし鷂《はしたか》の来《く》ると聞《きこ》ゆる鈴虫《すゞむし》〔の〕声《こゑ》
大江公資《(きんより)》朝臣

268
年経《としへ》ぬる秋にもあかず鈴虫《すゞむし》のふりゆくまゝに声《こゑ》のまされば
前大納言公任

265　秋も仲秋、今宵も十五夜の今宵、空の月もまさに名月、所もここ賀陽院、月を眺めておられる君も関白頼通殿(申し分のない今宵であることだ)。〇初句　秋という季節にあって、もっとも秋らしい秋の最中。〇二句　ちょうど八月十五夜の当夜。〇三句　仲秋の望の月。〇四句　観月にもっともふさわしいこの賀陽院。〇五句　他でもないこの邸のお方。藤原頼通を指す。〇賀陽院　→二七。〇光源法師　底本・冷泉本「覚源法師」、陽明為本他による。

266　色とりどりの花が咲き開く夕暮時に、千代を待つという名の松虫の声が聞えることだ。元輔集、(一首前の詞書)「八月十五夜、前栽(せざい)など植うるところ」。〇二句　花の蕾(つぼみ)がほころびる。花が開く。「ひもとく」は、もとは、男女が逢って紐を解く意の語。「もも草の花のひもとく秋の野に思ひたはれむ人なとがめそ」(古今・秋上・よみ人しらず)。〇千代松むし　松虫の「松」に「待つ」を掛ける。「千代まつ」は、千年もの年月を待ち受けるの意で、屏風歌の主への祝意を込める。

267　羽毛がすっかり抜け替って、私の手なずけた鷂(はしたか)が来るように聞える、(鷹の尾に付いた鈴を思わせる)鈴虫の声であることだ。〇初句　動詞「とやがへる」の連用形。「とや」は鳥屋(鳥を飼う小屋)。「とやがへる」には、古来、鷹が鳥屋に帰って来る意とする説、鳥屋の鷹の羽毛が抜け替るとする説など諸説がある。「はし鷹のとがへる山の椎柴の葉がへはすとも君はかへせじ」(拾遺・雑恋・よみ人しらず)。→三九三。〇鷂　鷹狩に用いる小型の鷹。「はいたか」とも。〇鈴虫　「鈴」は、はし鷹の尾に鈴を付けたことから、「鷹」の縁語。

268　幾年秋を経ても聞き飽きることはないことだ。鈴が、振れば振るほど音色がまさるように、鈴虫は、年とともに声がよくなって行くので。公任集「鈴虫の年経て鳴くに」。〇四句　「(鈴を)振る」と「古る」とを掛ける。

返《かへ》し

269 訪《たづ》ね来《く》る人もあらなん年《とし》を経《へ》てわがふる里《さと》の鈴虫《すゞむし》〔の〕声《こゑ》

四条中宮《(しでうちゆうぐう)》

長恨歌の絵に、玄宗《(げんそう)》もとの所《ところ》に帰《かへ》りて、虫《むし》ども鳴《な》き、草《くさ》も枯《か》れわたりて、帝《みかど》歎《なげ》き給《たま》へるかたある所《ところ》をよめる

270 ふるさとは浅茅《あさぢ》が原《はら》と荒《あ》れはてて夜すがら虫《むし》の音《ね》をのみぞ鳴《な》く

道命《(だうみやう)》法師

題不知《(しらず)》

271 浅茅生《あさぢふ》の秋《あき》の夕暮《ゆふぐれ》鳴《な》く虫《むし》はわがごと下《した》に物《(もの)》や悲《かな》しき

平　兼　盛

272 秋風に声弱《こゑよは》りゆく鈴虫《すゞむし》のつゐ《(ひ)》にはいかゞならんとすらん

大江匡衡《(まさひら)》朝臣

273 鳴《な》けや鳴《な》け蓬《よもぎ》が杣《そま》のきり〴〵す過ぎゆく秋はげにぞかなしき

曽禰好忠《(よしただ)》

269 ここを訪ねて来る人もいてほしいものです。長い年月の間住み古してきた私の家では、鈴虫の声が聞えていることです。公任集「女御にやありけん」。○返し　家集では、詠者が朧化されているが、ここでは二六八・二六九を一組の贈答として扱う。○年を経てわがふる里　「ふる里」に、「経る」と、「古里」の「古」とを掛ける。また鈴虫の縁で、鈴を振る意をも掛ける。

270 もとの居所は、浅茅が原となってすっかり荒れ果ててしまって、夜通し虫の声を聞き続けることだ。道命阿闍梨集。○長恨歌の絵　白居易の「長恨歌」を絵にしたもの。「長恨歌」は、唐の玄宗皇帝の、楊貴妃を失った嘆きが叙されている。○もとの所　再び帰ってきた長安の宮殿で、「ふるさと」と歌われる。「帰来池苑皆依レ旧…西宮南苑多二秋草一　宮葉満レ階紅不レ掃」(長恨歌)。

271 茅萱が一面に生えた野の秋の夕暮時に鳴く虫は、私と同じく、心の底でもの悲しく思っているのであろうか。兼盛集「秋の夕暮に虫のいとあはれに鳴くに」。○鳴く虫　「鳴く」に「(人が)泣く」の意を響かせる。○わがごと　私が悲しく涙するように。「秋の夜の明くるも知らず鳴く虫はわがごとものや悲しかるらむ」(古今・秋上・藤原敏行)。○下に　心の中で。○五句　「物」は「何となく」などの意を添える。「もの悲し」に割って入る「や」は疑問。

272 秋風が吹くとともに声がしだいに弱っていく鈴虫は、このまま弱り続けて、最後にはどうなっていくのだろうか。匡衡集。▽「人は来ず風に木の葉はさそはれぬ夜な夜な虫は声弱りゆく」(曽丹集)。

273 鳴けよ、鳴け。杣木のように繁る蓬のもとに鳴くきりぎりすよ。過ぎ去ってゆく秋は、おまえの嘆くようにほんとうに悲しいことだ。曽丹集。○蓬が杣　「杣」は、材木にするために植林した木。蓬を杣山の杣に見立てた表現。藤原長能は、この表現を「狂惑のやつ也、蓬が杣といふ事やはある」と非難したという(袋草紙)。○三句　今のコオロギ。○げに　なるほど、おまえが鳴くのも道理での意。

寛和元年八月十日、内裏歌合によめる

274 わぎもこがかけて待《ま》つらん玉《たま》づさをかきつらねたる初雁《はつかり》の声《こゑ》

藤原長能

久《ひさ》しくわづらひけるころ、雁《かり》の鳴《な》きけるを聞《き》きてよめる

275 起《お》きもゐぬわがとこよこそ悲《かな》しけれ春《はる》かへりにし雁《かり》も鳴《な》くなり

赤染衛門

後冷泉院《(ごれいぜいゐん)》の御時、后《(きさい)》の宮《(みや)》の歌合によめる

276 さ夜《よ》ふかく旅《たび》の空《そら》にて鳴《な》く雁《かり》はおのが羽《は》風や夜寒《よさむ》なるらん

伊勢大輔《(いせのたいふ)》

八月許《(ばかり)》に、殿上のお《(を)》のこどもを召《め》して歌《うた》よませ給《(たまひ)》けるに、旅中《ニ》聞《ク》レ雁《ヲ》といふ心《こゝろ》を

277 さして行《ゆ》く道《みち》も忘《わす》れてかりがねの聞《きこ》ゆる方《かた》に心をぞやる

御製《(ぎよせい)》

八月、駒迎《こまむか》へをよめる

278 逢坂《あふさか》の杉《すぎ》の群立《むらだ》ち牽《ひ》くほどはをぶちに見《み》ゆる望月《もち》の駒《こま》

良暹法師《(りやうせん)》

274 今頃はいとしいあの子が心にかけて待っていることであろう(私の)手紙の、文字を書き連ねたように見える初雁の、その声が聞えることだ。寛和元年(九八五)内裏歌合・作者名なし。公任集。○かけて　心に留めて。○待つらん　「らん」は連体形。○玉づさ　ここは消息。手紙。↓七一。○四句　「初雁」にかかる。「つらね」は文字を連ねる意と雁が列をなす意とを重ねる。「問ふかとて緑の紙にひまもなくかき連ねたる雁がねを聞く」(和泉式部続集)。

275 起きもしないで臥せったままの私の床は悲しいこと。春、常世をさして帰って行った雁も、又来て鳴いている声が聞えてくるよ。赤染衛門集。○久しくわづらひけるころ　家集、一首前の詞書に「春より秋になるまで、月日のゆくへも知らぬに…」とあり、この折の病臥はかなり長期にわたったらしい。○わがとこよ　「我が床」に、「常世」を掛ける。「常世」は、不老不死の地とされる想像上の仙郷。渡り鳥である雁の故郷とされた。

276 夜深く旅の空で鳴いている雁は、今ごろは自分自身の羽風を夜寒と感じていることだろうか。天喜四年(一〇五六)皇后宮春秋歌合、初句「さよふけて」。伊勢大輔集、初句「衣薄み」(彰考館本)、「秋ごとに」(書陵部本)。栄花物語・根合。○後冷泉院の御時　↓三六。○后の宮　中宮藤原寛子(かんし)。○おのが羽風　雁の羽ばたきで起る風。「月影を待つらん里もあるものを雁の羽風のぬるく聞こゆる」(重之集)。○夜寒　秋、夜の寒さを身に感じること。また、その寒さ。

277 目指して行く道の行く手も忘れて、雁の声の聞える方向に心を馳せてしまうことだ。○初句　目指して行く。「船岡に花摘む人の摘み果ててさして行く方いかでたづねむ」(躬恒集)。

278 逢坂の関の杉の木が群がって生えている所を牽いて行く時は、毛色がまだらな斑(ちぶ)馬に見える望月の駒であるよ。○駒迎へ　旧暦の八月十五夜に、左馬寮の使が諸国から朝廷へ献上する馬を、逢坂の関まで出迎える行事。○二句　群がって立っている杉の林。八代集抄本、正保版本「関の杉むら」。「逢坂の関まで月は照らさなむ杉のむら立ち木暗らかるらん」(公任集・ゆ

279 みちのくの安達《あだち》の駒《こま》はなづめどもけふ逢坂《あふさか》の関《せき》までは来《き》ぬ　源縁《(げんえん)》法師

屏風絵に、駒迎《こまむか》へしたる所《ところ》を読侍《(よみはべり)》ける

280 望《もち》月の駒《こま》ひく時《とき》は逢坂《あふさか》の木《こ》の下《した》やみも見《み》えずぞありける　恵慶法師

禅林寺に人〳〵まかりて、山家ノ秋ノ晩《(ゆふべ)》といふ心をよみ侍《はべ》りける

281 暮《く》れゆけば浅茅《あさぢ》が原《はら》の虫《むし》の音《ね》も尾上《をのへ》の鹿《しか》も声《こゑ》たてつなり　源頼家《(よりいへ)》朝臣

公基《(きんもと)》朝臣、丹後守にて侍《はべ》りける時、国にて歌合し侍《(はべり)》けるによめる

282 鹿《しか》の音《ね》に秋を知《し》るかな高砂《たかさご》の尾上《をのへ》の松《まつ》はみどりなれども　涼《すゞしき》

萩盛ニシテ　待ツレ鹿ヲといふ心を

283 かひもなき心地こそすれさ雄《を》鹿《しか》のたつ声《こゑ》もせぬ萩《はぎ》の錦《にしき》は　御製

きより)。〇をぶち　地名の尾駮(青森県下北半島太平洋側)と「を斑」(「を」は接頭語)とを掛けるか。「みちのくの尾駮の駒も野飼ふには荒れこそまされなつくものかは」(後撰・雑四・よみ人しらず)。〇五句　信濃国望月の御牧産の馬。「望月」に満月のイメージを重ねる。「逢坂の関の清水にかげ見えて今や引くらん望月の駒」(拾遺・秋・紀貫之)。

279 陸奥の安達の駒は、難渋しながらも今日は逢坂の関までやって来たことだ。〇安達　駒の産地。陸奥国。〇三句　進むにも難儀したが。「なづむ」は物事が停滞する意。

280 信濃の望月の駒を牽いて過ぎる時は、折からの望月(満月)の光で、逢坂の関の木陰の暗がりもなくなったことだ。恵慶法師集。〇望月の駒 ↓二七八。〇木の下やみ　木の葉が茂り、木下が暗くなるその暗がり。「五月山木の下やみに灯す火は鹿の立ちどのしるべなりけり」(拾遺・夏・紀貫之)。

281 秋の日が暮れて行くと、ここでは、浅茅が生い繁った野原で鳴く虫の音も、山の峰で立てる鹿の声も、合わさって聞えてくることだ。〇禅林寺　京都市左京区にある寺。〇浅茅が原 ↓二三六。〇尾上の鹿　「をのへ」は「を(峰)の上」の約。▽「秋の夕の虫のね、鹿の声、取集めたる山家の様也」(八代集抄)。

282 鹿の声によって秋を知ることだ。高砂の峰に生えている松は、変らず緑色であるけれども。天喜六年(一〇五八)丹後守公基朝臣歌合。〇公基朝臣　藤原公基。〇丹後守にて侍りける時　康平三年(一〇六〇)までは藤原師成がこの任にあり、公基はその後着任したらしい。〇初句　雌鹿を求めて鳴く牡鹿の声によって。〇高砂　播磨国。〇尾上 ↓二八一。▽歌枕「高砂」の代表的景物である「鹿」と「松」とを一首中に配する。「かくしつつ世をやつくさん高砂の尾上に立てる松ならなくに」(古今・雑上・よみ人しらず)。

283 (こうして萩が咲いても)かいのない気持がすることだ。牡鹿の立つ声もしないこの錦のように美しい萩のあたりでは。〇初句　萩は鹿の花妻であるとする発想。〇さ雄鹿　雄の鹿。「小

山里《ざと》に鹿《しか》を聞《き》きてよめる

大中臣能宣《(よしのぶ)》朝臣

284 秋萩《あきはぎ》の咲《さ》くにしもなど鹿《しか》の鳴《な》くうつろふ花《はな》はおのが妻《つま》かも

土御門右大臣家歌合によみ侍《はべ》りける

源為善朝臣

285 秋萩《あきはぎ》をしがらみふする鹿《しか》の音《ね》をねたきものからまづぞ聞《き》きつる

題不知《(しらず)》

安法《(あんぽふ)》法師

286 籬《まがき》なる萩《はぎ》の下葉《したば》の色《いろ》を見て思《おも》ひやりつる鹿《しか》ぞ鳴《な》くなる

能因法師

287 秋はなを《(ほ)》わが身《み》ならねど高砂《たかさご》の尾上《をのへ》の鹿《しか》も妻《つま》ぞこふらし

夜宿ス㆓野亭ニ㆒といふ心をよめる

叡覚《(えいかく)》法師

288 今宵《こよひ》こそ鹿《しか》の音《ね》ちかく聞《きこ》ゆなれやがて垣穂《かきほ》は秋《あき》の野なれば

(さ)」は接頭語。○萩の錦　萩の花盛りを錦に見立てた隠喩的表現。「秋の野の萩の錦は女郎花たちまじりつつ織れるなりけり」(貫之集)。

---

284 秋萩が咲いているというのに、どうして鹿は鳴いているのだろう。はらはらと散る花は、心変りした自分の妻だというのであろうか。能宣集。○咲くにしも　「に」は逆接の接続助詞。○うつろふ　花の「移ろふ」意と、心が「移ろふ」意とを重ねる。○おのが妻　鹿の妻。

285 秋萩をからみ倒して進む鹿の声を、(美しい花を倒して)憎らしいと思いながらも、まず最初に聞いたことだ。○土御門右大臣　源師房(もろふさ)。○二句　からみつけて踏み倒す。「秋萩をしがらみ伏せて鳴く鹿の目には見えずて音のさやけさ」(古今・秋上・よみ人しらず)。○四句　悔しいものの。萩の花が荒らされるのを嘆く。○五句　「まづ」は誰よりも早くまっ先にの意。

286 垣根のもとの萩の下葉が色づいたのを見て鹿に思いを寄せていたが、その鹿が今、鳴いていることだよ。安法法師集「東山に鹿の初めて鳴くを聞きて」、三・四句「もみぢ見て思ひやりつつ」。○籬　柴や竹などを編んで作った垣根。○萩の下葉　萩の茎の下にある葉。「秋萩の下葉色づく今よりやひとりある人の寝ねがてにする」(古今・秋上・よみ人しらず)。○三句　太山寺本他「もみぢ見て」。

287 秋はやり、(俗界を離れた)我が身の上には関わりのないはずのことだが、高砂の峰の上の鹿も妻を恋うているらしいよ。能因集。○わが身ならねど　僧籍の自分の身の上のことではないはずだが。ここでは妻を恋う人の情について言う。○尾上の鹿も　人を恋しいのは自分だけでなく鹿もまたの意。

288 野中に宿をとった今宵は鹿の鳴く声が近く聞えてくるよ。ここはそのまま垣根に続いて秋の野となっているので。○下句　垣根がそのまま秋の野と一続きである様を指して言う。後代の作に「我が庵は朝伏す鹿のなるるまで籬に続く岡の茅原」(新撰六帖二・藤原家良)と歌う。▽三句切れ、倒置の歌。

題不知《(しらず)》

289 宮城野《みやぎの》に妻《つま》よぶ鹿《しか》ぞさけぶなるもとあらの萩《はぎ》に露《つゆ》や寒《さむ》けき

藤原長能

祐子内親王《(いうしないしんわう)》家歌合によみ侍《はべ》りける

290 秋霧《あきゞり》の晴《は》れせぬ峰《みね》にたつ鹿《しか》は声《こゑ》許《(ばかり)》こそ人にしられれ

大弐三位《(だいにのさんゐ)》

291 鹿《しか》の音《ね》ぞ寝覚《ねざ》めの床《とこ》にかよふなる小野《をの》の《、》草《くさ》ぶし露《つゆ》やおくらん

藤原家経朝臣

292 小倉《をぐら》山たちども見《み》えぬ夕霧《ゆふぎり》に妻《つま》ま《、》どはせる鹿《しか》ぞ鳴《な》くなる

江侍従《(がうのじじゆう)》

題不知《(しらず)》

293 晴《は》れずのみものぞ悲《かな》しき秋霧《ぎり》は心のうちに立《た》つにやあるらん

和泉式部《(いづみしきぶ)》

289 宮城野で妻を呼ぶ鹿が叫ぶ声がするよ。(今ごろは)根元の葉のまばらな萩に露が寒々と置いているのだろうか。長能集「(中宮御屏風に…)萩」。○宮城野　宮城県仙台市東方にあった萩の名所。○もとあらの萩　根元の方の葉がまばらな萩。▽「宮城野のもとあらの小萩露を重み風を待つごと君をこそ待て」(古今・恋四・よみ人しらず)を踏まえて詠む。

290 秋霧が立ち込めて晴れない峰に立っている鹿は、姿はせず声だけが人に知られることだ。永承五年(一〇五〇)祐子内親王家歌合。○晴れせぬ峰　「晴れす」は名詞化した「晴れ」にサ変の「す」の付いた動詞。「山桜散らぬかぎりは白雲の晴れせぬ峰と見えわたるかな」(若狭守通宗朝臣女子達歌合・作者名なし)、通俊の判詞に「晴れせぬ峰などいふほど…歌めきたり」という。

291 鹿の鳴く声が寝覚めの床にも響いてくることだ。小野の草の上で臥している鹿の床には、今ごろは夜露が置いているのだろうか。永承五年祐子内親王家歌合。家経朝臣集。○寝覚めの床　「寝覚め」は夜、目が覚めること。恋情を底に置くことが多い。○三句　正保版本「きこゆなる」。▽「さを鹿の小野の草伏いちしろくわが問はなくに人の知れらく」(万葉集十・作者未詳、古今六帖五)。

292 小倉山の暗くて立っている場所も見えない夕霧の中に、妻を見失った鹿が鳴いている声が聞えることだ。永承五年祐子内親王家歌合。○小倉山　山城国。「をぐら」に「小暗」の意を掛ける。○たちど　立ち処。「小倉山鹿の立ちどの見ゆるかな峰の紅葉や散りまさるらん」(大弐高遠集)。○四句　「まどはす」は迷わす。ここは妻を求めて見失う意。「夕霧に妻まどはせる鹿の音や夜寝る萩もおどろかすらん」(伊勢大輔集)。▽「小倉山峰立ちならし鳴く鹿の経にけむ秋を知る人ぞなき」(古今・物名・紀貫之、拾遺・雑秋)。ここまで「鹿」の歌群。

293 心が晴れず、何となくもの悲しい思いがするばかりであるよ。秋霧は外だけでなく心の中に立っているせいなのだろうか。和泉式部集(百首)。○初句　「のみ」は、下の「ものぞ悲しき」の「悲し」を限定して強調。「晴る」は

294 残《のこ》りなき命《いのち》を惜しと思《(おもふ)》かな宿《やど》の秋萩《はぎ》散《ち》りはつるまで

天台座主源心《(げんしん)》

物思《ものおも》ふことありけるころ、萩《はぎ》を見てよめる

295 起《お》きあかし見《み》つゝながむる萩《はぎ》の上《うへ》の露吹《つゆふ》きみだる秋《あき》の夜《よ》の風

伊勢大輔

みなとといふ所《ところ》を過《す》ぐとてよめる

296 思《おも》ふことなけれど濡《ぬ》れぬわが袖《そで》はうたゝある野辺《のべ》の萩《はぎ》の露《つゆ》かな

能因法師

萩《はぎ》のねたるに、露《つゆ》のおきたるを、人〳〵よみ侍《はべ》りけるによめる

297 まだ宵《よひ》にねたる萩《はぎ》かな同《おな》じ枝《え》にやがておきゐる露《つゆ》もこそあれ

新左衛門

同《おな》じ心をよみ侍《はべ》りける

298 人《ひと》しれずものをや思《(おもふ)》秋萩《あきはぎ》のねたるがほにて露《つゆ》ぞこぼるゝ

中納言女王《(ちゆうなごんのによわう)》

「秋霧」の縁語。○五句　「立つ」は「秋霧」の縁語。

294　残り少ない余命をなおも惜しいと思うことだ。せめて我が家の庭の秋萩が散り果ててしまうまではと。

295　起きて夜を明かし、物思いにふけって眺め続けている萩の上の露を、吹き乱れる秋の夜の風であることよ。伊勢大輔集「思ふことありしころ、萩を見て」。○初句　起きたまま夜を明かし。「起き」に「置き」を掛ける。○二句　「萩の上の露」にかかる。○吹きみだる　風が吹いて露が乱れ散るようにする。

296　思い悩むことはないはずの身なのに(涙で濡れるように)濡れてしまったことだ、私の袖は。困った野辺の萩の露であることよ。能因集。○みなとといふ所　家集諸本には、「ゐなの」「ゐか」「みなと」という地名をそれぞれ伝えて定まらない。○思ふことなけれど　「心なき身」(西行)と同じく、僧籍に身を置く立場からのことば。○うたゝある　誤解を受けそうで、厄介な。具合の悪い。「うたてあり」の転か。

297　まだ宵のうちに、(垂れて)寝てしまった萩であるよ。同じ枝にそのまま置いて、起きている露もあるというのに。○ねたる萩　垂れ伏している萩の枝。「ねたる」に、人の寝るさまを重ねる。○おきゐる　「おき」に「置き」と「起き」とを掛ける。

298　ひそかに物思いをしているのであろうか。秋萩は寝ているようなそぶりで、露の涙がこぼれていることだ。○同じ心を　前歌と同様の内容を。○ねたるがほ　寝ているような様子。萩の垂れるさまに人の寝るさまを重ねる。○五句　萩の枝から露がこぼれ落ちる様を、涙を流す様子に見立てる。

八月つごもり、萩《はぎ》の枝《えだ》につけて人のもとにつかはしける

和泉式部

299 かぎりあらん仲《なか》ははかなくなりぬとも露けき萩《はぎ》の上《うへ》をだにとへ

はらからなる人の家《いへ》に住《す》み侍《はべ》りけるころ、萩《はぎ》のをかしう咲《さ》きて侍《はべ》りけるを、家《いへ》あるじはほかに侍《はべ》りて音《おと》せざりければ、言《い》ひつかはしける

筑前乳母《(ちくぜんのめのと)》

300 白露《しらつゆ》も心おきてや思《おも》ふらん主《ぬし》もたづねぬ宿《やど》の秋萩《はぎ》

家《いへ》の花《はな》を人のこひ侍《はべ》りければよめる

橘　則長《(のりなが)》

301 置《お》く露《つゆ》にたわむ枝《えだ》だにある物《(もの)》を如何《(いか)》でか折《を》らん宿《やど》の秋萩《はぎ》

題《だい》しらず

源　時綱《(ときつな)》

302 君《きみ》なくて荒《あ》れたる宿《やど》の浅茅《あさぢ》生《ふ》にうづら鳴《な》くなり秋の夕暮《ゆふぐれ》

藤原通宗《(みちむね)》朝臣

303 秋風《あきかぜ》に下葉《したば》やさむく散《ち》りぬらん小萩《こはぎ》が原《はら》にうづら鳴《な》くなり

299 いつかは限りがあるであろうあなたと私との仲が、たとえむなしく途絶えてしまったとしても、せめて露の涙で濡れた萩の様子をお尋ねくださいな。和泉式部集。〇三句　冷泉本・陽明為本他による。底本「なりぬらん」。〇露けき萩の上　露で濡れた萩の上。「露けき」は涙で濡れるさまを暗示し、「萩の上」で詠者自身の身の上を指している。

300 花に置く白露も、気がねに思っていることでしょうか。家主も訪ねて来ないこの家の庭の秋萩よ。〇はらからなる人　きょうだいにあたる人。作者は伊勢大輔の子。康資王母などの姉妹がいる。〇二・三句「心おく」は遠慮する。気を使う。「や」は疑問。「置く」は白露の縁語。「女郎花にほふあたりにむつるればあやなく露や心置くらん」（能宣集）。

301 置く露によってたわむ枝さえあって気がもめるというのに。どうして折ったりしましょうか、我が庭の秋萩を。〇二句「だに」は程度の軽い「たわむ枝」をあげて、重い「折る」という行為を示す。

302 あなたがいなくて荒れ果てた住いの、茅萱の生え茂った場所で、鶉が鳴いている声がする。この秋の夕暮時よ。〇初句「君」は二人称の代名詞。男女いずれにも用いる。〇うづら　鶉。万葉以来荒野で鳴く鳥として歌われる。「鶉鳴く古りにし郷ゆ思へども何ぞも妹に逢ふよしもなき」（万葉集四・大伴家持）。

303 秋風によって（今ごろは）萩の下葉が寒々と散ってしまったのであろうか。小萩が生えている野原に鶉のなく声がするよ。〇三句　底本・冷泉本「な〈ち〉りぬらん」、陽明為本「なりぬらん」、陽明乙本「散ぬらむ」、太山寺本「ちりぬらん」。〇小萩が原　丈の低い萩が群生している野原。

草《くさ》むらの露《つゆ》をよみ侍《はべ》りける

304 今《け》朝《さ》来《き》つる野原《のはら》の露《つゆ》にわれぬれぬうつりやしぬる萩《はぎ》が花摺《ずり》

藤原範永朝臣

世《よ》をそむきてのち、磐余野《いはれの》といふ所《ところ》を過《す》ぎてよめる

305 磐余野《いはれの》の萩《はぎ》の朝露《あさつゆ》分《わ》けゆけば恋《こひ》せし袖《そで》の心地こそすれ

素意法師

題不知《(しらず)》

306 さゝがにの巣《す》がく浅茅《あさぢ》の末《すゑ》ごとに乱《みだ》れてぬける白露の玉

藤原長能

寛和元年八月七日、内裏歌合によみ侍《はべ》りける

307 いかにして玉《たま》にもぬかむ夕《ゆふ》されば荻《をぎ》の葉《は》分《わ》きに結《むす》ぶ白露《つゆ》

橘為《(ため)》義《(ノリ)》朝臣

題不知《(しらず)》

308 袖《そで》ふれば露《つゆ》こぼれけり秋の野はまくりでにてぞ行《ゆ》くべかりける

良暹法師

304 今朝歩いて来た野原の露に私は濡れてしまった。萩の花で摺った美しい色合が衣にうつったのであろうか。範永朝臣集、四句「うつりやしなむ」。○野原の露　野原の萩などの草に置かれた露。「野の宮の野原の露のしげからば我が衣手を思ひおこせよ」(江帥集)。○四句　「うつる」は色や香が他のものに付着する意。「や」は疑問。○五句　萩の花を摺って染色した物。転じて、彩の美しい萩の花のようす。▽「萩が花摺り」は、「我が衣は野原篠原萩の花摺りやさきむだちや」と歌われた催馬楽に依る。

305 磐余(いわれ)野の萩に置いた朝露を分けながら行くと、昔恋をしていた頃の袖の涙のような気持がすることだ。○世をそむきてのち　出家してのち。素意法師は康平七年(一〇六四)、紀伊国粉河寺で出家したと伝える。○磐余野　大和国。○二・三句　後朝の、朝の帰路などを連想させる。○恋せし袖　恋のために流した涙で濡れた袖。出家前の恋を回想しての言い方。

306 蜘蛛が巣を張っている丈の低い茅萱の葉末ごとに、乱れて糸が貫いている白露の玉よ。長能集「(いづれの年にかありけん、花山院に八月三日歌合せさせ給はんとありしかど、止まりにしに、歌どもはおのおのたてまつれと仰せられしかば…)露」(流布本)、「(いづれの年にかありけむ、花山院、九月九日歌合せさせ給はむとてありける、とまりにけれど…)露」(桂宮本)。○巣がく　蜘蛛が巣を掛ける。○四句　乱れ置く状態で、貫いている。浅茅の葉先を糸に見立て、白露を環に貫いて止めた宝石に見立てる。

307 どのようにして玉として糸を貫き通そうか。夕方になると、荻の葉ごとに結び置く白露よ。寛和元年(九八五)八月十日内裏歌合・藤原長能。○寛和元年八月七日　八月七日は八月十日の誤か。↓三五六。○葉分きに　分れている葉ごとに。「葉分き」は「葉分け」に同じ。「見ればなほ野辺にかれせぬ玉笹の葉分きの露はいつも絶えせじ」(中務集)。

308 袖が触れると露がこぼれ落ちてしまったよ。秋の野は袖まくりして行くべきだったなあ。○まくりで　「深山路を越え行く人は寒からじ降る白雪をまくりでにして」(大納言経信集)。

土御門右大臣家歌合によめる

309 秋《あき》の野は折《を》るべき花《はな》もなかりけりこぼれて消《き》えむ露のをしさに

源　親範《(ちかのり)》

秋、前栽の中《なか》にを《(お)》りゐて酒《さけ》たうべて、世《よ》の中《なか》の常《つね》なきことなど言《い》ひてよめる

310 草《くさ》の上《うへ》におきてぞあかす秋の野のつゆことならぬわが身《み》と思《おも》へば

大中臣能宣朝臣

人《ひと》の家《いへ》の水《みづ》のほとりに女郎花《をみなへし》の侍《はべ》りけるをよみ侍《はべ》りける

311 女郎花《をみなへし》かげをうつせば心なき水《みづ》も色《いろ》なる物にぞありける

堀川右大臣

上《うへ》のお《(を)》のこども、前栽掘《ほ》りに野辺《のべ》にまかり出《い》でたりけるに、つかはしける

312 女郎花《をみなへし》おほかる野辺《のべ》に今日《けふ》しまれうしろめたくも思《(おもひ)》やるかな

橘　則長

題不知《(しらず)》

313 秋風《あきかぜ》に折《を》れじとすまふ女郎花《をみなへし》いくたび野辺《のべ》にを《(お)》きふしぬらん

前律師　慶暹《(きやうせん)》

309　秋の野は、折るような花もないことだ。(折ったら)こぼれて消えるであろう露が惜しく思われるので。長暦二年(一〇三八)九月源大納言家歌合。○土御門右大臣　源師房(もろふさ)。○初句　秋の野というものは。○こぼれて消えむ露　(手折った拍子に)こぼれ落ちて消えてしまうであろう露。

310　草の上に置いている秋の野の露の存在と少しも変らない我が身と思うと、夜通し起きたままで夜を明かすことだ。能宣集、初句「草の葉に」、三句「秋の夜の」。○をりゐて　下りて座って。○酒たうべて　酒などを飲んで。○世の中の常なきこと　世の人々の命のはかなさ、死などの話題を指すのであろう。○おきて　「置き」と「起き」とを掛ける。「置く」は「露」の縁語。○四句　(露と)少しも変っていない。「つゆ」に「露」と副詞の「つゆ」とを掛ける。

311　女郎花がその姿を水に映すと、無心の水もあだめいたものであったことだ。入道右大臣集。○人の家の…女郎花の侍りける　障子絵の絵柄。家集詞書に障子歌であることを記す。○女郎花　秋の七草の一。名の一部の「をみな」から女性を連想させる。○心なき水　心を動かすということのない水。「落花不レ語空辞レ樹、流水無レ情自入レ池」(白氏文集)。○色なる　あだっぽく風流な様子。▽「誰謂水無レ心、濃艶臨兮波変レ色」(本朝文粋十・菅原文時、和漢朗詠集・春・花)を典拠とするか(奥義抄)。これより、「女郎花」の歌群。

312　「をみな(女)」という名の女郎花が多く咲いている野辺に、男たちが出かけた今日という今日、心配な思いで(野辺を)思いやることだ。○前栽掘りに　前栽に植える草木を(根ごと)掘るために。○初・二句　下の「思やる」にかかる。「をみなへし多かる野べに宿りせばあやなくあだの名をや立ちなん」(古今・秋上・小野美材)を踏まえた表現。○三句　「今日しもあれ」の約。○四句　気がかりにも。

313　秋風によって折れまいとあらがう女郎花は、いったいいくたび野辺で起きたり伏したりしたことだろう。○すまふ　抵抗する。

天暦《てんりやく》御時の御屏風に、小鷹狩する野に旅人《たびゞと》のやどれる所《ところ》をよめる

314 秋《あき》の野に狩《か》りぞ暮《く》れぬる女郎花《をみなへし》こよひばかりの宿《やど》も貸《か》さなん

清原元輔

毎ニレ家有リレ秋といふ心《こゝろ》を

315 宿《やど》ごとにおなじ野辺《のべ》をやうつすらんおもがはりせぬ女郎花《をみなへし》かな

御製

題不知《しらず》

316 よそにのみ見つゝはゆかじ女郎花《をみなへし》折《を》らん袂《たもと》は露《つゆ》にぬるとも

源道済

朝顔《あさがほ》をよめる

317 ありとてもたのむべきかは世《よ》の中《なか》を知《し》らする物は朝顔《あさがほ》の花

和泉式部

題不知《しらず》

318 いとゞしく慰《なぐさ》めがたき夕暮《ゆふぐれ》に秋とおぼゆる風《かぜ》ぞ吹《ふ》くなる

源道済

314 秋の野で狩をして日が暮れたことだ。女郎花よ。今宵一夜だけの宿でも貸してほしいものだ。元輔集。貫之集。〇天暦御時 →二九。〇小鷹狩　小形の鷹を使った秋の鷹狩。正保版本「鷹狩」。

315 どの家の庭にもそれぞれ、同じ野辺を移しているのであろうか。どこのも同じ顔をした女郎花だなあ。〇二・三句　同じ秋の野辺を移したせいであろうか。前栽などの様子。〇四句　外貌が少しも変らない。

316 関わりのないものと眺めるのみで通り過ぎて行くことはすまい。女郎花を。たとえ、手折る時の私の袖は露で濡れたとしても。道済集「左大臣殿の秋花ごらむぜし御供にて」。〇よそにのみ見つゝは「よそに見る」は、自分とは関係のないものとして見る。

317 今現に生きているからといって、あてになどなりましょうか。世の中のはかなさを知らせるものは、朝顔の花であるよ。和泉式部集(百首)。〇朝顔　牽牛子(けんごし)を指すか。今のキキョウ、ムクゲ、ヒルガオなどの別名とする説もある。〇初句　生きているとしても。「あり」は命を保つの意。▽「世の中を何にたとへん夕露も待たで消えぬる朝顔の花」(順集)。

318 ますます寂しさをなぐさめがたく思われる夕暮時に、いかにも秋と思える風が吹く音がすることだ。〇初句　季節の秋の寂しさを前提に、ますます甚だしい。

319 村上《(むらかみ)》御時、八月許《(ばかり)》、上《うへ》ひさしくわたらせ給《たま》はで、忍《しの》びて
わたらせ給《(たまひ)》けるを、知《し》らず顔《がほ》にてことに弾《ひ》き侍《(はべり)》ける

さらでだにあやしきほどの夕暮《ゆふぐれ》に荻吹《をぎふ》く風の音《おと》ぞ聞《きこ》ゆる

斎宮女御《(さいぐうのにようご)》

320 土御門右大臣の家に歌合し侍《はべ》りけるに、秋風《あきかぜ》をよめる

荻《をぎ》の葉《は》に吹《ふ》きすぎてゆく秋風《あきかぜ》のまた誰が里《さと》をおどろかすらん

よみ人しらず

321 資良《(すけよし)》朝臣、音《おと》し侍《はべ》らざりければ、つかはしける

さりともと思《おも》ひし人は音《おと》もせで荻《をぎ》の上葉《うはゞ》に風《かぜ》ぞ吹《ふ》くなる

三条小右近《(こうこん)》

322 来《こ》むとたのめて侍《はべ》りける友《とも》だちの、まうで来《こ》ざりければ、
秋風《あきかぜ》の涼《すゞ》しかりける夜《よ》、独《ひと》りごちゐて侍《はべ》りける

荻《をぎ》の葉《は》に人だのめなる風《かぜ》の音《おと》をわが身《み》にしめてあかしつるかな

僧都実誓《(じつせい)》

319 そうでなくても不思議なほど心引かれるこの夕暮時に、荻を吹く風の音がしているよ。斎宮女御集、初句「秋の日の」。村上御集、初句「秋の夜の」。○上　村上天皇。○知らず顔　気づかぬ様子。○ことに弾き侍ける　あるいは副詞「ことに」に「琴」を響かせるか。「きむを…ひき給を」(斎宮女御集)。○さらでだに　そうでなくてさえ。「さらで」は「さあらで」の約。○あやしき　不思議なほど心ひかれる。○荻吹く風　荻の上葉をそよがせて吹く風。▽「いつとても恋しからずはあらねども秋の夕べはあやしかりけり」(古今・恋一・よみ人しらず)を踏まえての作か。

320 この荻の葉を吹きすぎてゆく秋風は、次にはまた誰の住む里に吹いて、はっと驚かせるのだろう。長暦二年(一〇三八)九月源大納言家歌合・作者名なし。○土御門右大臣　源師房(もろふさ)。○吹きすぎてゆく秋風　風を移動するものとしてとらえた表現。「をみなへし吹きすぎてくる秋風は目には見えねど香こそしるけれ」(古今・秋上・凡河内躬恒)。

321 いくらなんでも今日こそはと思ったあの人は音沙汰もなくて、ただ荻の上葉に訪れる風が吹く音がすることだ。○三条小右近　底本・冷泉本「二条小右近」、陽明為本他による。○初句　そうはいってもと。いくらなんでも、今日という日は音信、あるいは訪れがあるであろうという意を込める。○荻の上葉　荻の上の方の葉。

322 荻の葉に吹く、彼の訪れかとあてにさせる風の音を、我が身に深く染み込ませて夜を明かしたことだ。○来むとたのめて　「来よう」とあてにさせて。○独りごち　独り言を言って。○二句　人をあてにさせる。ここでは風音が友の来訪の音と聞きまがわされる意。「夏の夜は真木の戸叩きかく叩き人だのめなるくひななりけり」(和泉式部集・百首)。○四句　風の音を我が身に染み込ませて。後代の作に「山里は松吹く風を身にしめて寝覚めがちなる床の寂しさ」(林下集)と歌う。

花山院歌合せさせ給《たま》はむとしけるに、とゞまり侍《はべ》りにけれど、歌《うた》をば奉《たてまつ》りけるに、秋風をよめる

323 荻風《をぎかぜ》もやゝ吹《ふ》きまさる声《こゑ》すなりあはれ秋こそ深《ふか》くなるらし

藤原長能

山里《ざと》の霧《きり》をよめる

324 明《あ》けぬるか川瀬《ゝはせ》の霧《きり》の絶《た》え間《ま》より遠方《おちかた》人の袖《そで》の見《み》ゆるは

大納言経信《(つねのぶ)》母

土御門右大臣の家歌合によめる

325 さだめなき風《かぜ》の吹《ふ》かずは花《ゝな》すゝき心《こゝろ》となびくかたは見《み》てまし

藤原経衡《(つねひら)》

野《のゝ》の花を翫《もてあそ》ぶといふ心をよみ侍《(はべり)》ける

326 さらでだに心のとまる秋《あき》の野《ゝ》にいとゞも招《まね》く花すゝきかな

源師賢《(もろかた)》朝臣

天暦御時、御屛風八月十五夜、前栽植《う》ゑたる所《ところ》をよめる

327 今年《ことし》より植《う》ゑはじめつるわが宿《やど》の花《はな》はいづれの秋《あき》か見《み》ざらん

清原元輔

323 荻を吹く風も一段と強く吹いてくる音がすることだ。ああ、秋が深まるらしいよ。長能集。○花山院歌合　↓二。○二句　陽明為本他「やゝふきそむる」。「やや」は少しずつ程度が進むさま。「荻の葉もややうちそよぐほどなるをなどか雁がね音なかるらん」（恵慶法師集）。○あはれ　感動詞。

324 もう夜が明けてしまったのだろうか。川の浅瀬にかかる霧がところどころとぎれて、その絶え間から、遠くの人の袖が見えるのは。経信母集「七条に、河霧たちわたる暁、やうやう明くるほどに、人の行きかふを見て」。○川瀬の霧　川の浅瀬に立つ朝霧。○絶え間より　底本・冷泉本傍書「たえ〳〵に」に合点あり。陽明為本「たへまより」、陽明乙本・太山寺本「たえ〳〵に」、経信母集「たえ間より」。○遠方人　遠くの人。向う側にいる人。

325 変りやすい風が吹かないならば、花すすきが自分の心から靡く方向を知ることができるだろうに。長暦二年（一〇三八）九月源大納言家歌合。経衡集、二句「風なかりせば」。○土御門右大臣源師房（もろふさ）。○さだめなき風　一定せず変りやすい風。「さだめなく風もこそ吹け花すすきいかにせむとかむすびおきけん」（義孝集）。○花すゝき　穂の出たすすき。尾花。○心と　自分の本心から。

326 そうでなくてさえ、心の留まる秋の野にますます（人を）招き寄せる花すすきであるなあ。○野の花を翫ぶといふ心　（秋の）野の花を慰み興ずるという内容の歌題。○四句　ただでさえ心引かれているのに、ますます招き寄せる。▽「帰るさのものうき秋の夕暮にいとども招く花すすきかな」（兼澄集）の影響下に詠まれた作か。

327 今年から植え始めた我が家の庭の花は、いったいどの年の秋に見ないということがあろうか（毎年、秋にはその美しい花を見ることだろう）。元輔集。○いづれの秋か　「か」は反語。▽「植ゑし植ゑば秋なき時や咲かざらむ花こそ散らめ根さへ枯れめや」（伊勢物語五十一段）などと同様、尽きることのない秋を予祝する。

328 桂《かつら》にまかりて、水辺ノ秋花をよめる

水《みづ》の色《いろ》に花《はな》の匂《にほ》ひを今日《けふ》そへてちとせの秋のためしとぞ見《み》る　大中臣能宣朝臣

329 庭ニ移ス二秋花ヲ一といふ心《こゝろ》を

わが宿《やど》に秋《あき》の野辺《ゝべ》をば移《うつ》せりと花見《はなみ》にゆかん人《ひと》につげばや　関白前左大臣《(くわんぱくさきのさだいじん)》

330 思フ二野ノ花ヲ一といふ心《こころ》をよめる

朝夕《あさゆふ》に思《おも》ふ心は露《つゆ》なれやかゝらぬ花《はな》の上《うへ》しなければ　良暹法師

331 橘義清《(よしきよ)》家歌合し侍《はべ》りけるに、庭《ゝは》に秋花を尽《つく》すといふ心をよめる

わが宿《やど》に千種《ちぐさ》の花《はな》を植《う》ゑつれば鹿《しか》のねのみや野辺《のべ》にのこらん　源頼家朝臣

332 わが宿《やど》に花《はな》を残《のこ》さず移《うつ》し植《う》ゑて鹿《しか》〔の〕ね聞《き》かぬ野辺《のべ》となしつる　源頼実《(よりざね)》朝臣

328 (滔々と流れる)川水の色に、花の美しさを今日は映し加えて、これこそ千年も続く秋の例証と見ることだ。能宣集。〇桂 →三〇七。〇花の匂ひ (秋の)花の美しさ。「にほひ」はここでは、視覚的な美。〇ちとせの秋 千年も続く秋。「ももしきに花の色々にほひつつちとせの秋は君がまにまに」(清正集)。〇ためし 証拠となる例。

329 我が家の庭にさながら秋の野辺のように草花を移し植えていると、花見にでかけようとしている人に告げたいものだ。古筆切師実集「秋花移庭」。〇秋の野辺をば移せり 秋の野辺の草花を前栽に移し植えている。〇四句 秋の野の花を見に行こうとしている。

330 朝に夕に野の花のことを思う我が心は露なのか。(露と同じく)心のかからない花の上とてないので。〇思ふ心 題意から、野の花を思う心。〇露なれや (喩えて言えば)露なのだろうか。〇かゝらぬ花の上 「かかる」には、露がかかる意と、心がかかる意とを重ねる。

331 我が家の庭にいろいろの花々をすっかり植えたので、今では鹿の声だけが野辺に残っているのだろうか。〇庭に秋花を尽す 庭に秋の花をことごとく移すという意の歌題。〇源頼家朝臣 底本「源頼宗朝臣」、冷泉本他による。〇千種の花 多くの草花。

332 我が家の庭に(野の)花を残さず移し植えて、鹿の声の聞えない野辺としてしまったことだ。故侍中左金吾(頼実)集。〇四句 底本「しかねきかぬ」、冷泉本他による。花をすべて移したので秋の野には鹿が寄りつかない意を込める。

題不知《しらず》

良暹法師

333 さびしさに宿《やど》を立《た》ち出《い》でゝながむればいづくも同《おな》じ秋《あき》の夕暮《ゆふぐれ》

山里《ざと》にあからさまにまかりて侍《はべ》りけるに、もの思《おも》ふころにて侍《はべ》りければよめる

和泉《いづみ》式部《しきぶ》

334 なにしかは人も来《き》てみんいとゞしくもの思《おも》ひまさる秋《あき》の山里《やまざと》

333 寂しさに耐えかねて、住いを出てあたりをじっとながめていると、どこも同じようにわびしい秋の夕暮であるよ。〇初句　「に」は原因・理由を示す格助詞。〇二句　自分一人の寂寥感かと、家(庵)を出立って。▽小倉百人一首に選ばれた歌。

334 どうして人もたずねて来てまで見ようとするだろうか、いや誰もしないだろう。来てみると、ますますもの思いがつのりまさるこの秋の山里よ。和泉式部集「もの思ふころ、山寺にて、かへるとて」、二句「又はきてみん」、五句「秋山寺に」。〇あからさまに　ほんのしばらくの間。〇もの思ふころ　思い悩むころ。〇初句　どうして、何のために。「かは」は反語。底本・冷泉本「なにゝかは」。陽明為本他「なにしかは」による。〇三句　詞書によって、ただでさえものを思う頃なのに、ますますいっそうの意とわかる。〇五句　→三四。

後拾遺和歌抄第五　秋下

永承四年内裏歌合に擣衣をよみ侍《はべ》りける

335 唐衣《からころも》ながき夜《よ》すがら打《う》つ声《こゑ》にわれさへ寝《ね》でもあかしつるかな

中納言資綱《（すけつな）》

336 さ夜《よ》ふけて衣《ころも》しでうつ声《こゑ》きけばいそがぬ人も寝《ね》られざりけり

伊勢大輔《（いせのたいふ）》

337 うたゝねに夜《よ》や更《ふ》けぬらん唐衣《からころも》打《う》つ声《こゑ》たかくなりまさるなり

藤原兼房《（かねふさ）》朝臣

335 秋の夜長を夜通し、衣を打つ砧の音によって、(砧を打つ人だけでなく)私までも寝ないで夜を明かしたことだなあ。永承四年(一〇四九)内裏歌合。十一月九日後冷泉天皇の主催。○擣衣　砧で織布を打って柔らかくし、光沢を出すこと。○初句　唐風の衣服から転じて、ここは一般の衣。衣の縁語である「打つ」にかかる。「唐衣打つ声聞けば月清みまだ寝ぬ人を空に知るかな」(貫之集)。○われさへ　「さへ」は添加。夜通し衣を打つ人だけでなく、自分までもの意。

336 夜が更けて、衣を打ち続けている音を聞いていると、急ぎの用のない私までも寝られないことだなあ。永承四年内裏歌合。○しでうつ　砧を絶えず打つ。「しで」は「繁し」の意とも、二人対座した「四手」の意とも言う。「しげく打つ也。俊頼説。又、しづかにもかよへり。清輔説」(八雲御抄四)、「きりぎりすかた鳴きすれば妹が衣しで打ち合はせ声となふなり」(賀茂保憲女集)。この時代の用例は多くない。○いそがぬ人　擣衣に耳を傾けて別に急ぐこともない人。詠者自身を指す。

337 うたたねのうちに、夜が更けてしまったのであろうか。衣を打つ音が一段と高く聞えてくることだ。永承四年内裏歌合。○初句　仮睡をしているうちに。○三句 →三三五。

338
花山院《くわざんゐん》歌よませ給《たま》ひけるによみ侍《はべり》ける
菅《すが》の根《ね》のなが〱してふ秋《あき》の夜《よ》は月見《み》ぬ人のいふにぞありける
藤原長能《ながよし》

339
選子内親王《せんしないしんわう》、斎院《いつき》と聞《きこ》えける時《とき》、九月の十日《とうか》あまりに、あか月《つき》ちかうなるまで人〱ながむるに、来《き》し方行《かたゆ》く末《すゑ》もかゝる夜《よ》はあらじなど言《い》ひて、よみ侍《はべり》ける
月はよしはげしき風の音《おと》さへぞ身《み》にしむばかり秋はかなしき
斎院中務《さいゐんのなかつかさ》

340
山家ノ秋風といふ心をよめる
山里《ざと》の賤《しづ》の松垣《がき》ひまをあらみいたくな吹《ふ》きそこがらしの風《かぜ》
大宮越前《おほみやゑちぜん》

341
題不知《しらず》
見渡《みわた》せば紅葉《もみぢ》しにけり山里《ざと》にねたくぞ今日《けふ》はひとり来《き》にける
源道済《みちなり》

338　たいそう長いという秋の夜とは、月を見ない人の言うことであったよ。桂宮本長能集「月」。○花山院歌よませ給ひけるに　→二・三三。○初句「ながながし(長々し)」にかかる枕詞。○てふ「といふ」の約。

339　月はすばらしい。その上はげしく吹く風の音までもが、身に沁むほどの思いがして、秋は悲しいことだ。大斎院御集。○かゝる夜はあらじ　このような趣深い夜はまたとないであろう。○風の音さへぞ（すばらしい月だけでなく）秋風の音までもが。○四句「秋吹くはいかなる色の風なれば身にしむばかりあはれなるらん」(興風集、和泉式部集)。○五句「奥山に紅葉踏み分け鳴く鹿の声聞く時ぞ秋は悲しき」(古今・秋上・よみ人しらず)。

340　山里のみすぼらしい住いの松の垣根は隙間が粗いので、激しく吹かないでくれ、寒々とした木枯しの風よ。○二句　身分の低い人の家の松の木で作った垣。○五句　秋の終りから冬にかけて吹く強い風。▽山里の松垣は、「山里に葛はひかかる松垣のひまなく秋はものぞ悲しき」(曽丹集)や、「松垣にはひくる葛をとふ人は見るにかなしき秋の山里」(和泉式部集・百首)などの先例がある。

341　あたりを見渡すとすっかり紅葉したことだなあ。この山里に、残念なことに今日は一人でやって来たことだ。道済集「朱雀院に参りたりしかば、山の紅葉いとおもしろかりしかば」。朱雀院は嵯峨上皇の離宮で宇多上皇や醍醐天皇も用いた。三条大路南、朱雀大路西、四条大路北、皇嘉門小路東、現在の京都市中京区の壬生にあった。○ねたくぞ　悔しいことに。残念なことに。「ひとり来にける」にかかる。

342 永承四年内裏歌合に
いかなれば同《おな》じ時雨《しぐれ》に紅葉《もみぢ》する柞《はゝそ》の森《もり》のうすくこからん
堀川右大臣《(ほりかはうだいじん)》

343 宇治にて人〳〵紅葉《もみぢ》を翫《もてあそ》ぶ心をよみ侍《(はべり)》けるによめる
日《ひ》を経《へ》つゝ深《ふか》くなりゆく紅葉《もみぢ》ばの色《いろ》にぞ秋のほどは知《し》りぬる
藤原経衡《(つねひら)》

344 長楽寺に住《す》み侍《はべ》りけるころ、人のもとより、このごろ何事《なにごと》か、と問《と》ひて侍《はべ》りければよめる
このごろは木《き》ゞの梢《こずゑ》に紅葉《もみぢ》して鹿《しか》こそは鳴《な》け秋《あき》の山里《ざと》
上東門院中将《(じやうとうもんゐんちゆうじやう)》

345 屏風絵に車《くるま》おさへて紅葉《もみぢ》見《み》る所《ところ》をよめる
ふるさとはまだ遠《とを》けれど紅葉《もみぢ》ばの色《いろ》に心《こゝろ》のとまりぬるかな
藤原兼房朝臣

346 紅葉《もみぢ》なを《(ほ)》あさしといふ心《こゝろ》を、今上《(きんじやう)》よませ給《たま》ふついでに、奉《たてまつ》り侍《はべ》りける
いかなれば舟木《ふなき》の山の紅葉《もみぢ》ばの秋《あき》はすぐれどこがれざるらん
右大弁通俊《(みちとし)》

342　どうして、同じ時雨によって紅葉するはずの柞の森は色が薄かったり濃かったりするのであろうか。永承四年（一〇四九）内裏歌合（↓三五）。入道右大臣集。○二句　等しく降り注ぐ時雨によって。○柞の森　山城国。京都府相楽郡の祝園（ほうその）神社の森。「柞（ははそ）」は楢（なら）や櫟（くぬぎ）など、ブナ科の木々の総称。○五句　「薄く濃く時雨のそめしもみぢ葉にいまひといろを添ふる白雪」（四条宮下野集）。

343　日が経つごとに、次第に濃くなってゆく紅葉の色あいによって、秋の深まった程度をおのずから知ることだ。経衡集、四句「色にて秋の」。○翫ぶ　興ずる。賞翫する。

344　この頃は、木々の梢で木の葉は紅葉し、鹿が鳴いていることだ。この秋の山里では。○長楽寺　↓三六。○このごろ何事か　この頃は（そちらは）どのようですか。○初句　詞書の問いかけを受けた形。ただし、「この頃」と歌い出すのは、朝明けの鹿の声や秋の風情を詠む際の万葉以来の常套。「この頃の朝明（あさけ）に聞けばあしひきの山呼びとよめさ男鹿鳴くも」（万葉集八・大伴家持）。

345　帰るべき所はまだ遠いけれど、紅葉の色にすっかり心がとまり、道のりもはかどらないことだ。左京大夫八条山庄障子絵合。○ふるさと　目指すもとの場所。我が家を指すのであろう。歌合で番えられた右歌にも「我が宿に知らで待つらむもみぢ葉のあかぬ心に今日は暮らしつ」（藤原家経）とあり、「我が宿」が想起されている。○五句　「とまる」は、心が惹かれるさまに、牛車が留り進まないことを重ねる。

346　どういうわけで、舟木の山のもみじの葉は、秋は深まり過ぎようというのに、色が濃く変化しないのだろうか。○今上　↓二六。○初句　どうして。下の「こがれざるらん」にかかる。○舟木の山　美濃国。近江国とも。○四句　秋は過ぎようとしているけれど。○五句　「こがる」は舟の縁語の「漕がる」と「焦る」とを掛ける。「焦る」は、日の光に当って変色する意。「下紅葉秋も来なくに色づくは照る夏の日にこがれたるかも」（曽丹集）。

西《にし》の京に住《す》み侍《はべ》りける人の身罷《みまか》りて後《のち》、籬《まがき》の菊《きく》を見てよめる

347 植《う》ゑおきしあるじはなくて菊《きく》の花おのれひとりぞ露《つゆ》けかりける

恵慶《(ゑぎやう)》法師

中納言定頼《(さだより)》、かれ〴〵になり侍《はべ》りけるに、菊《きく》の花《はな》にさしてつかはしける

348 つらからんかたこそあらめ君ならで誰《たれ》にか見《み》せん白菊《しらぎく》の花《はな》

大弐三位《(だいにのさんゐ)》

上東門院、菊合《きくあはせ》せさせ給《(たまひ)》けるに、左の頭《とう》つかまつるとてよめる

349 目《め》もかれず見《み》つゝくらさむ白菊《しらぎく》の花よりのちの花《はな》しなければ

伊勢大輔

350 紫《むらさき》にやしほ染《そ》めたる菊《きく》の花《はな》うつろふ色《いろ》と誰《たれ》かいひけん

藤原義忠《(のりただ)》朝臣

347 植えておいた、この家の主人はなくなって、菊の花がひとり露を置いて涙に濡れていることだ。恵慶法師集。〇西の京　右京。〇初句　あるじが生前植えておいた。〇四句　菊の花、自分ひとりが。擬人的な言い方。〇五句「露けし」は実際に露が置かれているさまと、涙で湿っぽいさまとを重ねる。

348 あなたには(私に対して)薄情な点はおありでしょう。しかし、あなたでなくて他の誰に見せましょう、この白菊の花を。大弐三位集。定頼集「越後の弁にかれがれになりけるころ、定頼菊の花をたてまつるとて」。〇かれ〴〵になり侍りけるに　定頼との関係が疎遠になりました時に。大弐三位は、高階成章と結婚する以前に、頼宗、定頼などと恋愛関係にあった。〇初・二句　私に対して冷淡な点はあるにはありましょうが。下に逆接でつながる。〇四句　他の誰に見せようか(見せる人などはいない)。「か」は反語。▽下句は、「君ならで誰にか見せん梅の花色をも香をも知る人ぞ知る」(古今・春上・紀友則)に依った作。

349 目も離れないように、じっと見続けて暮すことにしよう。この白菊の花から後に咲く花はもうないのだから。長元五年(一〇三二)上東門院菊合(十月十八日、彰子主催)。伊勢大輔集。〇左の頭　主催者が任命する左の方人の代表。〇初句　目も離れないように。目も離さず。「かる」は「離る」と「枯る」(菊の縁語)とを掛ける。〇下句　元稹の詩「不㆓是花中偏愛㆑菊、此花開後更無㆑花」(和漢朗詠集・秋・菊)を踏まえる(奥義抄)か。▽「年のうちにまた咲くなしと菊の花物思ふ時はおとらざりけり」(和泉式部続集)。

350 紫色に何度も染めた菊の花を、色変りした色などと誰が言ったのだろうか。長元五年上東門院菊合。〇初・二句「紫」はここでは菊の移ろいの色。「やしほ」→一五三。〇うつろふ色　褪せてゆく色あい。菊ではその変化のさまを賞美した。

351 後冷泉院《（ごれいぜいゐん）》御時、后《（きさい）》の宮《（みや）》の御方《かた》にて、人〳〵、翫《ブ》二庭《ノ》菊《ヲ》一「題に」てよみ侍《はべ》りける

朝《あさ》まだき八重《やへ》咲《さ》く菊《きく》の九重《こゝのへ》に見《み》ゆるは霜《しも》のおけばなりけり

大蔵卿長房《（ながふさ）》

352 菊花おもしろき所《ところ》ありと聞《き》きて、見《み》にまかりたりける人の、遅《おそ》く帰《かへ》りければ、つかはしける

きくにだに心はうつる花《はな》の色《いろ》を見《み》にゆく人はかへりしもせじ

赤染衛門《（あかぞめゑもん）》

353 天暦《（てんりやく）》御時御屏風に、菊《きく》を翫《もてあそ》ぶ家《いへ》ある所《ところ》をよめる

うすくこく色《いろ》ぞ見《み》えける菊《きく》の花露《はなつゆ》や心をわきて置《お》くらん

清原元輔《（もとすけ）》

354 屏風絵に、菊《きく》の花咲《さ》きたる家《いへ》に鷹据《たかす》ゑたる人宿借《ひとやどか》る所《ところ》をよめる

かりに来《こ》ん人に折《お》らるな菊《きく》の花うつろひはてむ末《すゑ》までも見《み》む

大中臣能宣《（よしのぶ）》朝臣

351 まだ朝早く八重に咲く菊が九重に見えるのは(花の上に)霜が白く置いているからだったのだなあ(この宮廷の菊は)。○后の宮　中宮寛子(かんし)か。○翫庭菊題にて　底本・冷泉本「翫(宮ミセケチ)庭菊て」、「題に」ナシ。陽明為本「宮庭菊をもてあそひて」、太山寺本「翫宮庭菊ヲ」。陽明乙本による。○八重咲く菊　八重菊。「八重菊のうつろひわたる庭の面にかねても結ぶ夜半の白露」(海人手古良集)。○九重　花びらの重なりに、宮中の意を掛ける。「いにしへの奈良の都の八重桜けふ九重ににほひぬるかな」(詞花・春・伊勢大輔)。

352 (菊のことを)耳にするだけでも心は移るものです。菊の花を見に出かける人は、(すっかり夢中で)帰りもしないでしょうよ。赤染衛門集。○初句　聞いただけでも。「きく」は「聞く」と「菊」とを掛ける。○二句　「うつる」には「(心が惹かれて)移る」意と菊の色が「うつる」意とを重ねる。「花見れば心さへにぞうつりける色には出でじ人もこそ知れ」(古今・春下・凡河内躬恒)。○見にゆく人　「見にゆく」は、「聞く」に対して「見る」の方を重く捉えた言い方。

353 薄くも、また濃くも、花の色が見えることだ。菊の花よ。露が分け隔ての心を持って置いたせいだろうか。貫之集「延喜二年(九〇二)五月中宮の御屛風の和歌廿六首…十月、菊の花」。古今六帖六・紀貫之。○初句　菊の花の色が薄かったり濃かったり。ここは、花の色の濃淡をいう。↓五四。○心をわきて　区別した心で。

354 鷹狩に宿を借りに来る人に手折られるな、菊の花よ。すっかり色変りする果てまで見ていたいものだ。能宣集「九月、山里なる人の家に女どもの侍る所に、鷹据ゑたる男まで来たり、菊の花侍り」。○鷹据ゑたる人　鷹を手にとまらせている人。鷹狩の人である。○初句　「かり」は「狩り」と「借り」とを掛ける。

355 いもうとに侍《はべ》りける人のもとに、男《をとこ》来ずなりにければ、九月許《(ばかり)》に菊《きく》のうつろひて侍《(はべり)》けるを見《み》てよめる

良暹《(りやうせん)》法師

白菊《しらぎく》のうつろひゆくぞあはれなるかくしつゝこそ人もかれしか

356 相模《さがみ》、公資《(きんより)》に忘《わす》られて後《のち》、かれが家《いへ》にまかれりけるに、うつろひたる菊《きく》の侍《はべ》りければよめる

藤原経衡

植《う》ゑおきし人の心は白菊《しらぎく》の花《はな》よりさきにうつろひにけり

357 五条なる所《ところ》にわたりて住《す》み侍《はべ》りけるに、幼《をさな》き子《こ》どもの菊《きく》を翫《もてあそ》び侍《はべ》りければよめる

中納言定頼《(さだより)》

われのみやかゝると思《おも》へばふるさとの籬《まがき》の菊《きく》もうつろひにけり

358 永承四年内裏歌合に残菊をよめる

中納言資綱《(すけつな)》

紫《むらさき》にうつろひにしを置《お》く霜《しも》のなを《(ほ)》白菊《しらぎく》と見《み》するなりけり

355 白菊の色が褪せて移ろって行くのはしみじみと悲しいことだ。このようにしながら菊は枯れ、人も離れてしまったことだよ。○いもうとに侍りける人　女きょうだい(姉妹)でありました人。「いもうと」は男性からその姉または妹を指す語。○うつろひゆく　「うつろふ」は白菊の色がうつろう意と、人の心が移ろう意とを重ねる。○かくしつゝ　このようにしながら。「かくしつつあるべきものか鵲の渡せる橋もへだたらなくに」(忠岑集)。○五句　人(姉妹の相手)も離れたことだ。「離(か)れ」に「(白菊が)枯る」の「枯れ」を掛ける。

356 植えておいた人(公資)の心は、白菊の花が色変りするより早く、心変りしてしまったことだよ。相模集。○相模、公資に忘られて後　相模が(夫であった)大江公資(きんより)に去られて後。○かれが家　相模の家。底本「かれるいへ」、冷泉本他による。○植ゑおきし人　白菊を相模の家に植えて残した人。公資。○五句　花が「うつろふ」意と人の心が変る意の「移ろふ」とを重ねる。▽相模は「うつろひし残りの菊も折々にとふ人からぞあはれなりける」と返した。

357 自分だけがここに移ってこうしているのかと思っていると、このなじみの地の垣根の菊も色変りし、うつろっているのだったよ。定頼集「五条の尼上の御もとに君達わたり給ひて…」。○五条なる所　定頼母、五条の尼上の居所か。○幼き子ども　定頼の子女か。○われのみやかゝる　「や」は疑問。「かかる」は、「かくある」(このように移る)の意。○ふるさと　五条なる所。○五句　「うつろふ」は、自分が五条なる所に移動する意の「移ろふ」と籬の菊の色の「うつろふ」意とを重ねる。▽同趣向の作に「咲き初めし宿しかはれば菊の花色さへにこそうつろひにけれ」(古今・秋下・紀貫之)がある。

358 紫色にすっかり色変りしてしまったのに、白く置いた霜が、やはり白菊が咲いていると見せているのであったよ。永承四年(一〇四九)内裏歌合。○初・二句　白菊が紫色にうつろう(変色する)さまをいう。○白菊と見する　(霜が白く置いて)もとの白菊と見せる。

359 寛仁二年正月入道前太政大臣(にふだうさきのだいじやうだいじん)大饗し侍《はべ》りける屏風に、山里《ざと》の紅葉《もみぢ》見る人来《ひとき》たる所《ところ》をよみ侍《はべ》りける

山里《ざと》の紅葉《もみぢ》見《み》にとや思《おも》ふらん散《ち》りはててこそ訪《と》ふべかりけれ

前大納言公任(きんたふ)

360 屏風絵に、山家に男《をとこ》女《おんな》木《こ》の下《した》に紅葉《もみぢ》を翫《もてあそ》ぶ所《ところ》をよめる

唐《から》にしき色見《いろみ》えまがふ紅葉《もみぢ》ばの散《ち》る木《こ》の下《もと》は立《た》ち憂《う》かりけり

平兼盛(かねもり)

361 山里《ざと》にまかりてよみ侍《はべ》りける

紅葉散《もみぢゝ》るころなりけりな山里《ざと》のことぞともなく袖《そで》のぬるゝは

清原元輔

362 月前ノ落葉といふ心《こゝろ》を

紅葉《もみぢ》ばの雨《あめ》と降《ふ》るなる木《こ》の間《ま》よりあやなく月の影《かげ》ぞもりくる

御製(ぎよせい)

363 落葉道《みち》を隠《かく》すといふ心をよめる

紅葉散《もみぢゝ》る秋の山辺《べ》は白樫《しらかし》の下《した》ばかりこそ道《みち》は見《み》えけれ

法印清成(しやうじやう)

359 私が折角訪れたのを、人は山里の紅葉を見るためだと思うことであろうか。いっそ紅葉が散り果ててから訪ねるべきであったなあ。公任集（勅撰集補遺）。栄花物語・ゆふしで。〇寛仁二年正月入道前太政大臣大饗し侍りける屏風に　諸史料から、入道前太政大臣（道長）とするは誤り。寛仁二年（一〇一八）一月二十三日の頼通大饗の際の屏風に寄せた詠。↓一七。〇二・三句　実際はわざわざ山里の人に会いに来たのにという気持を含む言い方。

360 唐織の錦と色が見分けられないほどの美しいもみじ葉が散る、この木のもとは立ち去るのがつらいことだ。兼盛集。〇初句　唐織の錦。紅色の混じる美しさのために、紅葉に喩えられることが多い。〇二句　色が唐錦か紅葉かと見まがうほどである。〇散る木の下　紅葉が散っている木の下。「木の下」に「此処（ここ）」の意の「この許（もと）」を掛ける。〇五句　「たつ」は出発する、離れる意の「立つ」に、「唐にしき」の縁語「裁つ」を掛ける。「思ふどち円居せる夜は唐錦たたまくをしきものにぞありける」（古今・雑上・よみ人しらず）。

361 紅葉が散るこの頃のことであるよ。山里でただ何と言うこともなく（涙で）袖が濡れるのは。元輔集、三句「山里に」。〇三句　「袖のぬるゝ」にかかる。〇四句　格別これということもなく。「秋の夜も名のみなりけり逢ふといへばことぞともなく明けぬるものを」（古今・恋三・小野小町）。

362 もみじの葉が雨のように降る音のする木の間から、どうした訳でか月の光が漏れてくることだ。〇二句　雨のように降る音が聞えてくる。〇あやなく　理屈に合わないことに。

363 紅葉が散る秋の山辺は、落葉で道が辿れず、ただ、（葉を落とさない）白樫の木の下だけは道が見えることだ。〇初・二句　題意から、紅葉の落葉で道が隠されていることを暗示。〇白樫　ブナ科の常緑高木。葉裏が白い。「紅葉」の紅と対比するか。〇五句　白樫は落葉しないから。

故式部卿（しきぶきやう）の親王《みこ》、大井にまかれりけるに紅葉《もみぢ》をよみ侍《はべ》りける

364 水上《みなかみ》に紅葉《もみぢ》流《なが》れて大井川《がは》むらごに見《み》ゆる滝《たき》の白糸《しらいと》

堀川右大臣

大井川にてよみ侍《はべ》りける

365 水《みづ》もなく見《み》えこそわたれ大井《おほゐ》川岸《がはきし》の紅葉《もみぢ》は雨《あめ》と降《ふ》れども

中納言定頼

永承四年内裏歌合によめる

366 あらし吹《ふ》くみ室《むろ》の山の紅葉《もみぢ》ばは《ゝ》竜田《たつた》の川《かは》の錦《にしき》なりけり

能因（のういん）法師

題《だい》しらず

367 見《み》しよりも荒《あ》れぞしにけるいその神秋《あき》は時雨《しぐれ》の降《ふ》りまさりつゝ

藤原範永（のりなが）朝臣

後冷泉院御時后の宮の歌合によめる

368 秋《あき》の夜《よ》は山田《だ》の庵《いほ》に稲妻《いなづま》の光《ひかり》のみこそもりあかしけれ

伊勢大輔

364 川上で紅葉が散って多く流れてくる大井川よ。濃く薄く斑濃(むらご)に見える滝の白糸であることだ。入道右大臣集。○故式部卿の親王　式部卿敦康(あつやす)親王。寛仁二年(一〇一八)十二月十七日没。○初・二句　上流では紅葉が散って流れてきて。「水上に紅葉散るらし宇治河の瀬々さへ深くなりまさるなり」(元真集)。○三句　「多し」を掛けるか。○むらご　斑濃。同じ色を濃淡を分けて染めたもの。○五句　井堰を越える激流の比喩。後代の作に「水上に風わたるらし大井川もみぢをむすぶ滝の白糸」(夫木抄十六・殷富門院大輔)と歌う。

365 川一面紅葉で覆われて水もなく見えることだ、大井川は。岸の紅葉はまるで雨のように降っているけれども。定頼集、上句「大井河水の浅くも見ゆるかな」、四句「紅葉の色は」(定家本)。○初句　紅葉が敷きつめたように浮かんで水面が見えないさま。○二句　一面に見えわたされることだ。○雨と　雨のように。

366 はげしい風が吹くみ室の山のもみじ葉は、(ふもとを流れる)竜田川のまるで錦であったよ。永承四年(一〇四九)内裏歌合。○あらし　強く激しい風。○み室の山　ここでは奈良県生駒郡の神奈備山。紅葉の名所。○竜田の川　み室の山の東のふもとを流れている川。▽小倉百人一首に選ばれた歌。「竜田川もみぢ葉流る神なびのみ室の山に時雨降るらし」(古今・秋下・よみ人しらず)に依る。

367 以前見た時よりもさらに荒れまさったことだ。ここ石上の地は。ここでは時雨がふりしきり、ますます古めかしい気配がしてきたことよ。範永朝臣集。○いその神　石上。大和国。ここでは枕詞としては句を隔てて「降り」を導く。○五句　「降り」に「古り」を掛ける。

368 秋の夜は山間(あい)の田の粗末な番小屋では番人はいなくて、ただ稲妻の光だけが漏れて明るくし、朝まで守り通すことだなあ。天喜四年(一〇五六)皇后宮春秋歌合(→三六)。伊勢大輔集。栄花物語・根合。○稲妻　いなびかり。○五句　「もり」に「漏り」と「守り」とを掛ける。「あかす」は明るくする意の「明かす」と、朝を迎える意の「明かす」を重ねる。

師賢《(もろかた)》朝臣、梅津の山庄にて、田家ノ秋風といふ心《こゝろ》をよめる

369 宿近《やどちか》き山田《だ》の引板《ひた》に手《て》もかけで吹《ふ》く秋風にまかせてぞ見《み》る

源頼家《(よりいへ)》朝臣

土御門右大臣《(つちみかどうだいじん)》家歌合に、秋の田をよめる

370 秋《あき》の田《た》になみよる稲《いね》は山川《やまがは》の水引《みづひ》き植《う》へ《(ゑ)》し早苗《さなへ》なりけり

相模《(さがみ)》

題不知《(しらず)》

371 夕日《ゆふひ》さす裾《ゝその》野《、》のすゝき片《かた》よりに招《まね》くや秋《あき》を送《おく》るなるらん

源頼綱《(よりつな)》朝臣

九月尽日、秋を惜《ゝ》しむ心をよめる

372 明日《あす》よりはいとゞ時雨《しぐれ》や降《ふ》りそはん暮《く》れゆく秋《あき》を惜《ゝ》しむ袂《たもと》に

藤〔原〕範永朝臣

九月尽日、終夜惜《シム》レ秋《ヲ》心をよみ侍《(はべり)》ける

373 あけはてば野辺《のべ》をまづ見《み》む花すゝき招《まね》くけしきは秋に変《かは》らじ

369 住居に近い山間の田の引板に手もかけないで、ただ吹く秋風にまかせてそのさまを見ることだ。○梅津の山庄　京都市右京区梅津にあった源師賢の山荘。○引板　鳴子。

370 こうして秋の田に幾重にも寄せる稲は、春、山間の川水を引き入れて植えたあの早苗であったのだなあ。長暦二年(一〇三八)九月源大納言家歌合。→三五二。○土御門右大臣　源師房(もろふさ)。○なみよる「並み寄る」の意で、並んで一列に寄る。また「波寄る」の意で、波のように幾重にも寄せる意とも。「風吹けば門田の稲もなみよるにいかなる人か過ぎて行くらん」(和泉式部集)。○山川　山の中のせせらぎ、小川。○四句　田に水を引き入れて植えた。▽歌合では作者を源頼家とする。「昨日こそ早苗とりしかいつの間に稲葉そよぎて秋風の吹く」(古今・秋上・よみ人しらず)と同趣。

371 夕日のさしている山のふもとの野の薄が片方になびいて招いているのは、秋を見送って手を振っているのだろうか。○初句　中世期に多用された比較的新しい表現。「夕日さすかげに山とは見ゆれどもいらぬほだしになれるなるらん」(和泉式部続集)などが早い例。○二句　山の麓の野に生えている薄。○三句　片方にのみ寄ること。「秋の田の穂向けの寄するかたより(片縁)に我は物思ふつれなきものを」(万葉集十・作者未詳)。○招く　薄の靡くさまを擬人的に言ったもの。

372 明日よりはますます時雨が降り加わることであろう。暮れてゆく秋を惜しんで涙する私の袖の上に。範永朝臣集。○九月尽日　九月の最終日で、秋がおわる日。「九月尽」として和漢朗詠集の題とされ、堀河百首以後、歌題として定着した。○藤原範永朝臣　底本・冷泉本「藤範永朝臣」、諸本による。○初句　冬に入る、明日十月一日からは。○二・三句　「いとど」はますます、いっそうの意。秋を惜しむ涙と、冬の到来で時雨が降りつのる意とを重ねる。

373 夜がすっかり明けてしまったら、野辺をまず見よう。尾花がそよいで人を招く景色だけは、この秋と少しも変らないであろう。範永朝臣集。○三句　穂の出ている薄。尾花。

374
九月尽日よみ侍《はべ》りける
秋《あき》はたゞ今日《けふ》許《(ばかり)》ぞとながむれば夕暮《ゆふぐれ》にさへなりにけるかな
法眼源賢《(げんけん)》

375
九月尽日、伊勢大輔がもとに遣《(つかはし)》ける
年《とし》つもる人こそいとゞ惜《を》しまるれ今日《けふ》ばかりなる秋《あき》の夕暮《ゆふぐれ》
大弐資通《(すけみち)》

376
九月晦夜よみ侍《はべ》りける
夜《よ》もすがらながめてだにも慰《なぐさ》めむ明《あ》けて見《み》るべき秋《あき》の空《そら》かは
源　兼長《(かねなが)》

374 秋はただ今日一日だけであるよとしみじみと思いにふけっていると、その一日もとうとう夕暮時にまでなってしまったことだ。源賢法眼集。〇四句　惜しいと思っていた今日一日も、遂に夕暮にまで。

375 齢《(よわい)》の積もった人には、(時のうつろいが)ますます惜しまれます。とうとう今日だけになってしまった、しかもこの秋の夕暮よ。伊勢大輔集「九月尽くる日、資通の大弐のもとより」。〇年つもる人　高齢の人。資通自身を指す。〇いとゞ惜しまるれ　「いとゞ」は時が過ぎ歳が加わることに加えて、秋が過ぎることがいっそうの意。「るれ」は自発。〇四句　今日だけになってしまった。「ばかり」は限定。▽伊勢大輔の返歌は「あはれかく暮れぬる秋のをしさにはたちならふべき老いの波かも」(伊勢大輔集)。

376 夜通しせめて思いにふけり、ながめて心を慰めることにしよう。夜が明けたら、見ることのできる秋の空であろうか、そうではないのだから。〇二句　せめてながめるだけでも。〇五句　秋の空であろうか、いやそうではない。「かは」は反語。

後拾遺和歌抄第六　冬

十月のついたちに、上《うへ》のお《(を)》のこども大井川にまかりて、歌《うた》よみ侍《はべ》りけるによめる

前大納言公任《(きんたふ)》

377
落《を》ちつもる紅葉《もみぢ》を見《み》れば大井川《おほゐがは》ゐせきに秋もとまるなりけり

十月ついたちごろ、紅葉《もみぢ》の散《ち》るをよめる

僧正深覚《(じんかく)》

378
手向《たむけ》にもすべき紅葉《もみぢ》の錦《にしき》こそ神無《な》月にはかひなかりけれ

377 落ち積っている紅葉の葉を見ると、大井川では、井堰に水が堰き止められるだけでなく、秋という季節もここにとまるのであったなあ。公任集、下句「ゐせきにとまる秋にぞありける」。〇ついたち　月初め。〇上のおのこども　殿上人。〇大井川　→三六四。〇ゐせき　堰。川の流れを堰きとめた所。〇秋も　水だけでなく季節の秋もの意。▽「年ごとにもみぢ葉流す竜田河みなとや秋のとまりなるらむ」（古今・秋下・紀貫之）。

378 手向けとして神にさしあげるにふさわしい錦のように美しい紅葉は、神のいない神無月にはかいのないことだ。〇手向　神仏に供えること。「秋の山紅葉をぬさとたむくればすむ我さへぞ旅心ちする」（古今・秋下・紀貫之）。〇紅葉の錦　錦の織物のように美しい紅葉。「このたびは幣（ぬさ）もとりあへず手向山紅葉の錦神のまにまに」（古今・羇旅・菅原道真）、「秋霧のたたまくをしき山路かな紅葉の錦おりつもりつつ」（拾遺・秋・よみ人しらず）。〇神無月　もとは「神な（＝の）月」、神祭りの月の意か。中古以降、「な」を「無し」と誤解して、諸国の神々が出雲に参集して、神の不在の月の意とされた。「何事も行きて祈らんと思ひしを社（やしろ）はありて神無月かな」（曽丹集）。

379　承保三年十月、今上《(きんじやう)》、御狩《みかり》のついでに、大井川に行幸《みゆき》せさせ給《(たまふ)》によませ給《たま》へる

御製《(ぎょせい)》

大井《おほゐ》川《がは》ふるき流《なが》れをたづね来《き》て嵐《あらし》の山の紅葉《もみぢ》をぞ見《み》る

380　桂《かつら》の山庄にて、時雨《しぐれ》のいたう降《ふ》り侍《(はべり)》ければよめる

藤〔原〕兼房《(かねふさ)》朝臣

あはれにもたえず音《おと》する時雨《しぐれ》かなとふべき人もとはぬ住《す》みかに

381　山里《ざと》の時雨《しぐれ》をよみ侍《(はべり)》ける

永胤《(やういん)》法師

神無《な》月ふかくなりゆく梢《こずゑ》よりしぐれてわたる深《み》山辺《やまべ》の里《さと》

382　落葉如シレ雨ノといふ心をよめる

源頼実《(よりざね)》

木《こ》の葉《は》散《ち》る宿《やど》は聞《き》き分《わ》くことぞなき時雨《しぐれ》する夜《よ》も時雨《しぐれ》せぬ夜《よ》も

383　藤原家経《(いへつね)》朝臣

紅葉《もみぢ》散る音《おと》は時雨《しぐれ》の心地して梢《こずゑ》の空《そら》はくもらざりけり

379 大井川の由緒ある流れを訪ねてやって来て、嵐山で風に散る紅葉を見ることだ。〇承保三年　一〇七六年。〇十月　行幸は十月二十四日のこと(今鏡)。〇初句　→三六四。〇ふるき流れ　延喜七年(九〇七)、宇多法皇の大井川御幸などの先例を指す。「亭子院大井川に御幸ありて、行幸もありぬべき所なりとおほせ給ふに、ことのよし奏せんと申して／小倉山峰のもみぢ葉心あらばいま一たびの御幸またなむ」(拾遺・雑秋・藤原忠平)。〇嵐の山　「嵐山」に「嵐」を掛ける。「風早みあらしの山のもみぢ葉もしもにはとまるものとこそ聞け」(実方朝臣集)。

380 しみじみと感にたえないことに、絶え間なく音のする時雨であることだ。おとずれるはずの人も訪ねてこないこの住みかでは。〇桂　京都市西京区を流れる桂川付近の地。→二〇七。〇藤原兼房朝臣　底本・冷泉本「藤兼房朝臣」、諸本による。〇音する　「音」がする意に、「音信」の意を込める。〇とふべき人　様子を聞いてくるはずの人。「とふ」は、訪ねるの意とも安否を尋ねて音信する意とも解せる。

381 神無月(十月)も深まり、紅葉の色が一段と深まる梢を、時雨が降りそそぎながら通り過ぎてゆく深山辺の里よ。〇初・二句　「ふかくなりゆく」は神無月が深まる意と梢の紅葉の色が深まる意とを重ねる。〇五句　深い山のほとりの人里。「都にも道踏みまよふ雪なればとふ人あらじ深山辺の里」(曽丹集)。

382 木の葉が散る家では聞き分けることができないことだ。時雨が降る夜とも、時雨が降らない夜とも。故侍中左金吾(頼実)集。〇落葉如雨　「葉声落如レ雨、月色白似レ霜」(白氏文集・秋夕)を踏まえた歌題。〇聞き分くこと　「こと」は、底本・冷泉本「こと〈かた〉」。陽明為本他による。「秋の夜に雨と聞えて降りつるは風に乱るる紅葉なりけり」(後撰・秋下・よみ人しらず)。▽住吉明神に祈って、命と引き替えに詠んだ秀歌(袋草紙、今鏡)と伝える。

383 紅葉の散る音は、時雨の降るような気がして、そのくせ梢の上の空は曇っていないことであったなあ。家経朝臣集。〇五句　雨音のように聞えるのに、実際の空は曇ってはいなかったの意。

十月許《(ばかり)》、山里《ざと》に夜《よる》とまりてよめる

384 神無《な》月ねざめに聞《き》けば山里《ざと》のあらしの声《こゑ》は木《こ》の葉《は》なりけり

能因《(のういん)》法師

宇治にて、網代《あじろ》をよみ侍《(はべり)》ける

385 網代木《あじろぎ》に紅葉《もみぢ》こきまぜ寄《よ》る氷魚《ひを》は錦《にしき》を洗《あら》ふ心地こそすれ

橘義通《(よしみち)》朝臣

宇治にまかりて、網代《あじろ》のこぼれたるを見《み》てよめる

386 宇治川《うぢがは》のはやく網代《あじろ》はなかりけり何《なにゝ》によりてか日《ひ》をばくらさん

中宮内侍《(ちゅうぐうのないし)》

俊綱《(としつな)》朝臣、讃岐《さぬき》にて、綾河の千鳥《ちどり》をよみ侍《はべ》りけるによめる

387 霧晴《きりは》れぬあやの川辺《かはべ》に鳴《な》く千鳥声《ちどりこゑ》にや友《とも》の行《ゆ》くかたを知《し》る

藤原孝善《(たかよし)》

永承四年内裏歌合に千鳥《ちどり》をよみ侍《(はべり)》ける

388 さを河《(ほ)がは》の霧《きり》のあなたに鳴《な》く千鳥声《ちどりこゑ》はへだてぬものにぞありける

堀川右大臣《(ほりかはうだいじん)》

384　十月のころにふと眠りから覚めて耳を傾けると、山里の嵐の音とは、木の葉の散る音であったよ。能因集。〇初句　十月。歌中ではふつう「時雨」や「紅葉」を導く。ここは落葉の季節を明示している。

385　紅葉をかき混ぜて網代木に寄って来る氷魚は、まるで錦を洗うような感じがすることだ。〇初句「(氷魚が)寄る」にかかる。「網代」は冬、氷魚などを捕るために、川の瀬に竹や木などを編み連ねて立て、その端に簀をつけた仕掛け。〇四句「貝錦斐成濯㆓色江波㆒」(文選・蜀都賦)に依る。▽「網代木にかけつつ洗ふ唐錦ひをへて寄する紅葉なりけり」(拾遺・冬・よみ人しらず)。

386　宇治川の流れの速いように早くも網代はなくなってしまったよ。氷魚もとれないで、これでは何の風情を見ながら日を暮そうか。〇はやく「宇治川の速く」の「速く」と、「早く網代はなかりけり」の「早く」とを重ねる。〇日をば「日を」と「氷魚」とを掛ける。「網代木に日を経て寄するもみぢ葉はたちど知られぬ錦なりけり」(兼澄集)。

387　霧が立ちこめて晴れない綾の川のほとりに鳴く千鳥は、声で仲間の行方を知るのであろうか。〇俊綱朝臣、讃岐にて　橘俊綱が守として赴任していた讃岐で。〇綾河　讃岐国。香川県綾歌郡を流れる川。〇友　群れる千鳥の仲間。「夕されば佐保の川原の川霧に友まどはせる千鳥鳴くなり」(拾遺・冬・紀友則)。

388　佐保川に立つ霧の向うで鳴く千鳥よ。姿は見えなくても、声は隔てないものだなあ。永承四年(一〇四九)内裏歌合(→三五)。入道右大臣集。〇さを河　佐保(さほ)川。大和国。〇声は　姿はともかく声の方は。「筑波嶺の山をば霞こむれども声はへだてぬ谷の下水」(田多民治集)は後代の作。▽歌合では、藤原兼房の「夕暮は空に千鳥ぞ聞ゆなる天の川原に鳴くにやあるらむ」と番えられ勝となる。

389 難波《なには》潟《がた》朝《あさ》みつ潮《しほ》にたつ千鳥《ちどり》浦《うら》づたひする声《こゑ》きこゆなり

相模《さがみ》

題不知《しらず》

390 さびしさに煙《けぶり》をだにもたゝじとて柴《しば》折《を》りくぶる冬《ふゆ》の山里《ざと》

和泉《いづみ》式部《しきぶ》

冬《ノ》夜《ノ》月をよめる

391 山の端《は》は《ゝ》名《な》のみなりけり見《み》る人の心にぞ入《い》る冬《ふゆ》の夜《よ》の月

大弐三位《だいにのさんゐ》

題不知《しらず》

392 冬《ふゆ》の夜《よ》にいくたびばかり寝覚《ねざ》めして物思《ものおも》ふ宿《やど》のひま白《しら》むらん

増基《ぞうき》法師

障子に、雪《ゆき》の朝《あした》、鷹狩《ゝかゞり》したる所をよみ侍《はべり》ける

393 とやがへるしらふの鷹《たか》の木居《こゐ》をなみ雪《ゆき》げの空《そら》にあはせつるかな

民部卿長家《ながいへ》

389 難波潟に朝満ちてくる潮のために千鳥が飛び立ち、その浦伝いする声が聞えてくるよ。○初句 ↓四四。○四句　浦に沿って移動する。

390 さびしさのために、せめて煙だけでも絶やすまいとして、柴を折って火に入れて焚く冬の山里よ。和泉式部集(百首)、初句「わびぬれば」、四句「柴折りたける」。○くぶる　火の中に入れて焼く。▽「柴木たく庵に煙立ちみちて絶えずもの思ふ冬の山里」(曽丹集)の影響を受けた作。

391 月の入る山の端というのは名ばかりであったなあ。見る人の心の方に深く入る冬の夜の月であるよ。大弐三位集「御堂の月見に人々まかりたりけるに」。○山の端　月が沈む場所である西山の稜線。○名　評判。○四句　深く印象に残る。「心に入る」と「月」が「入る」とを重ねる。「月影を心に入ると知らぬ身は濁れる水にうつるとぞ見る」(入道右大臣集)。▽「いざかくてをり明かしてむ冬の月春の花にも劣らざりけり」(拾遺・雑秋・清原元輔)など、次第に冬月の美が重んじられるようになる。

392 冬の夜長には、いったい幾度寝覚めをくりかえして、物思いにふけるわが住いの板戸の隙間は白んでゆくのだろう。○三句 ↓一〇七。○物思ふ宿　物思う人の宿る住い。「鳴き渡る雁の涙や落ちつらむもの思ふ宿の萩の上の露」(古今・秋上・よみ人しらず)。○ひま　閉じた板戸の隙間。○白む　夜明けを迎えての外の曙光で明るくなる。▽「夜もすがらもの思ふころは明けやらぬ閨のひまさへつれなかりけり」(千載・恋二・俊恵)は影響作か。

393 羽毛が抜け替わった白い斑(まだら)の鷹のとまり木がないので、雪模様の空に獲物に向かって(鷹を)放ったことだ。○初句「鷹」を形容する語。その意義については諸説がある。↓二六七。○しらふ　白色のまだら。○木居　とまり木。「御狩野の御園に立てる一つ松とがへる鷹の木居にかもせむ」(長能集)。○雪げの空　雪もよいの空。○あはせ　「あはす」は、鷹狩の用語。鷹を獲物の鳥に合せて放つ意。「夕まぐれ山片付きて立つ鳥の羽音に鷹をあはせつるかな」(千載・冬・源俊頼)は後代の作。

394
鷹狩《たかゞり》をよめる
打払《うちはら》ふ雪《ゆき》もやまなん御狩野《みかりの》のきゞすの跡《あと》もたづぬばかりに
能因法師

395
萩原《はぎはら》も霜枯《しもが》れにけり御狩野《みかりの》はあさるきゞすのかくれなきまで
律師長済《(ちやうさい)》

396
屏風絵に、十一月に女《をんな》の許《(もと)》に人《ひと》の音《おと》したる所《ところ》をよめる
霜枯《しもが》れの草《くさ》のとざしはあだなれどなべての人《ひと》を入《い》るゝものかは
大中臣能宣《(よしのぶ)》朝臣

397
霜枯《しもが》れの草《くさ》をよめる
霜枯《しもが》れはひとつ色《いろ》にぞなりにける千《ち》ぐさに見《み》えし野辺《のべ》にあらずや
少輔《(せう)》

398
霜落葉を埋《うづ》むといふ心をよめる
落《お》ちつもる庭《には》の木《こ》の葉《は》を夜《よ》のほどにはらひてけりと見《み》する朝霜《あさしも》
読人不知《(よみびとしらず)》

394 払い落とす雪も止んでほしいものだ。御狩野の雉(きじ)の足跡もたどれるぐらいに。能因集。○打払ふ雪　払い落とさなければならないほど、今しきりに降っている雪。○御狩野　朝廷の領有する狩場。○きゞす　雉の古名。

395 萩の生えている野原も霜枯れてしまったことだ、この御狩野は。餌を求める雉の姿が隠れないぐらいに。○萩原　萩の生えている野原。○あさる　餌を捜し求める。「春の野にあさる雉(きぎし)の妻恋ひにおのがあたりを人に知れつつ」(万葉集八・大伴家持、拾遺・春)。

396 霜枯れによって、草で閉ざされた戸は、何の役にも立たないものではあるが、それでもふつうの人を入れたりするでしょうか。入れたりはしません。能宣集。○草のとざし　草に覆われて閉ざされた門扉。「とざし」は「閉ざす」の名詞形。「秋の夜の草のとざしのわびしきはあくれどあけぬものにぞありける」(後撰・恋五・藤原兼輔)。○三句　「草のとざし」の草が霜で枯れたため、閉鎖が解けて何のかいもないが。○下句　「なべての人」は、ふつうの人。「かは」は反語。来訪者(男)に対する画中の女の心。

397 霜枯れの野は、同じ一色になったことだ。ここはさまざまの色に見えたあの秋の野辺ではなかったのか。○ひとつ色　同じ色。「一つ」は「千種」の「千」と対。「ちぐさにも霜にもうつる菊の花ひとつ色にぞ月はそめける」(躬恒集)。○四句　草が繁っていた時には種々の色に見えた。秋の花々の色をさす。「千ぐさ」は、種類の多い意の「千種」に「千草」の意を重ねる。▽「緑なるひとつ草とぞ春は見し秋はいろいろの花にぞありける」(古今・秋上・よみ人しらず)を意識するか。

398 散り落ちて積った庭の木の葉を、夜の間にすっかり掃き払ったのかと見せている朝の霜であることだ。○三句　夜のうちに。○はらひ　掃いて取り除く。→七五。

霰《あられ》をよめる

399 杉《すぎ》の板《いた》をまばらに葺《ふ》ける閨《ねや》の上《うへ》におどろくばかり霰降《あられふ》るらし

大江公資《（きんより）》朝臣

山里《ざと》の霰《あられ》をよめる

400 訪《と》ふ人のなき蘆葺《あしぶ》きのわが宿《やど》は降《ふ》る霰《あられ》さへ音《おと》せざりけり

橘俊綱朝臣

永承四年内裏歌合に、初雪をよめる

401 みやこにも初雪降《はつゆきふ》れば小野《おの》山の真木《まき》の炭竈《すみがま》焚《た》きまさるらん

相模

埋火《うづみび》をよめる

402 埋火《うづみび》のあたりは春《ゝる》の心地して散《ち》りくる雪《ゆき》を花とこそ見《み》れ

素意《（そい）》法師

染殿式部卿《（そめどのしきぶきやう）》の親王《みこ》の家にて、松《まつ》の上《うへ》の雪《ゆき》といふ心《こゝろ》を人《ひと》ゞ
よみ侍《はべ》りけるによめる

403 淡雪《あはゆき》も松《まつ》の上《うへ》にし降《ふ》りぬれば久《ひさ》しく消《き》えぬ物《（もの）》にぞ有《（あり）》ける

藤原国行《（くにゆき）》

399 杉の板をまばらに葺いた寝屋の屋根の上に、はっとして目覚めるほどの音がして、霰が降り注いでいるらしいよ。〇二句　粗く葺いている。〇四句　はっと目覚めるぐらいに。「いとどしく目だにも合はじ独り寝におどろくばかり降る時雨かな」(赤染衛門集)。

400 訪れる人のない蘆葺きの我が住いは、(人ばかりか)降る霰まで、音を立てないことだ。〇訪ふ人のなき　「わが宿」にかかる。「訪ふ」は「音なふ」「おとづる」に同じ。〇蘆葺き　蘆を屋根に葺いた、山里の粗末な住いのようす。〇下句　「霰さへ」は訪う人はおろか、霰までもの意。「音す」は霰の音がする意に、人が訪れる(音なふ)の意の「音す」を重ねる。蘆葺きなので、板屋根のようには音がしない。

401 都にも初雪が降っているので、大原の小野山の真木を焼く炭竈は、今ごろはますます燃えまさっていることであろう。永承四年(一〇四九)内裏歌合(→三五)。〇二句　初雪が降るので。「ば」は原因・理由を示す。〇小野山　山城国。京都市左京区大原にある山。「炭竈の煙にむせぶ小野山は峰の霞もおもなれにけり」(顕輔集)。〇四句　真木を炭に焼く竈。

402 埋火のあるあたりは春の気持がして、散り込んでくる雪を花と見ることだ。〇埋火のあたり　埋火のある火桶・炭櫃の近く。「埋火」は灰の中に埋めた炭火。いけ火。「まとゐして袖やはさゆる埋火のあたりは春の心地こそすれ」(永承四年六条斎院歌合)。〇春の心地　春を思わせる暖気。〇散りくる雪　見立てた花の縁で「降る」を「散る」と表現。▽「此火応下鑽二花樹一取上、対来終夜有二春情一」(和漢朗詠集・冬・炉火・菅原文時)に依る。

403 消えやすい淡雪も、松の上に降ったので、松の千寿にあやかって長い間消えないものであったよ。▽「消えやすき露の命にくらぶればうらやまれぬる松の雪かな」(伊勢大輔集)。

隆経《(たかつね)》朝臣、甲斐守にて侍《(はべり)》ける時、たよりにつけてつかはしける

404 いづかたと甲斐《かひ》の白根《しらね》はしらねども雪降《ゆきふ》るごとに思《おも》ひこそやれ

紀伊式部《(きいしきぶ)》

山の雪《ゆき》を見てよめる

405 紅葉《もみぢ》ゆへ《(ゑ)》心《こゝろ》のうちにしめ結《ゆ》ひし山の高嶺《たかね》は雪降《ゆきふ》りにけり

能因法師

題不知《(しらず)》

406 朝《あさ》ぼらけ雪降《ゆきふ》る里《さと》を見《み》わたせば山の端《は》ごとに月ぞ残《のこ》れる

源道済《(みちなり)》

407 来《こ》し道《みち》も見《み》えず雪《ゆき》こそ降《ふ》りにけれ今《いま》やとくると人は待《ま》つらん

慶尋《(きやうじん)》法師

408 いかばかり降《ふ》る雪《ゆき》なればしなが鳥猪名《どりゐな》の柴山道《しばやまみち》まどふらん

藤原国房《(くにふさ)》

404 どのあたりかと、甲斐の白根山は知りませんが、雪が降るたびに、はるか甲斐の国に思いを馳せることです。○隆経朝臣 →人名。○二句三句の「しらねども」に、「しら」という同音を重ねて続く。「甲斐の白根」は南アルプスの北岳などの白根三山。白根(白嶺)に、山にいただく雪が連想される。「ここにだにかばかり氷る年なれば甲斐の白根を思ひこそやれ」(曽丹集)。▽「思ひやる越の白山しらねども一夜も夢に越えぬ夜ぞなき」(古今・雑下・紀貫之)などに依った詠。

405 紅葉のために、ひそかに心の中で標(めし)を結い、自分のものと決めていた山の高い嶺には、いつのまにか(紅葉の季節も過ぎ)雪が降ったことだなあ。能因集。○二・三句「さを鹿の朝立ちすだく萩原に心のしめはいふかひもなし」(和泉式部集)。

406 ほのぼのとした夜明がた、雪が降る里をはるかに見渡すと、どの山の端にも月が残っている思いがすることだ。道済集、二句「雪ふるそら」。○初句 夜明がた。○雪降る里 底本・冷泉本「そら」をミセケチ、「さと」。陽明為本他「そら」。▽「朝ぼらけ有明の月と見るまでに吉野の里に降れる白雪」(古今・冬・坂上是則)。

407 やって来た道も見えないほどに雪が降り積ったことだ。もう雪が解けるか、もう来てくれるかと人は帰りを待っていることであろうよ。○来し道も見えず 山を分けてやって来た道も見えないぐらいに。「降りにけれ」にかかる。○今やとくる 「とくる」は「解くる」と「…と来る」とを掛ける。○人 家人か。

408 どれほどの降る雪なので、猪名の柴山の山道を山人は道に迷ったというのであろうか。○初・二句 「いかばかり」という疑問語が、末句「道まどふらん」の「らん」に呼応。○三句 息長鳥。「かいつぶり」の古名とも。摂津国の地名「猪名」にかかる枕詞。猪名は、「しなが鳥猪名野を来れば有馬山夕霧立ちぬ宿りはなくて」(万葉集七・作者未詳)、「しなが鳥猪名野を行けば有馬山雪降りしきて明けぬこのよは」(古今六帖二・柿本人麻呂)など、道に苦しむ行人が多く歌われる。

旅宿の雪《ゆき》といふ心をよめる

津守国基《(くにもと)》

409 独《ひと》り寝《ぬ》る草《くさ》の枕《まくら》は冴《さ》ゆれども降《ふ》り積《つ》む雪《ゆき》をはらはでぞ見《み》る

屏風絵に、雪降《ゆきふ》りたる所《ところ》に、女《をんな》のながめしたる所《ところ》をよめる

赤染衛門《(あかぞめゑもん)》

410 春《はる》や来《く》る人《ひと》や訪《と》ふらん待《ま》たれけり今朝《けさ》山里《ざと》の雪《ゆき》をながめて

道雅《(みちまさ)》三位の八条の家《いへ》の障子《さうじ》に、山里《ざと》の雪《ゆき》の朝《あした》、客人門《まらうとかど》にある所《ところ》をよめる

藤原経衡《(つねひら)》

411 雪《ゆき》ふかき道《みち》にぞしるき山里《やまざと》は我《われ》より先《さき》に人こざりけり

源頼家《(よりいへ)》朝臣

412 山里《ざと》は雪《ゆき》こそ深《ふか》くなりにけれ訪《と》はでも年《とし》の暮《く》れにけるかな

法師になりて、飯室《いゐむろ》に侍《はべ》りけるに、雪《ゆき》の朝《あした》人のもとにつかはしける

信寂《(しんじやく)》法師

413 思《おも》ひやれ雪《ゆき》も山路《やまぢ》も深《ふか》くして跡絶《あとた》えにける人の住《す》みかを

409 独り寝の旅寝はこごえるほどの寒さであるが、周囲に降り積み、自分に降りかかる雪を払わないで眺めることだ。津守国基集「旅宿雪」。○草の枕　草を結んだ枕の意から旅寝を指す。○冴ゆれ　ここでは冷え凍る。

410 春はもう来るかしら、人は訪ねてきてくれるかしらと待たれてならないことだ。今朝、山里の雪をながめていると。○ながめしたる　物思いにふけりながら、雪をながめている。○初句「人や」の「や」と同じく、軽い疑問。○三句「れ」は自発。▽画中の女の心。

411 雪の深い道ではっきりとわかることだ。この山里は、私より先に誰も人は訪ねて来なかったのだったよ。経衡集、二句「道にて知りぬ」。左京大夫八条山庄障子絵合「暮の冬、山里に雪積もれり。門の前に人来たり」。○道雅三位の八条の家の障子に　→六四。○初・二句　雪深い道には、他の足跡がないことから歴然としている。二句切れ。▽「我が宿は雪降りしきて道もなし踏み分けてとふ人しなければ」(古今・冬・よみ人しらず)は家のあるじの心だが、これは画中の客人の心。

412 山里は雪が深くなってしまったことだ。今まで訪ねないで過ごすうちに、こうして年が暮れてしまったよ。左京大夫八条山庄障子絵合「暮の冬、山里に雪積もれり。門の前に人来たり」。○訪はでも　年末、久しぶりに山里を訪れた人の心でいう。▽前歌と同じく、画中の客人の心。障子絵合では前歌を左、この歌を右として合わせるが、勝負判はない。

413 思ってもみてください。雪も深く、山路も深くて、人跡もすっかり絶えてしまった寂しいわが住いを。○飯室　近江国。比叡山横川の別所。当時多数の僧坊があった。○初句　そちらから想像してくれ。○跡　人の足跡。○人の住みか　ここは出家した自分の住居。

題不知《(しらず)》

和泉式部

414 こりつめて真木《まき》の炭《すみ》やくけをぬるみ大原《おほはら》山の雪《ゆき》のむらぎえ

天暦《(てんりやく)》御時の御屏風の歌に、十二月雪降《ゆきふ》る所《ところ》をよめる

清原元輔《(もとすけ)》

415 わが宿《やど》に降《ふ》りしく雪《ゆき》を春《はる》にまだ年越《としこ》えぬ間《ま》の花とこそ見《み》れ

雪降《ゆきふ》れるつとめて、大納言公任の許《(もと)》につかはしける

入道前太政大臣《(にふだうさきのだいじやうだいじん)》

416 おなじくぞ雪《ゆき》つもるらんと思《おも》へども君《きみ》ふる里《さと》はまづぞとはるゝ

雪降《ゆきふ》りて侍《はべ》りける朝《あした》、娘《むすめ》のもとに送《おく》り侍《はべ》りける

前大納言公任

417 降《ふ》る雪《ゆき》は年《とし》とゝもにぞ積《つも》りけるいづれか高《たか》くなりまさる覧《(らん)》

薄氷《(うすごほり)》をよめる

頼慶《(らいけい)》法師

418 さむしろはむべ冴《さ》えけらし隠《かく》れ沼《ぬ》の蘆間《あしま》の氷《こほり》ひとへしにけり

414 薪を伐り集め真木の炭を焼いているあたりの大気はぬるんで暖かなので、大原山の雪がところどころ消えていることだ。和泉式部集(百首)、初句「見渡せば」。○初句　樵り集めて。「深山木を朝な夕なにこりつめて寒さを恋ふる小野の炭焼き」(拾遺・雑秋・曽禰好忠)。○二句　→四〇一。○三句　「け」は「気」。「けをさむみ冴えゆく冬の夜もすがら目だにもあはず衣うすれて」(曽丹集)。○大原山　京都市左京区大原にある山。西京区の大原山(四三七)とは異なる。「炭がまの煙は空にかよへども大原山の月ぞさやけき」(赤染衛門集)。

415 我が家に絶え間なく降り続ける雪を、春にまだ至らず、年も越えない間の花として見ることだ。貫之集「年のはて、雪」、二句「降る白雪を」、五句「花かとぞみる」。元輔集。○降りしく　しきりに降る。▽元輔集では先人詠と見なされる屏風歌群中の一首。紀貫之の作とすべきか。

416 こちらと同じように、今は雪が積っていることだろうと思うけれども、雪の降るあなたの里が気がかりで真っ先に見舞いたくなることだ。公任集「雪降りたるつとめて、大殿より」、二句「雪はつもらんと」。○君ふる里　「ふる」に「降る」と「経る」とを掛ける。▽公任の返歌は「白雪はとふ言の葉にかかりてぞふりくる宿もはる心地する」(公任集)。

417 降る雪は、行く年とともに、私の年齢同様に積ったことだ。雪と齢とどちらが積ってより高くなるのであろうか。公任集。○娘　内大臣藤原教通の室となった公任女。○初句　「降る」に「経る」を掛ける。○二句　「年」に「齢」の意を重ねる。▽娘の返歌は、「雪つもる君が年をも数へつつ君が若菜を摘まむとぞ思ふ」(公任集)。

418 寝床の狭筵(さむしろ)はどうりで冷え冷えとしているらしいよ。隠れ沼の蘆の間に氷が薄く張ったことだ。○さむしろ　狭いむしろ。「寒し」を掛ける。○隠れ沼　草などで覆われた沼。○五句　「高瀬舟棹の音にぞ知られける蘆間の氷ひとへしにけり」(金葉・冬・藤原隆経)。

419 題不知《しらず》

さ夜《よ》ふくるまゝに汀《みぎは》や氷《こほ》るらん遠《とほ》ざかりゆく志賀《しが》の浦波《うらなみ》

快覚《くわいがく》法師

420 入道前太政大臣の修行のともにて、冬夜の氷をよみ侍《はべり》ける

鷗《かもめ》こそ夜《よ》がれにけらし猪名野《ゐなの》なる昆陽《こや》の池《いけ》水うは氷《ごほり》せり

僧都長算《ちやうさん》

421 題不知《しらず》

岩間《いはま》には氷《こほり》のくさび打《う》ちてけり玉《たま》ゐし水《みづ》も今《いま》はもりこず

曽禰好忠《よしただ》

422 氷逐テレ夜ヲ結ブ

むばたまの夜《よ》をへて氷《こほ》る原《はら》の池《いけ》は春とと〔も〕にや波《なみ》も立《た》つべき

藤原孝善

423 後三条院《ごさんでうゐん》東宮と申《まう》しける時、殿上にて人〳〵年《とし》の暮《く》れぬるよしをよみ侍《はべり》けるに

白妙《しろたへ》にかしらの髪《かみ》はなりにけり我《わ》が身《み》に年《とし》の雪《ゆき》つもりつゝ

藤原明衡《あきひら》朝臣

419　夜が更けるにつれて、水際が今氷っているのであろうか。次第に遠ざかってゆく志賀の浦の波音よ。○下句　上句の推測の根拠としていう。「志賀の浦」は琵琶湖湖西の志賀浦。▽「志賀の浦や遠ざかり行く波間よりこほりて出づる有明の月」（新古今・冬・藤原家隆）は影響作。

420　鷗は夜通って来なくなったらしいよ。猪名野にある昆陽の池の水面には薄い氷が張っていることだ。○修行のともにて　底本「修行のもとにて」。冷泉本他による。○鷗　水鳥の一種。平安中期の歌材としては珍しい。○夜がれ　夜離れ。一般には夜男が通って来なくなること。○猪名野　→四〇八。○昆陽の池水　昆陽の池は摂津国。「しなが鳥猪名のふし原風さえて昆陽の池水氷しにけり」（金葉・冬・藤原仲実）など、平安後期から多く詠まれる。○うは氷　表面に薄く張った氷。「高瀬さす淀のみぎはのうは氷下にぞ嘆く常ならぬ世は」（曽丹集）。

421　岩と岩の間には、楔を打ち込んだように氷が張っているなあ。玉のように水滴を散らしていた水も今は洩れて来ない。曽丹集。○二句　楔（くさび）の役を果す氷。「鳴滝の落ち来る声の音なきは氷の楔さしてけるかも」（大弐高遠集）。○玉ゐし水　「玉」は水滴の比喩。

422　幾夜も経て次第に氷っていく原の池は、立春とともに、もと通り波立つのであろうかなあ。○初句　「夜」を導く枕詞。○原の池　和歌初学抄などに摂津国とする。枕草子・池はの段にも見える。○四句　「ともにや」は、底本「はらのいけはゝると」を受けて「ゝにや」。冷泉本により「も」を補う。○五句　「波も」は、「春も」の意を含む。「春とともに」を受けて「春立つ」と「波立つ」とを重ねる技巧。

423　真っ白に頭髪はなってしまったことだ。わが身には、過ぎ行く年とともに齢が加わり、雪が降り積り続けて。○後三条院東宮と申しける時　後三条院は第七十一代天皇。東宮時代は寛徳二年（一〇四五）から治暦四年（一〇六八）。○年の雪つもりつゝ　「雪」に年の「行き」を掛ける。▽加齢と白髪を雪になぞらえてよむ。「年ふれば越の白山老いにけりおほくの冬の雪積もりつつ」（拾遺・冬・壬生忠見）。

十二月の晦《(つごもり)》ごろ、備前国より出羽弁《(いではのべん)》がもとにつかはしける

源為善《(ためよし)》朝臣

424 都《みやこ》へは年《とし》とともにぞかへるべきやがて春《はる》をもむかへがてらに

424 都へは返る年とともに帰るとしましょう。そのまま新春を迎えがてら。○備前国　源為善は長久(一〇四〇―四四)のころ備前守であった。○出羽弁　↓人名。○二・三句　「かへる」は年が「返る」意と都へ「帰る」意とを掛ける。「べき」はここは意志。○やがて　そのまま。○五句　迎えることを兼ねて。春は東方から訪れるとする発想に依る。

後拾遺和歌抄第七　賀

天暦《（てんりやく）》御時賀御屏風歌、立春日　　　源　順《（したがふ）》

425 今日《けふ》とくる氷《こほり》にかへてむすぶらしちとせの春《はる》にあはむ契《ちぎ》りを

入道摂政《（にふだうせつしやう）》の賀し侍《はべ》りける屏風に、長柄《ながら》の橋《はし》のかたかきたる所《ところ》をよめる　　　平　兼盛《（かねもり）》

426 朽《く》ちもせぬ長柄《ながら》の橋《はし》の橋柱《はしぐら》久《ひさ》しきほどの見《み》えもするかな

同屏風に武蔵野のかたをかきて侍《（はべり）》けるをよめる

427 武蔵野《むさしの》を霧《きり》の絶《た》え間《ま》に見わたせば行《ゆ》く末《すゑ》とを《（ほ）》き心地こそすれ

425 立春の今日、解ける氷とは違って反対に結ぶらしいよ、千年もの春にきっとめぐり合うであろう宿縁を。順集、二句「水にかけてぞ」。能宣集「右兵衛督ただきみの朝臣の月令の屏風のれう、早春、いへに人々すだれのまへにゐて□する所」(西本願寺本)。○初・二句　立春に「解ける」氷に代えて。「解く」の対義語の「結ぶ」を導く。○三句　三句切れ。「結ぶ」は下句を受けて、「契りを結ぶ」の意。○ちとせの春　毎年迎え、千年にも及ぶ春。

426 朽ち果てる事のない長柄の橋の橋柱のように、久しく続くあなた様の行く末が見えることだ。兼盛集。○入道摂政の賀　藤原兼家(かねいえ)の六十賀。永延二年(九八八)。○長柄の橋　摂津国。大阪市北区の淀川に架けられた橋。古い橋として、古今集以降詠まれる。「世の中にふりぬるものは津の国の長柄の橋と我となりけり」(古今・雑上・よみ人しらず)。その後も何度か架け直されたらしいが、古橋の橋脚(橋柱)だけはそのまま跡をとどめていたと見える。「天暦御時御屏風の絵に、長柄の橋柱のわづかに残れるかたありけるを／蘆間より見ゆる長柄の橋柱むかしの跡のしるべなりけり」(拾遺・雑上・藤原清正)。

427 広々とした武蔵野を霧の絶え間に見わたすと、どこまでも行く先遠く見え、あなたの将来も果てしなく思えることだ。兼盛集。○同屏風　前歌の詞書を受ける。○武蔵野　武蔵国。○霧の絶え間　陽明為本他「きりのはれま」。○四句　武蔵野の広大な様子と、あるじの長寿とを重ねる。さらに、武蔵野の地が遠隔の地であることも響かすか。「逢坂の関こゆるだにあるものを武蔵野までにおもひやるかな」(能宣集)。

428
東三条院《(とうさんでうゐん)》四十賀し侍《はべ》りけるに、屏風に子日《(ねのひ)》して男女《をとこをむな》、車《くるま》よりおりて小松《こまつ》引く所《ところ》をよめる

霞《かすみ》さへたなびく野辺《のべ》の松《まつ》なれば空《そら》にぞ君が千代《ちよ》は知《し》らるゝ

源兼澄《(かねずみ)》

429
前僧正明尊《(みやうそん)》、九十の賀し侍《(はべり)》けるに、宇治《(うぢ)》の前《さき》の太政大臣《(だいじやうだいじん)》、竹《たけ》の杖《つゑ》つかはしける返《かへ》り事《ごと》によみ侍《はべ》りける

君《きみ》を祈《いの》る年《とし》のひさしくなりぬれば老《おい》のさかゆく杖《つゑ》ぞうれしき

前律師慶暹《(きやうせん)》

430
内裏御屏風に、命《いのち》ながき人の家に、松鶴《つる》ある所を

春《はる》も秋《あき》も知《し》らで年《とし》ふるわが身《み》かな松《まつ》と鶴《つる》との年《とし》をかぞへて

平兼盛

431
屏風の絵に、海《うみ》のほとりに松一《ひと》もとある所《ところ》を

ひともとの松《まつ》のしるしぞたのもしきふた心なき千代《ちよ》と見《み》つれば

源兼澄

432
題《だい》しらず

君《きみ》が代《よ》を何《なに》にたとへむときはなる松の緑《みどり》も千代《ちよ》をこそふれ

よみ人しらず

428 (人が小松を引くだけでなく)霞までもが棚引く野辺の松なので、霞のかなたに広がる空に、あなた様の千年の齢(よわい)は知られることです。○東三条院四十賀　円融院后、詮子の四十賀。長保三年(一〇〇一)十月九日(日本紀略)。○霞さへたなびく　「棚引く」に、「小松を引く」の「引く」を掛ける。○野辺の松　小松引きに出かけた野辺の松。「あさみどり野辺の松引く子の日してつめる若菜は千世ぞはるけき」(元真集)。

429 あなた様の長寿を祈りながら、過す年月が久しくなってしまいましたので、(私の)老いの坂を栄えながら越えるための杖をいただき、嬉しいことです。伊勢大輔集「かへし、僧正」。○九十の賀し侍ける　康平三年(一〇六〇)十一月二十六日、白河第での賀の祝宴。藤原頼通の主催(日本紀略)。○竹の杖　算賀の祝儀として、竹の杖や鳩杖を贈るしきたりがあった。○初句「君」は、明尊の立場から、頼通を指す。○さかゆく　「坂行く」と「栄ゆく」とを掛ける。○「今こそあれ我も昔はをとこ山さかゆく時もありこしものを」(古今・雑上・よみ人しらず)。

430 春も秋も、季節の推移も知らずに齢を重ねたわが身であるよ。ただ千寿の松と鶴との齢をかぞえるばかりで。兼盛集「命長き人の家に、松・竹、鶴・亀あり、池のつらに菊多かり」、四句「松と竹との」。○松鶴ある所　松に遊ぶ鶴の図。○下句　「年ふる」にかかる。▽家集には、同じ絵柄から菊を詠んだ詠として、「年をへて菊の下水汲みしより老いといふことを知らでこそふれ」を収める。

431 一本の松の霊験のほどがたのもしいことだ。背くこともなく約束された千代の将来と見てとったので。○ひともとの松　「ひと」は下の「ふた」「千(ち)」と呼応。○四句　底本「ふる心なき」。冷泉本による。他に向かう心(浮気ごころ)のない。

432 あなたの長寿を何にたとえたらよいのか。変ることのない松の緑でさえも、千年を過すだけなのに。○君が代　「君」は、祝賀の対象である人物。「代」はその人の一生、寿命。○ときはなる松　年中緑を保っている常磐木である松。▽「君が代を何にたとへむさざれ石のいはほと

後一条院《(ごいちでうゐん)》生《う》まれさせ給《たま》ひて、七夜に人〳〵まい《(ゐ)》りあひて、さか月《(づき)》いだせと侍《はべ》りければ

433 めづらしき光《ひかり》さしそふさか月《(づき)》はもちながらこそ千代《ちよ》もめぐらめ

紫式部《(むらさきしきぶ)》

後朱雀院《(ごすざくゐん)》生《う》まれさせ給《たま》ひて七日《なぬか》の夜《よ》、よみ侍《(はべり)》ける

434 いとけなき衣《ころも》の袖《そで》はせばくとも劫《こふ》の上《うへ》をば撫《な》でつくしてん

前大納言公任《(きんたふ)》

題不知《(しらず)》

435 君が代《よ》はかぎりもあらじ浜椿《はまつばき》ふたゝび色《いろ》はあらたまるとも

読人不知《(よみびとしらず)》

或人云、此歌七夜に中納言定頼《(さだより)》がよめる

故第一親王《(だいいちのみこ)》生《う》まれ給《たま》ひて、うち続《つゞ》き前斎院《(さきのさいゐん)》生《う》まれさせ給《たま》ひて、内裏より産養《うぶやしな》ひなどつかはして、人〻歌《うた》よみ侍《はべ》りけるによめる

436 これも又千代《ちよ》のけしきのしるきかな生《お》い《(ひ)》そふ松《まつ》の二葉《ふたば》ながらに

右大臣《(うだいじん)》

ならむほどもあかねば」（拾遺・賀・清原元輔）。

433　若宮誕生の栄光が添い加わる祝杯の盃には、美しい満月の光がさし込み、手から手へと一座をめぐるこの盃のように、欠けることのなく、満ちたまま千年も空をわたり続けることでしょう。紫式部集。紫式部日記。栄花物語・初花。○後一条院　寛弘五年（一〇〇八）九月十一日誕生。○七夜　生後七日目の夜の祝い。家集、紫式部日記では、「五夜」（九月十五日夜）の作。○めづらしき光　「光」には、すばらしい月光の意に皇子誕生の栄光の意を込める。○さか月　「盃（さかずき）」の「つき」に「月」を掛ける。○もちながら　「持ちながら」に「望ながら（満月のままで）」を掛ける。○五句　「めぐる」には、盃が一座を廻る意と月が大空を渡る意とを重ねる。

434　まだ幼い皇子の、衣の袖の幅は狭くても、きっと天人が劫の石の上を撫でつくすほど長生きされるでしょう。公任集（勅撰集補遺歌）、四句「劫の石をば」。○後朱雀院　寛弘六年（一〇〇九）十一月二十五日誕生。○劫の上　陽明乙本など、「こふのいし」。「劫」は、限りなく長い時間の単位。百年に一度天人が降って、袖で大きな岩石を撫で、磨滅させてもまだ終らない時間。ここは、その石。

435　あなたの寿命は限りもなく長いことでしょう。（八千代の）浜椿の花や葉の色が再び改まるとしても。定頼集。○三～五句　「浜椿」は浜辺の椿、または椿の一種か。「徳是北辰、椿葉之影再改、尊猶南面、松花之色十廻」（新撰朗詠集・雑・帝王・大江朝綱）を受けるか。大椿は八千歳を一春、一秋としたという（荘子・逍遥遊）。

436　この新しい姫君もまた千歳の長寿が明らかなことだ。生え加わった松の二葉ともどもに。大納言経信集。○故第一親王　白河天皇皇子、敦文親王（あつふみしんのう）。承保元年（一〇七四）十二月二十六日誕生。○前斎院　白河天皇皇女、媞子（ていし）。承保三年四月五日誕生。○産養ひ　子どもが誕生して、三、五、七、九日の夜に行われる祝い。○松の二葉　「二葉」は底本「ふるは」。冷泉本による。親王・内親王の二方の比喩。

少将敦敏《（あつとし）》、子《こ》生《う》ませて侍《（はべり）》ける七夜によめる

清原元輔《（もとすけ）》

437 姫小《ひめこ》松《まつ》大原山《おほはらやま》のたねなればちとせはたゞにまかせてを見《み》ん

匡房朝臣《（まさふさ）》生《う》まれて侍《はべ》りけるに産衣《うぶぎぬ》縫ひてつかはすとてよめる

赤染衛門《（あかぞめゑもん）》

438 雲《くも》の上《うへ》にのぼらんまでも見《み》てしがな鶴《つる》の毛衣《けごろも》年ふとならば

同七夜によみ侍《はべ》りける

439 千代《ちよ》を祈《いの》る心のうちのすゞしきは絶《た》えせぬ家《いへ》の風《かぜ》にぞありける

故第一親王の五十日《いか》まい《（ゐ）》らせけるに、関白前太政大臣《（くわんぱくさきのだいじやうだいじん）》さわ《（は）》ることありて内裏《うち》にもまい《（ゐ）》り侍《はべ》らざりければ、内大臣《（ないだいじん）》下《げ》臈《らふ》に侍《（はべり）》ける時《とき》、抱《いだ》き奉《たてまつ》りて侍けるを見《み》てよみ侍ける

右大臣

440 ちとせふる二葉《ふたば》の松《まつ》にかけてこそ藤《ふぢ》の若枝《わかえ》は春日《るひ》さかえめ

437 誕生された姫小松(姫君)は、藤原氏の氏神、大原山の種の芽ばえたものだから(時めく藤原氏の子孫であるから)、千歳の将来はただ大原山の松にまかせて見守ることにしましょう。元輔集。○初句　小さい松。ここは誕生した子の譬え。○大原山　京都市西京区大原野。ここに藤原氏の祖神、春日大明神を勧請して大原野神社を建立した。○たね「種子」の意に「種族・血統」の意を重ねる。

438 この子が殿上にお仕えするようになるまで見たいものだ。この鶴の毛衣のような産着を着た子も、年月を経たならば。赤染衛門集。○匡房朝臣　大江匡房。作者の曽孫。○雲の上　鶴が飛ぶ雲の彼方の意に、宮中の殿上の意を込める。○四句　鶴の羽毛のような産着。「千とせ経んかたみとを見よ忍びつつひとり巣立たむ鶴の毛衣」(元輔集)。

439 千代もと祈る心の中がさわやかで快いのは、絶えることなく吹く儒家の家の風であることだ。赤染衛門集。○三句　すがすがしいのは。「さざ波や志賀の浦風いかばかり心の内の涼しかるらん」(拾遺・哀傷・藤原公任)。○家の風　儒家の家風。「久方の月の桂も折るばかり家の風をも吹かせてしかな」(拾遺・雑上・菅原道真母)。

440 千年を生き続ける二葉の松のような親王に寄り掛って、藤の若枝のような藤原氏の若君も、春の日ざしのように栄えることだろう。○故第一親王　↓四三六。○五十日　誕生五十日目の祝い。承保二年(一〇七五)一月二十日(水左記)。○関白前太政大臣　藤原師実《もろざね》。関白藤原頼通の男。○内大臣　藤原師通《もろみち》。師実の男。○下臈に侍ける時　(師通が)まだ年若く官位も低かった時。実際は承保二年一月十九日、従三位に叙せられている。○二葉の松　葉を出したばかりの小松。↓四三六。ここは、「故第一親王」(敦文親王)を指す。○かけて「かく」は「懸く」。松に藤を懸ける。○藤の若枝　藤の若い枝。「藤」に藤原氏を掛ける。「若枝」は、その若君、内大臣(師通)を指す。○五句「春日《はるひ》」は藤原氏の氏神、春日大明神を響かすか。

441 御子《みこ》たちを冷泉院《(れいぜいゐん)》親王になして後《のち》、よませ給《たま》ひける　花山院御製《(くわざんゐん)》

思《おも》ふこと今《いま》はなきかななでしこの花咲《はなさ》く許《(ばかり)》なりぬと思《おも》へば

442 後三条院《(ごさんでうゐん)》、親王《みこ》の宮《みや》と申《まう》しける時《とき》、今上《(きんじやう)》幼《をさな》くおはしましけるに、ゆかりあることありて、見《み》まい《(ゐ)》らせければ、鏡《かゞみ》を見よとてたまはせたりけるに、よみ侍《(はべり)》ける　伊勢大輔《(いせのたいふ)》

君《きみ》みれば塵《ちり》もくもらで万代《よろづよ》の齢《よはひ》をのみもますかゞみかな

443 返《かへ》し　閑院贈太政大臣《(かんゐんぞうだいじやうだいじん)》

くもりなき鏡《かゞみ》の光《ひかり》ます〳〵も照《て》らさん影《かげ》にかくれざらめや

444 孫《むまご》の幼《をさな》きを、周防内侍《(すはうのないし)》見《み》侍《はべ》りて後《のち》、鶴《つる》の子《こ》の千代《ちよ》のけしきを思《おも》ひ出《い》づるよし、言《い》ひにおこせて侍《はべ》りける返しにつかはしける　藤三位《(とうさんゐ)》

思《おも》ひやれまだ鶴《つる》の子《こ》の生《お》ひ先《さき》を千代《ちよ》もと撫《な》づる袖《そで》のせばさを

441　心配することは、今は何もないことだ。いつくしんで育てたわが子たちが、常夏の花が咲くように華やかになったと思うと。○御子たち　花山院の昭登親王、清仁親王など。○冷泉院親王になして　花山院出家後にもうけた御子たちは、父の冷泉院の親王として処遇された(御堂関白記、日本紀略、栄花物語・初花)。○初句　父親として、思い案じること。○なでしこ　植物の撫子に愛情をかけてきた親王たちの意を込める。

442　若君を拝見していますと、塵一つ積らず澄みきっていて、万世も続く長寿をさらに増す、この真澄鏡ですよ。伊勢大輔集、二句「塵もつもらじ」、三・四句「よろづよに光をのみも」。○後三条院、親王の宮と申しける時　寛徳二年(一〇四五)立太子から治暦四年(一〇六八)四月十九日践祚までの間。○今上　白河天皇。天喜元年(一〇五三)誕生。○ゆかりあること　伊勢大輔の娘、筑前乳母が後三条院の女房であった縁を言うか。○見まいらせければ　お世話申し上げたところ。○下句　「ますかゞみ」は、よく澄んだ鏡。「ます」に「齢(いよわ)を増す」意の「増す」を掛ける。「見る」「塵」は鏡の縁語。

443　曇りのないこの鏡の光がますます増すように、いっそう照り輝くであろう若君の威光のもとに、わが身を寄せないことがあろうか。伊勢大輔集。○初・二句　前歌を受けて、今上のいや増すご威光。○三句　副詞の「ますます」に光が増す意の「増す」を掛ける。○影　光。「蔭」(庇護・めぐみ)の意を掛ける。○五句　「や」は反語。

444　思いやってください、まだ鶴の子と見えるこの子の将来を千代までもと撫でている私の袖の心もとない狭さのことを。○孫　藤三位の孫。○初句　初句切れ、倒置の歌。以下の句を受ける。○二・三句　「まだ」は底本・冷泉本「まる〈たイ〉」、陽明為本他による。今はまだ鶴の雛である子の将来を。次の「千代もと撫づる」にかかる。「鶴の子」は藤三位の孫を指す。○五句　庇護するわが身の力なさを卑下。

445
紀伊守為光《(ためみつ)》、幼《をさな》き子《こ》をいだして、これ祝《いは》ひて歌《うた》よめと言《い》ひ
侍《はべ》りければよめる　清原元輔
万代《よろづよ》をかぞへむものは紀《き》の国《くに》のちひろの浜《はま》のまさごなりけり

446
人の裳着《もき》侍《はべ》りけるによめる
住吉《すみよし》の浦《うら》の玉《たま》もを結《むす》びあげて渚《なぎさ》の松のかげをこそ見《み》め

447
人の幼《をさな》き腹《はら》〴〵の子《こ》どもに、裳着《もき》せ、冠《かうぶり》せさせ、袴着《はかまき》せな
どし侍《はべ》りけるに、かはらけとりて　源重之《(しげゆき)》
いろ〳〵にあまた千年《ちとせ》の見《み》ゆるかな小松《こまつ》が原《はら》にたづや群《む》れゐる

448
大中臣輔長《(すけなが)》、袴着《はかまき》侍《(はべり)》ける夜《よ》、内外戚《(ないげしやく)》のおほぢにて輔親《(すけちか)》・
公資《(きんより)》侍《はべ》りけるを見《み》てよめる　藤原保昌《(やすまさ)》朝臣
かたがたの親《おや》の親《おや》どち祝《いは》ふめり子《こ》の〳〵千代《ちよ》を思《(おもひ)》こそやれ

445 お子さんの万代も続く長寿を数えるなら、それは紀の国の千尋の浜の砂子の数であったよ。元輔集。○幼き子　為光の幼子。○ちひろの浜　紀伊国。伊勢国とも。「君がよの数にくらべば何ならじちいろの浜のまさごなりとも」(堀河百首・藤原公実)。○まさご　こまかい砂。「君がよの年の数をば白妙の浜のまさごと誰かいひけん」(貫之集)。▽拾遺集・雑賀に既出。誤りか。

446 住吉の浦の玉藻ではないが、今日裳着の晴儀の裳を結び上げて、(姫君は)住吉の渚の長寿の松の姿をきっと見届けることであろう。元輔集。○裳着侍りける　「裳着る」は、女子が成人して裳を初めてつけること。○住吉の浦の　「玉藻」と、同音の「裳」を導く序詞。「住吉の浦」は大阪市住吉区、住吉神社付近の入江。○玉も　「玉藻」に「裳」を掛ける。

447 色とりどりに、多くの千歳の将来が見えていることだ。緑の小松の生えた野原に、白い鶴が群がっているのだろうか。重之集。○人　家集に陸奥守(藤原実方)とある。○腹〳〵の子ども　母親が異なる子供たち。○裳着せ　→四四六。○冠せさせ　「冠《かうぶり》す」は、男子が元服して初めて冠を付けること。○袴着せ　「袴着」は男子に初めて袴を付けさせる儀式。ふつうは三歳の男子の祝い。○初句　裳着・加冠・着袴の衣装の色あいが混じりあったさま。○小松が原　小松の生えている野原。「小松」に「子」を掛ける。「大原や小塩の山の小松原はや木高《こだか》かれ千代の影見ん」(後撰・慶賀・紀貫之)。○たづ　鶴の雅語。松と同じく、実方の子たちを見立てたもの。

448 それぞれの親の親、祖父どうしが祝っているようですね。この子のさらに子ども、お孫さんの千代の未来を思いやることです。○内外戚　父方、母方の親族。○おほぢ　祖父。○輔親　大中臣輔親。○公資　大江公資。○初・二句　「親の親」は祖父。ここは内外戚の祖父たちである輔親と公資。○子の〳〵　「此の子」と「子の子」(＝孫)とを掛ける。▽「親の親と思はましかば訪ひてましわが子の子にはあらぬなるべし」(拾遺・雑下・源重之母)を意識するか。

三条院《さんでうゐん》、親王《みこ》の宮と申《まう》しける時、帯刀陣《たちはきのぢん》の歌合《うたあはせ》によめる

449 君《きみ》が代《よ》は千代《ちよ》にひとたびゐる塵《ちり》の白雲《しらくも》かゝる山となるまで

大江嘉言《よしとき》

承暦二年内裏歌合によみ侍《はべ》りける

450 君《きみ》が代《よ》は尽《つ》きじとぞ思《おも》ふ神《かみ》風や御《み》裳《も》濯川《すそがは》の澄《す》まむかぎりは

民部卿経信《つねのぶ》

宇治前太政大臣の家《いへ》に卅講の後《ゝち》、歌合し侍《はべ》りけるによめる

451 思《おも》ひやれ八十《やそ》氏《うぢ》人の君《きみ》がためひとつ心に祈《いの》る祈《いの》りを

藤原為盛女《ためもりのむすめ》

永承四年内裏の歌合に松をよめる

452 春日山《かすがやま》岩《いは》ねの松は君《きみ》がため千年《ちとせ》のみかは万代《よろづよ》ぞへむ

能因法師《のういん》

同歌合によめる

453 君《きみ》が代《よ》は白玉椿《しらたまつばき》八千代《やちよ》ともなにか数《ゝぞ》へむかぎりなければ

式部大輔資業《すけなり》

449 わが君の御代は、千年に一度置く塵が白雲のかかる山となるほどまで続くでしょう。正暦四年(九九三)帯刀陣歌合(五月五日居貞親王主催)。大江嘉言集。○三条院 →人名。○帯刀陣 「帯刀」は春宮坊の舎人で、帯刀する役人。「陣」はその詰め所。▽「塵が山となる」という想は、「高山起二微塵一」(白氏文集・続座右銘)、「高き山も麓の塵ひぢより成りて、天雲たなびくまで生ひ上れる」(古今・仮名序)と同趣。

450 わが君の御代はつきることはありますまい。伊勢神宮の神域を流れる御裳濯川が澄みわたっている間は。承暦二年(一〇七八)内裏歌合(→三二)、初句「みづがきは」。大納言経信集。○三句 「御裳濯川」にかかる枕詞。○御裳濯川 五十鈴川。伊勢神宮を流れる清流。○澄まむ 「澄む」には「住む」を響かすか。

451 思いやってください。大勢の人々があなたのために、心を一つにして祈っているこの祈りのことを。長元八年(一〇三五)賀陽院水閣歌合・藤原兼房。栄花物語・歌合・藤原資房、異文に伊勢大輔。○宇治前太政大臣 藤原頼通。○卅講の後、歌合し侍りける →一九三。○二句 多くの氏人たちが。「氏人」には宇治を響かすか。○四句 「ひとつ」は「八十」の対。

452 春日山の大きな岩に生える松は、あなた様のために千年どころか、万年も時を経ることでしょう。永承四年(一〇四九)内裏歌合(→三五)。能因法師歌集。○春日山 奈良市、春日神社の東にある山。春日神社は藤原氏の氏神、春日明神を祭る。「二葉よりたのもしきかな春日山こだかき松のたねぞと思へば」(拾遺・賀・大中臣能宣)。○三句 「君」は、「春日」の縁で、歌合の実質的な主催者である藤原頼通を指すか(形式的な主催者は後冷泉天皇)。○下句 松の齢とされる「千とせ」をさらに「万代」と強調。

453 あなた様の御代の長さははかり知れません。白玉椿のように、八千年などともどうして数えることができましょう。限りがないのですから。永承四年内裏歌合。○二・三句 荘子にいう大椿を白い花の椿と解したか。「白」に「知らず」を掛ける。「宮城野の白玉椿君がへん八千代の数においぞしぬらん」(田多民治集)。「古有二大

冷泉院はじめて造《つく》らせ給《(たまひ)》て、水《みづ》など堰《せ》き入《い》れたるを御覧《ご》じてよませ給《(たまひ)》ける

〔後《(ご)》〕冷泉院《(れいぜいゐん)》御製

454 岩《いは》くゞる滝《たき》の白糸《しらいと》絶《た》えせでぞ久《ひさ》しく世《よ》ゝにへつゝ見《み》るべき

東三条院に東宮《(とうぐう)》わたり給《たま》ひて、池《いけ》の浮草《うきくさ》など払《はら》はせ給《(たまひ)》けるに

小大君《(こおほぎみ)》

455 君《きみ》すめばにごれる水もなかりけり汀《みぎは》のたづも心してゐよ

関白《(くわんばく)》前《さき》の大《(おほ)》いまうちぎみ六条の家《いへ》にわたりはじめ侍《(はべり)》ける時《とき》、池《いけ》の水《みづ》永《なが》く澄《す》めりといふ心を人《ひと》〴〵よみ侍けるに

藤原範永《(のりなが)》朝臣

456 今年《ことし》だに鏡《かゞみ》と見《み》ゆる池《いけ》水の千代《ちよ》へてすまむかげぞゆかしき

俊綱《(としつな)》朝臣、丹波守にて侍《(はべり)》ける時、かの国《くに》の臨時の祭《まつり》の使《つかひ》にて、藤《ふぢ》の花をかざして侍けるを見て

良暹《(りやうせん)》法師

457 千年《ちとせ》へん君《きみ》がかざせる藤《ふぢ》の花《はな》松にかゝれる心地こそすれ

椿者一、以二八千歳一為レ秋、以二八千歳一為レ春也。されば白玉椿八千代などもよめり」(奥義抄)。↓四三五。

454　岩をくぐって流れる滝の白糸は、今後も絶えることなく、長い年月流れ続けて、いつまでも見ることができるであろう。○冷泉院　嵯峨天皇が造営し、以後主として上皇の御所として用いられた。○はじめて造らせ給て　冷泉院没後荒廃していたものを、後冷泉天皇の御代に修造したことを指す。「入二御新造冷泉院一」(扶桑略記・永承六年〔一〇五一〕七月十九日条)。○堰き入れたるを　堰きとめ庭に引き入れてあるのを。○後冷泉院　陽明為本他による。○初句　岩間をくぐって流れる。「妹が寝る床のあたりに岩ぐくる(伊波具久留)水にもがもよ入りて寝まくも」(万葉集十四・作者未詳)。○二句　↓三六四。○へつゝ　「経つつ」に「綜(へ)」(機の経糸《たていと》をかけるもの)を掛ける。

455　東宮さまがお住みになっているので、池も澄んで濁り水もないことだ。水際の鶴も(水を汚さないよう)気を付けてとまれ。小大君集。○東三条院　一条天皇母后詮子の御所。○東宮　居貞親王。後の三条天皇。小大君は居貞親王東宮時の女房。○初句「すめ」に「住む」と「澄む」とを掛ける。○にごれる水　奥義抄は「明王時者、黄河一清」(李康・運命論・注など)を踏まえるとする。

456　今年でさえも澄んで鏡のように見える池の水が、千年を経てますます澄み、そこに映す影を見たいことだ。範永朝臣集、初句「今年より」。○六条の家　六条殿。師実の邸宅。○すまむ　「澄む」と「住む」とを掛ける。

457　千年を経て齢を保たれるであろう君が頭にさしている藤の花は、ちょうど(長寿の)松にかかっている気持がすることだ。○かの国の臨時の祭　丹波国一宮で行われた臨時の祭か。「臨時の祭」は例祭以外の祭。○千年へん君　千年も生き続けるであろう君。ここは、俊綱。○四句　藤の花が松の木に懸っている。「松に懸る藤」は四四〇にも。

後冷泉院御時大嘗会御屏風、近江国亀山《ニ》松樹多《ク》生《(おひ)》たり

式部大輔資業

458 万代《よろづよ》に千代《ちよ》の重《かさ》ねて見《み》ゆるかな亀《かめ》のお《(を)》かなる松のみどりは

同御屏風の大蔵山をよめる

459 動《うご》きなき大蔵《おほくら》山をたてたればをさまれる代《よ》ぞ久《ひさ》しかるべき

陽明門院《(やうめいもんゐん)》、はじめて后《きさき》にたゝせ給《(たまひ)》けるを聞《き》き《、》て

江侍従《(がうのじじゆう)》

460 紫《むらさき》の雲《くも》のよそなる身なれども立《た》つと聞《き》くこそうれしかりけれ

458 万代にさらに千代を重ねたように見えることだ。この亀の丘に生える松の緑は。大嘗会悠紀主基和歌・後冷泉院。○後冷泉院御時大嘗会御屏風　寛徳二年(一〇四五)十一月十五日、後冷泉天皇即位時の大嘗会に使用するための悠紀方御屏風。○亀山　大津市御陵町。長等山麓。○五句　陽明為本他「松の緑に」。

459 確固として動くことのない大蔵山を描いて屏風として立て、大きな蔵を建てたので、治まっている世は永く続くことであろう。大嘗会悠紀主基和歌・後冷泉院。○同御屏風　前歌と同じ折の同じく悠紀方御屏風。○大蔵山　近江国。滋賀県甲賀市にある山。大岡山。「みつき積む大蔵山はときはにて色も変らず万世ぞへむ」(拾遺・神楽歌・大中臣能宣)。○動きなき大蔵山　微動だにしない「大蔵」という名を持つ大蔵山。「動きなき岩蔵山に君が世を運びおきつつ千世をこそ積め」(拾遺・神楽歌・よみ人しらず)。○三句　「たて」に「立て」と「建て」とを掛ける。○をさまれる代　「治まれる世」に「蔵」の縁語「収む」を響かせる。

460 めでたい立后のお祝いと直接かかわる身ではありませんが、紫雲が立つように、后に立つと聞くのはうれしいことです。○陽明門院　三条天皇皇女、禎子内親王。長元十年(一〇三七)三月一日立后。○紫の雲　ここは、立后を知らせる慶雲。「紫の雲とぞ見ゆる藤の花いかなる宿のしるしなるらん」(拾遺・雑春・藤原公任)。「帝后の出で来給ふべき所には紫の雲の立つなり」(奥義抄)。○立つ　后の立つ意に雲が立つ意を響かす。

後拾遺和歌抄第八　別

祭主輔親《（すけちか）》、田舎《ゐなか》へまかり下《くだ》らむとしけるに、野《の》の花《はな》、山の紅葉《もみぢ》などは誰《たれ》とか見《み》むとすると言《い》ひてつかはしける

恵慶《（ゑぎやう）》法師

461 紅葉《もみぢ》見《み》んのこりの秋もすくなきに君《きみ》ながゐせば誰《たれ》と折《を》らまし

返《かへ》し

祭主輔親

462 惜《を》しむべき都《みやこ》の紅葉《もみぢ》まだ散《ち》らぬ秋のうちには帰《かへ》らざらめや

461 紅葉を見る今年の秋の残りの日も少ないのに、あなたが田舎に長居すれば、いったい誰と紅葉を手折ったらよいのでしょう。輔親卿集「九月十日よひ、ものへくだるに、恵慶のもとより…」、初句「もみぢばも」。〇初句　これから、紅葉を見るであろう。〇のこりの秋　秋の残りの日々。輔親卿集の詞書によれば九月のことと ある。「見るままにかつ散る花をたづぬれば残りの春ぞ少なかりける」(公任集)。

462 共に惜しむはずの都の紅葉が、まだ散らない秋のうちに、帰らないことがあるでしょうか(きっと帰りますとも)。輔親卿集「とあれば、まこととは思はねどふと心ときめきになむ、さらばこの月すぐさず上りなむとて、かくなむ」。〇五句　帰らないことがあろうか。「や」は反語。

463 田舎《ゐなか》へ下《くだ》りける人のもとにまかりたりけるに、侍《はべ》らざりければ、家《いへ》の柱《はしら》に書《か》き付《つ》けける

つねならばあはで帰《かへ》るも歎《なげ》かじを都《みやこ》いづとか人《ひと》の告《つ》げつる

源　道済《（みちなり）》

464 東《あづま》へまかるとて、京を出《い》づる日よみ侍《はべ》りける

都《みやこ》いづる今朝《けさ》許《（ばかり）》だにはつかにもあひみて人を別《わか》れましかば

増基《（ぞうき）》法師

465 遠江守為憲《（ためのり）》、まかり下《くだ》りけるに、ある所《ところ》より扇《あふぎ》つかはしけるによめる

別《わか》れてのよとせの春《はる》の春《はる》ごとに花《はな》のみやこを思《（おもひ）》おこせよ

藤原道信《（みちのぶ）》朝臣

466 父《ちゝ》のもとに越後にまかりけるに、逢坂《あふさか》のほど〔よ〕り源為善《（ためよし）》朝臣の許《（もと）》につかはしける

逢坂《あふさか》の関《せき》うち越《こ》ゆるほどもなく今朝《けさ》は都《みやこ》の人ぞ恋《こひ》しき

藤原惟規《（ノブノリ）》

463 いつもだったら会えないで帰ることになっても嘆いたりはしないであろうが、都を出て地方へ赴くとあの人は教えてくれただろうか、教えてはくれなかった。道済集「ある人の田舎へ下ると聞きて行きたるに、出でにけるほどにて、会はで帰りしかば」、三句「思はじを」。○田舎へ下りける人　地方へと下ってしまった人。○侍らざりければ　すでに出発して不在だったので。○初句　相手が都にあって不在なら。○告げつる　正保版本、八代集抄本「つげける」。

464 せめて都を出発する今朝だけでも、わずかでもいいからあの人に会って別れることができたらなあ。増基法師集「これは遠江の日記　三月十日、あづまへまかるに、つゝみて逢ひみぬ人をおもふ」、二句「けふばかりだに」、四句「あひみて人に」。○東　関東、東北地方の総称。逢坂山より東の国々を指す。○人「つゝみて逢ひみぬ人」(増基法師集)。恋人か。○ましかば　下に「よからまし」の思いを省略。

465 別れている間の(任地での)四年の春ごとに、花の咲いているこの都を思いおこしてください。道信朝臣集「ためなりのあそむ、とをたうみになりて下るに、あふぎつかはすとて」。○遠江守為憲　源為憲。正暦二年(九九一)遠江守となる。家集では「ためなり」、今昔物語集では「藤原為頼」とする。○扇　餞別の扇。「あふぎ」は「あふ」(逢ふ)の意から再会を期して、餞別に贈られることが多かった。○よとせ　受領の任期の四年間。○花のみやこ　桜の花が咲く都。平安中期から歌人たちに愛好された歌語。→九二。

466 逢坂の関を越えるやいなや、もう今朝は都の人が恋しいことです。○父　藤原為時。○越後にまかりけるに　為時の越後赴任は寛弘八年(一〇一一)二月。なお同道した惟規は越後で病没したと伝える。○逢坂　→二七八。○ほどより　冷泉本・陽明為本による。底本「ほとり」。太山寺本・陽明乙本「ほとりより」。○逢坂の関　→四。

467 田舎《ゐなか》へまかりける人に、かはぎぬ、扇《あふぎ》つかはすとて

世《よ》の常《つね》に思《おも》ふ別《わか》れの旅《たび》ならば心見《み》えなる手向《たむけ》せましや

藤原長能（ながよし）

468 三月許（ばかり）に、筑後守藤原為正（ためまさ）、国に下《くだ》り侍《はべ》りけるに、扇《あふぎ》たまはすとて、藤《ふぢ》の枝作《えだつく》りたるに、結《むす》び付《つ》けて侍（はべり）ける

ゆく春《はる》とともにたちぬる船路《ふなみち》を祈《いの》りかけたる藤波《ふぢなみ》の花《はな》

選子内親王（せんしないしんわう）

469 返《かへ》し

祈《いの》りつゝ千代《ちよ》をかけたる藤波《ふぢなみ》に生《いき》の松こそ思（おもひ）やらるれ

藤原為正

470 人《ひと》の遠《とほ》き所《ところ》にまかれりけるに

誰《たれ》が世《よ》もわが世《よ》も知《し》らぬ世《よ》の中《なか》に待《ま》つほどいかゞあらむとすらん

藤原道信朝臣

467　これが、世間普通に思うところの別れの旅でしたら、こんな私の心の中がすぐわかってしまうような餞別の品を届けることでしょうか。長能集「いづれの年にかありけむ、からぎぬあふぎなどとらせて、遠江にくだりはべりしに」。○かはぎぬ　毛皮でつくった衣。「来ぬ」あるいは「彼(か)は来ぬ」を掛けるか。陽明乙本「かりぎぬ」、家集「からぎぬ」。○扇　「逢ふ」を掛ける。○四句　私の心の中が見られてしまうような。贈る品に込めた掛詞が単純であることを指す。○五句　「手向」は、ここは旅立つ人への餞別。

468　過ぎ去って行く春と共に出発なさる船路を、無事であれと祈りをかけたこの藤波の花ですよ。大斎院御集。○三月許に　家集には「三月十六日、たゞまさ、筑後へ下るに」とある。○藤原為正　大和守合間の男。家集の「たゞまさ」は、選子の頃の斎院長官、源為理の弟忠理を指すとする説(橋本不美男『王朝和歌史の研究』)がある。○藤の枝作りたるに　造花の藤の枝に。○ゆく春とともにたちぬる船路　暮れて行く春と時を同じく出発する船旅。○四句　「かく(懸く・掛く)」は藤の縁語であると同時に波の縁語。○藤波　→一三五・一三六。

469　祈りながら千代もと願ってくださった藤波の花を見ると、(藤の懸る)生の松原の松が思いやられ、生きてお会いできる日のことを思っています。大斎院御集。○二句　「かく(懸く)」は藤の縁語。○生の松　「生の松原」(筑前国)の松。藤の縁から、その懸る松が連想され、任地にゆかりの松が詠み出される。「生」に「生き(生く)」を掛ける。▽「千世をかけて生きん事を思ひやるとの心也」(八代集抄)。

470　誰の寿命も、私の命さえもわからないこの世の中に、あなたを待っている間、いったい我が身はどうなってしまうのでしょうか。道信朝臣集、四句「まつほどいかに」。○初句　「世」は生涯・寿命。相手を含めて誰の寿命も。○いかゞあらむとすらん　(私の命は)どうなってしまうのであろうか。「君はよし行く末遠しとまる身のまつほどいかがあらむとすらん」(拾遺・別・源満仲)と下句が一致。

入道摂政《(にふだうせつしやう)》若《わか》う侍《はべ》りける頃《ころ》、大納言道綱《(みちつな)》が母に通《かよ》ひ侍《(はべり)》けるに、陸奥へまかり下《くだ》らんとて、見《み》よとおぼしくて女《むすめ》の硯《すゞり》に入《い》れて侍《はべ》りける

471 君《きみ》をのみ頼《たの》む旅《たび》なる心《こゝろ》には行《ゆ》く末遠《すゑとを》くおもほゆるかな

藤原倫寧《(ともやす)》

返《かへ》し

472 我《われ》をのみ頼《たの》むといはば行《ゆ》く末《すゑ》の松《まつ》の千代《ちよ》をも君こそは見《み》め

入道摂政

筑紫《つくし》に下《くだ》りて侍《はべ》りけるに、上《のぼ》らむとて家主《いへあるじ》なる人《ひと》のもとにつかはしける

473 山の端《は》に月影《かげみ》見えば思《(おもひ)》いでよ秋風吹《ふ》かば我《われ》も忘《わす》れじ

堪円法師《(たんゑん)》

源頼清《(よりきよ)》朝臣、陸奥国《みちのくには》果てて、また肥後守《ひごのかみ》になりて下《くだ》り侍《はべ》りけるを、出立《いでた》ちの所《ところ》に、誰《たれ》ともなくてさしおかせける

474 たびくの千代《ちよ》をはるかに君《きみ》や見《み》ん末《すゑ》の松《まつ》より生《いき》の松原《まつばら》

相模《(さがみ)》

471　あなただけを頼りにして出立する旅にあっては、ただでさえも遠い旅路がいっそうはるかなものと思われることだ。蜻蛉日記・上。〇入道摂政　藤原兼家（かねいえ）。〇大納言道綱が母　藤原倫寧（ともやす）の女。〇陸奥へまかり下らんとて　天暦八年（九五四）十月のこと。〇君　兼家。〇四句　倫寧の陸奥への旅が遠いことと、娘と兼家との仲が末長いこととを掛ける。

472　私だけを頼りともしおっしゃるのなら、末の松山の松のように、千代もと契る私の変らない心を将来あなたはごらんになることでしょう。蜻蛉日記・上、下句「松の契りもきてこそは見め」。〇行く末の松の千代　「行く末」は将来。「すゑ」は「すゑの松」と続いて陸奥国の「末の松山」の松を指す。「千代」は「君をおきてあだし心をわが持たば末の松山浪も越えなん」（古今・東歌・陸奥歌）を踏まえ、松の千寿と永遠に変らぬ夫婦の契りとを重ねる。〇君　父の倫寧。

473　東の山の端に月の光が見えたら（私のことを）思い出してください。西から秋風が吹いたら、私も（あなたのことを）忘れないでしょう。〇筑紫　筑前、筑後両国の称。〇家主なる人　筑紫に滞在中の家主であった人。〇山の端　山が空に接する部分。↓三九一。

474　この重なる旅によって、幾度もの千代の行く末をあなたは見ることでしょうか。あの末の松から生の松原に至るとは。相模集「さきのみちのくのかみより、肥後になりてくだるに」、上句「たびたびに君が千とせやまさるらん」、五句「いでの松原」。〇源頼清朝臣　↓人名。〇陸奥国　ここは、陸奥守の任。〇肥後守　「肥後」は西海道十一国の一。現在の熊本県。〇出立ち　旅への出立。〇たび〳〵の千代　幾重もの千代。「末の松」（↓四七二）、「生の松原」（↓四六九）、それぞれの松によって約束される千寿。「たび〳〵」は「度々」に「旅々」（陸奥への旅に続く肥後への旅）を掛ける。〇五句　「いき」に「行き」を掛ける。

475 嘉言《よしとき》、対馬《つしま》になりて下《くだ》り侍《(はべり)》けるに、人に代《かは》りてつかはしける

厭《いと》はしきわが命《いのち》さへ行《ゆ》く人の帰《かへ》らんまでと惜《を》しくなりぬる

476 対馬《つしま》になりてまかり下《くだ》りけるに、津《つ》の国《くに》のほどより能因法《(のういん)》師の許《(もと)》につかはしける

大江嘉言《(よしとき)》

命《いのち》あらば今《いま》かへり来《こ》ん津《つ》の国《くに》の難波《なには》堀江《ほりえ》の蘆《あし》のうらばに

477 橘則光《(のりみつ)》、陸奥国《みちのくに》に下《くだ》り侍《(はべり)》けるに、言《い》ひつかはしける

中納言定頼《(さだより)》

かりそめの別《わか》れと思《おも》へど白河《しらかは》のせきとゞめぬは涙《なみだ》なりけり

478 義通《よしみち》朝臣、十二月のころほひ、宇佐《うさ》の使《つかひ》にまかりけるに、年明《としあ》けばかうぶり賜《たま》はらんことなど思《おも》ひて、餞《(はなむけ)》賜《たま》ひけるに、かはらけ取《と》りてよみ侍《(はべり)》ける

橘則長《(のりなが)》

別《わか》れ路《ぢ》にたつ今日《けふ》よりもかへるさをあはれ雲居《くもゐ》に聞《き》かむとすらん

475 普段はうとましく思われる私の命までが、出かける人の帰るまではと惜しくなってしまいました。○対馬　ここは、対馬守。「対馬」は西海道十一国の一。現在の長崎県対馬。○初句　煩わしい。平素は惜しくは思っていないことを強調。▽「命だに心にかなふものならば何か別れのかなしからまし」(古今・離別・白女)。

476 命がもしあるならばすぐに帰って来るでしょう。蘆の裏葉が返るように、この津の国の難波の、堀江にある蘆の浦に。能因集「嘉言つしまになりてくだるとて、津のくにのほどより、かくいひをこせたり」。○対馬　対馬守。○津の国　摂津国(現在の大阪府と兵庫県の一部)。○かへり来ん　「帰る」と「返る」を重ねる。「返る」は「蘆の裏葉」の縁語。○堀江　摂津国。○蘆のうらば　蘆の裏葉に地名の「蘆の浦」を重ねる。

477 ほんの一時の別れとは思うけれど、(白河の関ではないけれど)せきとめることのできないのは、涙であったよ。定頼集。○橘則光　敏政の男。寛仁三年(一〇一九)七月、陸奥守在任(小右記)。○陸奥国　↓二。○白河のせき　↓九三。「せき」は「関」と「塞き」とを掛ける。

478 この別れ路に出発する今日から、もう帰り道のことを、ああ、あなたは、空に向かって聞こうとしていることでしょう(宮中での叙爵のことを今からお聞きになりたいことでしょうね)。○義通朝臣　橘義通　↓人名。○宇佐の使　宇佐八幡宮に幣帛を奉る勅使。義通は、治安三年(一〇二三)十一月二十五日宇佐の使に立つ(日本紀略)。○かうぶり賜はらん　叙爵するであろうこと。義通の叙爵のことか。○餞　酒、食物を用意して、別れる人を送る宴。○雲居　空。○宮中の意を掛ける。○五句　主語は義通。

筑紫《つくし》へ下《くだ》る人にむまのはなむけし侍《(はべる)》とて、人〳〵酒《さけ》たうべてひねもすに遊《あそ》びて、夜《よ》やう〳〵更《ふ》けゆくまゝに、老《お》いぬることなどを言《い》ひ出《い》だしてよみ侍《はべ》りける

慶範《(きやうはん)》法師

479 誰《たれ》よりも我《われ》ぞ悲《かな》しきめぐりこんほどを松《(まつ)》べき命《いのち》ならねば

筑紫《つくし》より上《のぼ》りて後《のち》、良勢《(りやうせい)》法師の許《(もと)》につかはしける

読人不知《(よみびとしらず)》

480 別《わか》るべき仲《なか》と知《し》る〳〵むつましくならひにけるぞ今日はくやしき

返《かへ》し

良勢法師

481 なごりある命《いのち》と思《おも》はばともづなの又《また》もやくると待《ま》たまし物《(もの)》を

能因法師、伊予《いよ》の国《くに》にまかり下《くだ》りけるに、別《わか》れを惜しみて

藤原家経《(いへつね)》朝臣

482 春《はる》は花秋は月にとちぎりつゝ今日《けふ》を別《わか》れと思《おも》はざりける

479　誰よりもとどまる私の方が悲しいことだ。あなたが再び帰って来るまで待つことのできる私の命ではないので。○筑紫　→四七三。○むまのはなむけ　→四七八。○初句　八代集抄本「ゆくよりも」。○めぐりこんほど　行く人が再び帰って来るまでの間。○松　「待つ」とすべきところ、底本「松」の字を宛てる。

480　別れなければならない仲とは十分知りながら、仲むつまじく馴れ親しんできたことが今日はとりわけ悔やまれます。○筑紫　→四七三。○良勢法師　生没年など未詳。なお、陽明為本の勘物に「山、号大門供奉、住鎮西」とある。○三句　親密である。○四句　「ならふ」は馴れ親しむ。

481　もしも余命があると思えるのならば、再びあなたがもどって来るかと待ってもいられるのに。○なごりある命　余命。本来の命の残照とも言うべき月日。○ともづな　艫綱。船をつなぎとめる綱。「友」を掛け、「くる(繰る)」を引き出す。○くる　「繰る」と「来る」とを掛ける。

482　春は花、秋は月のもとで共に楽しもうと約束したのに、この今日を別れの日とは思いませんでした。家経朝臣集「送能因入道二首、わかれをおしむ」、五句「思はざりせば」。○伊予の国にまかり下りけるに　能因の伊予下向は数次におよんだらしい。ここは長暦四年(一〇四〇)の下向か。寛徳元年(一〇四四)とする説もある。「伊予」は南海道六国の一で、現在の愛媛県。○春は花秋は月に　春には花のもとで、秋には月をながめて親交を結ぼう。▽「春は花秋は紅葉と散りはてて立ち隠るべき木(こ)の下(とも)もなし」(拾遺・哀傷・よみ人しらず)のように、多くは「花」には「紅葉」が配されることが多いが、ここは「月」を雅交の契機とする。○待たまし物を　「まし」は反実仮想。

能因法師、伊予《いよ》の国《くに》より上《のぼ》りて、又帰《かへ》り下《くだ》りけるに、人〳〵むまのはなむけして、明《あ》けむ春上《はるのぼ》らんと言《い》ひ侍《(はべり)》ければよめる

源　兼《(かねなが)》長

483 思《おも》へたゞ頼《たの》めていにし春《はる》だにも花《はな》の盛《さか》りはいかゞ待《ま》たれし

かたらふ人の陸奥国《みちのくに》に侍《(はべり)》けるに

源　道　済

484 思《おも》ひ出《い》でよ道《みち》ははるかになりぬとも心のうちは山《やま》もへだてじ

能登《のと》へまかり下《くだ》りけるに、人〳〵まうで来《き》て歌《うた》よみ侍《(はべり)》ければ

485 とまるべき道《みち》にはあらずなか〳〵に会《あ》はでぞ今日《けふ》はあるべかりける

讃岐《さぬき》へまかりける人《ひと》につかはしける

中納言定頼

486 松山の松《まつ》の浦風《うらかぜ》吹《ふ》きよせば拾《ひろ》ひてしのべ恋《こひ》わすれ貝《がひ》

483 ただ思ってもみてください。あてにさせてそのままであった春でさえも、花の盛りの頃にはどんなにかあなたと一緒に花を見たいと待たれたことか。○伊予の国　↓四八二。○又帰り下りけるに　能因法師の伊予下向は何度かに及んだらしい。○むまのはなむけ　↓四七八。○明けむ春上らん　来春きっと上洛しよう。能因のことば。○頼めていにし春　以前下向の折に、あてにさせたままで空しく過ぎてしまった春。○下句　花のさかりにはどんなに待たれたことでしょうか。

484 （私のことを）思い出してください。たとえ道は遠くへだたってしまっても、（たがいの）心の中は山もへだてたりはしないでしょう。道済集。○かたらふ人　親しくしている人。女性か。○四句　たがいの心の中は。

485 （どんなに別れがつらいからといって）とてもとどまることのできる旅路でない。かえって今日はお会いしないでいたほうがよかったよ。道済集「おやの能登守になりたりしに、まづ下れとありしに、人々きて歌よみしに」、二句「みちにもあらず」、五句「ゆくべかりける」。○能登へまかり下りけるに　父方国（まさくに）の能登守赴任に従っての下向であろう。長徳二年（九九六）のことか。「能登」は北陸道七国の一で、現在の石川県北部。

486 松山の松の浦を吹く風が、（忘れ貝を）吹き寄せたら、拾って我慢してください。都恋しさを忘れるという名の忘れ貝を。定頼集。○松山　香川県坂出市松山。「待つ」を掛ける。○二句　松の浦を吹く風。「松の浦」は讃岐国。「松山、松のうら、皆讃岐阿野郡也」（八代集抄）。○しのべ　「しのぶ」は耐える、こらえる。○五句　拾うと恋しさを忘れることができるとされる貝。二枚貝の一片の空貝（うつせがい）を指したとも。▽「わが背子を恋ふるも苦しいとまあらばひろひて行かむ恋忘れ貝」（拾遺・雑恋・坂上郎女、万葉集六・異伝）に依るか。

返《かへ》し　源光成（みつなり）

487 たゝぬよりしぼりもあへぬ衣手《ころもで》にまだきなかけそ松《まつ》が浦波《うらなみ》

ためよし、伊賀《いが》にまかり侍《はべ》りけるに、人〳〵餞（はなむけ）たまひけるに、かはらけ取《と》りて　源兼澄（かねずみ）

488 かくしつゝ多《おほ》くの人《ひと》は惜《を》しみ来《き》ぬ我《われ》を送《おく》らんことはいつぞは

大江公資（きんより）朝臣、遠江守にて下《くだ》り侍《はべ》りけるに、しはすの二十《はつ》日《か》ごろに、むまのはなむけすとて、かはらけ取《と》りてよみ侍《はべ》りける　源為善朝臣

489 暮《く》れてゆく年《とし》とと《ゝ》もにぞ別《わか》れぬる道《みち》にや春《はる》は逢《あ》はんとす覧（らん）

あからさまに田舎《ゐなか》にまかると、女《をんな》のもとに言《い》ひつかはしたりける返《かへ》り事《ごと》に、しばしと聞《き》けど関越《せきこ》ゆなどあれば、遠《とほ》き心地こそすれと言《い》ひて侍《はべ》りければ、つかはしける　祭主輔親

490 逢坂《あふさか》の関路《せきぢ》越《こ》ゆとも都《みやこ》なる人に心《こゝろ》のかよはざらめや

487 まだ出発しないうちからしぼりきりもできぬ涙の袖に、もう今から「待つ」などと、(都恋しい気持をおこさせる)松の浦の浦波をかけて濡らさないでください。定頼集。○初句　まだ都を出発しないうちから。「立つ」に衣の縁語「裁つ」を掛ける。○衣手　袖。○まだき　早くも。今から。○五句　「待つ」「裏(衣の縁語)」をそれぞれ掛ける。

488 大勢の友人に対して、こうして別れを惜しんできたことだ。私を人々が送ってくれるのはいつのことだろう。兼澄集。三句「をしへきぬ」、五句「としはいつぞは」。○ためよし　橘為義(道長家家司)あるいは源為善(備前守)か。○伊賀　伊賀守。「伊賀」は東海道十五国の一で、現在の三重県の西部。○三句　主語は兼澄。▽大江以言の「楊岐路滑、吾之送レ人多年、李門浪高、人之送レ我何日」(和漢朗詠集・下・餞別)という詩句による。

489 暮れて行く年とともに別れることだ。これからの道中で春に出会うというのだろうか(私があなたに会えるのはいつの日やら)。○むまのはなむけ　↓四七八。

490 逢坂の関を越えたとしても、都にいる人に心が通わないことがあろうか。輔親卿集。○あからさまに　ほんのちょっと。○関　逢坂の関。○都なる人　ここは詞書にいう都にいる女。○五句　「通ふ」は関の縁語。「や」は反語。

491
橘道貞《(みちさだ)》、式部《しきぶ》を忘《わす》れて陸奥国《みちのくに》に下《くだ》り侍《(はべり)》ければ、式部がもとにつかはしける

行《ゆ》く人《ひと》もとまるもいかに思《おも》ふらん別《わか》れてのちのまたの別《わか》れを

赤染衛門《(あかぞめゑもん)》

492
物言《ものい》ひける女《をんな》の、いづこともなくて遠《とほ》き所《ところ》へなん行《い》くと言《い》ひ侍《はべ》りければ

いづちとも知《し》らぬ別《わか》れの旅《たび》なれどいかで涙《なみだ》のさきに立《た》つらん

中原頼成《(よりしげ)》

493
女《をんな》に睦《むつ》ましくなりて、程《ほど》もなく遠《とほ》き所《ところ》にまかりければ、女《をむな》のもとより、雲居《くもゐ》はるかに行《い》くこそあるかなきかの心地せらるれと言《い》ひて侍《はべ》りける返《かへ》り事《ごと》につかはしける

逢《あ》ふことは雲居《くもゐ》はるかにへだつとも心かよはぬ程《ほど》はあらじを

祭主輔親

494
筑紫《つくし》にまかりける娘《むすめ》に

帰《かへ》りては誰《たれ》を見《み》んとか思《おも》ふらん老《お》いて久《ひさ》しき人はありやは

藤原節信《(ときのぶ)》

491 出かけて行く人(道貞)も、都にとどまるあなたも、どんな思いでいることでしょう。一度離別した後に、またこうして離れ離れになってしまうことを。和泉式部集「あかぞめがもとより」。赤染衛門集「道貞みちのくに丶なりぬと聞て、いづみしきぶにやりし」、五句「またのわかれは」。○橘道貞 ↓人名。○式部 和泉式部(いずみしきぶ) ↓人名。○陸奥国 道貞が陸奥守になったのは、寛弘元年(一〇〇四)。この頃、道貞と離別した和泉式部は、帥宮敦道親王のもとにあった。○下句 先の「別れ」は道貞との離婚、後の「別れ」は旅立ちのための別れ。▽和泉式部集、赤染衛門集には、「別れてもおなじみやこにありしかばいとこのたびの心ちやはせし」という和泉式部の返歌を伝え、道貞への未練が歌われる。

492 あなたがどこへ行くとも知れない別れの旅なのに、どうして涙のほうが(さも行く先を知っているかのように)先に立っているのでしょうか(涙があふれて仕方ありません)。○物言ひける女 親しく交際していた女性。○下句 どうして旅立つ人よりも、その前に涙が立つ(涙があふれる)のであろうか。↓六〇三。

493 逢うことは雲居はるかな空のように遠くへだたったとしても、互いの心が通いあわないほどの距離ではないでしょうに。輔親卿集。○あるかなきかの心地 生きた心地もせずはかないようす。家集では、「ほどもなく雲ゐはるかに別るればあるにもあらぬ心ちこそすれ」という相手の女性の贈歌を載せる。○初句 「へだつとも」にかかる。「へだつ」の意には、距離的なへだたりと、次の逢瀬までの時間的なへだたりをもふくむか。○下句 「ほど」は空間的なへだたり。▽上句は「あふことは雲ゐはるかになる神の音に聞きつつ恋ひやわたらむ」(古今六帖一・作者未詳)などの表現を受けたもの。

494 そなたは再び帰京してだれに会おうと思っているのだろうか。年老いていつまでも生きつづける人などいはしないのに。○筑紫 ↓四七三。○上句 「見ん」「思ふ」の主語は娘。二句の「か」は疑問。○五句 「やは」は反語。

筑紫《つくし》にまかりて上《のぼ》り侍《(はべり)》けるに、人〳〵別《わか》れ惜《を》しみ侍けるに
よめる

連敏《(れんびん)》法師

495 筑紫《つくし》船《ぶね》まだともづなも解《と》かなくにさし出《い》づる物は涙《なみだ》なりけり

出雲へ下《くだ》るとて、能因法師のもとへつかはしける

大江正言《(まさとき)》

496 ふるさとの花《はな》のみやこに住《す》みわびて八雲《やくも》たつてふ出雲《いづも》へぞゆく

寂昭《(じゃくせう)》法師、入唐せんとて筑紫《つくし》にまかり下《くだ》るとて、七月七
日船《ふね》に乗《の》り侍《(はべり)》けるにつかはしける

前大納言公任《(きんたふ)》

497 天《あま》の川《がは》のちの今日《けふ》だにはるけきをいつとも知《し》らぬ船出《ふなで》かなしな

入唐し侍《はべ》りける道《みち》より、源心《(げんしん)》がもとに送《おく》り侍《はべ》りける

寂昭法師

498 そのほどと契《ちぎ》れる旅《たび》の別《わか》れだに逢《あ》ふことまれにありとこそ聞《き》け

495 筑紫船のまだともづなも解かないのに、早くもあふれ出るのは涙であったことだなあ。○筑紫 →四七三。○人〱別れ惜しみ　筑紫の人々が別れを惜しみ。○初句　京と筑紫を往来する運送船。「ここは主の御子ども、男女集ひて物語す。筑紫船の仕人ども来たり。三百石の船着きたり。いまかたへはこそといふ」(宇津保物語・藤原の君)。○ともづな →四八一。○さし出づる船の「出づ」に涙の「出づ」を掛ける。

496 私は今まで馴れ親しんだ花の盛りの都にも住みづらくなって、折角の花をもかくす雲が幾重にも立つという出雲へ出かけます。能因集。玄々集、四句「八雲立ちそふ」。○出雲　山陰道八国の一、現在の島根県東部。○大江正言　底本・冷泉本「嘉〈正或〉言」。陽明為本他による。○ふるさと　ここでは、今まで住みついた都。○花のみやこ →九二。○八雲たつ　単に「出雲」の枕詞だけではなく、花をかくす雲が立ちのぼる(花が見えなくなってしまう)意を込める。「八雲」は幾重にも重なり合っている雲。

497 天の川の逢瀬の来年の七月七日でさえ、はるかに感じるのに、いつ再び会えるかも知れぬあなたの船出が悲しいことだなあ。公任集、五句「我ぞ悲しき」。拾遺・雑秋。○入唐　入宋。この時代の意識では唐土の意で「入唐」と表現する。○筑紫 →四七三。○上句　天の川での二星のまたの逢瀬は来年の七月七日、それでさえはるかに遠く感じられるのに。「はるけきを」は、時間的なへだたりをいう。

498 いつ帰ると約束してあるふつうの旅の別離でさえ、再び会うことはまれであると聞いておりますのに(ましてこの度の渡航では再会を期すこともできません)。○初句　帰る時はいつと。

成尋《(じやうじん)》法師、もろこしにわたり侍《はべ》りて後《のち》、かの母《はゝ》のもとへ
言《い》ひつかはしける

読人不知

499 いかばかり空《そら》をあふぎて歎《なげ》く覧《(らん)》幾雲居《いくゝもゐ》とも知《し》らぬ別《わか》れを

499　どれほどまでに空を仰いでお嘆きでしょう。いったい幾重の雲でへだてられているともわからぬこの親子の別れを。〇成尋法師　父は藤原実方男の貞叙（さだのぶ）。義賢とも。延久四年（一〇七二）渡宋。〇かの母　大納言源俊賢の女で、成尋阿闍梨の母と呼ばれる。八十余歳になって、成尋との離別を体験し、成尋阿闍梨母集をつづった。〇別れを　底本・冷泉本「わかれに〈を〉」。陽明為本他による。▽「別」の巻末にこの歌を置いたのは、通俊が本集撰進の内宣を受けた承保二年（一〇七五）が成尋入宋の三年後であったことと関連するかという見方（橋本不美男『王朝和歌史の研究』）がある。

後拾遺和歌抄第九　羇旅

石山より帰《かへ》り侍《はべ》りける道《みち》に走井《はしりゐ》にて〔し〕みづをよみ侍《(はべり)》ける　堀川太政大臣《(ほりかはだいじやうだいじん)》

500 逢坂《あふさか》の関《せき》とは聞《き》けど走井《はしりゐ》の水《みづ》をばえこそとゞめざりけれ

十月許《(ばかり)》に、初瀬《はつせ》に参《まい》りて侍《はべ》りけるに、あか月《(つき)》に霧《きり》の立《た》ちたるをよみ侍《はべ》りける　前大納言公任《(きんたふ)》

501 行《ゆ》く道《みち》の紅葉《もみぢ》の色《いろ》も見《み》るべきを霧《きり》とともにやいそぎたつべき

返《かへ》し　中納言定頼《(さだより)》

502 霧分《きりわ》けていそぎたちなん紅葉《もみぢ》ばの色《いろ》し見《み》えなば道《みち》もゆかれじ

500 逢坂の関とは聞いてはいても、この走井の清水を井堰のようにはとどめることができないことだ。重之集「むかし堀川殿、いし山よりかへりたまひしに、はしりゐにてよませたまひし」、二句「せきとはいへど」。○石山　石山寺。滋賀県大津市。○走井　大津市大谷町にある清水。逢坂の関とともに詠まれることが多い。「走井のほどを知らばや逢坂の関ひき越ゆる夕影の駒」(拾遺・雑秋・清原元輔)。○しみづ　底本「みつ」。冷泉本他による。○逢坂の関　「せき」に堰き留める意の「堰き」をひびかす。▽「もる人のあるとは聞けど逢坂のせきもとどめぬわが涙かな」(後撰・恋五・よみ人しらず)。

501 道中の紅葉の色もゆっくりと眺めたいのに、折あしく霧が立ちこめ、その霧とともに急いで発たねばならないのだろうか。公任集。定頼集。○初瀬　初瀬(長谷)寺。奈良県桜井市。○行く道　初瀬に向かう道中の意か。○三句　当然見られるはずなのに。○五句　「たつ」は「立つ」に「発つ」を掛ける。「べき」は当然。

502 霧を分けて急いで出発してしまいましょう。もし紅葉の色が見えたら、それに心ひかれて道をたどることもできないでしょうから。公任集「かへし、中納言」、五句「帰りゆかれじ」。定頼集。○四句　もし紅葉の色が見えたら。「し」は強意。○五句　「道」は進むべき道中。「玉ぼこの道も行かれずほととぎす鳴きわたるなる声を聞きつつ」(貫之集)。

熊野《くまの》の道《みち》にて、御心地例《れい》ならずおぼされけるに、海士《あま》の塩《しほ》焼《や》きけるを御覧じて

503 旅《たび》の空《そら》よはの煙《けぶり》とのぼりなばあまの藻《も》塩火《しほび》たくかとや見《み》ん

花山院《（くわざんゐん）》御製

熊野《くまの》へ参《まい》り侍《はべ》りける道《みち》にて吹上《ふきあげ》の浜《はま》を見て

504 都《みやこ》にて吹上《ふきあげ》の浜《はま》を人とはば今日《けふ》みる許《（ばかり）》いかゞ語《かた》らん

懐円《（くわいゑん）》法師

熊野《くまの》へ参《まい》る道《みち》にて月を見《み》てよめる

505 山の端《は》にさはるかとこそ思《おも》ひしか峰《みね》にてもなを《（ほ）》月ぞ待《ま》たるゝ

少《（せ》輔《う）》

舟《ふね》に乗《の》りて、堀江《ほりえ》といふ所《ところ》を過《す》ぎ侍《（はべる）》とてよめる

506 過《す》ぎがてにおぼゆるものは蘆間《あしま》かな堀江《ほりえ》のほどは綱手《つなで》ゆるへよ

藤原国行《（くにゆき）》

津《つ》の国《くに》へまかりける道《みち》にて

507 蘆《あし》の屋《や》の昆陽《こや》のわたりに日《ひ》は暮《く》れぬいづち行《ゆ》くらん駒《こま》にまかせて

能因《（のういん）》法師

503 この旅の途中で息たえ、火葬の煙となって立ちのぼったとしたら、人々は海人が藻塩の火をたいているかと見ることであろうか。栄花物語・見果てぬ夢。大鏡三・伊尹。○熊野　紀伊半島の南部、熊野権現。修験者の霊地。○御心地例ならず　体の状態がいつものようでなく。○初句　旅路の空。「空」は境涯の意を重ねる。「川霧も旅の空とや思ふらんまだ夜深くもたちにけるかな」(兼澄集)。○煙　火葬の煙。○藻塩火　海藻から塩をとるために焼く火。平安中期ではまだ珍しい歌語。

504 都でこの吹上の浜のことを人が尋ねたならば、今日眼前に見ているすばらしさの程をどのように語ろうか。○吹上の浜　紀伊国。和歌山市に「吹上」の地名が残る。○今日みる許　今日見る程度に。眼前の景を強調。「みる」は、「見る」に吹上の浜の縁で「海松」を掛ける。○五句　どのように語り伝えたらよいか。筆舌につくせない思いをいう。「常よりも咲き乱れたる山里の花の上をばいかがかたらむ」(四条宮下野集)。

505 今まで月は山の端にさまたげられてなかなか出て来ないと思ったことだったが、こうして峰にいてもやはり月が心待たれることだ。○山の端　空に接する山の部分。○さはる　邪魔される。○とこそ思ひしか　「こそ…しか」は逆接で下に続く。

506 いつまでも飽きたらず過ぎがたく思われるのは、この蘆間であるよ。堀江のあたりを通っている間は綱手を引くのをゆるめておくれ。○堀江　摂津国。○初句　「がてに」は、できないで、しきれないで。「過ぎがてに野辺に来ぬべし花薄これかれまねく袖と見ゆれば」(躬恒集)。○蘆間　蘆のしげみの間。○堀江のほど　「ほど」は、ここでは空間的な広がり。あたり。付近。○綱手　舟に付けて陸上から引いて舟を進める綱。○ゆるへよ　「緩ふ」の命令形。

507 蘆の屋の昆陽のあたりで日は暮れてしまった。私はいったいどこへ行くのであろうか、駒の歩みにまかせて。能因集「津の国へ行くとて」。○津の国　摂津国。○蘆の屋　芦屋市から神戸市灘区にいたる海岸。○昆陽　兵庫県伊丹市に

508 東《あづま》へまかりける道《みち》にて

都《みやこ》のみかへりみられて東路《あづまぢ》を駒《こま》の心にまかせてぞ行《ゆ》く

増基《(ぞうき)》法師

509 和泉《いづみ》に下《くだ》り侍《はべ》りけるに、夜《よる》、都鳥《みやこどり》のほのかに鳴《な》きければよみ侍《(はべり)》ける

言問《ことゝ》はば《ゝ》ありのまに〱都鳥《みやこどり》みやこのことを我《われ》に聞《き》かせよ

和泉式部《(いづみしきぶ)》

510 正月許《(ばかり)》、近江《あふみ》へまかりけるに、鏡《かゞみ》山にて雨《あめ》にあひてよみ侍《はべ》りける

鏡山《かゞみやま》こゆる今日《けふ》しも春雨《はるさめ》のかきくもりやは降《ふ》るべかりける

恵慶《(ゑぎやう)》法師

511 七月ついたちごろに、尾張《をはり》に下《くだ》りけるに、夕涼《ゆふすゞ》みに関《せき》山を越《こ》ゆとて、しばし車《くるま》をとゞめて休《やす》み侍《はべ》りて、よみ侍《(はべり)》ける

越《こ》えはてば都《みやこ》も遠《とほ》くなりぬべし関《せき》の夕《ゆふ》風しばし涼《すゞ》まん

赤染衛門《(あかぞめゑもん)》

ある地名。○下句　倒置した言い方。▽「夕闇は道も見えねど故郷はもと来し駒にまかせてぞ来る」(後撰・恋五・よみ人しらず)などと同じく、韓非子・説林上にある「老馬道を知る」の故事にもとづく。

---

508 都がおのずと顧みられるばかりで、東国への道をただ駒の気持にまかせて行くことだ。増基法師集「あはたでらにて、京をかへりみて」、二・三句「かへりみられしあづまぢも」。○東　東国。増基法師の遠江下向のことは、一八六・四六四にも出る。○二句「れ」は自発。

509 もし私が尋ねたら、ありのままに都鳥よ、都のことを私に聞かせておくれ。和泉式部集。○和泉に下り侍りけるに　夫の橘道貞の任国である和泉国に下向の折の詠か。「和泉」は畿内五国の一で、現在の大阪府南部。○都鳥　水鳥の名。ゆりかもめというカモメ科の鳥という。○二句　あるに任せて。ある通りに。▽「名にし負はばいざこと問はむ都鳥わが思ふ人はありやなしやと」(古今・羇旅・在原業平、伊勢物語九段)に依る。

510 鏡山を越える今日にかぎって春雨が空をくもらせて降ってよいものだろうか。恵慶法師集。○近江　東山道八国の一で、現在の滋賀県。○鏡山　滋賀県蒲生郡と野洲市の境にある山。○今日しも　よりによって今日。○四句「かきくもり」は春雨が空をくもる状態にして、の意。「かきくもり」の「くもり」と「鏡山」の「鏡」とは縁語。「やは」は反語。「鏡山山かきくもりしぐるれど紅葉あかくぞ秋は見えける」(後撰・秋下・素性)。

511 ここを越えきったら、都も遠くなってしまうことだろう。関所の夕風をうけてしばらく涼むことにしよう。赤染衛門集。○尾張に下りけるに　長保三年(一〇〇二)夫の大江匡衡の初度の任国赴任の際の下向であろう。「尾張」は東海道十五国の一で、現在の愛知県西部。○夕涼みに　「休み侍りて」にかかる。○関山　逢坂の関がある山。逢坂山。○車　牛車。○初句　関山を越えてしまったら。

題不知《(しらず)》

512 今日《けふ》ばかり霞《かす》まざらなんあかで行《ゆ》く都《みやこ》の山はかれとだに見《み》ん

増基法師

津《つ》の国《くに、》に下《くだ》りて侍《はべ》りけるに、旅《ノ》宿《ニテ》遠《ク》望《ム》心をよみ侍《(はべり)》ける

513 わたのべや大江《おほえ》の岸《きし》にやどりして雲居《くもゐ》に見《み》ゆる生駒《いこま》山かな

良暹《(りやうせん)》法師

為善《(ためよし)》朝臣、三河守《みかはのかみ》にて下《くだ》り侍《はべ》りけるに、墨俣《すのまた》といふわたりに降《お》りゐて、信濃《しなの》のみさかを見《み》やりてよみ侍《(はべり)》ける

514 白雲《しらくも》の上《うへ》より見《み》ゆるあしひきの山の高嶺《たかね》やみさかなるらん

能因法師

東路《あづまぢ》の方《かた》へまかりけるに、うるまといふ所《ところ》にて

515 東路《あづまぢ》にこゝをうるまといふことは行《ゆ》きかふ人のあればなりけり

源　重之《(しげゆき)》

父《ちゝ》の供《とも》に遠江国に下《くだ》りて、年経《としへ》て後《のち》、下野守《しもつけの》にて下《くだ》り侍《はべ》りけるに、浜名《はまな》の橋《はし》のもとにてよみ侍《(はべり)》ける

516 東路《あづまぢ》の浜名《はまな》の橋《はし》を来《き》てみれば昔恋《むかしこひ》しきわたりなりけり

大江広経《(ひろつね)》朝臣

512 今日だけは霞まないでほしい。思いを残したままで行く都の山はあれがそうだとせめて見たいものだ。増基法師集「遥かに比叡の山を見て、あすよりは隠れぬべしと思て」、初句「けふよりは」。〇初句「ばかり」は限定。〇三句「あかで行く」の対象は、「都の山」。

513 わたのべの大江の岸に宿をとって眺めると、はるか雲のかなたにみえる生駒山だなあ。〇津の国　摂津国。〇わたのべ　摂津国渡辺津。難波江の渡り口にあるのでこの名が生じたという。〇大江の岸　大阪市中央区、堂島川南岸あたりという。〇四句「麓をば宇治の川霧たちこめて雲ゐに見ゆる朝日山かな」（堀河百首・藤原公実）。〇生駒山　奈良県生駒市にある山。

514 白雲の上の方からみえているあの山の高い峰がみさかなのだろうか。能因集「三河にあからさまにくだるに、信濃のみさかのみゆる所にて」。〇三河　東海道十五国の一で、現在の愛知県東部。〇墨俣といふわたり　岐阜県大垣市。長良川の中流の墨俣川に臨む渡し場。〇信濃　東山道八国の一で、現在の長野県。〇みさか　東山道の御坂（神坂）峠か。

515 東路でこの地を「売る」という名のうるまというのは、ここを行き交い「買う」人があるからだったのだ。重之集。〇うるま　岐阜県各務原市鵜沼か。宇留間（馬）とも表記。「行き通ひ定め難さは旅人の心うるまの渡りなりけり」（仲文集）。「うるま」に「売る」を掛ける。〇行きかふ人　行く人と来る人とが交差する。「かふ（交ふ）」に「買ふ」を掛ける。「うるま」の「売る」と対。▽「宇留馬、美濃也。売といふ名に付て行かふを、買とそへてよめり」（八代集抄）。

516 東路の浜名の橋まではるばるとやって来て眺めると、これが昔恋しく思われるあたりであったことだ。〇父　作者の父、大江公資（きんより）。長元の頃、遠江守。→四八九。〇遠江国　東海道十五国の一で、現在の静岡県西部。〇下野守にて　作者が下野守となって。「下野」は東山道八国の一で、現在の栃木県。〇浜名の橋　遠江国。〇わたり　その辺、あたりの意に、渡し場の意の「わたり」を響かせるか。

しかすがの渡《わた》りにてよみ侍《はべ》りける

517 思《おも》ふ人ありとなけれどふるさとはしかすがにこそ恋《こひ》しかりけれ

能因法師

陸奥国《みちのくに》にまかり下《くだ》りけるに、白河《しらかは》の関《せき》にてよみ侍《はべ》りける

518 都《みやこ》をば霞《かすみ》とともに立《た》ちしかど秋風ぞ吹《ふ》く白河《しらかは》の関《せき》

出羽《いでは》の国《くに》にまかりて、象潟《きさかた》といふ所《ところ》にてよめる

519 世《よ》の中《なか》はかくても経《へ》けり象潟《きさかた》の海士《あま》の苫屋《とまや》をわが宿《やど》にして

筑紫《つくし》へ下《くだ》りける道《みち》に、須磨《すま》の浦《うら》にてよみ侍《(はべり)》ける

520 須磨《すま》の浦《うら》を今日《けふ》すぎゆくと来《こ》し方《かた》へ返《かへ》る波《なみ》にやことをつてまし

大中臣能宣《(よしのぶ)》朝臣

筑紫《つくし》にまかり下《くだ》りけるに塩焼《しほや》くを見てよめる

521 風吹《かぜふ》けば藻《も》塩《しほ》の煙《けぶり》うちなびき我《われ》も思《おも》はぬかたにこそ立《た》て

大弐高遠《(たかとほ)》

517 思う相手が都にいるというわけではないが、ふるさとである都は、そうはいいながらも恋しいことだ。能因集。〇しかすがの渡り　愛知県豊川市豊川の河口付近にあった渡し場。〇初・二句「思ふ人」は恋人。「名にし負はばいざこと問はむ都鳥わが思ふ人はありやなしやと」(古今・羇旅・在原業平、伊勢物語九段)を意識した表現。〇ふるさと　今までいた場所、ここは都を指す。〇しかすがに「そうではあるが」の意の副詞「しかすが」に、地名の「しかすがの渡り」を響かせる。

518 都を、春霞が立つのとともに出発したが、いつのまにか秋風が吹く季節になってしまったことだ。この白河の関では。能因集。〇陸奥国にまかり下りけるに　家集詞書に「二年の春みちのくにゝあからさまにくだるとて」とあり、配列からすれば万寿二年(一〇二五)のことか。〇白河の関　→九三。〇二・三句「立つ」は「霞が立つ」意と「旅に発つ」意とを掛ける。〇下句「山川函谷路、塵土游子顔、蕭条去ㇾ国意、秋風生二故関一」(白氏文集・出二関路一)を踏まえるか(川村晃生)。

519 この世はこんな状態でもすごせるのだなあ。この象潟の海人の小屋を自分の宿りとして。能因集。〇出羽の国　東山道八国の一で、現在の山形県、秋田県。〇象潟　秋田県にかほ市象潟町。かつては島々が点在する景勝の地であったが、文化元年(一八〇四)の地震で陸地化。〇海士の苫屋　海人の苫ぶきの粗末な小屋。

520 須磨の浦を今日過ぎて行っていると、やって来た(都の)方へ帰る波に言伝てでもしてみようか。能宣集。〇下りける道に　底本・冷泉本「くたりけるにみちにて」とし、「て」をミセケチとする。陽明為本他による。〇須磨の浦　神戸市西部の海岸。風光明媚の地として名高い。〇三句　波の「来し方」と、自分がやってきた方向(都)の意を重ねる。▽「いとどしく過ぎ行く方の恋しきにうらやましくも返る波かな」(後撰・羇旅・よみ人しらず)などと同趣の詠。

521 風が吹くと藻塩の煙がなびいて思いもかけない方向に立つように、私も思いがけない方面(筑紫)へと旅立つことだ。大弐高遠集、五句

書写の聖《ひじり》に会《あ》ひに、播磨《はりま》の国《くに》におはしまして、明石《あかし》といふ所《ところ》の月を御覧《ごらん》じて

522 月影《かげ》は旅《たび》の空《そら》とてかはらねどなを《(ほ)》都《みやこ》のみ恋《こひ》しきやなぞ

花山院御製

播磨《はりま》の明石《あかし》といふ所《ところ》に、潮湯《しほゆ》浴《あ》みにまかりて、月の明《あか》かりける夜《よ》、中宮《(ちゆうぐう)》の大《(だい)》ば所《どころ》にたてまつり侍《はべ》りける

523 おぼつかな都《みやこ》の空《そら》やいかならむ今宵《こよひ》あかしの月を見《み》るにも

中納言資綱《(すけつな)》

返《かへ》し

524 ながむらん明石《あかし》の浦《うら》のけしきにて都《みやこ》の月は空《そら》に知《し》らなん

絵《ゑ》式《しき》部《ぶ》

常陸に下《くだ》りける道《みち》にて、月の明《あか》く侍《はべ》りけるをよめる

525 月はかく雲居《くもゐ》なれども見《み》るものをあはれ都《みやこ》のかゝらましかば

康資王《(やすすけわう)》母

「かたへこそゆけ」。○筑紫にまかり下りけるに　寛弘元年(一〇〇四)、大宰大弐として赴任。○思はぬかたに　「須磨の海人の塩焼く煙風をいたみ思はぬ方にたなびきにけり」(古今・恋四・よみ人しらず)に依る。○立て　「煙が立つ」意と「自分が旅立つ」意とを掛ける。

---

522 月の光は旅中の空にあっても少しも変りはなく明るいのに、それでもやはり、都が恋しく思われてならないのはなぜだろう。○書写の聖　性空上人(しょうくうしょうにん)。書写山円教寺の開祖。○播磨の国におはしまして　花山院の書写山御幸は寛和二年(九八六)、長保四年(一〇〇二)の二度にわたって行われたという。「播磨の国」は山陽道八国の一で、現在の兵庫県南西部。○明石　兵庫県明石市。月の光の「明かし」の意も込める。○旅の空　旅先で見る空に、旅中の境涯の意をひびかせる。○五句　「見る時は事ぞともなく見ぬ時は事あり顔に恋しきやなぞ」(後撰・恋一・よみ人しらず)。

523 気になることです。都の空はどんなでしょう。今宵この明るい明石の月を見るにつけても。○潮湯浴み　海水や塩水を沸かした風呂に入ること。海水浴。○中宮　白河天皇中宮賢子。○大ば所　台盤所。女房の詰所。○あかしの月　月の「明かし」と、地名の「明石」とを掛ける。

524 今ながめていらっしゃるはずの明石の浦の景色から、都の月をそれとなくおしはかってほしいものです。○五句　「空に知る」は根拠なく推量する。「そら」には月の出る天空の意を掛ける。「唐衣打つ声聞けば月清みまだ寝ぬ人を空に知るかな」(貫之集)。「なん」は願望。

525 月はこのように雲居はるかに離れていてもこの目で見えるのに、ああ、都がこのように見えたらよかったのに。康資王母集「岸に仮屋つくりて、月いと近うみる心ちす」。○常陸に下りける道にて　作者は、夫の藤原基房の常陸介赴任に伴って下向。「常陸」は東海道十五国の一で、現在の茨城県の大部分。○雲居　(雲のある場所の意から)遠く離れた所。「月」の縁で言う。○あはれ　感動詞。

宇佐《うさ》の使《つかひ》にて、筑紫《つくし》へまかりける道《みち》に、海《うみ》の上《うへ》に月を待《ま》つ
といふ心《こゝろ》をよみ侍《はべ》りける

526 都《みやこ》にて山の端《は》に見《み》し月影《かげ》をこよひは波《なみ》の上《うへ》にこそ待《ま》て

橘為義《(ためのり)》朝臣

筑紫《つくし》にまかりて、月の明《あか》かりける夜《よ》よめる

527 都《みやこ》 出《い》でて雲居《くもゐ》はるかに来《き》たれどもなを《(ほ)》西《にし》にこそ月は入《い》りけれ

藤原国行

筑紫《つくし》へまかりける道《みち》にてよみ侍《(はべり)》ける

528 七日《なぬか》にもあまりにけりな便《たよ》りあらば数《かぞ》へきかせよ沖《おき》の島守《しまもり》

西宮前左大臣《(にしのみやさきのさだいじん)》

筑紫《つくし》に下《くだ》り侍《はべ》りけるに、明石《あかし》といふ所《ところ》にてよみ侍《(はべり)》ける

529 物思《ものおも》ふ心の闇《やみ》し暗《くら》ければあかしの浦《うら》もかひなかりけり

帥前内大臣《(そちのさきのないだいじん)》

出雲《いづも》の国《くに》に流《なが》され侍《はべ》りける道《みち》にてよみ侍《(はべり)》ける

530 さもこそは都《みやこ》のほかに宿《やど》りせめうたて露《つゆ》けき草枕《くさまくら》かな

中納言隆家《(たかいへ)》

526　都では山の端に見た月を、今宵はなんと波の上に出るのを待つことだ。○宇佐の使　→四七八。○筑紫へまかりける　為義が宇佐の使となったのは長保五年(一〇〇三)十二月四日(権記)。○上句「都にて山の端に見し月なれど波より出でて波にこそ入れ」(土佐日記、後撰・羇旅・紀貫之)を意識した表現。

527　都を出てはるかな道のりを(この西海の果てまで)やって来たのだが、ここでもやはり月は西に入ることだよ。○雲居　雲のありか。遠く離れた所。○なを　月の沈む方角の西国の地までやって来ても、それでも依然としての意。

528　都を発って七日以上にもなったよ。つてがあるのなら、何日たったか数えて聞かせてほしいものだ、沖の島を守る番人よ。和泉式部集、四・五句「よそへきかせよ沖つ島守」。○筑紫へまかりける道にて　作者が安和の変(安和二年〔九六九〕)により大宰権帥に左遷されて下向する道中を指す。○初・二句　「なぬか行く浜の真砂と我恋といづれまされり沖つ白波」(古今六帖四・笠郎女ある本)などの表現に依ったか。○五句　沖の島の番人。ここは沖の島守よと呼びかける。▽撰者が和泉式部の恋の贈歌を高明の歌と混同したか。恋歌なら「八百日行く浜の沙(まなご)も我が恋にあにまさらじか沖つ島守」(万葉集四・笠女郎)などに依った詠となる。

529　物思いに沈む心は闇に閉ざされて暗いのに、明かしという名の浦を通っても何のかいもないことだ。栄花物語・浦々の別れ。○筑紫に下り侍りけるに　長徳二年(九九六)作者が、大宰権帥として配流された事実を指す。○二句　「心の闇」は苦悩する心中を闇にたとえた言い方。「し」は強意。○あかしの浦　「あかし」は「明かし」と「明石」とをかける。「暗し」の対。

530　いくら都以外の地で宿りをとるにしても、これは、ひどく涙に濡れる旅寝の枕だなあ。栄花物語・浦々の別れ。○出雲の国に流され侍りける道にて　兄の伊周と同じ罪に問われ、出雲に左遷されるが、実際は但馬にとどまった。「出雲」　→四九六。

531 伊与国より、十二月の十日ごろに舟《ふね》に乗《の》りて、急《いそ》ぎまかり
上《のぼ》りけるに
式部大輔　資業《（すけなり）》
急《いそ》ぎつゝ舟出《ふなで》ぞしつる年《とし》の内《うち》に花《はな》のみやこの春《はる》にあふべく

532 筑紫《つくし》より上《のぼ》りける道《みち》に、さやかた山といふ所《ところ》を過《す》ぐとてよ
み侍《はべ》りける
右大弁　通俊《（みちとし）》
あなじ吹《ふ》く瀬《せ》戸《と》の潮《しほ》あひに舟出《ふなで》してはやくぞ過《す》ぐるさやかた山を

533 越後より上《のぼ》りけるに、姨捨山《おばすて》のもとに月明《あかゝ》かりければ
橘為仲《（ためなか）》朝臣
これやこの月見《み》るたびに思《おも》ひやる姨捨山《をばすてやま》の麓《ふもと》なりける

534 春《はる》ごろ田舎《ゐなか》より上《のぼ》り侍《はべ》りける道《みち》にてよめる
源　道済《（みちなり）》
見渡《みわた》せば都《みやこ》は近《ちか》くなりぬらん過《す》ぎぬる山は霞《かすみ》へだてつ

535 同《おな》じ道《みち》にて
さ夜《よ》ふけて峰《みね》の嵐《あらし》やいかならん汀《みぎは》の波《なみ》の声《こゑ》まさるなり

531 急いで船出をしたことだ、年の内にあわただしくも。花の都の春にあうことができるようにと。○伊与国　現在の愛媛県。資業は長暦三年(一〇三九)伊予守となる。○花のみやこ　→九二。

532 西北の風が吹く海峡の潮のちょうどよい頃合に船出をして、はやくも過ぎていく、さやかた山のあたりを。○筑紫より上りける道に　承保三年(一〇七六)大宰大弐の父に伴う。上京は翌年か。○さやかた山　筑前(福岡県宗像市)の佐屋形山。「屋形」は「舟」の縁語か。○あなじ　西北の季節風。「あなじといへる風あり。いぬゐの風とかや」(俊頼髄脳)、「アナジ」(日葡辞書)。○瀬戸　小さな海峡。○潮あひ　潮の満ち合う場所。または、ちょうど良い潮時。ここは後者。

533 これこそがあの、いつも月を見るたびに思いやる姨捨山の麓であったよ(やっと目にすることができたなあ)。橘為仲朝臣集、三句「おもひいづる」、五句「ふもとなるらむ」。○越後　現在の新潟県。為仲は延久(一〇六九−七四)のころ、越後守(朝野群載)。○姨捨山　信濃国。長野県千曲市と東筑摩郡の境にある冠着山。大和物語などの姨捨伝説で有名。古今集以来の月の名所。○初句　「これ」は「姨捨山」を指す。「これやこの行くも帰るも別れつつ知るも知らぬも逢坂の関」(後撰・雑一・蝉丸)の表現を受ける。

534 まわりを見渡すと、都は近くなったようだ、通りすぎた山々はもう霞が隔ててしまっている。道済集。○初句　「過ぎぬる山は霞へだてつ」にかかる。「都は近くなりぬらん」は挿入句。○下句　通りすぎてきた山はすでに霞によって見えなくなっている。

535 夜がふけて、峰のあらしはどんな具合であろうか、汀によせる波の音が一段とまさって聞えることだ。道済集、(一首前の詞書)「秋のねざめ」。○同じ道にて　前歌と同じく、いなかからの帰途の道中。ただし、家集のように「寝覚め」の作としても取れる。▽「水音」から「峰の嵐」への連想は、「来る人もなき山里は峰の嵐たきの音をぞなぐさめにする」(四条宮下野集)などとよく詠まれる。

後拾遺和歌抄第十　哀傷

一条院《（いちでうゐん）》の御時、皇后宮《（くわうごうぐう）》かくれたまひてのち、帳の帷《かたびら》の紐《ひも》に結《むす》び付《つ》けられたる文《ふみ》を見《み》付《つ》けたりければ、内《うち》にもご覧ぜさせよとおぼし顔《がほ》に、歌《うた》三《み》つ書《か》き付《つ》けられたりける中《なか》に

536 夜もすがら契《ちぎ》りしことを忘《わす》れずは恋《こ》ひむ涙《なみだ》の色《いろ》ぞゆかしき

537 知《し》る人もなき別《わか》れ路《ぢ》に今《いま》はとて心ぼそくもいそぎ立《た》つかな

536 夜通し約束されたことをお忘れにならないのであったなら、私のことを恋うてくださるその涙の色が知りたいことです。栄花物語・鳥辺野。○皇后宮　藤原定子。一条天皇皇后。長保二年(一〇〇〇)十二月十六日没、二十五歳。○帳の帷の紐　御帳台のとばりの合せ目の紐。○内　一条天皇。○おぼし顔に　いかにもお思いのようすで。○歌三つ　栄花物語・鳥辺野には、五三六・五三七のほかに「煙とも雲ともならぬ身なりとも草葉の露をそれと眺めよ」の計三首を伝える。後拾遺和歌集の異本には、五三七の歌の次にこの歌を掲げる本がある。ただし、三句「身なれども」↓付録、『後拾遺和歌集』異本歌・一三二。○恋ひむ(私を)恋しく思うであろう。○涙の色　血の涙の色。紅涙。「濃さまさる涙の色もかひぞなき見すべき人のこの世ならねば」(伊勢集)は、残る側から紅涙を歌う。▽詠まれた状況や「帳の帷の紐」、上句などから、「式部卿親王(みこ)、閑院の五の皇女(みこ)に住みわたりけるを、幾(いく)ばくもあらで女皇子(みこ)の身まかりにける時に、かの皇女住みける帳の帷の紐に文を結(ゆ)ひ付けたりけるを、取りて見れば、昔の手にて、この歌をなむ書き付けたりける　かず〳〵に我を忘れぬ物ならば山の霞をあはれとは見よ」(古今・哀傷)を、作者藤原定子も撰者も共に意識して、歌を詠み、また詞書を書いたと想像される。なお、「式部卿親王」「閑院五の皇女」については諸説がある(片桐洋一『古今和歌集全評釈』下)。藤原定家の百人秀歌に選ばれた歌。

537 だれも知る人のいない死出の旅路に、今はもうこれまでと心細い気持のまま急ぎ旅立つことです。栄花物語・鳥辺野。○別れ路　人と別れゆく路。死に別れて行く路。「冥途の事なるべし」(八代集抄)。「この世にはかくてもやみぬ別れ路の淵瀬に誰をとひてわたらん」(大和物語一一一段)。

538
物いふ女《おんな》の侍《はべ》りける〔と〕ころにまかれりけるに、よべ亡《な》くなりにきと言《い》ひ侍《はべ》りければ

ありしこそ限《かぎ》りなりけれ逢《あ》ふことをなど後《のち》の世《よ》と契《ちぎ》らざりけん

源　兼長《(かねなが)》

539
山寺に籠《こも》りて侍《はべ》りけるに、人をとかくするが見《み》え侍《はべ》りければよめる

立《た》ちのぼる煙《けぶり》につけて思《おも》ふかないつまた我《われ》を人のかく見《み》ん

和泉式部《(いづみしきぶ)》

540
三条院《(さんでうゐん)》の皇后宮かくれたまひて、葬送《さうそう》の夜《よ》、月のあかく侍《はべ》りければよめる

などてかく雲隠《、もがく》れけむかくばかりのどかにすめる月もあるよに

命婦乳母《(みやうぶのめのと)》

541
円融院《(ゑんゆうゐん)》法皇うせさせたまひて、紫野《むらさきの》に御葬送《さうそう》侍《(はべり)》けるに、一《ひと、》とせこの所《ところ》にて子日《(ねのひ)》せさせたまひしことなど思《おも》ひ出《い》でてよみ侍《はべ》りける

紫《むらさき》の雲《くも》のかけても思《おも》ひきや春《はる》の霞《かすみ》になして見《み》むとは

左大将朝光《(あさみつ)》

538 あの時逢ったのが最後であった、それなのにどうして逢瀬を来世と約束しなかったのだろう。○物いふ女　親しくつき合っていた女性。○侍りけるところに　底本「はべりけるころに」。冷泉本他による。○よべ　昨夜。○初句　先日逢ったあの時が。○二句　最後であったなあ。「なりけれ」は再確認の気持をあらわす。○後の世　来世。あの世。

539 立ちのぼる火葬の煙を見るにつけても思うことだ。いつまた私のことを人がこのように見ることだろう。和泉式部集。○とかくする　葬る。○かく　このように、（作者、自分が）火葬の煙となって立ち昇っていると。

540 どうして皇后様はこのように雲隠れなさったのでしょう。これほど雲に隠れることもなくのどかに澄んだ月が出ている夜だというのに。栄花物語・玉の飾り、初句「などて君」。○皇后宮藤原妍子（けんし）。万寿四年（一〇二七）九月十四日没、三十四歳。○葬送　野辺の送り。万寿四年九月十六日（小右記）か。○雲隠れ　「月」との縁で言う。○のどかに　ゆったりと。いつまでも。○すめる　「澄む」と「住む」とを掛ける。○よに　「よ」に「夜」と「世」とを掛ける。

541 この紫野に紫雲がかかり、春霞として法皇の荼毘の煙を見ようとは、かりそめにも考えたことがあっただろうか。実方朝臣集「ほりかは〈恵林院とも〉のきさきの御さうそうの夜」、五句「ならむものとは」。栄花物語・見果てぬ夢。○円融院法皇　正暦二年（九九一）二月十二日没、三十三歳。○紫野　京都市北区の地名。○御葬送　正暦二年二月十九日（日本紀略）。○一とせこの所にて子日せさせたまひしこと　永観三年（九八五）二月十三日（小右記）と寛和三年（九八七）二月十三日（日本紀略）に、円融院の紫野の御遊が行われている。○紫の雲　「紫の雲（紫雲）」に地名の「紫野」を掛ける。紫雲は聖衆来迎の雲。○かけても　けっして。かりそめにも。「かけ」に雲がかかる意の「懸く」（他動詞）を掛ける。

542
遅《おく》れじとつねのみゆきはいそぎしを煙《けぶり》にそはぬたびのかなしさ

大納言行成《（ゆきなり）》

長保二年十二月に皇后宮うせさせたまひて、葬送《さうそう》の夜《よ》、雪《ゆき》の降《ふ》りて侍《はべ》りければつかはしける

一条院御製

543
野辺《のべ》までに心ひとつは通《かよ》へども我《わ》がみゆきとは知《し》らずやあるらん

入道前太政大臣《（にふだうさきのだいじやうだいじん）》の葬送《さうそう》の朝《あした》に、人〳〵まかり帰《かへ》るに、雪《ゆき》の降《ふ》りて侍《はべ》りければ、よみ侍《はべ》りける

法橋忠命《（ちゆうみやう）》

544
薪《たきゞ》尽《つ》き雪降《ゆきふ》りしける鳥辺野《とりべの》は鶴《つる》の林《はやし》の心地こそすれ

入道一品宮《（にふだういつぽんのみや）》かくれたまひて、葬送《さうそう》の供《とも》にまかりて、又《また》の日《ひ》相模《さがみ》がもとにつかはしける

小侍従命婦《（こじじゆうのみやうぶ）》

545
晴《は》れずこそ悲《かな》しかりけれ鳥辺《とりべ》山たちかへりつる今朝《けさ》の霞《かすみ》は

542 遅れまいといつもの御幸には心急いだことだったが、煙となって昇るこのたびの旅にはご一緒しない悲しさよ。栄花物語・見果てぬ夢。○初句　円融院の御幸に遅参しまいと。○煙にそはぬたび　荼毘の煙に付いてお伴できない今回の旅。「たび」に「旅」と「度」とを掛ける。

543 送りの野辺までに自分の心だけは行き通うのだが、亡き君は私の行幸とは気がつかないのだろうか。栄花物語・鳥辺野。○皇后宮　定子。↓五三六。○葬送の夜　長保二年(一〇〇〇)十二月二十七日六波羅蜜寺で葬儀。夜、鳥辺野で土葬。↓五三六。○野辺　葬送の野。ここでは鳥辺野。○二句　身はともかく心だけは。○みゆき　「行幸」に「深雪」を響かせる。

544 たきぎが尽きて、今、雪がさかんに降りしきっている白一色の鳥辺野は、あたかも仏入滅の際の鶴の林のような気持がすることだ。栄花物語・鶴の林、初句「煙絶え」。○入道前太政大臣　藤原道長(みちなが)。○葬送　万寿四年(一〇二七)十二月四日死去、六十二歳。十二月七日鳥辺野に火葬し、遺骨を木幡に送ったという。○初句　釈迦入滅のさまを、薪が尽き、火が消えたようだとある法華経・序品の句に依る。ここは火葬の火が消えたことを暗示。○鳥辺野　平安時代、東山阿弥陀ヶ峰のふもと一帯にあった火葬場。鳥辺山とも。○鶴の林　釈迦が涅槃に入った沙羅双樹の林。その折、樹木の色が鶴の羽毛のように白くなったという。

545 立ち込めたままで少しも晴れず、私の心の中も鬱々と悲しいことです、入道一品宮の葬送から立ち返って見る鳥辺山の今朝の霞は。○入道一品宮　脩子内親王。一条院皇女。母は定子。永承四年(一〇四九)二月七日没、五十四歳。○相模　歌人。作者とは同僚。○三句　底本「ともへ山」。冷泉本他による。○下句　「立ち返る」と「霞が立つ」の「立つ」とを掛ける。「晴れ」「立つ」は「霞」の縁語。

二月十五日の事《こと》にやありけん、かの宮の葬送《さうそう》の後《ち》、相模《さがみ》が
もとにつかはしける

546 いにしへの薪《たきゞ》も今日《けふ》の君《きみ》が世《よ》もつきはてぬるを見《み》るぞ悲《かな》しき

返《かへ》し　相模《さがみ》

547 時《とき》しもあれ春《はる》のなかばにあやまたぬ夜半《よは》の煙《けぶり》はうたがひもなし

三条院御時、皇太后宮《くわうたいごうぐう》のきさきに立《た》ちたまひける時、蔵人
つかまつりける人の、うせさせたまひて御葬送《さうそう》の夜、親《した》し
きことつかうまつりけるを聞《き》きてつかはしける

548 そなはれし玉《たま》の小櫛《おぐし》をさしながらあはれかなしき秋にあひぬる　山田中務《やまだのなかつかさ》

同《おな》じころ、その宮《みや》に侍《はべり》ける人のもとにつかはしける

549 とはばやと思《おも》ひやるだに露《つゆ》けきをいかにぞ君《きみ》が袖《そで》は朽《く》ちぬや　相模

546 釈迦入滅の際の昔の薪も、今日の君(宮)の齢も、尽きはててしまったのを見るのは悲しいことです。○二月十五日　釈迦入滅の日。ここは永承四年(一〇四九)二月十五日を言う。○かの宮　入道一品宮脩子。→五四五。○相模　→五四五。○いにしへの薪　→五四四。○今日の君「いにしへ」と「今日」とを対比。

547 時も時、仲春の二月十五日、釈迦入滅の日にぴたりと重なったこの夜半の煙を見れば、宮の成仏のほどは疑いもありません。○初句　宮の葬送の日が、釈迦入滅の日と重なったことを指す。「時しもあれ秋やは人の別るべきあるを見るだに恋しきものを」(古今・哀傷・壬生忠岑)。○春のなかば　二月十五日。○煙　火葬の煙。

548 (立后時に)身につけられた玉の小櫛をお挿し申し上げながら、あなたは何という悲しい秋に出会ったことでしょう。○三条院　寛弘八年(一〇一一)から長和五年(一〇一六)まで在位。○皇太后宮　藤原研子。→五四〇。八代集抄は、大納言藤原済時の女娍子とするが、娍子の死去は万寿二年(一〇二五)三月二十五日で、歌中の「かなしき秋」と合わない。○蔵人　女蔵人。禁中に仕える下臈の女房。○初句「そなはる」は、自分のものとして身につける。○玉の小櫛　玉のように美しい櫛。○三句「挿しながら」と「然しながら」(そのまま)とを掛ける。

549 お見舞い申し上げたいと思いやるだけでも、もう涙でしめるというのに、いかがでしょう、あなたの衣の袖は朽ちてしまったことでしょうか。相模集「そのころ彼の宮の宣旨のもとに」、三句「つゆけきに」。○その宮に侍ける人　大和宣旨(やまとのせんじ)。「その宮」は前歌を受けて、皇太后研子。→五四八。撰者は、前の歌五四八の作者山田中務を、妍子の女房と誤解したのであろう。なお、妍子は万寿四年(一〇二七)九月十四日に死去。→五四〇。

返《かへ》し　大和宣旨《(やまとのせんじ)》

550
涙川《なみだがは》ながるゝみをと知《し》らねばや袖《そで》許《(ばかり)》をば人のとふらん

後一条院《(ごいちでうゐん)》御時の中宮《(ちゆうぐう)》、九月にうせさせたまひて後朱雀院《(ごすざくゐん)》御時、また、弘徽殿中宮《(こきでんのちゆうぐう)》八月にかくれ給《(たまひ)》にければ、かの宮《みや》に侍《はべ》りける伊賀《いが》少将《(のせうしやう)》がもとにつかはしける　前中宮出雲《(いづも)》

551
いか許《(ばかり)》きみなげくらん数《かず》ならぬ身だにしぐれし秋のあはれを

左兵衛の督経成《かみつねしげ》、みまかりにけるその忌《いみ》に、いもうとのあつかひなどせんとて、師賢《(もろかた)》朝臣こもりて侍《はべ》りけるにつかはしける　小左近《(こさこん)》

552
よそに聞《き》く袖《そで》も露《つゆ》けき柏木《かしはぎ》の森《もり》のしづくを思《おも》ひこそやれ

霊山にこもりたる人《ひと》に逢《あ》はむとてまかりたりけるに、みまかりてのち十三日にあたりて、物忌《ものいみ》すと聞《き》き侍《はべ》りて　能因《(のういん)》法師

553
主《ぬし》なしとこたふる人はなけれども宿《やど》のけしきぞ言《い》ふにまされる

550 悲しみのあまり涙の川に流れるわが身とご存じないので、あなたは袖のことだけをおたずねなのでしょうか。相模集、五句「君がとふらむ」。○大和宣旨　底本には「大和宣下」とある。他本によって訂す。○初句　涙の川。涙の量を誇張した表現。→五八七・八〇三・九八四。○ながるゝみを「流るる水脈」に「流るる身を」を掛ける。「ながるゝ」には「泣かるる」を響かす。○人の　あなた(相模)が。

551 どれほどあなたは今嘆いておられることでしょう。物の数に入らぬ私でさえ、(威子中宮崩御の折には)あれほど涙に濡れたことだった、秋の永別のはかなさを。栄花物語・暮待つ星。○後一条院　→人名。○中宮　藤原威子。長元九年(一〇三六)九月六日没、三十八歳。○後朱雀院　→人名。○弘徽殿中宮　嫄子女王。敦康親王女。長暦三年(一〇三九)八月二十八日没、二十四歳。○かの宮　弘徽殿中宮。○伊賀少将　縫殿頭藤原顕長の女。○三・四句「数ならぬ身」は詠者自身。「しぐれし」は時雨のように、涙にくれたさま。

552 よそながらうかがっております私の袖も涙に濡れていますが、柏木の森、左兵衛督様の御遺族の悲しみの涙はさぞかしと思いやっております。○師賢朝臣　源師賢。源経成の北の方は源師賢の妹。○柏木の森のしづく　亡き左兵衛督経成の親族の涙。「柏木」は、兵衛府の官人の異称。「森」は、底本・冷泉本「もと」をミセケチ、「り」と改める。陽明為本他「もと」。

553 「主はいません」と答えてくれる人はいないけれども、この家の様子はことば以上の悲しみを湛えていることだよ。能因集「霊山にて、人々仁縁上人なきよしを、そのみさきにて詠ぜし」、上句「君なしと人こそつげねあれにける」。○霊山　京都東山の一峰。霊山寺(伝教大師の開基、正法寺)。○こもりたる人　家集に仁縁上人とあるが未詳。○十三日にあたりて　ふた七日の法要にあたっていたのであろう。○物忌す　身体が不浄な時などに行動を制限し、一定の期間または特定の建物にこもること。ここでは死去の穢れのための物忌か。○五句　応答以上の雄弁さで、主の不在を物語っている。

右兵衛督俊実《(としざね)》、子《こ》におくれて歎《なげ》き侍《(はべり)》けるころ、とぶらひに
つかはしける
右大臣北方《(うだいじんのきたのかた)》

554 いかばかり寂《さび》しかるらんこがらしの吹《ふ》きにし宿《やど》の秋の夕暮《ゆふぐれ》

親《おや》なくなりて、山寺に侍《(はべり)》ける人《ひと》のもとにつかはしける
よみ人しらず

555 山寺《でら》のはゝその紅葉《もみぢゝ》ちりにけりこのもといかに寂《さび》しかるらん

出羽弁《(いではのべん)》が親《おや》におくれて侍《はべ》りけるを聞《きゝ》きて、身を抓《つ》めばいと
あはれなることなど、言《い》ひつかはすとてよみ侍《はべ》りける
前大納言隆国《(たかくに)》

556 思《おも》ふらん別《わか》れし人の悲《かな》しさは今日《けふ》まで経《ふ》べきこゝちやはせし

返《かへ》し
出羽弁

557 悲《かな》しさのたぐひに何《なに》を思《おも》はまし別《わか》れを知《し》れる君《きみ》なかりせば

高階成棟《(なりむね)》、父《ちゝ》におくれにけりと聞《きゝ》きてつかはしける
中宮内侍《(ちゆうぐうのないし)》

558 惜《を》しまるゝ人《ひと》なくなどてなりにけん捨《す》てたる身だにあればある世《よ》に

554 どんなにか寂しく思っていることでしょう。木枯しが吹きお子を亡くされたお宅の秋の夕暮は。○こがらし　「木枯し」の「こ」に「子」を掛け、「枯らす」に「子を失う」の意を込める。○秋の夕暮　→三〇二・三三三。

555 山寺の柞の紅葉が散ってしまったように母上は亡くなってしまわれたことだ。木の下の子であるあなたは、どんなにか寂しく思っていることでしょう。○親なくなりて、山寺に侍ける人　中陰（四十九日間）の期間、山寺にある状態を言うか。○初句　陽明乙本等「山里の」。○はゝそ　柞。ナラ類、クヌギ類の樹木の総称。「母」を掛ける。○このもと　「木の下」と「子の許」とを掛ける。▽「時ならで柞（ははそ）の紅葉散りにけりいかにこのもとさびしかるらん」（拾遺・哀傷・村上天皇）との関係は未詳。

556 あなたも同じ思いでいることでしょう。親と別れた人の悲しさのほどは、今日まで生きていられる気がしたことでしょうか。○親　父か母か不明。父親ならば、平季信（従五位下、出羽守）。○侍りけるを　底本「はへりけるに」。冷泉本他による。○身を抓めば　わが身をつねって他人の痛さを思うと。「身に知りて人をいたはる心なり」（八代集抄）。

557 あまりの悲しみで、ほかに何を思うことができたでしょう。もし別れの悲しさを知っているあなたがいなかったならば。○上句　悲しさの「たぐひ（同類）」として一体何を思っただろう。類のない悲しさを強調。「まし」は反実仮想。「たぐひ」には、悲しみを共有する仲間の意を響かす。

558 惜しまれる人の方がどうして亡くなってしまったのでしょう、出家した身でさえこうして生きているこの世の中に。○高階成棟　筑前守正五位下高階成順（なりのぶ）の男。中宮内侍は高階成順の妻で、縁戚に当る。○惜しまるゝ人　高階成順。長暦四年（一〇四〇）八月十四日没。○捨てたる身　出家した身。この頃、作者はすでに出家していたか。一〇二四の詞書には出家したことが記される。○五句　現にこうして生きていることを強調した表現。▽「捨てし身だにあればある世に、をしまるゝ人は、などてかなくなるぞと

559
清原元輔《(もとすけ)》が弟《おとうと》もとさだ、みまかりにけるを、遅《おそ》く聞《き》きたる
よし元輔がもとに言《い》ひつかはすとてよめる
宵《よひ》の間《ま》の空《そら》の煙《けぶり》となりにきと天《あま》のはらからなどか告《つ》げこぬ
源　順《(したがふ)》

560
橘則長《(のりなが)》、越《こし》にてかくれ侍《はべ》りにける頃《ころ》、相模《さがみ》がもとにつかは
しける
思《おも》ひ出《い》づや思《おも》ひ出《い》づるに悲《かな》しきは別《わか》れながらの別《わか》れなりけり
橘　季通《(すゑみち)》

561
後冷泉院《(これいぜいゐん)》御時、暇《いとま》など申《まう》して筑紫《つくし》に下《くだ》り侍《はべ》りけるほどに、
代《よ》も変《かは》りぬと聞《き》きて、上東門院《(じやうとうもんゐん)》のとはせたまひける御返《かへ》り
にたてまつれ侍《(はべり)》ける
思《おも》ひやれかねて別《わか》れし悔《くや》しさに添《そ》へてかなしき心づくしを
式部命婦《(しきぶのみやうぶ)》

也」（八代集抄）。

559　宵の間の空に煙となって昇ったと、兄のあなたはどうして告げてはくれなかったのですか。順集。○もとさだ　順集に「もとざね」。清原元真。学生。○空の煙　空に昇る火葬の煙。○四句「天の原」は「空の煙」の縁。「はらから（兄弟）」を掛ける。

560　あなたも兄のことを思い出しているでしょうか。思い出すにつけて悲しいのは遠く別れたままの永別であったことです。○越　越の国。越前（加賀、能登）、越中、越後などの国。現在の福井、石川、富山、新潟の諸県。則長は越中守として任地で死去。○相模　則長とは、親密な関係にあったことがあるらしい。↓九五四。○下句　越の国へと別れたままの永遠の別れだったのだなあ。前の「別れ」は離別、後の「別れ」は死別をあらわす。

561　思いやってください。前に一度お別れ申した悔しさに添えて、今また御代が変って悲しくてならないこの筑紫でのさまざまな物思いを。○筑紫　↓四七三。○下り　冷泉本・太山寺本「くだりて」。○代も変りぬ　後冷泉院は治暦四年（一〇六八）四月十九日没。同日後三条天皇践祚。○上東門院　後冷泉院の祖母にあたる。○二句　以前に一度お別れして筑紫へと下った。○心づくし　さまざまな物思い。「つくし」に「筑紫」を掛ける。

562

後三条院《(ごさんでうゐん)》、位《くらひ》につかせたまひての頃《ころ》、五月雨《さみだれ》ひまなく曇《くも》りくらして、六月一日まだかきくらし雨《あめ》の降《ふ》り侍《はべ》りければ、先帝《(せんてい)》の御事《こと》など思《おも》ひ出《い》づる事《こと》や侍《(はべり)》けん、よめる

周防内侍《(すはうのないし)》

五月雨《さみだれ》にあらぬ今日《けふ》さへ晴《は》れせぬは空《そら》も悲《かな》しきことや知《し》るらん

563

二条前太政大臣《(にでうさきのだいじやうだいじん)》の妻《め》なくなり侍《(はべり)》てのち、落《お》ちたる髪《かみ》を見てよみ侍《はべ》りける

中納言定頼《(さだより)》母

あだにかく落《お》つと思《おも》ひしむばたまの髪《かみ》こそ長《なが》き形見《かたみ》なりけれ

564

子《こ》におくれて侍《はべ》りける頃《ころ》、夢《ゆめ》に見《み》てよみ侍《はべ》りける

藤原実方《(さねかた)》朝臣

うたゝねのこの世《よ》の夢《ゆめ》のはかなきにさめぬやがての命《いのち》ともがな

562 五月雨の季節ではない今日までも晴れないのは、空も帝の崩御という悲しいことを知っているのでしょうか。○後三条院… 治暦四年(一〇六八)四月十九日践祚。○曇りくらして 一日中雲が空を覆っていて。○かきくらし 空一面を暗くして。○先帝 後冷泉天皇。○五月雨にあらぬ今日 六月一日の今日からは五月雨の季節ではないのに。暦日によりかかった表現。

563 何ということもなくこのように落ちていると思った髪の毛が、実はいつまでも永い娘の形見であったことです。栄花物語・もとのしづく、二句「落つとなげきし」。○二条前太政大臣の妻 二条前太政大臣、藤原教通(のりみち)の妻(め)。藤原公任の女。定頼の妹。○なくなり侍て 栄花物語では、遵子養女となった公任女(中姫君)の死(治安三年〔一〇二三〕)に際しての母の詠とする。教通室であった公任女の死はその翌年正月のこと。○あだに 「落つ」にかかる。その時には、何となくむだだと見えた。○三句 「黒」「夜」「髪」などにかかる枕詞。→四三。○長き 髪の「長き」と形見の「永き」とを重ねる。

564 うたたねで見た今夜の子供の夢がはかなかったにつけ、いっそ夢の中で覚めないままの我が命であってほしいと思うことだ。実方朝臣集。○うたゝね うとうとと眠ること。仮寝。○この世 「この」に「此の」と「子の」とを掛ける。○やがての命 夢の中そのままの状態で果てる命。

父《ちゝ》のみまかりにける忌《いみ》によみ侍《（はべり）》ける

565 夢見《ゆめみ》ずとなげきし人をほどもなくまたわが夢《ゆめ》に見《み》ぬぞかなしき

藤原相如女《（すけゆきのむすめ）》

此歌は、粟田右大臣《（あはたのうだいじん）》みまかりてのち、かの家《いへ》に父《ちゝ》の相如《すけゆき》宿直《とのゐ》して侍《はべ》りけるに、夢《ゆめ》ならでまたも逢《あ》ふべき君《きみ》ならば寝《ね》られぬいをもなげかざらまし、とよみてほどもなくみまかりにければ、かくよめるとなむ、言《い》ひ伝《つた》へたる

物言《ものい》ひ侍《はべ》りける女《をんな》の、ほどもなくみまかりにければ、女《おんな》の親《おや》のもとにつかはしける

566 契《ちぎ》りありてこの世《よ》にまたは生《う》まるとも面変《おもがは》りして見《み》もや忘《わす》れむ

藤原実方朝臣

一条摂政《（いちでうせつしやう）》みまかりて後《のち》のわざの事《こと》など果《は》てて、人《ひと》〴〵ちり〴〵になり侍《はべ》りければ

567 今《いま》はとて飛《と》び別《わか》るめる群鳥《むらとり》のふるすにひとりながむべきかな

少将藤原義孝《（よしたか）》

565 粟田殿を夢に見ないと嘆いた父君を、すぐにまた、今度は私の夢にも見ることができないというのは悲しいことです。相如集。栄花物語・見果てぬ夢。○父　藤原相如。長徳元年(九九五)五月二十九日没。粟田殿藤原道兼家の家司であったらしい。○忌　死者のけがれを去るため、一定期間慎むこと。○夢見ずと　左注にある「夢ならで…なげかざらまし」の一首を受ける。○なげきし人　父、相如。○またわが夢に見ぬ　父の嘆きに続いてまた、その父を失った嘆きで眠られず、夢に見ることもできない。○粟田右大臣　藤原道兼(みちかね)。○みまかりて　長徳元年(九九五)五月八日死去。当時、道兼は相如邸に居住。○夢ならで…　詞花・雑下「あはたの右大臣みまかりけるころよめる」(作者、藤原相如)。一首の意、夢でなくて再びお逢いすることができるわが君であったならば、寝られないことをも嘆かないであろうが…。

566 宿縁があってこの世にもう一度生れるとしても、すっかり面変りしていて、互いに見忘れたりはしないでしょうか。実方朝臣集、二句「又は此世に」、五句「わすれもやせん」。○物言ひ侍りける女　親しく付き合っていた女。○契り　宿縁。○面変り　顔つきが変ること。▽よく似た一首に、「契りあらばこの世にまたは生るとも面変りして見も忘れなむ」(恵慶法師集)がある。

567 これまでと、帰る人々の様子が、群鳥が飛び別れて行くように見える。そのあとの古巣(もとの住い)で、私は一人で物思いにふけることだろうなあ。義孝集。栄花物語・花山たづぬる中納言。○一条摂政　藤原伊尹(これまさ)。天禄三年(九七二)十一月一日没、四十九歳。作者義孝の父。○後のわざの事　七七日(四十九日)の法事。○群鳥　詞書に言う「人〴〵」の隠喩。○ふるす　古巣。「群鳥」の縁語。ここは父のいない一条殿。○ひとり　音律上「むらとり」に対応。

小式部内侍《(こしきぶのないし)》なくなりて、孫《むまご》どもの侍《はべ》りけるを見てよみ侍《はべ》りける

和泉式部

568 とゞめおきて誰《たれ》をあはれと思《おも》ふらん子《こ》はまさるらん子《こ》はまさりけり

一条院うせさせたまひてのち、撫子《なでしこ》の花《はな》の侍《はべ》りけるを、後一条院幼《をさな》くおはしまして、何心《なにごゝろ》も知《し》らで取《と》らせたまひければ、おぼし出《い》づることやありけん

上東門院

569 見《み》るまゝに露《つゆ》ぞこぼるゝおくれにし心《こゝろ》も知《し》らぬ撫子《なでしこ》の花《はな》

道信《(みちのぶ)》朝臣ともろともに紅葉《もみぢ》見むと契《ちぎ》りて侍《はべ》りけるに、かの人《ひと》みまかりての秋《あき》よみ侍《(はべり)》ける

藤原実方朝臣

570 見《み》むといひし人ははかなく消《き》えにしをひとり露《つゆ》けき秋の花《はな》かな

五月のころほひ、女《をんな》におくれて侍《はべ》りける年《とし》の冬《ふゆ》、雪の降《ふ》りける日《ひ》よみ侍《(はべり)》ける

大江匡房《(まさふさ)》朝臣

571 別《わか》れにしその五月雨《さみだれ》の空《そら》よりも雪《ゆき》ふればこそ恋《こひ》しかりけれ

568 この世に残してあの子は今、誰のことをしみじみと思い返していることであろう。きっと我が子を思う気持の方がまさっていることだろう。私にもあの子との死別が何よりもつらかったのだから。和泉式部集、三句「思ひけん」。栄花物語・衣の珠。○小式部内侍　和泉式部の娘。万寿二年(一〇二五)十一月没。○三句　主語は小式部。○四句「子」は小式部の子たち。和泉式部から見て孫たち。○五句「子」は娘小式部。「けり」は初めての実感。

569 見るにつけ涙の露がこぼれることだ。後に残されてしまったということもわからず撫子の花を手にしたこの愛しい子よ。栄花物語・岩蔭。○うせさせたまひて　寛弘八年(一〇一一)六月二十二日没。東宮敦成親王(後一条天皇)は、この時数え年四歳。上東門院は二十四歳。○何心も知らで　一条院の亡くなったということについて何もおわかりにならず。○おぼし出づることやありけん　上東門院はお思い出しになることがあったのでしょうか。物語的叙述。○露　撫子に置かれた露に、涙を喩える。○五句「撫でし子」を掛ける。幼少の後一条天皇を指す。

570 共に花を見ようと言った人ははかなくなってしまったが、むなしくただ露に濡れて咲いている秋の花だなあ。私もこの秋の花のように一人涙にくれていることだ。実方朝臣集「道信の中将、花もろともに見むと、八月ばかりにちぎりけるを、かの中将なくなりにける秋」。○道信朝臣　藤原為光の男。正暦五年(九九四)七月十一日没、二十三歳。○三句「消ゆ」は「露けし」の「露」の縁語。○下句「ひとり」は見るはずの人は居ず、花のみがの意。詠者一人がの意をも込める。「秋の花かな」は目前の花を指すとともに、実方自らの暗喩となる。

571 永遠の別れをした五月雨の空を見上げた折よりも、時が経って、雪が降る頃となると、いっそう恋しく思われることだ。江帥集。○五月雨の空　鬱陶しい梅雨空に、悲しみの涙でかきくれた様子を響かす。○雪ふれば　雪が「降る」と、時が「経る」とをかける。

田舎《ゐなか》に侍《はべ》りけるほどに、京に侍《（はべり）》ける親《おや》なくなりにければ、急《いそ》ぎ上《のぼ》りて、山崎《ざき》にてふる里《さと》を思《おも》ひおこせてよみ侍ける

大江嘉言《（よしとき）》

572 なにしにか今《いま》は急《いそ》がむ都《みやこ》には待《ま》つべき人もなくなりにけり

敦道親王《（あつみちしんわう）》におくれてよみ侍《（はべり）》ける

和泉式部

573 今《いま》はたゞそよそのことと思《おも》ひ出《い》でて忘《わす》る許《（ばかり）》の憂《う》き事《こと》もがな

同《おな》じ頃《ころ》、尼《あま》にならむと思《（おもひ）》てよみ侍《（はべり）》ける

574 捨《す》てはてむと思《（おもふ）》さへこそかなしけれ君《きみ》になれにし我身《わがみ》と思《おも》へば

十二月の晦の夜《よ》、よみ侍《はべ》りける

575 なき人《ひと》の来《く》る夜《よ》と聞《き》けど君《きみ》もなしわが住《す》む宿《やど》や魂《たま》なきの里《さと》

右大将通房《（みちふさ）》みまかりて後《のち》、古《ふる》く住《す》み侍《はべ》りける帳の内《うち》に、蜘《く》蛛《も》のいかきけるを見《み》てよみ侍《（はべり）》ける

土御門右大臣女《（つちみかどうだいじんのむすめ）》

576 別《わか》れにし人は来《く》べくもあらなくにいかにふるまふさゝがにぞこは

572 今となってはどうして急ごうか、都では自分を待ってくれるはずの人もいなくなったことだ。大江嘉言集「山里につく日、人々ふるさとに帰る心よむに、京にて親はなくなりにければ」、初句「何にかは」。○親　父従五位下大隅守弓削仲宣か。○山崎　京都府南部の大山崎町と大阪府島本町にまたがる淀川の沿岸。西方から上洛の際の通り道となる。○ふる里　都のもとの居所。

573 今となってはただそうよあのつらかったことと思い出して、いっそ亡き親王のことを忘れてしまえるほどのつらい思い出がほしいことだ。和泉式部続集、五句「うきふしもなし」。○敦道親王　→人名。和泉式部との恋愛は長保五年(一〇〇三)四月に始まり、親王の没する寛弘四年(一〇〇七)十月まで続いた。和泉式部続集は宮の死を傷む和泉式部の挽歌一二二首を収める。○そよ　それよ。○そのこと　具体的な「憂き事」。

574 この身を捨ててしまおうと思うことまでもが悲しいことだ。君に馴れ親しんだ我が身だと思うと。和泉式部続集「なを尼にやなりなまし、と思ひたつにも」。○捨てはてむ　詞書では、出家して世を捨てる意となる。○我身　「身」は心の宿る肉体。

575 今宵は亡くなった人が訪ねて来る夜と聞いてはいるが、君のけはいはどこにもないことだ。私の住いは「魂無きの里」なのだろうか。和泉式部続集。○なき人の来る夜　十二月晦日の夜は死者が帰って来る夜として、その魂を祭る習慣があった。「魂祭る年の終りになりにけり今日にはまたや逢はむとすらん」(曽丹集)。○五句　魂のどこにもいない里。

576 死別したお方は来るはずもないのに、どうしてこんな振舞いをする蜘蛛なのだろう、これは。栄花物語・蜘蛛の振舞。○右大将通房　藤原頼通の男。母は源憲定女。作者の夫　→人名。○帳　とばり。○蜘蛛のい　蜘蛛の巣。○さゝがに　蜘蛛の異称。▽古歌「わが背子が来べき宵なりささがにのくものふるまひかねてしるしも」(古今・墨滅歌・衣通姫)に依る。

577 筑紫《つくし》よりまかり上《のぼ》りけるに、なくなりにける人を思《おも》ひ出《い》でてよみ侍《はべ》りける

恋《こひ》しさに寝《ぬ》る夜《よ》なけれど世《よ》の中《なか》のはかなき時《とき》は夢《ゆめ》とこそ見《み》れ

大弐高遠《(たかとほ)》

578 兼綱《(かねつな)》朝臣、妻《め》なくなりてのち、越前になりてまかり下《くだ》りけるに、装束つかはすとてよみ侍《はべ》りける

ゆゝしさにつゝめどあまる涙《なみだ》かなかけじと思《おも》ふ旅《たび》の衣《ころも》に

源道成《(みちなり)》朝臣

579 少納言《(せうなごん)》なくなりて、あはれなる事《こと》などなげきつゝ置《お》きたりける百和香《(はくわかう)》を、小《ちひ》さき籠《こ》に入《い》れて、せうとの陳政《(むねまさ)》朝臣〔の〕許《(もと)》につかはしける

法《のり》のため摘《つ》みける花《はな》をかず〴〵に今《いま》はこの世《よ》のかたみとぞ見《み》る

選子内親王《(せんしないしんわう)》

580 思《おも》ふ人二人《ふたり》ある男《をとこ》、なくなりて侍《はべ》りけるに、末《すゑ》に物言《ものい》はれける人に代《かは》りて、もとの女《をむな》のもとにつかはしける

深《ふか》さこそ藤《ふぢ》の袂《たもと》はまさるらめ涙《なみだ》はおなじ色《いろ》にこそ染《し》め

伊勢大輔《(いせのたいふ)》

577 恋しさのあまり寝る夜とてないが、人の世のはかなさを知る時は、さながら夢を見るようであることだ。大弐高遠集「なくなりにける人の思ひにて、舟の中にて」、初句「こひしきに」。○筑紫よりまかり上りけるに　高遠の上京は寛弘六年(一〇〇九)。○二句　寝ることはできないが。○夢と　覚めている現実を夢と。

578 不吉さにがまんしても、なおもあふれ出る涙であることだ。涙など決してかけまいと思うこのあなたへの旅の衣に。○兼綱朝臣　藤原道兼の男。長元四年(一〇三一)「越前守兼綱」(小右記)。○妻　源道成の女か。尊卑分脈には、兼綱の子「芳円」に「母備後守(源)道成女」とある。なお、八代集抄には、「或説、兼綱の北方は、源道成のいもうとゝいへり」とも。○ゆゝしさ　旅の前途を暗くする不吉さ。○つゝめど　堪え忍ぶ意の「つつむ(慎む)」と、衣の縁語の「包む」とを掛ける。○かけじ　涙をかける意の「懸く」に衣の縁語「架く」を掛ける。

579 少納言とともに仏に捧げるために摘んで加えたこの百和香の籠を、今はこの世に残した形見と見ることです。大斎院御集「少納言のなくなりし、あはれなる事など人ゝいひて百わかうしをきたりけるをとりいでゝ、せうとのえさうにつかはす」、二句「つみたる花を」、五句「かたみにぞする」。○少納言　「天暦の御乳母」(八代集抄)とあるが未詳。○百和香　薫香の一種。いろいろの花に香料を加えて製したもの。「百和香あつめて、歌よまする人の、「つちはりの花くはへよ」といふに」(経信卿母集・詞書)。○陳政朝臣の　底本・冷泉本「棟政朝臣」。陽明本・太山寺本による。藤原陳政　↓人名。○かたみ　「形見」と竹籠である「筐」とを掛ける。

580 藤色の濃さこそあなたの喪服のたもとの方がまさっているでしょうが、紅の涙は、同じ色にたもとを染めていることでしょう。伊勢大輔集。○末に物言はれける人　後で情をかけられた女。○もとの女　はじめの女。○深さ　藤衣(喪服)の色の濃さ。○おなじ色　同じ程度の色合。「色」は悲しみのあまり流す紅涙の色。

581 服《ぶく》にて侍《はべ》りける頃《ころ》、十月一日同《おな》じさまなる人《ひと》、我《われ》のみなん同《おな》じ姿《すがた》にと言《い》ひおこせて侍《(はべり)》ければよめる

康資王《(やすすけわう)》母

君《きみ》のみや花《はな》の色《いろ》にもたちかへで袂《たもと》の露《つゆ》はおなじ秋なる

582 赤染《(あかぞめ)》、匡衡《(まさひら)》におくれ侍《(はべり)》て後《のち》、五月五日によみてつかはしける

美作三位《(みまさかのさんゐ)》

墨染《すみぞめ》の袂《たもと》はいとゞこひぢにてあやめの草《くさ》のねやしげる覧《(らん)》

583 円融院法皇うせさせたまひて又《また》の年《とし》、御はてのわざなどの頃《ころ》にやありけん、内裏《うち》に侍《はべ》りける御乳母《めのと》の藤三位《(とうさんゐ)》の局《つぼね》に、胡桃色《くるみいろ》の紙《かみ》に老《おい》法師の手《て》のまねをして書《か》きてさし入《い》れさせたまひける

一条院御製

これをだにかたみと思《おも》ふを都《みやこ》には葉がへやしつる椎柴《しゐしば》の袖《そで》

581 あなただけが花やいだ色の衣にも変えないで、たもとにかかる涙の露が同じ秋のままなのでしょうか(いや、私も同様です)。康資王母集。○服　喪に服すること。○十月一日同じさまなる人　普通は十月一日から冬の服装になるが、衣替えをせず喪服のままでいる人。○初句　末句にかかる。「や」は反語。○花の色　はなやかな服装。○三句　「立ち」と「裁ち」とを掛ける。「袂」の縁語。底本・冷泉本「たちかへて」の「て」に「む」と傍書。陽明為本他による。▽「皆人は花の衣になりぬなり苔の袂よかわきだにせよ」(古今・哀傷・遍昭)を踏まえる。

582 あなたの喪服の袂は故人をますます恋しく思う涙で濡れ、その泥に生い茂るあやめ草の根ではないが、音(声)をあげてはげしく泣いておられることでしょうか。赤染衛門集。○赤染　赤染衛門。○匡衡　大江匡衡。赤染衛門の夫。寛弘九年(一〇一二)七月没。○墨染　黒く染めた服。喪服。○こひぢ　「こひぢ」(泥)に「こひ」(恋)を掛ける。○四句　「根(音)」を導く序詞。○ね　「根」に「音」を掛ける。○しげる　根が「茂る」意に音の「繁し」を掛ける。

583 せめてこの喪服だけでも亡き院のかたみと思うのに、都ではもう椎で染めた喪服を常の服装に着替えたことだろうか。仲文集「仁和寺の御はての日、物忌みにさしこもりてゐたるに、立文にて、法師童子、けふすぐすまじき御文なりとて、さしおきたるをみれば、胡桃色の色紙に、あやしき手して」、四句「かへやしつらむ」。○枕草子・円融院の御はての年。○うせさせたまひて　正暦二年(九九一)二月十二日没、三十三歳。○御はてのわざ　正暦三年二月六日の一周忌の法要。○藤三位　藤原繁子(はんし)→人名。一条天皇女御尊子を生む。○胡桃色　くるみの核のような色。香紙の色。○手　筆跡。○これ　椎柴の袖。○葉がへ　常の服への着替え。椎柴の縁で「葉がへ」の語が用いられた。「はし鷹のとがへる山の椎柴のはがへはすとも君はかへせじ」(拾遺・雑恋・よみ人しらず)。○五句　喪服。「椎柴」(椎の木)が喪服の染料となるので言う。

後冷泉院、位《くらゐ》につかせたまひにければ、里《さと》にまかり出《い》で侍《はべ》りて又《また》の年《とし》の秋《あき》、東三条の局《つぼね》の前《まへ》に植《う》ゑて侍《はべ》りける萩《はぎ》を人の折《を》りて持《も》てまうで来《き》たりければ

麗景殿前女御《れいけいでんさきのにようご》

584 去年《こぞ》よりも色《いろ》こそ濃《こ》けれ萩《はぎ》の花《はな》涙《なみだ》の雨《あめ》のかゝる秋《あき》には

成順《なりのぶ》におくれ侍《はべ》りて、又《また》の年《とし》はてのわざし侍《はべり》けるに

伊勢大輔

585 別《わか》れにしその日《ひ》ばかりはめぐり来《き》ていきも返《かへ》らぬ人ぞかなしき

年《とし》ごろ住《す》み侍《はべ》りける妻《め》におくれて又《また》の年《とし》、はてのわざつかうまつりけるによめる

紀時文《ときぶみ》

586 年《とし》を経《へ》て馴《な》れたる人《ひと》も別《わか》れにし去年《こぞ》は今年《ことし》の今日《けふ》にぞありける

返《かへ》し

清原元輔

587 別《わか》れけむ心《こゝろ》をくみて涙川《なみだがは》思《おも》ひやるかな去年《こぞ》の今日《けふ》をも

584 去年よりも色濃く見えることです、萩の花は。故院をしのぶ紅の涙の雨が降りかかるこの秋には。○位につかせたまひにければ　後朱雀院の病により、寛徳二年(一〇四五)一月十六日践祚。一月十八日後朱雀院崩御。作者は後朱雀帝女御。○里にまかり出で侍りて「後朱雀院、御病中に御譲位なれば也」(八代集抄)。○東三条 →六二。○涙の雨　あふれる紅涙。○かゝる「懸かる」と「斯かる」とを掛ける。

585 永別したその日だけは再びめぐってきて、行ったまま帰らぬ人——生き返らないあなたが悲しいことです。伊勢大輔集。○成順　高階成順。伊勢大輔の夫。○はてのわざ →五八三。○四句「行き帰る」と「生き返る」とを掛ける。

586 長い年月なれ親しんだ妻とも永遠の別れをした去年のあの日は、ちょうど今年の今日だったのだなあ。元輔集。○住み侍りける妻　共に暮した妻。○はてのわざ →五八三。○馴れたる人　馴れ親しんだ妻。

587 あなたが妻と死別したという悲しみの心を汲んで、涙とともに思いやっていることです、去年の今日のことを。元輔集。○別れけむ心　妻と死別なさったというあなたの心中。友人の立場なので、伝聞的な言い方をしている。○くみて　推しはかって。「くむ(汲む)」は「川」の縁語。○三句 →五五〇。

後一条院御時、皇太后宮うせたまひて、はてのわざに障《さは》ることありて参《まい》らざりければ、かの宮《みや》より、昨日《きのふ》はなど参《まい》らざりしなど言《い》ひにおこせて侍《はべ》りけるによめる

江侍従（がうのじじゆう）

588 我《わ》が身《み》には悲《かな》しきことのつきせねば昨日《きのふ》をはてと思《おも》はざりけり

父《ちゝ》の服脱《ぶくぬ》ぎ侍《はべ》りける日《ひ》よめる

平　棟仲（むねなか）

589 思《おも》ひかねかたみに染《そ》めし墨染《すみぞめ》の衣《ころも》にさへも別《わか》れぬるかな

平　教成（のりしげ）

590 うすくこく衣《ころも》の色《いろ》は変《かは》れども同《おな》じ涙《なみだ》のかゝる袖《そで》かな

服脱《ぶくぬ》ぎ侍《はべ》りけるによめる

藤原定輔（さだすけ）朝臣女（むすめ）

591 うきながら形見《かたみ》に見《み》つる藤衣《ふぢごろも》はては涙《なみだ》に流《なが》しつるかな

588 我が身には悲しいことがいつまでも尽きませんので、昨日を悲しみの「果ての日」、喪明けの当日とは思わなかったのでした。○皇太后宮　藤原妍子(けんし)。三条天皇中宮。万寿四年(一〇二七)九月十四日没、三十四歳。○はてのわざ　↓五八三。左経記・長元元年(一〇二八)九月十四日の条に「故皇太后宮職於二枇杷本宮一行二正日御法事一云々」とある。○かの宮　妍子女、陽明門院(ようめいもんいん)。○四句　「はて」は忌明けの日の意に、悲しみの「果て」の意を込める。

589 悲しい思いにたえられず、さらに今日は父を偲ぶ形見として染めた墨染の衣にまで、別れてしまったことだ。○父　平重義(しげよし)。○服脱ぎ　服喪の期間が終って、喪服を脱ぐこと。当時父母の服喪は一年とされた。○初句　悲しみをこらえることができず。「別れぬるかな」にかかる。○かたみ　「形見」と「片身」(身ごろの半分)とを掛ける。「かたみ」は「衣」の縁語。○墨染　↓五八二。

590 濃い色から薄い色へと衣の色は変るけれども、今までと同じ悲しみの涙がかかる袖であることよ。○初句　「うすく」は色の薄い常服を表し、「こく」は色の濃い喪服の様子を言う。○同じ涙　父の死を悲しんで流す涙は、服喪期間を過ぎても同じであるの意。

591 悲しみでつらい気持のまま、亡き人の形見と見てきた喪服を、はての日にはとうとうあふれる涙で流すことになってしまったことよ。○服脱ぎ　↓五八九。○初句　「流しつるかな」にかかる。「うき」は「憂き」と「浮き」とを掛ける。「浮き」「流し」は涙の縁語。○藤衣　喪服。○はては　↓五八八。喪明けの意と、「遂に」の意の「はては」とを掛ける。○涙　「涙川」(↓五五〇)のイメージを込める。

十月許《（ばかり）》にものへ参《まい》り侍《はべ》りける道《みち》に、一条院を過《す》ぐとて、車《くるま》を引《ひ》き入《い》れて見《み》侍《はべ》りければ、火《ひ》焼屋《たきや》などの侍《（はべり）》けるを見《み》て
よめる

592
消《き》えにける衛士《ゑじ》のたく火《ひ》の跡《あと》を見《み》て煙《けぶり》となりし君《きみ》ぞかなしき

赤染衛門《（あかぞめゑもん）》

菩提樹院に、後一条院の御影を描《か》きたるを見《み》て、見《み》なれ申《まう》しけることなど思《おも》ひ出《い》でてよみ侍《（はべり）》ける

593
いかにして写《うつ》しとめけむ雲居《くもゐ》にてあかず別《わか》れし月の光《ひかり》を

出羽弁

匡衡におくれて後《のち》、石山《いしやま》に参《まい》り侍《はべ》りける道《みち》に、新《あたら》しき家《いへ》のいたう荒《あ》れて侍《（はべり）》けるを問《と》はせければ、親《おや》におくれて、二《ふた》とせにかくなりて侍《（はべる）》なりと言《い》ひければよめる

594
ひとりこそ荒《あ》れゆくことはなげきつれ主《ぬし》なき宿《やど》はまたもありけり

赤染衛門

592 消えてしまった衛士の焚いた火の跡を見るにつけて、煙となってしまわれた帝のことが悲しく思われることです。赤染衛門集。○一条院　拾芥抄に「一条南、大宮東、二町」とある。一条天皇はここで寛弘八年(一〇一一)六月二十二日没。○火焼屋　宮中警護の衛士がかがり火をたいて見張っている小屋。○衛士　諸国から選抜され、衛士府(後に衛門府)に配属された兵士。夜は火を焚いて警備にあたった。○煙　荼毘の煙。▽「君がもる〈みかきもりィ〉衛士のたく火の昼はたえ〈きえてィ〉よるは燃えつつ物をこそ思へ」(古今六帖一・作者未詳、類歌、詞花・恋上・大中臣能宣)は先行歌か。

593 どのようにして御影としてお姿を写しとどめることができたのでしょう、空にあって惜しくも隠れてしまった月の光のように、宮中で名残惜しくもお隠れになった帝のお姿を。栄花物語・紫野。○菩提樹院　京都市東山の神楽岡の南に建てられた寺。後一条院の墓所。○後一条院　↓四三。長元九年(一〇三六)四月十七日没。○御影を描きたる　生前の院を描く肖像画。○雲居　「雲のある遠くの空」の意と、「宮中」の意とを掛ける。○月の光　後一条院の暗喩。「うつす」「光」は月の縁語。

594 私一人、家の荒れはててゆくことを嘆いていたのでした。しかし、主のいない家がもう一つあったことです。赤染衛門集「やましなのわたりに、いへのいたくあれたるを、おとゝにをくれてこのふたとせに、かうなりにたると人云を聞て」、二句「あれゆくとこは」。○匡衡　↓五六二。○石山　石山寺。↓五〇〇。○問はせければ　荒れ果てた理由を尋ねさせたところ。「せ」は使役。○初句　私一人だけが。○荒れゆくこと　正保版本、八代集抄本、家集には「あれゆく床」とある。その方が孤閨のわびしさが強調される。

595 熊野《くまの》に詣《まう》で侍《はべ》りけるに、小一条院《（こいちでうゐん）》の通《かよ》ひたまひける難波《なには》と
いふ所《ところ》に泊《とま》りて、昔《むかし》を思《（おもひ）》いでてよめる
いにしへになにはのことも変《かは》らねど涙《なみだ》のかゝる旅《たび》はなかりき
源信宗《（のぶむね）》朝臣

596 かくよみて侍《はべ》りけるを、つてに聞《き》きて、かの信宗《ぶむね》の朝臣の
もとにつかはしける
思《おも》ひやるあはれなにはのうらさびて蘆《あし》のうきねはさぞなかれけん
伊勢大輔

597 秋、みまかりにける人《ひと》を思《おも》ひ出《い》でてよめる
年《とし》ごとに昔《むかし》は遠《とほ》くなりゆけど憂《う》かりし秋はまたも来《き》にけり
源　重之《（しげゆき）》

598 しかばかり契《ちぎ》りしものを渡《わた》り川《がは》帰《かへ》るほどには忘《わす》るべしやは
この歌《うた》、義孝少将わづらひ侍《（はべり）》けるに、なくなりたりともしば
し待《ま》て、経よみはてむと、いもうとの女御に言《い》ひ侍《はべ》りてほど
もなくみまかりてのち、忘《わす》れてとかくしてければ、その夜《よ》母《は》
の夢《ゆめ》に見《み》え侍《はべ》りける歌なり

595 昔とは何も難波のようすは変らないが、涙があふれかかるこのような旅は今までなかったことだ。伊勢大輔集。○熊野　和歌山県熊野地方にある熊野権現。→五〇三。○小一条院　三条天皇第一皇子。母は皇后藤原娀子。永承六年(一〇五二)一月八日没、五十八歳。○難波　現在の大阪市及びその付近。○二句「難波」と「なに(何)」とを掛ける。他本「なにはのことは」。○涙のかゝる旅「懸かる」と「斯かる」、「旅」と「度」とをそれぞれ掛ける。

596 思いやることです。難波の浦は、なんとまあうらさびて、蘆の浮根が流れるほどに、旅寝しながら、(父上を思って)さぞ声を立ててお泣きになられたことでしょう。伊勢大輔集。○なにはのうらさびて「うら」に「難波の浦」と「うらさぶ」の「うら」とを掛ける。○蘆のうきね「うきね」に「浮き根」と「憂き寝」とを掛ける。また、「ね」には「音」をも響かす。「なにはがた蘆のうきねに過ぐる夜の秋はてがたをとふぞうれしき」(四条宮下野集)。○なかれけん「浮き根」の「流れ(流る)」と、「(音を)泣かれ」とを掛ける。「れ」は自発。

597 一年ごとに共にすごした日々は遠く離れてゆくが、あなたを失ってつらく悲しかった秋はまたもめぐって来たことだ。重之集。○昔「みまかりにける人」と共にすごした日々。○憂かりし秋　あなたと死別したつらかった秋。▽共存した生前の日々から次第に離れていくという時間感覚は、「すくすくと過ぐる月日の惜しきかな君があり経し方ぞと思ふに」(和泉式部続集)などの詠にも見られる。

598 あれほどかたい約束を交わしたのに、三途の川を引き返すそれほどの間にもう忘れてしまってよいのでしょうか。義孝集。○しかばかり　あれほど。○三句　三途の川。○義孝少将　藤原伊尹の男。疱瘡にかかり、天延二年(九七四)九月十六日没。○いもうとの女御　藤原伊尹(これまさ)の女、懐子(かいし)。冷泉天皇女御。義孝の姉。○とかくしてければ　あれこれしたので。納棺や葬儀にかかわること。○母　恵子女王(けいしじょおう)。

599
時雨《しぐれ》とは千種《ちぐさ》の花ぞ散《ち》りまがふなに故郷《ふるさと》の袖《そで》ぬらすらん

この歌《うた》、義孝かくれ侍《(はべり)》てのち、十月許《(ばかり)》に賀縁《(がえん)》法師の夢《ゆめ》に、
心地よげにて笙を吹《ふ》くと見《み》るほどに、口《くち》をたゞ鳴《な》らすになん
侍《はべ》りける。母《はゝ》のかくばかり恋《こ》ふるを、心地《こゝち》よげにてはいかに
と言《い》ひ侍《はべ》りければ、立《た》つを引《ひ》き留《とゞ》めて、かくよめるとなん言《い》
ひ伝《つた》へたる

600
着《き》て馴《な》れし衣《ころも》の袖《そで》もかは《(わ)》かぬに別《わか》れし秋になりにけるかな

この歌《うた》、みまかりて後《のち》、あくる年《とし》の秋《あき》、いもうとの夢《ゆめ》に少将
義孝歌とて見《み》え侍《(はべり)》ける

601
逢《あ》ふことを夕暮《ゆふぐれ》ごとに出《い》で立《た》てど夢路《ゆめぢ》ならではかひなかりけり

或人云、この歌《うた》、思《おも》ふ女《をんな》を置《お》きて、みまかりける男《をとこ》の娘《むすめ》の夢《ゆめ》
に、これ彼《か》の女《をんな》に取《と》らせよとてよみ侍《(はべり)》ける

599 時雨とは(この極楽浄土では)さまざまの花が散りみだれることをいうのです。どうしてもとの世では、私のことを悲しんで袖をぬらしているのでしょう。義孝集。○なに　どうして。私は極楽にいてこんなにしあわせでいるのにの意。○故郷　極楽にいる義孝が現世のことをいったもの。○賀縁法師　生没年未詳。○笙　管楽器の一。さうの笛。○母　→五九八。

600 着てなじんだ衣の袖もまだかわかないのに、再び別れた秋になったことだなあ。義孝集。○着て馴れし衣の袖　「着る」「馴る」「袖」は「衣」の縁語。○いもうと　冷泉天皇女御懐子。→五九八。○義孝　→五九八。

601 逢うことを願って人々は皆、夕暮ごとに出かけるが、(死者である私は)夜の夢の中でなければ逢うことができないので、かいがないことだなあ。○五句　死別して直接恋人に逢えない嘆きをいったもの。▽袋草紙・亡者の歌に「公信中将　逝去の後」として掲げる二首の二首めの歌。二句「みなくれごとに」、五句「逢ふよしもなし」。公信中将は藤原公信　→人名。

読人不知《（よみびとしらず）》

娘《むすめ》、彼《か》の女《おむな》のもとにやるとてよみ侍《（はべり）》ける

602 泣《な》く〳〵も君《きみ》には告《つ》げつ亡《な》き人の又かへりごといかゞ言《い》はまし

女《をんな》いみじく泣《な》きて、返《かへ》り事《ごと》によみ侍《はべ》りける

603 先《さき》に立《た》つ涙《なみだ》を道《みち》のしるべにて我《われ》こそ行《ゆ》きて言《い》はまほしけれ

602 泣きながらも、父のことばをあなたに告げました。再び帰って来てほしいという父への返事を、どのようにして伝えたらよいのでしょう。○やるとて　父親の歌を贈るというので。○かへりごと　「返り事」に、「帰り来（帰って来い）と」を掛ける。○五句　「まし」は反実仮想。不可能を前提として言う。

603 すぐにあふれ出る涙、何よりも先立つ涙をあの世への道しるべとして、他ならぬ私が行って、その返事を伝えたいものです。○先に立つ涙　話を聞けばもうあふれ出る涙。「（道の）前に立つ」の意を込める。○道のしるべ　冥途への道案内。

後拾遺和歌抄第十一　恋一

東宮《(とうぐう)》とまうしける時《とき》、故内侍《(ないし)》の督《かみ》のもとにはじめてつかはしける

後朱雀院《(ごすざくゐん)》御製

604 ほのかにも知《し》らせてしがな春霞《はるがすみ》かすみのうちに思《おも》ふ心を

はじめたる人につかはしける

叡覚《(えいかく)》法師

605 木《こ》の葉《は》散る山のした水《みづ》うづもれて流《なが》れもやらぬものをこそ思《おも》へ

題不知《(しらず)》

馬内侍《(むまのないし)》

606 いかなれば知《し》らぬにを《(お)》ふるうきぬなはくるしや心人知《し》れずのみ

604　この霞のようにぼんやりとでも知らせたいなあ、折しも春霞がほんのりとかかっている中であなたのことを思っている私の心を。○東宮とまうしける時　後朱雀院は寛仁元年(一〇一七)八月九日立坊、同五年二月一日藤原道長女尚侍嬉子が妃として東宮に入った。その頃の詠。○故内侍の督　尚侍藤原嬉子。母は源倫子。万寿二年(一〇二五)八月五日、十九歳で夭折した。○初句下の「かすみ」と縁語となる。「山桜霞の間よりほのかにも見てし人こそ恋しかりけれ」(古今・恋一・紀貫之)。▽「思ひつゝまだいひそめぬわが恋を同じ心に知らせてしがな」(後撰・恋六・よみ人しらず)。

605　山陰を流れる水が散りかかる落葉に埋まってとどこおっているように、私の思いがあなたに通じないので、思い悩んでいます。○はじめたる人　初めて求愛する人。「俗のときなるべし」(八代集抄)。○二句　「山下水」とも。ひそかな恋心の比喩。「あしひきの山下水の木隠れてたぎつ心をせきぞかねつる」(古今・恋一・よみ人しらず)、「あしひきの山下とよみ行く水の時ぞともなく恋ひわたるかな」(拾遺・恋一・よみ人しらず)。

606　一体どういう訳で、気付かないうちに沼には蓴菜(じゅんさい)が生えたのだろうか。その蓴菜をたぐるのではないが、苦しいなあ、あの人に知られもせず、自分だけでくよくよ思っているのは。馬内侍集。○知らぬ　「ぬ」は、打消の助動詞「ず」の連体形「ぬ」に「沼(ぬ)」を掛ける。○三句　水面に葉を浮かべている蓴菜。「憂き」を響かせ、その蔓をたぐって採取することから、「苦し」の序詞として用いられる。「なきことをいはれの池のうきぬなは苦しきものは世にこそありけれ」(拾遺・恋二・よみ人しらず)。○四句「や」は詠嘆。この下句、「蚊遣火のさ夜更け方の下焦がれ苦しやわが身人知れずのみ」(曽丹集)のような類句表現がある。

607
女《をんな》を語《かた》らはんとて乳母《めのと》のもとにつかはしける
かくなむと海人《あま》のいさり火《び》ほのめかせ磯《いそ》べの波《なみ》のをりもよからば
源頼光《（よりみつ）》朝臣

608
返《かへ》し
沖《おき》つ波《なみ》うちいでむことぞつゝましき思《（おもひ）》よるべきみぎはならねば
ある人《ひと》のいはく、この歌《うた》、中納言惟仲《（これなか）》におくれて侍《（はべり）》けるをりかく言《い》へりければ、乳母《めのと》に代《かは》りてよめる
源頼家《（よりいへ）》朝臣〔母〕

609
はじめたる女《をむな》につかはしける
霜《しも》がれの冬野《ふゆの》に立《た》てるむらすゝきほのめかさばや思《おも》ふこゝろを
平経章《（つねあきら）》朝臣

610
しのびつゝやみなむよりは思《おも》ふことありけりとだに人《ひと》に知《し》らせん
大江嘉言《（よしとき）》

611
男《をとこ》のはじめて人《ひと》のもとにつかはしけるに代《かは》りてよめる
おぼめくなたれともなくてよひ〳〵に夢《ゆめ》に見《み》えけんわれぞその人《ひと》
和泉式部《（いづみしきぶ）》

607 これこれと（私があの人のことを好きだと）ほのめかしてください、もしも言い寄るのによい機会であるのならば。〇二句　ほのかに見えることから、「ほのめかせ」の序詞のごとく用いた。「海人」は乳母の比喩。〇四句　波が折れかえるように寄せては返ることを「波折（なをり）」「波折る」などということから、「をり」の序のごとくいう。

608 言い出すことは憚られます、あなたに心を惹かれてはならない身の上ですから。〇沖つ波「うちいでむ」の序詞のごとく用いた。〇うちいでむ「波」の縁語。〇思よるべき「よる」は「波」の縁語。〇みぎは「波」の縁語で「身」を掛ける。〇中納言惟仲　平惟仲。珍材の男。寛弘二年（一〇〇五）三月十四日没、六十二歳。頼家母はその養女か。

609 霜枯れの冬の野原にほおけて立っている村薄の穂、そのようにほのめかしたいなあ、あなたを思っている私の心を。〇三句　薄の穂から「ほのめかさばや」の序詞のごとく用いた。

610 恋心を忍んでそれぎりにしてしまうよりは、せめて思っていたのだとだけでも、あの人に知らせよう。大江嘉言集「年ごろ思ひける」、二句「やみぬるよりは」。〇三句　恋しく思うことの意。「思ふことありて久しくなりぬとは聞くか聞かぬか知りて知らぬか」（信明集）。

611 はぐらかさないでください。誰とはっきりわからないながらも宵ごとにあなたの夢に現れた人がいるでしょう。私こそはその人なのです。和泉式部続集「男の、人のもとにやるに、代りて」。〇初句　判断できないと思うな。知らぬふりをするな。「尋ね行く逢坂山のかひもなくおぼめくばかり忘るべしやは」（和泉式部日記・敦道親王）。〇三・四句「宵々に枕定めむ方もなしいかに寝し夜か夢に見えけむ」（古今・恋一・よみ人しらず）を念頭に置くか。

612
女《をんな》にはじめてつかはしける
かくとだにえやはいぶきのさしもぐささしも知《し》らじな燃《も》ゆる思《おも》ひを
藤原実方《(さねかた)》朝臣

613
初《はじ》めの恋《こひ》をよめる
なき名《な》立《た》つ人だに世《よ》にはあるものを君恋《きみこ》ふる身《み》と知《し》られぬぞ憂《う》き
実源《(じつげん)》法師

614
月明《あか》き夜《よ》ながめしける女《をむな》に、年《とし》へてのちにつかはしける
年《とし》もへぬ長《なが》月の夜《よ》の月《つき》かげのありあけがたの空《そら》を恋《こ》ひつゝ
源　則成《(のりなり)》

615
心《こゝろ》かけたる人《ひと》につかはしける
汲《く》みて知《し》る人《ひと》もあらなん夏山《やま》の木《こ》のした水《みづ》は草《くさ》がくれつゝ
藤原長能《(ながよし)》

616
はらから侍《はべ》りける女《をむな》のもとに、おとゝを思《おも》ひかけて、姉《あね》なる女《をんな》のもとにつかはしける
を舟《ぶね》さしわたのはらからしるべせよいづれか海人《あま》の玉藻《たまも》刈《か》る浦《うら》
読人不知《(よみびとしらず)》

612 このように恋しているとだけでも、どうして口に出して言えるでしょうか。言えないからあなたはそうとも知らないでしょうね。ちょうどもぐさのように燃える私の思いを。実方朝臣集「人にはじめて聞えける」。○初句　このように(恋している)ということですら。○二・三句「えやは言ふ」(言えない)に「伊吹」を掛ける。この伊吹は歌枕。下野国とも美濃・近江の境の伊吹山とも。○三句　もぐさに用いる蓬。ここまでは「さしも」を起す序詞。○四句　そう(わたしがあなたを恋している)とも知らないだろうな。○五句「燃ゆる」は「さしもぐさ」の縁語。「思ひ」に「火」を響かせる。▽小倉百人一首に選ばれた歌。

613 あらぬ噂の立つ人すら世間にはいるのに、あなたを恋する身とあなたに知られないことが憂くつらいのです。○なき名　事実無根の噂。「なき名のみたつの市とは騒げどもいさまた人をうるよしもなし」(拾遺・恋二・柿本人麻呂)。

614 あれから随分年が経ちました。あなたと共にながめたあの九月の夜、有明の月がかかっていた暁近い空を恋しく思いおこしながら…。○ながめしける女「月みる女をみし心也」(八代集抄)。○長月　陰暦九月。○月かげ　月の光。○ありあけがた　月が空に残っていて暁近くの頃。

615 汲んでそれとわかってくれる人もいてほしい。夏山の木々の下を行く水は、草に隠れながらも流れています。その水のように、私はひそかにあなたを思っています。○夏山　草木の繁茂した夏の山。○木のした水　木々の下を潜り流れる水。「山のした水」(→六〇五)と同じく、秘めた恋心の暗喩。○五句　草に隠れながら。「沼水の波には立てで底深み草隠れつつ逢ふよしもがな」(古今六帖三・作者未詳)。

616 舟に棹さして大海原での道案内をしてください、どちらが美しい海藻を刈れる浦か。どうしたら妹さんに近付けるか、お姉さんのあなたが私の恋の仲立ちをしてください。○おと、　ここでは姉に対する年下の同性のきょうだいの意で、妹。○二句「わたのはら」に「はらから」を掛けた。→五五九。

題不知《（しらず）》

617 ひとりしてながむる宿《やど》のつまにおふるしのぶとだにも知《し》らせてしがな

藤原通頼《（みちより）》

618 思《おも》ひあまりいひいづるほどに数《かず》ならぬ身《み》をさへ人に知《し》られぬるかな

道命《（だうみやう）》法師

八月許《（ばかり）》、女《をんな》のもとに、すゝきの穂《ほ》に挿《さ》してつかはしける

619 しのすゝきしのびもあへぬ心にてけふはほに出《い》づる秋《あき》と知《し》らなん

祭主輔親《（すけちか）》

題不知《（しらず）》

620 いはぬまはまだ知《し》らじかしかぎりなくわれ思《おも》ふべき人はわれとも

藤原兼房《（かねふさ）》朝臣

女《をむな》を控《ひか》へて侍《はべ》りけるに、情《なさけ》なくて入《い》りにければ、つとめてつかはしける

621 わぎもこが袖《そで》ふりかけしうつり香《が》のけさは身《み》にしむ物をこそ思へ

源兼澄《（かねずみ）》

617 家の軒に生えている忍ぶ草をひとりで物思いにふけりながらじっと見つめている。その忍ぶ草のように私は恋心を忍んでいるとだけでも、あの人に知らせたいなあ。○ひとりしてながむる宿　「ひとりしてながむる宿の荻の葉に風こそ渡れ秋の夕暮」(新撰朗詠集・秋晩・源道済)。○つま　端。軒先。「妻」を暗示する。○しのぶ　忍ぶ草(シダ科のノキシノブ)に動詞「忍ぶ」を掛ける。

618 思いに堪えかねて恋心を言葉に出すうちに、物の数でもない私の身の上までもあの人に知られてしまったよ。○いひいづる　恋していると言葉に出して相手に言う。「池水のいひいづることのかたければ水隠(みごも)りながら年ぞ経にける」(古今六帖五・藤原敦忠)。○数ならぬ身　物の数でもないわが身。つまらない自分。「花がたみめならぶ人のあまたあれば忘られぬらん数ならぬ身は」(古今・恋五・よみ人しらず)。

619 秋に薄が穂を出すように、あなたへの恋心を忍びきれないで今日表に顕したのだとわかってほしいものです。輔親卿集。○初句　まだ穂を出していない薄。○ほに出づる　意中が表に顕れる。

620 恋心を打ち明けていないから、あの人はまだ知らないであろうよ、この上なく自分を思うに違いない人はこの私であるとも。○われ思ふべき人　この「われ」は相手の女性の立場で、私の意。○われとも　この「われ」は自身の立場で、私。

621 いとしいあなたが私に袖を振りかけた時の移り香が、お別れしたあと今朝までも私の身に残り、それにつけてもあなたの冷たさが身にしみてつらく思われます。兼澄集「宮仕へ人を捉へて物言ひ侍りしに、引き外して入り侍りしかば、つとめて遣しし」、初・二句「をとめごが袖ふりはへし」の異文がある。玄々集。○控へて「袖など引しなるべし」(八代集抄)。○わぎもこ(男から女に対して)いとしいあなた、恋人、妻。万葉集に多い語。

五節《(こせち)》に出《い》でてかいつくろひなどし侍《はべ》りける女《をむな》につかはしける

中納言公成《(きんなり)》

622 雲《くも》のうへにさばかりさしし日《ひ》かげにも君《きみ》がつらゝはとけずなりにき

はじめて女《をむな》のもとに、春立《はるた》つ日つかはしける

藤原能通《(よしみち)》朝臣

623 年《とし》へつる山した水《みづ》のうすごほりけふ春風《はるかぜ》にうちもとけなん

題不知《(しらず)》

能因《(のういん)》法師

624 こほりとも人の心《こゝろ》を思《おも》はばやけさ立《た》つ春《はる》の風《かぜ》にとくべく

文《ふみ》つかはす女《をんな》の返《かへ》り事《ごと》をせざりければよめる

祭主輔親

625 満《み》つ潮《しほ》の干《ひ》るまだになき浦《うら》なれやかよふ千鳥《ちどり》の跡《あと》も見《み》えぬは

返《かへ》り事《ごと》せぬ人の、異人《ことひと》にはやると聞《き》きて

道命法師

626 潮《しほ》たるゝわが身《み》のかたはつれなくて異浦《ことうら》にこそけぶり立《た》ちけれ

622　雲の上にそれほど射した日の光にも、氷に似て冷たいあなたの心は解けませんでしたね。○五節の五節　新嘗祭・大嘗祭に行われた公事。五節の舞姫が舞を奏する。○かいつくろひ…　舞姫の着付けや髪形などの世話をする女性。○雲のうへ　宮中を暗示する。○さしし日かげ　五節の際、冠の掛物などに用いられるヒカゲノカズラを暗示する。「日影」を響かせ、「雲」「さし」「つらゝ」と縁語。○つらゝ　氷。女の冷たい心の暗喩。

623　長いこと山陰を流れる水に張った薄氷は、立春の今日吹く風に解けてほしいものです。何年もひそかにあなたを思い続けている私の心を汲んで、つれないあなたも今年の春はうちとけてください。○山した水　「山のした水」(→六〇五)と同じく、山陰を流れる水の意で、秘めた恋心の比喩。○うすごほり　相手の女の暗喩。

624　いっそのこと恋人の心を氷とも思いたい。立春の今朝吹く風に解けるように…。能因集、「早春庚申夜恋歌十首」の春二首の一。「此日則立春也」という注記がある。

625　満潮が引く時さえもない浦なのだろうか、浜辺に通う千鳥の足跡も見えないのは…。他の人といつも逢っていて、ほんの少しの時間もないのですか、お手紙を差しあげたのに返事もくださらないのは。輔親卿集。○四・五句　文字を鳥の足跡に喩えることから、こちらから通わせる手紙に対し返信のないことをいう。

626　藻塩垂れている私の潟にはかかわりなく、他の浦に塩焼く煙が立ち昇ったよ。あなたは嘆いている私に対しては冷淡で、他の人と恋をしているのですね。○かた　「方」に「潟」を掛ける。○けぶり　「潮たるゝ」「潟」「浦」の縁語で、藻塩焼く煙。「けぶり立ち」は恋に燃えていることの比喩。

627 返《かへ》り事《ごと》せぬ人に、山寺《でら》にまかりてつかはしける

思《おも》ひわびきのふ山べに入《い》りしかどふみ見ぬ道《みち》はゆかれざりけり

女《をんな》の家近《いへちか》き所《ところ》に渡《わた》りて、七月七日につかはしける　　前大納言公任《(きんたふ)》

628 雲《くも》ゐにてちぎりし中《なか》はたなばたをうらやむばかりなりにけるかな

七夕の後朝に、女の許《(もと)》につかはしける　　藤原隆《(たか)》資《(より)》

629 逢《あ》ふことのいつとなきにはたなばたの別《わか》るゝさへぞうらやまれける

人《ひと》の氷《こほり》を包《つゝ》みて、身《み》にしみてなど言《い》ひて侍《はべ》りければ　　馬内侍

630 逢《あ》ふことのとゞこほるまはいか許《(ばかり)》身《み》にさへしみてなげくとか知《し》る

題不知《(しらず)》　　藤原顕季《(あきすゑ)》朝臣

631 鴫《しぎ》の伏《ふ》す刈田《かりた》に立《た》てる稲茎《いなくき》のいなとは人《ひと》のいはずもあらなん

627 思いに堪えかねて、昨日山のほとりに入りましたが、踏み歩いたこともない山道はとうとう行けませんでした。あなたの手紙を見ていないので、思い切って山寺に入ってしまえませんでした。○ふみ見ぬ　「踏み見ぬ」に「文見ぬ」を掛ける。「隔てける人の心の浮橋をあやふきまでもふみみつるかな」（後撰・雑一・四条御息所女）。

628 宮中で契った二人の間柄はとだえして、年に一度だけ逢う牽牛織女を羨むほどになってしまいましたね。公任集、四句「うらやむほどに」。○女　公任集に「ないせの命婦」という。○雲ゐ　「たなばた」の縁語。

629 あなたに逢えるのがいつのことかわからない私には、牽牛織女の二星が逢った翌朝別れるのさえ羨ましく思われます。○七夕の後朝　七月八日の朝。

630 あなたにお逢いするのが滞っている間、私がどれほど身にしみて嘆いているかおわかりですか。馬内侍集。○人　馬内侍集に「さ大将」という。藤原朝光か。○身にしみて　馬内侍集に「身にしみてなん思ふ」という。この氷の冷たさが身にしみるように痛切に恋しく思っているのだと、氷をよこして殺し文句を言ったのである。○とゞこほる　氷の縁で「こほる」を響かせる。「逢ふことのとどこほりつつほど経ればとくれどとくるけしきだになし」（栄花物語・ゆふしで・小一条院）。

631 鴫がねぐらとする刈田に立っている稲株ではないが、あなたは私に逢うことを「いな」とは言わないでほしいものです。六条修理大夫集「歌合に」。○鴫の伏す刈田　鴫は田にいる鳥と歌われることが多い。「鴫のゐる野沢の小田をうち返し種まきてけり注連（めし）はへてみゆ」（金葉・春・津守国基）など。○三句　稲茎は刈ったあとの稲株。ここまで「いな」を起こす序詞。○いな　いいえ、嫌ですと拒否すること。「最上河のぼれば下る稲舟のいなにはあらずこの月ばかり」（古今・東歌・陸奥歌）。

上《うへ》の男《をのこ》ども、所《ところ》の名《な》を探《さぐ》りて歌《うたゝ》たてまつり侍《はべ》りけるに、逢《あふ》
坂《さか》の関《せき》の恋《こひ》をよませたまひける

御製《ぎよせい》

632
逢坂《あふさか》の名《な》をもたのまじ恋《こひ》すれば関《せき》の清《し》水に袖《そで》もぬれけり

題不知《しらず》

道命法師

633
逢《あ》ふことはさもこそ人目《ひとめ》かたからめ心《こゝろ》ばかりはとけて見《み》えなむ

返《かへ》し

読人不知

634
思《おも》ふらんしるしだになき下紐《したひも》に心ばかりの何《なに》かとくべき

和泉式部

635
したきゆる雪間《ゆきま》の草《くさ》のめづらしくわが思《おも》ふ人に逢《あ》ひ見《み》てしがな

入道一品宮《にふだういつぽんのみや》に侍《はべり》ける陸奥《みちのくに》がもとにつかはしける

源頼綱《よりつな》朝臣

636
奥山《おくやま》の真木《まき》の葉《は》しのぎ降《ふ》る雪《ゆき》のいつとくべしと見《み》えぬ君《きみ》かな

632　逢坂という名をもあてにするまい。恋をしたので関の清水に袖も濡れたよ。恋人との逢瀬を堰かれて、袖は涙に濡れたよ。○上の男ども　殿上人達。○所の名　名所。歌枕。○探りて　くじで引き当てて。探り題という詠歌のし方をいう。○逢坂の関　近江国。恋人に「逢ふ」という連想を呼び起す。○二句　「あふひといふ名をも頼まじけふといへば思はぬ中は神も許さず」（重之女集）。○関の清水　逢坂の関近くにあった清水。「関」に「堰き」を響かせる。

633　私と逢うことはなるほど人目が憚られてむずかしいでしょうが、せめて心だけはうちとけてほしいものです。○二・三句　「さもこそ…已然形」の文脈で下の文に逆接的に連なる。「うつつにはさもこそあらめ夢にさへ人目を守ると見るがわびしさ」（古今・恋三・小野小町）。○心ばかりはとけて　「心とく」は、心を許すの意。「泣きたむる袂こほれる今朝見れば心とけても君を思はず」（後撰・恋一・よみ人しらず）。

634　あなたが私のことを思っているという証拠となる、下紐が自ずと解けることすらないのに、心だけがどうしてうちとけられるものですか。○上句　恋しく思うと思われている相手の下紐が解けるという俗信が古くからあった。「吾妹子し吾を偲ふらし草枕旅の丸寝に下紐解けぬ」（万葉集十二・作者未詳）、「下紐のしるしとするもとけなくに語るがごとはあらずもあるかな」（後撰・恋三・よみ人しらず）。

635　下の方から解けて消える雪の間に萌え出た草のようにめずらしく、思うあの人に逢いたい。和泉式部集（百首）、初句「下もゆる」。○雪間の草　「草は…雪間の若草」（枕草子）、「山里の雪まの若菜摘みはやしなほ生ひ先の頼まるるかな」（源氏物語・手習・妹尼）。「雪間の草の」までは、「めづらしく」を起す序のような働きをする。

636　奥山の槙の葉に被いかぶさるように降る雪、その雪にも似て、あなたはいつになっても私に対してうちとけそうにも見えませんね。○入道一品宮　一条天皇の皇女脩子内親王。○陸奥　女房の名。○上句　「奥山の真木の葉凌ぎ降る雪の降りは益すとも地に落ちめやも」（万葉集

637 うれしきといふわらはに文通《ふみかよ》はし侍《はべ》りけるに、異《こと》人に物言《ものい》はれてほどもなく忘《わす》られにけりと聞《き》ゝてつかはしける

うれしきを忘《わす》るゝ人もある物《（もの）》をつらきを恋《こ》ふるわれやなになり

源政成《（まさなり）》

638 題不知《（しらず）》

恋《こ》ひそめし心《こゝろ》をのみぞうらみつる人のつらさをわれになしつゝ

平兼盛《（かねもり）》

639 文通《ふみかよ》はす女《をむな》ことかたさまになりぬと聞《き》ゝてつかはしける

いかにせんかけてもいまは頼《たの》まじと思《おも》ふにいとゞぬるゝたもとを

藤原為時《（ためとき）》

640 公《（きん）》資《（より）》に相具《あいぐ》して侍《はべ》りけるに、中納言定頼《（さだより）》忍《しの》びて訪《おとづ》れけるを、隙《ひま》なきさまをや見《み》けむ、絶《た》え間《ま》がちにおとなひ侍《はべ》りければよめる

逢《あ》ふことのなきよりかねてつらければさてあらましにぬるゝ袖《そで》かな

相模《（さがみ）》

六・橘奈良麻呂）とも歌われるが、ここでは下句の「とく」を起す序としていう。「奥山の菅の根しのぎ降る雪のけぬとかいはむ恋のしげきに」（古今・恋一・よみ人しらず）に近い言い方。

637 「うれしき」を忘れる人もいるというのに、その「うれしき」のつらい仕打ちを恋しく思っている私はいったい何なのでしょうか。○うれしきといふわらは　童名を「うれしき」という女の童。○物言はれて　求愛されて。○うれしき　童の名に「嬉しいこと」の意を重ねていう。○つらき　童「うれしき」の薄情な仕打ち。「うれしき」の対としていう。○恋ふる　上の「忘るゝ」と対照的な言葉。○五句　六五二にも同じ句がある。「逢坂の関やなになり近けれど越えわびぬれば嘆きてぞ経る」（蜻蛉日記・上）などの例もある。なお、陽明乙本「我はなになる」。

638 あなたを恋しはじめた私自身の心だけを恨んだよ、あなたの薄情さを自分のせいにして。兼盛集「宮仕へ人の、曹司の壁近き所に立寄りて、おぼつかなきことなどいひければ、されども夢には見つめりといへば、女のつれなくのみいへれば」。○人のつらさ　相手の薄情さ。兼盛集の詞書から、この「人」は代名詞的に、あなたの意で言ったと見る。

639 どうしたらよいのだろうか、今は決してあなたの愛情を期待するまいと思うのに、袂は涙に一層濡れるのを…。○ことかたさまになりぬ　別の男と愛し合うようになってしまった。○かけても　下に打消や禁止の表現を伴って、決してという意を表す副詞。

640 あなたにお逢いできなくて以前からつらく思われるので、今から恋の成行きを思うと袖は涙で濡れます。相模集「よそながらにくからずみし人の音せざりしに」、四句「さぞあらましに」。○公資　大江公資。○相具して侍りけるに　夫婦になっておりました時に。○中納言定頼　藤原定頼。○あらまし　予想。予測。

641
春《はる》より物言《ものい》ひ侍《はべ》りける女《をむな》の、秋《あき》になりてつゆばかり物《もの》は言《い》
はむと言《い》ひて侍《はべ》りければ、八月許《(ばかり)》につかはしける
待《ま》てといひし秋《あき》もなかばになりぬるを頼《たの》めかおきし露《つゆ》はいかにぞ
大中臣能宣《(よしのぶ)》朝臣

642
宇治前太政大臣《(うぢのさきのだいじやうだいじん)》の家の卅講の後の歌合に
逢《あ》ふまでとせめていのちのをしければ恋《こひ》こそ人の祈《いの》りなりけれ
堀川右大臣《(ほりかはうだいじん)》

643
やむごとなき人を思《(おもひ)》かけたる男《をとこ》に代《かは》りて
尽《つ》きもせず恋《こひ》になみだをわかすかなこやなゝくりの出湯《いでゆ》なるらん
相模

644
女《おんな》のもとにつかはしける
近江《あふみ》にかありといふなるみくりくる人くるしめの筑摩江《つくまえ》の沼《ぬま》
藤原道信《(みちのぶ)》朝臣

645
題不知《(しらず)》
恋《こひ》してふことを知《し》らでややみなましつれなき人のなき世《よ》なりせば
永源《(やうげん)》法師

641 「秋まで待て」と言われましたが、その秋も半ばになりました。私に期待させてくださったあの「露」(いささかの言葉)はどうなったのですか。能宣集「ある人の、いま秋になりなむに、つゆばかりものいはむとあるに、ほど過ぎはべりにければ」、二・三句「秋もなかばはすぎにけり」。○春より物言ひ侍りける女　春の頃から求愛しておりました女。○秋になりてつゆばかり物は言はむ　秋になったら少しはおつきあいしましょう。「つゆ」は少しの意で、「秋」の縁語「露」を響かせる。求愛する男に対して女が秋まで待ってほしいと返事する例は伊勢物語九十六段にも見える。夏は結婚を避ける傾向があったか。○四句「おき」は「露」の縁語。

642 あの人に逢うまでは何としても生きていたいとひどく命が惜しまれるので、こうなると恋は人にとって祈りのようなものだなあ。賀陽院水閣歌合。入道右大臣集、二句「命のせめて」。○宇治前太政大臣　藤原頼通。○卅講　法華三十講。長元八年(一〇三五)四月三十日から五月十八日まで行われた。歌合の催行は五月十六日。

643 尽きることなく恋心に涙を煮えたぎらせています。これが有名な七くりの出で湯なのでしょうか。相模集「所せげならむ恋の歌二つばかりよみて得させよと人のいひしかば」。○わかす「恋」に「火」を掛け、「出湯」の縁語で「なみだをわかす」と言ったか。○こや　これが…なのか。○なゝくりの出湯　伊勢国の榊原温泉か。信濃国とも。

644 近江にあるとかいう、三稜草(みくり)を手繰る筑摩江の沼は人を苦しめるものですが、私もあなたに苦しめられています。道信朝臣集「人のもとへやる」。○みくり　三稜草。ミクリ科の多年草。沼沢地に自生する。水中に縄のように漂うのでみくりなわともいう。「みくりくる」は「人くるしめ」を起す序のような働きをする。○筑摩江　近江国。「つくま江に生ふるみくりの水はやみまだねも見ぬに人の恋しき」(古今六帖六・作者未詳)。

645 恋しいということを知らずに世を終えたことだろうか、もしもつれない人がこの世にいなかったならば。

646 つれもなき人もあはれといひてまし恋《こひ》するほどを知《し》らせだにせば

赤染衛門《(あかぞめゑもん)》

女《をんな》の、淵《ふち》に身《み》を投《な》げよと言《い》ひ侍《(はべり)》ければ

647 身《み》を捨《す》てて深《ふか》き淵《ふち》にも入《い》りぬべしそこの心の知《し》らまほしさに

源　道済《(みちなり)》

題不知《(しらず)》

大中臣能宣朝臣

648 恋《こ》ひ〳〵て逢《あ》ふとも夢《ゆめ》に見《み》つる夜《よ》はいとゞ寝覚《ねざ》めぞわびしかりける

賀茂祭の帰《かへ》さに前駈《(ぜんく)》つかうまつれりけるに、青色《あをいろ》の紐《ひも》の落《お》ちて侍《はべ》りけるを、女《むな》の車《くるま》より唐衣の紐《ひも》を解《と》きて綴《と》ぢ付《つ》け侍《はべ》りけるを、尋《たづ》ねさせけれど、誰《たれ》とも知《し》らでやみ侍《(はべり)》にけり、またの年《とし》の祭《まつり》の垣下《(かいもと)》にて、斎院《(さいゐん)》にまい《(ゐ)》り〔て〕侍けるに、女《おむな》の、いづら、付《つ》けし紐《ひも》はとおとづれて侍《はべ》りければ、つかはしける

649 唐衣《からころも》むすびし紐《ひも》はさしながらたもとははやく朽ちにし物《(もの)》を

646 私がどれほど恋しているか、その程度を知らせさえすれば、あの薄情な人もああ、かわいそう、と言うでしょう。赤染衛門集「こひ」。○つれもなき人　「つれもなき人を恋ふとて山彦の答へするまで歎きつるかな」(古今・恋一・よみ人しらず)。○恋するほど　恋をしている程度。

647 私は身を捨てて深い淵にも入りましょう、あなたの心の奥底が知りたいので…。○淵に身を投げよ　恋の冒険を敢えてして私への愛情を見せてほしい。○そこの心　「淵」の縁語「底」に第二人称代名詞「そこ」(そなた)を掛ける。「かくれ沼(ぬ)のそこの心ぞ恨めしきいかにせよとてつれなかるらん」(拾遺・恋二・藤原伊尹)。

648 ひたすら恋い続けてあの人と逢うと夢に見た夜は、寝覚めが一層わびしく思われるよ。能宣集「こひ」。○初句　「恋ひ恋ひて逢ふ夜は今宵天の河霧立ち渡り明けずもあらなん」(古今・秋上・よみ人しらず)。

649 あなたが結び付けてくれた唐衣の紐は去年のままですが、私の袂はあなた恋しさに流す涙で早くも朽ちてしまいましたよ。能宣集。麗花集。

○賀茂祭　京の賀茂神社の祭礼。陰暦四月の中の酉の日に行われた。葵祭。北祭。○前駈　騎馬で行列の先導をすること。○青色の紐　能宣が着ていた青色の袍の紐。「青色不レ具之前駈者、先参入付二蔵人一奏二此由一、有レ仰召二蔵人青色一給レ之」(江家次第六)、「青色とは麴塵(きくぢん)の袍、天子の御衣を蔵人召おろしを給ひて着也」(八代集抄)。○落ちて侍りけるを　能宣集には「落ちぬべき、繕はむとて車隠れにまかり寄りたるに」とある。○女の車より…　能宣集には「車より同じ糸をすけて出して侍りしを」とある。○またの年の祭　翌年の賀茂祭。○垣下　饗宴で正客の相伴。○まいりて　底本「まいり」。冷泉本他による。○いづら　どこにありますか。

返《かへ》し　　読人不知

650 朽《く》ちにける袖《そで》のしるしは下紐《したひも》のとくるになどか知《し》らせざりけん

題不知《（しらず）》　　能因法師

651 錦木《にしきゞ》は立《た》てながらこそ朽《く》ちにけれけふの細布《ほそぬの》むねあはじとや

西宮前左大臣《（にしのみやさきのさだいじん）》

652 須磨《すま》の海人《あま》の浦《うら》こぐ舟《ふね》のあともなく見《み》ぬ人恋《こ》ふるわれやなになり

女《をむな》のもとに言《い》ひつかはしける

653 さりともと思《おも》ふ心にひかされていままで世《よ》にもふるわが身《み》かな

返《（かへし）》　　小野宮太政大臣女《（をののみやのだいじやうだいじんのむすめ）》

654 頼《たの》むにいのちの延ぶる物《（もの）》ならば千歳《ちとせ》もかくてあらむとや思《おも》ふ

650 袖が朽ちたきめには、下紐が解けるように私はあなたに対してうちとけようとしているのに、どうして知らせてくださらなかったのですか。能宣集、初句「くちにけむ」、四句「とくだになどか」。○下紐　下裳や下袴の紐。人を恋すると解けると考えられていた。「恋しとはさらにもいはじ下紐のとけんを人はそれと知らなん」(古今六帖五・作者未詳)、「下紐のしるしとするもとけなくに語るがごとは恋ひずぞあるべき」(同上)。

651 錦木は恋人の家の戸口に立てたまま朽ちてしまった。「けふの細布」は狭くて胸元が合わないように、恋人は逢うまいというのであろうか。能因集「東国風俗五首」、二句「たててぞともに」。○錦木　陸奥で男が求愛のしるしに女の家の門口に立てたという、彩色した木。○四句「陸奥国に鳥の毛して織りける布なり。多からぬ物して織りける布なれば、機張も狭くひろも短ければ、上に着る事はなくて、小袖などのやうに下に着るなり。されば背中ばかりを隠して胸まではかからぬ由をよむなり」(俊頼髄脳)、「陸奥国のけふの郡より出でたる布也。機張狭き布なれば、胸合はずとは云ふ也」(奥義抄・中)。

652 須磨の浦を漕ぐ漁師の舟が波の上に跡をとどめないように、何の跡(拠り所)もなく、まだ逢ったこともないあなたを恋しく思う私はどうしたということなのでしょうか。西宮左大臣御集「をむなに」。○須磨　摂津国。○二句　舟の航跡はすぐ消えてしまうので、「世の中を何に譬へむ朝開き漕ぎ去にし船の跡なきごとし」(万葉集三・満誓)などと歌われる。そのことからここまでは「あともなく」を起す序。○三句「秋の野を朝行く鹿の跡もなく思ひし君に逢へる今宵か」(万葉集八・賀茂女王)。

653 いくら何でもいつかは恋が叶うだろうと思う心につられて、私は今日まで生き永らえています。西宮左大臣御集「小野の中君にいと久しく聞え給はで」。

654 いつかは恋が叶うと期待することで命が延びるものならば、千年もこのように私と逢わないでいようとお思いですか。西宮左大臣御集。

題不知《しらず》

655 思《おも》ひ知《し》る人もこそあれあぢきなくつれなき恋《こひ》に身をやかへてむ

小弁《こべん》

656 人知《ひとし》れず逢《あ》ふを待《ま》つまに恋死《こひし》なば何《なに》にかへたるいのちとかいはむ

平兼盛

長久二年弘徽殿女御《こきでんのにようご》家の歌合し侍《はべ》りけるによめる

657 恋死《こひし》なむいのちはことの数《かず》ならでつれなき人のはてぞゆかしき

永成《やうじやう》法師

俊綱《としつな》朝臣の家に題を探《さぐ》りて歌《うた》よみ侍《はべ》りけるに、恋《こひ》をよめる

658 つれなくてやみぬる人《ひと》にいまはたゞ恋死《こひし》ぬとだに聞《き》かせてしがな

中原政義《まさよし》

文《ふみ》に書《か》かむによかるべき歌《うた》とて、俊綱朝臣人〳〵によませ侍《はべ》りけるによめる

659 朝寝髪《あさねがみ》みだれて恋《こひ》ぞしどろなる逢《あ》ふよしもがな元結《もとゆひ》にせん

良暹《りやうせん》法師

655 わかってくれる人もいるかもしれないのに、つまらないことに、つれない人との恋にこの身を引換えにするのでしょうか。○三句　「身をやかへてむ」にかかる。○つれなき恋　薄情な人を恋すること。○五句　「身を替ふ」は「命を替ふ」に同じ。「恋しきに命をかふるものならば死は易くぞあるべかりける」(古今・恋一・よみ人しらず)。

656 あの人と逢うのを待つうちにあの人に知られずに恋死にをしてしまったならば、何と引換えにした命と言ったらよいのだろうか。兼盛集。金葉三奏本・恋上、作者本院侍従。

657 恋死にをするであろう私の命は物の数ではなくて、ただ薄情なあの人の末路が知りたい。○長久二年　一〇四一年。歌合の行われたのは二月十二日。○弘徽殿女御　藤原教通女生子。後朱雀天皇の女御。○五句　結末が見届けたい、知りたい。自分に対してつれなかった報いで、いい目に遭わないであろうと考え、それを期待していう。

658 薄情なままで終ってしまったあの人に、今はただ私は恋死にするとだけでも聞かせたい。○俊綱朝臣　橘俊綱。○題を探りて　出された題をくじで分け取って。↓六三〇。

659 朝寝起きの髪が乱れるように恋心も乱れてしどろもどろになっている。何とかしてあなたに逢いたい。その逢う手段を元結にして、髪ならぬ心を整えよう。○文　恋文。○初句　「朝寝髪我はけづらじうつくしき人の手枕ふれてしものを」(拾遺・恋四・柿本人麻呂)。○三句　「まめなれどよき名も立たず刈萱のいざ乱れなんしどろもどろに」(古今六帖六・作者未詳)。○五句　「朝寝髪」の縁でいう。「あはれてふ言だになくは何をかは恋の乱れの束緒(つかねを)にせむ」(古今・恋一・よみ人しらず)などに通ずる発想。

660 からころも袖師《そでし》の浦《うら》のうつせ貝《がひ》むなしき恋《こひ》に年《とし》のへぬらん　藤原国房《くにふさ》

関白前左大臣《くわんぱくさきのさだいじん》家に人〳〵、経ルレ年ヲ恋といふ心をよみ侍《はべ》りける

661 われが身《み》はとがへる鷹《たか》〔と〕なりにけり年《とし》はふれどもこゐは忘《わす》れず　左大臣《さだいじん》

662 年《とし》をへて葉《は》がへぬ山《やま》の椎柴《しゐしば》やつれなき人のこゝろなるらん　右大臣《うだいじん》

日《ひ》ごろけふと頼《たの》めたりける人の、さもあるまじげに見《み》え侍《はべり》ければよめる

663 うれしとも思《おも》ふべかりしけふしもぞいとゞ歎《なげ》きのそふこゝちする　道命法師

660 袖師の浦の身のない貝にも似てむなしい恋に悩むうちに幾年も経ってしまったのであろう。○初句 「袖」の枕詞。○袖師の浦　出雲国。○三句　中身のない空っぽの貝殻。ここまでは「むなしき」を起す序。「伊勢の海の渚に寄するうつせ貝むなしたのみに寄せつくしつつ」(古今六帖三・作者未詳)、「住吉の浜に寄るてふうつせ貝みなきこともてわが恋ひんやも」(同上)。

661 私の身体は鳥屋(とや)で羽の抜けかわる鷹となってしまったよ。幾年経っても木居(こい)ならぬ恋は忘れないのだから。○関白前左大臣　藤原師実。○二句 「とがへる」は、夏の末から冬にかけて、鳥屋に戻った鷹の羽が抜けかわることという。「とやがへる」とも。顕昭はこの歌を引き、「タカニカヘルトイフコトヲヨムハ、ケノカハルナリ。トヤガヘルトイフハ、鳥屋ニテケノカハルナリ」(袖中抄・第九)という。↓三六七。「鷹と」は、底本「たか」。冷泉本他による。○こゐ　木居。飼われている鷹がとまるとまり木。「恋」を掛ける。↓三九三。

662 幾年経っても落葉することのない、山の椎柴、それが私の愛情に対しても変ることのない薄情なあの人の心だろうか。○椎柴　椎の木。「椎の木、常磐木はいづれもあるを、それしも葉がへせぬためしにいはれたるもをかし」(枕草子・花の木ならぬは)、「はし鷹のとがへる山の椎柴の葉がへはすとも君はかへせじ」(拾遺・雑恋・よみ人しらず)。

663 嬉しいと思う筈であった今日は、なお一層嘆きが加わる心地がするよ。○日ごろけふと頼めたりける人　長い間、今日は逢おうと私に期待をさせていた女。○さもあるまじげに見え侍ければ　そうでもなさそうに、いざとなると逢いそうでもなく見えましたので。

後拾遺和歌抄第十二　恋二

664
女《をんな》に逢《あ》ひてまたの日《ひ》つかはしける　祭主輔親《すけちか》

ほどもなく恋《こ》ふる心はなになれや知《し》らでだにこそ年《とし》はへにしか

665
実範《さねのり》朝臣の女《むすめ》のもとに通《かよ》ひそめての朝《あした》につかはしける　源頼綱《よりつな》朝臣

いにしへの人《ひと》さへけさはつらきかな明《あ》くればなどか帰《かへ》りそめけん

666
惟任《これたふ》の朝臣に代《かは》りてよめる　永源《やうげん》法師

夜《よ》をこめて帰《かへ》る空《そら》こそなかりけれうらやましきはありあけの月

664 あなたに逢ってまもなくなのに恋しくてならないこの心は一体何なのでしょうか。今まではあなたのことを知らないで何年も過してきたというのに。輔親卿集「人になれて、暁にいひやる」。○またの日　翌日。○三句　上で述べたこととは逆のことや矛盾することを下でいう場合にしばしば用いられる句。「歎きつつすぐす月日は何なれやまだき木の芽ももえまさるらん」（順集）、「朝夕に海人の刈る藻は何なれやみるめのかたき浦となりける」（斎宮女御集）。

665 あなたと初めて逢ったのちの朝である今朝は、昔の人までもつらく思われます。どうして夜が明ければ愛する人の所から帰るという習慣を始めたのでしょうか。○実範朝臣の女　実範は藤原氏南家貞嗣流、能通の男大学頭文章博士実範。

666 まだ夜が明けないうちにあなたの許から帰る気にはなれませんでした。夜が明けても空に残っている有明の月が羨ましく思われます。○惟任の朝臣　藤原惟任。作者永源の乳兄弟。○初句　まだ夜深い時分に。○帰る空　この「空」は、心地、気分などの意。「月」の縁語。「雁がねはいかに言ひてか帰るらん帰るそらなきものにぞありける」（江帥集）、「浪の上に見えし小島の島隠れ行く空もなし君に別れて」（拾遺・別・金岡）のように、多くの場合下に打消の表現を伴う。

平行親《(ゆきちか)》朝臣の女《むすめ》のもとにまかりそめてまたの朝《あした》によめる

藤原隆方《(たかかた)》朝臣

667 暮《く》るゝまの千歳《ちとせ》を過《す》ぐすこゝちして待《ま》つはまことに久《ひさ》しかりけり

題不知《(しらず)》

源　定季《(さだすゑ)》

668 けふよりはとく呉竹《くれたけ》のふしごとに夜《よ》は長《なが》かれと思《おも》ほゆるかな

女《をむな》のもとより帰《かへ》りてつかはしける

少将藤原義孝《(よしたか)》

669 君《きみ》がためをしからざりしいのちさへ長《なが》くもがなと思《おも》ひぬるかな

人のもとに通《かよ》ふ人に代《かは》りてよめる

伊勢大輔《(いせのたいふ)》

670 けふ暮《く》るゝほど待《ま》つだにも久《ひさ》しきにいかで心をかけて過《す》ぎけん

女《をむな》のもとより雪降《ゆきふ》り侍《(はべり)》ける日帰《ひかへ》りてつかはしける

藤原道信《(みちのぶ)》

671 帰《かへ》るさの道《みち》やはかはるかはらねどとくるにまどふけさの淡雪《あはゆき》

667 日が暮れるまでの時間の長さといったら、まるで千年を過す心地がして、松の千歳ではないが、待っていることは本当に長く感じられます。〇平行親朝臣の女　隆方の妻、為房の母。〇千歳を過ぐすこゝち「とく暮れば嬉しかるべき今日しもぞ千歳をすぐすここちなりける」(大弐高遠集)。〇下句「待つ」に「千歳」の縁語「松」を響かせる。「何せむに結びそめけん岩代の松は久しき物と知る知る」(拾遺・恋二・よみ人しらず)。

668 今日からは早く日が暮れて、あの人と共に臥す夜ごと、呉竹の一節が長いように、夜は長くあってほしいと思われる。〇呉竹の「暮れ」を掛ける。〇三句「呉竹」の縁語「節」に「臥し」を掛ける。「難波潟短き蘆のふしごとに逢はでこのよをすぐしてよとや」(伊勢集)。〇夜「呉竹」の縁語「節(よ)」を掛ける。

669 あなたと逢うためには捨てても惜しくなかった命までも、こうしてお逢いできたあとは長生きしたいと思うようになりました。義孝集「人のもとより帰りて、つとめて」、五句「思ほゆ〈ひぬ〉るかな」。〇をしからざりしいのち「命やは何ぞは露のあだものを逢ふにしかへばをしからなくに」(古今・恋二・紀友則)。▽小倉百人一首に選ばれた歌。

670 今日が暮れるまでの時間を待つだけでも久しく思われるのに、どうして今まであなたに思いを懸けたまま逢わずに過ぎてきたのでしょうか。伊勢大輔集「人のもとにゐて、人に代りて」。〇人のもと　この「人」は女。〇通ふ人　男。伊勢大輔集の一本、「人のもとに初めてゆく男に代りて」。

671 帰り道はいつもと変っているのでしょうか。変りはしないけれども、今朝降る淡雪のようにあなたが打ち解けてくれたので、かえって惑うのです。道信朝臣集。〇とくる　雪が解ける意に女がうちとける(男を受入れる)意を込める。「霜の上に降る初雪の朝氷とけずも見ゆる君が心か」(古今六帖一・作者未詳)。

672 明《あ》けぬれば暮《く》るゝものとは知《し》りながらなを《(ほ)》うらめしき朝《あさ》ぼらけかな

ある人《ひと》のもとにとまりて侍《はべ》りけるに、昼《ひる》はさらにみぐるしとて出《い》でざりければよめる

673 ちかの浦《うら》に波寄《なみよ》せまさる心地してひるまなくても暮《く》らしつるかな

題不知《(しらず)》　永源法師

674 逢《あ》ひみてののちこそ恋《こひ》はまさりけれつれなき人をいまはうらみじ

女《をむな》につかはしける　西宮前左大臣《(にしのみやさきのさだいじん)》

675 うつゝにて夢《ゆめ》ばかりなる逢《あ》ふことをうつゝばかりの夢《ゆめ》になさばや

題不知《(しらず)》　藤原道信朝臣

676 たまさかにゆきあふさかの関守《せきもり》はよをとほさぬぞわびしかりける

672 明けてしまえばいずれは暮れるものとはわかっていながら、それでもやはり明ければ帰らなければならないので、恨めしく思われる朝ぼらけよ。道信朝臣集、二句「帰るものとは」。▽小倉百人一首に選ばれた歌。

673 ちかの浦に波が一層寄せるように、なまなかあなたの近くにいるので逢えないのが一層悲しくて、潮の干る間もないように、昼間にもかかわらず、一日中泣いて暮しました。道信朝臣集、二句「波かけまさる」、五句「濡る、袖かな」。○ちかの浦　陸奥国。一説に、肥前国、値嘉の浦。「近」くいながらの意をこめる。○波　涙を暗示。○ひるま　「干る間」と「昼間」の掛詞。「泣きたむる涙は袖に満つ潮のひるまにだにも逢ひ見てしかな」(順集)。

674 思い焦れている人と逢い見たのちにこそ、恋心はまさるものだったのだ。だから薄情なあの人を今は恨むまい。○逢ひみてののち　恋人と逢ったのち。「逢ひ見ての後の心にくらぶれば昔は物も思はざりけり」(拾遺・恋二・藤原敦忠)。▽つれなくされればこの激しい恋心も醒めるだろうから、つれない恋人を恨むまいと自身を慰める心。上句は「わが恋はなほ逢ひ見ても慰まずいやまさりなる心地のみして」(拾遺・恋二・よみ人しらず)や前引の敦忠の歌などと同じ気持。

675 現実であっても夢のような程度にすぎないあなたとの逢瀬を、いっそ現実のように確かな夢にしてしまいたいものです。和泉式部集「人の置きたりける鏡の筥を返しやるとて」、歌肩に「西宮殿歌云々」の注記がある。○二・三句「うたたねの夢ばかりなる逢ふことを秋の夜すがら思ひつるかな」(後撰・恋五・よみ人しらず)。○五句　「うつつにて思へばいはんかたもなし今宵のことを夢になさばや」(和泉式部日記)。

676 あなたとはたまに行き逢う程度で、逢坂の関守が人を通さないように、夜を通して逢えないのがわびしく思われます。道信朝臣集「小弁がもとにおはしたりけるに、又人あるけしきなれば、帰りて」。○ゆきあふさか　「行き逢ふ」から「逢坂」へと続ける。→七三。○関守　恋人に付いていている別の男。

677 知《し》る人《ひと》もなくてやみぬる逢《あ》ふことをいかでなみだの袖《そで》にもるらん

清原元輔《(もとすけ)》

男《をとこ》の、待《ま》てと言《い》ひおこせて侍《(はべり)》ける返《かへ》り事《ごと》によみ侍ける

678 たのむるをたのむべきにはあらねども待《ま》つとはなくて待《ま》たれもやせん

相模《(さがみ)》

時《とき》〲物言《ものい》ふ男《をとこ》、暮《く》れゆくばかりなど言《い》ひて侍《はべ》りければよめる

679 ながめつゝことありがほに暮《く》らしてもかならず夢《ゆめ》に見《み》えばこそあらめ

中関白《(なかのくわんばく)》少将に侍《はべ》りける時《とき》、はらからなる人に物言《ものい》ひわたり侍《(はべり)》けり、頼《たの》めてまうで来《こ》ざりけるつとめて、女《をむな》に代《かは》りてよめる

680 やすらはで寝《ね》なましものをさ夜《よ》ふけてかたぶくまでの月を見《み》しかな

赤染衛門《(あかぞめゑもん)》

677 あなたと逢うことは気付く人もなくて終ってしまったのに、どうして涙は袖を洩れるのだろうか。元輔集「女のもとへまかるに」の詞書を受けて、「又」とある。

678 待てと期待させるあなたのお言葉を期待することはできませんが、待つともなしについ心待ちにしてしまうでしょうか。相模集「さしもあるまじき人の、必ず来む、待てとありしかば」。

679 じっと物思いに沈みながら様子ありげに一日を暮しても、必ずあなたが夢に見えるというのならばともかく、そうではないのでつらく思われます。和泉式部集「時々来る人のもとより、暮れゆくばかりといひたれば」、四句「かならず夢の」。○暮れゆくばかり　「うつつにも夢にも人に夜し逢へば暮れゆくばかりうれしきはなし」(拾遺・恋二・よみ人しらず)を引く。○ことありがほ　何かわけのありそうな様子。「思ひ知ることありがほに月影の曇るけしきのただならぬかな」(和泉式部続集)、「鶯の鳴く音をまねに山彦をことありがほに求めつるかな」(古今六帖二・伊勢)。○夢に見えばこそあらめ　「夢(めい)にだに見えばこそあらめかくばかり見えずしあるは恋ひて死ねとか」(万葉集四・大伴家持)。▽和泉式部の作を撰者が相模の歌と誤ったか。

680 ためらうことなく寝てしまえばよかったのに、あなたをお待ちして、夜更けて西の空に傾くまで月を見ていました。赤染衛門集。○中関白　藤原道隆。左少将だったのは天延二年(九七四)、二十二歳の十月から貞元二年(九七七)、二十五歳の一月まで。○はらからなる人　ここでは同母の姉妹。○頼めてまうで来ざりけるつとめて　あてにさせて訪れて来なかった翌朝。○初句　ためらわずに。「やすらはず思ひ立ちにしあづま路にありけるものをはことりの関」(実方朝臣集)。○二句　「花に飽かで何帰るらむをみなへし多かる野辺に寝なましものを」(古今・秋上・平貞文)。▽男の違約を恨む歌。赤染衛門の作として小倉百人一首にも選ばれたが、馬内侍集に「今宵必ず来んとて来ぬ人のもとに」という詞書で、全く同一の歌が収められている。

人の頼《たの》めて来《こ》ず侍《はべ》りければ、つとめてつかはしける　和泉式部《（いづみしきぶ）》

681 おきながら明《あ》かしつるかな共寝《ともね》せぬ鴨《かも》の上毛《うはげ》の霜《しも》ならなくに

越前守景理《（かげまさ）》、夕《ゆふ》さりに来《こ》むといひて音《おと》せざりければよめる　大輔命婦《（たいふのみやうぶ）》

682 夕《ゆふ》つゆは浅茅《あさぢ》がうへと見《み》しものを袖《そで》におきても明《あ》かしつるかな

女の許《（もと）》に遣《（つかはし）》ける　藤原隆経《（たかつね）》朝臣

683 いかにせんあなあやにくの春《はる》の日やよはのけしきのかゝらましかば

返《かへ》し　童木《（わらはき）》

684 むばたまのよはのけしきはさもあらばあれ人の心のかゝらましかば

題不知《（しらず）》　源重之《（しげゆき）》

685 淀野《よどの》へとみまくさ刈《か》りにゆく人《ひと》も暮《くれ》にはたゞに帰《かへ》るものかは

681 私はあなたをお待ちして起きたまま夜を明かしてしまいました。雌雄仲良く共寝しない鴨の上毛に置く霜ではないのに。和泉式部続集「冬頃人の、来むといひて見えずなりにしつとめて」。○初句　「起き」に「霜」の縁語の「置き」を掛ける。○共寝せぬ鴨　孤閨をかこつ自身を投影する。○鴨の上毛の霜　「浮きて寝(ぬ)る鴨の上毛に置く霜の心とけなきよをも経るかな」(古今六帖一・作者未詳)。

682 夕露は浅茅の上に置くものと見ていたのに、私はその露(涙)を袖の上に置き、起きたまま夜を明かしてしまいました。○越前守景理　大江景理→人名。○夕さり　夕方。○夕つゆ　夕方に置く露。涙の暗喩。○浅茅　草丈の低い茅萱。浅茅と露とはしばしば取り合わされる。「風吹けばまづぞ乱るる色変る浅茅が露にかかるささがに」(源氏物語・賢木・紫の上)。○おきても　「置き」に「起き」を掛ける。

683 どうしたらいいのだろうか。ああ憎らしいほど永い春の日よ。あなたと逢う夜がこのように永かったらよいのに。○あやにく　形容詞「あやにくし」の語幹。○春の日　夕暮を待つ恋人にとってはことに永く感じられる。「逢はずして今宵明けなば春の日のながくや人をつらしと思はむ」(古今・恋三・源宗于)。○五句　「よからまし」という意を込めて言いさした表現。

684 夜はどうでもかまいません。あなたの愛情がこのように永続きするものであったらいいと思うだけです。○初句　「よは」の枕詞。○さもあらばあれ　どうでもかまわない。「遮莫」の訓読語。「ひたぶるに死なば何かはさもあらばあれ生きてかひなき物思ふ身は」(拾遺・恋五・よみ人しらず)。○人の心　あなたの心。▽結句を贈歌に揃えたのは一種の技巧。「人の心末とげてかはらぬ事まれなれば也」(八代集抄)。

685 淀野へ馬草を刈りに行く人も、暮に手を空しくして帰りはしない。夜殿へ忍ぶからには恋人に逢わずには帰るものか。重之集(百首)。○淀野　山城国。「夜殿」(寝所)を掛ける。「淀の野のまこもの中を掻き分けて刈る人なしに恋しきやなぞ」(千穎集)。○みまくさ　まぐさの美称。「みまくさをもやすばかりの春の日によどのさ

686 女《をんな》のもとにまかれりけるに、隠《かく》れて逢《あ》はざりければ、帰《かへ》り
てつかはしける

源師賢朝臣（もろかた）

帰《かへ》りしはわが身《み》ひとつと思《おも》ひしになみださへこそとまらざりけれ

687 左大将朝光（あさみつ）、女《をんな》のもとにまかれりけるに、悩《なや》まし、帰《かへ》りね
といひ侍《はべ》りければ、帰《かへ》りての朝《あした》、女《をんな》のもとよりつかはしけ
る

読人不知（よみびとしらず）

雨雲《あまぐも》のかへるばかりのむらさめにところせきまでぬれし袖《そで》かな

688 物言《ものい》ひ侍《はべ》りける男《をとこ》の、昼《ひる》などは通《かよ》ひつゝ、夜《よる》とまり侍《はべ》らざ
りければよめる

一宮紀伊（きい）

わが恋《こひ》は天《あま》の原《はら》なる月なれや暮《く》るれば出《い》づるかげをのみ見る

へなど残らざるらん」(枕草子・僧都の御乳母のままなど)。〇たゞに帰るものかは　「わが宿をさして来ざりし月だにも入らではただに帰るものかは」(古今六帖二・作者未詳)。

---

686 あなたの所に泊まることもなく空しく帰ってきたのは、私の身体だけだと思っていたのに、涙さえも止まらなかったのでした。〇五句　「止まら」に「泊まら」を掛ける。「をしみつつ別るる人を見る時はわが涙さへとまらざりけり」(貫之集、古今六帖四)。

687 雨雲が戻った時分に降る村雨に、私の袖は厄介なくらい濡れました。あなたが帰ってしまわれたので、私の袖は涙でひどく濡れました。朝光集「女のもとにおはしたるに、帰らせ給ひねといはせたるを、思し疑ふことありて、つとめて／雨雲の…」「返し／人はいさ袖や濡れけんわれはたゞ涙にのみぞそぼちつゝ来し」。〇むらさめ　急に激しく降る雨。〇下句　「形見ぞと見るにつけては朝露のところせきまで濡るる袖かな」(源氏物語・東屋・薫)。

688 私の恋人は空のお月様でしょうか。日が暮れると出る光(姿)ばかり見ています。一宮紀伊集「琵琶など弾きくらし遊びて、日暮るればかへりし人に」。〇三句　「や」は反語。…なのだろうか、そうではないのにそのようにという気持でいう。「世の中は水に宿れる月なれやすみとぐべくもあらずもあるかな」(公任集)。

689 大弐高遠《たかとほ》物言《ものい》ひ侍《はべ》りける女《をんな》の家《いへ》のかたはらに、また忍《しの》びて物言《ものい》ふ女《をんな》の家《いへ》侍《はべ》りけり、門《かど》の前《まへ》より忍《しの》びて渡《わた》り侍《はべ》りけるを、いかでか聞《き》きけん、女《をむな》のもとよりつかはしける

読人不知

過《す》ぎてゆく月をもなにかうらむべき待《ま》つわが身こそあはれなりけれ

690 返《かへ》し

大弐高遠

杉立《すぎた》てる門《かど》ならませばとひてまし心の松《まつ》はいかゞ知《し》るべき

691 題不知《しらず》

和泉式部

津《つ》の国《くに》のこやとも人をいふべきにひまこそなけれ蘆《あし》の八重葺《やへぶ》き

692 兼仲《かねなか》朝臣の住《す》み侍《はべ》りける時《とき》、忍《しの》びたる人かず〳〵に逢《あ》ふことかたく侍《はべ》りければよめる

高階章行《あきゆき》朝臣女子

人目《ひとめ》のみしげきみやまのあをつゞらくるしき世《よ》をぞ思《おも》ひわびぬる

689 空を渡って過ぎてゆく月(あなた)をどうして恨みましょうか。ただそれを待っている私自身があわれに思われます。大弐高遠集「物言ひし女の家の傍に忍びて物言ふ女またありしに、門の前より忍びて渡りしを、いかでか聞きけむ、かくなむ言へりし」。○門の前より「より」は経過を表す。いわゆる「前渡り」であるが、ひそかに前渡りしたのを女に気付かれたのである。▽六八八とは恋人を月によそえた歌という点で連接する。

690 目印の杉が立っている門ならば訪れもしようが、本当に私を待っているかどうか、その心をどうして知ることができようか。大弐高遠集「杉立てる…/とてはなふく」。○杉立てる門「わが庵は三輪の山本恋しくはとぶらひ来ませ杉立てる門」(古今・雑下・よみ人しらず)に依る。○心の松「杉」との縁で言い、「待つ」を掛ける。「杉立てる宿をぞ人は訪ねける心の松はかひなかりけり」(拾遺・恋四・よみ人しらず)。

691 あなたに尋ねて来てほしいと言うべきでしょうが、津の国の蘆の八重葺きの小屋ではありませんが、人の見る目の隙がなくて言えません。和泉式部集「わりなく恨むる人に」。麗花集。○こや　摂津国の「昆陽」に「来(こ)や」を掛ける。○五句　蘆で幾重にも隙間なく屋根を葺くことから、「ひまこそなけれ」という状態の比喩として言う。蘆は「津の国」の景物。▽「津の国の蘆の八重葺き隙をなみ恋しき人に逢はぬ頃かな」(古今六帖二・作者未詳)に依るか。藤原公任が息定頼に対して、「暗きより暗き道にぞ入りぬべき遥かに照せ山の端の月」(拾遺・哀傷)を凌ぐ、和泉式部の代表的名歌であると激賞した歌(俊頼髄脳、袋草紙、無名抄他)。

692 人の見る目ばかりが繁くて、生い茂った深山の青つづらを繰るように苦しい恋仲に、すっかり疲れてしまっています。○兼仲朝臣　藤原兼仲。○忍びたる人　ひそかな恋人。○三句　蔓性の植物。「山賤の垣ほにはへる青つづら人はくれども言伝もなし」(古今・恋四・寵)のごとく、「繰る」から「来る」を起すことが多いが、ここでは「くるしき」を起す序として用いた。

693 題不知《（しらず）》

来《こ》ぬもうく来るもくるしきあをつゞらいかなるかたに思《おも》ひ絶《た》えなん

読人不知

人《ひと》の娘《むすめ》の親《おや》にも知《し》られで物言《ものい》ふ人侍《ひとはべ》りけるを、親聞《をやき》きつけて言《い》ひ侍《はべ》りければ、男《をとこ》まうで来《き》たりけれど帰《かへ》りにけりと聞《き》きて、女《をむな》に代《かは》りてつかはしける

694 知《し》るらめや身《み》こそ人目《め》をはゞかりの関《せき》になみだはとまらざりけり

読人不知

忍《しの》びて物思《ものおも》ひ侍《（はべり）》ける頃《ころ》、色《いろ》にやしるかりけん、うちとけたる人《ひと》、などかものむつかしげにはと言《い》ひ侍《はべ》りければ、心のうちにかくなん思《おも》ひける

695 もろともにいつか解《と》くべき逢《あ》ふことのかた結《むす》びなるよはの下紐《したひも》

相模

物言《ものい》ひわたる男《をとこ》の、淵《ふち》は瀬《せ》になど言《い》ひ侍《はべ》りける返《かへ》り事《ごと》によめる

696 淵《ふち》やさは瀬《せ》にはなりける飛鳥川《あすかゞは》あさきをふかくなす世《よ》なりせば

赤染衛門

693 あなたが訪れて来ないのもつらく、と言って青つづらを繰るようにやっとの思いで来るのも苦しい。来るのか来ないのか、どちらの方に決めたらあきらめがつくのだろうか。〇くるしき「あをつゞら」の縁語「繰る」を掛ける。〇五句　「絶ゆ」は「あをつゞら」の縁語。

694 あなたは御存知ですか。この身は人目を憚ってお逢いできませんが、涙は堰き止めても止まらずにこぼれています。〇言ひ侍りければ　男に娘と逢わないでくれと言いましたので。〇はゞかりの関　陸奥国。「ただごえの関は、はばかりの関にたとへなくこそ覚ゆれ」（枕草子・関は）、「ひたすらに思ひ立ちにし東路にありけるものかはばかりの関」（実方朝臣集）。〇五句　関は人を止めるところから、「関」の縁語。

695 あの人と一緒にいつ解く日があるだろうか、あの人に逢いがたいために片結びしている夜着の下紐を。相模集「下結（したゆ）ふもさながらほど経にけれど、つゝましきことのみあれば、思ひ立つこともなくて、さすがに」。〇色にやしるかりけん　様子でひそかに恋していることがはっきりわかったのであろうか。〇うちとけたる人　親しい人。遠慮のない人。あるいは夫大江公資か。〇などかものむつかしげには　どうしてふさぎこんでいるのか。下に「ある」などを補って解する。「忍ぶれど色に出でにけりわが恋は物や思ふと人の問ふまで」（拾遺・恋一・平兼盛）と同じような状態。〇かた結び　「（逢ふことの）難（き）」に「片結び」を掛ける。片結びは紐などの一方を真直にし、他方を巻き付けるようにして結ぶ、とけやすい結び方。

696 それでは飛鳥川の淵は瀬と変ったのでしょうか。浅い心を深いと言いなす偽りの間柄だったらそんなこともあるでしょうが、わたし達の仲はそうではないでしょう。赤染衛門集「時々来る男の、淵は瀬になるといひたるに、言はせし」。〇淵は瀬に　「世の中は何か常なる飛鳥川きのふの淵ぞけふは瀬になる」（古今・雑下・よみ人しらず）、「飛鳥川淵は瀬になる世なりとも思ひそめてむ人は忘れじ」（古今・恋四・よみ人しらず）の下句から、自分は心変りしていないの意。〇三句　大和国。〇四句　「あさき」は「瀬」

道済《(みちなり)》が田舎《ゐなか》へまかりくだりけるに、女《をむな》のもとよりつかはしけり

読人不知

697 逢《あ》ひ見《み》ではありぬべしやと心みるほどはくるしきものにぞありける

心《こゝろ》ならぬことや侍《はべ》りけん、語《かた》らひける女《をむな》のもとにまかりて、枕《まくら》に書付《かきつ》け侍《(はべり)》ける

右大臣《(うだいじん)》

698 わがこゝろ心にもあらでつらからば夜《よ》がれむ床《とこ》の形見《かたみ》ともせよ

男《をとこ》の、来《こ》むと言《い》ひ侍《はべ》りけるを待《ま》ちわづらひて、夕占《ゆふけ》を問《と》はせけるに、よに来《こ》じと告《つ》げ侍《はべ》りければ、心《こゝろ》ぼそく思《おも》ひてよみ侍《はべ》りける

読人不知

699 来《こ》ぬまでも待《ま》たましものをなか〳〵にたのむかたなきこの夕占《ゆふけ》かな

入道摂政《(にふだうせつしやう)》、九月許《(ばかり)》のことにや、夜《よ》がれして侍《はべ》りけるつとめて、文《ふみ》おこせて侍《はべ》りける返《かへ》りにつかはしける

大納言道綱《(みちつな)》母

700 消《き》えかへり露《つゆ》もまだひぬ袖《そで》のうへにけさはしぐるゝ空《そら》もわりなし

に、「ふかく」は「淵」に対する。

697 お逢いしないで生きていられるだろうかとためしてみる間は、それは苦しいものでした。〇道済　源道済。〇田舎　受領としての任国か。道済は下総・筑前などの受領を経験している。〇二句　生きていられるだろうかと。「君見ではありぬべしやと心見むたたまくをしきから錦かな」(躬恒集)。

698 私が心ならずもつらく、遠のいたならば、この枕を夜離(が)れしたあとの床の形見としてほしい。〇心ならぬこと　心ならずも別れなければならないこと。〇枕　木枕か。

699 本当にはあの人が来ないまでも、来るかと思って待っていればよかったものを。夕占を問うたばかりに、今ではかえってあてにするすべもないよ。〇待ちわづらひて　待ちあぐんで。待ちわびて。〇夕占　夕方辻に立って道行く人の言葉を聞いて吉凶を占うこと。「月夜には門に出で立ち夕占問ひ足卜をぞせし行かまくを欲り」(万葉集四・大伴家持)、「夕占問ふ占にもよくあり今宵だに来ざらむ君をいつか待つべき」(拾遺・恋三・柿本人麻呂)。▽難後拾遺に第五句を「このゆふべかな」として引いて、「もとはさも聞えたり。末のゆふべかなとあるこそむげにひたごとにて、思ひも入らぬやうに覚ゆるなり。また同じ事なれど、ゆふけといふ言葉もあらまほし」という。六九九から七〇四までは男の訪れを待つ女の歌。

700 心もすっかり消え消えになって涙の露も乾かない袖の上に、今朝はしぐれが注ぐ空も、耐えがたく思われます。蜻蛉日記・上・天暦八年(九五四)「晦がたにしきりて二夜ばかりみえぬほど、文ばかりある返り事に／消えかへり…」「立ち返り返り事／思ひやる心の空になりぬれば今朝はしぐるとみゆるなるらん／とて、返り事書きあへぬほどにみえたり」。〇入道摂政　藤原兼家。▽「わりなしといふこと、さらなることにて、上手の歌とも覚えぬなり」(難後拾遺)。

中関白、女の許《(もと)》よりあか月に帰《かへ》りて、内《うち》にも入《い》らで外《と》にゐながら帰《かへ》り侍《はべ》りにければよめる

701 あか月の露《つゆ》はまくらにおきけるを草葉《くさば》のうへとなに思《おも》ひけん

高内侍《(かうのないし)》

あすのほどにまで来《こ》むといひたる男《をとこ》に

702 きのふけふなげくばかりの心地せばあすにわが身《み》やあはじとすらん

相模

雨《あめ》のいたく降《ふ》る日《ひ》、涙《なみだ》の雨《あめ》の袖《そで》になどいひたる人《ひと》に

703 見《み》し人《ひと》に忘《わす》られてふる袖《そで》にこそ身を知《し》る雨《あめ》はいつもをやまね

和泉式部

輔親物言《ものい》ひ侍《はべ》りける女《をむな》のもとに、よべは雨《あめ》の降《ふ》りしかばはゞかりてなんといへりける返《かへ》り事《ごと》に、とくやみにしものをとて、女《をむな》のつかはしける

704 忘らるゝ身《み》を知《し》る雨《あめ》は降《ふ》らねども袖《そで》許《(ばかり)》こそかは《(わ)》かざりけれ

読人不知

701 暁の露は私の枕の上に置いたのを、どうして今まで露は草葉の上に置くものとばかり思っていたのでしょうか。〇中関白　藤原道隆。〇あか月の露　暁の露。わが涙を暗示する。〇下句「露を見て草葉の上と思ひしは時待つほどの命なりけり」(和泉式部集)。▽「人のもとより帰りて、我もとには立もよらで帰り給ふを恨ての心也」(八代集抄)。

702 もしも昨日今日嘆いているほど明日も嘆いたならば、嘆き死にをして、私の身にとって明日はないことでしょう。相模集。▽家集では、物詣での途中で気分が悪くなって引き返す際、心の中で詠んだ神にわびる歌に続いて、「返りてもなほ悩ましければ、うち(以下欠)」としてこの歌がある。「あすのほどに…」の詞書は撰者の作為か。

703 逢った人に忘れられて年月を送っている私の袖に、わが身の不運を思い知らされる雨はいつもおやみなく降っています。和泉式部集「雨のいたう降る日、涙の雨のなどいひたるに」、下句「身を知る雨のいつもをやまぬ」。和泉式部続集。〇涙の雨の袖に　涙の雨が袖に降る。今降る雨はあなたに逢えないことを嘆いて泣いている私の涙だと、慰めるような調子で言った男の言葉。あるいは引歌があるか。八代集抄は「さして歌の詞にもあるまじくや」という。〇ふる　「経る」に「降る」を掛ける。〇身を知る雨　「数々に思ひ思はず問ひがたみ身を知る雨は降りぞまされる」(古今・恋四・在原業平)。

704 あなたに忘れられるわが身の不運を知らせる雨は降っていないけれども、袖だけは悲しみの涙に濡れて乾きません。輔親卿集「語らふ人のもとに、よべは雨の降りしかば障りてなむといへるに、とくやみにしものをとて／忘らるゝ…、といへるに、忘れぬにかくいへるとて／わがためにかけて濡れけん衣手は忘れぬ人を恨みてかもし」。〇輔親　大中臣輔親。〇よべは　昨夜は。〇とくやみにしものを　すぐ止んだのに。女の方では雨は口実に過ぎないと考える。〇身を知る雨　七〇三と同じく「数々に…」の歌を念頭に置く。

705 忍《しの》びて通《かよ》ふ女《をむな》のまた異人《ことひと》に物言《ものい》ふと聞《き》きてつかはしける

越《こ》えにける波《なみ》をば知《し》らで末《すゑ》の松千代《ちよ》までとのみたのみけるかな

藤原能通《(よしみち)》朝臣

706 語《かた》らひ侍《(はべり)》ける女《をむな》の異人《ことひと》に物言《ものい》ふと聞《き》きてつかはしける

浦風《うらかぜ》になびきにけりな里《さと》の海人《あま》のたく藻《も》のけぶり心よは《(わ)》さは

藤原実方《(さねかた)》朝臣

707 清少納言《(せいせうなごん)》、人には知《し》らせで絶《た》えぬ中《なか》にて侍《はべ》りけるに、久《ひさ》しうおとづれ侍《はべ》らざりければ、よそ〳〵にて物《もの》など言《い》ひ侍《(はべり)》けり、女《をんな》さし寄《よ》りて、忘《わす》れにけりなど言《い》ひ侍ければよめる

忘《わす》れずよまた忘《わす》れずよ瓦屋《かはらや》のしたたくけぶり下《した》むせびつゝ

708 男《をとこ》かれ〲になり侍《(はべり)》ける頃《ころ》よめる

風《かぜ》の音《おと》の身《み》にしむばかりきこゆるはわが身《み》に秋やちかくなるらん

読人不知

705 波が末の松山を越えた（あなたが私の愛情を裏切った）とも知らずに、私は千代の末までも色変らない松だ（あなたの心は変らない）とばかり期待していたのでした。〇異人　別の男。〇越えにける波　「君をおきてあだし心をわが持たば末の松山浪も越えなん」（古今・東歌・陸奥歌）により、あだし心を抱いたこと。〇末の松　末の松山。陸奥国。▽「波越ゆる頃とも知らず末の松待つらむとのみ思ひけるかな」（源氏物語・浮舟・薫）と類想。七〇五・七〇六は女の心変りをなじる男の歌。

706 里の海人が焚く藻塩の煙は浦風に吹かれて心弱くも靡いたのですね。あなたは他の男に従ってしまったのですね。実方朝臣集「内宮仕へしける人の、里にて人に物言ひけりなど聞きて／浦風に…」「返し／里の海人のなびく煙もなきものを君が袂の濡衣かもし」。実方中将集「少弁、異人に物言ふと聞きて」。〇浦風　自分以外の男の暗喩。〇四句　藻塩の煙。女の暗喩。▽「須磨の海人の塩焼く煙風をいたみ思はぬ方にたなびきにけり」（古今・恋四・よみ人しらず）。

707 あなたのことは忘れない上にも忘れないよ。心は変らず、瓦を焼く小屋の下で焚く煙にむせるように、心の中でむせび泣きながら。実方朝臣集、二句「またかはらずよ」。〇よそ〳〵にて　他人に二人の間柄を悟られないように。〇瓦屋　「変らず」を響かせる。▽前の二首に対して、心変りしないと弁明する男の歌を置く。清少納言の返歌は「賤の屋の下焚く煙つれなくて絶えざりけるも何によりそも〈てぞイ〉」。

708 風の音が身にしみるほどに聞えるのは、私の周辺に秋が近くなったのだろうか。あの人は私に飽きてしまったのだろうか。〇かれ〳〵に　通ってくることがとだえがちに。〇初・二句　「秋吹くはいかなる色の風なれば身にしむばかりあはれなるらん」（興風集、和泉式部集）、「山里の松の蔭にもかくばかり身にしむ秋の風はなかりき」（源氏物語・宿木・中君）。〇秋　「飽き」を掛ける。「身に近く秋や来ぬらん見るままに青葉の山もうつろひにけり」（源氏物語・若菜上・紫の上）。

かれ〴〵になる男《をとこ》の、おぼつかなくなどいひたるによめる　大弐三位《(だいにのさんゐ)》

709 有馬《ありま》山猪《やまゐ》名《な》の笹原《さゝはら》風吹《ふ》けばいでそよ人を忘《わす》れやはする

右大将道綱《(みちつな)》久《ひさ》しく音《おと》せで、など恨《うら》みぬぞと言《い》ひ侍《(はべり)》ければ、
娘《むすめ》に代《かは》りて　赤染衛門

710 恨《うら》むともいまは見《み》えじと思《(おもふ)》こそせめてつらさのあまりなりけれ

夜《よ》ごとに、来《こ》むといひて夜《よ》がれし侍《(はべり)》ける男《をとこ》のもとにつかは
しける　和泉式部

711 こよひさへあらばかくこそ思《おも》ほえめけふ暮《く》れぬまのいのちともがな

男《をとこ》、恨《うら》むることやありけむ、けふを限《かぎ》りにてまたはさらに
音《おと》せじと言《い》ひて出《い》で侍《(はべり)》にけれど、いかにか思《おも》ひけん、昼方《ひるかた》
おとづれて侍けるによめる　赤染衛門

712 あすならば忘《わす》らるゝ身《み》になりぬべしけふを過《す》ぐさぬいのちともがな

709 有馬山の近く猪名の笹原に風が吹くと、笹原はそよと音を立てます。そうですよ、そのように私はあなたのことを忘れるものですか。○おぼつかなく　心変りがしたのではないかと気がかりだの意。○有馬山猪名　有馬山も猪名も共に摂津国。有馬山は神戸市北区有馬町付近の山地。猪名 →四〇八。○いでそよ　さあ、そうよ。「いで」は感動詞。「そよ」はそうだよの意に、笹が風に吹かれてそよぐ擬音を響かせる。「すばへする小笹が原のそよまさに人忘るべきわが心かは」(曽丹集)。▽小倉百人一首に選ばれた歌。「此歌、有馬山を男に寄せ、猪名野の篠原をわが身になずらへて、男の物言ひおこせたるを有馬山より風の吹おろすにたとへ、風に催されて篠のそよぐ心をもて、いでそよと続けたり。心は、いでそれよと同心したる詞なり。人を忘るる心はなけれども、久しう相見ねば、おぼつかなさはこなたにも同じことぞといふ心なり」(百人一首改観抄)。一連の心変りを主題とする歌群の中で、男に対して心変りしないと弁明する女の歌。

710 今は恨んでいるともあなたに見られまいと思うのは、ひどくつらい余りのことなのです。赤染衛門集。○右大将道綱　藤原道綱。○見えじ　見られまい。

711 今宵さえ生きていたらこのようにつらく思われるでしょう。今日が暮れるまでに死んでしまいたいと思います。和泉式部集「こよひことたのめて人の来ぬに、つとめて」と「夜ごとに人の、来むと言ひて来ねば、つとめて」と、二通りの詞書の下に重出する。○夜がれ　男が通ってこなくなること。○けふ暮れぬま　今日一日が暮れるまでの間。「明日知らぬわが身と思へど暮れぬまのけふは人こそ悲しかりけれ」(古今・哀傷・紀貫之)。○五句　「忘れじの行末まではかたければけふを限りの命ともがな」(前十五番歌合・藤原伊周母＝高内侍)。

712 明日ならば私はあなたに忘られる身となってしまうでしょう。だからいっそ今日のうちに死んでしまいたいと思います。赤染衛門集「恨むべき事やありけん、今日を限りにて又はまゐらじとていぬるが、昼つ方訪れたるにやりし／あ

題不知《(しらず)》　藤原長能《(ながよし)》

713 いとふとは知《し》らぬにあらず知《し》りながら心にもあらぬこゝろなりけり

七月七日、二条院《(にでうゐん)》の御方《かた》にたてまつらせ給《(たまひ)》ける　後冷泉院《(ごれいぜいゐん)》御製

714 逢《あ》ふことはたなばたつめに貸《か》しつれど渡《わた》らまほしきかさゝぎの橋《はし》

すならば…」「返し／おくれゐて何かあすまで世にも経ん今日をわが日にまづやなさまし」。匡衡集。○男　匡衡集により、夫大江匡衡と知られる。

713　あなたが私のことを嫌っていると知らないわけではない。知っていながら自分で自分の心がどうにもならないのです。長能集「内わたりの人に」、四句「思ふにあらぬ」。

714　七夕の今宵恋人と逢うことは織女に貸したけれども、わたしも鵲（かささぎ）の橋を渡ってあなたに逢いたい。栄花物語・暮待つ星。○二条院の御方　後一条天皇の皇女章子内親王。長暦元年（一〇三七）皇太子（親仁親王、後冷泉帝）妃となる。○たなばたつめ　織女星。○五句　七夕伝説で、鵲が翼を並べて天の川に渡すという橋。▽上句が類似している先行歌に「逢ふことはたなばたつめに貸してしをその夜なき名の立ちにけるかな」（小大君集）がある。

後拾遺和歌抄第十三　恋三

陽明門院《やうめいもんゐん》 皇后宮《くわうごうぐう》と申《まう》しける時《とき》、久《ひさ》しく内《うち》に参《まい》らせ給《たま》はざりければ、五月五日内《うち》よりたてまつらせ給《たまひ》ける

後朱雀院《ごすざくゐん》御製

715 あやめぐさかけし袂《たもと》のねを絶《た》えてさらにこひぢにまどふころかな

服《ぶく》にて侍《はべ》りける頃《ころ》、忍《しの》びたる人につかはしける

清原元輔《もとすけ》

716 ふぢごろもはつるゝ袖《そで》の糸《いと》よは《わ》みたえて逢《あ》ひ見《み》ぬほどぞわりなき

高階 成《なり》順《ノブ》 石山にこもりて久《ひさ》しう音《おと》し侍《はべ》らざりければよめる

伊勢大輔《いせのたいふ》

717 みるめこそ近江《あふみ》の海《うみ》にかたからめ吹《ふ》きだにかよへ志賀《が》の浦《うら》風

715 袂に懸けた菖蒲の根が切れたので、根を求めようと泥土に踏み迷うように、共寝することが絶えたので改めてあなた恋しさに惑っているよ。岩瀬本大鏡、初・二句「もろともにかけしあやめの」。栄花物語・暮待つ星、上句「もろともにかけしあやめを引別れ」。今鏡・すべらぎの上・初春。○陽明門院　三条院の皇女禎子内親王。後朱雀院の皇后→人名。○三句　「根」に「寝」を掛ける。○こひぢ　「恋路」に「あやめぐさ」の縁語「泥(こひぢ)」を掛ける。「天の下騒ぐ心も大水に誰もこひぢに濡れざらめやは」(蜻蛉日記・上・章明親王)。なお、→五八二。▽陽明門院の返歌は「方々に引別れつつあやめ草あはぬ根をやはかけんと思ひし」(大鏡、栄花物語)。

716 ほつれた喪服の袖の糸が弱いので切れるように、あなたとたえて逢うことのない服喪中は耐えがたいものです。元輔集、五句「ほどぞわびしき」。○服　服喪中。○はつるゝ　ほつれる。「藤衣はつるる糸はわび人の涙の玉の緒とぞなりける」(古今・哀傷・壬生忠岑)、「藤衣はつるる袖の糸弱み涙の玉のぬくに乱るる」(相如集)。○四句　全く逢い見ることのない。「たえて」は「糸」の縁語。▽服喪中恋人に送った歌という、やや特殊な状況での恋歌。

717 琵琶湖のことだから海松(みる)を採るのはむずかしいでしょうが、せめて志賀の浦を吹く風だけでも都に通ってください。お逢いするのはむずかしいでしょうが、音信ぐらいはしてください。伊勢大輔集「年頃ありし人のまだ忍ぶるほどに、石山に籠りて音せぬに」、二句「近江の海の」。○高階成順　伊勢大輔の夫→人名。○石山　石山寺。近江国。○みるめ　「海松布」に「見る目」を掛ける。○近江の海　琵琶湖。「近けれど近江の海ぞかかりてふみるめも生ひぬ中や何なる」(古今六帖五・紀貫之)、「近江てふ方のしるべも得てしかなみるめなきこと行きて恨みん」(後撰・恋四・源善)。○五句　志賀の浦(琵琶湖の西南。近江国)を吹く風。石山寺からの音信の比喩。「さざ波や志賀の浦風いかばかり心の内の涼しかるらん」(拾遺・哀傷・藤原公任)。

718 逢《あ》ひそめてまたも逢《あ》ひ侍《はべ》らざりける女《をむな》につかはしける

秋風《あきかぜ》になびきながらも葛《くず》の葉《は》のうらめしくのみなどか見《み》ゆらん

叡覚《(えいかく)》法師

719 津《つ》の国《くに》にあからさまにまかりて、京なる女《をむな》につかはしける

恋《こひ》しきになにはのことも思《おも》ほえずたれ住吉《すみよし》の松《まつ》といひけん

大江匡衡《(まさひら)》朝臣

720 源遠古《(とほふる)》が女《むすめ》に物言《ものい》ひわたり侍《(はべり)》けるに、かれがもとにありける女《をんな》をまたつかへ人《びと》あひすみ侍けり、伊勢《いせ》の国《くに》に下《くだ》りて都《みやこ》恋《ゝひ》しう思《おも》ひけるに、つかへ人《びと》もおなじ心にや思《おも》ふらんとを《(お)》し許《(はかり)》てよめる

わが思《おも》ふみやこの花のとぶさゆへ《(ゑ)》君《きみ》もしづえのしづ心あらじ

祭主輔親《(すけちか)》

721 橘則光《(のりみつ)》朝臣陸奥の守《かみ》にて侍《はべ》りけるに、奥郡《おくこほり》にまかり入《い》るとて、春《はる》なむ帰《かへ》るべきといひ侍《はべ》りければ、女《をんな》のよめる

かたしきの衣《ころも》の袖《そで》はこほりつゝいかで過《す》ぐさむとくる春《はる》まで

光朝《(くわうてう)》法師母

718 秋風に靡きながら葛の葉が裏を見せるように、どうして一旦は従ったのに恨めしい態度をするのですか。〇三句　葉裏が目立つことから、「うらめしく」の縁語。「秋風の吹き裏返す葛の葉の恨みてもなほ恨めしきかな」(古今・恋五・平貞文)。

719 あなたが恋しいので、難波に来ても何のことも思われない。誰が住みよい里の住吉の松などと言ったのだろうか。匡衡集「津の国に通ふべきやうありし、女に」、四句「たれ住の江の」。〇あからさまに　ちょっとの間。〇なにはのこと　「何は」に「難波」を掛ける。「津の国のなには思はず山城のとはに逢ひ見んことをのみこそ」(古今・恋四・よみ人しらず)。〇住吉の松　住吉神社の松。「住み良し」を掛ける。「住吉と海人は告ぐとも長居すな人忘れ草生ふといふなり」(古今・雑上・壬生忠岑)。

720 私が都の花の梢を思うように、君もその花の下枝を思って落ち着いた心はないのだろう。〇源遠古　文徳源氏、惟正の男。正四位下伊勢守。〇つかへ人　従者。〇あひすみ侍けり　同棲しておりました。〇みやこの花のとぶさ　都に残してきた恋人、遠古の女の暗喩。「とぶさ」は鳥総で、梢や枝葉の先端。「とぶさ立て足柄山に舟木伐り木に伐り行きつあたら舟木を」(万葉集三・満誓)。〇しづえ　下枝。遠古の女の侍女で、従者の恋人の暗喩。「しづえの」で「しづ心」を起す序。

721 ひとり片敷く衣の袖は涙で氷っています。この氷が解ける春までどうして過したらよいのでしょうか。〇橘則光朝臣　敏政の男。従四位上陸奥守。〇かたしきの衣の袖　独り寝で片敷く袖。「わが恋ふる妹は逢はさず玉の浦に衣片敷き独りかも寝む」(万葉集九、柿本人麻呂歌集)。〇三句　涙が氷ることをいう。「奥郡」の「こほり」を響かせるか。「うちはへて涙に敷きし片敷の袖の氷ぞけふはとけたる」(和泉式部集)。〇とくる春　立春解氷というのが当時の通念。

→六二三。

遠《とほ》き所《ところ》なる女《をむな》につかはしける

722 恋《こひ》しさは思《おも》ひやるだになぐさむを心にを《(お)》とる身こそつらけれ

藤原国房《(くにふさ)》

人の語《かた》らふ女《をむな》を忍《しの》びて物言《ものい》ひ侍《はべ》りけるに、物《もの》にまかりて帰《かへ》りける道《みち》に、この女《をむな》を男《をとこ》田舎《ゐなか》へ率《ゐ》て下《くだ》り侍《はべ》りけり、逢坂《あふさか》の関《せき》に行《ゆ》き逢《あ》ひて、せむ方《かた》なく思《おも》ひわびて、人をして返《かへ》しいひつかはしける

723 いづかたをわれながめましたまさかにゆき逢《あ》ふさかの関《せき》なかりせば

大中臣能宣《(よしのぶ)》朝臣

返《かへ》し

724 ゆき帰《かへ》りのちに逢《あ》ふともこのたびはこれより越《こ》ゆる物思《おも》ひぞなき

読人しらず

東《あづま》に侍《はべ》りける人につかはしける

725 東路《あづまぢ》の旅《たび》の空《そら》をぞ思《おも》ひやるそなたに出《い》づる月《つき》をながめて

民部卿経信《(つねのぶ)》

722 恋しさは遥か思いを馳せるだけでも慰まるものなのに、心のように遠くへ送ることができないという点で劣るこの身は、つらく思われるよ。

723 たまたま行き逢った逢坂の関がなかったならば、私はどの方角をあなたが行く方と知って眺めたことだろうか。能宣集「忍びて語らひ侍る人のにはかに吾妻へまかりけるに、逢坂にまで来合ひたるを、よそ人に思ひて過ぎ侍るに、女の見知り侍りて、かくにはかなる歩きをなむすると告ぐべかりしかど、他になむと聞きしかばと言ひて侍るに」。○人の語らふ女　人妻または他人の恋人。○物にまかりて　ちょっと出かけて。「物に」は具体的に言うことを避けて朧化した言い方。○田舎　地方。逢坂の関の東の地方ということになる。○人をして返し　冷泉本「人をしてかへして」、陽明乙本・太山寺本「人を返して」。○ゆき逢ふさかの関　行き逢う、逢坂の関。

724 ここ逢坂の関で旅人が行き帰りするように、私は行ってもまた帰ってきて、のちにはお逢いできるとしても、今度の旅ではこれを越える悲しみはありません。能宣集、上句「逢坂の関もとゞめずなりぬれば」。○三句「度」に「旅」を掛ける。○越ゆる　逢坂の縁でいう。

725 東国の旅路にあるあなたのことを思いやります。そちらの方角の空に出る月をじっと見つめて。大納言経信集。康資王母集。○東　常陸か。○旅の空「はるかなる旅の空にも遅れねばうらやましきは秋の夜の月」（拾遺・別・平兼盛）。なお、↓五三。○そなたに出づる月　そちら、東（あずま）の方角、すなわち都から東の空に出る月。

726
返《かへ》し
思《おも》ひやれ知《し》らぬ雲路《くもぢ》もいるかたの月よりほかのながめやはする
康資王《(やすすけわう)》母

727
おなじ人につかはしける
帰《かへ》るべきほどをかぞへて待《ま》つ人《ひと》は過《す》ぐる月日ぞうれしかりける
左近中将隆綱《(たかつな)》

728
返《かへ》し
東屋《あづまや》のかやがしたにし乱《みだ》るればいさや月日のゆくも知《し》られず
康資王母

729
題不知《(しらず)》
霜枯《しもが》れのかやがしたお《(を)》れとにかくに思《おも》ひ乱《みだ》れて過《す》ぐるころかな
藤原惟規《(ノブノリ)》

730
物《もの》へまかりけるに、鳴海《なるみ》の渡《わた》りといふ所《ところ》にて人を思《おも》ひ出《い》でてよみ侍《はべ》りける
かひなきはなを《(ほ)》人《ひと》しれず逢《あ》ふことのはるかなるみのうらみなりけり
増基《(ぞうき)》法師

726 思いやってください。私も雲路はわからないままに、入る方角の月以外ながめてはおりません。大納言経信集。康資王母集。共に五句「ながめやはある」。○三・四句　西の空、すなわち都の方角に入る月以外の。

727 あなたが帰っていらっしゃる予定の日時を数えて待っている人間にとっては、月日の過ぎるのが嬉しく思われます。康資王母集、「かしこにて、相撲の使につけて、隆綱の宰相中将」、二句「ほどを恨みて」。▽「つれなくて過ぐる月日を数へつつ物うらめしき暮の春かな」(源氏物語・竹河・薫)というように、普通だったら月日が過ぎるのは老いに近付くことを意味しているから嬉しくない筈。この贈答も本来は恋歌ではあるまい。

728 私は東屋の萱葺きの下で心も萱のように乱れているので、さあ、月日の過ぎてゆくのもわかりません。康資王母集。○東屋　棟のない、屋根を四方に葺いた簡単な建物。四阿。東(あずま)の家の意を込めていう。○二句　萱葺きの下に。「し」は強め。萱はイネ科の草の総称。乱れやすいものとして歌われる。東(あずま)と萱を取り合せた作には、「東路に 刈る萱の よこほ路に なさけを かい刈る萱の…」(風俗歌・東路)、「東路に刈るてふ萱の乱れつつつかのまもなく恋ひやわたらん」(新古今・恋三・醍醐天皇)などがある。○いさや　さあ。下の「知られず」と呼応する副詞。○月日のゆく　「物思ふと月日のゆくも知らざりつ雁こそ鳴きて秋と告げつれ」(後撰・秋下・よみ人しらず)。

729 霜枯れの萱が下折れして乱れているように、あれこれと思い乱れて過すこの頃だなあ。○かやがしたおれ　「思ひ乱れて」を起す序のように用いた。

730 甲斐がないことには、旅に出てひそかにあの人と逢うのは遥か先のことになってしまった。ここ鳴海の浦ではないが、このような身の上が恨めしく思われる。増基法師集「尾張鳴海の浦にて」。○鳴海の渡り　尾張国。○初句　「鳴海の浦」の縁語「貝」を掛ける。○はるかなるみのうらみ　「なる身の恨み」に「鳴海の浦」を詠み入れる。

731
遠《とほ》き所《ところ》に侍《（はべり）》ける女《をむな》につかはしける
思《おも》ひやる心の空《そら》にゆき帰《かへ》りおぼつかなさを語《かた》らましかば
右大弁通俊《（みちとし）》

732
清家《（きよいへ）》父《ちゝ》の供《とも》に阿波《あは》の国《くに、》に下《くだ》りて侍《はべ》りける時《とき》、かの国《くに》の女《をんな》に物言《ものい》ひわたり侍《はべ》りけり、父《ちゝ》津《つ》の国《くに、》になり遷《うつ》りてまかり上《のぼ》りにければ、女《をんな》の便《たよ》りに付《つ》けてつかはしける
心《こゝろ》をば生田《いくた》の杜《もり》にかくれども恋《こひ》しきにこそ死《し》ぬべかりけれ
読人不知《（よみびとしらず）》

733
頼《たの》めけるわらはの久《ひさ》しう見《み》え侍《はべ》らざりければよみ侍《はべ》りける
たのめしを待《ま》つに日《ひ》ごろの過《す》ぎぬれば玉《たま》の緒《を》よは《（わ）》み絶《た》えぬべき哉《（かな）》
律師慶意《（きやうい）》

734
源頼綱《（よりつな）》朝臣父《ちゝ》の供《とも》に美濃《みの、》の国《くに、》に侍《はべ》りける時《とき》、かの国《くに》の女《をむな》に逢《あ》ひて、また音《おと》もし侍《はべ》らざりければ、女のよめる
あさましや見《み》しは夢《ゆめ》かと問ふほどにおどろかすにもなりぬべきかな
読人不知

731 心の中で思いやっているが、空を行き帰りして、あなたと恋しさを語れたならばどんなにかいいだろう。○おぼつかなさ　はっきりしないで気がかりなこと、また、逢いたい気持。「ながめやる山辺はいとど霞みつつおぼつかなさのまさる春かな」(拾遺・恋三・藤原清正女)。○五句　下に「いかによからまし」などという語句を補って解する。

732 あなたがいらっしゃった生田の杜の神に心を掛けて逢えるように祈り、それまで生きていようと思いますが、あなた恋しさに堪えかねて死んでしまいそうです。○清家　藤原清家。○父　藤原範永。○阿波の国　現在の徳島県。範永は康平五年(一〇六二)阿波守に任ぜられ、同八年摂津守に遷任された。○生田の杜　生田神社。摂津国。神戸市中央区下山手通。「生く」を響かせる。○三句　「生田の杜」は神社だから、神に心をかけて祈るけれどもの意。

733 私にあてにさせていたのに、いくら待ってもそなた(稚児)が来ないで空しく多くの日数が過ぎてしまったので、命も弱って絶えてしまいそうだ。○頼めけるわらは　頼みにさせていた稚児。○日ごろ　多くの日数。○四句　命は弱いので。「玉の緒」は本来玉を貫く緒の意。「玉の緒の」の形で「長き」「短き」「絶え」などにかかる枕詞として用いられるが、ここでは命の意に用いた。「玉の緒を片緒に搓りて緒を弱み乱るる時に恋ひざらめやも」(万葉集十二)。○五句　「緒」の縁語で「絶え」という。

734 あきれたことですね。お逢いしたと見たのは夢だったのかと自分に尋ねるうちに、あなたにお便りして夢ではなかったと気付かせたくなります。○父　源頼国。頼光の男。正四位下左衛門尉。○見しは夢か　「君や来し我や行きけむ思ほえず夢かうつつか寝てかさめてか」(古今・恋三・よみ人しらず)というのに近い経験を言う。○おどろかす　「夢」の縁語。「夢とのみ思ひなりにし世の中を何今さらにおどろかすらん」(拾遺・雑賀・高階成忠女)。▽今鏡・打聞に、五句「なりにけるかな」として載り、この歌を見た頼綱は改めて女を愛するようになったと語る。

中納言定頼《(さだより)》がもとにつかはしける　大和宣旨《(やまとのせんじ)》

735 はる〴〵と野中《のなか》に見《み》ゆる忘《わす》れ水《みづ》たえま〳〵をなげくころかな

題不知《(しらず)》　大納言忠家《(ただいへ)》

736 いかばかりうれしからまし面影《おもかげ》に見《み》ゆるばかりの逢《あ》ふ夜《よ》なりせば

男《をとこ》ありける女《をむな》を忍《しの》びに物言《ものい》ふ人侍《はべ》りけり、ひまなきさまを見てかれ〴〵になり侍《はべ》りければ、女《をむな》のいひつかはしける　読人不知

737 わが宿《やど》のの《ゝ》きのしのぶにことよせてやがても茂《しげ》る忘《わす》れ草《ぐさ》かな

成資《(なりすけ)》朝臣大和守《やまとのかみ》にて侍《はべ》りける時《とき》、物言《ものい》ひわたり侍《(はべり)》けり、絶《た》えて年《とし》へにけるのち宮《みや》にまい《(ゐ)》りて侍《はべ》りける車《くるま》に入《い》れさせて侍《はべ》りける　皇太后宮陸奥《(みちのく)》

738 あふことをいまはかぎりと三輪《みわ》の山杉《やますぎ》のすぎにしかたぞ恋しき

735 野の中にどこまでも遠く見える忘れ水のようにあなたの訪れがともすれば絶え間がちなのを嘆いています。〇中納言定頼　藤原定頼。〇三句　野の中などにとぎれとぎれに流れる、人にその存在を忘れられた水。ここまでは「たえま」を起す序詞のごとき働きをする。「霧深き秋の野中の忘れ水たえまがちなる頃にもあるかな」(新古今・恋三・坂上是則)。

736 一体どれほど嬉しいことだろうか、いつもあの人の姿が目の前にありありと見えるけれども、そのように実際に夜逢えたならば。〇面影　現実にはそこにないのに眼前にありありと見える物の姿、とくに人の顔などを言う。「来し時と恋ひつつをれば夕暮の面影にのみ見えわたるかな」(古今・墨滅歌・紀貫之)、「白妙の衣手かへてわれ待つとあるらむ君は面影に見ゆ」(古今六帖四・作者未詳、原歌は万葉集十二)。

737 私の家の軒しのぶにかこつけて早くも忘れ草が茂るのですね。人目を忍ぶというのを口実に遠退いて、早くも私のことを忘れてしまったのですね。大弐高遠集、巻末「他本」のうち、初句「荒るる屋の」。〇ひまなきさま　人目が多くて隙がない様子。〇のきのしのぶ　ノキシノブ。シダ科の草。→六一七。「のき」は「軒」に「退き」を、「しのぶ」には「忍ぶ」の意を込める。「住みわびてわれさへのきのしのぶ草しのぶる方のしげき宿かな」(周防内侍集)。〇やがても　すぐに。〇茂る　「草」の縁語。〇忘れ草　萱草。ユリ科の草。草の「しのぶ」の縁で言い、忘れる意を込める。

738 もうお逢いできないと見るにつけ、三輪山の杉ではありませんが、あなたが大和守だった過ぎた昔の日々が恋しく思われます。〇成資朝臣　藤原成資。庶政の男。従四位下大和守。〇宮　皇太后宮。〇三句　大和国。大神(おおみわ)神社(三輪明神)がある。「見」を掛ける。〇杉のすぎにしかた　「杉」は三輪明神の印の木だから、「三輪の山」の縁語で、「すぎにし」を起す。

五節に出《い》でて侍《はべ》りける人《ひと》を、かならず尋《たづ》ねむといふ男《をとこ》侍《(はべり)》けれど、音《おと》せざりければ、女に代《かは》りてつかはしける　読人不知

739 杉《すぎ》むらといひてしるしもなかりけり人《ひと》もたづねぬ三輪《みわ》の山もと

題不知《(しらず)》　相模《(さがみ)》

740 住吉《すみよし》の岸《きし》ならねども人しれぬ心のうちのまつぞわびしき

思《おも》ひけるわらはの三井寺にまかりて久《ひさ》しく音《おと》もし侍《はべ》らざりければよみ侍《(はべり)》ける　僧都遍救《(へんぐ)》

741 逢坂《あふさか》の関《せき》の清《し》水《みづ》やにごるらん入《い》りにし人《ひと》のかげの見《み》えぬは

題不知《(しらず)》　左京大夫道雅《(みちまさ)》

742 涙《なみだ》やはまたも逢《あ》ふべきつまならん泣《な》くよりほかのなぐさめぞなき

739 目印の杉といってもそのききめはありませんでした。三輪山の麓（私の所）には人も尋ねて来ません。○五節に出でて侍りける人　五節（↓六三二）に出仕しておりました女性。舞姫か介添の女性かははっきりしない。○杉むら　杉叢。杉の群立っている所。「我が宿は松にしるしもなかりけり杉むらならば尋ね来なまし」（赤染衛門集、今昔物語集二十四ノ五十一）。○しるし　霊験。杉は三輪明神の印の木なのでいう。▽「わが庵は三輪の山本恋しくはとぶらひ来ませ杉立てる門」（古今・雑下・よみ人しらず）、「三輪の山いかに待ち見む年経とも尋ぬる人もあらじと思へば」（同・恋五・伊勢）などを念頭に置いて詠む。

740 松の生えている住吉の岸ではないけれども、人に知られずに心のうちであの人を待つのはわびしい。相模集「苦しきものとや思ひ知られけむ」、五句「松ぞくるしき」。○住吉の岸　摂津国。住吉神社のある海岸。○心のうちのまつ「住吉」の縁語「松」に「待つ」を掛ける。「いかにせん池の水波騒ぎては心のうちの松にかからば」（蜻蛉日記・下）。

741 逢坂の関の清水は濁っているのだろうか。三井寺に入ってしまった人（稚児）の影が映って見えないのは、あの稚児は心変りしたのだろうか。○思ひけるわらは　愛していた稚児。○三井寺　園城寺。○関の清水　逢坂の関近くにあった。↓六三一。○かげ　「清水」の縁語。「逢坂の関の清水にかげ見えて今や引くらん望月の駒」（拾遺・秋・紀貫之）。

742 涙は再びあの人と逢うための手懸りだろうか。そうではないのに、私には泣く以外の慰めはない。○つま　「端」で、糸口、端緒の意。「秋萩を見つつけふこそ暮しつれ下葉は恋のつまにざりける」（貫之集）。○四句　「人心憂きには鳥にたぐへつつ泣くよりほかの声は聞かせじ」（落窪物語一・落窪の君）。

語《かた》らひ侍《はべ》りけるわらはのこと人に思《おも》ひつきにければ、久《ひさ》しう音《おと》もせで侍《はべ》りけるに、さすがに覚《おぼ》えければ、よみてつかはしける

前律師　慶暹《きやうせん》

743 よそ人《ひと》になりはてぬとや思《おも》ふらんうらむるからに忘《わす》れやはする

忘《わす》れじと契《ちぎ》りたる女《をむな》の久《ひさ》しう逢《あ》ひ侍《はべ》らざりければつかはしける

大中臣輔弘《すけひろ》

744 つらしとも思《おも》ひしらでぞやみなましわれもはてなき心《こゝろ》なりせば

久《ひさ》しう問《と》はぬ人《ひと》のおとづれて、またも問《と》はずなり侍《はべり》にければよめる

和泉式部《いづみしきぶ》

745 なか〳〵にうかりしまゝにやみもせば忘《わす》るゝほどになりもしなまし

題不知《しらず》

746 うき世《よ》をもまたゝれにかはなぐさめん思《おも》ひしらずも問《と》はぬ君《きみ》かな

743 そなたはすっかり他人になってしまったと思っているのか。私はそなたを恨んでいるだけで、忘れなどしてはいないのだ。〇思ひつきにければ　愛情が生じたので。「咲く花に思ひつくみのあぢきなさ身にいたつきの入るも知らずて」(拾遺・物名・大伴黒主)。〇さすがに覚えければ　そのまま切れてしまうのはやはり残念に思われたので。〇四句　恨んでいるだけで。「からに」は助詞「から」と助詞「に」が複合した形。活用語の連体形に付き、ある動作・状態に続いてもう一つの動作・状態が生ずる場合に用い、「…するだけで」の意を表す。「吹くからに秋の草木のしをるればむべ山風を嵐といふらむ」(古今・秋下・文屋康秀)の「からに」とほぼ同じ用例。

744 あなたの仕打ちがつらいということも身にしみてわからずにすんでしまったでしょう、もしも私もいつまでも終ることなくあなたを思っていたならば。〇はてなき心　終ることのない愛情。いつまでも変らない心。

745 いっそのこと二人の間柄は憂くつらいという状態のままで終っていたならば、あなたのことを忘れるほどになったでしょうが、二人の仲はそうではないので、忘れられません。和泉式部集「久しう問はぬ人、からうじて音して、又も問はねば」、三句「やみにせば」。〇初句　いっそのこと。

746 この憂き世を他の誰によって慰められようというのですか。あなたは私の気持もわかってくださらずたずねてくださらないのですね。相模集、二句「たればかりにか」。〇二・三句　あなた以外の誰によって慰めるのだろうか。「また」の語が効果的。〇四句　わけもわからず。「あひ見ぬも憂きもわが身のから衣思ひしらずも解くる紐かな」(古今・恋五・因幡)。▽相模集では六首の連作の最後の歌。正しくは相模の作で、作者表記の「相模」が脱落したか。

747 物言《ものい》ひわたりける女《をむな》、親《おや》などに包《つゝ》むことありて、心《こゝろ》にもかなはざりければよめる

源政成《(まさなり)》

逢《あ》ふまでやかぎりなるらんと思《おも》ひしを恋《こひ》はつきせぬ物にぞ有《(あり)》ける

748 伊勢の斎宮《(さいぐう)》わたりよりのぼりて侍《はべ》りける人《ひと》に忍《しの》びて通《かよ》ひけることをおほやけも聞《きこ》しめして、守《まも》り女《め》など付《つ》けさせ給《たま》ひて、忍《しの》びにも通《かよ》はずなりにければ、よみ侍《はべ》りける

左京大夫道雅

逢坂《あふさか》は東路《あづまぢ》とこそ聞《き》きしかど心づくしの関《せき》にぞありける

749 さかき葉《ば》のゆふしでかけしその神にを《(お)》しかへしても似《に》たるころかな

750 いまはたゞ思《おも》ひたえなんとばかりを人づてならでいふよしもがな

747 あなたに逢うまではこれが最後かと思っていたけれども、恋は尽きることのないものだったのだなあ。○逢ふまでやかぎりなるらん　恋人に逢う以前は逢われぬままに恋死にしてしまうだろうと思っていたことをいう。「わびつつも昨日ばかりは過ぐしてき今日やわが身の限りなるらん」(拾遺・恋一・よみ人しらず)。○下句「大土は採り尽くすとも世の中の尽くし得ぬものは恋にしありけり(四句旧訓、つきせぬものは)」(万葉集十一、柿本人麻呂歌集)。

748 逢坂の関は東国路にある関と聞いていたけれども、心づくしの種となる筑紫路の関だったのだなあ。○伊勢の斎宮わたりよりのぼりて侍りける人　前斎宮当子内親王。三条院の皇女。長和元年(一〇一二)十二月斎宮に卜定され、同五年父天皇の譲位に伴って退下、九月帰京した。その後道雅との事が世評にのぼるようになった。栄花物語・たまのむらぎくに詳しい。治安二年(一〇二二)九月十二日没、二十三歳。○逢坂　「逢ふ」を掛ける。○東路　東国への道筋。○心づくしの関　「筑紫」を掛ける。

749 今の有様は昔に立ち返って、榊葉の木綿四手を掛けてあなたが斎宮として斎かれていたその時にさも似ているものだから、この頃はあなたに近付けない。栄花物語・ゆふしで、二句「ゆふしでかげの」。○ゆふしで　木綿で作った四手(幣)。○その神　「その上」の宛字。その時。「さかき葉」「ゆふしで」の縁語「神」を掛ける。

750 今となってはただ、「あきらめます」ということだけを、人を介してでなくあなたに直接言うすべがあったらなあ。○二句　断念しよう。「あやしくもいとふにはゆる心かないかにしてかは思ひ絶ゆべき」(拾遺・恋五・よみ人しらず)。○四句　他人を介さず。直接。「いかにしてかく思ふてふことをだに人づてならで君に語らん」(後撰・恋五・藤原敦忠)。▽小倉百人一首に選ばれた歌。

またおなじ所《ところ》に結《むす》び付《つ》けさせ侍《(はべり)》ける

751 みちのくの緒絶《をだえ》の橋《はし》やこれならんふみみふまずみ心まどはす

心ざし侍《はべ》りける女《をむな》のことざまになりてのち、石山《いしやま》に籠《こも》り合《あ》ひて侍《はべ》りければよみ侍《(はべり)》ける

752 こひしさも忘《わす》れやはするなか〳〵に心《こゝろ》さは《(わ)》がす志賀《しが》の浦波《うらなみ》

前大納言経輔《(つねすけ)》

中納言定頼、今《いま》はさらに来《こ》じなど言《い》ひて帰《かへ》りて、音《おと》もし侍《はべ》らざりければつかはしける

753 来《こ》じとだにいはで絶《た》えなばうかりける人のまことをいかで知《し》らまし

相模

題不知《(しらず)》

754 たが袖《そで》に君重《きみかさ》ぬらんからころもよな〳〵われに片敷《かたし》かせつゝ

755 黒髪《くろかみ》のみだれも知《し》らずうちふせばまづかきやりし人ぞこひしき

和泉式部

751 みちのくにある緒絶の橋とはこのようなものであろうか。文を見たり見なかったりするたびに心を惑わせるよ。ちょうど踏んだり踏まなかったりするたびにびくびくするように。栄花物語・ゆふしで。〇緒絶の橋　陸奥国。〇ふみみふまずみ　「橋」の縁語「踏み」に「文」を掛ける。

752 あなた恋しさを忘れるものですか。なまなか久しぶりに会って心を騒がせます。まるでこの志賀の浦波のように。〇石山　石山寺。→七一七。〇三句　中途半端に。

753 「来るまい」とだけでも言わないで訪れが絶えてしまったならば、薄情だったあなたの真実をどうして知ることができたでしょうか。お言葉通りその後音沙汰がないので、あなたが本当につれない人だということがよくわかりました。〇中納言定頼　藤原定頼。

754 あなたは誰の袖に衣の袖を重ねているのでしょう、毎夜わたしには袖を片敷かせて。思女集。相模集、二句「又重ぬらん」。〇初・二句　袖に袖を重ねるとは、男女が共寝することを暗示した表現。〇よな〱　夜ごと。連夜。〇五句　袖を片敷くことは独り寝を暗示する。「さむしろに衣片敷き今宵もや我を待つらむ宇治の橋姫」(古今・恋四・よみ人しらず)。

755 黒髪が乱れるのもかまわずに臥せると、まずこの髪をやさしく掻きやってくれたあの人が恋しく思われる。和泉式部集(百首)。〇まづかきやりし人　初めて共寝をして起きた時に掻きやって私の顔を見た人。最初の恋人。「(塗籠ノ)内は暗き心地すれど、朝日さし出でたるけはひ漏り来たるに、(夕霧ハ落葉宮ノ)埋もれたる御衣ひきやり、いとうたて乱れたる御髪かきやりなどして、ほの見奉り給ふ」(源氏物語・夕霧)。

756 ある女《をんな》に

うつり香《が》のうすくなりゆくたきもののくゆる思《おも》ひに消《き》えぬべきかな

清原元輔

757 男《をとこ》に忘《わす》られて装束《さうぞく》包《つゝ》みて送《おく》り侍《はべ》りけるに、革《かは》の帯《おび》に結《むす》び付《つ》け侍《はべ》りける

泣《な》きながす涙《なみだ》にたへで絶《た》えぬればはなだのおびの心地こそすれ

和泉式部

758 題不知《(しらず)》

中絶《なかた》ゆる葛城山《かづらきやま》の岩橋《いはゞし》はふみみることもかたくぞありける

相模

759 二条院《(にでうゐん)》に侍《はべ》りける人の許《(もと)》につかはしける

忘《わす》れなんと思《おも》ふさへこそ思《おも》ふことかなはぬ身にはかなはざりけれ

大弐良基《(よしもと)》

760 題不知《(しらず)》

忘《わす》れなむと思《おも》ふにぬるゝたもとかな心《こゝろ》ながきは涙《なみだ》なりけり

高橋良成《(よしなり)》

756 あなたの薫きしめた香の移り香が次第に薄くなってゆく、そのほのかな匂いではないが、あなたを恋い焦れる思いで私は今にも消えて(死んで)しまいそうだ。元輔集。○上句「くゆる」を起す序となる。○くゆる思ひ　恋い焦れる思い。「思ひ」に「たきもの」の縁語「火」を掛ける。○五句　「消え」は「たきもの」「くゆる」の縁語。「来ぬ人を松の枝に降る白雪の消えこそかへれくゆる思ひに」(後撰・恋四・承香殿中納言)。

757 泣いて流す涙に堪えきれないで二人の仲は絶えてしまったので、まるで切れたはなだの帯のような気がします。和泉式部続集「装束ども包みておく、革の帯に書き付く」。○はなだのおび　縹(薄い藍色)に染めた帯。「石川の　高麗人に　帯を取られて　からき悔(いく)する　いかなる　いかなる帯ぞ　縹の帯の　中はたいれるか　かやるか　あやるか　中はいれたるか」(催馬楽・石川)。

758 中途で絶えた葛城山の岩橋のような二人の間柄は、踏み見る(文見る)こともむずかしかったのだ。相模集「文などさらにみえがたければ」、三句「岩橋を」。○葛城山の岩橋　役行者が一言主神に命じて葛城山と金峰山との間に架けさせようとした岩橋。一言主神が醜い容貌を恥じて夜しか働かなかったので完成しなかったという。日本霊異記その他に見える伝説。↓二六二。葛城山は大和国の歌枕とされる。奈良県御所市西部の金剛山地の山。○ふみみる　「踏み」と「文」の掛詞。↓七五一。○かたく　「岩橋」の縁語。

759 すべて思うこと、念願が叶わないこの身には、いっそあなたのことを忘れてしまおうと思うことさえ叶わないのでした。○二条院　後冷泉院の中宮章子内親王。↓七一四。○思ふことかなはぬ身　沈淪の身を暗示するようなすねた表現。

760 あの人のことは忘れてしまおうと思うと、濡れる袂よ。気の長いものは涙だったのだなあ。○下句　「心ながし」は、気が長い、辛抱強いの意。「君を思ふ心長さは秋の夜にいづれまさると空に知らなん」(後撰・恋四・源是茂)。なお、↓二四六。心はつれない恋人を忘れようと思っているのに涙が袂を濡らすのは忘れない証拠なので、涙を「心ながき」と言う。

761 いかばかりおぼつかなさを歎《なげ》かましこの世《よ》のつねと思《おも》ひなさずは

大納言忠家《（ただいへ）》母

762 あふことのたゞひたぶるの夢《ゆめ》ならばおなじ枕《まくら》にまたも寝《ね》なまし

権僧正静円《（じやうゑん）》

心地《こゝち》例《れい》ならず侍《はべ》りける頃《ころ》、人のもとにつかはしける

763 あらざ覧《（らん）》この世《よ》のほかの思《おも》ひ出《い》でにいまひとたびの逢《あ》ふこともがな

和泉式部

父《ちゝ》の供《とも》に越《こし》の国《くにゝ》に侍《はべ》りける時《とき》、重《おも》く煩《わづら》ひて、京に侍《はべ》りける斎院《（さいゐん）》の中将《（ちゆうじやう）》が許《（もと）》につかはしける

764 都《みやこ》にもこひしき人のおほかればなほこのたびはいかむとぞ思《おも》ふ

藤原惟規

心変《かは》りたる人のもとにつかはしける

765 契《ちぎ》りしにあらぬつらさも逢《あ》ふことのなきにはえこそうらみざりけれ

周防内侍《（すはうのないし）》

761 どれほど気懸りさを嘆いたことでしょう、もしもあの人の心変りはこの世にありがちなことと強いて思わなかったならば。○おぼつかなさ　恋人の気持がはっきりしないことに伴う不安、心もとなさ。

762 あの人と逢ったのがただ全くの夢であるのならば、また同じ枕をして寝て夢を見ようものを。○ひたぶるの夢ならば　全くの夢であるならば。○おなじ枕　あの人と共寝した時にしていたのと同じ枕。

763 私はこのまま死んでしまうでしょう。来世への思い出としてもう一度あなたにお逢いしとうございます。和泉式部集「こゝちあしき頃、人に」。○心地例ならず　いつもと変って気分が悪く。○人　男。○初句　「なからんといふに同じ」(百人一首改観抄)。○この世のほか　「来世なり」(同上)。▽小倉百人一首に選ばれた歌。「あらざらん此世の外、めづらしくよめり」(同上)。

764 都にも恋しい人がたくさんいるものだから、やはりこの度の旅からは生きて帰りたいと思います。○父　藤原為時。○このたび　「度」に「旅」を掛ける。○いかむ　「生かむ」に「行かむ」を掛ける。「限りとて別るる道の悲しきにいかまほしきは命なりけり」(源氏物語・桐壺・桐壺更衣)。▽俊頼髄脳、今昔物語集巻三十ノ二十八に、惟規の死とともに語られる歌。

765 約束した通りでなくなってしまったつらさも、あなたにお逢いすることがないのでお恨み申すこともできません。周防内侍集「年ごろ常にある人のほかにありしかば」。

題不知《(しらず)》　西宮前左大臣《(にしのみやさきのさだいじん)》

766 忘《わす》れなんそれもうらみず思《おも》ふらん恋《こ》ふらんとだに思《(おもひ)》おこせば

七月七日に女《をむな》のもとにつかはしける　藤原道信《(みちのぶ)》朝臣

767 年《とし》のうちに逢《あ》はぬためしの名《な》を立《た》ててわれたなばたに忌《い》まるべきかな

増基法師

768 たなばたをもどかしと見《み》しわが身《み》しもはては逢《あ》ひ見《み》ぬためしにぞなる

題不知《(しらず)》　馬内侍《(むまのないし)》

769 くもでさへかき絶《た》えにけるさゝがにのいのちをいまは何《なに》にかけまし

766 あなたは私を忘れてしまうでしょう。それを恨めしいとも思いません。「きっとあの人は私を恋しく思っているだろう」とだけでも私のことをそちらから思ってくれるならば。和泉式部集「いみじう文こまかに書く人の、さしも思はぬに」、二句「それはうらみず」。▽和泉式部の恋の贈歌を撰者が高明の歌と混同したか。

767 一年の内に恋人に逢わない例という不名誉な評判を立てて、私は織女にまで、縁起でもないと忌み嫌われそうです。道信朝臣集「今年いまだ逢はぬ女に、七月七日に」。○三句（よくない）評判になって。「をみなへし多かる野べに宿りせばあやなくあだの名をや立ちなん」（古今・秋上・小野美材）。○忌まる　忌むべきものとして避けられる。→二四六。「ながむらん空をだに見ず七夕にいまるばかりの我が身と思へば」（和泉式部日記）。

768 牽牛織女をもどかしいと見ていた私自身が、しまいには恋人と逢えない例となってしまった。増基法師集「おなじ日（七夕の翌朝か）、うらやまれぬるなど思ひ侍りて」、五句「ためしとぞなる」、詞書は「わびぬれば常はゆゆしき七夕もうらやまれぬるものにぞありける」（拾遺・恋二・よみ人しらず）を引く。○もどかし　非難したい。批判したい。

769 蜘蛛の手さえも巣を架けることが絶えてしまった（あの人からの手紙も絶えてしまった）。今は命を何に懸けて繋いだらよいのでしょうか。馬内侍集「むげに訪れたまはぬころ」、二句「かきたえにけり」。○くもで　蜘蛛手。○二句「かき」「絶え」は「くもで」の縁語。○三句「さゝがに」は蜘蛛の異名。蜘蛛の巣を「網（い）」ということから、「いのち」の枕詞。○かけまし「かけ」は「くもで」の縁語。▽「わが背子が来べき宵なりささがにのくものふるまひかねてしるしも」（古今・墨滅歌・衣通姫）のように期待の持てるのとは全く逆の、絶望的な状態を歌う。

後拾遺和歌抄第十四　恋四

心変《かは》りて侍《はべ》りける女《をむな》に、人に代《かは》りて

770 契《ちぎ》りきなかたみに袖《そで》をしぼりつゝ末《すゑ》の松山波《なみ》こさじとは

清原元輔《もとすけ》

中納言定頼《さだより》がもとにつかはしける

771 蘆《あし》の根《ね》のうき身《み》のほどと知《し》りぬればうらみぬ袖《そで》も波《なみ》はたちけり

公円《こうゑん》法師母

年《とし》ごろ逢《あ》はぬ人に逢《あ》ひてのちにつかはしける

772 逢《あ》ひ見《み》しをうれしきことと思《おも》ひしは帰《かへ》りてのちの歎《なげ》きなりけり

道命《だうみやう》法師

770 互いに袖の涙を絞りながら約束しましたね、末の松山に波を越させまい、決して心変りはするまいと。元輔集。藤原惟規集「をんなに」、歌頭に「後拾遺元輔歌」と注記する。竄入か。○契りきな　約束したね。「な」は詠嘆の終助詞。○かたみに　互いに。○袖をしぼりつゝ　涙に濡れた袖を幾度も絞って。「つゝ」は反復の意を表す接続助詞。○末の松山　陸奥国。▽「君をおきてあだし心をわが持たば末の松山浪も越えなん」(古今・東歌・陸奥歌)を踏まえ、約束を思い出させて心変りをなじる。↓七〇五。小倉百人一首に選ばれた歌。

771 沼地に這う蘆の根のように憂くつらい私自身の程度を知っていますから、涙の波は袖に立ちましたが、あなたをお恨みしてはいませんが、涙の波は袖に立ちました。○中納言定頼　藤原定頼。公円の祖父。作者にとっては、夫権中納言経家の父。○うき身「憂き」に「蘆の根」の縁語「涅(きう)」(泥沼)を掛ける。○うらみぬ　「恨みぬ」に「袖」の縁語「裏」を響かせる。○波　「蘆」「涅」の縁語で、涙の暗喩。▽作者(↓人名)にとって舅である定頼に恋の恨みを訴えるのは不自然として、夫の経家を定頼と誤ったかともいわれる。

772 久しぶりにあなたと逢ったのを嬉しいことと思ったのは、帰ってのちの嘆きの種となりました。○年ごろ　多年。永年。○逢はぬ人に逢ひてのち　永い絶え間ののちに逢った後朝。いわゆる「逢不レ逢恋」の逆のようなケースである。

題不知《(しらず)》

773 み山木《やまぎ》のこりやしぬらんと思《おも》ふまにいとゞ思《(おもひ)》の燃《も》えまさるかな

藤原元真《(もとざね)》

774 岩代《いはしろ》のもりのいはじと思《おも》へどもしづくにぬるゝ身《み》をいかにせん

恵慶《(ゑぎやう)》法師

775 あぢきなしわが身《み》にまさるものやあると恋せし人をもどきしものを

曽禰好忠《(よしただ)》

776 われといかでつれなくなりて心みんつらき人《ひと》こそ忘《わす》れがたけれ

和泉式部《(いづみしきぶ)》

忍《しの》びて物思《ものおも》ひける頃《ころ》よめる

777 あやしくもあらはれぬべきたもとかな忍《しの》び音《ね》にのみ泣《な》くと思《おも》ふを

773 木樵りが深山木を樵るのではないが、自分でも実らぬ恋にもう懲りたであろうかと思ううちに、反対にいよいよ思いの火が燃えまさるよ。元真集。○こりやしぬらん　「懲り」に「樵り」を掛ける。○思　「思ひ」に「木」の縁語「火」を掛ける。

774 岩代の森ではないが、恋心を口に出して言うまいと思うけれども、森の木々の雫、涙の雫に濡れるこの身をどうしたらいいだろうか。恵慶法師集。○岩代のもり　紀伊国。「いはじ」を起す序のような役割を果している。「もり」に「漏り」を響かせているか。「ほととぎす忍ぶるものを柏木のもりても声の聞えけるかな」(馬内侍集)。○しづく　涙の暗喩。

775 ああつまらない。以前は自分自身にまさって大事なものはないではないかと、恋に落ちた人を非難したものなのに、今は私自身が恋に落ちてしまったよ。曽丹集(百首)、二・三句「身にますものは何かあると」、五句「もどきしかども」。○初句　おもしろくない。なさけない。○わが身にまさるものやある　一番大事なのは自分自身ではないかの意。恋すれば苦しみ、場合によっては死ぬことを予測していう。「身にまさる物なかりけりみどり児はやらん方なくかなしけれども」(金葉・雑下、捨子の衣服に書かれた歌)。○五句　非難したのに。

776 何とかして私の方からつれなくなって、あの人が私を忘れられなくなるかどうか試してみたい。薄情な人こそ忘れがたいものだ。思女集(相模)「苦しきものと思ひや知られけん」、傍注に「和泉式部」とある。次の七七七とともに、相模の歌か。

777 奇妙なことには恋に悩んでいることが袂の上に顕れてしまいそうです。ただ忍び音に泣いていたと思うのに。相模集「袖の雫も見苦しう引き隠されて」、五句「ぬらすと思ふに」。▽陽明乙本には「相模」の作者表記がある。相模の歌か。

西宮前左大臣《(にしのみやさきのさだいじん)》

778 うち忍《しの》び泣《な》くとせしかど君《きみ》こふる涙《なみだ》は色《いろ》に出《い》でにけるかな

承暦二年内裏歌合によめる　弁乳母《(べんのめのと)》

779 こひすとも涙《なみだ》の色《いろ》のなかりせばしばしは人に知《し》られざらまし

題不知《(しらず)》　源　道済《(みちなり)》

780 人《ひと》知《し》れぬ恋《こひ》にし死なばおほかたの世《よ》のはかなきと人《ひと》や思《おも》はん

忍《しの》びたる女《をんな》に　堀川右大臣《(ほりかはうだいじん)》

781 人《ひと》知《し》れず顔《かほ》には袖《そで》をおほひつゝ泣《な》くばかりをぞなぐさめにする

冬ノ夜ノ恋をよめる　藤原国房《(くにふさ)》

782 思《おも》ひわびかへすころものたもとより散《ち》るや涙《なみだ》のこほりなるらん

778 忍んで泣いていたけれども、あなたを恋しく思う涙は色に出てしまったのですね。西宮左大臣御集。○色に出でにける　紅涙の色に出てしまった。「紅の色には出でじ隠れ沼(ぬ)の下に通ひて恋ひは死ぬとも」(古今・恋三・紀友則)という決意も無駄で、恋心を顕してしまった状態。

779 たとえ恋をしても涙に色が着いていなかったならば、しばらくの間は人に知られなかったであろうに。紅涙のためにすぐ人に知れてしまった。承暦二年(一〇七八)内裏歌合、作者名は越前守家道朝臣(藤原家通)。顕綱朝臣集、二句「涙ぞ色に」、傍注に「弁乳母歌也」とある。▽弁乳母は藤原顕綱の母、家通は顕綱男。従ってこれは孫のための代作。

780 人知れぬ恋のために死んだならば、世間の人は総じて一般の世のはかない例だと思うであろうか。○人知れぬ恋　秘かな恋。進展しないから苦しいものとされる。「人知れぬ恋の苦しさ藻刈舟湊入江にたづぞ鳴くなる」(古今六帖三・作者未詳)。○おほかたの世のはかなき　世間一般の無常な例。「恋ひ死なばたが名は立たじ世の中の常なきものといひはなすとも」(古今・恋二・清原深養父)。

781 人に知られないように袖を覆って顔を隠しながら、泣くだけを慰めにしている。入道右大臣集。

782 思いあぐんでせめて夢に恋しい人を見ようと裏返して着る夜の衣の袂から散るのは、仏説にいう宝珠ならぬ涙の氷の玉であろうか。○かへすころも　夢で恋人に逢うまじないとして裏返して着た夜着。「いとせめて恋しき時はむばたまの夜の衣を返してぞ着る」(古今・恋二・小野小町)。○涙のこほり　この語句で歌題「冬夜恋」の冬夜を遠まわしに表現する。「こほり」は玉となっていると想像されるから、法華経・五百弟子受記品に説く衣裏繫珠の喩をも連想させる。この比喩は早く安倍清行が「包めども袖にたまらぬ白玉は人を見ぬ目の涙なりけり」(古今・恋二)と詠じている。

題不知《(しらず)》

783 なぐさむる心《こゝろ》はなくて夜《よ》もすがらかへすころもの裏《うら》ぞぬれつる
清原元輔

784 世《よ》の中《なか》にあらばぞ人《ひと》のつらか覧《(らん)》と思《おも》ふにしもぞ物はかなしき
読人不知《(よみびとしらず)》

785 夜な〳〵は目《め》のみさめつゝ思《おも》ひやる心《こゝろ》やゆきておどろかすらん
道命法師

786 思《おも》ふてふことはいはでも思《(おもひ)》けりつらきもいまはつらしと思《おも》はじ
平　兼盛《(かねもり)》

男《をとこ》の絶《た》えて侍《(はべり)》けるに、ほどへてつかはしける
中原頼成《(よりしげ)》妻

787 思《おも》ひやるかたなきまゝに忘《わす》れゆく人の心ぞうらやまれける

783 慰まる心はなくて、夜通し裏返して着る衣のその裏は、涙に濡れてしまった。元輔集「人のもとにまかりて、帰りてつとめてつかはしし」を受けて、「又」とある。○かへすころも　七八二と同じく、恋人を夢に見ようと思って裏返した衣。元輔集によれば恋人の家から帰ったのちに送った後朝の歌だから、又寝の夢に恋人を見たいと思って試みた行為ということになる。

784 私が世の中に生き続けていたならばあの人は薄情なのであろう、いっそ死んでしまえばいいのだと思うにつけ、悲しくてならない。

785 毎夜毎夜目を覚まして思いやっている私の心があの人の所へ行って、目を覚まさせているのであろうか。○思ひやる心　離れている恋人を遥かに思う自分の心。

786 思うということは口に出して言わないでも思ってきました。あなたが冷たいことも今はつらいと思いますまい。兼盛集「思はぬことといひければ、いはでのもりなどいひければ、さらばとて」、下句「つらきをいはでつらしとも見じ」。○いはでも　言わないでも。兼盛集の詞書によれば、陸奥国「岩手の杜」を響かせるか。

787 私はどちらの方角にあなたへの思いを馳せたらよいか、そのすべもわからないので、私のことをあっさりと忘れてしまうあなたの心がいっそ羨ましく思われます。○思ひやるかた　わが思いを馳せる方角。恋人の所在がはっきりわかっていれば、そちらの方角に向けて思いを馳せることができるが、ここでは恋人が自分の知らない女に通っているので、それも叶わない。「かた」には、術、手段の意をも含ませる。「思ひやるかたは知らねど片思ひの底にぞ我は恋はなりにける」(古今六帖四・作者未詳)、「いづこにと君を知らねば思ひやるかたなくものぞ悲しかりける」(和泉式部続集)。

題不知《（しらず）》

788 ねやちかき梅《むめ》のにほひに朝《あさ》な〱あやしく恋《こひ》のまさるころかな

能因《（のういん）》法師

789 あやふしと見《み》ゆるとだえの丸橋《まろはし》のまろなどかゝる物思《ものおも》ふらん

相模《（さがみ）》

790 世《よ》の中《なか》に恋《こひ》てふ色《いろ》はなけれどもふかく身にしむ物にぞ有《（あり）》ける

和泉式部

在《あ》り処《どころ》を知《し》らぬ女《をんな》に

791 さゝがにのいづこに人をありとだに心ぼそくも知《し》らでふるかな

清原元輔

堀川右大臣のもとにつかはしける

792 こひしさのうきにまぎるゝものならばまたふたゝびと君《きみ》を見《み》ましや

大弐三位《（だいにのさんゐ）》

788　閨近く薫る梅の匂いにつれて、朝ごとに奇妙にも恋心がまさるこの頃だなあ。能因集「早春庚申夜恋歌十首、春二首」。▽寝所の軒近くの梅の香りが人への恋心を掻き立てるという、感覚的、官能的な歌。「宿近く梅の花植ゑじあぢきなく待つ人の香にあやまたれけり」(古今・春上・よみ人しらず)を念頭に置くか。自然現象から恋情が誘発されるという点で、「雨やまぬ軒の玉水数しらず恋しきことのまさる頃かな」(後撰・恋一・平兼盛)などに通ずるところがある。六二四と同じ時の作。寛弘二年(一〇〇五)の詠か。

789　危っかしいと見えて、人の渡ることも絶えた丸木橋、そのようにあの人の訪れが絶えて危機に瀕している夫婦仲に、わたしはどうしてこうもはらはらとするような物思いに悩むのだろうか。相模集「忍びて物思ひける頃」。思女集「物へゆく道にまろ橋のあるを」。○とだえの丸橋　人の渡ることがとぎれた丸木橋。男の訪れが途絶えて危機に直面している間柄の暗喩。○まろ　わたし。平安時代には女性も自称の代名詞として用いた。

790　世の中に恋という色はないけれども、深く布地に染まる色にも似て恋は深く身にしみるものだったよ。和泉式部集(百首)、二句「恋といふ色は」。

791　心細いことにはあなたがどこに住んでいるということさえ知らないで日が経つよ。元輔集「在り所知らせぬ女に」。○初句　蜘蛛の巣を「い」ということから、「いづこ」の枕詞として用いる。「ささがにのいづこともなく吹く風はかくてあまたになりぞすらしも」(蜻蛉日記・下)。○四句　「ほそく」は「さゝがに」(蜘蛛)の縁語。

792　恋しさが憂さつらさによって紛れるものならば、二度とあなたにお逢いしましょうか。紛れないからこそまたお逢いしたいのです。○堀川右大臣　藤原頼宗。

題不知《（しらず）》

793 あればこそ人もつらけれあやしきはいのちもがなと頼《たの》むなりけり

藤原有親《（ありちか）》

露《つゆ》おきたる萩《はぎ》にさして女《をむな》のもとにつかはしける

794 庭《には》の面《おも》の萩《はぎ》のうへにて知《し》りぬらん物《もの》思《（おもふ）》人《ひと》のよはのたもとは

源道済

題不知《（しらず）》

795 わが袖《そで》を秋《あき》の草葉《くさば》にくらべばやいづれか露《つゆ》のおきはまさると

相模

796 荒磯海《ありそうみ》の浜《はま》のまさごをみなもがなひとり寝《ぬ》る夜《よ》の数《かず》にとるべく

797 かぞふれば空《そら》なる星《ほし》も知《し》るものをなにをつらさの数《かず》にとらまし

藤原長能《（ながよし）》

793 私が生きているからこそあの人も薄情なのだ。おかしなことは生きていたいと期待することだったのだ。〇三句　おかしなことは。奇妙なことは。

794 物思う人、私の夜半の袂の様子は、このように庭の萩の上に置いた露を御覧になればおわかりでしょう。〇露おきたる萩　露を自身の涙に見立てての贈り物。萩や露はあるいは作り物か。〇物思人のよはのたもと　「唐衣竜田の山のもみぢ葉は物思ふ人の袂なりけり」（後撰・秋下・よみ人しらず）。

795 私の袖を秋の草葉に較べたい、どちらが一層多く露が置いているかと。思女集（相模）「かれ〴〵なる草に露のいと滋かりければ、袖よりほかに」。〇秋の草葉　「秋」に「飽き」を響かせ、「あの人に飽きられた」の意を暗示する。〇露　草葉の場合は本当の露、自分の袖の場合は涙。▽思女集の詞書の「袖よりほかに」は、「われならぬ草葉も物は思ひけり袖よりほかにおける白露」（後撰・雑四・藤原忠国）を引くか。この歌を念頭に置いて詠んだか。なお、「奥山の苔の衣に比べ見よいづれの露のおきまさるらん」（海人手古良集）という古歌もある。七九四・七九五は涙を露にたとえた歌。

796 荒磯海の浜の真砂を皆ほしい、ひとり寝の夜の数として数えられるように。思女集、袖に映る月を詠んだ歌に続いて、「といひて、明かすべきことならねば入りぬ、その夜もおぼつかなくて過ぐす、日数は知りがたきを、いかで」。〇荒磯海　荒磯の海。〇浜のまさご　「ありそ海の浜の真砂とたのめしは忘るることの数にぞありける」（古今・恋五・よみ人しらず）。

797 その気になって数えれば無数にある大空の星ですら数えられるのに。恋人のつらさの数々を数える材料には一体何を取ったらいいのだろうか。長能集「また、女に」、三句「何ならず」。〇つらさ　相手の薄情さ。家集によれば相手に送った歌だから、あなたの薄情さ。▽「我が恋は空なる星の数なれや人に知られで年の経ぬれば」（古今六帖一・作者未詳）。七九六・七九七は恋のつらさを数の多いものになぞらえた歌。

二月許《(ばかり)》に人のもとにつかはしける

藤原道信《(みちのぶ)》朝臣

798 つれ〴〵と思《おも》へばながき春《はる》の日《ひ》にたのむこととはながめをぞする

五月五日に人《ひと》のもとにつかはしける

和泉式部

799 ひたすらに軒《のき》のあやめのつく〴〵と思《おも》へばねのみかゝる袖《そで》かな

題不知《(しらず)》

800 たぐひなくうき身なりけり思《おも》ひ知《し》る人だにあらば問《と》ひこそはせめ

801 君《きみ》こふる心はちゞにくだくれどひとつも失《う》せぬものにぞありける

802 涙川《なみだがは》おなじ身よりはながるれど恋《こひ》をば消《け》たぬものにぞありける

798　なすこともなく思うと、永い春の日に期待できることといったら、じっと物思いにふけることです。道信朝臣集「三月ばかり、ある人に」、四句「たけきこととは」の異文がある。〇二月許に　旧暦二月は仲春だから、「ながき春の日」という言い方も不自然ではないが、家集の「三月ばかり」ならば、なおふさわしい。〇人　ここでは恋の相手である女性。〇初句　手持ち無沙汰で心が慰まらない状態をいう。「つれづれと空ぞ見らるる思ふ人天下り来むものならなくに」(和泉式部集)。

799　軒に葺いた菖蒲を見ながらつくづくと思えば、ただただ声を出して泣けてしまい、ちょうどその菖蒲からさみだれの雫が絶え間なく落ちるように、涙の玉のかかる私の袖です。和泉式部続集「五月五日、人に」、初・二句「けふはなほ軒のあやめも」。〇三句　つくねんと。「つれ〴〵と」というのに近い語感を有する語。〇ねのみ　声の意の「音(ね)」に「あやめ」の縁語「根」を掛ける。

800　私は比べるものもないほど不幸な身だったのでした。わかって同情してくれる人でもいれば尋ねてもくれるでしょうに、そういう人もいないのですから。和泉式部集「人に」、下句「人世にあらば問ひもしてまし」。

801　あなたを恋しく思う心は千々に砕けますが、そのかけらは一つもなくならず、やはりあなたを恋しさの心は変らないのでした。和泉式部集(百首)。

802　涙川は恋とおなじ身体から流れ出るけれども、恋の火を消さないものであったよ。和泉式部集(百首)。〇初句　おびただしく流れる涙を川に喩えた。「涙川なに水上を尋ねけん物思ふ時のわが身なりけり」(古今・恋一・よみ人しらず)など、例は多い。↓五五〇。〇三句　「泣かる」を掛けるか。〇下句　「恋」に「火」を響かせる。「消たぬ」は消さぬ。「逢ひがたみ目より涙は流るれど恋をば消たぬものにざりける」(在民部卿家歌合)。▽水と火を取り合せた恋の歌。「篝火にあらぬ思ひのいかなれば涙の川に浮きて燃ゆらん」(後撰・恋四・よみ人しらず)に通うものがある。

803 わが恋《こひ》は益田《ますだ》の池《いけ》のうきぬなはくるしくてのみ年《とし》をふるかな

小弁《（こべん）》

804 おほかたに降《ふ》るとぞ見《み》えしさみだれは物思《ものおも》ふ袖《そで》の名《な》にこそありけれ

源　道　済

805 よそにふる人は雨《あめ》とや思《おも》ふらんわが目《め》にちかき袖《そで》のしづくを

西宮前左大臣

806 日《ひ》にそへてうきことのみもまさるかな暮《く》れてはやがて明《あ》けずもあらなん

藤　原　元　真

天徳四年内裏歌合によめる

807 君《きみ》こふとかつは消《き》えつゝふるほどをかくてもいける身《み》とや見《み》るらん

803 私の恋は益田の池に浮く蓴菜のようなもの。それをたぐるように苦しいばかりで幾年も経っているよ。○益田の池　大和国。○三句　浮いている蓴菜（じゅんさい）。「浮き」に「憂き」を掛ける。蓴菜はたぐって採るから、「繰る」の音の連想で「苦し」に続ける。↓八〇六。▽「恋をのみ益田の池のうきぬなはくるにぞ〈くるしきイ〉物の乱れとはなる」（古今六帖三・作者未詳）。八〇二・八〇三は川・池など水辺に寄せる恋の歌。

804 世間に広く降ると見えたさみだれは、物思う私の涙に濡れた袖の別名だったのだ。○さみだれ　おびただしいわが涙の暗喩。○五句　ある物を他の物によそえて言う際によく用いられる慣用句。

805 かかわりなく過す人はただ普通に降る雨と思うだろうか、私の目には近々と見える袖の雫、涙を。和泉式部集「いかなる人にか言ひ侍る」。○初句　「経る」に「雨」の縁語「降る」を掛ける。○四句　私の目には近くはっきり見える。「秋萩の下葉につけて目に近くよそなる人の心をぞ見る」（拾遺・雑秋・女）、「目に近くうつれば変る世の中を行末遠く頼みけるかな」（源氏物語・若菜上・紫の上）。○袖のしづく　涙。「咎むなよ忍びに絞る手もたゆみけふあらはるる袖の雫を」（源氏物語・藤裏葉・夕霧）。▽八〇六とともに和泉式部の歌を撰者が高明の歌と混同したか。

806 日が経つにつれて憂くつらいことばかりまさるよ。一日が暮れたらそのまま明けないでいてほしい。和泉式部集「いかなる人にか言ひ侍る」、八〇五と同じ作品群中の一首。

807 あなたを恋して一方では心も消え消えとなって日を送っているのを、それでも生きている身体と見るのでしょうか。天徳四年（九六〇）内裏歌合、三句「ふるものを」。元真集。麗花集、三句「ふるほどに」。○二句　「かつ消えて空に乱るるあは雪は物思ふ人の心なりけり」（古今六帖一・作者未詳）。○かくてもいける身　「心にも命叶はぬ身なりけりかくてもいけるわが身と思へば」（元真集）。

題不知《しらず》

808 こひしさの忘《わす》られぬべきものならば何《なに》しかいける身をもうらみん

大和宣旨《やまとのせんじ》

中納言定頼がもとにつかはしける

809 こひしさを忍《しの》びもあへぬうつせみのうつし心もなくなりにけり

民部卿経信《つねのぶ》

小弁がもとにつかはしける

810 君《きみ》がためおつる涙《なみだ》の玉《たま》ならばつらぬきかけて見《み》せまし物《もの》を

西宮左大臣

題不知《しらず》

811 契《ちぎ》りあらば思《おも》ふがごとぞ思《おも》はましあやしや何《なに》のむくいなるらん

812 けふ死《し》なばあすまで物《もの》は思《おも》はじと思《おも》ふにだにもかなはぬぞうき

808　あの人恋しさが忘られるものならば、どうして生きているこの身を恨むことがあろうか。忘れられないからこそ生きていることも恨めしいのだ。元真集、歌合のための代作の作品群、四句「何にかいける」。

809　恋しさを忍びきれずに鳴く蟬のように、私は声をあげて泣き、しっかりした心もなくなってしまいました。○中納言定頼　藤原定頼。○三句　蟬を意味し、「うつし心」の枕詞のように用いた。○うつし心　正気。「うつせみのうつし心も吾はなし妹を相見ずて年の経ゆけば」(万葉集十二・作者未詳)。

810　あなたのために落ちる涙がもしも玉であったならば、緒に貫き懸けてお見せしようものを。大納言経信集「小弁がもとへつかはしける」。○四句　貫いて緒に懸けて。「秋の野におく白露は玉なれやつらぬきかくる蜘蛛の糸筋」(古今・秋上・文屋朝康)。▽「包めども袖にたまらぬ白玉は人を見ぬ目の涙なりけり」(古今・恋二・安倍清行)と前引の朝康の歌を取り合せたような作。

811　あの人との縁があるのならば私があの人を思うようにあの人も私のことを思うであろうに、奇妙だな、何の報いであの人は私のことを思わないのだろうか。和泉式部集「いかなる人にか言ひ侍る」、八〇五・八〇六と同じ作品群中の一首。○二・三句　自分が相手を思うように相手も自分を思うだろう。「はかなくて同じ心になりにしを思ふがごとく思ふらんやぞ」(中務集)。▽八一二とともに和泉式部の歌を撰者が高明の歌と混同したか。

812　今日死んでしまったならば明日まで思い悩まないだろうと思うにつけ、それすらままにならないのはつらい。和泉式部集「いかなる人にか言ひ侍る」、これも八一一と同じ作品群中の一首。○五句　「幾代しもあらじと思ふ世の中のえしも心に叶はぬぞうき」(曽丹集)。

女《をんな》につかはしける

入道摂政《（にふだうせつしやう）》

813 思《おも》ひには露《つゆ》のいのちぞ消《き》えぬべき言《こと》の葉《は》にだにかけよかし君《きみ》

題不知《（しらず）》

相模

814 焼《や》くとのみ枕《まくら》のうへにしほたれてけぶり絶《た》えせぬ床《とこ》のうちかな

永承六年内裏歌合に

815 うらみわびほさぬ袖《そで》だにあるものを恋《こひ》にくちなん名《な》こそをしけれ

題不知《（しらず）》

816 神無《な》月よはのしぐれにことよせて片敷《かたし》く袖《そで》をほしぞわづらふ

和泉式部

817 さま〴〵に思《おも》ふ心はあるものをおしひたすらにぬるゝ袖《そで》かな

813 恋の思いに露のようにもろい私の命は消えてしまうでしょう。せめて言葉だけでもかけてください、あなた。○露のいのち　はかない命。早く「ありさりて後も逢はむと思へこそ露の命も継ぎつつ渡れ」(万葉集十七・平群氏女郎)の例があり、平安以降多い表現。○三・四句　「消え」「葉」は「露」の縁語。

814 胸の思いの火はただ焼け、ひたすら泣いて枕の上に涙を落とし、藻塩焼く煙ならぬ恋の煙の絶えぬ床のうちよ。○焼くと　「役と」を掛ける。「焼く」は藻塩焼くわざの見立て。○三句　涙をこぼして。○けぶり　藻塩焼く煙に見立て、「焼く」「しほたれ」と縁語。▽相模集の類歌「焼くとのみなげきをこりて炭竈にけぶり絶えせぬ大原の里」。

815 恨むことにもあぐんで涙の乾かない袖が朽ちることすらくちおしいのに、恋に朽ちてしまうであろう私の名がくちおしく思われる。永承六年(一〇五一)内裏根合・恋。栄花物語・根合。○袖だにあるものを　「…だにあるものを」は、程度の軽い事例を挙げて、それだけでもつらいのになどの意を表し、下にそれ以上つらいことを言う場合に用いられる言い方。↓三〇一。「来むといひて別るるだにもあるものを知られぬ今朝のましてわびしさ」(後撰・離別・藤原時平)。▽小倉百人一首に選ばれた歌。

816 本当は独り寝の寂しさにこぼす涙に濡れているのに、十月の夜半に降るしぐれのせいにして、私は片敷く袖を乾しかねている。相模集「有明の月をかしきに、帰りぬる人に添ひて影さへ見えずなりぬれば、ひと(り脱カ)ながめて心にもあらずや、世の中の歎きはなほわりなしと思ふほどに時雨のすれば、いつもといひながら」、二句「庭のしぐれに」。○片敷く袖　独り寝の姿。「中絶えんものならなくに橋姫の片敷く袖やよはに濡らさん」(源氏物語・総角・匂宮)。

817 さまざまに思う心はあるのに、ただひたすら涙に濡れる袖よ。○四句　涙が「押し浸す」という状態を暗示する。▽類歌「みな人は心ごころにあるものをおしひたすらに濡るる袖かな」(新撰和歌四・作者未詳)。八一五―八一七は涙に濡れる袖を歌った恋歌。

818 わが心《こゝろ》かはらむものか瓦屋《はらや》のしたたくけぶりわきかへりつゝ

藤原長能

かれ〳〵になり侍《はべ》りける男《をとこ》によめる

819 うちはへてくゆるもくるしいかでなを《(ほ)》世《よ》に炭竈《すみがま》のけぶり絶《た》えなん

藤原範永《(のりなが)》朝臣女《(むすめ)》

題不知《(しらず)》

820 人《ひと》の身も恋《こひ》にはかへつ夏虫《なつむし》のあらはに燃《も》ゆと見《み》えぬ許《(ばかり)》ぞ

和泉式部

821 かるもかき臥《ふ》す猪《ゐ》の床《とこ》のいを安《やす》みさこそ寝《ね》ざらめかゝらずもがな

女《をむな》のもとにつかはしける

入道摂政

822 わが恋《こひ》は春《ゝる》の山《やま》べにつけてしを燃《も》えいでゝ君《きみ》が目《め》にも見《み》えなむ

818　私の心は変るものか、変りはしないよ。ちょうど瓦を焼く竈の下で焚いている煙が吹きあげているように。長能集「また、女に」。○瓦屋　瓦を焼く小屋。上の「かはらむ」から同音で続ける。↓七〇七。▽難後拾遺も指摘するように、七〇七と類想の歌。女は「忍ぶ思ひひとしくなれば瓦屋のけぶりは早く絶えにしものを」と返している。

819　いつまでもぐずぐず引き延ばされて心でくすぶっているのもつらく思われます。やはり何とかすっきりと関係を絶ってください。○初句　ずっと長く引き続いて。○くゆる　くすぶる。いぶる。情熱的に燃え上るのでなく、惰性的な関係の続くことをいう。○いかで　何とかして。○下句「住み」を掛け、「住み絶えなん」(同棲関係を解消しよう)と訴える。

820　恋のためには人もその身を引換えにしてしまった。夏虫のようにはっきりと火中に飛び入って燃えると見えないだけです。和泉式部集(百首)。○夏虫　蛍とも灯蛾(火取虫)とも解しうるが、「恋にはかへつ」という句にふさわしいのは灯蛾の方である。「夏虫を何かいひけん心から我も思ひに燃えぬべらなり」(古今・恋二・凡河内躬恒)。「夏虫とは蛍を云ふと見えたるを、又夏夜火に飛入る青き虫をも云ふ也」(和歌童蒙抄九)。

821　枯れ草をかぶって猪は床に臥して熟睡する。たとえそれほどよく寝ないとしても、このように眠れずに思い悩むことがなかったらなあ。和泉式部集「帥の宮失せ給ひての頃」。麗花集。○かるも　枯れ草。「かるもとは枯れたる草也。其草を掻き集めて猪は伏す也。ゐのながいとて、七日まで伏すと云へり」(和歌童蒙抄九)。

822　私の恋の火は春の山辺に付けてしまった。燃え出してあなたの目にもはっきりと見えるでしょう。○初句「恋」に「火」を掛ける。○春の山べ　しばしば山焼きが行われる。「梓弓春の山べに煙立ち燃ゆともみえぬひざくらの花」(古今六帖六・凡河内躬恒)。○君が目にも見えなむ「人知れず思ふ心は春霞立ち出でて君が目にも見えなん」(古今・雑下・藤原勝臣)。

返《かへ》し　　大納言道綱《（みちつな）》母

823 春《はる》の野《ゝ》につくる思《おも》ひのあまたあればいづれを君《きみ》が燃《も》ゆとかは見《み》ん

おなじ女《をむな》に　　入道摂政

824 春日野《かすがの》は名《な》のみなりけりわが身こそ飛火《とぶひ》ならねど燃《も》えわたりけれ

永承四年内裏歌合によめる　　相模

825 いつとなく心そらなるわが恋《こひ》や富士《ふじ》の高嶺《たかね》にかゝる白雲《しらくも》

堀川右大臣

826 うしとてもさらに思《おも》ひぞ返《かへ》されぬ恋《こひ》は裏《うら》なきものにぞありける

題不知《（しらず）》　　源重之《（しげゆき）》

827 松島《まつしま》や雄島《をじま》の磯《いそ》にあさりせし海人《あま》の袖《そで》こそかくはぬれしか

823 春の野に付ける思いの火などはたくさんありますから、どれがあなたの私への思いが燃えている火と見たらよいかわかりません。○春の野やはりしばしば野焼きが行われる。「春日野はけふはな焼きそ若草のつまもこもれり我もこもれり」(古今・春上・よみ人しらず)。○思ひ「火」を掛ける。

824 春日野の烽火というのはもう名前だけになってしまった。私の身体こそ烽火ではないけれども、恋の情熱に燃え続けているのだ。○春日野大和国。○飛火　烽火。春日野にあった。

825 いつも上の空になっている私の恋心は、富士の高嶺に懸る白雲なのだろうか。永承四年(一〇四九)内裏歌合・恋。○初句　いつということなくいつも。常に。○二句　上の空である。「吾妹子が夜戸出の姿見てしより心空なり土は踏めども」(万葉集十二・正述心緒)。○富士の高嶺　駿河国。

826 恋人の態度が憂くつらいといっても一向に思い返す(恋心を変える)ことはできない。恋は衣服と違って裏のない、一途のものだったのだ。

永承四年内裏歌合・恋、入道右大臣集「殿上の歌合、恋」、ともに五句「ものにざりける」。○さらに　一向に。さらさら。下に打消の表現を伴う副詞。○思ひぞ返されぬ　「絞りたる海人の濡衣同じ名を思ひ返さで着るよしもがな」(敦忠集)。○裏なきもの　「裏」は「返されぬ」の縁語。

827 松島の雄島の磯で漁をする海人の袖こそ、この私の袖同様ぐっしょりと濡れたのだった。重之集(百首)、初・二句「松島の石間の磯に」。○松島や雄島の磯　陸奥国。○あさりせし　漁をした。○かくはぬれしか　このように濡れた。海人の袖は潮で、わが袖は涙でという違いがある。▽「あさりする海人少女子が袖なれや濡れにし衣ほせど乾かず」(古今六帖五・作者未詳、原歌は万葉集七)に通ずる発想の歌。

828 かぎりぞと思《おも》ふにつきぬ涙《なみだ》かなおさふる袖《そで》も朽《く》ちぬ許《(ばかり)》に

盛少将《(さかりのせうしやう)》

雨《あめ》の降《ふ》り侍《(はべり)》ける夜《よ》、女《をむな》に

829 かきくらし雲間《くもま》も見《み》えぬさみだれは絶《た》へ《(え)》ず物思《ものおも》ふわが身《み》なりけり

藤原長能

題不知《(しらず)》

830 涙《なみだ》こそ近江《あふみ》の海《うみ》となりにけれみるめなしてふながめせしまに

相模

つゆばかりあひ見そめたる男《をとこ》のもとにつかはしける

831 白露《しらつゆ》も夢《ゆめ》もこの世《よ》もまぼろしもたとへていへばひさしかりけり

和泉式部

828 二人の恋ももう終りだと思うと、抑える袖も朽ちてしまうほど、尽きることなく流れる涙よ。師輔集「さかり少将が歌」。○かぎり　「恋のかぎり」の意。

829 空も暗くなって雲の切れ目も見えずに降るさみだれは、絶えず物思いに泣いている私そのものですよ。長能集「雨のいみじう降る夜、女のもとに」。▽上句は「かき曇りあやめも知らぬ大空にありとほしをば思ふべしやは」(貫之集)を思わせるものがある。

830 おびただしく溢れる涙は海松(みる)の生えない近江の湖となってしまった。あの人を見ることもなくてじっと物思いにふけっている間に。思女集(相模)「近う見し人久しう訪れぬ、近江の海思ひやらる」、五句「うらみせしまに」。○近江の海　琵琶湖。近江国。○みるめなし　「海松布(みるめ)」に「見る目」を掛ける。淡水湖だからミルは生えない。↓七一七。▽第五句は「花の色はうつりにけりないたづらに我が身世にふるながめせしまに」(古今・春下・小野小町)に依るか。それならば八二九の「さみだれ」に続き、長雨が暗示される。

831 白露も、夢も、この世も、幻も、みな私たちの恋に比べれば、久しい物の喩えになるものでした。○つゆばかりあひ見そめたる男　ほんのかりそめに逢いはじめた男。「名取川瀬々のうもれ木あらはればいかにせむとかあひ見そめけむ」(古今・恋三・よみ人しらず)。○上句　いずれもはかないものの代表とされる。夢や幻は維摩経十喩にも入れられている。「露よりも世のはなかきことを人のいふを聞きて／草の上の露にたとへし時だにもこは頼まれしまぼろしの世か」(和泉式部集)。▽難後拾遺に、「句のはてごとに」助詞「も」を詠んでいるので比喩がはっきりしないと批判する。類歌「人心たとへてみれば白露の消ゆるまもなほ久しかりけり」(後撰・雑四・よみ人しらず)。

後拾遺和歌抄第十五　雑一

題不知《(しらず)》　　　　善滋為政《(ためまさ)》朝臣

832 年《とし》ふればあれのみまさる宿《やど》のうちに心《こゝろ》ながくもすめる月かな

宇治忠《(ただ)》信《(ザネ)》女《(のむすめ)》

833 月かげの入《い》るををしむもくるしきに西《にし》には山のなからましかば

藤原為時《(ためとき)》

834 われひとりながむと思《おも》ひし山里《やまざと》に思《(おもふ)》ことなき月もすみけり

832　年が経ったので荒廃する一方の家の中に、辛抱強くも住んで（澄んで）いる月だなあ。○二句　荒れる一方の。「沖つ波　荒れのみまさる　宮の内は　年へて住みし　伊勢の海人も…」（古今・雑体・短歌・伊勢）。○四句　辛抱強くも。月を擬人化していう。言外に、人間は「心ながく」ないのにというニュアンスを含む。○すめる　「住める」と「澄める」の掛詞。

833　月が入ってしまうのを惜しむのもつらいから、いっそのこと西には山がなかったらよいのに。○五句　「よからまし」というような句を省いた言い方。↓一〇五・一〇七。▽「あかなくにまだきも月の隠るるか山の端逃げて入れずもあらなん」（古今・雑上・在原業平）、「ぬばたまの夜渡る月をとどめむに西の山辺に関もあらぬかも」（万葉集七・作者未詳）などに通じる嘆き。「秋の夜は月に心のひまぞなき出づるを待つと入るを惜しむと」（高陽院七番歌合・源頼綱）と歌われるように、月が沈むのを惜しむのは王朝人の心のならいである。

834　私一人がじっと物思いにふけっていると思った山里に、何の思い悩むこともない月も住んで（澄んで）いたのだなあ。○ながむ　じっと物思いに沈みながら見つめる。○思ことなき月　思い悩むこと、嘆き悲しむことがない月。自分自身は「思ふこと」があることを言外に暗示する。○すみけり　月を擬人化し、「澄み」と「住み」の掛詞。

835
船中ノ月といふ心をよみ侍《(はべり)》ける
源師賢《(もろかた)》朝臣
みなれざをとらでぞくだす高瀬《たかせ》舟《ぶね》月のひかりのさすにまかせて

836
池上ノ月をよめる
良暹《(りやうせん)》法師
月かげのかたぶくまゝに池水《いけみづ》を西《にし》へながると思《おも》ひけるかな

837
後冷泉院《(ごれいぜいゐん)》御時、后《きさい》の宮《みや》にて月をよみ侍《(はべり)》ける
大蔵卿長房《(ながふさ)》
月かげは山のは出《い》づるよひよりもふけゆく空《そら》ぞ照《て》りまさりける

838
連夜に月を見《み》るといふ心をよみ侍《(はべり)》ける
源頼家《(よりいへ)》朝臣
しきたへの枕《まくら》のちりやつもるらん月のさかりはいこそ寝《ね》られね

835 川を漕ぎ下るのに、水馴れ棹を取ることもなく高瀬舟を下すよ。棹さす代りに月の光がさすのに任せて。○初句　水馴れ棹。舟の棹。「筏おろす杣山川のみなれ棹さして来れども逢はぬ君かな」(古今六帖二・作者未詳)。○三句　浅瀬を漕ぐために用いられた川舟。「高瀬舟はや漕ぎ出でよ障ることさし帰りにし蘆間分けたり」(和泉式部日記)。○さす　「射す」と(棹を)「挿す」の掛詞。

836 月が西へ傾くにつれて池の面に映る月影も西側に移ったので、池の水そのものが西へ流れるのかと思ったよ。

837 月は東の山の端を出た宵の内よりも、夜が更けてゆくにつれて光を増して空に照っているよ。○后の宮　後冷泉院の后は二条院(章子内親王)・小野皇太后宮(歓子)・四条宮(寛子)の三人が存在するが、長房との関係から、寛子か。○五句　一層明るく照ったよ。「久方の月の桂も秋はなほもみぢすればや照りまさるらむ」(古今・秋上・壬生忠岑)。

838 枕には塵が積っているだろうか。月が最も美しい時分はとても寝ていられない。○初句　「枕」にかかる枕詞。○枕のちり　「山とつもれる しきたへの 枕の塵も 独り寝の 数にし取らば 尽きぬべし」(蜻蛉日記・上)。○月のさかり　「長月の 月のさかりに なりゆけば 心も空にうかれつつ…」(大納言経信集)。「十四夜より廿日比までをいふといへり」(八代集抄)。○五句　「い」は「寐」。「春の夜はいこそ寝られね起きゐつつまもるにとまるものならなくに」(和泉式部集)。

月のいとおもしろく侍《はべり》ける夜《よ》、来《き》し方行末《かたゆくすゑ》もありがたきことなど思《おも》うたまへて、かちより輔親《すけちか》が六条の家《いへ》にまかれりけるに、夜《よ》ふけにければ人もあらじと思《おも》うたまへけるに、住《す》みあらしたる家《いへ》のつまに出《い》でゐて、前《まへ》なる池《いけ》に月のうつりて侍《はべ》りけるをながめてなん侍《はべ》りける、おなじ心にもなどいひてよみ侍《はべ》りける

839 池水《いけみづ》は天《あま》の川《がは》にやかよふらん空《そら》なる月のそこに見《み》ゆるは

懐円《くわいゑん》法師

中納言泰憲《やすのり》近江守《あふみのかみ》に侍《はべ》りける時《とき》、三井寺にて、歌合し侍《はべ》りけるに、月をよみ侍《はべり》ける

840 いづかたへゆくとも月の見《み》えぬかなたなびく雲《くも》の空《そら》になければ

永胤《やういん》法師

永承四年内裏歌合に、月をよめる

841 いつよりもくもりなき夜《よ》の月なれば見《み》る人さへに入《い》りがたきかな

江侍従《がうのじじゆう》

839 この池の水は天の川に通じているのだろうか、空にある月が水底に見えるよ。○来し方行末も　ありがたきこと　今までも将来もめったにないこと。○かちより　徒歩で。○輔親が六条の家　都の六条にあった大中臣輔親の家。「南院ハ海橋立也。輔親卿家也。為レ見レ月寝殿南庇ヲ不レ差云々」(袋草紙)。○家のつま　家の端。袋草紙に「寝殿の南面」という。○おなじ心にも　月を愛で賞するということで同じ心の意。○二・三句　「漁り舟天の川にや通ふらん往き来のほども星と見ゆれば」(兼澄集)。

840 月はじっと止まっていて、どこへ行くとも見えないなあ、たなびく雲が空にないので…。○中納言泰憲　藤原泰憲。○三井寺　園城寺。○歌合　この歌合は天喜元年(一〇五三)五月行われたが、証本は伝存しない。↓一八・一五六・一七二。○下句　「たなびく雲があれば、雲との位置関係で、夜がふけるにつれて月の移動が確かめられるのに」と言う意か。▽藤原清輔は「天雲のたなびけりとも見えぬ夜はゆく月影ぞのどけかりける」(貫之集)を取った歌だという(袋草紙・上)。

841 今宵はいつよりも曇りのない夜なので、月だけでなく、それを見る人までも家の内に入りにくいよ。永承四年(一〇四九)内裏歌合・月、初句「いづるより」。○くもりなき夜　「夜」に「世」を掛け、後冷泉天皇の治世が聖代であることをたたえた心を込める。「秋深み曇りなき夜の大空に誰が掛けたる鏡なるらん」(夫木抄十三・花山院)。

麗景殿女御《れいけいでんのにょうご》家歌合に

842 山のはのかゝらましかば池《いけ》水に入《い》れども月はかくれざりけり

堀川右大臣《ほりかはうだいじん》

題不知《しらず》

843 宿《やど》ごとにかはらぬものは山のはの月待《ま》つほどの心なりけり

加賀左衛門《かがのさゑもん》

依《リテ》レ月《ニ》客来《ル》といふ心《こゝろ》をよめる

844 われひとりながめてのみや明《あ》かさましこよひの月のおぼろなりせば

永源《やうげん》法師

賀陽院におはしましける時《とき》、石立《いした》て滝落《たきおと》しなどして御覧じける頃《ころ》、九月十三夜になりにければ

845 岩間《いはま》よりながるゝ水《みづ》ははやけれどうつれる月のかげぞのどけき

後冷泉院御製

月の夜《よ》、中納言定頼《さだより》がもとにつかはしける

846 板間《いたま》あらみあれたる宿《やど》のさびしきは心にもあらぬ月を見《み》るかな

弾正尹清仁親王《きよひとしんわう》

842 山の端がこの池水のようであったらよいのになあ。月は池水には入っても隠れることがなかったよ。永承五年(一〇五〇)前麗景殿女御(後朱雀院女御藤原延子)歌合。入道右大臣集。

843 どの家でも変らないものは、山の端に出る月を待つまでの間の待ち遠しくてならないという人心だったのですね。永承五年前麗景殿女御歌合。○初・二句　言外に、家々によってさまざま違った事情は伏在するけれどもという気持を含んでいる。○月待つほどの心　月が早く出ないかなあと待つ間の焦燥感。「変らじな知るも知らぬも秋の夜の月待つほどの心ばかりは」(新古今・秋上・上東門院小少将)。

844 私一人でじっと見つめて夜を明かすことだろうか、もしも今宵の月がおぼろに曇っていたならば…。月がこのように明るいから、お客が訪れたのだ。○依月客来　「月夜よし夜よしと人に告げやらば来てふに似たり待たずしもあらず」(古今・恋四・よみ人しらず)、「月夜には来ぬ人待たるかき曇り雨も降らなむわびつつも寝む」(同・恋五・よみ人しらず)など、月の美しい夜には月に誘われて思いがけず客が訪れることもありうる。その心を題にしたもの。

845 岩の間から流れ出る水は速いけれども、そこに映っている月の光はのどかであるよ。○賀陽院　高陽院。○石立て　庭石を立て。いわゆる立石である。○滝落し　滝が落ちるようにしつらえ。「滝を立てんには、まづ水落ちの石を選ぶべきなり。…滝の落ちやうは様々あり。人の好みによるべし」(作庭記)。

846 屋根板の葺き目がまばらで荒れている私の家の寂しさといったら、そのつもりでもないのに射しこんできた月を見ています。定頼集。○初句　葺板の隙間がまばらなので。「わが宿のしのぶ草生ふる板間あらみ降る春雨の漏りやしぬらむ」(古今・雑体・短歌・紀貫之)。○心にもあらぬ月　見るつもりでもない月。▽「月を見て荒れたる宿にながむとは見に来ぬまでも誰に告げよと」(和泉式部日記)に通うものがある。難後拾遺に「「月をこそ見れ」とありけるにや。是にては久しきにてやあるべからん」という。

その夜返《よかへ》しはなくて、二三日ばかりありて、雨《あめ》の降《ふ》りける日《ひ》、親王《みこ》のもとにつかはしける

中納言定頼

847 雨《あめ》ふればねやの板間《いたま》もふきつらんもりくる月はうれしかりしを

人《ひと》のもとより、こよひの月はいかゞといひたる返り事《かへごと》につかはしける

藤原範永《(のりなが)》朝臣

848 月見《み》てはたれも心ぞなぐさまぬ姨捨山《をばすてやま》のふもとならねど

おほやけの御畏《かしこ》まりに侍《はべ》りける頃《ころ》、賀茂《かも》の御社《みやしろ》に夜《よる》〳〵参《まい》りて祈《いの》りまうしけるに、月のおもしろく侍《はべ》りけるに

賀茂成助《(なりすけ)》

849 かくばかりくまなき月をおなじくは心もはれて見《み》るよしもがな

鞍馬《くらま》より出《い》で侍《はべ》りける人《ひと》の、月のいとをかしかりければ、鞍馬《くらま》の山《やま》もかくこそなど思《(おもひ)》出《い》でけるを聞《き》きて

斎院中務《(さいゐんのなかつかさ)》

850 すみなるゝ都《みやこ》の月のさやけきになにか鞍馬《くらま》の山はこひしき

847 雨が降るので、まばらだとおっしゃった御寝所の屋根の葺き目も修理なさったでしょう。洩れ入る月の光は嬉しかったのに…。定頼集。○親王　清仁親王。○ねやの板間　寝屋の屋根の葺板の隙間。「しぐるればまづぞかなしきわが宿のねやの板間のあふ夜なければ」(曽丹集)。

848 月を見て誰も心は慰まりません。ここはあの姨捨山の麓ではありませんが。○姨捨山　信濃国。→五三三。▽「わが心慰めかねつ更級や姨捨山に照る月を見て」(古今・雑上・よみ人しらず、大和物語一五六段)を念頭に置いた歌。範永朝臣集には「世にふとも姨捨山の月見ずはあはれを知らぬ身とやならまし」、「見る人の袖をぞ絞る秋の夜は月にいかなる影か添ふらん」(相模に送った歌)、「月見ては心やゆくと思ひしを心ぞとまるあやなうき世に」(忠命法橋より送られた歌)などが見える。後者は同集巻末に位置し、それに対する返しが見えない。八四八はその返しにふさわしいか。

849 このように曇りなく照る明るい月を、同じことならば晴々とした心で見られたらなあ。成助集。○おほやけの御畏まり　勅勘。○賀茂の御社　京都の賀茂神社。賀茂別雷神社(上賀茂社)か。○祈りまうしけるに　勅勘を許されるように祈願し申しあげた時に。○四句　「月」の縁語で「はれて」という。「世を照らす彦根の山の朝日には心もはれてしかぞ帰りし」(大納言経信集、作者は藤原通俊)。

850 住み馴れている都では月がさやかなのに、あなたはどうしてあの暗い鞍馬山がそんなに恋しいのですか。○鞍馬より出で侍りける人　参籠していた鞍馬寺から出てきた人。鞍馬は山城国の歌枕。○初句　「住み」に「月」の縁語「澄み」を響かせる。○鞍馬の山　「暗し」を掛ける。「墨染の鞍馬の山に入る人はたどるたどるも帰り来ななん」(後撰・恋四・平中興女、大和物語一〇五段)。▽都に照る月をさしおいて鞍馬山の月を賞讃する同僚(姉妹とされる)を、半ば揶揄しつつたしなめた歌。都を最もすばらしいと考える、いかにも宮廷女房らしい考えがうかがえる。

返《かへ》し

851 もろともに山のは出《い》でし月なれば都《みやこ》ながらも忘《わす》れやはする

斎院中将《(さいゐんのちゆうじやう)》

月の明《あか》く侍《はべ》りける夜《よ》、小一条《(こいちでう)》の大臣《おほいまうちぎみ》昔《むかし》を恋《こ》ふる心《こゝろ》をよみ侍《(はべり)》けるによめる

852 あまのはら月はかはらぬ空《そら》ながらありしむかしの世《よ》をや恋《こ》ふらん

清原元輔《(もとすけ)》

月の前《まへ》に思《おも》ひを述《の》ぶといふ心をよみ侍《(はべり)》ける

853 いつとてもかはらぬ秋《あき》の月見《み》ればたゞいにしへの空《そら》ぞこひしき

藤原実綱《(さねつな)》朝臣

前蔵人にて侍《はべ》りける時《とき》、対《シテ》レ月《ニ》懐旧といふ心《こゝろ》を人《ひと》〴〵よみ侍《はべ》りけるに

854 つねよりもさやけき秋《あき》の月を見《み》てあはれこひしき雲《くも》の上《うへ》かな

源師光《(もろみつ)》

851 私と一緒に山の端を出て来た月ですから、都で見ても鞍馬にいた時のことは忘れられません。○初句　(月が)私と一緒に。「もろともに出でずは憂しと契りしをいかがなりにし山の端の月」(輔尹集)。○二句　ここでは鞍馬山を出たの意。○四句　都でも。都に在りながらも。「あづまぢに入りにし人を思ふよに都ながらも消えぬべきかな」(公任集)。▽たしなめた同僚(姉妹とされる)に対する弁明の歌。

852 月は昔から変ることなく大空に照っているが、その月も昔の世を恋しく思っているであろうか。元輔集、天徳四年(九六〇)三月十四日、元輔五十三歳の時の詠。○小一条の大臣　藤原師尹。忠平の男。安和二年(九六九)五十歳で没しているので、天徳四年には四十一歳。元輔集によれば、当時四十七歳の源高明とともに「昔を恋ふる心ばへなど」を人々と詠じたという。○昔を恋ふる心　昔を恋しく懐しく思う心。その昔がいつごろをさすのかは、人によって異なるか。ただ、関係者達の年齢を考えると、自身に直接関わる過去のある時期ではなく、醍醐天皇の治世などが念頭に置かれているのかもしれない。○ありしむかし　「思ひ出づるありし昔の有明の月ながら世の変らざりせば」(公任集)。○世　「夜」を掛ける。

853 いつも変らない秋の月を見ると、ただひたすら昔の空が恋しく偲ばれる。○月の前に思ひを述ぶ　やや後代になると、「月前述懐」などと表記される主題。○いにしへの空　これは作者個人にとってよかった昔の空か。

854 いつもよりもさやかな秋の月を見て、ああ宮中が恋しくてならない。○前蔵人にて侍りける時　新帝が践祚したので先帝の蔵人となって昇殿できなかった時。○秋の月　実際の月とともに、宮中の主である新帝を喩えるか。○雲の上「月」の縁語で空を意味し、同時に、宮中・禁中をも意味する。「久方の雲の上にて見る菊は天つ星とぞあやまたれける」(古今・秋下・藤原敏行)。

855 斉信《(ただのぶ)》民部卿の女《むすめ》に住《す》みわたり侍《はべ》りけるに、かの女《をんな》みまかりにければ、法住寺といふ所《ところ》に籠《こも》り居《ゐ》て侍《(はべり)》けるに、月を見て

もろともにながめし人もわれもなき宿《やど》には月《つき》やひとりすむらん

民部卿長家《(ながいへ)》

856 兼房《(かねふさ)》朝臣、月出《い》でば迎《むか》へに来《こ》むとたのめて、音《おと》せざりければ、よみ侍《はべ》りける

月見《み》れば山のはたかくなりにけり出《い》でばといひし人に見《み》せばや

江侍従

857 思《おも》ふことありける頃《ころ》、山寺《でら》に月を見《み》てよみ侍《(はべり)》ける

山のはに入《い》りぬる月のわれならばうき世《よ》の中《なか》にまたは出《い》でじを

源為善《(ためよし)》朝臣

858 山に住《す》みわづらひて奈良《なら》にまかりて住《す》み侍《(はべり)》けるに、知《し》りたる人《ひと》もなく、また見《み》し世《よ》のすみかにも似《に》ざりければ、月のおもしろく侍《はべ》りけるをながめてよめる

むかし見《み》し月《つき》のかげにも似《に》たるかなわれとと《ゝ》もにや山《ゝま》を出《い》でけむ

聖梵《(しやうぼん)》法師

855 以前一緒に見つめたなき妻も私もいないあの家には、月がただ独り住んで(澄んで)いるのだろうか。栄花物語・衣の珠。○斉信民部卿の女　藤原斉信の女。藤原長家室。死産ののち万寿二年(一〇二五)八月二十九日、没した。○法住寺　山城国。斉信女はここに葬られた。○もろともにながめし人　妻。○宿　なき妻の家。妻が死ねば夫は通って行かなくなるので、「われもなき」という。

856 月を見ると山の端から高く昇ってしまった。月が出る時分には迎えに来ようと言ったあの人に見せたい。○兼房朝臣　藤原兼房。○月出でば迎へに来む　ともに月を賞しようとして言ったか。迎えの実際は、車などをよこすことか。○たのめて　期待させて。○音せざりければ　音沙汰がなかったので。○二・三句　夜が更けたことが知られる。○出でば　詞書の「月出でば迎へに来む」を受けていう。

857 山の端に入ってしまった月がもしも私だったならば、再びこの憂き世の中に出るまいものを。○思ふこと　思い悩むこと。○山のはに入りぬる月　西の山の端に沈んでしまった月。それを山中に隠れた隠士になぞらえようとする心がある。

858 今見る月も昔見た月の光に似ているなあ。この月は私と一緒に山(叡山)を出たのだろうか。○山に住みわづらひて　比叡山延暦寺に住みづらくなって。○奈良にまかりて　発心集巻八では東大寺に住したと語る。○見し世のすみか　以前の住所。延暦寺の住房。

859
中関白《なかのくわんぱく》少将に侍《はべ》りける時《とき》、内《うち》の御物忌《ものいみ》に籠《こも》るとて、月の入《い》らぬさきにと、急《いそ》ぎ出《い》で侍《はべり》りければ、つとめて女《をんな》に代《かは》りてつかはしける

入《い》りぬとて人《ひと》のいそぎし月かげは出《い》でて《ゝ》の《ゝ》のちもひさしくぞ見《み》し

赤染衛門《あかぞめゑもん》

860
例《れい》ならずおはしまして、位《くらゐ》など去《さ》らんとおぼしめしける頃《ころ》、月の明《あかゝ》かりけるを御覧《ごらん》じて

心《こゝろ》にもあらでうき世《よ》にながらへば恋《こひ》しかるべき夜《よ》はの月かな

三条院《さんでうゐん》御製

861
後朱雀院《ごすざくゐん》御時、月の明《あかゝ》かりける夜《よ》、上《うへ》にのぼらせたまひて、いかなることか申させたまひけん

いまはたゞ雲《くも》ゐの月をながめつゝめぐり逢《あ》ふべきほども知《し》られず

陽明門院《やうめいもんゐん》

862
来《こ》むといひつゝ来《こ》ざりける人《ひと》のもとに、月《つき》の明《あかゝ》かりければつかはしける

なを《ほ》ざりの空《そら》だのめせであはれにも待《ま》つにかならず出《い》づる月かな

小弁《こべん》

859 「月が入ってしまうから、それ以前に参内せねば」と言って、あなたは急いで私の家から出て行かれましたが、私はそれ以後も長い間あなたのお戻りをお待ちして月を見ていました。赤染衛門集。〇中関白　藤原道隆。左少将時代については→六八〇。〇内の御物忌　宮中の物忌。「御物忌之時、惣不レ出二御他殿舎中一、諸事於二簾中一有レ之。或出二御広廂一、不レ固之時例也。…御物忌時初参籠人、丑時可レ参レ之」(禁秘抄・下)。枕草子・清涼殿の丑寅のすみのの段、同・頭の弁の職にまゐり給ひての段などに内の御物忌のことが語られている。〇月の入らぬさき　ひどく夜が更けないうちに。〇つとめて　翌朝。〇女　赤染衛門集に「はらからのもとにおはして」というので、同母の姉妹と知られる。→六八〇。

860 心ならずも憂き世に永らえていたならば、きっと今夜のこの月が恋しく思い出されるであろうなあ。栄花物語・たまのむらぎく。〇例ならずおはしまして　御病気で。三条院は眼病をわずらっていたことが大鏡などでよく知られているが、この歌を詠じた長和四年(一〇一五)十二月頃には風病にかかっていたか(小右記・長和四年十二月九日条)。〇位など去らん　譲位しよう。▽小倉百人一首に選ばれた歌。

861 今はただ宮中の月をじっと見つめていますが、今度いつこの月と再びめぐり逢えることか、わかりません。大鏡六。〇後朱雀院　陽明門院の夫である天皇。〇上にのぼらせたまひて　天皇のもとに参上なさって。〇いかなることか…　退出しますと申したことを婉曲にいう。〇めぐり逢ふ　「めぐり」は「月」の縁語。▽八五九―八六一は宮中に関係する月の歌をまとめる。▽「忘るなよほどは雲居になりぬとも空行く月のめぐり逢ふまで」(拾遺・雑上・橘忠幹、伊勢物語十一段)。今鏡・すべらぎの中・御法の師にも見える。

862 いい加減なことを言ってあてにさせるあなたと違って、感動的なことには、待っていると必ず出る月ですね。〇二句　あてにならないことを期待させないで。「空」は「月」の縁語。〇下句　あなたは私が待っていても来ないけれどもという心を言外に含む。

返《かへ》し

863 たのめずは待《ま》たでぬる夜《よ》ぞ重《かさ》ねましたれゆへ《(ゑ)》か見《み》るありあけの月

小式部《(こしきぶ)》

月明《あか》くはべりける夜《よ》、半蔀《はじとみ》に女《をむな》どもの立《た》ちて侍《(はべり)》けるを、男《をとこ》、まい《(ゐ)》らむなど言《い》ひ入《い》れさせて侍ければよめる

864 たれとてか荒《あ》れたる宿《やど》といひながら月よりほかの人《ひと》を入《い》るべき

よみ人しらず

今宵《こよひ》かならずとたのめたる女《をんな》のもとに、月明《あか》かりける夜《よ》まかりて侍《(はべり)》けるに、下《おろ》しこめて女逢《をんなあ》ひ侍《はべ》らざりければ、帰《かへ》りてまたの日《ひ》つかはしける

865 よしさらば待《ま》たれぬ身《み》をばおきながら月見《み》ぬ君《きみ》が名《な》こそをしけれ

藤原隆方《(たかかた)》朝臣

月の山の端《は》に入《い》らむとするを見てよみ侍《(はべり)》ける

866 ながむれば月かたぶきぬあはれわがこの世《よ》のほどもかばかりぞかし

僧正深覚《(じんかく)》

863 私があてにさせなかったら、あなたは待たずに毎晩寝ていらっしゃったのでしょう。一体誰のお蔭で有明の月を見られたのですか。〇待たで　私の訪れを待たないで。結果的には、月の出を待たないでということにもなる。〇五句　夜が明けても空に残る。↓六六六。

864 いくら私の家があばら屋だといっても、月以外の人を誰でも入れてよいものですか。〇半蔀　上半が蔀、下半が格子または鰭板(はたいた)になっている戸。蔀は外側へ揚げられるので、揚げてあれば外から内が見える。「上は半蔀四五間ばかり上げわたして、…をかしき額つきの透影あまた見えてのぞく」(源氏物語・夕顔)。〇まいらむ　お伺いしたい。〇言ひ入れさせて　供の者に口上を申し入れさせて。〇月よりほかの人　月を擬人的に取り成していう。▽好色めいた男の振舞いを拒絶する女の歌。「くひなだに驚かさずはいかにして荒れたる宿に月を入れまし」(源氏物語・澪標・花散里)。

865 ええそれでは、あなたに待たれないこの身の不面目はさて措き、起きていながら月を見ないという無風流なあなたの評判の立つのが惜しく思われます。四条宮下野集「隆方月の明き夜局に来たりしに、御前に暇ふたがると言はせたりしつとめて」、初句「よしさても」。〇たのめたる女　あてにさせた女。〇下しこめて　簾や蔀などを引き下げて締め。▽女にすっぽかされた男という評判も不名誉だが、月を見ようともしない人は無風流な人間とされる(↓三三八)から、そのように評判されるのが残念だといって、僅かに溜飲を下げた歌。四条宮下野集には「契らぬに人待つ名こそをしからめ月ばかりをば見ぬ夜半ぞなき」という返歌がある。八六四・八六五は月夜に男が女を訪れることを主題とする歌をまとめる。

866 じっと見つめると月は西に傾いてしまった。ああ、私の余生もこのようなものだよ。〇この世のほど　この世での寿命。「世」に「月」の縁語「夜」を響かせるか。「定めなきこのよのほどを告ぐるとも後の世までもなほ頼めかし」(赤染衛門集)。

侍従《(じじゆう)》の尼広沢《あまひろさは》にこもると聞《き》きてつかはしける

867 山のはにかくれなはてそ秋の月このよをだにもやみにまどはじ

藤原範永朝臣

月を見てよみ侍《(はべり)》ける

868 もろともにおなじうき世《よ》にすむ月のうらやましくも西《にし》へゆくかな

中原長国《(ながくに)》妻

入道摂政《(にふだうせつしやう)》物語《ものがたり》などして、寝待《ねまち》の月の出《い》づるほどに、とまりぬべきことなど言《い》ひたらばとまらむと言《い》ひ侍《はべ》りければよみ侍《はべ》りける

869 いかゞせん山のはにだにとゞまらで心《こゝろ》の空《そら》に出《い》づる月《つき》をば

大納言道綱《(みちつな)》母

月のおぼろなりける夜《よ》、入道摂政まうで来《き》て物語《ものがたり》し侍《はべ》りけるに、たのもしげなきことなど言《い》ひ侍《はべ》りければよめる

870 くもる夜《よ》の月とわが身《み》のゆくすゑとおぼつかなさはいづれまされり

867 秋の月よ、山の端にすっかり隠れてしまわないでおくれ。この夜(世)だけでも闇に惑うまいと思うので。範永朝臣集。○侍従の尼　未詳。○広沢　山城国。京の西、広沢の池のある地。池の西に遍照寺(真言宗)があった。範永朝臣集では「愛宕に籠りけるに」という。○秋の月　侍従の尼を喩える。○このよ　「夜」と「世」の掛詞。○やみ　煩悩の迷い。「月」の縁語。「長き夜の闇にまよへるわれをおきて雲隠れぬる夜半の月かな」(小大君集)。

868 私と一緒に同じ憂き世に住んでいるのに、月だけが羨ましいことには西方へ行くのだなあ。○すむ　「住む」に月の縁語「澄む」を掛ける。○西へゆく　西の空に移ってゆくことを西方極楽浄土へ行く、すなわち往生することになぞらえる。▽「しばしだに経(へ)がたく見ゆる世の中にうらやましくもすめる月かな」(金玉集・雑・藤原高光、和漢朗詠集・下・述懐)。

869 どうしたら引き留めることができるのでしょうか、山の端にすら留まらないで、心も上の空になって出て行く月を。蜻蛉日記・上。○入道摂政　藤原兼家。○寝待の月　陰暦十九夜の月。○山のは　作者自身の比喩。○四句　蜻蛉日記に「心も空に」とあるのがわかりやすい。○出づる月　作者の家を出ようとする兼家の比喩。▽泊まる気もないあなたを強いて泊めようとは思いませんと、突き放した歌。兼家は「久方の空に心の出づといへば影はそこにもとまるべきかな」と返した。天暦十一年(九五七)の秋の詠。

870 曇る夜の月と私のこれから先のことと、はっきりしないで気懸りなのはどちらがまさっているでしょうか。蜻蛉日記・上。○入道摂政　藤原兼家。○たのもしげなきこと　頼りにならないこと。この世は無常だからいつどうなるかわからないなどという内容のことを語ったか。蜻蛉日記には「よからぬ物語して、あはれなるさまのことども語らひても」という。○初句　蜻蛉日記は「くもり夜の」とする。○三句　蜻蛉日記「行末の」。○五句　どちらがまさっているか。▽兼家は「たはぶれのやうに」、「おしはかる月は西へぞ行く先は我のみこそは知るべかりけれ」と返した。康保元年(九六四)秋頃の詠。

村上《(むらかみ)》御時、上《うへ》にのぼりて侍《はべ》りけるに、上《うへ》おほとのごもりにければ帰《かへ》りを《(お)》りてよみ侍《はべ》りける

斎宮女御《(さいぐうのにょうご)》

871 かくれ沼《ぬ》におふるあやめのうきねしてはてはつれなくなる心《こゝろ》かな

題不知《(しらず)》

曽禰好忠《(よしただ)》

872 川上《かはかみ》やあちふの池《いけ》のうきぬなはうきことあれやくる人もなし

六条前斎院《(ろくでうさきのさいゐん)》に歌合《うたあはせ》あらむとしけるに、右《みぎ》に心寄《こゝろよ》せありと聞《き》き《ゝ》て、小弁がもとにつかはしける

小式部

873 あらはれて恨《うら》みやせましかくれ沼《ぬ》のみぎはに寄《よ》せし波《なみ》の心を

返《かへ》し

小弁

874 岸《きし》とほみたゞよふ波《なみ》は中空《なかぞら》に寄《よ》るかたもなきなげきをぞせし

難後拾遺に評がある。八六九・八七〇は、月に寄せて思うに任せない夫婦生活を嘆いた歌。月の歌群はこれで終る。

---

871 隠れて見えない沼に生えて涅(きう)土にはっている菖蒲の根のように、私は憂くつらいひとり寝をして、おしまいにはつれなくなっていかれるお上のお心ですこと。斎宮女御集。○村上御時　村上天皇の御代。○上にのぼりて　天皇の夜の御殿に参上して。↓八六一。○上おほとのごもりにければ　天皇はおやすみになっておられたので。○帰りをりて　自分の局に退下して。▽難後拾遺に、下句が「わが身か人の御事か見え分かぬ也」と難ずる。▽「蘆根はふうきは上こそつれなけれ下はえならず思ふ心を」(拾遺・恋四・よみ人しらず)。

872 川上のあちふの池に浮いている蓴菜ではないが、憂くつらいことがあるのであの人は来ないのだろうか。曽丹集・四月中。○川上やあちふの池　「あふちの池」(天理本曽丹集)とも。所在未詳。○三句　浮いている蓴菜。ここまでは「うきこと」をいうための序詞。○うきこと　憂くつらく思うこと。男女の間で相手の心変りを恨めしく思うことなど。○くる　「ぬなは」の縁語「繰る」と「来る」の掛詞。▽類歌「ほととぎす通ふ垣根の卯の花の憂きことあれや君が来まさぬ」(拾遺・雑春・柿本人麻呂)。

873 あらわに恨もうかしら、隠れて見えない沼の水際に寄せた波(こっそりと右方をひいきしているあなた)の心を。○六条前斎院　禖子内親王。後朱雀天皇の皇女。斎院とされた。○心寄せあり　ひいきしている。○初句　はっきりと顔に出して。下の「かくれ沼」の対語として言う。○かくれ沼　草などに隠れて見えない沼。○みぎは　「かくれ沼」の縁語で、「右」を暗示する。○波　「かくれ沼」の縁語で小弁を譬える。▽「かくれ沼のそこの心ぞ恨めしきいかにせよとてつれなかるらん」(拾遺・恋二・藤原伊尹)と表現の重なりがある。

874 沼の岸辺が遠いので漂っている波(私)はどこへ寄って(どちらを味方したら)よいかわからずに困ってしまいました。○寄るかたもなき

五月五日、六条前斎院に物語合《ものがたりあはせ》し侍《はべ》りけるに、小弁遅《おそ》く出《いだ》すとて、方《かた》の人〳〵こめて次《つぎ》の物語《ものがたり》を出《いだ》し侍《はべ》りければ、宇《う》治《ぢ》の前太政大臣《(さきのだいじやうだいじん)》、かの〔小〕弁が物語《ものがたり》は見《み》どころなどやあらむとて、異物語《ことものがたり》をとゞめて待《ま》ち侍《はべ》りければ、岩垣沼《いわがきぬま》といふ物語《ものがたり》を出《いだ》すとてよみ侍《(はべり)》ける

875 引《ひ》き捨《す》つる岩垣沼《いはがきぬま》のあやめぐさ思《(おもひ)》しらずもけふにあふかな

伯耆《はゝき》の国《くに》に侍《はべ》りけるはらからの音《おと》し侍《はべ》らざりければ、便《たよ》りにつかはしける

876 ゆかばこそ逢《あ》はずもあらめ帚木《はゝきゞ》のありとばかりはおとづれよかし

馬内侍《(むまのないし)》

わづらふ人の道命《(だうみやう)》を呼《よ》び侍《はべ》りけるに、まからで、またの日、いかゞととぶらひにつかはしたりける返《かへ》り事《ごと》に

877 思《おも》ひ出《い》でてとふ言《こと》の葉《は》をたれ見《み》ましつらきにたへぬいのちなりせば

よみ人しらず

「わたつ海の沖つ潮合にうかぶ泡の消えぬものから寄る方もなし」(古今・雑上・よみ人しらず)。

---

875 この物語は岩垣沼に生えていた菖蒲を引き捨てたようなもの。それなのにおおけなくも今日の晴れの場に逢うのですね。天喜三年(一〇五五)六条斎院歌合。○宇治の前太政大臣　藤原頼通。○小弁　底本「弁」。冷泉本他による。○見どころ　見ごたえある箇所。○岩垣沼といふ物語　現在伝わらない。「岩垣沼」は周囲が岩で囲まれた沼。「奥山の岩垣沼の水籠りに恋ひやわたらん逢ふよしをなみ」(拾遺・恋一・柿本人麻呂)。▽「思ひつつ岩垣沼のあやめ草水籠りながら朽ちやはてなん」(狭衣物語一・狭衣)。八七一―八七五は沼や池に寄せる雑歌をまとめた。

876 私は伯耆国に行きませんから逢えないまでも、帚木のように健在だということぐらいは音信してください。馬内侍集、二句「あはでもあらめ」、五句「をとづれよきみ」。○伯耆の国　現在の鳥取県西部。○はらから　母を同じくする兄弟姉妹。○帚木の　「帚木」は信濃国園原にあり、遠くから見えるが近付くとわからなくなるといわれる木。同じ母から生れた木々という意味合いで「はらから」をさし、同時に「伯耆」を掛け、下の「ありとばかり」の序となる。▽「園原や伏屋におふる帚木のありとてゆけど逢はぬ君かな」(古今六帖五・作者未詳)。

877 今頃思い出して見舞ってくださるお言葉を誰が見るでしょうか、もしもあなたの薄情さに堪えられずに私が死んでしまったならば。○わづらふ人　病者。○思ひ出でてとふ　主語は道命。▽呼んだ時に来ないで、遅くなって見舞ったことを恨んだ歌。後撰・雑二に見える「男の、病ひしけるをとぶらはでありありて、止み方に問へりければ／思ひ出でて問ふ言の葉を誰見まし身の白雲となりなましかば」というよみ人しらずの歌の改作か。作者は女か。

わづらひて山寺に侍《はべ》りける頃《ころ》、人の訪《と》ひて侍《はべ》りけれど、又《また》
も音《おと》もせずなりにければ

878 山里《ざと》をたづねてとふと思《おも》ひしはつらき心を見《み》するなりけり　中務典侍《(なかつかさのすけ)》

馬内侍がもとにつかはしける

879 ゆめのごとおぼめかれゆく世《よ》の中《なか》にいつとはんとかおとづれもせぬ　斎宮女御

ある人《ひと》の女《むすめ》を語《かた》らひつきて、久《ひさ》しう音《おと》し侍《はべ》らざりければ

880 ふみ見ても物思《のおも》ふ身《み》とぞなりにける真野《まの》の継橋《つぎはし》とだえのみして　相模《(さがみ)》

男《をとこ》のもとより、けはひの変《かは》りたるはいかに、いまはまい《(ゐ)》る
まじきかと言《い》ひにおこせて侍《(はべり)》ければ

881 野飼《のが》はねどあれゆく駒《こま》をいかゞせん森《もり》の下草《したくさ》さかりならねば

878 あなたは山里を訪れて私の病気を見舞ってくださると思っておりましたが、じつは薄情なお心を見せてくださったのですね。○つらき心を見する　薄情な心を私に見せる。「津の国の生田の池のいくたびかつらき心を我に見すらん」(拾遺・恋四・よみ人しらず)。

879 何事も夢のようにはっきり分らなくなってゆくこの世の中で、そなたはいつ私を訪れようと思って音信もしないのですか。斎宮女御集。○二句　はっきりしなくなる。

880 真野の継橋は踏んでみたものの、中途で絶えているので心配です。お手紙を拝見したものの、それもと絶えがちなので思い悩んでおります。○初句　「踏み」に「文」を掛ける。→七五二。○物思ふ身　思い悩む身。→一四三。○四句　摂津国の歌枕と考えられていたか。「逢ふことのとだえがちにもなりゆくかふみだに通へまのの継橋」(永久百首・不見書恋・常陸)の歌を夫木抄二十一・橋に掲げ、「まののつぎはし、摂津」と注する。八七六から八八〇までは、訪れのないことまたは訪れても誠意のないことを恨む歌をまとめる。

881 放し飼いしないけれども気がすさんでゆく駒をどうしたらよいのでしょうか。駒が食む森の下草はもはや若い盛りではないので…。相模集。○けはひの変りたるはいかに　様子が変ったようだが、どうか。相模集には「御気色の変れるは」という。これによれば、あなたの私に対する御機嫌が変ったがの意。○初句　ほったらかしにしているわけではないけれども。「厭はるるわが身は春の駒なれや野飼ひがてらに放ち捨てつる」(古今・雑体・誹諧歌・よみ人しらず)。なお、→一六八。○あれゆく駒　自分から心が離れてゆこうとする相手の男の比喩。○四句　若くない自身の比喩。▽気を引くようなことを言ってよこした若い恋人に対して、投げやりな返事をする女盛りを過ぎた女の歌。「大荒木の森の下草老いぬれば駒もすさめず刈る人もなし」(古今・雑上・よみ人しらず)、「みちのくの尾駮の駒も野飼ふには荒れこそまされなつくものかは」(後撰・雑四・よみ人しらず)。

忍《しの》ぶることある女《をんな》に中納言兼頼《(かねより)》忍《しの》びて通《かよ》ふと聞《き》き《ゝ》て、男《をとこ》絶《た》え侍《はべ》りにけり、中納言さへ又かれ〴〵になり侍《はべ》りければ、女《をんな》のよめる　　よみ人しらず

882 いたづらに身《み》はなりぬともつらからぬ人ゆへ《(ゑ)》とだに思《おも》はましかば

赤染《あかぞめ》、右大将道綱《(みちつな)》に名立《なた》ち侍《はべ》りける頃《ころ》つかはしける　　大江匡衡《(まさひら)》

883 あるがうへに又ぬぎかくる唐衣《からころも》いかゞみさをもつくりあふべき

定輔《(さだすけ)》朝臣たえ〴〵になりて他心《ほかごゝろ》などありければ、とき〴〵は引《ひ》きとゞめよなどいふ人侍《はべ》りけるに　　源雅通《(まさみち)》朝臣女《(むすめ)》

884 わりなしや心《こゝろ》にかなふなみだだに身《み》のうきときはとまりやはする

熊野《くまの》へまいる《(ゐ)》とて、人の許《(もと)》に言《い》ひつかはしける　　道命《(だうみやう)》法師

885 忘《わす》るなよ忘《わす》ると聞《き》かばみ熊野《くまの》の《ゝ》浦《うら》のはまゆふうらみかさねん

882 たとえこの身はすたれ者となってしまっても、薄情でない人のせいでそうなったのだと思えれば、あきらめもつくでしょうが…。〇中納言兼頼　藤原兼頼。〇かれ〴〵になり　通ってこなくなり。〇初・二句　「かれはいとあやしき人の癖にて…人の妻、帝の御女も持たるぞかし。さて身いたづらになりたるやうなるぞかし」(落窪物語一)。〇五句　慰まるだろうに、そうではないから慰められないという心を言いさした。

883 既に架けてある上にまた唐衣を脱ぎ架けては、どうして衣桁も持ちこたえられるだろうか。私という者がいるのにさらに別の男と会うようでは貞節を保つことができないではないか。〇赤染　赤染衛門。匡衡の妻。〇右大将道綱　藤原道綱。〇名立ち　噂が立った。〇唐衣　ここでは男の比喩となる。〇みさを　衣や帯を掛ける棹(竿)に接頭語を付した「御棹」に節操・貞操の意の「操」を掛ける。▽愛する女の無節操をなじる男の歌。「ある女、五位六位とひとたびに語らふに／あるがうへに重ねて着たる唐衣あけも緑も分かずぞありける」(輔尹集)。

884 心の離れたあの人を引き止めよとおっしゃるのは無理というものです。心のままになる涙ですら、この身の憂くつらい時は止まりはしないではありませんか。〇定輔朝臣　藤原定輔。〇他心　あだし心。他の女を愛する心。〇心にかなふなみだ　心が悲しい時にはその心に応ずるようにこぼれ出るからこう言ったか。〇身のうきとき　上の「心」と対比して「身」という。

885 私のことを忘れないでください。もしも忘れたと聞いたならば、百重にも重なる熊野の浦の浜木綿のように、重ね重ね恨みますよ。道命阿闍梨集。〇熊野　熊野権現。修験道の山伏達が修行の場とした。〇初句　「忘るなよ別れ路に生ふる葛の葉の秋風吹かば今帰り来む」(拾遺・別・よみ人しらず)など、惜別の歌に多い句。〇み熊野の浦　紀伊国。〇はまゆふ　ハマオモト。ヒガンバナ科の多年生草本。葉柄が重なっているので、下の「かさねん」の序として用いた。▽「み熊野の浦の浜木綿百重なす心は思へどただに逢はぬかも」(万葉集四、拾遺・恋一・柿本人麻呂)。

思《おも》はんとたのめたりける人のさもあらぬけしきなりければ
よみ侍《はべ》りける

886 忘《わす》れじといひつる中《なか》は忘《わす》れけり忘《わす》れむとこそいふべかりけれ

久《ひさ》しうおとづれぬ人の許《(もと)》に

887 ものはいはで人の心を見《み》るからにやがて問《と》はれでやみぬべきかな

後冷泉院うせさせたまひて、世《よ》のうきことなど思《おも》ひ乱《みだ》れて
籠《こも》りゐて侍《はべ》りけるに、後三条院《(ごさんでうゐん)》位《くらゐ》に即《つ》かせたまひてのち、
七月七日にまい《(ゐ)》るべきよし仰《おほ》せ言《ごと》侍《はべ》りければよめる

888 天《あま》の川《がは》おなじながれと聞《き》きながらわたらむことのなを《(ほ)》ぞかなしき

周防内侍《(すはうのないし)》

源頼光《(よりみつ)》朝臣、女《をむな》におくれて侍《はべ》りける頃《ころ》、霜《しも》のおきたる朝《あした》に
つかはしける

889 このごろの夜《よ》はの寝覚《ねざ》めは思《おも》ひやるいかなるをしか霜《しも》ははらはん

小大君《(こおほぎみ)》

886 忘れまいと言っていた間柄は忘れてしまったよ。むしろ忘れようと言うべきだったのだ。○たのめたりける人　あてにさせていた人。○さもあらぬけしき　そうでもない様子、すなわち道命のことを深く思っていない様子。

887 こちらから物を言わないであなたのお心を試してみたばっかりに、そのまま訪れられることもなく二人の間は終ってしまいそうですね。○人の心　「人」は相手をさしていう。○三句「からに」は、…するだけなのに、…したばっかりに、ほんの…するだけでという意。○やがて　そのまま。

888 先帝後冷泉院も新帝後三条天皇も同じ天照大神の御子孫と伺ってはおりますが、先帝にお仕えした身で再び新帝に出仕することはやはり悲しく思われます。周防内侍集。○後冷泉院うせさせたまひて　治暦四年(一〇六八)四月十九日没、四十四歳。○初句　「七月七日にまいるべきよし仰せ言」を受けて、皇統を天の川になぞらえていう。○わたらむ　「天の川」「ながれ」の縁語。

889 冬のこの頃夜半の寝覚めには、お寂しさ御推察申しあげます。いったいどのような鴛鴦が上毛においた雄鳥の霜を払うのでしょうか。奥様がなくなられたあと、どなたがあなたのお身の回りのお世話をなさるのでしょうか。小大君集、五句「霜払ふらん」。○女　妻のごとき存在の女性。「めなくなりてのころ」(小大君集)。○をし　鴛鴦。夫妻仲の良い鳥とされるので、ここでは残された頼光が愛している女性などを寓する。「夜を寒み寝覚めて聞けば鴛鴦ぞ鳴く払ひもあへず霜や置くらん」(後撰・冬・よみ人しらず)。▽頼光は「冬の夜の霜打ち払ひ鳴くことは番はぬをしのわざにぞありける」(小大君集)と返歌している。難後拾遺に第五句を「霜はらふらん」として引き、「霜はらふらんとは、たれをいかによみたるぞ。こゝろえたらん人にとふべし」という。

890

大弐国《（くに）》章《（ノリ）》、妻なくなりて秋風の夜寒《よさむ》なるよし、便《たよ》りに付《つ》けて言《い》ひおこせて侍《はべ》りける返《かへ》り事《ごと》につかはしける

思《おも》ひきや秋の夜風《よかぜ》のさむけきに妹《いも》なき床《とこ》にひとり寝《ね》むとは

清原元輔《（もとすけ）》

891

春《はる》の頃《ころ》、為頼《（ためより）》、長能《（ながよし）》などあひともに歌《うた》よみ侍《はべ》りけるに、けふのことをば忘《わす》るなと言《い》ひわたりてのち、為頼みまかりてまたの年《とし》の春《はる》、長能が許《（もと）》につかはしける

いかなれや花《はな》のにほひもかはらぬを過《す》ぎにし春《はる》の恋《こひ》しかる覧《（らん）》

中務卿具平親王《（ともひらしんわう）》

892

能宣《（よしのぶ）》みまかりてのち四十九日のうちにかうぶりたまはりて侍《（はべり）》けるに、大江匡衡がもとよりそのよし言《い》ひおこせて侍《はべ》りける返《かへ》り事《ごと》に言《い》ひつかはしける

墨染《すみぞめ》にあけの衣《ころも》をかさね着《き》てなみだの色《いろ》のふたへなるかな

祭主輔親《（すけちか）》

890 思ってもみただろうか、秋の夜風が寒い時、愛妻のおられない床に君が独り寂しく寝ようとは。元輔集。拾遺・哀傷。○大弐国章　藤原国章。○なくなりて　底本・冷泉本「なくなくりて」、太山寺本他による。○夜寒なるよし　妻がいる時は共寝をしていたので、夜寒を感じなかったのである。

891 どういうわけで花の美しい色も変らないのに過ぎてしまった春が恋しいのであろうか。長能集、三句「かはらぬに」。○為頼　藤原為頼。長徳四年(九九八)没。享年未詳。○長能　藤原長能。○あひともに歌よみ　長能集に「中務の宮にて」というので、具平親王家での内々の歌会であったと考えられる。具平親王が為頼と親しかったことは、為頼集や中務親王集断簡からも知られる。○けふのことをば忘るな　余りにも楽しかったので、お互いに、いつまでも長く楽しい思い出としようと言ったのである。○言ひわたりて　言い続けて。○花のにほひ　花の美しい色。「鶯のなかむしろには我ぞ泣く花のにほひやしばしとまると」(拾遺・物名・藤原輔相)。

▽風雅を共にした仲間の一人が欠けたのを、残った仲間と哀惜した歌。「年々歳々花相似、歳々年々人不ㇾ同」(和漢朗詠集・下・無常)にも通うものがある。長能集によれば、長能は「もろともにこぞさぶらひし老らくもひとりはみえずなりもてぞゆく」と返歌している。

892 墨染めの喪服に五位が許される赤衣を重ね着して、涙の色は悲しみと喜びの二重になっています。匡衡集。○能宣　大中臣能宣。正暦二年(九九一)八月没、七十一歳。○かうぶりたまはりて　五位に叙せられて。叙爵して。輔親は正暦二年九月十六日従五位下に叙されている(公卿補任・長元七年条)。○そのよし言ひおこせて　匡衡集によれば、輔親は能宣の四十九日の願文を匡衡に誂えたので、その奥に「色々に思ひこそやれ墨染の袂もあけになれる涙を」という歌を書き添えた。それに対する返歌である。○墨染　ここでは鼠色の喪服の意。○あけの衣　緋色の袍。四位・五位の当色(とうじき)。五位の異称としてもいう。

陸奥にまかりくだりけるに、信夫《しのぶ》の郡《こほり》といふ所《ところ》に早《はや》う見《み》し人を尋《たづ》ねければ、その人《ひと》なくなりにけりと聞《き》きて

893 あさぢ原《はら》荒《あ》れたる宿《やど》はむかし見《み》し人をしのぶのわたりなりけり

能因《(のういん)》法師

母《はゝ》におくれ侍《はべ》りて又の年《とし》、はてのわざなど過《す》ぎてつれ〴〵に侍《はべ》りける夕暮《ゆふぐれ》に、塵《ちり》つもりたる琴《こと》などおしのごひて、弾《ひ》くとはなけれど、いまはほどなど過《す》ぎにければ、をり〳〵鳴《な》らしけるを、をばなりける人の相住《あひす》みける方《かた》より、琴《こと》の音《ね》聞《き》けばものぞかなしきなど言《い》ひにおこせて侍《(はべり)》ける返《かへ》り事《ごと》によめる

894 なき人はおとづれもせで琴《こと》の緒《を》をたちし月日ぞかへりきにける

大納言道綱母

母《はゝ》におくれて侍《はべ》りける頃《ころ》、兄弟の方《かた》〴〵にとぶらひの人〳〵まうで来《き》けれど、わが方《かた》にはおとづるゝ人侍《はべ》らざりければ

895 しぐるれどかひなかりけり埋《むも》れ木《ぎ》は色《いろ》づくかたぞ人もとひける

源経隆《(つねたか)》朝臣

893 浅茅が原と荒れはてた家は、昔見た人の面影を偲ぶ信夫のあたりだったよ。能因集、二句「あれたる野べは」。○信夫の郡　陸奥国の地名。○早う見し人　以前会った人。○初句　茅萱が一面に生えている原。手入れされず、荒廃している庭などの形容に用いられることが多い。○人をしのぶのわたり　人を偲ぶ信夫のあたり。「偲ぶ」と地名「信夫」の掛詞。「わたり」も陸奥の郡名「亘理」を響かせるか。「ひとりのみながめ古屋のつまなれば人をしのぶの草ぞ生ひける」(古今・恋五・貞登)。

894 なき母その人からは音信もなくて、母がなくなったので琴の絃を断ったあの悲しい日、母の忌日がめぐってきました。蜻蛉日記・上。○母におくれ侍りて又の年　康保二年(九六五)。○はてのわざ　一周忌の法事。母は前年の初秋になくなった。○をばなりける人　蜻蛉日記では「をばとおぼしき人」という。○相住みける　同居していた。○琴の音聞けば　「今はとて弾き出づる琴の音を聞けばうち返してもなほぞ悲しき」(蜻蛉日記)。○琴の緒をたちし　伯牙が琴の友鍾子期の死後、琴の絃を断った、蒙求にいう「伯牙絶絃」の故事。文選・与㆓呉質㆒書・魏文帝に見える。

895 いくらしぐれが降り注いでも紅葉しない埋れ木はその甲斐がないよ。紅葉する木々の方を人も訪れるのだ。母に先立たれたことを嘆いても、弔問する人ははぶりのいい兄弟ばかりを慰めるから、うだつのあがらない私は、その甲斐もないよ。○初句　悲しみに涙していることの比喩。○埋れ木　沈淪している自身の比喩。「枯れはてぬむもれ木あるを春はなほ花のゆかりに避(よ)くなとぞ思ふ」(貫之集)。○色づくかた「木」や「しぐるれど」という句の縁語で、目立つ兄弟を紅葉する木になぞらえていう。

物思《ものおも》ひける頃《ころ》、しぐれいたく降《ふ》り侍《はべ》りける朝《あした》、今宵《こよひ》のしぐれはなど、人の訪《おとづ》れて侍《はべ》りければよめる

896 人しれずおつるなみだの音《おと》をせば夜《よ》はのしぐれにおとらざらまし

少将井尼《（せうしやうゐのあま）》

故中宮《（ちゆうぐう）》うせたまひてまたの年《とし》の七月七日に、宇治前太政大臣のもとにつかはしける

897 こぞのけふ別《わか》れし星《ほし》も逢《あ》ひぬめりなどたぐひなきわが身《み》なるらん

後朱雀院御製

後朱雀院うせさせたまひて、打《う》ち続《つゞ》き世《よ》のはかなきこと侍《はべ》りける頃《ころ》、花《はな》のおもしろく侍《はべ》りければ

898 はかなさによそへて見《み》れどさくら花をりしらぬにやならむとすらん

小左近《（こさこん）》

故皇太后宮《（くわうたいごうぐう）》うせたまひてあくる年《とし》、その宮《みや》の梅《むめ》の花《はな》おもしろく咲《さ》きたりけるに、人〳〵、いとくちをしくなど言《い》ひければ

899 形見《かたみ》ぞと思《おも》はで花を見《み》しにだに風をいとはぬ春《はる》はなかりき

弁乳母《（べんのめのと）》

896 人に知られることなく落ちる私の涙の音がしたならば、きっと夜半に降るしぐれの音に劣らないでしょう。○初・二句 「人知れず落つる涙は津の国のながすと見えで袖ぞ朽ちぬる」(拾遺・恋一・よみ人しらず)、「人知れず落つる涙のつもりつゝ数かくばかりなりにけるかな」(同・恋四・藤原惟成)など、よくある表現。○夜はのしぐれ しぐれは初冬の頃に降る雨。「涙の色の くれなゐは われらがなかの しぐれにて」(古今・雑体・短歌・伊勢)など、涙の比喩とされることがある。「よはのしぐれ」の音は寂しい。

897 去年の今日別れた牽牛織女の二星も今宵は再び逢うようだ。それなのになき中宮に逢えぬとは、どうしてこうも類例のないわが身なのであろうか。栄花物語・暮待つ星、下句「ためしなき身ぞかなしかりける」。○故中宮　藤原嫄子。敦康親王の女。藤原頼通の養女。後朱雀天皇の中宮。長暦三年(一〇三九)八月、禖子内親王を出産後没、二十四歳。○宇治前太政大臣　藤原頼通。栄花物語では「若宮」(嫄子所生の祐子内親王)に与えた詠とし、内親王の返歌は「秋来れば流れまされど天の河影だにみえぬ人ぞ悲しき」。

898 咲いたと思うと散ってしまうので、この世のはかなさに喩えて花を見るけれど、このような悲しみのうち続く時にそんなことをすると、時節を弁えない行為ということになるだろうか。栄花物語・根合、二句「よそへてみれば」。○後朱雀院うせさせたまひて　寛徳二年(一〇四五)一月十八日没、三十七歳。○打ち続き世のはかなきこと侍りける　一月十九日には藤原定頼が没している。○をりしらぬ 「をり」は時期、機会の「折」に「さくら花」の縁語「折り」を掛ける。「墨染の衣憂き世の花盛り折忘れても折りてけるかな」(道信朝臣集)。

899 形見だと思わないで梅の花を見た時ですら、花を散らす風を厭わぬ春はありませんでした。今年はこの梅の花をなき皇太后宮様の形見と思うので、なおさらのことです。弁乳母集。○故皇太后宮　藤原妍子。道長の次女。三条天皇の中宮。枇杷皇太后宮と呼ばれる。万寿四年(一〇二七)九月十四日没、三十四歳。○人〳〵　弁乳母集によれば、枇杷殿に参った「大納言殿」(藤

世《よ》の中《なか》はかなくて、右大将通房《(みちふさ)》かくれ侍《(はべり)》ぬと聞《き》きて

900 数《かず》ならぬ身のうきことは世《よ》の中《なか》になきうちにだに入《い》らぬなりけり

小弁

たゞにもあらで里《さと》にまかり出《い》でて侍《はべ》りけるに、十月ばかりほど近《ちか》うなりて、内《うち》より御とぶらひありける返《かへ》り事にたてまつり侍《(はべり)》ける

901 枯《か》れはつる浅茅《あさぢ》がうへの霜《しも》よりも消《け》ぬべきほどをいまかとぞ待《ま》つ

斎宮女御

後朱雀院うせさせたまひて、上東門院《(じやうとうもんゐん)》白河《しらかは》に渡《わた》りたまひて、あらしのいたく吹《ふ》きけるつとめて、かの院に侍《(はべり)》ける侍《(じ》従《じゆう)》の内侍《(ないし)》のもとにつかはしける

902 いにしへを恋《こ》ふる寝覚《ねざ》めやまさるらん聞《き》きもならはぬみねのあらしに

藤原範永朝臣

原頼宗か)の「香をとめて君が形見に惜しまる花の姿は風もよけなん」への返歌。

900 物の数でもないわが身の憂くつらいことは、世間の死者の数にすら入らないことでした。○世の中はかなくて　長久五年(一〇四四)前半は疫病が流行し、死骸が路に満つという有様であった(扶桑略記)。○右大将通房　藤原通房。頼通の男。長久五年四月二十四日、疫病のために二十歳で夭折した。栄花物語・蜘蛛の振舞に「大方の世にもいみじく惜み聞えさす。御年の程、かたち・有様のめでたくものせさせ給へる」とあり、関係者の哀傷歌を載せている。→五七六。▽類歌「常ならぬ世はうき身こそ悲しけれその数にだに入らじと思へば」(拾遺・哀傷・藤原公任)。

901 すっかり枯れてしまった浅茅の上に置く霜よりも早く、私は命の消えてしまいそうな時を、今か今かと待っております。斎宮女御集。村上御集。○たゞにもあらで　懐妊して。○里　実家。斎宮女御の「里」は重明親王家。○ほど近うなりて　出産が間近になって。○内　村上天皇。○初・二句「浅茅が」は、冷泉本・太山寺本「あさちの」。実家の荒廃した庭の風景。○霜　朝日にあえば忽ちに解けて消えてしまうので、消えやすいものの例とされる。「朝日さす浅茅が原の霜よりも消えて恋しき古き言の葉」(古今六帖二・作者未詳)。▽出産の際に死ぬのではないかと案ずる歌。八八八から九〇三まで、死者を追憶する歌の中で、これは異なるが、作者が自身の死を想像する内容なのでここに置いたか。

902 先帝の古を恋しく偲びつつ寝覚めがちな夜が増さっておいででしょうか、聞き馴れぬ峰の山風の音のために…。範永朝臣集。栄花物語・根合。○上東門院　後朱雀院の母后。○白河　白河殿。渡御したのは寛徳二年(一〇四五)閏五月十五日。○つとめて　翌朝。○侍従の内侍　栄花物語では「殿守の侍従」。直接上東門院に献ずることを憚って、女房に送った。○みねのあらし　白河殿は東山に近かったから、都の中央よりも峰のあらし(山風)は強く吹くか。

後拾遺和歌抄第十六　雑二

入道摂政《(にふだうせつしやう)》よがれがちになり侍《はべ》りける頃《ころ》、暮《くれ》にはなどいひおこせて侍《はべ》りければいひつかはしける

903 柏木《かしはぎ》のもりのした草《くさ》くれごとになを《(ほ)》たのめとやかるを見《み》る〳〵

大納言道綱《(みちつな)》母

来《こ》むといひて来《こ》ざりける人の、暮《くれ》にかならずといひて侍《はべ》りける返《かへ》り事《ごと》に

904 待《ま》つほどのすぎのみゆけば大井《おほゐ》川《がは》たのむるくれをいかゞとぞ思《(おもふ)》

馬内侍《(むまのないし)》

903 柏木の森の下草が枯れるのをそのまま見ているように、あなたが夜離(が)れするのを見ながら、日が暮れるごとに当てにせよと言うのですか。蜻蛉日記・上。〇入道摂政　藤原兼家。〇柏木のもりのした草　兼家は天暦五年(九五一)右兵衛佐に任ぜられ、この歌が詠まれた同八年もその任に在ったので、兵衛の異名「柏木」を用いて、自身をその「もりのした草」になぞらえる。▽「大荒木の森の下草老いぬれば駒もすさめず刈る人もなし」(古今・雑上・よみ人しらず)、「柏木の森の下草老いぬとも身をいたづらになさずもあらなむ」(大和物語二十一段・監命婦)。〇五句「かる」は、底本・冷泉本「もる」の「も」をミセケチ、「か」とする。陽明乙本・太山寺本・蜻蛉日記は「もる」。「した草」の縁語「枯る」に「離(か)る」を掛ける。「もる」ならば、雨が森の木々を漏れるように涙が漏れるの意と解される。

904 今までお待ちする時は空しく過ぎてしまったので、大井川を流れる榑(れく)ではありませんが、あなたが当てにさせたこの夕暮も、さあどうだろうか、あやしいものだと思います。馬内侍集、四句「たのむるくれも」。〇初句　「松」を響かせる。〇すぎのみゆけば　「過ぎ」に「杉」を響かせる。〇大井川　山城国。榑(皮付きの材木)が筏に組まれて流される川。〇くれ　「暮れ」に「榑」を掛ける。「大井川井堰(ゐせき)の水のわくらばにけふは頼めしくれにやはあらぬ」(元輔集。新古今・恋三)、「大井川井堰にとまる筏士の思ひわびぬるくれにもあるかな」(為信集)。

女《をんな》のもとに、暮《くれ》にはと、男《をとこ》のいひつかはしたる返《かへ》り事《ごと》によみ侍《(はべり)》ける

905 あさき瀬《せ》をこすいかだしの綱《つな》よは《(わ)》みなを《(ほ)》このくれもあやふかりけり

読人不知《(よみびとしらず)》

中関白《(なかのくわんばく)》通《かよ》ひはじめ侍《(はべり)》けるころ、夜《よ》がれして侍《はべ》りけるつとめて、こよひはあかしがたくてこそなどいひて侍ければよめる

906 ひとり寝《ぬ》る人《ひと》や知《し》るらん秋の夜《よ》をながしとたれか君《きみ》に告《つ》げつる

高内侍《(かうのないし)》

忍《しの》びたる男《をとこ》の、ほかに出《い》で会《あ》へなどいひ侍《はべ》りければ

907 春《はる》がすみ立《た》ち出《い》でむことも思《おも》ほえぬあさみどりなる空《そら》のけしきに

新左衛門《(しんさゑもん)》

為家《(ためいへ)》朝臣ものいひける女《をんな》にかれ〴〵になりてのち、みあれの日暮《ひぐ》れにはといひて、葵《あふひ》をおこせて侍《(はべり)》ければ、娘《むすめ》に代《かは》りてよみ侍《はべ》りける

908 その色《いろ》の草《くさ》とも見《み》えずかれにしをいかにいひてかけふは掛《か》くべき

小馬命婦《(こまのみやうぶ)》

905 浅瀬を越す筏士が結んだ綱が弱いので榑がばらばらになってしまうように、この夕暮には必ず訪れるというあなたのお言葉もあぶないものですね。〇あさき瀬　男の心浅さを寓するか。〇いかだし　筏(榑を組んだもの)を操る人。男の比喩。〇綱　榑を結ぶ綱。約束の比喩。〇このくれ　「榑」と「暮れ」の掛詞。

906 独り寝をする人は知っているでしょう。秋の夜を長いと、誰が(独り寝もしていない)あなたに告げたのでしょうか。〇中関白　藤原道隆。〇こよひはあかしがたくてこそ　この夜はそなたと別々で独り寝をしていたのでなかなか夜が明けなかったよ。「こよひ」は現代ならば、昨夜というべきところ。→八九六。〇ひとり寝る人　暗に自身をさして言う。〇たれか君に告げつる　作者は道隆の言葉を信用せず、誰か他の女と共に過したと考えて言う。

907 家の外へ出てお逢いする決心がつきません。春霞で浅緑色の空のように、あなたのお心は浅いご様子なので。〇忍びたる男　人目を忍ぶ恋人。〇ほかに出で会へ　家を出て外で会ってくれ。男は女の宮仕え先の局などを訪れるのを憚って言ったのであろう。〇初句　「立ち」の枕詞のごとく用い、自身の比喩となる。「人知れず思ふ心は春霞立ち出でて君が目にも見えなん」(古今・雑下・藤原勝臣)。〇あさみどり　霞はしばしば「あさみどり」と形容される。ここでは男の心が浅いことをいう。〇空　「かすみ」の縁語で、男の比喩。

908 それは葵ともわからないほど枯れてしまっているのに、どう言ってみあれの今日は掛けたらよいのですか。あなたは私から離れてしまったのに、どうして今日は逢う日だというのですか。〇為家朝臣　高階為家。成章の男。蔵人、備中守正四位下。〇みあれ　四月の中の酉に行われる賀茂祭の前に行われる神事。〇葵　フタバアオイ。賀茂社を象徴する草で祭に用いられる。「逢ふ日」を掛けることが多く、為家が女によこしたのも、日暮れに逢おうという心。〇三句　「枯れ」と「離(か)れ」の掛詞。

男《をとこ》の夜更《よふ》けてまうで来《き》て侍《(はべり)》けるに、寝《ね》たりと聞《き》きて帰《かへ》りにければ、つとめて、かくなむありしと、男《をとこ》のいひおこせて侍《はべ》りける返《かへ》り事《ごと》に

909 ふしにけりさしも思《おも》はで笛竹《ふえたけ》の音《おと》をぞせまし夜《よ》ふけたりとも

和泉式部《(いづみしきぶ)》

宵《よひ》のほどまうできたりける男《をとこ》のとく帰《かへ》りにければ

910 やすらはで立《た》つに立《た》てうき真木《まき》の戸《と》をさしも思《おも》はぬ人もありけり

小式部内侍《(こしきぶのないし)》のもとに二条前太政大臣《(にでうさきのだいじやうだいじん)》はじめてまかりぬと聞《き》きてつかはしける

911 人知《ひとし》らでねたさもねたしむらさきのねずりの衣《ころも》うはぎにを着《き》ん

堀川右大臣《(ほりかはうだいじん)》

返《かへ》し

912 ぬれぎぬと人にはいはむむらさきのねずりの衣《ころも》うはぎなりとも

和泉式部

909 ええ、私は臥していました。あなたは気になさらずに笛の音をお立てになればよかったのです、夜が更けていたとしても。和泉式部集、二句「さしておもはで」。○寝たりと聞きて　和泉式部は寝てしまったと聞いて。侍女などから聞いたか。○かくなむありし　これこれであった。昨夜訪れたが寝ていたと聞いて帰ったのだということ。○初句　「臥し」に「笛竹」の縁語「節」を掛ける。○笛竹の音　尋ねて来た合図の笛。男が笛を吹きつつ女の家を訪れることは更級日記にも「呼びわづらひて、笛をいとをかしく吹きすまして過ぎぬなり」と描かれている。○五句　「夜」に「節(よ)」、「ふけ(更け)」に「吹け」を響かせるか。

910 私はためらわずには閉めるにも閉めにくいと感じる真木の戸なのに、鎖していることをそれほどとも思わない人もいたのですね。和泉式部集、二句「たつにたちうき」、五句「人も有りけん」。○初句　躊躇せずには。○二句　閉めるにしても閉めづらい。○真木の戸　板戸。「君や来む我や行かむのいさよひに真木の板戸もささず寝にけり」(古今・恋四・よみ人しらず)。○さしも　「そのようにも」の意に「戸」や「立つ」の縁語「鎖し」を掛ける。

911 あの子とはこっそりと仲良くしたのに、他の男、しかも私の兄弟を通わせるとはひどく妬ましい。紫草の根で摺り染めした衣を上着として着てしまおう(二人の間柄を公表してしまおう)。入道右大臣集、二句「くやしかりけり」、五句「うはぎにぞせん」。○小式部内侍　和泉式部の娘。○二条前太政大臣　藤原教通。○三・四句　紫はゆかりの色で兄弟を暗示する。▽「恋しくは下にを思へ紫のねずりの衣色に出づなゆめ」(古今・恋三・よみ人しらず)。

912 それは濡れた衣ですよとその人には言いましよう。あなたが紫の根摺りの衣を上着に着よう(あの子と教通さまとの関係を公表されよう)とも。入道右大臣集。○ぬれぎぬ　事実無根の浮名。下の「ねずりの衣」「うはぎ」の縁語。▽娘をかばう女親の心。和泉式部には「色に出でて人に語るな紫のねずりの衣きて寝たりきと」(和泉式部集)という作もある。

913 平行親《(ゆきちか)》蔵人にて侍《はべ》りけるに、忍《しの》びて人のもとに通《かよ》ひながら
あらがひけるを見《み》あらはして

秋霧《ぎり》は立《た》ちかくせども萩原《はぎはら》に鹿《しか》ふしけりとけさ見《み》つるかな

兵衛内侍《(ひやうゑのないし)》

914 実方朝臣《(さねかた)》の女《むすめ》に文通《ふみかよ》はしけるを、蔵人行資《(ゆきより)》に会《あ》ひぬと聞《き》き
て、この女《をんな》の局《つぼね》をうかゞひて、見《み》あらはしてよみ侍《はべ》りける

朝《あさ》な〳〵起《お》きつゝ見《み》れば白菊《しらぎく》の霜《しも》にぞいたくうつろひにける

左兵衛督公信《(きんのぶ)》

915 大江公《(きん)》資《(より)》相模の守に侍《はべ》りける時《とき》、もろともにかの国《くに》に下《くだ》
りて、遠江守にて侍《はべ》りける頃《ころ》忘《わす》られにければ、こと女《をんな》をゐ
て下《くだ》ると聞《き》きてつかはしける

逢坂《あふさか》の関《せき》に心はかよはねど見《み》し東路《あづまぢ》はなを《(ほ)》ぞ恋《こひ》しき

相模《(さがみ)》

916 左大将朝光《(あさみつ)》通《かよ》ひ侍《はべ》りける女《をんな》に、あだなること人にいはる
なりといひ侍《はべ》りければ、女《をむな》のよめる

ねぬなはのねぬ名《な》のおほく立《た》ちぬればなを《(ほ)》大沢《おほさは》のいけらじや世《よ》に

よみ人しらず

913 秋霧が立って隠したけれども、鹿は萩の咲く原に確かに臥していたと、今朝見届けましたよ。あなたは隠しても、他の女性の所で臥したことはしっかりと見てしまいましたよ。○平行親　行義の男 ↓人名。○人　女。○あらがひける　通っていないと抗弁した。○見あらはして　現場を見付けて公表して。○秋霧　季節が秋だったのでいうか。○萩原　行親が通っていた「人」の局の比喩で、「秋霧」の縁語。○鹿　副詞「然(かし)」を掛ける。行親の比喩で、これも「秋霧」の縁語。○五句　作者は行親がその「人」の局から朝帰りする姿を見たか。

914 毎朝起きて見ると、白菊は霜にひどくうつろってしまったよ。私に対するあなたの愛情はうつろってしまったね。○実方朝臣の女 ↓人名。○蔵人行資　橘行資。○起きつゝ　「霜」の縁語「置き」を掛ける。○白菊　女の比喩。○霜　行資の比喩。○五句　色が変ってしまったよ。白菊は霜に逢うと紫色に変色するので、行資に逢って公信に対する女の心が変ったことを言う。「ませの内なる白菊もうつろふ見るこそあはれなれ我らが通ひて見し人もかくしつつこそかれにしか」(古今著聞集八ノ三一九)。

915 逢坂の関に心は通いませんが(あなたとお逢いしようとは思いませんが)、昔あなたと共に見た東国路はやはり恋しく思われます。○大江公資　相模の夫。○逢坂の関　近江国。男女が逢う意でいう。○東路　相模も遠江も共に東路である。「逢坂の関」の縁語。

916 大沢の池の蓴菜(ぬなわ)の根ではありませんが、私は他の男と寝てもいないのに、浮名がひどく立ってしまったので、とてもこの世に生きていますまい。朝光集、二句「ねぬなのいたく」。○左大将朝光　藤原朝光。○初句　「ねぬなは」は蓴菜。この句は「寝ぬ」を起す序詞。○大沢のいけらじや　「大沢の池」(山城国)から「いけらじ」と続ける。▽浮名を立てられた女の弁明の歌。難後拾遺に、第二句は論理的におかしいと難ずる。朝光は「大沢の多くの人の歎きにていけらじとのみ思ふなるらん」と返している。「隠れ沼の下より生ふるねぬなはの寝ぬ名は立てじくるな厭ひそ」(古今・雑体・誹諧歌・壬生忠

太政大臣《（だいじやうだいじん）》かれ〴〵になりて四月許《（ばかり）》に、まゆみのもみぢを見てよみ侍《はべ》りける

917 すむ人のかれゆく宿《やど》はときわかず草木《くさき》も秋の色《いろ》にぞありける

藤原兼平《（かねひら）》朝臣母

女《をんな》のもとにてあか月鐘《かね》を聞《き》ゝて

918 あか月の鐘《かね》の声《こゑ》こそきこゆなれこれをいりあひと思《おも》はましかば

小一条院《（こいちでうゐん）》

男《をとこ》の、隔《へだ》つることもなく語《かた》らはんなどいひ契《ちぎ》りて、いかゞ思《おも》ほえけん、ひとまには隠《かく》れ遊《あそ》びもしつべくなんといひて侍《はべ》りければ

919 いづくにか来《き》ても隠《かく》れむへだてたる心のくまのあらばこそあらめ

和泉式部

来《こ》むといひてたゞに明《あか》してける男《をとこ》のもとにつかはしける

920 やすらひに真木《まき》の戸《と》こそはさゝざらめいかにあけつる冬《ふゆ》の夜《よ》ならん

岑)。

917 住んでいた人(夫)が離(か)れてゆく私の家では、季節の区別なく草木まで早くも秋(飽き)の色をしているよ。定頼集、初句「すむ人も」。○太政大臣　藤原信長。○まゆみ　紅葉が美しい落葉樹。四月頃の「もみぢ」は異常な状態と思われる。○すむ人　通って来た夫。○かれゆく　「離れ」と「枯れ」の掛詞。○秋の色　「秋」に「飽き」を掛ける。▽夫の愛が薄らいだ妻の嘆きの歌。定頼集によれば、作者の父藤原定頼の詠で、作者定頼女はこれに、「緑なる松の梢を思はずにもみぢの色の濃く見ゆるかな」と返歌した。

918 晨朝の鐘の声が聞える。もうあなたと別れなければならない。これをあなたと逢う時刻を告げる入相の鐘と思えたらいいのになあ。○あか月の鐘　六時のうち、晨朝の鐘。○いりあひ　同じく日没を告げる鐘。

919 どこに来て隠れようというのですか。隠し隔てしている心の隈(秘密)があるならばともかく、私にはそのような秘密はないのですから。和泉式部続集、初・二句「いづこにかたちもかくれん」。○隔つることもなく　隠し隔てすることもなく。○ひとまには　人のいない隙には。○隠れ遊びもしつべく　隠れんぼうでもしたいと思う。「昔せし隠れ遊びになりなばや片隅もとに寄り臥せりつつ」(聞書集)。○心のくま　「人はかる心の隈はきたなくて清き渚をいかで過ぎけん」(後撰・恋五・少将内侍)。

920 あなたがいらっしゃるかとためらって真木の戸は鎖さないのに、おかしいですね、どのようにして明けた(開けた)冬の夜なのでしょうか。和泉式部集、二句「まきの戸をこそ」、四句「いかであけつる」。○たゞに明してける男　来ないでそのまま夜を明かさせた男。和泉式部集「たのめてみえぬ人」。○やすらひ　ためらい。男が訪れるか訪れないかはっきりしないのでためらうこと。○あけつる　夜が「明けつる」に「戸」の縁語「開け」を掛ける。○冬の夜　長いから明けにくい。とくに人を待っての独り寝では長く感じられる。

921
後三条院《(ごさんでうゐん)》坊におはしましける時《とき》、女房の局《つぼね》の前《まへ》に柳《やなぎ》の枝《えだ》を
植《う》ゑて侍《(はべり)》けるを、宵《よひ》に物語《ものがた》りなどして帰《かへ》りたる朝《あした》、その柳《やなぎ》
なかりければ、よべの人の取《と》りたるかとて、乞《こ》ひにおこせ
たりければ

あをやぎのいとになき名《な》ぞ立《た》ちにけるよるくる人はわれならねども

藤原顕綱《(かねつな)》朝臣

922
皇后宮《(くわうごうぐう)》親王《みこ》の宮《みや》の女御と聞《きこ》えける時《とき》、里《さと》へまかり出《い》でた
まひにければ、そのつとめて、咲《さ》かぬ菊《きく》につけて御消息あ
りけるに

まだ咲《さ》かぬまがきの菊《きく》もあるものをいかなる宿《やど》にうつろひにけん

後三条院御製

923
忘《わす》れじといひ侍《(はべり)》ける人のかれ〲になりて、枕箱《まくらばこ》取りにお
こせて侍《はべ》りけるに

たまくしげ身《み》はよそ〲になりぬともふたりちぎりしことな忘《わす》れそ

馬内侍

921　柳泥棒という無実の噂が立ったよ。青柳の糸を縒ったり繰ったりするように夜来て青柳を盗んだ人は私ではないのに。顕綱朝臣集。○後三条院坊におはしましける時　後三条院が東宮でいらっしゃった時。寛徳二年(一〇四五)一月十六日から治暦四年(一〇六八)四月十九日まで。○女房　顕綱朝臣集では「ある宮ばらの女房」という。○乞ひにおこせたりければ　同集では「返し植ゑよと責めければ」という。○いとになき名　「糸に無き」に副詞「いと」形容詞「似無き」を響かせるか。○よるくる　「夜来る」と「糸」の縁語「縒る」「繰る」の掛詞。

922　このようにまだ咲かない垣根の菊もあるのに、私の菊はどこの家に移植されてしまったのだろうか。私への愛情がうつろってしまったので、あなたは里帰りをしたのか。○皇后宮　後一条院皇女馨子内親王か。永承六年(一〇五一)十一月八日東宮妃とされ、延久元年(一〇六九)七月三日中宮、同六年六月二十日皇后とされた。寛治七年(一〇九三)九月四日没、六十五歳。すなわち践祚以前の後三条天皇妃。○まだ咲かぬまがきの菊　送られてきた菊について言いつつ、あるいは東宮坊にあること久しい自身を暗に寓するか。○うつろひにけん　色変ることに愛情のなくなる意を込めて言う。→九二四。

923　この枕箱の身と蓋が別れ別れになるように、たとえ他人の間柄となってしまっても、二人で愛し合ったことはお忘れにならないで。馬内侍集。○枕箱　馬内侍集では「てばこ」。○初句　ここでは詞書にいう枕箱を意味し、同時に「身」の枕詞となる。○よそ〳〵に　無関係に。離れ離れに。○ふたり　「たまくしげ」「身」の縁語「蓋」を掛ける。

ものへまかるとて、人の許《(もと)》にいひおき侍《(はべり)》ける

和泉式部

924 いづかたへゆくと許《(ばかり)》は告《つ》げてまし問《と》ふべき人のある身と思《おも》はば

忍《しの》びたる男《をとこ》の、雨《あめ》の降《ふ》る夜《よ》まうできて、濡《ぬ》れたるよし、帰《かへ》りていひおこせて侍《はべ》りければ

925 かばかりにしのぶる雨《あめ》を人とはばなにぬれたる袖《そで》といはまし

人《ひと》のもとに文《ふみ》やる男《をとこ》を恨《うら》みやりて侍《(はべり)》ける返《かへ》り事《ごと》にあらがひ侍ければよめる

926 そらになる人の心にさゝがにのいかでけふまたかくてくらさん

男《をとこ》のものいひ侍《(はべり)》ける女《をむな》を、今《いま》はさらにいかじといひてのち、雨《あめ》のいたく降《ふ》りける夜《よ》まかりけりと聞《き》きてつかはしける

927 三笠山《みかさやま》さしはなれぬといひしかど雨《あめ》もよにとは思《おも》ひしものを

924 もしも私の行方を尋ねるに違いない人がいると思ったならば、どこへ行きますという程度のことは告げましょうものを。けれどもあなたはお尋ねにもならないでしょう。和泉式部集、三句「いひてまし」、五句「ありと思はば」。○ものへまかる　ちょっとよそへ行く。漠然とぼかした言い方。○人　男であろう。

925 人目を忍ぶ恋のために流す涙で私の袖はこれほど濡れています。人が尋ねたならば、何に濡れた袖と言ったらよいのでしょうか。和泉式部続集、初句「かくばかり」、五句「袖といふらん」。○忍びたる男　世間の目を忍んで通って来る男。○しのぶる雨　「憂きことを忍ぶる雨の下にしてわが濡衣は干せど乾かず」(後撰・雑四・小町が孫)、「濡れずやは忍ぶる雨といひながらなほく(ママ)れば忘れやはする」(和泉式部続集)。

926 あなたの心は上の空になっています。蜘蛛の巣(い)の「い」ではありませんが、私はどうして今日も過しましょうか。そういう頼りにならない人を思って。○人のもとに　女のもとに。○あらがひ　そういう事実はないと否定した。○そら　蜘蛛は空に巣を掛けることから、「さゝがに」の縁語。○三句　「さゝがに」は蜘蛛。その巣を「い」ということから、「いかで」の枕詞。○かくて　「さゝがに」「い(巣)」の縁語「掛く」を響かせる。

927 三笠山から離れた(あの人と別れた)というのは当てにならないにせよ、まさかこのひどい雨降りにわざわざ行くまいと思っていたのに、あなたは傘をさして出かけたのですね。和泉式部続集、三句「聞きしかど」、五句「思はざりしを」。○男のものいひ侍ける女　家集に「或る所に中将とて候ふ人」という。○三笠山　大和国。和歌では近衛職を意味することが多いが、ここでは男が通う女房の中将をさす。○さし　「三笠山」の「笠」の縁語。○雨もよに　まさか雨が降る中を(行くまい)。「月にだに待つほど多く過ぎぬれば雨もよに来じと思ほゆるかな」(後撰・恋六・藤原伊衡女今君)。

928 年《とし》ごろ住《す》み侍《はべ》りける女《をむな》を男《とこ》思《おも》ひはなれて、物《もの》の具《ぐ》など運《はこ》び
侍《(はべり)》ければ、女《をむな》のよめる
なげかじなつゐ《(ひ)》にすまじき別《わか》れかはこれはある世《よ》にと思《おも》ふ許《(ばかり)》ぞ
読人不知

929 兼房《(かねふさ)》朝臣、女のもとにまうできて物語《ものがた》りし侍《はべ》りけるを、かくと聞《き》きて、うたてといひつかはしける返《かへ》り事《ごと》に、物越《ものご》しにてなんなど、女《をんな》のいひおこせて侍《はべ》りければよめる
いにしへの着《き》ならし衣《ごろも》いまさらにそのものごしのとけずしもあらじ
中納言定頼《(さだより)》

930 大弐資通《(すけみち)》むつましきさまになむいふと聞《き》きてつかはしける
まことにやそらになき名《な》のふりぬらん天照《あまて》る神《かみ》のくもりなき世《よ》に
相模

931 元輔《(もとすけ)》文通《(ふみかよ)》はしける女《をむな》をもろともに文《ふみ》などつかはしけるに、元輔に会《あ》ひて忘《わす》られにけりと聞《き》きて、女《をんな》のもとにつかはしける
こりぬらんあだなる人に忘《わす》られてわれならはさむ思《(おもふ)》ためしは
藤原長能《(ながよし)》

928 嘆くまいよ。この世では人はいつかは必ず別れなければならないのです。これは死に別れではなく生き別れなのだと思うばかりです。〇年ごろ　永年。〇住み侍りける女　同棲しておりました女。〇物の具　調度品。〇運び侍ければ　女の家から運び出しましたので。〇二・三句　仏教では愛別離苦を説く。

929 あなたは彼とは昔馴染みだから、物越しの応対が打ち解けなかった(着馴らした衣の裳の腰帯を解かなかった)わけでもないでしょう。〇定頼集。〇兼房朝臣　藤原兼房。〇うたて　不愉快だ。〇物越しにてなん　(几帳や屛風など)間に物を隔ててお話ししたのです。〇二句　女が兼房と馴染みであることを暗示する。〇ものごし　「物越し」に「裳の腰」を掛ける。裳は表着の後腰に付けて裾を長く扇状に曳く女性の衣服。腰は裳の腰の部分を結ぶ紐。「人のものこしを取りて返しつかはすとて　廉義公／幾そ度人の解きけむ下紐のまれに結びてあはれとぞ思ふ」(秋風集・恋中)。

930 事実無根の私とあなたの噂が言い古されているというのは本当でしょうか。天照大神が照覧なさるこの曇りのない世間で。〇大弐資通　源資通。〇むつましき　底本「おつましき」。冷泉本「む」の上に「お」と重出するか。陽明乙本他による。〇そら　「ふり」「天照る神」「くもり」と縁語。〇三句　「古り」に「そら」などの縁語「降り」を響かせる。〇天照る神　天照大神。「天照らす神も心あるものならば物思ふ春は雨な降らせそ」(和泉式部続集)。

931 浮気な男に忘れられて懲りたでしょう。浮気ではなくて深く愛するというのはこういうことなのだと、今度はその例を私が教えてあげよう。〇元輔　清原元輔。〇あだなる人　ここでは元輔をさす。「花ならで花なるものはしかすがにあだなる人の心なりけり」(貫之集・女)、「いととくもうつろひぬるか桜花あだなる人も見てこりぬべし」(忠岑集)。〇四句　私が教えよう。「いよいよ道々の才を習はさせ給ふ」(源氏物語・桐壺)。

932
入道前太政大臣《（にふだうさきのだいじやうだいじん）》　兵衛佐《（ひやうゑのすけ）》にて侍《（はべり）》ける時《とき》、一条左大臣《（いちでうさだいじん）》の家《いへ》にまかりそめて、かくなんあるとは知《し》りたりやといひにおこせて侍ける返《かへ》り事《ごと》によめる

春雨《はるさめ》のふるめかしくもつぐるかなはや柏木《かしはぎ》のもりにしものを

馬内侍

933
はやう住《す》み侍《はべ》りける女《をんな》のもとにまかりて端《はし》の方《かた》にゐて侍《はべ》りけるに、寝《ぬ》る所《ところ》の見《み》え侍《（はべり）》ければよめる

いにしへの常世《とこよ》の国《くに》やかはりにしもろこしばかり遠《とほ》く見《み》ゆるは

清原元輔

934
赤染衛門《（あかぞめゑもん）》恨《うら》むること侍《はべ》りけるころつかはしける

わたのはら立《た》つ白波《しらなみ》のいかなればなごりひさしく見《み》ゆるなるらん

右兵衛督朝任《（あさたふ）》

返《かへ》し

935
風はたゞ思《おも》はぬかたに吹《ふ》きしかどわたのはら立《た》つ波《なみ》もなかりき

赤染衛門

932 早くも降る春雨は柏木の森を洩れてしまっているのに(二人の間はもう駄目になっているのに)、古めかしくもそれを私に告げるのですね。馬内侍集。麗花集。○入道前太政大臣　藤原道長。永観二年(九八四)二月一日から寛和二年(九八六)十月十五日まで、右兵衛権佐。○一条左大臣　源雅信。敦実親王の男。道長室倫子の父。○まかりそめて　聟として通い始めて。○初句「ふるめかしく」を起す枕詞。○二句「春雨」の縁語「降る」を掛ける。○柏木　兵衛の異名。男が右兵衛権佐であったのでいう。↓九〇三。○もりにし「春雨」の縁語「洩り」に「(柏木の)杜」を掛ける。

933 楽しい常世の国にも似た、昔二人で共に過した閨の床は変ってしまったのか。それがまるで唐土のように遠く見えるのは。元輔集。○常世の国　不老不死と信じられていた異郷。「床」を響かせ、楽しかった以前の夫婦生活を譬えていう。「わぎもこは常世の国に住みけらし昔見しより若えましにけり」(古今六帖五・大伴三依)。○もろこし　唐土。親しみの持てない遠くの異郷としていう。「もろこしも夢に見しかば近かりき思はぬ中ぞはるけかりける」(古今・恋五・兼芸)。

934 大海原に立つ白波はどうしていつまでもそのなごりが消えないのだろうか。あなたはどうしていつまでも腹を立てているのだろうか。赤染衛門集。○恨むること　赤染衛門集によれば、彼女の娘が怨んでいると聞いて、朝任がよこしたと知られる。○わたのはら立つ「大海原」の意に「腹立つ」を掛ける。○なごり　余波。「わたのはら」「白波」の縁語。

935 風は思いもよらない方向に吹きましたが、海原には波など立ちませんでした。あなたは思いもよらぬ人の方へ行きましたが、私は腹など立てておりません。赤染衛門集。○風　朝任を譬える。○思はぬかた　自分(赤染衛門の娘)以外の女性を暗示する。「須磨の海人の塩焼く煙風をいたみ思はぬ方にたなびきにけり」(古今・恋四・よみ人しらず)。

中納言定頼家を離《はな》れてひとり侍《はべ》りける頃《ころ》、住《す》みける所《ところ》の小《こ》柴垣《しばがき》の中《なか》に置《お》かせ侍《(はべり)》ける

936 人《ひと》しれず心ながらやしぐるらんふけゆく秋《あき》のよはの寝覚《ねざ》めに

相模

女《をんな》のもとにまかりたりけるに、あづまをさし出《い》でゝ侍《(はべり)》ければ

937 逢坂《あふさか》の関《せき》のあなたもまだ見《み》ねばあづまのことも知《し》られざりけり

大江匡衡《(まさひら)》朝臣

十月許《(ばかり)》にまうできたりける人《ひと》の、しぐれのし侍《はべ》りければ、たゝずみ侍《はべ》りけるに

938 かきくもれしぐるとならば神無《かみな》月けしきそらなる人やとまると

馬内侍

936　御自身のお心とはいいながら、更けゆく秋の寝覚め、降るしぐれの音にひそかに涙していらっしゃるでしょうか。相模集。○中納言定頼　藤原定頼。ただし、相模集では「ある所に」と朧化する。○家を離れてひとり侍りける頃　相模集に、永年連れ添っていた北の方と離別して独り住みしていると聞いたのでという。○三句　涙にくれているだろうという意を込める。相模集によれば、この歌を送ったのは「長月の二十日余り」。▽相模の方から風流才子の定頼の気を引いた歌。匿名で届けたらしいが、後日定頼は相模と知って、「年経ぬる下の心や通ひけむ思ひもかけぬ人の水茎」と返歌し、相模は更にそれに応答している。

937　逢坂の関の向うもまだ見たことはないから、東国のこと(和琴の弾き方)はわかりません。匡衡集。○あづま　東琴。和琴(わごん)。日本古来の絃楽器で、六絃。○逢坂の関のあなた　逢坂の関(→四六六)の向う、すなわち東国。○三句　女とまだ逢って(親しい間柄になって)いないことを寓意するか。「音羽山音に聞きつつ逢坂の関のこなたに年をふるかな」(古今・恋一・在原元方)。○あづまのこと　「東の琴(和琴)」に「東(東国)の事」を掛ける。

938　神無月に似合わしく、空よかき曇っておくれ。もしもしぐれてくるならば、上の空になっているあの人も帰らずにとまるかもしれないから。馬内侍集。○まうできたりける人　馬内侍集「あからさまにきたる人」。○たゝずみ侍りけるに　馬内侍集「かへりなんとするに」。○しぐるとならば神無月　しぐれは陰暦十月頃に降るとされる初冬の景物。「神無月降りみ降らずみ定めなきしぐれぞ冬のはじめなりける」(後撰・冬・よみ人しらず)。○そらなる　「そら」は「かきくもれ」「しぐる」の縁語。

大納言行成(ゆきなり)物語《ものがた》りなどし侍(はべり)けるに、内《うち》の御物忌に籠《こも》ればとて、急《いそ》ぎ帰《かへ》りてつとめて、鳥《とり》の声《こゑ》に催《もよほ》されてといひおこせて侍ければ、夜深《よぶか》かりける鳥《とり》の声《こゑ》は函谷関のことにやといひにつかはしたりけるを、立《た》ち返《かへ》り、これは逢坂《あふさか》の関《せき》に侍《はべ》りとあれば、よみ侍《はべ》りける

939 夜《よ》をこめて鳥《とり》のそらねにはかるともよに逢坂《あふさか》の関《せき》はゆるさじ

清少納言(せいせうなごん)

三輪《みわ》の社《やしろ》わたりに侍《はべ》りける人《ひと》を尋《たづ》ぬる人に代《かは》りて

940 ふるさとの三輪《みわ》の山辺《やまべ》をたづぬれど杉間《すぎま》の月のかげだにもなし

素意(そい)法師

はらからなどいふ人の、忍《しの》びて来《こ》むといひたる返《かへ》り事《ごと》に

941 東路《あづまぢ》のそのはらからは来《き》たりとも逢坂《あふさか》までは越《こ》さじとぞ思(おもふ)

相模

939 まだ夜が深いのに鶏の鳴き真似をしてだまそうとしても、まさか逢坂の関守はだまされて通しはいたしますまい。枕草子・頭の弁の職にまゐり給ひて。○大納言行成　藤原行成。○内の御物忌　内裏の物忌。→八五九。○鳥の声に催されて　鶏の声に促されて。○夜深かりける鳥の声　まだ深夜のうちに鳴いた鶏の声。○函谷関　中国河南省北西部の交通の要衝。秦を逃れた孟嘗君が、鶏鳴を巧みに真似る食客の働きで関門を開けさせ、通過したという故事(史記・孟嘗君伝)によって著名。▽小倉百人一首で著名な、作者の機智を示した歌。行成は「逢坂は人越えやすき関なれば鳥鳴かぬにも開けて待つとか」と返歌している。

940 古都のあった国、大和の三輪の山辺を尋ねたけれども、杉の間を洩れる月の光すら見えなかったよ。あなたの家を尋ね当てることはできなかったよ。○三輪の社　大和国三輪山の麓にある大神(おおみわ)神社(三輪明神)。○ふるさと　奈良が古京であったことから大和国をいう。○二・三句「わが庵は三輪の山本恋しくはとぶらひ来ませ杉立てる門」(古今・雑下・よみ人しらず)の古歌によって言う。○杉間　杉は三輪社の印(象徴)の木。○月のかげ　相手の影(すら見えなかったこと)を暗示する。

941 東国路の園原からやって来たとしても、逢坂の関までは越させまいと思います。たとえ兄妹だとしてもお逢いしないつもりです。相模集「はらからとのみいふ人の、関の隙(まひ)あらむ折はといふもあやしければ」。○はらからなどいふ人　底本・冷泉本「はらからなといはむといふ人」の「いはむと」をミセケチ。陽明乙本「はらからなといはむといふ人」。兄弟姉妹のような間柄でいようと言う人(ここでは男性)の意。○忍びて来む　こっそり通って来よう。相模集には「関の隙(まひ)あらむ折は」(夫の目が届かない折に訪れよう)と言うのもあやしいのでとある。○二句　信濃国の歌枕の園原(長野県下伊那郡阿智村)に同胞の意の「はらから」を掛ける。○逢坂までは越さじ　逢坂の関までは越すまい、あなたと男女の関係を持つまい。▽初・二句が類似する歌として、範永朝臣集に「東路

942
俊綱《（としつな）》朝臣たび〳〵文《ふみ》つかはしけれど、返《かへ》り事《ごと》もせざりけるを、なほなどいひ侍《はべ》りければ、桜《さくら》の花《はな》に書《か》きてつかはしける

近衛姫君《（このゑのひめぎみ）》

散《ち》らさじと思《おも》ふあまりにさくら花《ばな》ことのはをさへをしみつるかな

943
むつましくもなき男《をとこ》に名立《なた》ちける頃《ころ》、その男《をとこ》のもとより、春《はる》も立《た》ちぬ、今《いま》はうちとけねかしなどいひて侍《はべ》りければよめる

下野《（しもつけ）》

さらでだに岩間《いはま》の水《みづ》はもるものをこほりとけなば名《な》こそ流《なが》れめ

944
能通《（よしみち）》朝臣女《をんな》を思《おも》ひかけて、石山に籠《こも》りて、逢《あ》はむことを祈《いの》り侍《はべ》りけり、逢《あ》ふよしの夢《ゆめ》を見《み》て、女《をむな》の乳母《めのと》のもとに、かくなん見《み》たるといひつかはして侍《（はべり）》ければ、かくよみてつかはしける

四条宰相《（しでうさいしやう）》

祈《いの》りけむことは夢《ゆめ》にてかぎりてよさても逢《あ》ふてふ名《な》こそをしけれ

のそのはらからを尋ぬともいかにしてかは関もとどめむ」とある。

---

942 桜の花、そして私の文を散らすまいと思うあまりに、言葉という葉までも惜しんだのです。○俊綱朝臣　橘俊綱。○なほ　やはり御返事を頂きたいの意。○桜の花に書きて　しぼみやすいので直ちに見ないと読めなくなるおそれもある。作者はあるいはそのことを計算に入れているか。○散らさじ　「さくら花」の縁語。○ことのは　「言の葉」に「さくら花」の縁語「葉」を掛ける。

943 そうでなくても岩の間から水は漏れるものなのに、氷が解けたらいよいよ流れるでしょう。そうでなくても噂は立ちやすいのに、あなたに打ち解けたら私の浮名が流れることでしょう。四条宮下野集、初句「さらぬだに」。○名立ちける　親しくしているという噂が立った。○春も立ちぬ　立春も過ぎた。○今はうちとけねかし　氷のように冷たいあなたももう打ち解けてくださいよ。「東風解凍」(礼記・月令)という観念に基づいていう。→六三・六四。家集によれば、「春立たばうちもとけなで山川の岩間のつららいとどしげしも」という、藤原有綱の祐子内親王家小式部への贈歌の大意。○流れめ　「水」「もる」「とけ」と縁語。▽家集によれば、下野自身ではなく、小式部に代って有綱に返した歌。

944 あなたがお祈りになったとかいうことは夢だけにしてください。それにしても私があなたと逢ったという浮名の立つのが残念です。○能通朝臣　藤原能通。○女　歌の作者四条宰相。○石山　石山寺。→五〇〇。○かくなん見たる　このようにあなたと逢うという夢を見た。○逢ふてふ名　逢ったという噂。

945

資良《（すけよし）》朝臣蔵人にて侍《はべ》りける時《とき》、園韓神の祭《まつり》の内侍に催《もよほ》すと
て、禊《みそぎ》すれどこの世《よ》の神は験《しるし》なければ、園韓《そのから》神に祈《いの》らむと
いひて侍《はべ》りける返《かへ》り事《ごと》によめる

ちかきだに聞《き》かぬみそぎをなにかその韓《から》神まではとほく祈《いの》らむ

少将内侍《（せうしやうのないし）》

946

家経《（いへつね）》朝臣文通《ふみかよ》はし侍《はべ》りけるに、会《あ》はぬ先《さき》にたえ〴〵になり
にければ、つかはしける

忘《わす》るゝもくるしくもあらずねぬなはのねたくもと思《（おもふ）》ことしなければ

伊賀少将《（いがのせうしやう）》

947

左衛門蔵人《（さゑもんくらうど）》に文《ふみ》つかはしけるに、うとくのみ侍《（はべり）》ければ、小《ちひ》
さき瓜《うり》に書《か》きてつかはしける

ならされぬ御園《みその》の瓜《うり》としりながらよひあか月とたつぞつゆけき

少将藤原義孝《（よしたか）》

945 近い神に禊をしてお祈りしても霊験がないというのに、どうして遠い国の園韓神にまで祈るのですか。○資良朝臣　藤原資良。○園韓神の祭　園韓神は園神と韓神を併せていう。園神は大物主神、韓神は大己貴神・少彦名神の二神とも、大年神の御子ともいう。古く宮内省内に奉祀された。その祭典は二月と十一月の丑の日に行われた。○内侍に催す　祭礼に奉仕する内侍として勤めるよう召集する。○禊すれど　「恋せじとみたらし川にせしみそぎ神はうけずぞなりにけらしも」（古今・恋一・よみ人しらず、伊勢物語六十五段）を念頭に置いて、あなたへの恋心を忘れよう（または、恋を叶えてほしい）と神に祈ったけれどの意か。○この世の神　世間にありふれた神。

946 あなたが私のことを忘れるのも一向に苦しくありません。妬ましいと思ったことはありませんから。○家経朝臣　藤原家経。○くるしく　「繰る」を響かせ、「ねぬなは」（蓴菜）の縁語。「思ひのみ益田の池のねぬなはの苦しやかかる恋の乱れよ」（能宣集）。○三句　「ねたく」にかかる枕詞。

947 私が近づけない園の瓜とわかっていながら、宵に暁にと園に立つと、露に濡れるよ。義孝集。清慎公集。○左衛門蔵人　女房の名。清慎公集には「衛門内侍」という。伝未詳。○ならされぬ　「馴らされぬ」に瓜が生るの未然形「生ら」を掛ける。○御園の瓜　貴人の庭園の瓜。近付けない女性の比喩。○たつ　御園に「立つ」に瓜が熟す意の「たつ」を掛ける。「いかにせむなりやしなまし瓜たつまでに」（催馬楽・山城）。▽義孝は「…まらうどのありしかば、立ちながら帰りて、またあしたに、瓜に書きつく／これを見よ一夜は人目つらかりきたちわづらひし瓜にやはあらぬ」（義孝集）とも詠む。

948 人《ひと》の娘《むすめ》の幼《をさな》く侍《はべ》りけるを、おとなびてなど契《ちぎ》りけるを、ことざまに思《おも》ひなるべしと聞《き》きて、そのわたりの人《ひと》の扇《あふぎ》に書《か》きつけ侍《はべ》りける

おひたつを待《ま》つとたのめしかひもなく波越《なみこ》すべしと聞《き》くはまことか

左大将朝光

949 秋を待《ま》てといひたる女《をむな》につかはしける

いつしかと待《ま》ちしかひなく秋風にそよとばかりも荻《をぎ》の音《おと》せぬ

源道済《（みちなり）》

950 男《をとこ》の文通《ふみかよ》はしけるに、この二十日《はつか》のほどにとたのめ侍《（はべり）》けるを、待遠《まちどほ》にといひ侍《はべ》りければ

君《きみ》はまだ知《し》らざりけりな秋《あき》の夜《よ》の木《こ》のまの月ははつかにぞ見《み》る

和泉式部

951 中納言定頼馬《むま》に乗《の》りてまうできたりけるに、門開《かどあ》けよといひ侍《はべ》りけるに、とかくいひて開《あ》け侍《はべ》らざりければ帰《かへ》りにける又《また》の日《ひ》、つかはしける

さもこそは心くらべに負《ま》けざらめはやくも見《み》えし駒《こま》の足《あし》かな

相模

948 娘が成人するのを待つようにと期待させた甲斐もなく、心変りするだろうという噂があるのは、本当だろうか。朝光集、二句「まつとたのみし」、四句「波こゆべしと」。○人の娘　朝光集「ある上達部の娘」。○おとなびて　成人したら結婚させよう。○ことざまに思ひなるべし　他の方に縁付けようと思うようになったらしい。○待つ　「松」を掛け、四句と合わせて、末の松山を暗示する。↓七七〇。○五句「わがためにをきにくかりしはし鷹の人の手にありと聞くはまことか」(後撰・雑三・よみ人しらず)。▽朝光集によれば、娘の母の返歌は「生ひもせず生ひずもあらず末の松何か越すべき沖つ白波」。

949 早く約束の秋にならないかと待った甲斐もなく、秋風が吹き始めたのに、そよというほどの荻の葉の音もしないね。○秋を待て　女が夏の間男に逢うのを避け、秋まで待ってほしいと言った例は、伊勢物語九十六段にもある。↓六四一。○秋風　男(作者の側)に見立てられる。○そよ　荻に吹く風の擬音語に、「そうよ」(訪れてよい)の意を掛ける。○荻　女に見立てられる。

950 あなたはまだ知らなかったのですね。秋の夜の木の間を洩れる月は二十日ごろに(ちらりと)見るものなのです。私もお約束の二十日頃にはちょっとお逢いします。それまではお逢いできません。和泉式部続集。○たのめ侍けるを　約束しましたのを。○はつかにぞ　「二十日」にちょっと、ちらりとの意の「はつか」を掛ける。二十日の月は夜が更けてから昇るから、木の間から僅かに見える。「逢ふことの今ははつかになりぬれば夜深からでは月なかりけり」(古今・雑体・誹諧歌・平中興)。

951 いくら私との意地の張り合いに負けまいからといって、帰ってゆくあなたの馬の足はとても速そうに見えましたね。私が門を開けないのをよい口実にして、あなたはさっさと帰ってしまわれたのですね。○中納言定頼　藤原定頼。○心くらべ　意地の張り合い。「駒競べ」(競馬)との連想でいうか。○駒の足　馬の足。「待てといはば寝てもゆかなんしひて行く駒の足折れ前の棚橋」(古今・恋四・よみ人しらず)。

物いひ通《かよ》はしける人の、音《おと》せずと恨《うら》みければ

952 おのづからわが忘《わす》るゝになりにけり人の心をこゝろみしまに

中原長国《(ながくに)》

つらかりける童《わらは》を恨《うら》むとて、音《おと》し侍《はべ》らざりければ、童《わらは》のもとより、われさへ人をといひにおこせて侍《はべ》りければよめる

953 うらみずはいかでか人に問《と》はれましうきもうれしきものにぞありける

律師朝範《(てうはん)》

橘則長《(のりなが)》、父《ちゝ》の陸奥守《みちのくのかみ》にて侍《はべ》りける頃《ころ》、馬《むま》に乗《の》りてまかり過《す》ぎけるを見《み》侍《(はべり)》て、男《をとこ》はさも知《し》らざりければ、又《また》の日《ひ》つかはしける

954 綱《つな》たえてはなれはてにしみちのくの尾《を》駮《ぶち》の駒《こま》を昨日見《み》しかな

相模

木《こ》の葉《は》〔の〕いたう散《ち》りける日《ひ》、人《ゝと》のもとにさしおかせける

955 ことのはにつけてもなどか問《と》はざらんよもぎの宿《やど》もわかぬあらしを

952 人(あなた)の心を動かそうと努めているうちに、余りにも長くなるので、おのずと私の方が忘れてしまったのです。○物いひ通はしける人 こちらから求愛していた女。○音せず 便りをしない。音沙汰がない。○二・三句 自分が忘れるという状態になってしまったよ。「頼めつつ問ふを待つまに春来なば我が忘るるになりもこそすれ」(赤染衛門集)。○人の 人(あなた)が。上の「わが」と対比させていう。

953 その薄情さを恨まなかったらどうしてそなたに尋ねられるだろうか。好きな人が薄情なことも嬉しいものだったのだな。○つらかりける童 薄情だった稚児。○われさへ人を 歌の一句。あるいは「つらしとてわれさへ人を忘れなばさりとて仲の絶えやはつべき」(詞花・恋下・よみ人しらず)などの歌を引くか。○人 相手の稚児をさしていう。

954 綱が切れて放れてしまった陸奥の尾駮の駒——以前通ってきた陸奥守の息子のあなた——を昨日ちらりと見ました。相模集、二句「引き離れにし」、五句「よそに見るかな」。○橘則長 相模集には「早う見し人」という。○父 橘則光。清少納言の夫。○みちのくの尾駮の駒 陸奥国尾駮産の馬。「をぶち」はあるいは「小駮」で、毛に斑点のある馬の意か。「みちのくの尾駮の駒も野飼ふには荒れこそまされなつくものかは」(後撰・雑四・よみ人しらず)。→二七八。

955 木の葉が散るのにつけてもどうして言葉を掛けてくださらないのですか。蓬の生い茂った私の家も区別することなくあらしが吹いているのに。相模集、下句「蓬の門もわかぬあらしに」。定頼集。○木の葉の 底本「このは」。冷泉本他による。○人のもとにさしおかせける ある人(定頼)の許に匿名で置かせた。相模集には「ある所に」とある。○ことのは 木の「葉」を響かせる。○よもぎの宿 手入れをしないので蓬が茂った陋屋。

返《かへ》し

956 やへぶきのひまだにあらば蘆《あし》の家《や》に音《おと》せぬ風はあらじとを知《し》れ

中納言定頼

三条太政大臣《(さんでうだいじやうだいじん)》の家《いへ》に侍《はべ》りける女《をむな》、承香殿《(じようきやうでん)》にまい《(ゐ)》り侍《はべ》りて、見《み》し人とだにさらに思《おも》はずと恨《うら》み侍《はべ》りければ

957 わりなしや身《み》はこゝのへのうちながらとへとは人《ひと》の恨《うら》むべしやは

藤原実方《(さねかた)》朝臣

高階成棟《(なりむね)》、小一条院の御供《とも》に難波《なには》にまい《(ゐ)》るとて、いかに恋《こひ》しからんず覧《(らん)》といひにおこせて侍《はべ》りければ

958 しばしこそ思《おも》ひも出《い》でめ津《つ》の国《くに》の長柄《ながら》へゆかばいま忘《わす》れなむ

中宮内侍《(ちゆうぐうのないし)》

人《ひと》にはかなきたはぶれいふとて恨《うら》みける人《ひと》に

959 これもさはあしかりけりや津《つ》の国《くに》のこやことづくるはじめなるらん

上総大輔《(かづさのたいふ)》

小一条院かれ〴〵になりたまひける頃《ころ》よめる

960 こゝろえつ海人《あま》のたく縄《なは》うちはへてくるをくるしと思《おも》ふなるべし

土御門御匣殿《(つちみかどみくしげどの)》

956　蘆の八重葺きのようにほんの少しもひまがないのです。ひまさえあったならば音を立てぬ風はない(私は必ず音信するのだ)とわかってください。相模集。定頼集。○やへぶきのひま　蘆の八重葺きは隙間がないことから、その僅かの隙、ひまをいう。→六九一。○蘆の家　贈歌では「よもぎの宿」といった相模の家をいう。○音せぬ風　「風」は自身の比喩。○五句　「を」は詠嘆の間投助詞。

957　訳がわからないことだよ。その身は九重の内にありながら、十重(問え)と恨むなどということがあるものか。実方朝臣集、二・三句「身は九重にありながら」。○三条太政大臣　藤原頼忠。○承香殿　承香殿女御藤原元子。左大臣顕光の女。一条天皇の女御。○見し人とだにさらに思はず　さらさら恋人として逢った人とだけでも思わない。○とへ　「問へ」に「九重」の縁語「十重」を掛ける。

958　ほんのしばらくは私のことも思い出すでしょうが、津の国の長柄へ行ったら(永らえているうちには)、すぐに忘れてしまうでしょう。○高階成棟　成順の男。○難波　摂津国。○いかに恋しからんず覧　どんなにあなたのことが恋しいだろうか。○四句　「長柄へ」に「永らへ」を掛ける。「津の国のながらへゆかば忘られでなほも見まくの堀江なるらん」(古今六帖三・紀貫之)、「忘るやとながらへゆけど身に添ひて恋しきことは後れざりけり」(兼盛集)。

959　それでは冗談を言うのも蘆刈りではないが、悪かったのですね。これがまあ私と別れてしまうためにかこつけるきっかけなのでしょうか。○はかなきたはぶれ　とりとめない冗談ごと。○二句　「悪しかり」に「蘆刈り」を掛ける。「君なくてあしかりけりと思ふにもいとど難波の浦ぞ住みうき」(拾遺・雑下・よみ人しらず、大和物語一四八段)。○三句　「蘆刈り」の縁で、「こや」の枕詞のように用いた。

960　わかりました。海人が栲縄を長く延ばして手繰るように、わざわざ私の所へやって来るのを大儀だと思っていらっしゃるのでしょう。○初句　底本・冷泉本「え」をミセケチ、「み」。陽明乙本他による。○二句　漁師の用いる栲縄。

961 日《ひ》ごろ牛《うし》を失《うしな》ひて求《もと》めわづらひけるほどに、たえ〴〵になりにける女《をんな》の家《いへ》に、この牛入《うしい》りて侍《はべ》りければ、女《をむな》のもとより引《ひ》かせて、うしと見《み》し心にはまさり侍《はべ》りけりといひおこせて侍《はべ》りける返《かへ》り事《ごと》に

祭主輔親《(すけちか)》

かずならぬ人《ひと》を野飼《のが》ひの心にはうしとものを思《おも》はざらなん

962 人《ひと》の局《つぼね》を忍《しの》びて叩《たゝ》きけるに、誰《た》そと問ひ侍《はべ》りければよみ侍《はべ》りける

大弐成章《(なりのり)》

磯《いそ》なるゝ人はあまたにきこゆるをたがなのりそをかりて答《こた》へん

963 久《ひさ》しう音《おと》せぬ人の、山吹《やまぶき》にさして、日頃《ごろ》の罪《つみ》は許《ゆる》せといひて侍《はべ》りければ

和泉式部

とへとしも思《おも》はぬやへのやまぶきをゆるすといはば折《を》りに来《こ》むとや

「うちはへて」の序詞。○三句 長く延ばして。○四句 「くる」は「来る」に「(栲縄を)繰る」を掛け、「苦し」と同音反復の技巧をなす。▽「伊勢の海のあまの釣縄うちはへて苦しとのみや思ひわたらん」(古今・恋一・よみ人しらず)。

961 物の数でもない私のことを放し飼いの牛同然に思っているのだったら、放れてしまったからといって、「憂し」とも思わないでほしいものです。輔親卿集。○牛を失ひて 飼牛を見失って。○求めわづらひける 探しあぐんでいた。○うしと見し心にはまさり侍りけり 憂く冷たいとわかったあなたの心よりは、私を忘れない牛の心の方がまさっていました。「侍りけり」は、底本「はへりけれ」。冷泉本による。陽明乙本他「侍り」なし。家集によれば、女は「うしと見し心ぞ人にまさりけるこや後生ひの角といふらん」の歌とともに牛を引かせた。○野飼ひ 「厭はるるわが身は春の駒なれや野飼ひがてらに放ち捨てつる」(古今・雑体・誹諧歌・よみ人しらず)。○うし 「憂し」と「牛」の掛詞。

962 あなたにはお馴染みの男が沢山いるという噂ですが、誰の名告りを借用して応答しましょうか。○磯なるゝ人 磯に馴れている人、すなわち海士(ここでは男の比喩)。「磯」は女に見立てられている。「磯なるる海士の釣縄うちはへて苦しくもあるか妹に逢はずて」(古今六帖三・作者未詳)。○あまたに 「海士」を響かせる。○なのりそ 海藻のホンダワラのこと。「磯」の縁語で、「名告り」を掛ける。○かりて 「(なのりそを)刈り」に「(名告りを)借り」を掛ける。

963 山吹は八重咲きであって、十重咲きとも(私はあなたに訪うてほしいとも)思っていないのに、許すといったら、折りに来よう(私と親しくなろう)というのですか。和泉式部集。和泉式部続集。○とへ 「訪へ」と、「やへ」の縁語「十重」の掛詞。和泉式部は娘小式部内侍に先立たれた頃、「問へと思ふ人はくちなし色にして何に恋ふらん八重の山吹」(和泉式部集)と詠んでいる。

おなじ人のものよりきたりと聞《き》きて、おなじ花《はな》につけてつかはしける

964 あぢきなく思《おも》ひこそやれつれ〴〵とひとりや井手《ゐで》のやまぶきの花《はな》

わづらふといひて久《ひさ》しう音《おと》せぬ男《をとこ》の、ほかには歩《あり》くと聞《き》きてつかはしける

965 ねぬなはのくるしきほどのたえまかと絶《た》ゆるを知《し》らで思《おも》ひけるかな

少将内侍

師賢《(もろかた)》朝臣ものいひわたりけるを、絶《た》えじなど契《ちぎ》りてのちも又《また》絶えて年《とし》ごろになりにければ、通《かよ》はしける文《ふみ》を返《かへ》すとて、その端《はし》に書《か》きつけてつかはしける

966 ゆくすゑを流《なが》れてなにゝたのみけんたえけるものを中川《なかゞは》の水《みづ》

式部命婦《(しきぶのみやうぶ)》

門遅《かどおそ》く開《あ》くとて、帰《かへ》りにける人のもとにつかはしける

967 ながしとて明《あ》けずやはあらん秋の夜《よ》は待《ま》てかし真木《まき》の戸《と》許《(ばかり)》をだに

和泉式部

964 おろかしくも想像します。あなたはつくねんとひとりいて井手の山吹を見ていたのではないでしょう。和泉式部続集、三・四句「つくづくと旅にやゐでの」。○おなじ人　和泉式部続集「語らひし人」。九六三の「久しう音せぬ人」と同人か否かは不明。○ものよりきたり　どこかから来た。和泉式部続集「田舎よりきたり」。○おなじ花　山吹の花。○初句　和泉式部は「あぢきなく思ひぞわたる恨むべきこととぞともなき人の問はぬを」(和泉式部集)とも詠む。○三句　所在なく。○下句「井手」は山城国、山吹の名所。「居で」(居ないで)を掛ける。「や」は反語の係助詞。

965 私への愛情が絶えてしまったのを知らないで、病苦のせいでおいでになれないのかと思っていました。○ほかには歩く　他の女のもとへは出歩く。○初句「ねぬなは」は蓴菜。たぐって採ることから、「くるしき」の枕詞。○くるしき「ねぬなは」の縁語。○三・四句「たえ」「絶ゆる」は「ねぬなは」の縁語。

966 遠い先までも永久にあなたとの仲は変らないなどとどうして当てにしたのでしょう。中川の水は絶えてしまったのに。○師賢朝臣　源師賢。○年ごろになりにければ　永年になってしまったので。○ゆくすゑを流れて　川の流れ行く先が永く続くように永続するとの意。「流れ」は「永らへ」を響かせ、「中川の水」の縁語。「流れてと何たのむらん涙川影見ゆべくも思ほえなくに」(後撰・恋二・よみ人しらず)。○三句　あてにしたのだろう。「頼み」に「手飲み」を掛けるか。「山城の井手の玉水手にむすびたのみしかひもなき世なりけり」(伊勢物語・一二二段)。○たえける「たえ」は「流れ」「水」の縁語。○中川　山城国。京極川(現在は暗渠)の下流。東京極大路沿いに南流、賀茂川に注いでいた。男女の仲を象徴する。「流れての床と頼みてこしかどもわが中川はあせにけらしも」(蜻蛉日記・下)。

967 いくら長いからといって秋の夜が明けないことがあるでしょうか。私が真木の戸を開けるまでお待ちになったらよろしいのに。○門遅く開くとて　門を開けるのが遅かったといって。○

内《うち》より出《い》でばかならず告《つ》げむなど契《ちぎ》りける人の、音《おと》もせで
里《さと》に出《い》でにければつかはしける

968 天《あま》の原《はら》はるかにわたる月だにも出《い》づるは人に知《し》らせこそすれ

藤原道信《（みちのぶ）》朝臣

題不知《（しらず）》

969 うきこともまだ白雲《しらくも》の山の端《は》にかゝるやつらき心《こゝろ》なるらん

藤原元真《（もとざね）》

970 風吹《（ふけ）》ばなびく浅茅《あさぢ》はわれなれや人の心の秋を知《し》らする

斎宮女御《（さいぐうのにようご）》

初句　第三句の「秋の夜は」を上に持ってくると意味が通る。倒置法。「秋夜長、夜長無レ眠天不レ明」(和漢朗詠集・秋・秋夜・白楽天)。○明けず　「戸」の縁語「開けず」を掛ける。→九二〇。○待てかし　待ちなさい。

---

968 遥か大空を渡る月ですら出る時は人に知らせるのに、宮中より退出すると知らせないとはひどいではないか。道信朝臣集、二句「はるかにわたる〈てらす〉」。○内より出でば　内裏から退出するならば。○契りける人　約束した人。道信朝臣集「ある女」。○音もせで　音沙汰なく。連絡なく。○里　実家。

969 私は憂くつらいこともまだ知らないのに、恋人がこのような素振りであるのは薄情な心なのだろうか。元真集。○二句　「知ら(ず)」を掛ける。○かゝる　「懸かる」に「斯かる」を掛ける。

970 風に吹かれてなびく浅茅は私なのだろうか。人の心に秋(飽き)が来たとわかるよ。斎宮女御集、初句「風吹くに」。村上御集、三句「なになれや」。○風吹ばなびく浅茅　「思ふよりいかにせよとか秋風になびく浅茅の色ことになる」(古今・恋四・よみ人しらず)。○人の心の秋　恋人(ここでは村上帝)の心に生じた、私を飽きた気持。「秋」に「飽き」を掛ける。「初雁の鳴きこそ渡れ世の中の人の心の秋し憂ければ」(古今・恋五・紀貫之)。

後拾遺和歌抄第十七　雑三

備中守棟利《(むねとし)》みまかりにける代《かは》りを人〳〵望《のぞ》み侍《はべ》りと聞《き》きて、内《うち》なりける人のもとにつかはしける

清原元輔《(もとすけ)》

971 たれかまた年《とし》へぬる身《み》をふりすてて吉備《きび》の中山《なかやま》越《こ》えむとす覧《(らん)》

田舎《ゐなか》に侍《(はべり)》ける頃《ころ》、司召《つかさめし》を思《おも》ひやりて

源重之《(しげゆき)》

972 春《はる》ごとに忘《わす》られにけるむもれ木《ぎ》は花のみやこを思《おも》ひこそやれ

971 いったい誰が又年老いた私を振り捨てて、吉備の中山を越えよう、備中守に任官しようとしているのでしょうか。元輔集。○備中守棟利　藤原氏南家真作流、伊賀守保方の男。春宮少進従四位上で、紀伊・備中・備後の守となった。永観二年(九八四)没、享年未詳。元輔集「びちうのかみさねとし」。○みまかりにける代り　なくなって闕員となった備中守の代り。○内なりける人　内裏にいた人。元輔集に「内に候ひし靫負」とあるのによれば、靫負命婦と呼ばれた女房か。○四句　備前と備中の境にある山。備中国の歌枕とされる。

972 春の除目がある度ごとに忘れられてしまった、埋れ木にも似た私は、花の都での人々の栄華を思いやるばかりだ。重之集。○田舎　地方。○司召　京官を任命する儀式。司召の除目。○むもれ木　沈淪している自身の比喩。→八九五。○花のみやこ　はなやかな都。ここではその都での人事。「花」は「春」「木」の縁語。▽重之集には、上句は同じで、下句を「時めく花をよそにこそ見れ」という類歌もある。

司召《つかさめし》にもりての年《とし》の秋《あき》、上《うへ》の男《をのこ》どもと大井川《おほゐがは》にまかりて舟《ふね》に乗《の》り侍《はべ》りけるによめる

大江匡衡《（まさひら）》朝臣

973 川舟《かはふね》に乗《の》りて心のゆくときは沈《しづ》める身とも思《おも》ほえぬかな

大納言公任《（きんたふ）》宰相《さいさう》になり侍《はべ》らざりける頃《ころ》よみてつかはしける

大江為《（ため）》基《〈トキ〉》

974 世《よ》の中《なか》を聞《き》くにたもとのぬるゝかななみだはよそのものにぞありける

司召《つかさめし》侍《はべ》りけるに、申文に添《そ》へて侍《はべ》りける

藤原国行《（くにゆき）》

975 いたづらになりぬる人のまたあらばいひあはせてぞねをば泣《な》かまし

小一条右大将《（こいちでうだいしやう）》に名簿《なづき》たてまつるとてよみて添《そ》へて侍《（はべり）》ける

源重《しげ》之《ゆき》

976 みちのくの安達《あだち》の真弓《まゆみ》ひくやとて君《きみ》にわが身《み》をまかせつるかな

973 川舟に乗って心が晴れ晴れする時には、沈淪している身とも思われないよ。匡衡集。○司召にもりて　除目に任官されなくて。○大井川　大堰川。○舟に乗り侍りける　いわゆる川逍遥をしたのである。○心のゆく　舟が水面を行く意を響かせる。○沈める身　「川舟」の縁でいう。

974 あなたの才を認めようとしない世間のことを聞くにつけても、くやし涙で袂は濡れます。涙は自身の思いのままにならない物だったのでした。公任集「…九月九日、ためもとほうし」。○大納言公任　藤原公任。○宰相　参議の唐名。公任の任参議は正暦三年(九九二)八月二十八日、二十七歳の時。○聞くに　公任集の詞書から、「菊」を掛けたと知られる。「世の中の悲しきことを菊の上に置く白露ぞ涙なりける」(後撰・哀傷・藤原守文)。

975 望みが空しくなった人が他にもいたならば、身の不遇を語り合って声をあげて泣こうものを。○申文　任官や叙位を朝廷に申請する文書。漢文で美辞麗句を連ねて自身の功績を記したものが多い。本朝文粋に収められている橘直幹の「申民部大輔状」などが著名。「除目の比など、内わたりいとをかし。雪降りいみじう氷りたるに、申文持てありく」(枕草子・正月一日は)。

976 陸奥の安達の真弓を引くように、引き立ててくださるかと思って、あなたに我が身をお任せしたのです。重之集。○小一条右大将　藤原済時→人名。○名簿　官位・姓名・年月日などを記した名札で、家人として臣従する心を表す際に献じた。○安達の真弓　安達産の檀を材料として作った弓。安達は陸奥国の郡。「さそふに弓添へて奉るとて」(重之集)とあり、名簿に添えられていたので歌う。「陸奥の安達のま弓わが引かば末さへ寄り来(こ)忍び忍びに」(古今・神遊びの歌)。○ひくや　疑問の助詞「や」に「弓」の縁語「矢」を掛ける。「引く」ももとより「弓」の縁語。

977
後朱雀院《(ごすざくゐん)》御時、年《とし》ごろ夜居《よゐ》つかまつりけるに、後冷泉院《(ごれいぜいゐん)》位《くらゐ》に即《つ》かせたまひて、又夜居《よゐ》にまい《(ゐ)》りてのち、上東門院《(じやうとうもんゐん)》にたてまつり侍《(はべり)》ける

雲《くも》のうへにひかりかくれしゆふべより幾夜《いくよ》といふに月《つき》を見《み》るらん

天台座主　明快《(みやうくわい)》

978
蔵人にてかうぶり給《(たまひ)》けるによめる

かぎりあれば天《あま》の羽衣《はごろも》ぬぎかへてを《(お)》りぞわづらふ雲《くも》のかけはし

源　経任《(つねたふ)》

979
右大弁通俊《(みちとし)》蔵人の頭《とう》になりて侍《(はべり)》けるを、ほどへてよろこびいひにつかはすとてよみ侍《はべ》りける

うれしといふことはなべてになりぬればいはで思《おも》ふにほどぞへにける

周防内侍《(すはうのないし)》

980
後冷泉院御時蔵人にて侍《(はべり)》けるを、かうぶりたまはりて又日、大弐三位《(だいにのさんゐ)》の局《つぼね》につかはしける

沢水《さはみづ》にを《(お)》りゐるたづは年《とし》ふともなれし雲《くも》ゐぞこひしかるべき

橘為仲《(ためなか)》朝臣

977 空で日の光が隠れた夕からまだ幾夜も経たずに再び月を見るのは(先帝が崩御されてまだ日も浅いのに、新帝の夜居に参内するのは)、感慨無量です。栄花物語・根合。○年ごろ　多年。○夜居　加持のため夜詰めている僧。○後冷泉院　寛徳二年(一〇四五)一月十六日践祚。○上東門院　後朱雀院の母后。後冷泉院の祖母。○雲のうへ　宮中。○二句　後朱雀院の崩じたことをいう。「光隠れ給ひにし後」(源氏物語・匂宮)というのに似た表現。

978 限りがあることなので、天の羽衣を脱ぎ替えて雲の梯を降りねばならないが、名残惜しくて降りづらいよ。○蔵人にてかうぶり給ける　六位の蔵人を六年勤めた後、従五位下に叙せられた(巡爵)。「播磨守の子の、蔵人より今年かうぶり得たる」(源氏物語・若紫)。○二句　天人が着て空を飛ぶ衣服。昇殿を許されていた蔵人の服の比喩。○五句　「天」の縁語で、宮中の階段の比喩。

979 嬉しいということは通り一遍の言葉になってしまったので、言わずに心で思っているうちに時が経ってしまいました。周防内侍集、初句「うれしてふ」。○右大弁通俊　藤原通俊。永保元年(一〇八一)八月二十八日蔵人頭に補せられた。○よろこび　お祝い。○上句　「ともかくも言はばなべてになりぬべしねに泣きてこそ見せまほしけれ」(和泉式部集)。○下句　「心には下行く水のわきかへりいはで思ふぞいふにまされる」(古今六帖五・作者未詳)、「いはで思ふぞいふにまされると宣ひけり」(大和物語一五二段)。

980 沢水に降り立っている鶴(私)は、きっと長年馴れた空(宮中)を恋しく思うことでしょう。橘為仲朝臣集「かうぶり給はりたるに、周防内侍のおとづれたる返事に」。○後冷泉院御時蔵人にて　為仲は永承二年(一〇四七)十二月には六位蔵人で、翌年三月には駿河権守だったので、永承三年早々に叙爵したか(『後拾遺和歌集新釈』)。○沢水にをりゐるたづ　蔵人を辞して地下の者となった自身の比喩。○雲ゐ　「たづ」の縁語で、宮中の比喩。

同御時蔵人にて侍《はべ》りけるに、世《よ》の中替《なかゝは》りて前蔵人にて侍《(はべり)》けるを、当時臨時の祭の舞人《まひ》にまかりいりて、試楽の日よめる

981 思《おも》ひきやこころもの色《いろ》をみどりにて三《み》代《よ》まで竹《たけ》をかざすべしとは

橘　俊宗《(としむね)》

世《よ》の中《なか》を恨《うら》みて籠《こも》りゐて侍《はべ》りける頃《ころ》、八《や》重《へ》菊《ぎく》を見てよみ侍《はべ》りける

982 おしなべて咲《さ》く白菊《しらぎく》はやへ〳〵の花《はな》のしもとぞ見《み》えわたりける

前大納言公任

年《とし》ごろ沈《しづ》みゐて、よろづを思《おも》ひ歎《なげ》きて侍《はべ》りける頃《ころ》

983 待《ま》つことのあるとや人の思《おも》ふらん心《こゝろ》にもあらでながらふる身《み》を

藤原兼綱《かねつな》朝臣

はらからなる人の沈《しづ》みたるよしいひにおこせて侍《はべ》りける
返事《(かへりごと)》につかはしける

984 君《きみ》をだに浮《うか》べてしがな涙川《ゝみだがは》沈《しづ》むなかにも淵瀬《ふちせ》ありやと

藤原元真《もとざね》

981 思ってもみただろうか、六位の着る緑の衣のままで三代にわたって、竹を挿頭(かざし)に挿して舞人を勤めようとは。○同御時蔵人にて…六位蔵人であったか。○世の中替りて　後三条天皇の治世となって。○当時　只今の。当今(白河天皇)の。○臨時の祭　石清水臨時祭ならば三月中の午日、賀茂臨時祭ならば十一月下の酉日に行われた。○舞人　東遊の舞を舞う人。○試楽　舞楽の予行演習。○みどり　六位の人の着る袍の色。「竹」の縁語。○三代　後冷泉・後三条・白河の三代。「竹」の縁語「節(よ)」を掛ける。○竹をかざす　臨時祭の試楽に舞人が竹を挿頭に用いるのは、藤原実方に始まるという(古事談一)。

982 一面に咲く白菊は幾重にも置く花のような霜と、そして私は幾重にも隔った多くの人々の下位と見えるよ。公任集「中務の宮に八重菊植ゑ給うて、文作り遊びし給ひける日」、二句「開くる菊は」、四句「花のしもにぞ」。「中務の宮」は具平親王。○籠りゐて侍りける頃　公卿補任・寛弘元年(一〇〇四)条に「自㆓去九月㆒不㆑仕」、同二年条に「去年十一月以後不㆓出仕㆒」とあり、七月中納言を辞そうとして、従二位に叙されたとある。藤原斉信に超越された恨みによる。○やへ〳〵の花のしも　「八重八重の花」は自身を超えて昇進する人々の比喩。「霜」に「下」を響かせる。▽具平親王は「閨の上の霜とおきゐて朝な朝なひとへにいへの花をこそ思へ」と和した(公任集)。

983 期待することがあって生きていると人は思っているのだろうか。心ならずも生き永らえているこの身を。○年ごろ沈みゐて　多年沈淪していて。大鏡四・道兼に兼綱を「この君の頭取られ給し、いといみじく侍しことぞかし。…帝・春宮の御あたり近づかでありぬべき族といふ事のいできにしぞ、いと希有に侍きな」と語る。

984 せめてあなただけでも浮べてほしい(出世してほしい)、涙川よ。兄弟がみな沈んでいる中にも、深い淵や浅い瀬の違いがあるかと思うので。元真集。○はらからなる人　同胞。元真集によれば、近江守の兄がいた。○涙川　→五五〇。○淵瀬　「川」「浮べ」「沈む」の縁語。

985 身のいたづらになりはてぬることを思《おも》ひ歎《なげ》きて、播磨《はりま》にたび〳〵通《かよ》ひ侍《(はべり)》けるに、高砂《たかさご》の松《まつ》を見《み》て

われのみと思《おも》ひこしかど高砂《たかさご》の尾上《をのへ》の松《まつ》もまた立てりけり

藤原義《(のり)》定《(さだ)》

986 世《よ》の中《なか》を恨《うら》みける頃《ころ》、恵慶《(ゑぎやう)》法師《し》がもとにつかはしける

世《よ》の中《なか》をいまはかぎりと思《おも》ふには君《きみ》こひしくやならむとす覧《(らん)》

平兼盛《(かねもり)》

987 賀茂《かも》の神主成助《かむぬしなりすけ》がもとにまかりて酒《さけ》などたうべて、今《いま》までかうぶりなど給はらざりけることを歎《なげ》きてよみ侍《はべ》りける

もみぢする桂《かつら》のなかに住吉《すみよし》の松《まつ》のみひとりみどりなるかな

津守国基《(くにもと)》

988 司召《つかさめし》にもりて歎《なげ》き侍《はべ》りける頃《ころ》、女のもとに遣《(つかはし)》ける

破《わ》れ舟《ぶね》の沈《しづ》みぬる身《み》のかなしきはなぎさに寄《よ》する波《なみ》さへぞなき

中納言基長《もとなが》

985 老いたのは私だけだと思ってきたが、私以外に高砂の尾上の松もまた、老残のままに立っているのだなあ。新撰朗詠集・雑・述懐、二句「思ひしほどに」。○いたづらになりはてぬることを　すたれ者となってしまったことを。○播磨　播磨国。○高砂の松　古今集に「かくしつつ世をやつくさむ高砂の尾上に立てる松ならなくに」（雑上・よみ人しらず）、「たれをかも知る人にせむ高砂の松も昔の友ならなくに」（同・藤原興風）と歌われ、歌枕とされる。

986 世間をもうこれぎりで背いてしまおうと思う時には、あなたのことが恋しくなるでしょうか。兼盛集。○いまはかぎりと思ふ　もうこれまでと見切りをつけて出家しようと思う。「住みわびぬ今は限りと山里につま木こるべき宿求めてん」（後撰・雑一・在原業平、伊勢物語五十九段）。

987 紅葉する桂の中で、住吉の松だけが常磐の緑だなあ。皆さんが五位の朱の衣を着ておられるのに、私一人が六位の緑の衣を着ております。津守国基集「賀茂の行幸に宮司どもかうぶり賜はりてまかり帰りて休む所に、六位にて侍りし時」。○かうぶりなど給はらざりける　五位に叙されない。叙爵されない。○もみぢする桂　賀茂祭などに用いる諸葛には桂が使われていることから、叙爵された賀茂の宮司達の比喩。「もみぢ」は五位の着る緋袍の隠喩。○住吉の松　住吉社の宮司たる自身の隠喩。○みどり　六位の着る緑衫（緑色の袍）を暗示する。早く源順が沈淪の嘆きを「深緑松にもあらぬ浅きあけの衣さへなど沈めそめけむ」（順集）と詠む。

988 こわれた舟のように沈淪してしまったこの身の悲しさは、渚に寄せようにも波さえもないのだ。あなたの所へ行く元気さえもなくなってしまったよ。新撰朗詠集・雑・述懐、五句「浪だにもなし」。○破れ舟の沈みぬる身　こわれた舟のように沈淪したわが身。男を破れ舟になぞらえた例としては、伊勢集に「波高み海辺に寄らぬわれ舟はこちてふ風や吹くとこそ待て」という歌がある。○なぎさ　相手の女の比喩。「舟」の縁語。○寄する波　きっかけ、よすがなどを喩えていうか。やはり「舟」の縁語としていう。

年《とし》ごろ領《し》り侍《はべ》りける牧《まき》の愁《うれ》へあることありて、宇治《（うぢ）》の前太政大臣《（さきのだいじやうだいじん）》にいひ侍《はべ》りける頃《ころ》、雪降《ゆきふ》りたる朝《あした》、為仲朝臣のもとにいひつかはしける

源兼俊《かねとし》が母《はゝ》

989 たづねつる雪《ゆき》のあしたの放《はな》れ駒君《ごまきみ》ばかりこそ跡《あと》を知《し》るらめ

小一条院《（こいちでうゐん）》東宮と聞《きこ》えける時《とき》、思《おも》はずに位下《くらゐお》りたまひけるに、火《ひ》焼屋《たきや》などこほちさは《（わ）》ぐを見《み》てよみ侍《はべ》りける

堀河《ほりかは》の女御

990 雲居《くもゐ》まで立《た》ちのぼるべきけぶりかと見《み》しは思《おも》ひのほかにもあるかな

同《おな》じ院高松《たかまつ》の女御に住《す》み移《うつ》りたまひて、たえ〴〵になり給《（たまひ）》ての頃《ころ》、松風《かぜ》の心《こゝろ》すごく吹《ふ》き侍《はべ》りけるを聞《きゝ》きて

991 松風《かぜ》は色《いろ》やみどりに吹《ふ》きつらんもの思《おも》ふ人の身にぞしみける

題《だい》しらず

源　道済《（みちなり）》

992 世《よ》の中《なか》を思《おも》ひみだれてつく〴〵とながむる宿《やど》に松風《まつかぜ》ぞ吹《ふ》く

989 あなただけは、雪の降った翌朝放れてしまった馬の足跡を御存知でしょう。係争中の牧場の正当な権利が私にあることをあなたはおわかりでしょう。新撰朗詠集・雑・将軍、五句「跡は知るらめ」。○愁へあること　権利の侵犯に関する訴え。○宇治の前太政大臣　藤原頼通。○為仲朝臣　橘為仲。○三句　綱から放れた馬。放れ馬。詞書での「牧」の縁語としていう。「妹が髪あげをささ野の放れ駒たはれにけらし逢はぬ思へば」(古今六帖五・作者未詳)。○跡　放れ駒の足跡。遺産などの権利、またはその証拠の比喩としていう。

990 火焼屋の煙は空まで立ち昇るかと見ていたのに、そしてわが君は帝位に即かれるかと期待しておりましたのに、東宮位を下りられるとは、思いがけないことでした。大鏡二・師尹、四句「みえし思ひの」。○小一条院　東宮を退位したのは寛仁元年(一〇一七)八月九日。同二十五日小一条院の号を与えられた。○火焼屋　衛士が篝火を焚いて夜警をする所。○雲居　空。宮中を暗示する。○二・三句　東宮は即位されるのかと。○思ひ　「けぶり」の縁語「火」を響かせる。

991 松風はその色も緑色に吹いたのだろうか。物思う人――私の身もそまるほどに心にしみるよ。栄花物語・浅緑。世継物語。○同じ院　小一条院。○高松の女御　藤原道長の女寛子(提子とも)。○住み移りたまひて　小一条院が道長の聟として寛子のもとに通われるようになって。小一条院と寛子の結婚は寛仁元年(一〇一七)十一月二十二日のこと。▽夫を権力者の娘に奪われた前東宮女御の嘆きの歌。類歌「秋吹けば常磐の山の山風も色づくばかり身にぞしみける」(和泉式部集)。

992 世の中のことをあれこれと思い悩んでつくねんと物思いに沈んでいる私の家の庭に、さびしく松風が吹く。道済集「松風を聞く」、初句「世の中に」。○三・四句「つく〲と」→七九九。道済は「つくづくとながむる宿に春日すら花踏み散らす鶯ぞ鳴く」(道済集)とも歌う。

世《よ》の中《なか》心に叶《かな》はで恨《うら》み侍《はべ》りける頃《ころ》、月をながめてよみ侍《(はべり)》ける　藤原為任《(ためたふ)》朝臣

993 心には月見《み》むとしも思《おも》はねどうきには空《そら》ぞながめられける

事《こと》ありて播磨へまかりくだりける道《みち》より、五月五日に京へつかはしける　中納言隆家《(たかいへ)》

994 世《よ》の中《なか》のうきにおひたるあやめ草《ぐさ》けふはたもとに根《ね》ぞかゝりける

五月五日服《ぶく》なりける人のもとにつかはしける　小弁《(こべん)》

995 けふまでもあやめも知《し》らぬたもとにはひきたがへたる根《ね》をやかくらん

静範《(せいはん)》法師八幡の宮《みや》のことにかゝりて、伊豆《いづ》の国《くに》に流《なが》されて、又の年《とし》の五月に、内《うち》の大弐三位の本《(もと)》につかはしける　藤原兼房《(かねふさ)》朝臣

996 さつきやみ子恋《こゝゐ》の杜《もり》のほとゝぎす人知《ひとし》れずのみ鳴《な》きわたるかな

993 心では月を見ようとも思わないけれども、憂さつらさについ空をじっと見つめてしまう。○二・三句　花山院の「暁の月見んとしも思はねど見し人ゆゑにながめられつつ」(新古今・雑上)が先行するか。▽具平親王の「世にふるに物思ふとしもなけれども月にいくたびながめしつらん」(拾遺・雑上)に発想が似る。

994 世の中の憂さに、五月五日の今日は、袂に泥(うき)土に生えた菖蒲の根ならぬ涙がかかりました。○事ありて　花山法皇の車を射たなどの罪により、長徳二年(九九六)四月二十四日、出雲権守に左降された。○うき　「泥」(泥深い土地、沼地)と「憂き」の掛詞。○三句　菖蒲。五月五日の端午節句にはその根の長さを競いあい、葉を飾りとする。○根　「あやめ草」の縁語でいい、泣く「音(ね)」を掛ける。

995 五月五日の今日までも、悲しみに物のあやめもわからない状態のあなたの袂には、菖蒲の根とは引き違えた泣く音を掛けておられるのでしょうか。○服なりける人　服喪中だった人。○けふ　五月五日菖蒲の節句の今日。○あやめ　物事の筋道、理屈。菖蒲の「あやめ」を掛ける。「偲べとやあやめも知らぬ心にも永からぬ世のうきに植ゑけん」(拾遺・哀傷・藤原道兼)。

996 五月闇の中で子恋の杜の時鳥は、人に知られることなく、鳴き続けています。私は流された子を恋しがって泣いています。○静範法師　藤原兼房の男。興福寺の僧。讃岐上座と号した。康平六年(一〇六三)十月十七日伊豆国に流された。○八幡の宮のこと　石清水八幡宮の事件。扶桑略記、百練抄によればこの年三月成務天皇の山陵が盗掘される事件があり、静範はこの事件に連坐して配流された。○初句　さみだれが降って暗い陰暦五月の闇夜。子息が流されて嘆いている自身の心を譬えるか。○子恋の杜　伊豆国。「ここにだにつれづれに鳴くほととぎすまして子恋の森はいかにぞ」(拾遺・哀傷・藤原顕光)。○三句　自身の暗喩。▽流刑者の父の嘆きの歌。

返《かへ》し

997 ほとゝぎす子《こ》恋《ゐ》の杜《もり》に鳴《な》く声《こゑ》は聞《き》く夜《よ》ぞ人の袖《そで》もぬれけり

大弐三位

これをきこしめして、召《め》し返《かへ》すよし仰《おほ》せ下《くだ》されけるを聞《き》きてよみ侍《はべ》りける

998 すべらきもあら人神もなだむまで鳴《な》きける杜《もり》のほとゝぎすかな

素意《(そい)》法師

丹後国にて、保昌《(やすまさ)》あす狩《かり》せんといひける夜《よ》、鹿《しか》の鳴《な》くを聞《き》きてよめる

999 ことわりやいかでか鹿《しか》の鳴《な》かざらんこよひばかりのいのちと思《おも》へば

和泉式部《(いづみしきぶ)》

西宮《にしのみや》のおほいまうちぎみ筑紫《つくし》にまかりてのち、住《す》み侍《はべ》りける西宮《にしのみや》の家《いへ》を見《み》ありきてよみ侍《(はべり)》ける

1000 松風《かぜ》も岸《きし》うつ波《なみ》ももろともにむかしにあらぬ音《おと》のするかな

恵慶法師

997 子恋の杜に鳴く時鳥の悲しい声を、夜聞いて、他人の私の袖も同情の涙で濡れました。▽流刑者の父に同情した歌。「思ひやる子恋の森の雫にはよそなる人の袖もぬれけり」(拾遺・哀傷・清原元輔)。

998 子恋の杜の時鳥は、帝も現人神も宥してくださるまで悲しげに鳴いたのですね。○きこしめして　主語は後冷泉天皇。○召し返す　罪を赦して召還する。○すべらき　天皇。○あら人神　荒ぶる神のような意味で、暗に静範が連坐した事件の因をなす成務天皇の霊をいうか。「目に見えぬ鬼神をもあはれと思はせ」という古今集・仮名序を念頭に置くか。○ほとゝぎす　兼房を喩える。

999 道理ですね。今宵限りの命と思えば、どうして鹿の鳴かないことがあるでしょうか。○保昌　藤原保昌。丹後守在任は寛仁四年(一〇二〇)～治安三年(一〇二三)頃か。和泉式部は丹後国に同行した。▽古本説話集上ノ六に、和泉式部がこう詠んだので、保昌は当日の狩を中止したと語る。

1000 松風も池の岸を打つ波も共に、この家の主が住んでおられた昔とは違って、ものさびしい音がするなあ。恵慶法師集。○西宮のおほいまうちぎみ　源高明。○筑紫にまかりて　安和二年(九六九)三月二十六日大宰権帥に左遷された。○西宮の家　四条北、朱雀西にあったという。「華堂朱戸、竹樹泉石、誠是象外之勝地」(池亭記)という豪壮な邸宅であったが、高明が流罪された直後の安和二年四月一日焼亡した。現、京都市中京区。

二条《（にでう）》のさきのおほいまうちぎみ日ごろ煩《わづら》ひて、〔を《（お）》こたりて〕のち、など問はざりつるぞといひ侍《はべ》りければよめる　小式部内侍《（こしきぶのないし）》

1001 死《し》ぬばかりなげきにこそはなげきしかいきてとふべき身にしあらねば

題《だい》しらず　斎宮女御《（さいぐうのにようご）》

1002 大空《おほぞら》に風待《かぜま》つほどのくものいのこゝろぼそさを思《おも》ひやらなん

返《かへ》し　東三条院《（とうさんでうゐん）》

1003 思《おも》ひやるわがころもではさゝがにのくもらぬ空《そら》に雨《あめ》のみぞ降《ふ》る

世《よ》の中《なか》の騒《さわ》がしき頃《ころ》、久《ひさ》しう音《おと》せぬ人のもとにつかはしける　伊勢大輔《（いせのたいふ）》

1004 なき数《かず》に思《おも》ひなしてやとはざらんまだありあけの月待《ま》つものを

1001 あなたの御病気のことをうかがって、私の方こそほとんど死んでしまいそうなくらい嘆きに嘆いておりました。生きて御病状をお尋ねできる身の上ではないので。○二条のさきのおほいまうちぎみ　藤原教通。道長の三男。関白太政大臣従一位。承保二年(一〇七五)九月二十五日没、八十歳。○をこたりて　底本・冷泉本なし。太山寺本他により補う。病気がなおって。○いきて「いき」は「行き」に「生き」を掛けて、上の「死ぬ」と対照させる。→七六四。

1002 大空で吹き切ってしまう風を待っている蜘蛛の巣のような私の心細さを思いやってください。斎宮女御集「大王宮に」。○題しらず「返し」のある歌だから、適切な詞書ではない。家集の「大王宮」は天禄四年(九七三)七月に皇太后とされた、朱雀院皇女昌子内親王か。○くものい　蜘蛛の巣。「ささがにの空に巣がける糸よりも心細しや絶えぬと思へば／返し／風吹けば絶えぬと見ゆるくものいもまた懸き継がでやむとやは聞く」(後撰・雑四・よみ人しらず)。

1003 あなたに御同情申しあげている私の袖には、空は曇らないのに涙の雨ばかり降ります。斎宮女御集。○三句「ささがに」が蜘蛛の意であることから、「曇らぬ」の枕詞として用いる。○雨　涙の雨。▽作者は昌子内親王か。東三条院が皇太后とされたのは、斎宮女御の没した翌年の寛和二年(九八六)七月。類歌「思ひやるわが衣手は難波女の蘆のうら葉の乾く世ぞなき」(重之集)。

1004 あなたは私をもう死んだ人の数に入ったと思い込んで、尋ねようとしないのでしょうか。私はまだ生きていて、有明の月の出を待っているのに。伊勢大輔集。○世の中の騒がしき頃　疫病の流行していた頃をいうか。○音せぬ人　音信のない人。○なき数　死者の数。○まだありあけの月待つ「まだ在り」(まだ生きている)から「有明の月待つ」へと続ける。

1005 世《よ》の中《なか》はかなかりける頃《ころ》、梅《むめ》の花を見《み》てよめる

散《ち》るをこそあはれと見《み》しか梅《むめ》の花《はな》はなやことしは人をしのばむ

小大君《（こおほぎみ）》

1006 京より具《ぐ》して侍《はべ》りける女を、筑紫《つくし》にまかり下《くだ》りてのち、こと女《をんな》に思《おも》ひ付《つ》きて、思《おも》ひ出《い》でずなり侍《（はべり）》にけり、女《をんな》たよりなくて京に上《のぼ》るべきすべもなく侍《はべ》りけるほどに、煩《わづら》ふことありて、死《し》なんとし侍《はべ》りけるをり、男《をとこ》のもとにいひつかはしける

問《と》へかしないくよもあらじ露《つゆ》の身《み》をしばしも言《こと》の葉《は》にやかゝると

読人不知《（よみびとしらず）》

或人云、この女、経衡筑前守《つねひらちくぜむのかみ》にて侍《はべ》りける時、供《とも》にまかり下《くだ》れりける人の女《め》になんありける、かくて女なくなりにければ、経衡《つねひら》のちに聞《き》き付《つ》けて、心憂《う》かりけるものゝふの心かなとて、男追《おとこお》ひ上《のぼ》せられ侍《はべ》りにけり

1007 世中常《つね》なく侍《はべ》りける頃《ころ》よめる

ものをのみ思《おも》ひしほどにはかなくて浅茅《あさぢ》が末《すゑ》に世《よ》はなりにけり

和泉式部

1005 今までは梅の花が散るのをしみじみと見てきたが、今年は花の方がなくなった人を偲ぶのだろうか。○世の中はかなかりける頃　世間で人のなくなるのがうち続いた頃。▽梅花を見ながら無常を痛感している歌。「いにしへは散るをや人のをしみけん花こそ今は昔恋ふらし」(拾遺・哀傷・藤原伊尹)、「朝顔を何はかなしと思ひけん人をも花はさこそ見るらめ」(同・藤原道信)などと似た発想。

1006 どうしているかと尋ねてくださいな、いくらも生きられそうもない露のようにはかないこの身を。あなたの言葉に勇気づけられて、しばらくの間でも生きていられるかもしれないから。○筑紫　九州。○こと女に思ひ付きて　他の女に愛着して。○思ひ出でずなり侍にけり　京より伴った女を忘れてしまいました。○たよりなくて　頼る者もなくて。○いくよもあらじ　どれほども生きていないであろう。○露の身　露のようにはかない身。露命。「はかなくて消ゆるものから露の身の草葉におくと見えにけるかな」(古今六帖一・伊勢)。○言の葉　「葉」は「露」の縁語。○かゝる　「露」の縁語。○この女　底本・冷泉本「このうた」、「うた」に傍書「をんなィ」。陽明乙本他による。○経衡　藤原経衡。○追ひ上せられ侍りにけり　追放し都へ返されたと申します。

1007 私が物思いばかりしているうちに、世の中ははかないことが続いて、浅茅の生い茂る野末となってしまったよ。和泉式部集、詞書「世のいと騒がしき頃」がかかる。下句「浅茅が末の世となりにけり」。○世中常なく侍りける頃　なくなる人が多かった頃。○浅茅が末　八代集抄に「露おく物なれば、露の世になりしといはんためにや」と注し、「秋されば置く白露に吾が門の浅茅が末(うら)葉色付きにけり」(万葉集十・作者未詳)を引く。

1008 しのぶべき人もなき身《み》はあるをりにあはれ〳〵といひやを《(お)》かまし

思《おも》ふこと侍《はべ》りける頃《ころ》、紅葉《もみぢ》を手《て》まさぐりにしてよみ侍《(はべり)》ける

1009 いかなればおなじ色《いろ》にておつれどもなみだは目《め》にもとまらざる覧《(らん)》

堀川右大臣《(ほりかはうだいじん)》

世《よ》の中騒《なかさは》がしく侍《はべ》りける夕暮《ゆふぐれ》に、中納言定頼《(さだより)》がもとにつかはしける

1010 つねよりもはかなきころの夕《ゆふ》ぐれはなくなる人ぞ数《かぞ》へられける

返《かへ》し

1011 草《くさ》の葉《は》におかぬばかりの露《つゆ》の身はいつその数《かず》にいらむとす覧《(らん)》

中納言定頼

世《よ》の中常《つね》なく侍《はべ》りける頃《ころ》、久《ひさ》しう音《おと》せぬ人のもとにつかはしける

1012 消《き》えもあへずはかなきころのつゆばかりありやなしやと人の問《と》へかし

赤染衛門《(あかぞめゑもん)》

1008　死んだのちにも偲ぶ筈の人もないこの身は、生きている時に、自分であわれあわれと言い残しておこうか。和泉式部集「世間はかなき事を聞きて」。○しのぶべき人　自分の死後自分のことをなつかしく思い出してくれるに違いない人。「偲ぶべき人なき身こそ悲しけれ花をあはれと誰か見ざらん」(赤染衛門集)。○三句　生きている時に。○四句　「墨染めの　ゆふべになれば　ひとりゐて　あはれあはれと　嘆きあまり」(古今・雑体・短歌・よみ人しらず)。

1009　どういうわけで紅葉と同じ紅に落ちるのに、私の涙は目に付かないのだろうか。和泉式部続集「十七日に、おもしろきかへでのあるを見て、取らせて取り入るるほどに、俄かにいと多く散りぬれば、くちをしうて」。

1010　いつもよりも無常なことを聞くこの頃の夕暮は、なくなる人の多さをつい数えてしまいます。入道右大臣集「世の中のいと騒がしき年」。定頼集。○世の中騒がしく侍りける　世の中に疫病が流行していた。

1011　草の葉に置かないだけという、もろくはかない露のような命ですから、いつ自分もなき人の数に入るのかわかりません。定頼集。○露の身　露のように無常なこの身。→一〇〇六。「草の葉」の縁語。▽無常を自身に迫ることとして痛感している歌。「露をなどあだなる物と思ひけむわが身も草に置かぬばかりを」(古今・哀傷・藤原惟幹)、「常ならぬ世はうき身こそ悲しけれその数にだに入らじと思へば」(拾遺・哀傷・藤原公任)などを念頭に置くか。難後拾遺に評があるが、意が取りにくい。

1012　はかないことの多いこの頃、消えもせずにいますのに、ほんの少しの言葉ででも、生きているのかどうか、尋ねてください。赤染衛門集。○常なく　底本・冷泉本「つねなし〈く〉」。陽明乙本他による。○音せぬ人　訪れない人。音沙汰のない人。○つゆばかり　副詞「つゆ」に「消え」の縁語「露」を掛ける。○四句　生きているのかいないのかと。「名にし負はばいざ言問はむ都鳥わが思ふ人はありやなしやと」(古今・羇旅・在原業平、伊勢物語九段)。

世《よ》の中《なか》を何《なに、》にたとへむといふ古言《、ること》を上《かみ》に置《お》きて、あまたよみ侍《はべ》りけるに

1013 世《よ》の中《なか》を何《なに、》にたとへむ秋《あき》の田《た》をほのかに照《て》らすよひのいなづま

源　順《（したがふ）》

中関白《（なかのくわんばく）》の忌《いみ》に法興院《（ほこゐん）》に籠《こも》りて、あか月がたに千鳥《ちどり》の鳴《な》き侍りければ 円昭法師

1014 明《あ》けぬなり賀茂《かも》の川瀬《かはせ》に千鳥《ちどり》鳴《な》く今日もはかなく暮れむとすらん

円昭《（ゑんせう）》法師

文集の蕭々タル 暗雨打ツレ窓ヲ声といふ心をよめる

1015 恋《こひ》しくは夢《ゆめ》にも人を見《み》るべきを窓《まど》うつ雨《あめ》に目《め》をさましつゝ

大弐高遠《（たかとほ）》

王昭君《（わうせうくん）》をよめる

1016 なげきこし道《みち》の露《つゆ》にもまさりけりなれにし里《さと》を恋《こ》ふるなみだは

赤染衛門

1017 思《おも》ひきや古《ふる》きみやこをたちはなれこの国人《くに》にならむものとは

僧都懐寿《（くわいじゆ）》

1013 無常な世の中を何に譬えたらよいのだろうか。それはたとえば秋の田をほのかに照らす宵の稲妻のようなもの。順集。〇世の中を…といふ古言　沙弥満誓の「世の中を何に譬へむ朝開き漕ぎ去にし船の跡なきごとし」(万葉集三)の歌。拾遺集には「世の中を何にたとへむ朝ぼらけ漕ぎ行く舟の跡の白浪」(哀傷)として載る。この古歌の第一・二句を用いて十首詠んだうちの一首。〇ほのかに　「田」の縁語「穂」を響かすか。

1014 夜が明けたようだ。賀茂川の川瀬で千鳥の鳴く声が聞える。こうして明けた今日もはかなく暮れようとするのであろう。〇中関白の忌　藤原道隆の忌。道隆は長徳元年(九九五)四月十日没、四十三歳。〇法興院　藤原兼家の二条京極邸を永祚二年(九九〇)五月の出家後、寺院としたもの。現、京都市右京区の法雲院がその跡地という。

1015 恋しいならば夢にでも人を見るであろうものを、窓を打つ雨の音に目を覚まして、夢すら見ることができない。大弐高遠集、三句「見るべきに」。〇文集　白氏文集。白居易(楽天)の詩文集。〇蕭ゝ暗雨打窓声　白氏文集の新楽府「上陽白髪人」の句。「秋夜長、夜長無寐天不レ明、耿耿残燈背レ壁影、蕭蕭闇雨打レ牕声」、和漢朗詠集・秋・秋夜に載る。→九六七。

1016 嘆きながらこの胡国の地までやって来た道中の露にもまさってひどくこぼれたよ。住み馴れた故郷を恋しく思う涙は。赤染衛門集「王昭君が胡の国に行き着きての思ひよみてと、人のいひしに」。〇王昭君　前漢の元帝の宮女。匈奴に送られて単于の妻となった。▽「翠黛紅顔錦繡粧、泣尋二沙塞一出二家郷一」(和漢朗詠集・下・王昭君・大江朝綱)に通う世界。

1017 思ってもみただろうか。古く住み馴れた都、長安を離れて、この胡国の人になるだろうなどとは。〇古きみやこ　漢の都長安。〇この国人　代名詞「こ」に「胡」を掛ける。▽「胡角一声霜後夢、漢宮万里月前腸」(和漢朗詠集・下・王昭君・大江朝綱)、「九重恩薄羅裾去、万里路遥画鼓迎」(新撰朗詠集・雑・王昭君・大江匡衡)に通う世界。

1018

見《み》るからに鏡《かゞみ》の影《かげ》のつらきかなかゝらざりせばかゝらましやは

懐円法師《(くわいゑん)》

入道前太政大臣《(にふだうさきのだいじやうだいじん)》、法成寺にて念仏行《おこな》ひ侍《はべ》りける頃《ころ》、後夜の時に逢《あ》はんとて、近《ちか》き所《ところ》に宿《やど》りて侍《はべ》りけるに、鶏《とり》の鳴《な》き侍《はべ》りければ、昔《むかし》を思《(おもひ)》 出《い》でてよみ侍《(はべり)》ける

1019

いにしへはつらく聞《きこ》えし鳥《とり》の音《ね》のうれしきさへぞ物はかなしき

井《ゐ》手《で》の尼《あま》

修《す》行に出《い》で立《た》ちける日よみて、右近の馬場《むまば》の柱《はしら》に書《か》き付《つ》け侍《はべ》りける

1020

ともすればよもの山べにあくがれし心に身をもまかせつるかな

増基法師《(ぞうき)》

語《かた》らひ侍《はべ》りける人の許《(もと)》より、世《よ》をそむきなむとありしはいかゞといひおこせて侍《はべ》りければ

1021

しかすがにかなしきものは世《よ》の中《なか》をうきたつほどの心《こゝろ》なりけり

馬内侍《(むまのないし)》

1018 見るにつけ鏡に映るわが面影がつらいなあ。私がこのように美しくなかったならば、このような運命にあったであろうか。新撰朗詠集・雑・王昭君、初句「見るたびに」。○鏡の影　王昭君は自らの美貌を恃んで画工に賄賂を贈らなかったので醜く描かれ、その画図によって匈奴に遣される女性として選ばれた。▽「昭君若贈㆓黄金賂㆒、定是終㆑身奉㆓帝王㆒」(和漢朗詠集・下・王昭君・大江朝綱)にもとづくか。

1019 在俗の昔は、後朝の別れを告げるのでつらいものと聞いた鶏の声が嬉しく思われることまでも、考えてみれば悲しい。栄花物語・玉の台。○入道前太政大臣　藤原道長。○法成寺　道長が寛仁三年(一〇一九)七月から鴨川ぞいの地に造営した寺院。○後夜の時に逢はんとて　「後夜の御懺法に参り合はんと思ひて」(栄花物語)。後夜は六時の一で、寅の刻、現在の午前四時頃。○つらく聞えし鳥の音　「恋ひ恋ひてまれに逢ふ夜の暁は鳥の音つらきものにざりける」(古今六帖五・作者未詳)。

1020 何かというとあちこちの山辺にさまよい出ようとした心にこの身を任せたのだ。○右近の馬場　右近衛府に属する馬場で、都の北、北野神社の東南にあった。「右近のむまばのひをりの日」(古今・恋一、伊勢物語九十九段)。○よもの山べ　「けぶりかとよもの山辺は霞みたりいづれの木の芽もえのこるらん」(曽丹集)。○あくがれし心　惹かれて身体から抜け出していった心。上の空になった心。「いつまでか野辺に心のあくがれん花し散らずは千世もへぬべし」(古今・春下・素性)。

1021 出家したいとはいってもやはり悲しいものは、世の中を憂く思って、いざ出離しようとする時の心です。馬内侍集「ともだちのもとより、尼になりなむとありしはいかにといひたれば」。○世をそむきなむ　出家しよう。○初句　そうではあるが。それでもやはり。「しか」は「世をそむきなむ」という以前の自身の言葉を受ける。○うきたつ　本来、落ち着かずそわそわするの意。「浮き」に「憂き」を掛ける。

山に登《のぼ》りて法師《ほうし》になり侍《(はべり)》ける人につかはしける

1022 なにかその身《み》の入《い》るにしもたけからん心をふかき山にすませよ

藤原長《なが》能《たふ》

頼家朝臣《(よりいへ)》世《よ》をそむきぬと聞《き》きてつかはしける

1023 まことにやおなじ道《みち》には入《い》りにけるひとりは西《にし》へゆかじと思《おも》ふに

律師長済《(ちやうさい)》

中宮《(ちゆうぐう)》の内侍《ないし》尼《あま》になりぬと聞《き》きてつかはしける

1024 いかでかく花《はな》のたもとをたちかへて裏《うら》なる玉《たま》を忘《わす》れざりけん

加賀左衛門《(かがのさゑもん)》

返《かへ》し

1025 かけてだにころもの裏《うら》に玉《たま》ありと知《し》らですぎけんかたぞくやしき

中宮内侍

上東門院尼《あま》にならせたまひける頃《ころ》、よみて聞《きこ》えける

1026 君《きみ》すらもまことの道《みち》に入《い》りぬなりひとりやながき闇《やみ》にまどはん

選子内親王《(せんしないしんわう)》

1022 どうして身体で山に入ることが立派だと言えるでしょうか。むしろ心を深い山に住まわせなさい。長能集。○山　比叡山か。○初句　「なにか」は反語。「何かそのなき名立つとてをしからむ知らでまどふは我ひとりかは」(興風集)。○三句　たいしたことだろうか。「葛城や一言主もたけからず久米の岩橋渡しはてねば」(実方朝臣集)。

1023 あなたも私と同じ出家者の道に入られたと聞きましたが、本当ですか。私独りでは西方浄土へ赴くまいと思っていたのに、嬉しいことです。○頼家朝臣　源頼家。○おなじ道　同じ仏道。○西　西方浄土。「西へ行く雲に乗りなんと思ふ身の心ばかりは北へ行くかな」(和泉式部続集)。

1024 どうしてこのように華やかな衣裳の袂を墨染の衣の袂に着替えて、あなたは衣の裏に繋がれていた宝珠(仏性)をお忘れにならなかったのでしょうか。感動されることです。○花のたもと　ここでは女性の華やかな衣服の意。「馴れ見てし花の袂をうちかへし法の衣を裁ちぞ替へつる」(御堂関白集)。○三句　「裁ち替へて」で、別の着物を裁ち、着替えての意。○裏なる玉　菩提心。法華経・五百弟子受記品に説かれる衣裏繫珠の喩によって言う。

1025 私の衣の裏に宝珠がある(私も仏性を備えている)と、全く気付かないで過してきたことが悔しく思われます。○かけて　下の「知らで」と呼応して、かりそめにも、少しもの意。「玉」の縁語「掛け」を掛ける。

1026 私よりも若いあなたまでもまことの道にお入りになられたのですね。私一人が長い闇路に惑うのでしょうか。栄花物語・衣の珠。○上東門院　万寿三年(一〇二六)一月十九日出家。○まことの道　仏道。○三句　「なり」は伝聞・推定の助動詞。○ながき闇　無明の闇。無明長夜。悟ることができず、煩悩にとらわれている状態。「我がためは拝む入日も雲隠れ長き闇こそ思ひやらるれ」(成尋阿闍梨母集)。

高階成《(なり)》順《〈ノブ〉》世《よ》をそむき侍《はべ》りけるに、麻《あさ》の衣《ころも》を人のもとより
おこせ侍《はべ》るとて　読人不知

1027 けふとしも思《おも》ひやはせしあさごろもなみだの玉《たま》のかゝるべしとは

返《かへ》し　伊《い》勢《せ》大《たい》輔《ふ》

1028 思《おも》ふにもいふにもあまることなれやころもの玉《たま》のあらはるゝ日は

後一条院《(ごいちでうゐん)》うせさせたまひて、世《よ》の中《なか》はかなく覚《おぼ》えければ、
法師になりて横川《よかは》に籠《こも》りゐて侍《はべ》りける頃《ころ》、上東門院より問《と》
はせ給《(たまひ)》ければ　前中納言顕基《(あきもと)》

1029 世《よ》を捨《す》てゝ宿《やど》を出《い》でにし身《み》なれどもなを《(ほ)》恋《こひ》しきはむかしなりけり

御返《かへ》し　上東門院

1030 ときのまも恋《こひ》しきことのなぐさまば世《よ》はふたゝびもそむかざらまし

1027 成順さまが出家されてこのように麻衣に涙の玉のかかるのが、今日と思ったでしょうか。伊勢大輔集。〇高階成順 →七一七。〇麻の衣　麻を織って仕立てた衣。粗末な衣というイメージがある。「世をいとひ木のもとごとに立ち寄りてうつふし染めの麻の衣なり」(古今・雑体・誹諧歌・よみ人しらず)。〇なみだの玉　「玉」には衣裏繋珠の喩での宝珠のイメージを含む。〇かゝるべし　「かくある」の意の「かゝる」に「玉」の縁語「掛かる」を掛ける。

1028 衣の裏の宝珠がはっきりと顕れる日、出家する日というものは、思うにも口に出して言うにも余ることです。伊勢大輔集。〇初・二句　「思ふにもいふにも余る深さにてことも心も及ばれぬかな」(発心和歌集)。〇ころもの玉のあらはるゝ　衣裏繋珠の喩によっていう。

1029 世を捨てて家を出た身ですけれども、やはり恋しく思われるのは在俗の昔です。栄花物語・着るは侘しと歎く女房、三句「心にも」。大鏡六、初句「身を捨てて」。〇後一条院　一条天皇の皇子。母は藤原彰子(上東門院)。長和五年(一〇一六)一月二十九日践祚。長元九年(一〇三六)四月十七日没、二十九歳。〇法師になりて　長元九年四月二十二日、三十七歳で出家した。〇横川　比叡山の三塔の一。

1030 少しの間でも恋しいことが慰まるものならば、この世を二度も背くことはないでしょう。栄花物語・着るは侘しと歎く女房、五句「背かれなまし」。大鏡六。〇ときのま　少しの間。「宵々に起きて別るる唐衣かけて思はぬ時の間ぞなき」(友則集)。〇下句　太皇太后彰子は万寿三年(一〇二六)一月十九日出家して上東門院の院号を蒙り、長暦三年(一〇三九)五月七日剃髪、明尊を戒師として受戒した。

1031
世《よ》をそむく人〻あまた侍りける頃《ころ》
思《おも》ひ知《し》る人もありける世《よ》の中をいつをいつとてすぐすなる覧《(らん)》
前大納言公任

1032
三条院《(さんでうゐん)》東宮とまうしける時、法師にまかり〔なり〕て、宮《みや》のうちにたてまつり侍りける
君《きみ》に人なれなならひそ奥《おく》山に入《い》りてののちはわびしかりけり
藤原統《(ムネ)》理《(まさ)》

1033
御返
忘《わす》られず思《おも》ひ出《い》でつゝ山《やま》人をしかぞ恋《こひ》しくわれもながむる
三条院御製

1034
法師になりて侍《はべ》りける所《ところ》に桜《さくら》の咲《さ》きて侍《(はべり)》けるを見て
見《み》し人も忘《わす》れのみゆくふるさとに心ながくも来《き》たる春《はる》かな
前中納言義懐《(よしちか)》

1035
世《よ》をそむきて長谷に侍りける頃《ころ》、入道《(にふだう)》の中将《(ちゆうじやう)》のもとより、まだ住《す》みなれじかしなど申《(まうし)》たりければ
谷風《たにかぜ》になれずといかゞ思《おも》ふらん心ははやくすみにしものを
前大納言公任

1031 この世がはかないことを思い知る人もいたのに、私はいつをいつかよいこともあろうと期待して過しているのだろうか。拾遺集・哀傷「成信、重家ら出家し侍りける頃、左大弁行成がもとにいひつかはしける」。公任集「なりのぶの中将すけしてのつとめて、左大弁ゆきなりの、世のはかなきこと聞え給へりけるに」、三句「世の中に」、五句「過ぐるなるらん」。

1032 おやさしいわが君に、世の人よ、馴れ申しあげるな。馴れお仕えしてきた私が奥山に入ったのちはわびしいものでした。〇三条院　寛和二年(九八六)七月十六日立太子、寛弘八年(一〇一一)六月十三日践祚。〇まかりなりて　底本「なり」なし。冷泉本他による。〇宮のうちにたてまつり　東宮坊御中という形で、特定の人に宛てず献じたこと。直接東宮に献じなかったのはぶしつけになることを恐れたから。

1033 私も山人のそなたのことを忘れられず、そのように恋しくじっと山を眺めて偲んでいるのだ。〇山人　ここでは出家した統理のこと。本来は杣人や仙人をいう語。〇四句　そのように恋しく。

1034 昔見た人も私のことなどは忘れてゆくなじみの地に、いつまでも気の変らないことにもやって来た春であるよ。栄花物語・さまざまのよろこび、三句「山里に」。〇法師になりて侍りける所　寛和二年(九八六)六月二十四日花山天皇の出家を追う形で、花山において出家した。時に三十歳。「依㆓天皇御出家㆒也」(公卿補任)。出家後は比叡山横川の飯室に住した。〇ふるさと　住み馴れた地の意で言ったか。

1035 あなたはどうして谷風に馴れないなどと思うのですか。私の心は早くからこの山里に住んで(澄んで)いるのに。公任集。栄花物語・衣の珠。〇長谷　山城国。現、京都市左京区岩倉長谷町。〇入道の中将　源成信。↓一〇三一。〇まだ住みなれじかし　成信は三井寺から、「まだなれぬ深山隠れに住みそむる谷のあらしはいかゞ吹くらん」という歌を送ってきた。〇五句　「住み」に「澄み」を掛ける。

1036 良暹《(りやうせん)》法師大原《はら》に籠《こも》りゐぬと聞《き》きてつかはしける

素意法師

水草《みくさ》ゐし朧《をぼろ》の清水《しみづ》底《そこ》すみて心に月のかげはうかぶや

1037 返《かへ》し

良暹法師

ほどへてや月もうかばん大原《おほはら》や朧《をぼろ》の清水《しみづ》すむ名《な》許《(ばかり)》ぞ

1038 良暹法師之許《(もと)》に遣《(つかはし)》ける

藤原国房《(くにふさ)》

思《おも》ひやる心さへこそさびしけれ大原山《おほはらやま》の秋《あき》の夕《ゆふ》ぐれ

1039 弟《おとうと》なりける法師《ほうし》の山籠《ごも》りして侍《(はべり)》ける本《(もと)》より、かうてなんありとぐまじきといひて侍《はべ》りける返《かへ》り事《ごと》につかはしける

律師朝範《(てうはん)》

思《おも》はずにいるとは見《み》えきあづさ弓《ゆみ》かへらばかへれ人《ひと》のためかは

1040 長楽寺に住《す》み侍《はべ》りける頃《ころ》、人の、何事《なにごと》かといひて侍《はべ》りければつかはしける

上東門院中将《(じやうとうもんゐんちゆうじやう)》

思《おも》ひやれ問《と》ふ人もなき山里《ざと》のかけひの水《みづ》のこゝろぼそさを

1036 水草の茂っていた大原の朧の清水も、水底が澄み、あなたの心に月の姿が浮んでいますか。○大原　山城国。現、京都市左京区。○朧の清水　大原にある清泉。現、京都市左京区大原草生町。○月のかげ　悟りを月に喩えて言う。「水草」が煩悩に、「清水」が心境にという見立ての意識も働いているか。

1037 時が経てば月の姿も浮ぶでしょうが、今はともかく大原の朧の清水が澄んでいる、私は名ばかり大原に住んでいるという状態です。○三句　大原の。「や」は詠嘆の助詞。○すむ　「澄む」に「住む」を掛ける。

1038 大原山の秋の夕暮は、遥かに思いやる私の心さえさびしくなります。○大原山　山城国。大原周辺の山々。「ムナシク大原山ノ雲ニフシテ、又五カヘリノ春秋ヲナン経ニケル」(方丈記)。

1039 お前は意外にも入山したと思っていたよ。還俗したいのならば還俗したらよい。出家遁世は人のためにすることだろうか、自分自身のためなのだ。○弟なりける法師　尊卑分脈には兄弟として平等院座主になった忠快が見えるが、彼かどうか未詳。○山籠り　「おぼつかなきもの。十二年の山ごもりの法師の女親」(枕草子)。○ありとぐまじき　このまま山籠りをしていて成し遂げられそうにもない。○いる　「入る」に「弓」の縁語「射る」を掛ける。○三句　「かへらばかへれ」の枕詞。「あづさ弓かへるあしたの思ひには引き較ぶべきものなかりけり」(顕輔集)。

1040 思いやってください、尋ねる人もない山里で懸樋の水もとだえがちの山住みの心細さを。○長楽寺　山城国、東山ぞいの古刹。現、京都市東山区円山町。平安時代には天台宗だったが、室町時代時宗となった。○何事か　いかがお暮しですか。お変りありませんか。○かけひの水　「かけひ」は水を導くために渡した樋。山居の景物だが、山住みの人にとっては大切な水の供給源でもある。「思ひやれ懸樋の水のたえだえになりゆくほどの心細さを」(詞花・恋下・高階章行女)はこの歌の影響作か。

後拾遺和歌抄第十八　雑四

1041　則光《(のりみつ)》朝臣の供《とも》に陸奥国《みちのくに》に下《くだ》りて、武隈《たけくま》の松をよみ侍《はべ》りける

武隈《たけくま》の松《まつ》は二木《ふたき》をみやこ人いかゞ〔と〕問はばみきとこたへむ

橘　季通《(すゑみち)》

1042　陸奥国《みちのくに》にふたゝび下《くだ》りてのちのたび、武隈《たけくま》の松《まつ》も侍《はべ》らざりければよみ侍《はべ》りける

武隈《たけくま》の松《まつ》はこのたびあともなし千歳《ちとせ》をへてやわれは来《き》つらん

能因《(のういん)》法師

1043　河原院にてよみ侍《はべ》りける

里《さと》人のくむだにいまはなかるべし岩井《いはゐ》の清水《しみづ》みくさゐにけり

大江嘉言《(よしとき)》

1041 武隈の松は幹が二本なのだが、都人が、どうだったと尋ねたら、「三木(見た)」と答えよう。○則光朝臣　作者季通の父。陸奥守従四位上。↓七二。○武隈の松　陸奥国。武隈は多賀城に移る前の陸奥の国府の地。現、宮城県岩沼市。代々の陸奥守を経験した歌人達が、「植ゑし時契りやしけん武隈の松をふたたび逢ひ見つるかな」(後撰・雑三・藤原元善)、「武隈の松を見つつや慰めん君が千歳の影にならひて」(拾遺・別・藤原為頼)などと詠む。○四句　底本「いかゝとはゝ」、冷泉本他による。○みき　「見き」に「二木」からの連想で「三木」を掛ける。「木」の縁語「幹」への連想もあるか。▽「都人いかにと問はば山高み晴れぬ雲居に侘ぶと答へよ」(古今・雑下・小野貞樹)。なお、↓一〇〇。

1042 武隈の松は今度の旅で見ると跡形もない。私は千年も経って再びこの地に来たのだろうか。そうではないのに。能因集「武隈の松、初めのたびは枯れながらも杭などありき、このたびはそれもなし」。○陸奥国にふたゝび下りて　能因は万寿二年(一〇二五)春、三十八歳の時一時的に陸奥に下り、その後再び(一説に、長元元年(一〇二八)前後)下った。この二度目の下向。○このたび　「度」に「旅」を掛ける。○四句　「千歳の松」「松の千歳」などといわれるので、「松」の縁語で「千歳」という。▽少しの間に事物が滅びてしまう事例に出会い、無常感にも似た感慨を詠んだ。能因はこの後、「想像奥州十首」で「跡なくて幾代経ぬらんいにしへは代り植ゑけん武隈の松」(能因集)と詠む。

1043 水を汲む里人さえ今はいないだろう。岩で囲んだ清泉には水草が茂ってしまった。大江嘉言集。○河原院　源融(河原左大臣)が都の六条付近、鴨川西側に営んだ邸宅。融の没後宇多上皇に献ぜられて御所となったが、上皇の没後荒廃した。現、京都市下京区。↓九七。○岩井　周囲を石で囲んだ井戸。河原院の岩井は恵慶が「松影の岩井の水をむすびあげて夏なき年と思ひけるかな」(拾遺・夏)と詠んだ。○五句　「水草生ひにけり」に同じ。「わが門の板井の清水里遠み人し汲まねば水草おひにけり」(古今・神遊びの歌)。

1044 おなじ所《ところ》にて松をよみ侍《(はべり)》ける
年《とし》へたる松だになくはあさぢ原《はら》なにかむかしのしるしならまし
江侍従《(がうのじじゆう)》

1045 もと住《す》み侍《はべ》りける家《いへ》をものへまかり侍《はべ》りけるに過《す》ぐとて、
松の梢《こずゑ》の見《み》え侍《はべ》りければよめる
年《とし》をへて見《み》し人もなきふるさとにかはらぬ松ぞあるじならまし
左衛門督《(さゑもんのかみ)》の北方《(きたのかた)》

1046 六条中務親王《(ろくでうなかつかさしんわう)》の家に子日《(ねのひ)》の松を植《う》ゑて侍《はべ》りけるを、かの
親王《みこ》みまかりてのち、その松を見《み》てよめる
君《きみ》が植《う》ゑし松《まつ》ばかりこそのこりけれいづれの春《はる》の子《ね》の日《ひ》なりけん
源為善《(ためよし)》朝臣

1047 けふ中《なか》の子《(ね)》とは知《し》らずやとて、友達《ともだち》のもとなりける人の、
松《まつ》を結《むす》びておこせて侍《(はべり)》ければよめる
たれをけふまつとはいはんかくばかり忘《わす》るゝ中《なか》のねたげなる世《よ》に
馬内侍《(むまのないし)》

1044 年代の経った松だけでもなかったならば、浅茅原と荒れはてたこの屋敷跡では、何が昔の河原院のしるしであろうか。○松 「西ノ台ノ西面ニ、昔ノ松ノ大ナル有ケリ。…源道済、ユクスヱノシルシバカリニノコルベキ松サヘイタクオヒニケルカナ、ト。其後、此院弥ヨ荒レ増テ、其ノ松ノ木モ一トセ風ニ倒レシカバ、人々哀レニナム云ケル」(今昔物語集二十四ノ四十六、道済の歌は拾遺・雑上にも)。○三句 荒廃した庭をいう。○むかし 河原院が繁栄していた昔。

1045 永年見た人も今はいない昔馴染の家では、常磐に変らない松が家の主なのであろう。○ものへまかり侍りけるに 行先をぼかした言い方。○年をへて見し人 作者自身をさすか。作者の夫かとされる源師忠は本集成立時に生存している。○ふるさと 昔なじみの里。▽「昔見し人もなければあだなりし花こそ宿のあるじなりけれ」(道済集)に通うものがある。

1046 宮様がお植えになった松だけが残っている。これはいつの年の春、子の日の遊びで植えられた松であろうか。○六条中務親王 具平親王。寛弘六年(一〇〇九)七月二十八日没、四十六歳。○子日の松 正月の初めの子の日に引く小松。「春霞たなびく松の年あらばいづれの春か野辺に来ざらん」(貫之集)と歌われたように、野辺から引いてきた松を植えたか。「引きて植ゑし人はむべこそ老いにけれ松のこだかくなりにけるかな」(後撰・雑一・凡河内躬恒)。○君 具平親王。

1047 いくら今日が松を引く子の日だからといって、誰を待つというのでしょうか、これほどすぐに忘れてしまうあなたの人間関係が憎らしく思われるのに。馬内侍集、二句「まつとかいはむ」。○中の子 正月の二度目の子の日。友達のもとなりける人 作者の女友達のもとの恋人。○まつ 「待つ」と「松」の掛詞。○ねたげなる しゃくにさわる、ねたましい意の「ねたげ」に「松」の縁語の「根」を響かせる。

1048 緑竹不レ知ラレ秋ヲといふ心を
みどりにて色《いろ》もかはらぬ呉竹《くれたけ》はよのながきをや秋と知《し》るらん
大蔵卿師経《(もろつね)》

1049 永承四年内裏歌合に、松をよめる
岩代《いはしろ》の尾上《をのへ》の風《かぜ》に年《とし》ふれど松《まつ》のみどりはかはらざりけり
前大宰帥資仲《(すけなか)》

1050 上《うへ》のをのこども、松澗底《(かんてい)》に老《お》いたりといふ心をつかうまつりけるに
よろづ代《よ》の秋《あき》をも知《し》らですぎきたる葉《は》がへぬ谷《たに》の岩根松《いはねまつ》かな
御製《(ぎょせい)》

1051 題《だい》しらず
み山木《やまぎ》をねりそもてゆふしづの男《を》はなを《(ほ)》こりずまの心とぞ見《み》る
藤原義孝《(のりたか)》

1052 宇治にて人〳〵歌《うた》よみ侍《(はべり)》けるに、山家ノ旅宿といふ心を
旅寝《たびね》する宿《やど》はみ山《やま》にとぢられてまさきのかづらくる人もなし
民部卿経信《(つねのぶ)》

1048 一年中緑で色も変らぬ呉竹は、夜が長い季節を秋と知るのであろうか。○緑竹不知秋　句題。○呉竹　呉から渡来した、葉が細く、節の多い竹。清涼殿の東庭、北側に植えられていた。○よのながき　「夜」と「呉竹」の縁語「節(よ)」の掛詞。「なよ竹のよながき秋の露をおきときはに花の色もみえなん」(元輔集)。

1049 岩代の尾上を吹く風にさらされて幾年も経っているけれども、松の緑は色が変らないなあ。永承四年(一〇四九)内裏歌合。○岩代の尾上　紀伊国。○松のみどり　「常磐なる松の緑」(古今・春上・源宗于)、「時分かぬ松の緑」(後撰・恋四・よみ人しらず)などと歌われることが多い。▽岩代の松は有間皇子の「岩代の浜松が枝を引き結びまさきくあらばまた還り見む」(万葉集二)により、「岩代の野中に立てる結び松心もとけず古(いにしへ)思ほゆ」(同・長奥麻呂)などと詠まれる。そのことから、俊頼髄脳に資仲のこの歌を引き、「歌合にはよまでもありぬべし」という。

1050 万代もの多くの秋も知らずに過してきた、葉が落ちることのない、巌に生えた谷の松よ。○松澗底に老いたり　谷底に生えた松が年経て老いている。白楽天の新楽府「澗底松」を連想させる句題。○岩根松　「風に散る紅葉はかろし春の色を岩根の松にかけてこそ見め」(源氏物語・少女・紫の上)。なお、↓四五二。

1051 深山で伐った木をねりそで結う賤の男は、あれほど砕けて物を思ってもまだ懲りないと見える。○ねりそ　木の細枝や藤蔓を柔かく砕いて縄代りに用いたもの。「かの岡に萩刈るをのこ縄をなみねるやねりその砕けてぞ思ふ」(拾遺・恋三・凡河内躬恒)。○こりずまの心　物に懲りない心。

1052 私が旅寝している宿は深山の中に閉じ込められて、正木の蔓を手繰りながら訪れて来る人もない。大納言経信集。○宇治　山城国。大納言経信集には「宇治殿にて」とする。○四句　蔓性の植物。キョウチクトウ科の定家葛のこととも ニシキギ科の蔓正木のこととも いう。「繰る」(たぐる)ことから、ここでは「来る」の枕詞のように用いた。

関白前大《(くわんぱくさきのおほい)》まうちぎみ家《いへ》にて、勝間田《かつまた》の池《いけ》をよみ侍りけるに　藤原範永《(のりなが)》朝臣

1053 鳥《とり》もゐで幾代《いくよ》へぬらん勝間田《かつまた》の池《いけ》にはいゐ《(ひ)》のあとだにもなし

須磨《すま》の浦《うら》をよみ侍《(はべり)》ける　藤原経衡《つねひら》

1054 立《た》ちのぼる藻塩《もしほ》のけぶり絶《た》えせねば空《そら》にもしるき須磨《すま》の浦《うら》かな

滝門の滝《たき》にて　中納言定頼《(さだより)》

1055 くる人もなき奥山《おく》の滝《たき》の糸《いと》は水のわくにぞまかせたりける

弥生《やよひ》の月竜《りう》門にまい《(ゐ)》りて、滝《たき》のもとにてかの国《くに》の守《かみ》義《(ノリ)》忠《(ただ)》が、桃《もゝ》の花《はな》の侍《はべ》りけるを、いかゞ見《み》るといひ侍りければよめる　弁《(べん)》の乳母《めのと》

1056 ものいはば《ゝ》問《と》ふべきものを桃《もゝ》の花《はな》いく代《よ》かへたる滝《たき》の白糸《しらいと》

1053 鳥もいないで幾代経ったのだろうか。勝間田の池には槭(いい)の跡すらもない。範永朝臣集。〇関白前大まうちぎみ　藤原頼通。〇勝間田の池　大和国。早く万葉集に「勝間田の池は我知る蓮なししか言ふ君が鬚なきごとし」(巻十六)と歌われている。〇初・二句　「勝間田の池に鳥ゐし昔より恋ふる妹をぞけふ今に見ぬ」(古今六帖二・作者未詳)。〇いゐ　槭。地中に埋めて池の水などを流すのに用いる板の箱。

1054 藻塩を焼く煙が立ち昇って絶えることがないので、空にもその所在がはっきりと知られる須磨の浦だなあ。経衡集「ある所にて、名ある所々人のよみしに、須磨の浦」、初句「あまのやく」。〇須磨の浦　摂津国。

1055 来る(繰る)人もない奥山の滝の糸は、水が湧きかえるのに(水の糸枠に)任せているよ。定頼集「奥山の滝」。〇滝門の滝　竜門の滝。大和国。竜門寺には久米の仙人の伝説も存し、竜門は早くから仙境のごとく考えられていたらしい。「裁ち縫はぬ衣(ぬき)着し人もなきものを何山姫の布曝すらむ」(古今・雑上・伊勢)。〇くる人「来る」に「糸」の縁語「繰る」を掛ける。↓一〇五三。〇水のわく　水が湧きかえる。「繰る」「糸」の縁語「枠」(糸枠)を掛ける。「水底(みなそこ)のわくばかりにやくくるらんよる人もなき滝の白糸」(拾遺・雑下・よみ人しらず)。

1056 もし桃の花が物を言うのならば、「この滝の白糸は幾代経ったのか」と尋ねようものを。〇かの国の守義忠　大和守藤原義忠。〇初句「桃李不レ言春幾暮、煙霞無レ跡昔誰栖」(和漢朗詠集・下・仙家付道士隠倫・菅原文時)によっていう。なお、↓一三〇。〇四句　「へたる」の「へ」は動詞「経(ふ)」の連用形に「糸」の縁語「綜(へ)」を響かせる。

1057 美作守《みまさかのかみ》にて侍《はべ》りける時《とき》、館《たち》の前《まへ》に石立《いした》て、水堰入《みづせきい》れてよみ
侍《はべ》りける
藤原兼房《(かねふさ)》朝臣

せきれたる名《な》こそ流《なが》れてとまるとも絶《た》えず見《み》るべき滝《たき》の糸《いと》かは

1058 大学寺の滝殿《たきどの》を見《み》てよみ侍《(はべり)》ける
赤染衛門《(あかぞめゑもん)》

あせにけるいまだにかゝり滝《たき》つ瀬《せ》のはやくぞ人は見《み》るべかりける

1059 法輪《ほうりむ》にまい《(ゐ)》りてよみ侍りける
源道済《(みちなり)》

年《とし》ごとにせくとはすれど大井《おほゐ》川《がは》むかしの名《な》こそなを《(ほ)》流《なが》れけれ

1060 桂《かつら》なる所《ところ》に人〳〵まかりて、歌《うた》よみにまた来《こ》むといひてのちに、その桂《かつら》にはまからで、月の輪《わ》といふ所《ところ》に人〳〵まかりあひて、桂《かつら》を改《あらた》めてきたるよしよみ侍《はべ》りけるに、かはらけ取《と》りて
祭主輔親《(すけちか)》

さきの日に桂《かつら》の宿《やど》を見《み》しゆへ《(ゑ)》はけふ月の輪《わ》に来《く》べきなりけり

1057 あの人がこの水を堰き入れたのだと、私の名は世に流れて残り留まるであろうが、いつまでも絶えることなく滝の糸を見られはしない。〇初句　「堰き入れたる」の約。〇名こそ流れて　名は後世に流伝して。「滝」の縁語で「流れて」という。〇絶えず　「糸」の縁語。▽泉水の滝の歌。「滝の糸は絶えて久しくなりぬれど名こそ流れてなほ聞えけれ」(拾遺・雑上・藤原公任)を念頭に置いて詠む。「音羽川堰き入れて落す滝つ瀬に人の心の見えもするかな」(拾遺・雑上・伊勢)をも連想させる。

1058 水勢の衰えてしまった今でもこのようにみごとに懸っているのだから、もっと早くこの滝つ瀬を見るべきであったよ。赤染衛門集、四句「はやく来てこそ」。〇大学寺　大覚寺。山城国嵯峨、現、京都市右京区嵯峨大沢町にある古刹。「滝殿」は、滝のほとりに建てた殿舎。滝は藤原公任が「滝の糸は絶えて久しく」の歌を詠んだ滝。〇かゝり　「かくあり」の意の「かかり」に滝が「懸り」の意を掛ける。〇はやく　時間的な「早く」に滝の水勢の「速く」の意をも込めていう。

1059 毎年大堰川の水は堰いてはいるのだが、昔からのこの川の名はやはり世間に流れているなあ。道済集。〇法輪　法輪寺。山城国嵐山の近く、現、京都市西京区嵐山虚空蔵山町にある古刹。本尊は虚空蔵菩薩。〇二句　堰いてはいるが。〇流れけれ　「堰く」と「流れ」とは対になる語。「大井川」の縁語でいう。

1060 前日に桂の宿を見た訳は、今日は月の桂ということで桂に縁の深い月輪に来る筈だったからなのだ。輔親卿集。〇桂なる所　桂の里は山城国。難後拾遺によれば、作者の父大中臣能宣の家があったという。別荘か。〇月の輪といふ所　山城国の地名。難後拾遺によれば、清原元輔の家があったという。〇かはらけ取りて　盃を取って。酒宴の席での詠歌である。〇四句　「月の輪」の「月」と「桂の宿」の「桂」とは縁語。

修理大夫惟正《これたゞ》信濃守《しなのゝかみ》に侍《はべ》りける時、ともにまかり下《くだ》りて、束間《つかま》の湯《ゆ》を見《み》侍《はべ》りて

1061 出《い》づる湯《ゆ》のわくにかゝれる白糸《しらいと》はくる人たえぬものにぞありける

源　重《しげ》之《ゆき》

延久五年三月に住吉にまい《(ゐ)》らせたまひて、帰《かへ》さによませたまひける

1062 住吉《すみよし》の神《かみ》はあはれと思《おも》ふらんむなしき舟《ふね》をさしてきたれば

後三条院《(ごさんでうゐん)》御製

1063 沖《おき》つ風《かぜ》吹《ふ》きにけらしな住吉《すみよし》の松のしづ枝《え》をあらふ白波《しらなみ》

民部卿経信

花山院《(くわざんゐん)》御供《とも》に熊野《くまの》にまい《(ゐ)》り侍《はべ》りける道《みち》に、住吉《すみよし》にてよみ侍《はべ》りける

1064 住吉《すみよし》の浦風《うらかぜ》いたく吹《ふ》きぬらし岸《きし》うつ波《なみ》の声《こゑ》しきるなり

兼経《(けんけい)》法師

1061 糸枠に掛っている白糸ならぬ、温泉の湧き出る湯水は、繰る(来る)人が絶えないものだなあ。重之集。○修理大夫惟正　源惟正。文徳源氏、相職男。天徳五年(九六一)一月二十五日信濃守に任ぜられている。○束間の湯　信濃国。日本書紀・天武紀十四年(六八五)十月条に「束間温泉」とあり、古くから知られていたが、所在地未詳。○わく「湧く」に「白糸」「繰る」の縁語「枠」を掛ける。湯槽を糸繰りの際の糸枠に見立てたか。○白糸　湯泉の湯水を喩えていう。○くる「来る」に「白糸」の縁語「繰る」を掛ける。○たえぬ　上の「かゝれる」とともに「白糸」の縁語。

1062 住吉の神は感心だとお思いになるであろう。私は降居の帝として「虚しき舟」に棹さして参詣しにやって来たのだから。栄花物語・松の下枝、二句「神もあはれと」。○延久五年　一〇七三年。白河天皇の代。○三月に　正しくは二月。○住吉　住吉大社。摂津国の一の宮とされる古社。現、大阪市住吉区。祭神は表筒男命・中筒男命・底筒男命。○むなしき舟　歌語で上皇のこと。「むなしき船とは降居(おりゐ)の帝を申すなり。その心は、位にておはしますほどは船に物を多く積めれば、海を渡るにおそりのあるなり。その荷を取り下しつれば、風吹き浪高けれどもおそりのなきに譬ふるなり」(俊頼髄脳)。○五句「さし」は「棹さし」と「指し」の掛詞。

1063 沖の方では風が吹いたらしいな。住吉の岸辺の松の下枝を高くなった白波が洗っている。大納言経信集「行路述懐」。栄花物語・松の下枝。○しづ枝　下枝。▽経信はこの歌を、凡河内躬恒の「住の江の松を秋風吹くからに声打ち添ふる沖つ白波」(古今・賀。躬恒集)に比肩しうる作とひそかに自負していたらしい(袋草紙・上)。

1064 住吉の浦風がひどく吹いたらしい。岸打つ波の声が頻りに聞える。○熊野にまいり侍りける道に　熊野参詣をしました途中に。熊野は紀伊国の熊野権現。

1065 右大将済《〈ナリ〉》時《(とき)》住吉にまうで侍りける供《とも》にてよめる

松見《み》れば立《た》ちうきものを住《すみ》の江《え》のいかなる波《なみ》かしづ心なき

藤原為長《(ためなが)》

1066 住吉にまい《(ゐ)》りてよみ侍《はべ》りける

忘《わす》れ草《ぐさ》つみて帰《かへ》らむ住吉《すみよし》のきしかたの世《よ》は思《おも》ひ出《い》でもなし

平棟仲《(むねなか)》

1067 蔵人にて侍《はべ》りける時、御祭《まつり》の御使《つかひ》にて難波《なには》にまかりてよみ侍《はべ》りける

思《おも》ふこと神《かみ》は知《し》るらん住吉《すみよし》の岸《きし》の白波《しらなみ》たよりなりとも

源頼実《(よりざね)》

1068 熊野《くまの》にまい《(ゐ)》り侍《はべ》りけるに、住吉にて経供養すとてよみ侍《はべ》りける

ときかけつころもの玉《たま》は住《すみ》の江《え》の神さびにける松《まつ》のこずゑに

増基《(ぞうき)》法師

1065　松を見ていると飽きなくて立ち去りづらいのに、住の江のどのような波が落着いていないで立つのだろうか。小大君集、二・三句「たた〈こかイ〉れぬものを住のえに」。○右大将済時　藤原済時。↓九七六。○二句「立ち」は「波」の縁語。○住の江　住吉の古称。万葉集では「住吉」を「すみのえ」と訓読する。

1066　住吉の岸で忘れ草を摘んで帰ろう。私の今までの人生にはいい思い出もないから。○初句　萱草。ユリ科の多年生の草。↓七三七。○きしかた「住吉の岸」から「来し方」(過去)へと続けた。○五句「思ひ出でもなきふるさとの山なれど隠れゆくはたあはれなりけり」(拾遺・別・弓削嘉言)。▽紀貫之の「道知らば摘みにもゆかむ住の江の岸に生ふてふ恋忘れ草」(古今・墨滅歌)を念頭に置いて詠む。

1067　私が心に祈念することは住吉の御神も御存知であろう。住吉の祭の使者という便宜でこうしてお参りしたとしても。○御祭　住吉社の祭礼。○難波　難波の浦か。○思ふこと　あるいは秀歌を詠ませて頂きたいという祈願か。「源頼実無レ術執二此道一、参二詣住吉一、秀歌一首令レ詠可レ召レ命之由祈請すと云々」(袋草紙・上)。○二句「斎垣にもまだ入らぬほどは人知れずわが思ふことを神は知らなん」(貫之集)、「うつろはぬ常磐の山の榊折り祈る心を神も知るらむ」(能宣集)など。

1068　御経を読誦して手向けることによって、住の江のみ社の神々しい松の梢に、衣の裏の宝珠(仏性)の緒を解いて掛けたよ。増基法師集。○経供養す　増基法師集には「経など読む声して、人知れずかく思ふ」とある。○初句「解き」に「説き」を掛ける。○ころもの玉　衣裏繋珠の喩(↓一〇三四)による。

1069 挙周《（たかちか）》、和泉任果《は》ててまかりのぼるまゝに、いと重《おも》くわづらひ侍《（はべり）》けるを、住吉《すみよし》のたゝりなどいふ人侍《はべ》りければ、幣《みてぐら》たてまつりけるに書《か》き付《つ》けける

頼《たの》みきてひさしくなりぬ住吉《すみよし》のまづこのたびのしるし見《み》せなん

赤染衛門

1070 上東門院《（じやうとうもんゐん）》住吉にまい《（ゐ）》らせたまひて、秋の末《すゑ》より冬になりて帰《かへ》らせたまひけるによみ侍《（はべり）》ける

都《みやこ》いでて秋《あき》より冬《ふゆ》になりぬればひさしきたびの心地こそすれ

上東門院新宰相《（しんさいしやう）》

1071 天王寺にまい《（ゐ）》りて、亀井《かめゐ》にてよみ侍《（はべり）》ける

よろづ代《よ》をすめる亀井《かめゐ》の水《みづ》はさは富《とみ》の緒川《おがは》の流《なが》れなるらん

弁乳母

1072 長柄橋《（ナガラ）》にてよみ侍《はべ》りける

はしゞらなからましかば流《なが》れての名《な》をこそ聞《き》かめ跡《あと》を見《み》ましや

前大納言公任《（きんたふ）》

1069 住吉の御神の神慮をお頼みして年久しくなりました。まずは今度霊験をお見せになり、病人を癒してくださいませ。赤染衛門集、初句「頼みては」。○挙周　大江挙周。匡衡の男。作者赤染衛門はその母。○和泉任　和泉守の任期。○二句　住吉の松にちなむ表現。「我見ても久しくなりぬ住の江の岸の姫松幾代へぬらん」（古今・雑上・よみ人しらず）。○まづこのたび　「まづ」に「住吉」の縁語「松」を響かせる。「たび」は「度」。「旅」を響かせるか。○しるし　霊験。▽赤染衛門はこの時、「替らむと祈る命は惜しからで別ると思はむほどぞ悲しき」「千世までとまだ緑児にありしよりただ住吉の松を祈りき」とも詠み、「奉りての夜、人の夢に、鬚いと白き翁、このみてぐらを三ながら取ると見て、おこたりにき」（赤染衛門集）という。

1070 都を出て秋から冬になったので、長旅の心地がします。栄花物語・殿上の花見。○上東門院　その住吉参詣は長元四年（一〇三一）九月のこと。歌が詠まれたのは、栄花物語によれば、十月二日天の河において。○帰らせ　底本・冷泉本「かへらせ」。陽明乙本他による。○秋より冬に　出発が長元四年九月二十五日、帰洛が同年十月三日。従って晩秋から初冬にかけて。

1071 万代を通じて澄んでいる亀井の水は、それでは富の緒川の流れ、聖徳太子以来の伝統なのでしょう。弁乳母集、三句「水やさは」。○天王寺　摂津国。聖徳太子の建立と伝える、大阪市天王寺区の四天王寺。○亀井　天王寺境内にある泉井。○よろづ代　「亀井」の「亀」の縁語としていう。○富の緒川　富雄川。大和国。「いかるがや富の緒川の絶えばこそわが大君の御名を忘れめ」（拾遺・哀傷）の古歌により、聖徳太子の事蹟を想起させる地名。

1072 もしも橋柱がなかったならば、長柄の橋と世に流れているその名を聞いたとしても、その跡を見ることができるだろうか。公任集。○長柄橋　摂津国を流れる長柄川（中津川。淀川の下流）に架けられた古橋。橋柱伝説などで著名。○三句　「流れて」は「橋」の縁語。

1073
天王寺にまい《(ゐ)》るとて、長柄《ながら》の橋《はし》を見《み》てよみ侍《(はべり)》ける　赤染衛門

わればかり長柄《ながら》の橋《はし》はくちにけりなにはのこともふるゝかなしな

1074
上東門院住吉にまい《(ゐ)》らせたまひて帰《かへ》さに、人〳〵歌《うた》よみ侍《(はべり)》けるに　伊勢大輔《(いせのたいふ)》

いにしへにふりゆく身こそあはれなれむかしながらの橋《はし》を見《み》るにも

1075
錦《にしき》の浦《うら》といふ所《ところ》にて　道命《(だうみやう)》法師

名《な》に高《たか》き錦《にしき》のうらをきてみればかづかぬ海人《あま》はすくなかりけり

1076
熊野《くまの》にまい《(ゐ)》りて、あす出《い》でなんとし侍《はべ》りけるに、人〳〵、しばしは候《さぶら》ひなむや、神も許《ゆる》したまはじなどいひ侍《はべ》りけるほどに、音無川《おとなしがは》のほとりに頭白《かしらしろ》き烏《からす》の侍《はべ》りければよめる　増基法師

山がらすかしらも白《しろ》くなりにけりわがかへるべきときや来《き》ぬらん

1073　私のように長柄の橋は朽ちてしまったよ。難波ではないが、何事も古くなってゆくのは悲しいなあ。赤染衛門集、五句「ふる、悲しき」。○なにはのこと　「何は」に「難波」を掛ける。「津の国のなには思はず山城のとはに逢ひ見んことをのみこそ」(古今・恋四・よみ人しらず)。▽伊勢の「難波なる長柄の橋も造るなり今は我が身を何にたとへん」(古今・雑体・誹諧歌)を意識するか。

1074　昔のものとして古くなってゆくこの身にはしみじみと思われるよ、昔のままの長柄の橋を見るにつけても。伊勢大輔集、二・三句「ふりゆくことぞあはれなる」。○上東門院住吉に…→一〇七〇。○むかしながら　「長柄」を掛ける。「古りにける名の絶えせぬをけふ見れば昔ながらの橋にぞありける」(能宣集)。○五句　同じ御幸で弁の乳母が「橋柱残らざりせば津の国の知らずながらや過ぎはてなまし」(栄花物語・殿上の花見)と詠む。

1075　名高い錦の浦に来て見ると、纏頭(かずけもの)を与えられない(水に潜《かず》かない)海人は少なかったよ。道命阿闍梨集「志摩国錦の浦といふ所にて」、初句「名にたてる」。○錦の浦　志摩国。契沖は紀伊国かという(勝地吐懐編)。○二・三句　「浦」に「裏」を、「来」に「着」を掛ける。○かづかぬ海人　水に潜る意の「かづか」に布などをかぶる意の「被か」を掛ける。

1076　山烏の頭も白くなったよ。燕の太子丹と同じく、私が故郷に帰れる時が来たのであろう。増基法師集「さて候ふほどに、霜月二十日のほどのあす、まかでなんとて、音無の川のつらに遊べば、人、しばし候ひ給へかし、神も許しきこえ給はじなどいふほどに、頭白き烏ありて」。○音無川　紀伊国。○頭白き烏　あるいは白子の烏か。燕丹子や事文類聚に見える故事(秦の始皇帝が燕の太子丹を人質として、烏の頭が白くなり、馬に角が生えたら故国に帰そうと言ったが、そのありえないことが起ったので、やむなく燕丹を許した。和歌童蒙抄八に語る)を念頭に置いて詠む。

住吉《すみよし》にまい《(ゐ)》りて帰《かへ》りけるに、隆経朝臣《(たかつね)》難波《なには》といふ所《ところ》に侍《はべ》り
と聞《き》きてまかり寄《よ》りて、日ごろ遊《あそ》びてまかりのぼりけるに、
なごり恋《こひ》しきよしいひおこせて侍《はべ》りければ、道《みち》よりつかは
しける

1077 わかれゆく舟《ふね》は綱手《つなで》にまかすれど心は君《きみ》がかたにこそひけ

藤原孝善《たかよし》

賀茂《かも》にまい《(ゐ)》りける男《をとこ》の狩衣《かりぎぬ》の袂《たもと》の、落《お》ちぬばかりほころび
て侍《はべ》りけるを見《み》て、またまい《(ゐ)》りける女《をんな》のいひつかはしける

1078 道《みち》すがら落《お》ちぬばかりにふる袖《そで》のたもとに何《なに》をつゝむなるらん

よみ人しらず

返《かへ》し

1079 ゆふだすきたもとにかけて祈《いの》りこし神のしるしをけふ見《み》つるかな

祭《まつり》の帰《かへ》さに酔《ゑ》ひさまたれたるかた描《か》きたる所《ところ》を

1080 とゝのへし賀茂《かも》のやしろのゆふだすき帰《かへ》るあしたぞ乱《みだ》れたりける

安法《(あんぽふ)》法師

1077 別れてゆく舟は綱手の曳くのに任すけれども、心はあなたの方向に引かれています。○帰りけるに　冷泉本「かへりはへりけるに」。○隆経朝臣　藤原隆経。○難波といふ所　難波の浦か。○のぼりけるに　上洛したが。○道より　途中から。○綱手　舟を引く綱。綱手縄。「みちのくはいづくはあれど塩釜の浦漕ぐ舟の綱手かなしも」(古今・東歌・陸奥歌)。○ひけ　「綱手」の縁語。

1078 賀茂社への参詣の途中、今にも落ちてしまいそうに振っていらっしゃるあなたの古びた袖袂の中には、何を包んでいるのでしょうか。○賀茂　賀茂神社。山城国の一の宮。○ふる袖　「振る」に「古」を掛ける。○下句　「うれしきを何に包まむ唐衣袂ゆたかに裁てといはましを」(古今・雑上・よみ人しらず)を念頭に置くか。

1079 木綿襷を袂に掛けて、わが願いを叶えてくださいと祈ってきた賀茂の御神の霊験を今日見ましたよ。あなたがやさしい言葉を掛けてくれたのだから。○初句　神事を行う際に掛ける、木綿で作った襷。「ちはやぶる賀茂の社の木綿襷一日(ひと)も君をかけぬ日はなし」(古今・恋一・よみ人しらず)、「木綿襷かくる袂はわづらはし解けば豊かにならむとを知れ」(大弐高遠集)。

1080 木綿襷を掛け、容儀を整えて賀茂社にお祈りしたのに、祭礼が果てて帰る翌朝はひどく乱れているよ。安法法師集、四句「とくるあしたぞ」。○祭の帰さ　「祭」は賀茂祭。陰暦四月の中の酉の日が祭日。「帰さ」は、その翌日。○斎王が紫野の斎院に帰る日。その行列は見ものとされる。○酔ひさまたれたるかた　ひどく酒に酔っている図。安法法師集によれば、屏風絵である。

実方朝臣《(さねかた)》女《をんな》のもとにまうで来《き》て格子《かうし》を鳴《な》らし侍《(はべり)》けるに、女《をんな》
心知《し》らぬ人して荒《あら》くましげに問《と》はせてければ、帰《かへ》り侍《(はべり)》にけ
り、つとめて女《をんな》のつかはしける

1081 明《あ》けぬ夜《よ》のこゝちながらにやみにしを朝倉《あさくら》といひし声《こゑ》は聞《き》ききや　よみ人しらず

返《かへ》し

1082 ひとりのみ木《き》の丸殿《まろどの》にあらませば名《な》のらでやみに帰《かへ》らましやは　藤原実方朝臣

初瀬《はつせ》にまい《(ゐ)》り侍《はべ》りけるに、木《き》の丸殿《まろどの》といふ所《ところ》に宿《やど》らむとし
侍《はべ》りけるに、誰《たれ》と知《し》りてかといひければ、答《こた》へすとてよめ
る

1083 名《な》のりせば人知《し》りぬべし名《な》のらねば木《き》の丸殿《まろどの》をいかですぎまし　赤染衛門

貫之《つらゆき》が集《しふ》を借《か》りて、返《かへ》すとてよみ侍《(はべり)》ける

1084 一巻《ひとまき》にちゞのこがねをこめたれば人こそなけれ声《こゑ》は残《のこ》れり　恵慶《(ゑぎやう)》法師

1081 昨夜はあなたにお逢いできなくて、まるで夜が明けない闇のような心地のままに終ってしまいましたが、「朝倉」(どなた)といって尋ねさせた声は聞きましたか。実方朝臣集、三句「あけにしは」。○心知らぬ人　女の恋人であるという事情を知らない人。実方朝臣集に「女、さななりとは聞きながら、心知らぬ人して」という。それによれば、女は来訪者が実方であると知っていたのである。○荒くましげに　荒々しそうに。○つとめて　翌朝。○三句「止み」に「闇」を掛ける。○朝倉といひし声　神楽歌・朝倉は「朝倉や　木の丸殿に　我がをれば　我がをれば　名のりをしつつ　行くは誰」という詞章なので、「あなたは誰ですか」と誰何した声の意。

1082 あなたがたった一人で局(つぼね)にいたならば、私は名乗らずにあなたと逢うのを止めて闇の中を帰りはしなかったよ。実方朝臣集。○木の丸殿　丸木造りの宮殿。やはり神楽歌・朝倉の語句を用いた。○やみに　「止み」と「闇」(「朝倉」を「朝暗」に取り成して)の掛詞。

1083 もしも名乗ったならば、人が私のことを知ってしまうでしょう。といって、名乗らなければ、木の丸殿をどうして過ぎることができるでしょうか。困りました。赤染衛門集、三句「名のらずは」。○初瀬　大和国の古刹長谷寺。○木の丸殿といふ所　赤染衛門集に「きどのといふ所」という。大和国、現、天理市喜殿町か。○誰と知りてか　誰と知って泊めようか。誰と分らない人は泊められないという意。

1084 一巻の内にたくさんの黄金を籠めてあるので、歌人はもはやこの世にいなくても、その声は残っています。恵慶法師集「故貫之がよみあつめたる歌を一巻借りて、返すとて」。○ちゞのこがね　莫大な黄金。貫之の秀歌を金になぞらえる。「ちゞ(千々)」は「一巻」の「一」と対。▽白楽天が元稹詩集の後に題した詩「遺文三十軸、軸軸金玉声、竜門原上土、埋㆑骨不㆑埋㆑名」(白氏文集二十一、和漢朗詠集・下・文詞付遺文)を念頭に置く。

返《かへ》し

1085 いにしへのちゞのこがねはかぎりあるをあふ許《(ばかり)》なき君《み》がたまづさ

紀　時　文《(ときぶみ)》

紀時文《きのときふん》がもとにつかはしける

1086 返《かへ》しけむむかしの人のたまづさを聞《き》きてぞそゝくおいの涙《なみだ》は

清　原　元　輔《(もとすけ)》

家《いへ》の集《しふ》の端《はし》に書《か》き付《つ》け侍りける

1087 花《はな》のしべもみぢの下葉《したば》かきつめて木《こ》のもとよりや散《ち》らんとすらん

祭　主　輔　親

伊勢大輔が集を人のこひにおこせて侍《(はべり)》ける、つかはすとて

1088 尋《たづ》ねずはかきやるかたやなからましむかしの流《なが》れ水草《みくさ》つもりて

康資王《(やすすけわう)》母

後三条院御時月明《あか》かりける夜《よ》、侍《(はべり)》ける人など庭《には》におろして御《ご》覧じけるに、人〳〵多《おほ》かる中《なか》にわきて、歌《うた》よめと仰《おほ》せ事《ごと》侍ければよめる

1089 いにしへの家《いへ》の風《かぜ》こそうれしけれかゝる言《こと》の葉《は》散《ち》りくと思《おも》へば

後三条院　越　前《(ゑちぜん)》

1085 古のたくさんの黄金といっても限りがありますが、父の詠草を讃めてくださったあなたの玉章の重みは量り知れないほどです。恵慶法師集。○四句「許」は助詞「ばかり」に「秤」を掛ける。「掛けつればちぢのこがねも数知りぬなぞわが恋の逢ふはかりなき」(古今六帖五・作者未詳、題「はかり」)。○たまづさ　「たま」は宝玉を連想させ、「こがね」の縁語。

1086 返却されたという古人の歌草のすばらしさを聞くにつけ、老の涙をそそぎます。元輔集、下句「聞きてぞ袖に老の涙を」。恵慶法師集、三句「たまづさに」。○二・三句　古人(紀貫之)の歌稿を。○涙　涙の玉で「たまづさ」の縁語。▽白楽天が元稹詩集の後に題した詩「黄壌詎知我、白頭徒憶ㇾ君、唯将㆓老年涙㆒、一灑㆓故人文㆒」(白氏文集二十一)を踏まえる。

1087 花のしべや紅葉の下葉を掻き(書き)集めてこの家集を編んだが、これはいずれ木の下(子のもと)から世間に散るのであろうか。輔親卿集、四句「このもとよりぞ」。○初・二句　自身の歌を謙遜して、つまらないものの意でいう。○三句「掻き」と「書き」の掛詞。「つめ」は「集め」。○木のもと　「木」に「子」を掛ける。

1088 もしもお尋ねにならなければ、昔からの流れに茂った水草(大中臣家という和歌の家に生れた母の歌草)はいたずらに積るばかりで、こうして掻きやる(書いてお送りする)こともないでしょう。○伊勢大輔が集　自撰本があったらしい。伊勢大輔は作者の母。○かきやる　「掻きやる」に「書き遣る」を掛ける。○四句　大中臣家における昔からの和歌の伝統を喩える。○水草　「流れ」の縁語で、詠草を喩える。▽康資王母集の類歌「殿より母の集召したりしに、添へて参らせし／尋ねずは昔のつての言の葉はこのもとにてや朽ちはてなまし」。

1089 私の家の昔からの伝統が嬉しく感じられます。このような有難いお言葉がかかると思うと。○後三条院　↓人名。○侍ける人　天皇付きの女房。○わきて　とりわけ。格別に。○家の風　家の伝統。○言の葉　「風」の縁語で木の葉に見立てる。▽「家の風吹かぬものゆゑはづかしの杜の言の葉散らしはてつる」(顕輔集)はこの

七月ばかりに若《わか》き女房月見《み》に遊《あそ》びありきけるに、蔵人公俊《(きんとし)》新少納言《(しんせうなごん)》が局《つぼね》に入《い》りにけりと人〳〵いひあひて笑《わら》ひ侍《(はべり)》けるを、九月のつごもりに上聞《うへきこ》しめして、御畳紙《たゝうがみ》に書《か》き付《つ》けさせたまひける

後三条院御製

1090 秋風《あきかぜ》にあふことのはや散《ち》りにけむその夜《よ》の月のもりにけるかな

義《〈ノリ〉》忠朝臣、ものいひける女の姪《めゐ》なる女に又住《す》み移《うつ》り侍《(はべり)》けるを聞き《きゝ》てつかはしける

赤染衛門

1091 まことにや姨捨山《おばすて》の月は見《み》るよもさらしなと思《(おもふ)》わたりを

語《かた》らはんといひて道命法師がもとにまうできたる人のよみ侍《はべ》りける

よみ人しらず

1092 絶《た》えやせんいのちぞ知《し》らぬ水無瀬川《みなせがは》よし流《なが》れてもこゝろみよ君《きみ》

歌の影響作か。

1090 秋風に逢って木の葉が散るように、公俊と新少納言とが逢ったという噂が散ったのだろうか。あの七月の夜の月の光が洩れるようにみそか事が洩れたのだな。〇蔵人公俊　高階公俊。あるいは藤原氏良門流と魚名流に重出して見える壱岐守公俊か。〇新少納言　伝未詳。〇ことのはや散りにけむ　「風」の縁語で木の葉になぞらえていう。

1091 姨が姨捨山の月を見ている（あなたが姨を捨てて姪を愛した）というのは本当ですか。まさか更級のあたり（去らじ、別れまい）と思っていたのに。赤染衛門集「女院左近の命婦にのりたゞすみしを、めいの少納言の内侍に移りたりと聞きて、のり忠にやりし」、三句以下「月はみなよにさらしなのあたりと思ふに」。〇姨捨山　信濃国。伯母を暗示する。↓五三三。〇さらしな　姨捨山のある信濃国の地名「更級」に「去らじな」を掛ける。

1092 水無瀬川の流れが絶えるかどうか、後の運命はわかりません。泣きを見るかもしれませんが、ともかくも成行きに任せて私の心を試してごらんなさい、あなた。定頼集「道命阿闍梨、逢ひて語らはんなどいひて、なかなかなるはいとむつかし、さりとさらばいみじくむつましくなどいひて、また」。〇語らはん　親しく交際しよう。〇水無瀬川　摂津国。〇四句「流れ」は「川」の縁語で「泣かれ」を掛ける。「流れては妹背の山の中に落つる吉野の川のよしや世の中」（古今・恋五・よみ人しらず）。▽「水無瀬川ありて行く水なくはこそつひにわが身を絶えぬと思はめ」（古今・恋五・よみ人しらず）を念頭に置き、友情を誓う歌か。ただし、恋愛関係のように読める扱い方をしているか。定頼集によれば、作者は藤原定頼か。同集には、七月初めに道命が定頼を訪れたが会えなかったので、七夕になぞらえて詠んだ贈答歌もある。定頼は道命よりも二十一歳年少。

1093

近《ちか》き所《ところ》に侍《(はべり)》けるに音《おと》し侍らざりければ、村上《むらかみ》の女三宮《(をんなさんのみや)》のもとより、思《おも》ひ隔《へだ》てけるにや、花《はな》心にこそなどいひおこせたりける返《かへ》り事《ごと》に

いはぬまはつゝみしほどにくちなしは色《いろ》にや見《み》えし山吹の花《はな》

規子内親王《(きしないしんわう)》

1094

良暹《(りやうせん)》法師ものいひわたる人に逢《あ》ひがたきよしを歎《なげ》きわたり侍《(はべり)》けるに、今日なんかの人に逢《あ》ひたるといひおこせて侍りければつかはしける

うれしさをけふは何《なに》にかつゝむらん朽《く》ちはてにきと見《み》えしたもとを

藤原孝善《(たかよし)》

1095

語《かた》らひたる男《をとこ》の、女のもとにつかはさむとて、歌《うた》こひ侍《はべ》りければ、まづわが思《おも》ふことをよみ侍《(はべり)》ける

かたらへばなぐさむこともあるものを忘《わす》れやしなん恋《こひ》のまぎれに

和泉式部《(いづみしきぶ)》

1093 あなたの方から言わないうちはお近くに住んでいることを包み隠していたのに、山吹の花はくちなし色にはっきりと見えたのでしょうか。斎宮女御集、初句「いはぬまを」、三句「くちなしの」。○村上の女三宮　保子内親王。○思ひ隔て…　「隔てけるけしきを見れば山吹の花心ともいひつべきかな」（斎宮女御集）との贈歌を散文で要約した。○花心にこそ　あなたは移り気で私のことなど忘れてしまったのですね。「昔よりうち見る人につき草の花心とは君をこそ見れ」（古今六帖六・作者未詳）。○くちなし　くちなしの実で染めた濃い黄色。「いはぬ」の縁語。▽「山吹の花色衣ぬしやたれ問へど答へずくちなしにして」（古今・雑体・誹諧歌・素性）を念頭に置く。

1094 あなたは恋人と逢える嬉しさを今日は何に包むのでしょうか。袂は逢えないことを嘆く涙で朽ちてしまったと見えたのに。○ものいひわたる人　求愛し続けていた人。▽友人の恋の成就を喜ぶ歌。「うれしきを何に包まむ唐衣袂ゆたかに裁てといはましを」（古今・雑上・よみ人しらず）を念頭に置く。

1095 私とも語り合えば慰まることもあるのに、恋に熱中するあまりにまぎれて、私のことは忘れてしまったのでしょうか。和泉式部集。和泉式部続集。○語らひたる男　家集では「ただに語らふ男」「ただ語らひたる男」などと言い、親しく話をするだけの間柄の男と思われる。▽自分の恋に夢中になって他を顧みない男をたしなめる歌。彼女には「女友だちの、二人三人と物語するを見やりて／語らへば慰みぬらん人知れずわが思ふことを誰にいはまし」（和泉式部続集）という詠もある。

1096 五節《(こせち)》の命婦《(みやうぶ)》のもとに高定忍《たかさだしの》びて通《かよ》ふと聞《き》きて、誰《たれ》とも知《し》られで、かの命婦のもとにさしおかせ侍《(はべり)》ける

六条斎院宣旨《(ろくでうさいゐんせんじ)》

しのびねを聞《き》きこそわたれほとゝぎすかよふ垣根《かきね》のかくれなければ

1097 そらごと歎《なげ》き侍《はべ》りける頃《ころ》、語《かた》らふ人の絶《た》えて音《おと》し侍《はべ》らぬにつかはしける

馬内侍

うかりける身のうの浦《うら》のうつせ貝《がひ》むなしき名《な》のみ立《た》つは聞《き》ききや

1098 御贖物《あがもの》の鍋《なべ》を持《も》ちて侍《はべ》りけるを、大盤所《(だい)ばどころ》より人の乞《こ》ひ侍《はべ》りければつかはすとて、鍋《なべ》に書《か》き付《つ》け侍《はべ》りける

藤原顕綱《(あきつな)》朝臣

おぼつかな筑摩《つくま》の神《かみ》のためならばいくつか鍋《なべ》の数《かず》はいるべき

1096 時鳥の忍び音を聞き続けています。時鳥が通う垣根は隠れようがないので。あなたがたの秘め事はずっとわかっていますよ、高定はおおっぴらに通っているのですもの。〇五節の命婦　脩子内親王家の女房。〇高定　藤原氏北家惟孝説孝流の阿波守高定。〇しのびね　高定がひそかに五節の命婦を語らっていることをいう。「ほとゝぎす」の縁語。あるいは「音」に「寝」を掛けるか。〇ほとゝぎすかよふ垣根　「ほとゝぎす」は高定、「垣根」は五節の命婦を喩える。「ほととぎす通ふ垣根の卯の花の憂きことあれや君が来まさぬ」(拾遺・雑春・柿本人麻呂)。

1097 みのうの浦の身のない貝のように憂くつらかった私のあだな噂だけが立ったのを、あなたは聞きましたか。馬内侍集「よに空言をいはれて歎くに、文おこせがたく侍る人のたえて訪れねば」、五句「立つは聞きつや」。〇身のうの浦　「うかりける身」から続けていう。蓑生の浦。八雲御抄では石見国とする。契沖は筑前国かとする。〇三句　下句の序詞のような働きをする。→六六〇。

1098 はっきりしませんね。筑摩の神事用ならば、鍋の数は幾つ要るのでしょうか。一つでは済まないのではありませんか。顕綱朝臣集。〇御贖物の鍋　「贖物」は罪穢れを贖うため祓の時に供える物。「御贖物」とあるのによれば、天皇に関する贖物か。鍋はその物を煮炊きするのに用いるか。〇大盤所　宮中で台盤を扱う女房の詰所。〇筑摩の神　「ちくま」とも。近江国の神社。その祭礼に女は逢った男の数だけの鍋を奉納するという。「いつしかもつくまの祭はやせなんつれなき人の鍋の数見む」(拾遺・雑恋・よみ人しらず)、「年も経ぬつくまの神にことよせて鍋の数にも人の入れなん」(六条修理大夫集)。

後拾遺和歌抄第十九　雑五

1099 後冷泉院《(ごれいぜいゐん)》親王《みこ》の宮《みや》と申《(まうし)》ける時、二条院《(にでうゐん)》初《はじ》めてまい《(ゐ)》らせたまひけるを見《み》たてまつることやありけむ、よみ侍《(はべり)》ける

出羽弁《(いではのべん)》

春《はる》ごとの子《(ね)》の日はおほくすぎつれどかゝる二葉《ふたば》の松《まつ》は見《み》ざりき

1100 二条院東宮にまい《(ゐ)》り給《(たまひ)》て藤壺《ふぢつぼ》におはしましけるに、前中宮《(ちゆうぐう)》のこの藤壺《ふぢつぼ》におはせしことなど思《おも》ひ出《い》づる人など侍《(はべり)》ければ

大弐三位《(だいにのさんゐ)》

しのびねのなみだなかけそかくばかりせばしと思《おも》ふころのたもとに

1099 毎春子の日は多く過ぎてきましたが、このようにすばらしい二葉の松(姫宮)は見たことがありませんでした。○後冷泉院　長暦元年(一〇三七)八月十七日立太子。二条院は同年十二月十三日皇太子妃とされた。○二条院　後一条天皇の第一皇女章子内親王。従兄弟に当る後冷泉天皇が東宮に立てられた年にその妃とされた。時に十二歳。中宮・皇太后となる。長治二年(一一〇五)九月十七日没、八十歳。○子の日　子の日の遊び。正月初の子の日、野に出て小松を引き、若菜を摘み、長寿を祝う年中行事。長暦元年十二月十三日から同二年正月の子の日での詠か。○二葉の松　章子内親王を喩える。「子の日」の縁語。↓四四〇。▽今鏡・すべらぎの上・子日に引かれる。

1100 忍び音に泣いて流す涙を懸けないでください、喜びを包むにはこれほど狭いと思う今の私の袂に。○端白切(大弐三位集断簡)「故院の東宮と申しし折、一品宮参らせ給へりし頃、出羽弁、忍び音なん泣かるるとありしかば」。栄花物語・暮待つ星。○東宮　親仁親王、すなわちのちの後冷泉天皇。○藤壺　内裏五舎の一、飛香舎。「春宮は梅壺に、一品宮は昔のままに藤壺におはします。…古き女房などは、藤壺を見るにつけてもいとあはれなり」(栄花物語)。○前中宮　後一条天皇の中宮藤原威子(道長三女)。長元九年(一〇三六)九月六日没、三十八歳。章子内親王の母であるので、娘の内親王が藤壺に入ったために古参の女房が追憶にふけったのである。○せばしと思ふころのたもと　「うれしきを何に包まむ唐衣袂ゆたかに裁てといはましを」(古今・雑上・よみ人しらず)の古歌を踏まえていう。

返《かへ》し　　　　　　　　　　　　　　　　　　出羽弁

1101 春《はる》の日《ひ》に返《かへ》らざりせばいにしへのたもとながらや朽《く》ちはてなまし

後冷泉院親王《みこ》の宮《みや》と申《（まうし）》ける時、上《うへ》のをのこども一品宮《（いつぽんのみや）》の女房ともろともに桜《さくら》の花《はな》をもてあそびけるに、故中宮の出羽《いでは》も侍《はべ》りと聞《き》きてつかはしける　　　　　　　　　　　　源為善《（ためよし）》朝臣

1102 花《はな》ざかり春《はる》のみ山《やま》のあけぼのに思《（おもひ）》わするな秋《あき》の夕《ゆふ》ぐれ

三条院《（さんでうゐん）》東宮と申《（まうし）》ける時、式部卿敦《（あつ）》儀《（ノリ）》親王生《むま》れて侍《はべ》りけるに御佩刀《はかし》たてまつるとて結《むす》び付《つ》け侍《（はべり）》ける　　　　　　　　　　　　入道前太政大臣《（にふだうさきのだいじやうだいじん）》

1103 よろづ代《よ》を君《きみ》がまぼりと祈《いの》りつゝたちつくりえのしるしとを見《み》よ

1101 春の日に立ち返らなかったならば(今日の喜びに遇わなかったならば)、私の袂は悲しみの涙に濡れた昔、前中宮崩御の時の喪服のまま朽ち果ててしまったことでしょう。栄花物語・暮待つ星、二句「乾かざりせば」。○春の日　喜ばしい時の比喩。「春」には「春宮」の意をも込める。章子内親王が藤壺に入ったのが長暦元年十二月二十七日なので、年明けて同二年正月の頃の詠か。▽大弐三位とのこの贈答歌は今鏡・藤波の上・藤波にも引かれる。

1102 花盛りの春のみ山(春宮)のあけぼのに夢中になって、秋の夕暮の寂しさ(なき中宮)を忘れてしまわないでください。○一品宮　章子内親王。○出羽　出羽弁。○故中宮　後一条天皇の中宮藤原威子。○春のみ山のあけぼの　東宮を歌語で「春のみ山」ということから、一品宮が東宮妃として幸福な生活を送っていること。○四句↓六二。○五句　中宮を秋の宮ということから、中宮威子がなくなった秋の悲しみ。なくなったのは九月六日だから実際にも秋だった。春と秋を対比させた技巧。

1103 万代までもわが君をお守りしようと祈りながら鍛えた、しるしの太刀・作り柄と御覧ください。○三条院　寛和二年(九八六)七月十六日立太子、寛弘八年(一〇一一)六月十三日践祚。○敦儀親王　三条天皇の第二皇子。式部卿・中務卿になり、石蔵式部卿宮と号した。長徳三年(九九七)の誕生。○つくりえ　「えといふはつかなるべし。この草薙剣をば天十握の剣といふ故なり。又鴨の柄と書きてかもえと云ふがごとし。又斧の柄なんどもいへり」(和歌色葉)。○しるし　「神璽は国のてしるしなれば、かれによそへ読み給へるにや」(和歌色葉)。

御返《かへ》し　三条院御製

1104 いにしへの近《ちか》きまもりを恋《こ》ふるまにこれはしのぶるしるしなりけり

或人云、この歌は故左大将済時《なりとき》御子《みこ》たちのおほぢにて侍《はべり》ければ、けふのことをかの大将や取《と》り扱《あつか》はましなど思《おぼ》し出《い》でてよませたまへるなり

一条摂政《いちでうせつしやう》かくれ侍《はべ》りてのち、少将義孝《よしたか》子《こ》生《む》ませて侍《はべり》ける七夜に、昔《むかし》を思《おも》ひ出《い》でてよみ侍りける　法住寺太政大臣《ほうぢゆうじだいじやうだいじん》

1105 千《ち》ゞにつけ思《おも》ひぞ出《い》づるむかしをばのどけかれとも君《きみ》ぞいはまし

六条左大臣《ろくでうさだいじん》みまかりてのち播磨の国《くに》にくだり侍《はべり》けるに、高《たか》砂《さご》のほどにて、こゝは高砂《たかさご》となむいふと舟《ふな》人いひ侍ければ、昔《むかし》を思《おも》ひ出《い》づることやありけん、よみ侍ける　源相《スケ》方《かた》朝臣

1106 高砂《たかさご》とたかくないひそむかし聞《き》きし尾上《をのへ》のしらべまづぞ恋《こひ》しき

1104 昔の近衛大将済時を恋しく思っていたので、この太刀は彼を偲ぶしるしであるよ。○いにしへの近きまもり　左近衛大将であった藤原済時のこと。贈歌の「君がまぼり」を受けて「近きまもり」という。済時が没したのは長徳元年(九九五)四月二十三日。「照る光　近きまもりの　身なりしを」(古今・雑体・短歌・壬生忠岑)。○御子たちのおほぢ　敦明親王(小一条院)・敦儀親王をはじめ、三条院の御子の多くが済時女皇后宮娍子を母としているから、済時は御子達にとって母方の祖父に当る。○けふのこと　東宮御子誕生に伴う儀礼。○かの大将や取り扱はまし　もしも済時が生きていたならば彼が取り扱ったであろう。東宮としてはもとよりそれを望んでいたのである。

1105 あれこれにつけ、昔のことを思い出すよ。もしも兄伊尹が健在であったら、彼が赤子の将来をのどかであれと祝言を言ったであろうに。義孝集。○一条摂政　藤原伊尹。天禄三年(九七二)十一月一日没、四十九歳。○少将義孝　藤原義孝。伊尹の男。○子生ませて侍ける　源保光女との間に行成を儲けたことをいうか。行成の誕生は天禄三年。○七夜　子供が生れて七日目の夜の祝宴。→四三。▽義孝の返歌は「君がかくいふにつけても人しれぬ心のうちに心ある〈祈りするイ〉かな」(義孝集)。

1106 高砂と声高に言わないでほしい。昔聞いた尾上の松風にも通う、なき父の琵琶の調べがまず恋しくて、耳を澄ませて松風を聞きたいから。○六条左大臣　源重信。敦実親王の男。左大臣正二位。長徳元年(九九五)五月八日没、七十四歳。作者相方はその男。○高砂　播磨国。尾上の松で知られる。→一二〇。○初・二句　地名の高砂から催馬楽・高砂を連想し、亡父恋しさにいう。○尾上　琵琶の「緒」を掛ける。○まづぞ恋しき　「先」に「松」を掛ける。▽斎宮女御の「琴の音に峰の松風通ふらしいづれのをよりしらべそめけん」(拾遺・雑上)が念頭にあったか。

後一条院《(ごいちでうゐん)》幼《をさな》くおはしましける時、祭御覧《まつりごらん》じけるに、斎院《いつき》の渡《わた》り侍《(はべり)》けるをり、入道前太政大臣抱《いだ》きたてまつりて侍けるを見《み》たてまつりてのちに、太政大臣のもとにつかはしける

1107 ひかり出《い》づるあふひのかげを見《み》てしかば年《とし》へにけるもうれしかりけり

選子内親王《(せんしないしんわう)》

返《かへ》し

1108 もろかづら二葉《ふたば》ながらも君《きみ》にかくあふひや神のしるしなるらん

入道前太政大臣

後一条院御時賀茂行幸侍《はべ》りけるに、上東門院《(じやうとうもんゐん)》御輿《みこし》に乗《の》らせ給ひて紫野《むらさきの》より帰《かへ》らせたまひにける又のあした、聞《きこ》えさせ侍《はべ》りける

1109 みゆきせし賀茂《かも》の川波《かはなみ》かへるさに立《た》ちや寄《よ》るとぞ待《ま》ちあかしつる

選子内親王

1107 光り輝く葵(幼い宮)の姿を見たので、こんなに年を取るまで生きていたことも嬉しく思われます。栄花物語・初花。大鏡三・師輔、三・四句「みてしより年つみけるも」。○後一条院 ↓一〇二九。○幼くおはしましける時　栄花物語によれば、寛弘七年(一〇一〇)三歳の時。○祭　賀茂祭。○斎院　この時は選子内親王。○入道前太政大臣抱きたてまつりて　大鏡には、道長が幼い後一条・後朱雀両院を二人とも膝に据えていたと語る。○見たてまつりて　選子内親王は輿の帷から赤い扇の端をさし出して若宮を見たことを知らせたので、人々はその心ばせに感じ入ったという。○あふひ　賀茂祭で用いる「葵」に「逢ふ日」を響かせ、「ひかり」「日」「かげ」で縁語となる。○年へにける　年を経たこと。選子内親王は寛弘七年に四十七歳。

1108 葵(幼い宮)はまだ二葉ではありますが、私も一緒にあなたさまにお逢いできるのは、賀茂の御神の霊験でしょうか。栄花物語・初花。大鏡三・師輔、五句「ゆるしなるらん」。○初句　桂に葵を付けた鬘。○二葉　若宮が幼いことを、葵の縁語でいう。○あふひ　「葵」に「逢ふ日」を掛ける。

1109 賀茂行幸を御覧なされた帰り道、お寄りになるかとお待ちして、とうとう夜を明かしてしまいました。栄花物語・ゆふしで、四句「たちやとまると」。○後一条院御時　寛仁元年(一〇一七)十一月二十五日のこと。○上東門院　小右記などによれば、上東門院は天皇と同輿して渡ったという。この時天皇は十歳、上東門院は三十歳。○紫野　斎院はここにあった。雲林院の西院に近かったらしい。○三句　「かへる」は「波」の縁語。○立ちや寄る　「立ち」「寄る」もともに「波」の縁語。▽栄花物語は三条院中宮妍子の歌とする。上東門院の返歌は「立ち返り賀茂の川波よそにても見しやみゆきのしるしなるらん」(栄花物語)。

1110 後冷泉院御時上東門院に行幸《みゆき》あらんとしけるを、止《とゞ》まりて
のち、内《うち》より硯《すゞり》の箱《はこ》の蓋《ふた》に桜《さくら》の枝《えだ》を入《い》れてたてまつらせ給《（たまひ）》
たりける御返《（かへし）》に、仰《おほ》せ事《ごと》にてよみ侍《はべ》りける

みゆきとか世《よ》にはふらせていまはたゞこずゑのさくら散《ち》らすなりけり

上東門院中将《（じやうとうもんゐんちゆうじやう）》

1111 小弁《（こべん）》斎院《（さいゐん）》にまい《（ゐ）》り侍《はべ》りてほのかに見《み》たてまつりたるよしい
ひにおこせて侍《（はべり）》ける返事に

ゆふしでやしげき木《こ》の間《ま》をもる月のおぼろけならで見《み》えしかげかは

六条斎院宣旨《（ろくでうさいゐんせんじ）》

1112 宇治前太政大臣《（うちのさきのだいじやうだいじん）》少将に侍《（はべり）》ける時《とき》、春日《かすが》の使《つかひ》に出《い》で立《た》ち侍《はべ》
りて又《また》の日《ひ》雪《ゆき》の降《ふ》り侍けるに、四条大納言《（しでうだいなごん）》のもとにつかは
しける

若菜《わかな》つむ春日《かすが》の原《はら》に雪《ゆき》ふれば心づかひを今日さへぞやる

入道前太政大臣

返《かへ》し

1113 身《み》をつみておぼつかなきは雪《ゆき》やまぬ春日《かすが》の野《ゝ》辺《べ》の若菜《わかな》な《ゝ》りけり

前大納言公任《（きんたふ）》

1110　この御所に行幸（みゆき）があると世間に噂されて、実際にはないままに、今はもう桜の梢が花びらを深雪のように散らしております。〇後冷泉院御時　寛徳二年（一〇四五）一月十六日より治暦四年（一〇六八）四月十九日までの間。〇上東門院後冷泉院には祖母に当る。〇内より　御門より。〇硯の箱の蓋　物を贈る時しばしば用いられる。〇たてまつらせ給たりける　上東門院に献上なさった。〇仰せ事にて　上東門院の御命令で。〇みゆき　「行幸」に「深雪」を掛ける。〇ふらせて　ふれさせて。言い広めて。「深雪」の縁で「降らせ」を掛ける。〇こずゑ　「来ず」を響かせるか。〇散らす　「深雪」の縁語。

1111　木綿四手（ゆうしで）を垂らし、茂った木の間に囲まれた斎院御所を洩れる月の光は、おぼろげでなくては見えるものですか。斎院様にはそうたやすくは拝謁できません。〇斎院　六条斎院禖子内親王の御所。〇見たてまつりたる　六条斎院を拝見した。〇ゆふしで　木綿で作った四手。四手は神に捧げる幣。斎院が神域に通う場所であることをいう。〇月　六条斎院を喩える。

1112　若菜を摘む春日の原に雪が降ったので、今日使に立ったわが子はどうだろう、気懸りだなと思いやります。公任集。栄花物語・初花、二句「春日の野べに」。〇宇治前太政大臣　藤原頼通。〇少将に侍ける時　長保六年（一〇〇四）二月五日のこと。元服した直後で十三歳。〇春日の使　春日祭（二月と十一月の上の申の日に行われる）の勅使。〇四条大納言　藤原公任。〇若菜つむ春日の原　「春日野の若菜摘みにや白妙の袖ふりはへて人の行くらん」（古今・春上・紀貫之）など、若菜を摘む場所とされる。↓三四。〇心づかひ　「使ひ」を掛け、心を擬人化する。

1113　若菜を摘むのではなく、この身を摘んで（つねって）気懸りでならないのは、雪の降りやまぬ春日の野辺の若菜（使の少将）です。公任集、四句「春日の原の」。栄花物語・初花。〇初句　贈歌の「若菜つむ」を受けて「つみ」という。「身をつみて思ひ知りにき薫物のひとりねいかにわびしかるらん」（元良親王集）。〇若菜　若い頼通を喩える。

1114 二条前太政大臣《（にでうさきのだいじやうだいじん）》少将に侍《はべ》りける時、春日《かすが》の使《つかひ》にまかりて
又の日、霧《きり》のいみじう立《た》ち侍《はべ》りければ、入道前太政大臣の
もとにつかはしける

みかさ山《やま》春日《かすが》の原《はら》の朝霧《あさぎり》にかへりたつらんけさをこそ待《ま》て

1115 上東門院長家《（ながいへ）》民部卿三条の家《いへ》に渡《わた》らせ給《（たまひ）》たりける頃《ころ》、には
かに行幸《みゆき》ありて、近《ちか》き人〲の家《いへ》召《め》されければ、まかるべ
き所《ところ》なきよし奏《そう》させさせ侍《（はべり）》けり、その御返《かへ》りに、歌《うた》をよみて
まい《（ゐ）》らせよと仰《おほ》せられければ、雪《ゆき》の降《ふ》る日《ひ》よみてまい《（ゐ）》らせ
ける

年《とし》つもるかしらの雪《ゆき》は大空《おほぞら》のひかりにあたるけふぞうれしき
家《いへ》を返《かへ》しにすと仰《おほ》せられて、許《ゆる》されにけり

伊世大輔《（いせのたいふ）》

1116 冷泉院《（れいぜいゐん）》東宮と申《（まうし）》ける時《とき》、女の石井《いしゐ》に水汲《みづく》みたるかた絵《ゑ》に描《か》
きたるをよめと仰《おほ》せられければ

年《とし》をへてすめるいづみにかげ見《み》ればみづはくむまで老《お》いぞしにける

源重《しげ》之《ゆき》

1114 三笠山の春日の原に朝霧が立ちこめる中、御令息の少将が大任を果して帰ってくる今朝を待っています。公任集、五句「けさをこそ思へ」。○二条前太政大臣　藤原教通。寛弘四年(一〇〇七)十一月二日右少将に任ぜられ、同五年一月二十八日右中将に転じている。春日祭使として発遣されたのは任右少将直後の十一月八日のこと。○入道前太政大臣　藤原道長。○初句　大和国。近衛の官職をいうことが多いので、ここでは少将教通をも意味する。○かへりたつ　帰途に就く。「たつ」は「霧」の縁語。▽権力者の子息が大任を果して帰京することを祝った歌。道長の返歌は「三笠山ふもとの霧をかき分けて秋をしるべに今や来ぬらん」。

1115 年を取ったので頭には白髪の雪を戴いていますが、大空の光(御門の御威光)に当る今日の日が嬉しく思われます。伊勢大輔集。○長家民部卿　藤原長家。○三条の家　御子左邸をさすか。「御子左／三条ノ坊門南大宮東、兼明親王家、長家卿伝二領之一」(拾芥抄)。○まかるべき所　立ち退くべき場所。○つもる　「雪」の縁語。○大空のひかり　天子の威光の比喩。○家を返しにす　歌への返事の代りに家を徴発することを免除する。▽「春の日の光にあたる我なれどかしらの雪となるぞわびしき」(古今・春上・文屋康秀)を念頭に置く。帝徳を称えた歌を巧みに詠んで負担を免除された、一種の歌徳説話。

1116 幾年たっても澄んでいる泉に映るわが影を見ると、みずはぐむ(水は汲む)まで老いてしまったよ。重之集「枇杷殿の御絵に、岩井に女の水汲む、さしのぞきつつ影見る」、五句「老いにけるかな」。○冷泉院　天暦四年(九五〇)五月二十四日誕生、七月二十三日立太子、康保四年(九六七)五月二十五日践祚　→人名。○石井　石で囲った井戸、また、岩間に湧く泉。○みづはくむ　年老いてから歯が生えるの意に「水は汲む」を掛ける。▽檜垣嫗の「年ふればわが黒髪も白川のみづはくむまで老いにけるかな」(後撰・雑三、大和物語一二六段)と類想の、嘆老の歌。作者は画中の老女の心で詠む。絵は障子絵か屏風絵か。

1117 春頭白《かしらしろ》き人のゐたる所《ところ》を絵《ゑ》に描《か》けるを

春来《はるく》れど消《き》えせぬものは年《とし》をへてかしらにつもる雪《ゆき》にぞ有《(あり)》ける

花山院《(くわざんゐん)》御製

1118 三条院御時大嘗会御禊など過《す》ぎての頃《ころ》、雪《ゆき》の降《ふ》り侍りけるに、大原《おほはら》に住《す》み侍《はべ》りける少将《(せうしやう)》井《ゐ》の尼《あま》のもとにつかはしける

世《よ》にとよむ豊《とよ》のみそぎをよそにして小塩《をしほ》の山のみ雪《ゆき》をや見《み》し

伊勢大輔

1119 返《かへ》し

小塩《をしほ》山こずゑも見《み》えず降《ふ》りつみしそのすべらきのみ雪《ゆき》なりけん

少将井《ゐ》の尼《あま》

1120 一条院《(いちでうゐん)》失《う》せさせ給《(たまひ)》て、上東門院里《さと》にまかり出《い》でたまひにける、又の年《とし》の五節の頃《ころ》、昔《むかし》を思《おも》ひ出《い》でて、上《うへ》のお《(を)》のこども引《ひ》き連《つ》れまい《(ゐ)》りて侍《(はべり)》ける中によみて出《いだ》しける

はやく見《み》し山井《ゐ》の水のうすごほりうちとけさまはかはらざりけり

伊勢大輔

1117 本当の雪ならば春になれば消えてしまうのに、春が来ても消えることのないものは、幾年もたって頭に積った雪、白髪だったのだ。○かしらにつもる雪　白髪の暗喩。▽嘆老の歌。やはり画中の老人の心で詠むか。あるいは「足引の山路に散れる桜花消えせぬ春の雪かとぞ見る」（拾遺・春・よみ人しらず）で桜を春の雪に見立てているのを意識して、白髪を雪に見立てたか。

1118 世間で大騒ぎする大嘗会の御禊の行幸（みゆき）をよそにして、あなたは小塩山の深雪を見たのでしょうか。○三条院御時大嘗会御禊　寛弘九年（一〇一二）閏十月二十七日に行われた。○大原山城国、大原野。現、京都市西京区。○世にとよむ「豊」と同音反復の技巧。○豊のみそぎ大嘗会の御禊。大嘗会に先立って天皇が賀茂川で禊する。その際の行幸は「一代に一度の見物」（更級日記）とされた。○小塩の山　山城国、大原野。○み雪　「行幸」を掛ける。

1119 小塩山の木々の梢も見えないほど降り積った深雪、それが私にとっては帝の行幸（みゆき）だったのでしょう。▽世を捨てた尼には帝の行幸も関わりないと応和した歌。二人の間には、「大原や小塩の山も今日こそは神代のことも思ひ出づらめ」（古今・雑上・在原業平）や源氏物語・行幸の巻が想起されているか。

1120 五節の頃山藍衣を身につけた皆さんが、丁度山の井の水に張った薄氷が解けるようにうちとけていらっしゃる有様は、先帝の御代の昔と変りませんね。伊勢大輔集、三句「うはごほり」。○一条院失せさせ給て　寛弘八年（一〇一一）六月二十二日のこと。○又の年の五節の頃　寛弘九年十一月二十三日に豊明節会が行われた。○上のおのこども　殿上人達。○引き連れまいりて侍ける　伊勢大輔集「小忌の姿にてまゐりたりしに」。○中によみて出しける　同「さるべきことといへと仰せられしかば」。○二・三句「山井」に神事の際に着る山藍摺りの小忌衣の「山藍」を掛け、「うちとけ」の序詞となる。○四句底本「うちとけさまに」、冷泉本他による。

1121 中納言実成《(さねしげ)》宰相《さいさう》にて五節たてまつりけるに、妹《いもうと》の弘徽殿《(こきでんの》女御《にようご)》のもとに侍《はべ》りける人かしづきに出《い》でたりけるを、中宮の御方の人〳〵ほのかに聞《きゝ》きて、見《み》ならしけむ百敷《もゝしき》をかしづきにて見《み》るらんほどもあはれに思《おも》ふらんといひて、箱《はこ》の蓋《ふた》に銀《しろかね》の扇《あふぎ》に蓬萊《ほうらい》の山作《つく》りなどして、刺櫛《さしぐし》に日蔭《ひかげ》のかづらを結《むす》び付《つ》けて、薫物《たきもの》を立文《たてぶみ》にこめて、かの女御の方《かた》に侍《はべ》りける人のもとよりとおぼしうて、左京《(さきやう)》の君《きみ》のもとにといはせて、果《はて》の日さしおかせける

おほかりし豊《とよ》の宮《みや》人さしわけてしるきひかげをあはれとぞ見《み》し

よみ人しらず

1122 かくて臨時祭になりて、二条前太政大臣中将にて祭《まつり》の使《つかひ》し侍りけるに、ありし箱《はこ》の蓋《ふた》に沈《ぢむ》の櫛《くし》、銀《しろかね》の笄《かうがい》金《かね》の箱《はこ》に鏡《かゞみ》など入《い》れて、使《つかひ》は中宮のはらからなればにや、日蔭《ひかげ》とおぼしくて鏡《かゞみ》の上《うへ》に蘆手《あしで》に書《か》きて侍《(はべり)》ける

ひかげ草《ぐさ》かゝやくかげやまがひけんますみの鏡《かゞみ》くもらぬものを

藤原長能《ながたふ》

1121 大勢いた豊明節会に関わる宮人達の中でも、とりわけはっきりと目立つ日蔭の蔓(あなた)をしみじみと見ました。栄花物語・初花。紫式部集。紫式部日記。○中納言実成　藤原実成。○五節たてまつりける　五節の舞姫を献じた。寛弘五年(一〇〇八)十一月のこと。○弘徽殿女御　藤原義子。公季女、一条天皇女御。○かしづき　五節の舞姫の介添え役。○中宮　一条天皇の中宮彰子。○蓬萊の山　東海中にあり、不老不死の仙人が住む仙境とされる島。○立文　包紙で縦に包み、上下をひねった書状。○左京の君　かしずきとなっている女房。▽紫式部集・紫式部日記によれば、歌の作者は紫式部。

1122 日蔭の蔓の輝く光に見まごうたのでしょうか。真澄の鏡は曇らず照らしているのに、違った人に贈り物を頂きました。栄花物語・初花、二句「かゝやくほどや」。○臨時祭　賀茂臨時祭。寛弘五年(一〇〇八)十一月二十八日。○二条前太政大臣　藤原教通。→一二一四。○ありし箱の蓋　左京への贈物を載せてあったもの。○沈の櫛…　以下、祭の使が用いるための鬢を掻く道具。「使の君の鬢かき給ふべき具とおぼしくてしたり」(栄花物語)。○中宮のはらからなればにや　中宮の御兄弟だからであろうか。○蘆手に書きて　蘆手書き(水を描き、傍に蘆が乱れたように草仮名で書く)で。▽長能は代作者。紫式部日記に、一一二一の歌の経緯に続いて、この返歌について「文字二つ落ちてあやしう、ことの心たがひてもあるかな」というが、歌は引いていない。

1123 おなじ人の五節に、童女《わらは》の汗衫《かざみ》かしづきの唐衣《からぎぬ》に青摺《あをず》りをして赤紐《あかひも》など付《つ》けたりけり、人〳〵見《み》侍《はべ》りけるに、青《あを》き紙《かみ》の端《はし》に書《か》きて結《むす》び付《つ》けさせ侍《（はべり）》ける

神代《よ》よりすれるころもといひながら又かさねてもめづらしきかな

選子内親王

1124 一条院御時皇后宮《（くわうごうぐう）》五節たてまつり給《（たまひ）》けるに、かいつくろひつかまつりける人の付《つ》けて侍《はべ》りける赤紐《あかひも》の解《と》けて、いかにせんといひけるを聞《き》きて、結《むす》び付《つ》くとてよみ侍《（はべり）》ける

あしひきの山井《ゐ》の水《みづ》はこほれるをいかなるひものとくるなるらん

藤原実方《（さねかた）》朝臣

1125 ものいひ侍《はべ》りける女の五節に出《い》でて、異《こと》人にと聞《き》き侍《（はべり）》ければつかはしける

まことにやなべて重《かさ》ねしお《（を）》みごろも豊《とよ》の明《あか》りのかくれなきよに

源頼家《（よりいへ）》朝臣

1123 青摺りの衣は神代の時代からのものとはいうものの、童女やかしずきが重ね着している有様は重ねて珍しく思われるよ。栄花物語・初花。○おなじ人　藤原実成。○汗衫　表着の上に着る後部の長い単の服。○青摺り　山藍で摺り染めすること。○赤紐　小忌衣の右肩に付ける二条の紅の紐。

1124 山の井の水は凍っているのに(あなたのお心は冷たいのに)、いったいどのような氷ならぬ紐が(あたかも心を許したように)解けるのでしょうか。清少納言集。枕草子・宮の五節いださせ給ふに。実方中将集では宣方と実方の、実方朝臣集では実方と「人」の連歌とする。○一条院御時　正暦四年(九九三)十一月の時のことか。○皇后宮　藤原定子。○かいつくろひつかまつりける人　五節の舞姫の付添い役として奉仕する女房。枕草子によれば、小兵衛といった。○初句「山井」にかかる枕詞。▽小兵衛が返歌できないので、清少納言が「うは氷あはに結べる紐なればかざす日かげにゆるぶばかりを」と代作したが、取次の女房弁がうまく言えず、伝わらなかった(枕草子)。

1125 私以外の男と小忌衣を重ねたというのは本当ですか。豊明節会で秘密も明るく照らし出されて隠れようもない夜に。○ものいひ侍りける女　交際していた女。金葉集によれば源光綱母。○二・三句「なべて」はおしなべて、自分とだけでなく広く一般にの意、八代集抄本「あまた」。「豊の明り」の縁語で「おみごろも」という。衣を重ねるというのは、男女が共寝することの婉曲な表現。▽五節に出たのがきっかけで恋人が心変りしたと恨む男の歌。女の返歌の詞書に、二句「あまた重ねし」、五句「曇りなきよに」として引かれ、女は「日蔭には無き名立ちけり小忌衣きて見よとこそいふべかりけれ」(金葉・雑上)と返歌した。

1126 人の、子《こ》を付《つ》けんと契《ちぎ》りて侍《はべ》りけれど、籠《こも》りゐぬと聞き《きゝ》て
異《こと》人に付《つ》け侍りければよめる

思《おも》ひきやわがしめゆひしなでしこを人のまがきの花と見《み》んとは

法眼源賢《(げんけん)》

1127 父《ちゝ》の信濃《しなの》なる女を住《す》み侍りけるもとにつかはしける

信濃《しなの》なる園原《そのはら》にこそあらねども我《(わが)》はゝき木《ゞ》といまはたのまん

平正家《(まさいへ)》

1128 一条院御時大弐佐理《(すけまさ)》筑紫《つくし》に侍《はべ》りけるに、御手《て》本書《か》きに下《くだ》しつかはしたりければ、思《おも》ふ心書《か》きてたてまつ覧《(らん)》とて、書《か》きつくべき歌《うた》とてよませ侍《(はべり)》けるによめる

都《みやこ》へと生《いき》の松原《まつばら》いきかへり君《きみ》が千《ち》歳《とせ》にあはんとす覧《(らん)》

源重《しげ》之《ゆき》

1129 父《ちゝ》の供《とも》に幼《をさな》くて筑前国に侍《はべ》りて、年《とし》へてのち成順《(なりのぶ)》かの国に《くにゝ》なりて侍《はべ》りければ、下《くだ》りてよめる

そのかみの人はのこらじ箱崎《はこざき》の松ばかりこそわれを知《し》るらめ

中将尼《(ちゆうじやうのあま)》

1126 私が自分の子にしようとして標を結っておいた撫子(かねて目を付けておいた愛らしい子)を人の垣根の花(他の僧房の稚児)と見るようになろうとは、思ってもみただろうか。源賢法眼集「京にありし折、人のうてたりし子を、もりぬとて人に取らせたりしかば、やりし」。○子を付けん　幼児を弟子として托そう。○籠りゐぬと聞きて　わたしが籠山していると聞いて。○しめゆひしなでしこ　「子」の比喩。「二葉よりわが標結ひし撫子の花の盛りを人に折らすな」(後撰・夏・よみ人しらず)。○まがき　「なでしこ」の縁語。

1127 私は信濃の園原、いえあなたのおなかを痛めてはいませんが、これからは生母同様頼りにいたしましょう。○父　平正済。維衡の男。出羽守正五位下。○信濃なる女　信濃の国の女性の意か。○住み侍りける　同棲しておりました。○信濃なる園原　信濃国にある園原。帚木の伝説で著名。「その腹」を掛ける。→九四一。○はゝき木　「園原」の縁語、「母」を掛ける。

1128 生の松原の名のように、筑紫から生きて帰洛し、我が君の千代にお遇いしとうございます。重之集、五句「あはんとぞ思ふ」。○大弐佐理　藤原佐理。三蹟の一、佐蹟として知られる能書家。「道風放ちてはいとかしこき手書きにおぼして」(重之集)。その大宰大弐在任は正暦二年(九九一)一月二十七日から長徳元年(九九五)十月十八日までの間。○筑紫　九州。大宰府であろう。○御手本　書のお手本。重之集によれば「かなの御手本」。○下しつかはしたりければ　一条天皇が重之を使として遣されたので。○生の松原　筑前国。「いきかへり」を起す序詞のように用いた。○千歳　「松」の縁語。

1129 もはや私が幼かった頃の人は生き残っていないでしょう。筥崎宮の松だけが私を知っているでしょう。○父　源清時。宇多源氏、英明の男。大和守従五位上。ただし、和歌色葉では、英明は父、母は高階成順妹であるという。○成順　高階成順　→人名。○そのかみの人　「かみ」に「箱崎」の縁語「神」を掛ける。○箱崎　筑前国の筥崎八幡宮。

阿波守になりて又同《おな》じ国《くに》にかへりなりて下《くだ》りけるに、こづかみの浦《うら》といふ所《ところ》に波《なみ》の立《た》つを見《み》てよみ侍《(はべり)》ける

藤原基房《(もとふさ)》朝臣

1130 こづかみの浦《うら》に年《とし》へてよる波《なみ》もおなじところに返《かへ》るなりけり

頼国《(よりくに)》朝臣紀伊守にて侍《はべ》りける時、いふべきことありてまかりて侍りけるを、ことさらに物《もの》もいはざりければよみ侍りける

連敏《(れんびん)》法師

1131 老《おい》の波《なみ》よせじと人はいとへども待《ま》つらんものを和歌《わか》の浦《うら》には

肥後守義清《(よしきよ)》下《くだ》り侍りての年《とし》の秋、嵯峨野《さがの》の花《はな》は見《み》きやといひにおこせて侍《(はべり)》ける返《かへ》りにつかはしける

源　兼長《(かねなが)》

1132 うちむれし駒《こま》も音《おと》せぬ秋の野は草《くさ》かれゆけど見《み》る人もなし

東《あづま》に侍《(はべり)》けるはらからのもとに、便《たよ》りに付《つ》けてつかはしける

源兼俊《(かねとし)》母

1133 にほひきや都《みやこ》の花《はな》は東路《あづまぢ》にこちのかへしの風《かぜ》につけしは

1130 永年にわたってこづかみの浦に寄る波も、私と同じく、同じ所に寄せては返るのだなあ。○かへりなりて　再び任官して。○こづかみの浦　阿波国。木津上浦(歌枕名寄)。現、徳島県鳴門市撫養町南浜の海岸か(吉原栄徳『和歌の歌枕・地名大辞典』)。○返る　「浦」、三句の「よる」とともに、「波」の縁語。自身が「帰る」意を掛ける。

1131 あなたは老人の私を厭って寄せ付けまいとするけれども、任国紀伊の和歌の浦には年波が待っているでしょうに(若いあなただって、いずれ年をとるでしょう)。○頼国朝臣　源頼国。清和源氏、頼光の男。○いふべきこと　あるいは訴訟などか。○ことさらに物もいはざりければ　意識的に物を言わなかったので。○老の波　老人、ここでは連敏の比喩。「波」「よせ」は「浦」の縁語。「老の波世をうみわたる旅なれど心をぞやる道島の花」(大弐高遠集)。○人は　あなたは。頼国をさしていう。○和歌の浦　紀伊国。「老」に対する「若」を掛ける。

1132 共に群をなして行った馬の足音もしない秋の野は、草花も枯れてゆくけれども、見る人もいません。○肥後守義清　橘義清。義通の男。春宮大進正五位下。長元六年(一〇三三)十二月蔵人に補されている。○下り侍りて　任国の肥後に下りまして。○嵯峨野の花　嵯峨野は山城国。京の西。嘉保二年(一〇九五)八月には殿上人が虫を採りに行ったりしているから(古今著聞集二十)、秋草を賞することもしばしば行われたか。○初句　「思ふどち春の山辺にうちむれてそこともいはぬ旅寝してしか」(古今・春下・素性)。

1133 都の花は東路にまで匂ったでしょうか。東風が吹き返す、そのかえしの風に花の香を託したのですが…。○こちのかへしの風　東風とは逆方向に吹き返す風、すなわち西風。「こち」は東風、「此方」を掛けるか。

返《かへ》し

1134 吹《ふ》きかへすこちのかへしは身《み》にしみき都《みやこ》の花《はな》のしるべと思《（おもふ）》に

康資王《（やすすけわう）》母

筑紫より上《のぼ》らんとて、博多《（ハカタ）》にまかりけるに、館《（タチ）》の菊《きく》のおもしろく侍《（はべり）》けるを見《み》て

1135 とりわきてわが身に露《つゆ》やおきつ覧《（らん）》花《はな》よりさきにまづぞうつろふ

大弐高遠《（たかとほ）》

陸奥に侍《はべ》りけるに、中将宣方《（のぶかた）》朝臣のもとにつかはしける

1136 やすらはで思《おも》ひ立《た》ちにし東路《あづまぢ》にありけるものかはゞかりの関《せき》

藤原実方朝臣

語《かた》らひける人のもとに陸奥国《みちのくに》より弓《ゆみ》をつかはすとてよみ侍《はべ》りける

1137 みちのくの安《あ》達《だち》の真《ま》弓《ゆみ》君《きみ》にこそ思《おも》ひためたることも語《かた》らめ

実方朝臣陸奥に侍《はべ》りける時いひつかはしける

1138 都《みやこ》にはたれをか君《きみ》は思《（おもひ）》 出《い》づるみやこの人は君《きみ》を恋《こ》ふめり

大江匡衡《（まさひら）》朝臣

1134 都の花の道しるべと思うにつけ、吹き返す東風のかえしの風は身にしみました。康資王母集。▽二三とこの歌の経緯は古本説話集上ノ二十や宇治拾遺物語上・四十一では贈答関係が逆に語られる。

1135 取り分けて私の身体に露が置いたのだろうか。菊の花より先にうつろう(大弐の地位を去る)よ。大弐高遠集「いまはとて博多に下る日、館の菊のおもしろかりしを見て」。○筑紫より上らんとて　高遠は寛弘元年(一〇〇四)十二月大宰大弐に任ぜられたが、同六年八月筑後守菅野文信の訴状により、大宰府の釐務(むり)を停められ、鎰(かぎ)を小弐藤原永道に渡して上京した。○うつろふ　菊花の色を変えるものとされる。○露　菊のについては色変る(色あせる)、自身については辞任するの意でいう。

1136 ためらうことなく決意して赴任してきた東国路に、何とまあ、その名も憚りの関があったとはね。実方朝臣集、「陸奥国より宣方の中将もとに」、初句「やすらはず」、下句「ありけるものをはことりの関」。○中将宣方朝臣　源宣方。宇多源氏、重信の男。右中将従四位上。長徳四年(九九八)八月二十三日没、享年未詳。○初句　陸奥は遠いなどと躊躇せずの意。実方は陸奥に左遷されたという伝説(古事談)への反証となるような言い方。○五句　陸奥国。「はゞかり」は「やすらはで」と対比させる。

1137 これは陸奥の安達の真弓です。この弓を矯めるように、あなたにこそ溜まっている胸の思いを語りたいものです。○語らひける人　恋人。○二句　陸奥国安達の檀(まゆみ)で作った弓。↓九七六。○思ひためたること　心に溜めていること。「溜め」に「真弓」の縁語「矯め」(曲げたり伸ばしたりする)を掛ける。

1138 あなたは都では誰を思い出されますか。都の人はみなあなたを恋しがっているようです。実方朝臣集「式部大夫匡衡が陸奥国におこせたる」、三・四句「思ふらん都にはみな」。匡衡集「実方の中将陸奥国に侍りし折やり侍りし」、四句「都にはみな」。○四・五句　言外に、しかしその中でも自分が最もあなたのことを恋しく思っているという心を込める。

1139
返《かへ》し　藤原実方朝臣

忘《わす》られぬ人の中には忘《わす》れぬを待《ま》つらん人の中《なか》に待《ま》つやは

1140
津《つ》の国《くに》に通《かよ》ふ人の、いまなむ下《くだ》るといひてのちにもまだ京にありけるを聞《き》きて、人に代《かは》りてよめる　赤染衛門《(あかぞめゑもん)》

ありてやは音《おと》せざるべき津《つ》の国《くに》のいまぞ生田《いくた》の杜《もり》といひしは

1141
六波羅といふ寺《てら》の講《かう》にまい《(ゐ)》り侍《はべ》りけるに、きのふ祭《まつり》の帰《かへ》さ見《み》ける車《くるま》の、かたはらに立《た》ちて侍《(はべり)》ければ、いひつかはしける　相模《(さがみ)》

きのふまで神《かみ》に心をかけしかどけふこそ法《のり》にあふひなりけれ

1142
石山にまい《(ゐ)》り侍《(はべり)》ける道に山科《しな》といふ所《ところ》にて休《やす》み侍けるに、家主《いへあるじ》の心あるさまに見《み》え侍《はべ》りければ、又帰《かへ》るさにもなどいひ侍《はべ》りけるを、よにさしもといひ侍ければ　和泉式部《(いづみしきぶ)》

かへるさを待《ま》ちこゝろみよかくながらよもたゞにては山科《しな》の里《さと》

1139 忘られぬ人々の中でもあなたのことは忘られませんが、あなたは私の帰りを待っている人々の中でも、とりわけ待ってくれていますか。実方朝臣集、二句「人のうちには」、下句「こふらむ人のうちに待つやは」。匡衡集、一・三句「人のうちには忘られず」、五句「うちに待つやは」。○上句　贈歌の言外の心を察して、とくにあなたのことは忘れないという。

1140 京にいるならいるとどうして音信しないということがあるものですか。あなたはすぐ津の国の生田の杜に行くと言ったのに。赤染衛門集。○津の国に通ふ人　男性か女性か、家集伝本により異なるが、男性か。○初句　「やは」は反語。○生田の杜　摂津国の生田神社。「行く」を掛ける。

1141 昨日までは神様に心を掛けて祈っておられましたが、今日は葵ならぬ仏法に遇う日だったのですね。相模集。○六波羅といふ寺　六波羅蜜寺。京の寺。現、京都市東山区。空也の開創。○講　経典を講ずる法会。相模集「六波羅蜜説経聞きにまでたるに」。○祭　賀茂祭。○帰さ見ける車　相模集「紫野に見えし車」。○神　賀茂の神。○かけしかど　「かけ」は「あふひ（葵）」の縁語。○法　仏法。○あふひ　「遇ふ日」に賀茂社の象徴の「葵」を掛ける。相模集によれば、葵に付けて言い送った。▽相模集に「返し、車に人付けて見せけるにや、家に入りてこそおこせたりしか」とあるが、その返歌は記さない。

1142 石山からの帰途を待って、私の言葉が嘘かまことか試してごらんなさい。所も山科の里、二人の間はよもやこのままただでは止みますまい。和泉式部続集「山科といふ所にて苦しければ休む、その家主の心あるさまに見ゆれば、今帰さに聞えんなどいひて」、四句「よも尋ねでは」。○石山　石山寺。↓七一七。○山科といふ所　山城国。現、京都市山科区。○家主　女性か男性か、不明。○心あるさま　諸注、人情を解する様子とする。○帰るさ　底本・冷泉本「かへるさま」、太山寺本他による。○よにさしも　まさかそんなことはないでしょう。○たゞにては山科の里　「止まじ」を掛ける。▽和泉式部は

山階《（シナ）》寺供養《くやう》ののち、宇治前太政大臣のもとにつかはしける

1143 深《ふか》き海《うみ》のちかひは知《し》らず三笠《みかさ》山心たかくも見《み》えし君《きみ》かな

堀川右大臣《（ほりかはうだいじん）》

山里《ざと》にまかりて帰《かへ》る道《みち》に、家経《（いへつね）》が西八条《にし》の家近《いへちか》しと聞《き》きて、車《くるま》を引《ひ》き入《い》れて見《み》ありきけるに、難波《なには》わたりの心地せられていとをかしう侍《（はべり）》ければ、硯《すゞり》の箱《はこ》の上《うへ》に書《か》き付《つ》け侍ける

1144 こもまくらかりの旅寝《たびね》にあかさばや入江《いりえ》の蘆《あし》のひとよばかりを

伊勢大輔

山庄にまかりて日暮《く》れにければ

1145 日《ひ》も暮《くれ》れぬ人も帰《かへ》りぬ山里《ざと》は峰《みね》のあらしの音《おと》ばかりして

源頼実《（よりざね）》

伏見《ふしみ》といふ所《ところ》に四条《（しでう）》の宮《（みや）》の女房あまた遊《あそ》びて、日暮《く》れぬさきに帰《かへ》らむとしければ

1146 みやこ人暮《く》るれば帰《かへ》るいまよりは伏見《ふしみ》の里《さと》の名《な》をもたのまじ

橘俊綱《（としつな）》朝臣

帰途も「君ははや忘れぬらめどみ垣根をよそに見捨てていかが過ぐべき」という歌を言いやった。

1143 海のように深いみ仏の誓願は私にはわかりませんが、あなたのお志は三笠山のように高く見えました。入道右大臣集「山階寺の供養はてて、関白殿に」。○山階寺　興福寺。「本、山階ニ造リタリシ堂ナレバ、所ハ替レドモ山階寺トハ云也ケリ」(今昔物語集十一ノ十四)。○宇治前太政大臣　藤原頼通。○深き海のちかひ　法華経八・観世音菩薩普門品の偈、「弘誓深如海」を和らげていう。○三笠山　大和国。藤原氏の氏寺、山階寺(興福寺)に対し氏神なのでいう。○心たかくも　「高く」は「三笠山」の縁語。▽海と山、仏と神を対比する。

1144 薦枕をして仮の旅寝をこのお宅で明かしたい。難波の入江の蘆の一節ではないが、一夜だけでも。伊勢大輔集、二句「仮の旅寝に〈かりそめにてもィ〉」、五句「一夜ばかりに〈はィ〉」。家経朝臣集、五句「一夜ばかりは」。○家経　藤原家経。○西八条　京の南。現、京都市下京区・南区にわたる地域。○初句　薦を刈ることから、「かり」の枕詞。○かり　「刈り」と「仮」の掛詞。○蘆　「こも」「かり」と縁語。○ひとよ　「一夜」と「蘆」の縁語「一節」の掛詞。↓四二。▽別荘のたたずまいをほめた、家ぼめの歌。家経の返歌は「真薦草かりそめにても明さなん長くもあらじ夏のしののめ」。

1145 日もすっかり暮れた。人も帰ってしまった。この山荘のある山里には峰吹く山風の音だけが寂しく聞えていて。○人　都からの客人か。○あらし　烈しい風。ここでは山風。

1146 都人も日が暮れると帰ってしまう。これからは伏見の里という土地の名をも当てにするまい。○伏見といふ所　山城国。俊綱が石田殿・高陽院に次いで第三に面白い所と自慢する別荘があった(今鏡)。○四条の宮　藤原寛子。頼通の女。俊綱と同腹。後冷泉天皇の皇后。○伏見の里　「臥し」という語を連想している。

語《かた》らふ人のもとに年《とし》ごろありてまかりたりけるに、おぼめくさまにやありけむ、よみ侍《(はべり)》ける

1147 杉《すぎ》も杉宿《すぎやど》もむかしの宿《やど》ながらかはるは人の心《こゝろ》なりけり

よみ人しらず

比叡《ひえ》の山に二月五番とて花《はな》などつくること侍《はべ》りけり、その花《はな》つくらせむとて、人の山に呼《よ》び登《のぼ》せて侍《(はべり)》ければ、昔《むかし》この山にてものなど学《まな》びけることを思《おも》ひ出《い》でて

1148 思《おも》ひきやふるさと人に身《み》をなして花《はな》のたよりに山を見《み》むとは

蓮仲《(れんちゆう)》法師

ある所《ところ》に庚申し侍《(はべり)》けるに、御簾《みす》の内《うち》の琴《(こと)》のあかぬ心をよみ侍ける

1149 絶《た》えにけるはつかなる音《ね》をくりかへし葛《かづら》の緒《を》こそ聞《き》かまほしけれ

大中臣能宣《(よしのぶ)》朝臣

1147 目印の杉の木も同じ杉の木、家も昔の家のままだが、変ったのは住んでいる人の心だなあ。○語らふ人　交際していた女性。○年ごろありて　永年経って。○おぼめくさま　さあ、どなたでしょうとしらばくれる様子。「ほど経にける。おぼめかしくやとつつましけれど、過ぎがてにやすらひ給ふ。…若やかなるけしきどもしておぼめくなるべし」（源氏物語・花散里）。○初句「わが庵は三輪の山本恋しくはとぶらひ来ませ杉立てる門」（古今・雑下・よみ人しらず）の古歌を念頭に置いて、女の家の杉をさして言う。▽太山寺本勘物に、鎮西住僧観心の歌という。

1148 この身を昔この地に住んでいた人間として、花造りのついでに比叡の山を見ようとは、思ってもみただろうか。○比叡の山　延暦寺。○二月五番　修二月会の供花のごときものか。「今は断絶の事にて山の人々も不知云々」（八代集抄）。○ふるさと人　昔なじみの地にゆかりある人。「ゆき帰りふるさと人に身をなしてひとりながむる秋の夕暮」（栄花物語・根合・藤原生子）。

1149 弾きやんでしまったかすかな琴の音を繰り返し聞きたいものだなあ。能宣集「或所の御返し（「御庚申」の誤りか）、霞中琴声あかぬよしを人々よみ侍しに」、五句「ひかまほしけれ」。○ある所　書陵部三十六人集本能宣集では、「斎宮御庚申にさぶらひて…宮の御琴の音あかぬよしを題にて」という。ただし歌の下句欠。○初句　和歌童蒙抄に伯牙絶絃の故事の心があるという。→六九四。○はつかなる音　僅かな音。○葛の緒　陶潜の琴をさす「葛絃」で、実際には弾かず、心中に奏する曲であると、後拾遺問答で通俊が答えている（袋草紙・下）。「陶潜葛を絃にしてひく。心に曲を操れば声なけれど同じ事なりとて、絃もなくて琴を翫ぶと云へり」（和歌童蒙抄六）。

1150 入道一品宮《(にふだういつぽんのみや)》に人〲まい《(ゐ)》りて遊《あそ》び侍《(はべり)》けるに、式部卿敦貞《(あつさだ)》親王笛《ふえ》などをかしう吹《ふ》き侍ければ、かの親王《みこ》のもとに侍ける人のもとに又の日《ひ》、よべの笛《ふえ》のをかしかりしよしいひにつかはしたりけるを、親王《みこ》伝《つた》へ聞《き》きて、思《おも》ふことの通《かよ》ふにや、人しもこそあれ、聞《き》きとがめける〔こと〕など侍ける返《かへ》り事《ごと》に

いつかまたこちくなるべきうぐひすのさへづりそへし夜《よ》はの笛《ふえ》の音《ね》

相　模

人の扇《あふぎ》に、山里《ざと》の人も住《す》まぬわたり描《か》きたるを見《み》てよめる

1151 をじか伏《ふ》す茂《しげ》みにはへる葛《くず》の葉《は》のうらさびしげに見《み》ゆる山里《ざと》

大中臣能宣朝臣

法師《ほうし》の色好《いろこの》みけるをよみ侍《(はべり)》ける

1152 つねならぬ山のさくらに心入《い》りて池《いけ》のはちすをいひなはなちそ

源　重　之

人のかめに酒入《さけい》れてさか月《(づき)》に添《そ》へて、歌《うた》よみて出《いだ》し侍《(はべり)》けるに

1153 もちながら千代《ちよ》をめぐらんさか月《(づき)》の清《きよ》きひかりはさしもかけなん

藤原為頼《(ためより)》朝臣

1150　御子はいつまたこちらにおいでになって吹いてくださるのでしょうか、鶯が囀りを添えたようなあの夜の笛の音を。〇入道一品宮　脩子内親王。〇遊び　管絃の遊び。〇敦貞親王　↓人名。〇よべの笛　昨夜の笛。〇人しもこそあれ　よりによって相模がという意。〇聞きとがめけること　心をとめて聞いてくれたこと。「こと」、底本なし。冷泉本他による。〇こちく　笛を意味する「胡竹」に「此方来(こちく)」を掛ける。「唐竹のこちくの声も聞かせなんあなうれしとも思ひ知るべく」(古今六帖五・作者未詳)。〇三・四句「春鶯囀といふ楽によせてよめる也」(和歌童蒙抄六)。

1151　雄鹿の伏す茂みに蔓を延ばしている葛の葉の葉裏がひるがえり、心寂しげに見える山里だなあ。能宣集「扇の絵に、山里のことに人も住まぬあたりより旅人みすぎてまかるところに」。〇をじか伏す　「をじか伏す夏野の草の道見えずしげき恋にもまどふ頃かな」(是則集)。〇三・四句　「葉の裏」から「うらさびしげ」(「うら」は心)を起す序詞のように用いた。

1152　無常ではかない山の桜(かりそめの女色)に夢中になって、西方浄土の池に咲く蓮(悟道に入ること)をつまらないなどと放言しないでほしい。重之集。〇山のさくら　女色の比喩。〇池のはちす　悟りや極楽往生の比喩。〇五句「いひ」(言ひ)に「池」の縁語「楲(いひ)」(↓一〇五三)を掛ける。

1153　月は望月のまま千代までもめぐり、清い光を射しかけることでしょう。盃はいつまでも持ち続けながら、お酒を差し掛けましょう。斎宮女御集。〇初句　「持ち」と「望」(十五夜の月)の掛詞。〇めぐらん　「さか月」の縁語。〇さか月　盃の意。「月」を掛ける。〇五句　光が「射し」と盃を「差し」の両義を掛ける。▽酒席で酒を勧める歌。「前内侍といふ人、盃にてきれきかきてまゐらせ給ふに、女御殿／雲居にてさすがに見ゆる盃のこのてきれきはいかにせよとぞ」という斎宮女御の歌に応和した作。

小倉《をぐら》の家《いへ》に住《す》み侍《はべ》りける頃《ころ》、雨《あめ》の降《ふ》りける日《ひ》、蓑借《みのか》る人の侍《はべ》りければ、山吹《ぶき》の枝《えだ》を折《お》りて取《と》らせて侍《(はべり)》けり、心もえでまかりすぎて又の日、山吹《ぶき》の心えざりしよしいひにおこせて侍ける返《かへ》りにいひつかはしける

1154 なゝへやへ花《はな》は咲《さ》けども山吹《ぶき》のみのひとつだになきぞあやしき

中務卿兼明親王《(かねあきらしんわう)》

陸奥《(みちの)》くの守《かみ》則光《のりみつ》蔵《くら》人にて侍《はべ》りける時、妹背《いもせ》など言《い》ひつけて語《かた》らひ侍《はべ》りけるに、里《さと》へ出《い》でたらむほどに、人〱の尋《たづ》ねむに、ありかな告《つ》げそといひて、里《さと》にまかり出《い》でて侍《(はべり)》けるを、人〱の責《せ》めて、せうとなれば知《し》るらんとあるはいかゞすべきといひおこせて侍ける返《かへ》りに、布《め》を包《つゝ》みてつかはしたりければ、則光《のりみつ》心も得《え》で、いかにせよとあるぞと、まうできて問《と》ひ侍《はべ》りければよめる

1155 かづきする海人《あま》のありかをそこなりとゆめいふなとやめをくはせけん

清少納言《(せいせうなごん)》

1154 山吹の花は七重にも八重にも咲くけれども、実の一つすら付かないのは奇妙なことです。お貸しすべき蓑一つすらないとはおかしなことです。○小倉の家　京の西、小倉山の付近にあった兼明親王の家。「余亀山之下、聊卜二幽居一、欲三辞レ官休レ身、終二老於此一」(本朝文粋・兎裘賦)。○蓑　笠とともに雨具。○心もえで　山吹の枝を与えた意味が理解できないで。○初句　この山吹は八重山吹だったか。○みのひとつだになき　「実」に「蓑」を掛ける。「ひとつ」は「なゝ」「や」とともに数字にちなむ縁語。山吹が結実しないことは「八重ながらあだなる見れば山吹の下にこそ鳴け井手のかはづは」(古今六帖六・作者未詳)などと詠まれている。

1155 水に潜る海人の住みかを、水の底ですと決して言うなという意味で海藻を食わせたのでしょう。私の住所を、どこそこですと決して言うなという心で、目くばせしたのです。枕草子・里にまかでたるに、二・三句「あまのすみかをそことだに」。○陸奥くの守則光　橘則光。敏政の男。陸奥守従四位上。和歌を嫌っていたというが、金葉集に一首入集する。○妹背など言ひつけて　二人は夫婦であったが、後に別れた。「崩れよる妹背の山の中なればさらに吉野の川とだに見じ」(枕草子・里にまかでたるに)。枕草子で則光は公達から清少納言の「せうと」、清少納言は則光の「いもうと」と呼ばれている。○布　海藻。枕草子によれば、人々に問い詰められた則光が台盤の上にあった「め」を取って食うことに専念して人々の追及を遁れたと語ったので、「めを一寸ばかり紙に包みてやりつ」という。○二・三句　「そこ」は、「其処」に「海人」「布」の縁語「底」を掛ける。「わたつみのそこのありかは知りながらかづきて入らむ浪の間ぞなき」(後撰・恋二・藤原兼茂)。○ゆめいふな　決して言うな。○五句　目くばせしたのであろう。「目」に「布」を掛ける。「世をうみのあまとし人を見るからにめくはせよとも頼まるるかな」(伊勢物語一〇四段)。

1156 駿河守国房《くにふさ》と車に乗《の》りてものにまかりける道《みち》に、父《ちゝ》の定季《さだすゑ》が墓《はか》ありとて、にはかに車《くるま》より下《を》り侍《はべり》ければよめる

たらちねははかなくてこそやみにしかこはいづことて立《た》ち止《とま》るらん

源　頼俊《よりとし》

1157 山に住《す》みうかれて越《こし》の国《くにゝ》にまかり下《くだ》りたりけるに、思《おも》ひかけず良暹《りやうせん》法師など逢《あ》ひて、昔《むかし》のこと思《おも》ひ出《い》でいひ侍《はべり》ければよめる

思《おも》へどもいかにならひし道《みち》なれば知《し》らぬさかひにまどふなるらん

慶範《きやうはん》法師

1158 筑紫《つくし》より上《のぼ》りて、道雅《みちまさ》三位の童《わらは》にて松君《まつぎみ》といはれ侍《はべ》りけるを膝《ひざ》に据《す》ゑて、久《ひさ》しく見《み》ざりつるなどいひてよみ侍《はべり》ける

あさぢふに荒《あ》れにけれどもふるさとの松はこだかくなりにけるかな

帥内大臣《そちのないだいじん》

1159 前伊勢守義《ノリ》　孝《たか》宇治前太政大臣のむまやに下《くだ》りたりと聞《きゝ》きてつかはしける

いにしへのまゆとじめにもあらねども君《きみ》はみまくさ取《と》りてかふとか

天台座主　教円《けうゑん》

1156 父君ははかなくなられたのだから、そのお墓はない筈なのに、ここはどこという訳でお子さんのあなたは立ち止られるのですか。○駿河守国房　源国房　→人名。○車に乗りて　牛車に同乗して。○ものにまかりける道に　よそへ出掛けた途中に。○父の定季　源定季　→人名。○車より下り　主語は国房。父の墓前を乗車したまま通るのは不孝。○たらちね　親。ここでは国房の父。○はかなくて　「墓無く」を掛ける。○こは　ここは。「たらちね」に対する「子」を掛ける。

1157 思ってもどのように馴れた道だというので、私は知らぬ土地に惑っているのだろうか。○山　比叡山延暦寺。○住みうかれて　住みづらくなって離山して。「住みわづらひて」(八五八)というのにほぼ同じ。○越の国　北陸地方の越前・越中・越後などの国々。○ならひし道　馴れた道筋の意に、学習した仏道の意を込めるか。○知らぬさかひ　「ならひし」との縁で「知らぬ」と言う。「さかひ」は地域・土地の意に境遇の意を込めるか。

1158 都を離れているうちに、旧宅は浅茅生と荒れはててしまったけれども、庭の松(松君)は大きくなったなあ。栄花物語・浦々の別れ、初句「浅茅生と」。○筑紫より上りて　長徳二年(九九六)四月二十四日大宰権帥に左遷、配流されたが、翌年四月赦され、同年十二月帰京した。○道雅三位　藤原道雅。長徳三年に六歳。○あさぢふ　丈の短い茅萱が茂っている所。○ふるさとの松　松君(道雅)の比喩。

1159 昔催馬楽で歌われた眉刀自女ではないけれども、あなたは厩で馬にまぐさを取ってやっておられるということですね。○前伊勢守義孝　藤原義孝　→人名。○宇治前太政大臣　藤原頼通。○むまやに下りたり　厩に拘禁された。○まゆとじめ　眉刀自女。眉毛を抜かないで、雑役に奉仕する女房。馬や酒の世話をしたか。催馬楽・眉刀自女で「御秣取り飼へ　眉刀自女　眉刀自女　眉刀自女　眉刀自女　眉刀自女　眉刀自女　眉刀自女」と歌われる。「まゆとじめとは馬飼を云ふ也」(奥義抄)。

後拾遺和歌抄第廿　雑六

神祇

長元四年六月十七日に、伊勢《せ》の斎宮《いつき》の内の宮にまい《(ゐ)》りて侍《はべ》りけるに、にはかに雨降《あめふ》り、風吹《かぜふ》きて、斎宮《いつき》みづから託宣して祭主輔親《(すけちか)》を召《め》しておほやけの御事《こと》など仰《おほ》せられけるついでに、たび〳〵御酒《みき》めして、かはらけたまはすとてよませたまへる

1160 さか月《(づき)》にさやけきかげの見《み》えぬれば塵《ちり》のおそりはあらじとを知《し》れ

神祇　神祇信仰関係の和歌を集めた部分。後拾遺和歌集において初めて設けられた部立。

1160　盃にさやかな月の光が映って見えたから、塵ほどにも不信の徒の行為を恐れることはないと知れよ。○長元四年　一〇三一年。後一条天皇の代。○伊勢の斎宮　斎宮嫥子内親王。具平親王の三女。当子内親王の次の斎宮。寛仁二年(一〇一八)九月八日伊勢に群行、十九年在任、長元九年九月帰京。○内の宮　内宮。○託宣して　託宣を下したのは伊勢荒祭宮(伊勢神宮の別宮)の神。○祭主輔親　大中臣輔親。○おほやけの御事　斎宮権頭藤原相通の妻小忌古曽が自宅の内に大神宮の宝殿を作り、神威を詐り、民を惑わしているから、直ちに配流せよという託宣。○かはらけたまはす　盃を輔親に下賜される。○さか月　「月」になぞらえる。→一一五三。○かげ　光。○塵のおそり　ほんの少しの恐れ。「塵」は「塵の疑ひ」などと同様、程度が僅少微少であることをいう。「おそり」は恐れ。心配。

御返《かへ》りたてまつりける

1161 おほぢ父《ち》むまごすけちか三代《みよ》までにいたゞきまつるすべらおほん神《かみ》

祭主輔親

男《をとこ》に忘《わす》られて侍《（はべり）》ける頃《ころ》、貴船《きぶね》にまい《（ゐ）》りて、御手洗川《みたらしがは》に蛍《ほたる》の飛《と》び侍けるを見《み》てよめる

1162 もの思《おも》へば沢《さは》のほたるもわが身《み》よりあくがれ出《い》づるたまかとぞ見《み》る

和泉式部《（いづみしきぶ）》

御返《かへ》し

1163 奥山《おくやま》にたぎりておつる滝《たき》つ瀬《せ》のたまちる許《（ばかり）》ものな思《おも》ひそ

この歌《うた》は貴船《きぶね》の明神の御返《かへ》しなり、男《をとこ》の声《こゑ》にて和泉式部が耳《みゝ》に聞《きこ》えけるとなんいひ伝《つた》へたる

世《よ》の中騒《なかさわ》がしう侍《はべ》りける時、里《さと》の刀禰《とね》宣旨にて祭《まつり》つかうまつるべきを、歌二《うたふた》つなんいるべきといひ侍《（はべり）》ければよみ侍《はべ》りける

1164 しろたへの豊《とよ》みてぐらを取《と》り持《も》ちていはひぞそむる紫《むらさき》の野に

藤原長能《（ながよし）》

1161 祖父頼基、父能宣、頼基の孫に当るこの輔親と、大中臣家三代に亘って戴き申しあげる皇祖神の御託宣を謹んで承りまする。○おほぢ　祖父。大中臣頼基。輔道の男。天徳二年(九五八)没、享年未詳。三十六歌仙の一人。○父　大中臣能宣。○五句「すべら神」を更に敬って言う。

1162 思い悩んでいると、沢辺を飛ぶ螢の火も、私の身体から抜け出た魂ではないかと見るよ。○男　俊頼髄脳に「和泉式部が保昌に忘られて貴舟に参りてよめる歌」というのによれば、二度目の夫藤原保昌。○貴船　貴船神社。山城国愛宕郡。現、京都市左京区鞍馬貴船町。式内社。祭神は闇龗神。高龗神とも罔象女神とも伝える。○あくがれ出づるたま　身体から離れ、さまよい出る魂。「思ひあまり出でにしたまのあるならむ夜深く見えば魂結びせよ」(伊勢物語一一〇段)、「もの思ふ人の魂はげにあくがるるものになむありけるとなつかしげに言ひて、歎きわび空に乱るるわがたまを結びとどめよしたがひのつま」(源氏物語・葵)。

1163 奥山に激しい勢いで落ちる滝つ瀬の水の玉、そのように魂が散るほど思いつめるなよ。○滝つ瀬　貴船神社に参る道添いの貴船川は急流で、滝つ瀬も多い。○四句「滝つ瀬」の水の玉(飛沫)から魂の意に転じて言う。「魂散る」は魂がさまようことを言った。

1164 白栲の御幣を取り持って、都の北紫野にこの神を初めてお祭り申しあげます。長能集。○世の中騒がしう侍りける時　疫病が流行した時。長保三年(一〇〇一)か。「於㆓紫野㆒祭㆓疫神㆒。号㆓御霊会㆒。依㆓天下疾疫㆒也。…京中上下多以集㆓会此社㆒。号㆓之今宮㆒」(日本紀略・同年五月九日条)。長能集「いつの病ひにかありけむ、家の内に起きたる人なくありしほどに」。○里の刀禰　土地の神職。○しろたへ　白い栲(楮の皮の繊維、それで織った布)。下の「紫の野」と対をなす。○豊みてぐら　御幣。「豊」はほめる意の接頭語。○四句「そむる」は「初むる」に「しろ」「紫」の縁語「染むる」を掛ける。○紫の野　紫野。京の北方。現、京都市北区。底本・冷泉本「く〈む〉らさきの、」。太山寺本他による。

1165 いまよりは荒《あら》ぶる心ましますな花のみやこにやしろ定《さだ》めつ

この歌《うた》はある人云、世《よ》の中《なか》の騒《さは》がしう侍《はべ》りければ、舟岡《ふなおか》の北《きた》に今宮《いまみや》といふ神をいはひて、おほやけも神馬たてまつりたまふとなんいひ伝《つた》へたる

1166 稲荷山《いなりやま》みづの玉垣《たまかき》うちたゝきわがねぎごとを神もこたへよ

稲荷《いなり》によみてたてまつりける

恵慶《（ゑぎやう）》法師

1167 住吉《すみよし》の松さへかはるものならば何《なに》かむかしのしるしならまし

住吉《すみよし》の宮遷《みやうつ》りの日《ひ》書《か》き付《つ》け侍《（はべり）》ける

山口重如《しげゆき》

1168 ちはやぶる松の尾《を》山《やま》のかげ見《み》ればけふぞ千歳《ちとせ》のはじめなりける

一条院《（いちでうゐん）》の御時、初《はじ》めて松尾《まつのを》の行幸侍りけるに、うたふべき歌《うた》つかうまつりけるに

源兼澄《（かねずみ）》

1165 御神よ、これからは荒々しいお心をお持ちなさいますな、花の都に御社をお定め申しあげたのですから。長能集。○初句　社名の「今宮」を響かせるか。○花のみやこ　京の都をほめていう。花洛という漢語に相当する。→九二・九七二。○舟岡　山城国。紫野の西にある。現、京都市北区。○今宮といふ神　今宮神社。現、京都市北区。祭神は大己貴命・事代主命。長保三年(一〇〇一)五月九日、天下疾疫により紫野に疫神を祭り御霊会と号し、社を今宮と号した(日本紀略)。ただし、長能集には「五条にて厄神の祭つかまつる」という。これによれば五条天神のことか。

1166 稲荷の御神よ、稲荷山の三社の瑞垣を叩いて私の祈願することに応えてください。恵慶法師集「稲荷に人々歌よみてたてまつると聞きて、下の御社にたてまつる」、初句「稲荷のや」、四句「わがねぎごとに」。○稲荷　伏見稲荷大社。山城国の式内社。京都市伏見区深草藪之内町。祭神は宇迦之御魂大神・佐田彦大神・大宮能売大神の三神。○二句　瑞垣。「みつ」を掛け、下社・中社・上社の三社の瑞垣の意(和歌童蒙抄六)。

1167 住吉の常磐の松さえ変るものならば、いったい何が昔を偲ばせる目じるしであろうか。○住吉の宮遷りの日　住吉神社の遷宮の日。遷宮は二十年毎に行われていたか。○書き付け侍ける　社殿の社などに書き付けたか。○住吉の松　住吉社の象徴なので、社の意で言う。「我見ても久しくなりぬ住の江の岸の姫松幾代へぬらん」(古今・雑上・よみ人しらず)、「むつましと君は白浪瑞垣の久しき世より祝ひそめてき」(伊勢物語一一七段)などと歌われ、住吉の松と社は起源もわからないほど古いものとされる。

1168 常磐に変らない神聖な緑の松の松尾山を見ると、今日が千歳も続く御社、そして我が君の御代の初めなのだと知られる。兼澄集。○松尾の行幸　松尾社への行幸。松尾神社(松尾大社)は山城国の式内社。現、京都市西京区嵐山宮町。祭神は大山咋神・市杵島姫命。一条天皇の寛弘元年(一〇〇四)十月十四日初めて行幸があった。○初句　ここでは「松の尾山」の枕詞として用いる。○松の尾山　松尾大社の背後の山。ここでは松尾大社の意。○千歳　「松」の縁語。

後三条院《ごさんでうゐん》御時、初《はじ》めて日吉の社に行幸侍《はべり》けるに、東遊《あづまあそび》に
うたふべき歌仰《うたおほ》せ事《ごと》にてよみ侍《はべ》りけるに

1169 あきらけき日吉《よし》のみ神君《かみきみ》がため山のかひあるよろづ代《よ》やへん

大弐実政《さねまさ》

同御時祇園に行幸侍《はべり》けるに、東遊《あづまあそび》にうたふべき歌召《うため》し侍《はべ》
りければよめる

1170 ちはやぶる神《かみ》の園《その》なる姫小《ひめこ》松よろづ代《よ》ふべきはじめなりけり

藤原経衡《つねひら》

大原野祭の上卿にてまい《ゐ》りて侍《はべり》けるに、雪《ゆき》のところ〴〵消《き》
えけるを見《み》てよみ侍《はべ》りける

1171 さかき葉《ば》に降《ふ》る白雪《しらゆき》は消《き》えぬめり神の心はいまやとくらん

治部卿伊房《これふさ》

式部大輔資業《すけなり》伊与守にて侍《はべり》ける時、かの国《くに》の三《み》島《しま》の明神に
東遊《あづまあそび》してたてまつりけるによめる

1172 有《う》度《ど》浜《はま》にあまの羽衣《はごろも》むかし来《き》てふりけん袖《そで》やけふの祝子《はふりこ》

能因《のういん》法師

1169 明らかに世を照らしたまう日吉明神の御威光で、比叡の山もわが君のため甲斐ある万代を経るのであろう。○日吉の社　日吉神社（日吉大社）。近江国。後三条天皇の延久三年（一〇七一）十月二十九日初めて行幸があった。○三句「君」は後三条天皇。○四句「峡」に「かひ」を掛ける。「山」はここでは比叡山。「わびしらにましらな鳴きそ足引の山のかひあるけふにやはあらぬ」（古今・雑体・誹諧歌・凡河内躬恒）。

1170 祇園社の姫小松は万代を経るに違いない我が君の御代の初めを象徴しているのだなあ。経衡集「祇園の行幸に、東遊の歌」。○祇園　祇園社。現在の八坂神社。山城国、現、京都市東山区祇園町北側。祭神は素戔嗚尊（古くは牛頭天王）。延久四年（一〇七二）三月二十六日初めて行幸があった。○初句「神」にかかる枕詞。○神の園「祇園」を和らげていう。▽「ちはやぶる賀茂の社の姫小松万世ふとも色は変らじ」（古今・東歌・藤原敏行）を念頭に置くか。

1171 榊葉に降る白雪は消えたようだ。大原野明神のみ心は今はうちとけておられるのだろう。○大原野祭　大原野神社の祭礼。二月上の卯の日と十一月中の子の日の二回、春日社の春日祭に準じて行われた。大原野神社は山城国乙訓郡、現、京都市西京区大原野南春日町。祭神は武甕槌命・伊波比主命・天児屋根命・比売神。春日明神を勧請した。○上卿　公事を執り行う際の首席者。大臣、大・中納言が務める。○とくらん「とく」は「白雪」の縁語。

1172 有度浜に昔天人が降りて振った羽衣の舞いが、今日巫女たちの舞う東遊びの舞いなのであろう。能因集「あづまあそびを見て」。○式部大輔資業　藤原資業。○三島の明神　大山祇神社。式内社で伊予国の一の宮。現、愛媛県今治市大三島町宮浦。祭神、大山積神。○有度浜　駿河国。現、静岡市有度山・久能山の麓の浜。天人が稲川太夫に舞いを伝えたという伝説がある。「や有度浜に　駿河なる有度浜に　打ち寄する浪は七草の妹　ことこそ良し」（東遊歌・駿河舞）。○二句「君が世は天の羽衣まれに来て撫づとも尽きぬ巌ならなん」（拾遺・賀・よみ人しらず）。○祝子　神に仕えて神事を行う人。また、巫女。

大弐成章《（ナリノリ）》肥後守にて侍《（はべり）》ける時、阿蘇社に御装束してたてま
つり侍けるに、かの国《くに》の女のよみ侍ける

1173 あめのしたはぐゝむ神《かみ》のみそなればゆたけにぞたつみづの広前《ひろまへ》

よみ人しらず

八幡にまうでてよみ侍《（はべり）》ける

1174 こゝにしもわきて出《い》でけん石清《いはし》水神の心をくみて知《し》らばや

増基《（ぞうき）》法師

住吉にまうでてよみ侍《（はべり）》ける

1175 住吉《すみよし》の松のしづえに神さびてみどりに見《み》ゆるあけの玉垣《たまかき》

蓮仲《（れんちゆう）》法師

石清水にまい《（ゐ）》りて侍《（はべり）》ける女の、杉《すぎ》の木《き》のもとに住吉《すみよし》の社を
いはゐ《（ひ）》て侍ければ、かみの社《やしろ》の柱《はしら》に書《か》き付《つ》け侍りける

1176 さもこそは宿《やど》はかはらめ住吉《すみよし》の松さへ杉《すぎ》になりにけるかな

よみ人しらず

貴船《きぶね》にまい《（ゐ）》りて斎垣《いがき》に書《か》き付《つ》け侍《（はべり）》ける

1177 思《おも》ふことなる川上《かはかみ》にあとたれて貴船《きぶね》は人を渡《わた》すなりけり

藤原時房《（ときふさ）》

1173 天の下を広く覆い護ってくださる御神のお召し物なので、御宝前で裄丈をゆったりと仕立てます。○大弐成章　高階成章。○阿蘇社　阿蘇神社。肥後国の一の宮で式内社。現、熊本県。祭神は健磐竜命など十二神で、阿蘇十二社といわれる。○御装束　神服。○みそ　御衣。○ゆたけ　裄丈（ゆきたけ）。着物の背縫いから袖口までの長さ。「ゆたけの片の身を縫ひつるが」（枕草子・ねたきもの）。「寛けし」を掛ける。○五句神前を敬っていう。「みづ」は「瑞」で美称。

1174 とりわけここに岩から清水が湧いて出たのであろう。それを汲むことによって八幡御神の神慮を察知したい。増基法師集「京より出づる日、八幡に詣でてとまりぬ、その夜月おもしろうて、松の梢に風涼しくて、虫の声も忍びやかに、鹿の音も遥かに聞ゆ、常のわが住みかならぬ心ちも、夜の更けゆくにあはれなり、げにかかれば神も住みたまふなめりとて」。○八幡　石清水八幡宮。山城国、現、京都府八幡市。祭神は応神天皇・神功皇后・比売神。皇室の祖神、源氏の氏神。○わきて「とりわけて」の意に「石清水」の縁語「湧きて」を掛ける。○くみて「石清水」の縁語。

1175 住吉の松の下枝のために、御社の朱の玉垣も神々しく緑に見えるよ。○住吉　住吉神社。住吉大社とも。式内社で摂津国の一の宮。現、大阪市住吉区。祭神は表筒男命・中筒男命・底筒男命・神功皇后。○住吉の松のしづえ →一〇六三・二六七。○下句　緑の松の木の間から朱の玉垣が隠見するさま。

1176 いくら神の鎮座まします所が変ったとしても、住吉社を象徴する松さえも杉になってしまったなあ。○住吉の社　石清水八幡宮の摂社。○いはゐて　神としてお祭りして。

1177 願い事が成就するという、瀬の鳴る川上に垂迹されて、貴船明神は人々を済度されるのである。○貴船　貴船神社。→一一六二。○思ふこと　祈願する事。○なる「成る」（成就する）と「鳴る」の掛詞。○三句　垂迹して。○渡す「川上」「貴船」の「船」の縁語。

1178 後冷泉院《(これいぜいゐん)》御時、后《きさい》の宮《(みや)》の歌合《うたあはせ》に、春日祭をよみ侍《はべ》りける

けふ祭《まつ》る三《み》笠《かさ》の山の神ませばあめのしたには君《きみ》ぞさかえん

藤原範永《(のりなが)》朝臣

釈教

1179 山階寺の涅槃会にまうでてよみ侍《(はべり)》ける

いにしへの別《わか》れの庭《には》にあへりともけふのなみだぞなみだならまし

光源《(くわうげん)》法師

1180 つねよりもけふの霞《かすみ》ぞあはれなるたきゞつきにしけぶりと思《おも》へば

前律師慶暹《(きやうせん)》

1181 二月十五日の夜中《よなか》ばかりに、伊勢《(いせ)》大輔《(たいふ)》がもとにつかはしける

いかなればこよひの月のさ夜中《よなか》に照《てら》しもはてで入《い》りしなるらん

慶範《(きやうはん)》法師

1178 今日お祭り申しあげる三笠山の御神、春日明神がましますから、その御庇護により、この天の下では我が君が栄えられるでしょう。天喜四年(一〇五六)皇后宮春秋歌合。範永朝臣集。○后の宮　皇后宮寛子。↓一一四六。○春日祭　春日神社の祭礼。二月と十一月の上の申の日に行われた。春日神社(大社)は大和国、現、奈良市春日野町。祭神は武甕槌命・斎主命・天児屋根命・比売神。藤原氏の氏神として尊崇された。○三笠の山の神　春日明神のこと。○あめのした「天」に「三笠」の縁語「雨」を響かせる。

釈教　仏教関係の和歌を集めた部分。後拾遺和歌集において初めて設けられた部立。

1179 昔釈尊が涅槃に入られたその場に出会っていたとしても、涅槃会の今日悲しみのために流す涙とその時の涙とは同じであろう。○山階寺　興福寺。↓一一四三。○涅槃会　釈迦が入滅した二月十五日に修する法会。○いにしへの別れの庭　釈迦が中インド末羅国(まとら)の鳩戸那(くしな)城の沙羅双樹の間で入滅したその場。

1180 いつもよりも涅槃会の今日立つ霞は哀感をそそる。入滅された釈尊を荼毘にした煙が立ち昇ってできたものと思うと。○下句　法華経一・序品の偈に「仏此夜滅度、如㆓薪尽火滅㆒」とあることにより、釈尊が涅槃に入ったことを「薪尽く」と言う。「けぶり」はその遺骸を荼毘に付した(火葬した)時立ち昇った煙。上の「霞」と縁語。「惜しからぬこの身ながらも限りとて薪尽きなんことの悲しさ」(源氏物語・御法・紫の上)。

1181 今宵は二月十五夜なのに、どういう訳で月(釈尊)は夜を照らしきることもなくて入って(涅槃に入って)しまったのでしょうか。伊勢大輔集、作者を慶範とは記さず、単に「人」とする。○こよひの月　二月十五日の月。当然望の月である。○四句　一晩中照らしおわらないで。

1182 返《かへ》し

よを照《てら》す月かくれにしさ夜中《よなか》はあはれ闇《やみ》にやみなまどひけん　伊世大輔

1183 二月十五夜月明《あか》く侍《（はべり）》けるに、大江佐国《（すけくに）》が許《（もと）》につかはしける

山のはに入《い》りにし夜《よ》はの月なれどなごりはまだにさやけかりけり　よみ人しらず

1184 太皇太后宮《（たいくわうたいごうぐう）》東三条に渡《わた》りたまひたりける頃《ころ》、その御堂《みだう》に宇治前太政大臣《（うぢのさきのだいじやうだいじん）》の扇《あふぎ》の侍《（はべり）》けるに書《か》き付《つ》けける

つもるらん塵《ちり》をもいかではらはまし法《のり》にあふぎの風のうれしさ　伊勢《せ》大甫

1185 懺法おこなひ侍《はべ》りけるに、仏《ほとけ》にたてまつらんとて、周防《（すはうの》内侍《ないし）》のもとに菊を乞《こ》ひ侍りけるに、おこせて侍《はべ》りける返《かへ》り事《ごと》に

八《や》重《へ》菊《ぎく》にはちすの露《つゆ》をおきそへてこゝのしなまでうつろはしつる　弁乳母《（べんのめのと）》

1182 世を照らす月(釈尊)が隠れた夜中は、人々は皆闇に惑ったことでしょう。伊勢大輔集。○よを照す月　釈尊の比喩。○かくれにしさ夜中　仏が涅槃に入られた夜。○闇　「迷ひ」の比喩。「月」「夜中」の縁でいう。↓八六七・一〇二六。

1183 夜の月は山の端に入ってしまったけれども、余光はなおもさやかにさしています。釈尊は入滅されたけれども、その教えは今でもしっかり遺っています。○大江佐国　↓人名。○山のはに入りにし夜はの月　涅槃に入った釈尊の比喩。○なごり　月の沈んだあとの余光。釈尊の残した教え(遺教、遺法)の比喩。「僧肇法華翻経後記云、仏日西入、遺耀将レ及二東北一、茲典在二縁於東北一、汝慎伝弘、この文の心にてかくよめるなるべし」(八代集抄)。

1184 仏法に逢うことは嬉しい。何とかしてこの扇の風で積っているであろう心の塵を払いたい。伊勢大輔集。○太皇太后宮　四条宮寛子。↓二四六。○東三条　東三条院。「二条南ノ町西、南北二町」(拾芥抄)という。跡は現、京都市中京区。○宇治前太政大臣　藤原頼通。○塵　煩悩や罪を喩える。○法にあふぎ　「遇ふ」に「扇」を掛ける。「水無月の晦がたに六波羅の説経聞きにまかりたる人の扇を取り替へてやるとて／白露におきまどはすな秋来とも法に扇の風はことなり」(和泉式部続集)。

1185 八重咲きの菊に蓮の露まで置き添えて、九品浄土の世界までうつろうようにしてくださり、有難うございました。○懺法　罪を懺悔する儀式。○はちすの露　蓮花の露。蓮花は西方極楽浄土を象徴する花。露は菊の色を変える(うつろわす)ものとされる。↓一一三五。○こゝのしな　九品往生、九品浄土などの九段階。「八重菊」と数の語で縁語。○五句　移動させの意と菊の色を変えさせの意を掛けていう。

太皇太后宮五部大乗経供養せさせ給《たまひ》けるに、法華経にあたりける日《ひ》よめる

1186 咲《さ》きがたきみのりの花《はな》におく露《つゆ》ややがてころもの玉《たま》となるらん

康資《やすすけ》王《ノオホキミノハヽ》母

故土御門右大臣《つちみかどうだいじん》の家《いへ》の女房、車三《くるまみ》つに相乗《あひの》りて菩提講《ぼだいかう》にまい《ゐ》りて侍《はべり》けるに、雨《あめ》の降《ふ》りければ、二《ふた》つの車《くるま》は帰《かへ》り侍《はべ》りにけり、いま一《ひと》つの車《くるま》に乗《の》りたる人、講《かう》にあひてのち、帰《かへ》りにける人のもとにつかはしける

1187 もろともに三《みつ》の車《くるま》に乗《の》りしかど我は一味《いちみ》の雨《あめ》にぬれにき

よみ人しらず

月輪観をよめる

1188 月の輪《わ》に心をかけしゆふべよりよろづのことを夢《ゆめ》と見《み》るかな

僧都覚超《かくてう》

維摩経十喩の中《なか》に、此身芭蕉の如《ごと》しといふ心を

1189 風吹《ふ》けばまづやぶれぬる草《くさ》の葉《は》によそふるからに袖《そで》ぞつゆけき

前大納言公任《きんたふ》

1186 滅多に咲かない御法の花(得がたい法華経)に置く露(芽生えた菩提心)は、そのまま衣の裏の宝珠(仏性)となるのであろうか。康資王母集。○太皇太后宮　四条宮寛子。○五部大乗経　天台宗で、華厳経・大集経・大品般若経・法華経・涅槃経の総称。○初・二句「咲きがたき」は逢いがたい。「みのりの花」は法華経の比喩。優曇華の花のイメージもあるか。○露　僅かに芽生えた菩提心、発心。○ころもの玉　法華経七喩の第五、衣裏繫珠の譬。

1187 法華経に説く三車そのまま、ご一緒に三輌の車に乗りましたが、あなた方は先に帰ってしまったので、残ったわたしたちだけが有難い一味の雨に逢いました。○故土御門右大臣　源師房。○菩提講　極楽往生を念じて法華経を講ずる法会。○三の車　法華経七喩の第一、三車一車の譬(火宅の譬)。「羊車、鹿車、牛車、今在二門外一、可二以遊戯一、汝等於二此火宅一、宜二速出来一、随二汝所レ欲、皆当レ与レ汝」(法華経二・譬喩品)。○一味の雨　同じ味わいの雨水。万物万人を差別しない同一の仏法の比喩。法華経七喩の第三、三草二木の譬に見える語句に基づく表現。「物をのみ思ひの家を出でて降る一味の雨に濡れやしなまし」(和泉式部続集)。

1188 月輪を心に観じた夕べからは、万法を夢のようにはかないと見るよ。○月輪観　密教の観法。描かれた月輪に向かい結跏趺坐して、自身の心が月輪のごとしと観ずる。和らげて「月の輪」という。○心をかけし　「輪」の縁語で「かけ」という。○ゆふべ　「月」の縁語。○夢　空、無、仮虚の比喩で、「ゆふべ」の縁語。

1189 風が吹くと真先に破れてしまうもろい草の葉に我が身をなぞらえるだけで、袖は涙で湿っぽくなるよ。公任集。○維摩経十喩　依他(えた)十喩とも言い、この身が他に依存して実体がないことを、聚沫・泡・焔・芭蕉・幻・夢・影・響・浮雲・電に喩える(維摩経・方便品)。○此身芭蕉の如し　「是身如二芭蕉一中無レ有レ堅」(維摩経)。○上句　芭蕉を間接的に言う。「芭蕉葉」は古今集・物名歌の題となる。○四句　「からに」は…するだけでの意。「軀」の意の「から」を響かせるか。○つゆけき　「草の葉」の縁語。

同喩の中に、此《こ》の身《み》水月の如《ごと》しといふ心を

1190 つねならぬわが身《み》は水《みづ》の月なればよにすみとげんことも思《おも》はず

小弁《こべん》

三界唯一心

1191 ちる花《はな》もをしまばとまれ世《よ》の中《なか》は心のほかの物とやは聞《き》く

伊世中将《いせのちゆうじやう》

化城喩品

1192 こしらへて仮《かり》の宿《やど》りにやすめずはまことの道《みち》をいかで知《し》らまし

赤染衛門《あかぞめゑもん》

1193 道《みち》とほみなか空《ぞら》にてや帰《かへ》らまし思《おも》へば仮《かり》の宿《やど》ぞうれしき

康資王母

五百弟子品

1194 ころもなる玉《たま》ともかけて知《し》らざりき酔《ゑ》ひさめてこそうれしかりけれ

赤染衛門

1190 無常な我が身は水に映る月のようなものだから、いつまでもこの世に澄んで(住んで)いられるとも思わない。○同喩　これは依他八喩のうちか。八喩ではこの身が仮であることを、幻事・陽焔・夢境・鏡像・光影・谷響・水月・変化の八種に喩える。○すみとげん「住み」に「水」の縁語「澄み」を掛ける。

1191 散る花も惜しんだならば散ることをやめてくれ。この世の中には心以外の物があると聞いてはいないのだから。○三界唯一心　三界(欲界・色界・無色界。生ある者が住む全世界)のあらゆる現象は一心から現れ出たものである、すべての存在は心によってのみ存在するということ。華厳経に説く思想。

1192 なだめすかして疲れた旅人(衆生)を仮の宿に休息させなかったら、どうして本当の道(悟りの道)を知ることができるだろうか。赤染衛門集。○化城喩品　法華経三・化城喩品。法華経七喩の第四、化城の喩が説かれる。「衆人皆疲惓、而白㆓導師㆒言、我等今頓乏、於此欲㆓退還㆒、導師作㆓是念㆒、此輩甚可㆑愍、如何欲㆔退還、而失㆓大珍宝㆒、尋時思㆓方便㆒、当㆑設㆓神通力㆒、化㆓作大城郭㆒、荘㆓厳諸舎宅㆒、周帀有㆓園林、渠流及浴池、重門高楼閣㆒、男女皆充満、即作㆓是化㆒已、慰㆑衆言勿㆑懼、汝等入㆓此城㆒、各可㆑随㆑所㆑楽、諸人既入㆑城、心皆大歓喜、皆生㆓安穏想㆒、自謂㆓已得㆑度」。

1193 もしもこの宿がなかったら、道(悟るまでの過程)が余りにも遠いので途中で引き返して(挫折して)しまうであろう。思えばこの仮の宿は嬉しいことだ。

1194 自分自身が衣の裏に宝珠(仏性)を懸けているとはついぞ知らなかった。酔い(迷い)が覚めて嬉しいよ。赤染衛門集、四句「夢さめてこそ」。○五百弟子品　法華経四・五百弟子受記品。ここで「譬如㆔貧窮人、往㆓至親友家㆒、其家甚大富、具設㆓諸餚饍㆒、以㆓無価宝珠㆒、繫㆓著内衣裏㆒、嘿与而捨去、時臥不㆓覚知㆒」と、衣裏繫珠の譬が説かれる。↓一一八六。○酔ひ　迷いの比喩。

寿量品

1195 鷲《わし》の山へだつる雲《くも》や深《ふかゝ》からんつねにすむなる月を見《み》ぬかな

康資王母

普門品

1196 世《よ》をすくふうちにはたれか入《い》らざらんあまねき門《かど》は人しさゝねば

前大納言公任

書写《(しよしや)》の聖《ひじり》結縁経供養し侍《(はべり)》けるに、人〳〵あまた布施《ふせ》送《おく》り侍《はべ》りける中《なか》に、思《おも》ふ心やありけん、しばし取《と》らざりければよめる

遊女宮木《(みやぎ)》

1197 津《つ》の国《くに》のなにはのことか法《のり》ならぬ遊《あそ》び戯《たはぶ》れまでとこそ聞《き》け

誹諧歌

題不知《(しらず)》

1198 笛《ふえ》の音《ね》の春おもしろくきこゆるは花ちりたりと吹《ふ》けばなりけり

読《よみ》人不知《(しらず)》

1195 霊鷲山を隔てる雲(煩悩)が深いのであろうか。いつも澄んでいるという月(釈尊)は見えないよ。康資王母集。○寿量品　法華経六・如来寿量品。釈迦如来は久遠常住不滅であり、入滅は衆生を救う方便であることを説く。○初句　霊鷲山、鷲峰山のこと。釈尊が法華経を説いたとされる所。○雲　煩悩の比喩。○つねにすむなる月　釈尊の比喩。「なる」は伝聞の助動詞。

1196 み仏が世を救ううちには誰が入らないということがあるだろうか。余すところない広い門はとざされていないのだから。公任集、四句「あまねき門を」。○普門品　法華経八・観世音菩薩普門品。○うち　下の「入ら」とともに「門」の縁語。○あまねき門　「普門」を和らげた。普門品に「若有㆘衆生、聞㆓是観世音菩薩品、自在之業、普門示現、神通力㆒者㆖、当㆑知是人、功徳不㆑少」とある。○さゝねば　「門」の縁語。

1197 この世の中で何のことが仏法でないといえるでしょうか。遊び戯れまでも讃仏乗の因となると聞いています。ですから遊女である私の布施もお受けください。○書写の聖　性空。寛弘四年(一〇〇七)三月十日没。「書写」は書写山円教寺。○津の国の　「なには」の枕詞のごとく用いた。○なにはのこと　何かの事柄。すべてのこと。「難波」を掛ける。「津の国のなには思はず山城のとはに逢ひ見んことをのみこそ」(古今・恋四・よみ人しらず)。○遊び戯れまで　「乃至童子戯、聚沙為仏塔、如是諸人等、皆已成仏道」(法華経一・方便品)。八代集抄は「維摩経云、至㆓博奕戯処㆒、輒以度㆑人、この文の心にや」という。▽布施を受けてくれるよう訴えた歌。「宮木が歌かとよ、遊び戯れまでもと申したることの侍るは、いとかしこし」(山家心中集・跋)。

誹諧歌　古今和歌集巻第十九雑体で立てられている歌の種類。院政期歌学で大きな争点となっている。奥義抄・下などを参照。

1198 笛の音がおもしろく聞えるのは、「ちりたり」「花が散ってしまった」と吹くからだなあ。○ちりたり　「散りたり」に笛の譜を口ずさむ時の言葉「ちりたり」を掛ける。「「たけふ、ちち

1199 橘季通《（すゑみち）》陸奥国《みちのくに》に下《くだ》りて、武隈《たけくま》の松を歌によみ侍《（はべり）》けるに、二木《ふたき》の松を、人問《と》はばみきと答《こた》へんなどよみて侍けるを聞《き》きてよみ侍ける

武隈《たけくま》の松はふた木《き》をみきといふはよくよめるにはあらぬなるべし

僧正深覚《（じんかく）》

1200 題不知《（しらず）》

咲《さ》かざらばさくらを人のお《（を）》らましやさくらのあたはさくらなりけり

源道済《（みちなり）》

1201 まだ散《ち》らぬ花もやあるとたづねみんあなかましばし風に知《し》らすな

藤原実方《（さねかた）》朝臣

1202 隣《となり》より三月三日に、人の桃《もゝ》の花を乞《こ》ひたるに

桃《もゝ》の花宿《やど》に立《た》てればあるじさへすける物とや人の見るらむ

大江嘉言《（よしとき）》

りちちり、たりたんな」など、掻き返しはやりかに弾きたる」(源氏物語・手習)。

1199 武隈の松は二本の松なのに、季通が「みきと答へん」と歌ったのは、よく詠んだとはいえないであろう。○武隈の松 →一〇四一。○人問はばみきと答へん　一〇四一の歌をさす。○よくよめる「ふた木」「みき」に続いて、数の「四」を響かせるか。

1200 咲かなければ桜を人が手折るだろうか。桜のあだかたきは桜自身だったのだ。○あた　仇。敵。

1201 まだ散らない花があるかもしれないと、尋ね歩いてみよう。しい、静かに、しばらく風に花の在りかを知らせるな。小大君集、二・三句「花は尋ねば尋ねてん」の異文がある。道信集、「散り残る花も尋ねてこころみんあなかま風にしばし知らすな」。▽花を尋ねる心を詠む。「あなかま」という口頭語的な語感の語を用いている点が誹諧歌らしい。小大君集では「又、道信の君、実方君に、三月中十日のほど／散り残る花はありやとうちむれてみ山隠れを尋ねてしがな」(新古今・春下・藤原道信、二句「花もやあると」)に対する「御返し」。道信集も本により、贈答関係が変わる。従って、この歌の作者は道信か実方か決めがたい。

1202 桃の花が庭に立っているので、家主の私まで色好みと人が見るのでしょうか。大江嘉言集、三句「あるじとて」。○三月三日　上巳の節句。「三月三日は、うらうらとのどかに照りたる。桃の花の今咲き始むる」(枕草子)。○すける物　好色な者。桃の実が「酸ける」を連想するか。「梅の花咲きてののちの身なればやすき物とのみ人のいふらむ」(古今・雑体・誹諧歌・よみ人しらず)、「桃の花すき物どもを西王がそのわたりまで尋ねにぞやる」(蜻蛉日記・中)。

三条太政大臣《(さんでうだいじやうだいじん)》のもとに侍《(はべり)》ける人の娘《むすめ》を忍《しの》びて語《かた》らひ侍けるを、女の親《おや》はしたなく腹立《はらた》ちて、娘《むすめ》をいとあさましくなんつみけるなどいひ侍けるに、三月三日かの北《きた》の方《かた》、三日《みか》の夜《よ》の餅食《もちゐく》へとて、出《いだ》して侍けるに

1203 三日《みか》の夜《よ》のもちゐ《(ひ)》は食《く》はじわづらはし聞《き》けばよどのに母子《はゝこ》つむなり

実方朝臣

六月祓をよめる

1204 思《おも》ふことみなつきねとて麻《あさ》の葉《は》を切《き》りに切《き》りてもはらへつるかな

和泉式部

蒜食《ひるく》い《(ひ)》て侍《(はべり)》ける人の、いまは香《か》も失《う》せぬらむと思ひて人のもとにまかりたりけるに、なごりの侍《(はべる)》にや、七月七日につかはしける

1205 君が貸《ゝ》すよるの衣をたなばたは返《かへ》しやしつるひるくさくして

皇太后宮陸奥《(みちのく)》

1203 三日夜の餅は食うまい。めんどうだ。聞くところによると、淀野で母子草を摘んでいる(寝所で母親が子＝娘をつねっている)そうだから。実方朝臣集。〇三条太政大臣　藤原頼忠。実方朝臣集には「小一条なる人のむすめ」という。なお、→九五七。〇あさましくなんつみける　あきれるほどひどくつねった。折檻したのである。〇三日の夜の餅　新婚後第三日目の夜に出す祝いの餅。〇よどの　山城国。淀の野に夜殿(寝所)を掛ける。〇母子　母と子の意に母子草を掛ける。〇つむ　「摘む」と「抓む」の掛詞。

1204 思い悩むことはみな尽きてしまえというので、麻の葉をさんざんに切ってお祓いをしたよ。和泉式部集、五句「はらひつるかな」。〇六月祓　六月晦日に行われる大祓。夏越の祓。荒和の祓。→三四。〇麻の葉　六月祓で祓の具として、大幣に切麻を用いる(江家次第七)。「麻…あさのは(六月祓具)」(八雲御抄三)。▽六月祓の歌。「切りに切りても」という表現が誹諧的か。世諺問答に、六月祓にはこの歌を「詠ずべし」と「法性寺の関白の御記」にあるという。「麻の葉に思ふ事をば撫でつけて六月はつる御祓をぞする」(堀河百首・荒和祓・源師時)はこの作を意識するか。

1205 あなたがお貸しになった夜着を、織女は蒜くさくて昼に返したのではありませんか。〇蒜　アサツキ、ニンニクなどの類。薬用に服すこともあった。〇君が貸すよるの衣　七月七日二星に衣を貸すと称して手向ける風習があった。「七夕に貸せる衣の露けさにあかぬけしきを空に知るかな」(堀河百首・七夕・源国信)、「七夕に脱ぎて貸しつる花染めの衣は露に返すなりけり」(続詞花集・秋上・平実重)などの例がある。〇ひる　「蒜」に「よる」の対語「昼」を掛ける。「ささがにの振舞ひしるき夕暮にひるますぐせといふがあやなさ」(源氏物語・帚木・藤式部丞)でも同じ掛詞が用いられている。

小一条院《こいちでうゐん》、入道太政大臣《にふだうだいじやうだいじん》の桂なる所《ところ》にて歌よませたまひけるに、紅葉をよみ侍《はべり》ける

堀川右大臣《ほりかはうだいじん》

1206 紅葉《もみぢ》ばはにしきと見ゆと聞《き》きしかど目《め》もあやにこそけふは散《ち》りぬれ

紅葉の散《ち》りはてがたに風いたく吹《ふ》き侍《はべり》ければよめる

増基法師

1207 落《を》ちつもる庭《には》をだにとて見る物をうたてあらしの掃《は》きに掃《は》くかな

人の、炭《すみ》たてまつらむ、いかゞといひたりければよめる

読《よみ》人不知

1208 心ざし大原《おほはら》山の炭《すみ》ならばおもひをそへておこすばかりぞ

題不知《しらず》

天台座主源心《げんしん》

1209 雲井にていかであふぎと思《おも》ひしに手《て》かくばかりもなりにけるかな

法師の扇《あふぎ》を落《おと》して侍《はべり》けるを返《かへ》すとて

和泉式部

1210 はかなくも忘《わす》られにけるあふぎかな落《お》ちたりけりと人もこそ見れ

1206 紅葉は錦と見まごうと聞いたけれども、錦ではなくて綾ではないか、御子のおいでになられた今日は紅葉が目もあやに散ったよ。入道右大臣集。○入道太政大臣　藤原道長。○桂なる所　山城国。「桂殿」という山荘があった(入道右大臣集)。○目もあやに　まばゆいほどに。「にしき」の縁語「綾」を掛け、「にしき」と対。

1207 せめて紅葉が散り積っている庭だけでも眺めていたいと思って見ているのに、いやになってしまうな、激しい山風がむやみやたらに掃きまくるよ。増基法師集、五句「ふきはらふらん」。

1208 大原山の炭をくださるというお志がたくさんおありならば、あなたの思いを添えてよこしてください。それで火をおこすまでです。○大原山　山城国。洛北の大原か。炭焼きが盛んであった。「多し」を掛ける。「君を我が思ふ心は大原やいつしかとのみ炭焼かれつつ」(詞花・恋下・藤原相如)。○おもひ　「炭」の縁語「火」を掛ける。○おこす　よこす意の「遣(おこ)す」と火や炭を「熾す」の掛詞。

1209 空でどうかしてあおごうと思ったが、手を掛ける(手に持つ)程度だったなあ。宮中で何とかして逢いたいと思っていたが、手紙を書くだけに終ってしまったよ。○あふぎ　「扇」と「逢ふ」の掛詞。上句は「月隠㆓重山㆒兮、擎㆑扇喩㆑之」(和漢朗詠集・下・仏事)への連想もあるか。○手かく　「手掛く」に「手(手跡・筆跡)書く」を掛ける。▽逢えずに手紙を送るだけの恋の歌。掛詞の表現が誹諧的か。「名を惜しみ人頼めなる扇かな手かくばかりの契りならぬに」(狭衣物語四・狭衣帝)にはこの歌の影響があるか。

1210 はかないことに持主に忘れられてしまった扇ですね。持主のお坊様は堕落したと他人が見るかもしれませんよ。和泉式部集、「法師めきて、扇落していきたるに、やるとて」。和泉式部続集、「いと暑き頃、扇ども張らせて、外なるはらからどものがりやるとて」。○上句　班婕妤の「怨歌行」(文選)以来、秋になると扇が忘れられることを、男に飽きられて忘れられる女に譬える。○四句　堕落したなあ。「名にめでて折れるばかりぞをみなへし我おちにきと人に語るな」(古今・秋上・遍昭)。

題不知《しらず》

1211 さならでも寝《ね》られぬ物《もの》をいとゞしくつきおどろかす鐘《かね》の音《おと》かな

七月ばかりに月の明《あか》かりける夜、女のもとにつかはしける

小将藤原義孝《よしたか》

1212 忘《わす》れてもあるべき物《もの》をこのごろの月夜《よ》よいたく人なすかせそ

三条院《さんでうゐん》御時上殿居《うへとのゐ》すとて、近《ちか》く侍《はべり》ける人枕《まくら》を落《おと》してまかり
出《い》でにければ、書《か》き付《つ》けて殿上につかはしける

小大君《こおほぎみ》

1213 道芝《みちしば》やを《お》どろの髪《かみ》にならされてうつれる香《か》こそくさまくらなれ

人の草合《くさあはせ》しけるに、朝顔鏡草《あさがほかゞみぐさ》など合《あは》せけるに、鏡草勝《かゞみぐさか》ちに
ければよめる

よみ人しらず

1214 負《ま》けがたのはづかしげなるあさがほをかゞみ草《ぐさ》にも見《み》せてけるかな

1211 いろいろなことを思い悩むと、そうでなくても寝られないのに、撞いて(突いて)一層目を覚まさせる鐘の音よ。和泉式部続集、「十月六日の夜」の歌を受けて「と思ふほどに、鐘の声もすれば」。○初句　「鐘」の縁語「鳴ら」を掛けるか。○四句　「突き」に「撞き」を掛ける。「おどろかす」は目を覚まさせる、「寝られぬ」とは矛盾した表現。「え起き侍らざりける夜の夢に、をかしげなる法師のつきおどろかしてよみ侍りける」(拾遺・哀傷)。

1212 あなたのことを忘れていたらよかったのに。この頃の月夜よ、ひどく私をその気にさせないでおくれ。まるで、あなたが「尋ねていらっしゃい」と言っているような良夜なのだから。義孝集、初句「忘れても〈かからでもイ〉」、三句「この頃の〈はイ〉」。○五句　人の気をそそらないで。▽「月夜よし夜よしと人に告げやらば来てふに似たり待たずしもあらず」(古今・恋四・よみ人しらず)を念頭に置いて、言外に「訪れてもいいか」という心を含む。下句が誹諧的。

1213 道芝として生い茂ったおどろならぬ、おどろに乱れた髪に馴らされて、枕にしみついている匂いがくさくて、これが本当のくさ枕です。小大君集「上、殿ゐすとて、お前に近く候ふ人々、あやしきくれの枕を落して出でたるに書き付けたるを、人々殿上にやりたり」。○三条院　小大君は三条院の女蔵人。○をどろの髪　いばらのように乱れた髪。「をどろ」は「草」の縁語。○うつれる香　うつり香。○くさまくら　「草枕」に「臭し」を掛ける。

1214 負けた方の恥しそうな朝顔(朝の寝起きの顔)を、鏡草(鏡)に見せてしまったなあ。○草合　左右に分れて種々の草の優劣を争う遊び。○朝顔　牽牛子、現在のアサガオか。○鏡草　蔓性多年草のガガイモか。古事記・上に少名毘古那神が乗って来る「天の羅摩(かがみ)船」はガガイモの実。○二・三句　草の朝顔に朝の寝起きの顔の意をこめる。「御様のいと恥しげなるに、わが朝顔の思ひ知らるれば」(紫式部日記)。○かゞみ草　「鏡」に見立てていう。「朝顔のうつるばかりの鏡草思ひかかるは負くるなるべし」(相如集)。

入道摂政《（にふだうせつしやう）》かれ〴〵にてさすがに通《かよ》ひ侍《（はべり）》ける頃《ころ》、帳の柱《はしら》に小弓の箭《（や）》を結《むす》び付《つ》けたりけるを、ほかにて取《と》りにおこせて侍《はべ》りければ、つかはすとてよめる

1215 思《おも》ひ出《い》づることもあらじと見《み》えつれどやといふにこそおどろかれぬれ

大納言道綱《（みちつな）》母

人の、長門《ながと》へいまなむ下《くだ》るといひければよめる

1216 白波《しらなみ》の立《た》ちながらだに長門《ながと》なる豊浦《とよら》の里《さと》のとよられよかし

能因法師

乳母《めのと》せんとてまうできたりける女の乳《ち》の細《ほそ》う侍りければよみ侍《（はべり）》ける

1217 はかなくも思《おも》ひけるかなちもなくて博士《はかせ》の家《いへ》の乳母《めのと》せんとは

大江匡衡《（まさひら）》朝臣

返《かへ》し

1218 さもあらばあれ山と心しかしこくはほそぢにつけてあらす許《（ばかり）》ぞ

赤染衛門

1215 私はあなたのことなど思い出すこともあるまいと思っていましたが、あなたが、「やあ」と声をお掛けになったので、はっと思い出しました。蜻蛉日記・上、二・三句「時もあらじと思へども」。○入道摂政　藤原兼家。○かれ〴〵にて　訪れもとだえがちで。○帳　帳台。魔除けに結び付けたかという。帳台付近に物を結び付けた例は「帳の帷子の紐に文を結ひ付けたりける」(古今・哀傷)という例がある。なお、↓五三六詞書。○小弓　遊戯のための小さい弓。雀弓。雀小弓。貴族などの間で行われた。○ほかにて　よそにいて。○やといふ　「矢」に感動詞「や」を掛ける。

1216 白波が立つように立ちながらでも、長門の豊浦の里に下られる前に、私の所へちょっとお寄りください。能因集「則長朝臣、今なむ長門へ下るといひおこせたるに」。○人　家集によれば橘則長。↓九五四。○長門　長門国。山口県の西部と北部。○初句　「立ち」の枕詞としている。○豊浦の里　長門国の国府があった。○五句　ちょっとお寄りなさい。「れ」は尊敬の助動詞だが、普通の和歌では敬語を用いない。用いている点口語的といえる。

1217 乳(智)も出ないで博士である私の家の乳母をしようなどとは、心浅くも思ったものだな。○乳の細う侍りければ　乳の出が悪かったので。○三句　「乳」に「智」を掛ける。○博士の家　ここでは文章博士の家である大江家をさす。「すさまじき物　…博士のうちつづき女児むませたる」(枕草子)。「博士」のような漢語は普通の和歌には用いない。

1218 しかたありません、大和心さえ賢ければ、細い智恵(細乳)があるという理由で置いておくだけです。○初句　「遮莫」の訓読語。底本・冷泉本、左傍に「おほかたのといふもあり」と注記。○山と心　大和心。漢才に対する和魂で、実際的な才覚や能力などをいう。○三句　匡衡が「ち(智)もなくて」と言ったのに対して言う。○ほそぢ　乳の出が細い(少ない)乳房。

出家以後譲㆓与[一]小男拾遺為相㆒了
[二]桑門 判

[三]長承三年十一月十九日以㆓[四]故礼部納言自筆本㆒
書留了、件本奥称云〱、[五]寛治元年九月十五日
為㆑披㆓露世間㆒、重申㆓下[六]御本㆒校㆑之、先㆑是在㆑世
本相違歌三百余首不㆑可㆓信用㆒、件本其
由具書㆓[七]目録序㆒
通俊
[八]朝散大夫藤 判

相伝秘本也
[九]戸部尚書為家

一 息子の侍従為相。「拾遺」は侍従の唐名。為相は為家の三男冷泉為相。母は安嘉門院四条(阿仏尼)。権中納言正二位に至る。嘉暦三年(一三二八)七月十七日没、六十六歳。冷泉家の祖。文永八年(一二七一)四月侍従に任ぜられている。時に為家は七十四歳で、死の四年前。

二 「桑門」は出家者の意。「判」は冷泉本では花押で、藤原為家の花押と認められる。為家は建長八年(一二五六)二月二十九日出家、時に五十九歳。法名は融覚。

三 一一三四年。長承は崇徳天皇の年号。

四 なき権中納言治部卿藤原通俊の自筆本。「礼部」は治部卿の唐名。

五 一〇八七年。寛治は堀河天皇の治世の初めの年号。

六 白河上皇に奏覧した本。勅撰集としての正本。

七 後拾遺和歌抄目録の序。勅撰集を編纂し終った段階で目録を取る(作製する)ことが普通であった。目録は作者ごとに作者の経歴、入集歌の所在、内容などを略記した、作者部類のごとき性質の書。後拾遺集の場合は目録序のみが伝存する。

八 従五位下の唐名。あるいは藤原俊成か。俊成は長承三年には未だ顕広と名乗っており、従五位下で加賀守、二十一歳であった。「判」は冷泉本では花押で、俊成の晩年の花押とは異なる。

九 民部卿為家。「戸部」は民部卿の唐名。「尚書」は弁官の意だが、「戸部尚書」で民部省の統轄者、すなわち民部卿をさしたか。定家も自称として用いている。為家が民部卿に任ぜられたのは建長二年(一二五〇)九月十六日。

付録

『後拾遺和歌集』異本歌

一　『後拾遺和歌集』の和歌で、底本にはなく、『新編 国歌大観』の異本の類に掲げられている歌を掲げた。

二　本文や歌番号は、同本によるが、漢字を宛てるなど若干の整理を加えた。

三　（　）は異本の本文において掲出歌の前の歌に付されている詞書・作者名を補ったことを示す。

（題《だい》しらず）　（前大納言公任《（きんたふ）》）

1219 梅《むめ》が枝《え》に降《ふ》り積《つ》む雪は年ごとにふたゝび咲《さ》ける花とこそ思へ

つらかりける女に　平　兼盛《（かねもり）》

1220 難波潟《がた》汀の蘆《あし》のおいのよにうらみてぞ経《ふ》る人の心を

（一条院《（いちでうゐん）》の御時、皇后宮《（くわうごうぐう）》かくれ給《たま》ひてのち、帳のかたびらの紐《ひも》に結《むす》び付《つ》けられたる文《ふみ》を見《み》付《つ》けたりければ、内《うち》にも御《ご》覧ぜさせよとおぼしがほに、歌《うた》三《み》つ書《か》き付《つ》けられたりける中《なか》に）

1221 煙とも雲ともならぬ身なれども草葉の露をそれとながめよ

司召《つかさめし》の子日《ねのひ》にあたりて侍《（はべり）》けるに、按察更衣の局《つぼね》より松を出《いだ》して侍けるを読み侍ける

1222 雪深《ふか》き越《こし》の白《しら》山我なれやたが教《をし》ふるに春を知《し》るらむ

清原元輔《（もとすけ）》

司召《つかさめし》ののち内裏に侍《（はべり）》ける内侍のもとにつかはしける

1223 心あてにをりしもあらば伝《つた》へなん咲《さ》かで露けき桜《さくら》ありきと

（清原元輔）

天暦《（てんりやく）》御時御屏風に、小家に卯花ある所をよめる

1224 今日と又後と忘《わす》れじ白妙の卯花咲《さ》ける宿と見《み》つれば

清原元輔

女のがりつかはしける　　よみ人しらず

1225 筏おろす杣《そま》山人を問《と》ひつれば此くれをこそよしといひつれ

使来《こ》ざりける先《さき》に許《ゆる》されたりければ、返事　　藤原義孝《（よしたか）》

1226 放《はな》れてもかひこそなけれ青馬の取《と》り繋《つな》がれし我が身と思へば

天暦御時、為平親王《（ためひらしんわう）》北野に子日し侍けるに　　よみ人しらず

1227 いにしへのためしを聞《き》けば八千代まで命を野べの小松なりけり

池氷なほ残《のこ》れりといふことを　　大江嘉言《（よしとき）》

1228 むら〳〵にこほりのこれる池水にところ〴〵の春や立つらん

良暹《（りやうせん）》法師の障子に書《か》き付《つ》け侍《（はべり）》ける歌

1229 山里のかひも有るかな郭公今年ぞ待《ま》たで初音聞《き》きつる

後拾遺和歌抄目録序

一　撰者藤原通俊が目録に掲げたと考えられている目録序は底本には存しない。これを付載する伝本のうち、日野本の影印によって、書き下し文を掲げた。ただし、他の伝本により校訂を施し、内容を示す見出しを付した。書き下し文、校訂は、堀川貴司氏による。

二　書き下し文の後に、久保田淳による語句の注解を付した。

三　書き下し文の後に、校訂の様子を示す原文を掲げたが、句読点は校訂者によるものである。

【撰集の下命】

承保の比、予 [一]侍中たり。[二]季秋の天、夜 閑かに 風 涼し。時に、[三]艾漏《がいろう》 漸くに転じ、[四]松容として[五]日奏す。事 [六]和語に及ぶに、須臾にして命じたまひて曰はく、「和歌は、我が国の習俗にして、世 治まるときは興る。平城の天子 万葉集を修したまひ、花山の法皇　拾遺抄を撰びたまふ。編次の道、永々として存す。汝、篇目を数家の嘉什より挙げ、叡覧に万機の余暇に備へよ」といへり。事　勅言に出づれば、服膺せずといふこと莫し。将に撰集を就《な》さんとして、[七]僶俛《びんべん》として事に従ふ。

【編纂の苦労】

思ひて稔《とし》を渉り、[八]涼燠《りやういく》　屢《しばし》ば悛《あらた》む。応徳の初年、適《たま》ま[九]八座に昇る。台省の[一〇]暇景には、情を[一一]緩木《ゆるぎ》の杜の詞に懸く。□休の閑天には、思ひを[一二]難波津の詠に沈む。清涼の[一三]短晷《たんき》に及びて、[一四]天下の忌禱に逢ふ。璧[一五]　趙魏を去り、袵《じん》[一六]　翬翟《きてき》を毀《こほ》つを以てより以還《このかた》、啓令永く止み、愁雲　[一七]玉輅《ぎよくらく》の飾を掩ふ。[一八]縑緗《けんしやう》　披かれず、詞華　[一九]金谷《きんこく》の匂《しらべ》を秘す。二年に泊《およ》びて、漸くに以て網羅す。僕、春より秋に至るまで、久しく[二〇]漳浜《しやうひん》に竄《かく》る。徒らに砭《へん》[二一]薬《やく》を携へ、筆硯を尋ねず。

【さらなる精選】

明年の春、巻軸　甫《はじ》めて就る。然れども猶ほ[二二]品藻　猶予し、[二三]居諸　代謝するのみ。

独案の家、固く偏見に拘《とら》はるるが所以《ゆゑ》なればなり。未だ切磋に及ばざるに、通じて人口に在り。草藁　[二四]紛紜《ふんうん》として、錯謬　一に非ず。撰すること素懐に在るに、[二五]乖戻《くわいれい》　極まり罔《な》し。遂に知己に遇ひて、弁論執議す。一たびは加へ一たびは減《おと》すも、章句吟詠の旧云を改むること無し。乃ち筆し乃ち削すも、題目　偏へに沿革の新情に任す。其の善き者には従ひ、其の迂《た》みたる者をば略すに曁《およ》びては、之を至尊に避けず、之を疋夫に嫌ふこと無し。蓋し是れ古人の格言にして、前事の不忘なればなり。

【奏覧後の経緯】

[二六]孟冬の仲旬、始めて奏覧を経たり。重ねて以て[二七]刪定《さんてい》し、出入　相ひ半ばす。以前流布の書、豈に諷詠の用に中《あた》らんや。是を以て、[二八]神襟の褒貶を聞かむと欲《おも》ふに、俄かに聖主の[二九]遜譲に逢ふ。良玉を箱の中に貯へ、披露を世上に憚る。[三〇]繕写　功を失ひ、遺恨旃《これ》に在り。今春の仲□、勅有りて召見せらる。[三一]射山の春の遊びは、詞峰を篇上に翫ぶ。[三二]汾水の秋の興は、言泉を巻中に斟《く》む。

【目録の作成】

著述の輩、訓註の趣は、階級の高下を論ぜず、唯だ時代の遠近に任す。注は載せて別に在り、之を帙外に副ふ。聖主諸侯、三公九卿、[三三]椒房《せうばう》蘭陵、緇素貴賤、都盧《すべて》三百二十九人の譜系、向後の童蒙を撃せん。衆物群情、風雲草木、恋慕[三四]怨曠、慶賀哀傷、[三五]殺青千二百十八首の篇号、前代の賢慮を鑑む。古人　云はずや、[三六]彝倫《いりん》を語る者は、必ず宗を[三七]九疇《きうちう》に求め、陰陽を談ずる者は、亦た機を[三八]六位に研《つまび》らかにすと。綜緝の効、其れ茲に在るか。勒して一巻と成し、名づけて後拾遺和歌抄目録といふ。収容　時を待つ、[三九]握翫《あくぐわん》を青陽の天に得んと雖も、製作　先に達す、猶ほ[四〇]甄録《けんろく》を[四一]玄律の日に定む。

時に、寛治元年秋八月、重ねて以て之を記す。

一 侍中　蔵人。
二 季秋　陰暦九月。
三 艾漏　夜が尽きる時刻。
四 松容　「従容」と同じく、くつろいださまの意。漢文日記では「今日参㆓禅室㆒、若有㆓松容㆒可㆓洩申㆒者」(小右記・治安三年十一月二十三日条)のように、とくに貴人に対して用いられる。
五 日奏　禁中で宿直者の姓名を日々奏上すること。あるいは「令奏」「上奏」などの誤写か。
六 和語　和歌。
七 僶俛　励み努める。
八 涼燠　寒暑、また歳月。
九 八座　参議。
一〇 暇景　ひま。
一一 緩木の杜の詞　「高島やゆるぎの杜の鷺すらもひとりは寝じと争ふものを」(古今六帖・六・作者未詳)の古歌をいうか。
一二 難波津の詠　「難波津に咲くやこの花冬ごもり今は春べと咲くやこの花」(古今仮名序・王仁)の古歌をいうか。
一三 短晷　日の短いこと。
一四 天下の忌禱　応徳元年(一〇八四)九月二十二日の中宮藤原賢子の崩御。
一五 璧趙魏を去り　大切な宝物が国から奪われるの意で、中宮の崩御をいう。
一六 衽翬翟を毀つ　「翬翟」は雉のこと。后の衣服に施された文様が損なわれるの意で、同じく中宮の崩御をいう。
一七 玉輅　天子の美しい車。
一八 縑緗　書物。
一九 金谷　中国河南省洛陽県の谷。晋の富豪石崇がここに大邸宅を有し、詩宴を盛んに催した。
二〇 漳浜に竄る　魏の劉楨の「余嬰二沈痼疾一竄二身清漳浜一」(文選・贈二五官中郎将一四首、其二)から、病気のために身を隠して療養することをいう。「漳」は川の名。
二一 砭薬　中国の鍼術で用いる石の針と薬。
二二 品藻　品評。
二三 居諸　日月。
二四 紛紜　乱れたさま。
二五 乖戻　違っていること。
二六 孟冬　陰暦十月。
二七 刪定　訂正して定める。
二八 神襟　「宸襟」に同じく、天子の心。
二九 遜譲　譲位。
三〇 繕写　清書。
三一 射山　「藐姑射山」のことで、上皇、仙洞の意。
三二 汾水　中国で黄河に注ぐ川。藐姑射山の南を流れるので、「射山」と同じく、仙洞の意でいう。

三三 椒房　皇后の御殿。

三四 怨曠　恋人と別れて悲しみ恨むこと。

三五 殺青　文字を書き付ける。

三六 彝倫　人の守るべき常道。

三七 九疇　天下を治める九種の大法。「天乃錫二禹洪範九疇一。彝倫攸レ叙」（書経・周書洪範）。

三八 六位　易の六つの卦《け》と爻《こう》。「大明二終始一、六位時成」（易経・上象伝）。

三九 握翫　大切にしながら味わい楽しむこと。

四〇 甄録　明細に記録する。

四一 玄律　冬季。「玄」は五行思想で冬に配当される。「若乃玄律窮、厳気升」（文選・雪賦）。

原　文

＊他本による校訂は傍線、意改は二重傍線、意を以て補った字は〔　〕を施す。また、誤脱が想定される個所には□を挿入する。

後拾遺和歌抄目〔録〕序

承保之比、予為侍中。季秋之天、夜閑風涼矣。于時、艾漏漸転、松容日奏。事及和語、須臾命曰、和歌者、我国習俗、世治則興。平城天子修万葉集、花山法皇撰拾遺抄。編次之道、永々而存。汝、挙篇目於数家之嘉什、備叡覧於万機之余暇。事出勅言、莫不服膺。将就撰集、僶俛従事。思而渉稔、涼燠屢悛。応徳初年、適昇八座。台省暇景、懸情於緩木杜之詞。

□休閑天、沈思於難波津之詠。及清涼之短晷、逢天下之忌禱。以璧去趙魏、衽毀翬翟以還、啓令永止、愁雲掩玉輅之飾。縑〔緗〕不披、詞華秘金谷之句。洎乎二年、漸以網羅。僕、従春至秋、久竄漳浜。徒携砭薬、不尋筆硯。明年之春、巻軸甫就。然猶品藻猶予、居諸代謝而已。所以独案之家、固拘偏見也。未及切磋、通在人口。草藁紛紜、錯謬非一。撰在素懐、乖戻罔極。遂遇知己、弁論執議。一加一減、章句無改吟詠之旧云。〔乃筆〕乃削、題目偏任沿革之新情。曁於其善者従、其迂者略、不避之至尊、無嫌之疋夫。蓋是古人之格言、前事之不忘也。孟冬仲旬、始経奏覧。重以刪定、出入相半。以前流布之書、豈中諷詠之用。是以欲聞神襟之褒貶、俄逢聖主之遜譲。貯良玉於箱中、憚披露於世上。繕写失功、遺恨在旃。今春仲□、有勅召見。射山春遊、翫詞峰於篇上。汾水秋興、斟言泉於巻中。著述之輩、訓註之趣、不論階級之高下、唯任時代之遠近。注載在別、副之帙外。聖主諸侯、三公九卿、椒房蘭陵、緇素貴賤、都盧三百二十九人之譜系、撃向後之童蒙。衆物群情、風雲草木、恋慕怨曠、慶賀哀傷、殺青千二百十八首（「繋」字、衍字と見て削除する）之篇号、鑑前代之賢慮。古人不云乎、語彝倫者、必求宗於九疇、談陰陽者、亦研機於六位。綜緝之効、其在茲乎。勅成一巻、名後拾遺和歌抄目録。収容待時、雖得握翫於青陽之天、製作達先、猶定甄録於玄律之日。于時、寛治元年秋八月、重以記之。

解説

久保田淳

一　『後拾遺和歌集』と百人一首

恋の歌が半数近くを占める百人一首に次のような絶望的な恋を詠んだ歌があることを覚えておられるだろうか。

いまはたゞ思ひたえなんとばかりを人づてならでいふよしもがな

作者は左京大夫道雅《みちまさ》、清少納言が仕えた一条天皇の后定子《ていし》の甥に当たる藤原氏の貴族である。彼は二十代の半ば、三条院の皇女で前斎宮の当子《とうし》内親王のもとにひそかに通う間柄となったが、それを知った父院はひどく怒って、当子に監視役の女房を付け、二人の恋を阻んだ。このことは『栄花物語』(巻十二・たまのむらぎく)に詳しく語られているが、そのために直接当子に思いを伝えることができなくなった道雅の悲痛な心の叫びがこの歌なのである。

『後拾遺和歌集』には右の歌（恋三・七五〇）を含めて道雅の歌が五首採られている。そのうち一首（恋三・七四二）は「題不知」とされているが、やはりこの悲恋にかかわるものと思われる。藤原清輔《きよすけ》はその歌学書『袋草紙《ふくろぞうし》』でこの五首を引いて、

心に深く思い込んだことについてはよい歌が生まれるのであろう。道雅は歌の名手という評判もなかったが、前斎宮との悲恋で詠んだこれらの歌は秀逸だ。思うままのことを表現すればおのずと秀歌になるのである。

と言っている。

百人一首といえば、清少納言の、

夜をこめて鳥のそらねにはかるともよに逢坂の関はゆるさじ

という歌はかるたの競技でも人気の高い札であろう。

王朝の和歌では、逢坂の関はしばしば男女が親しくなる前に越えねばならない障害の比喩として用いられた。しかし、「いくら函谷関を越えた孟嘗君《もうしょうくん》の真似をしても、私は

決してあなたとお逢いしませんよ」と拒んでいるかにみえるこの歌は、じつは彼女と三跡の一人として知られる藤原行成《ゆきなり》との間の機知に富んだ消息の中で詠まれた、戯れの歌なのである。そのいきさつは『枕草子』に詳しい。『後拾遺集』は雑歌（雑二・九三九）としてこの歌をも採った。

百人一首の一〇〇首は『古今和歌集』から『続後撰《しょくごせん》和歌集』までの一〇の勅撰集を出典とする。最も多いのは『古今集』の二四首で、第二位は一五首が選ばれた『千載和《せんざいわ》歌集《かしゅう》』、これに次ぐのが同数の一四首の出典となった『後拾遺集』と『新古今和歌集』である。すると、『万葉集』や『古今集』『新古今集』に対する場合とは違って、とくに意識せずに、百人一首を通じて『後拾遺集』の歌に親しんできた人はかなり多いのではないだろうか。

二　成立・撰者

『後拾遺集』はその仮名の序によれば、十一世紀の末、白河天皇の治世の最後の年、応徳三年（一〇八六）九月十六日、天皇の勅を奉じた参議兼右大弁藤原通俊《みちとし》が撰者として撰進した第四番目の勅撰和歌集である。ただし、通俊自身は『万葉集』を平城天皇の勅撰集と考えていた。また、自身が撰進した本集を「後拾遺和歌抄」と命名していた。それは花山法皇撰の『拾遺和歌集』二十巻よりも藤原公任《きんとう》撰の『拾遺抄』十巻の方が尊重されていたので、通俊は二十巻編成としながら「抄」の名を「庶幾《しょき》」したのであると、藤原定家《ていか》は歌学書『三代集之間事《さんだいしゅうのあいだのこと》』で考えている。

最初の勅撰集である『古今集』は、醍醐天皇の勅命の下、紀友則《きのとものり》・紀貫之《きのつらゆき》・凡河内躬《おおしこうちのみ》恒《つね》・壬生忠岑《みぶのただみね》が撰進した。仮名・真名の両序はその時を延喜五年(九〇五)四月十八日と記している。第二番目の『後撰和歌集』は村上天皇の命により、大中臣能宣《おおなかとみのよしのぶ》・清原元《きよはらのもと》輔《すけ》・源順《みなもとのしたごう》・紀時文《きのときぶみ》・坂上望城《さかのうえのもちき》のいわゆる梨壺《なしつぼ》の五人が撰者とされた。天暦五年(九五一)十月、梨壺に撰和歌所が設けられて始まったと考えられる撰定作業が完成した時期は下命後一、二年の間か、あるいは数年後かなど、諸説があって明らかでない。そして『拾遺集』は花山法皇の親撰によって成ったと通俊は考えていた。藤原長能《ふじわらのながよし》・源道済《みちなり》他の歌人が協力したという説もある。その成立時期は寛弘二年(一〇〇五)半ばから同四年初めまでの頃かとされる。

醍醐・村上の両帝の治世は、後代から延喜の聖帝・天暦の聖代と仰がれる「古き良き時代」と慕われていた。また『拾遺集』が編まれた寛弘年間(一〇〇四―一二)の大半は一条天皇の時代で、大江匡房《おおえのまさふさ》が『続本朝往生伝《ぞくほんちょうおうじょうでん》』同天皇の条で述べているように、才子才女が輩出して文華が盛んであった。摂関家との関係が薄く、即位後は藤原頼通《よりみち》の影響力を排して種々の改革を断行した後三条天皇の皇子として、白河天皇も摂関家を抑えて王権を強化しようと努めた。そのような天皇が延喜・天暦の聖代や寛弘期にならって、自らの治世をことほぐべき詞華の集を後世に遺そうと考え、「能職事《よきしきじ》」「近古之名臣」と見なしていた通俊（『古事談《こじだん》』王道后宮）にその撰進を命じたことは不自然ではない。

　通俊は藤原氏北家小野宮（実頼《さねより》）流に、大宰大弐経平《つねひら》の二男として、永承二年（一〇四七）に誕生した。生母は兄通宗《みちむね》と同じく、高階成順《たかしなのなりのぶ》女と考えられる。康平二年（一〇五九）叙爵、後三条天皇の代に昇殿を聴され、白河天皇の即位後は兵部少輔《ひょうぶしょう》・少納言・右中弁・蔵人頭《くろうどのとう》などを歴任、応徳元年六月参議に任じられ、右大弁・右京大夫を兼ねた。

　彼に勅撰集を撰進せよとの勅命が下されたのは、序や後述する「後拾遺和歌抄目録序」の記述から、承保二年（一〇七五）九月かと考えられている。すると彼が二十九歳、白河天皇は二十三歳の時のことであった。しかし、公務多忙などのために直ちには着手できず、参議に任じられた後に撰集作業が本格化したのであろう。結局下命から十一年後の応徳三年（一〇八六）九月十六日に成立し、その二か月後の十一月二十六日に白河天皇は皇太子善仁親王（堀河天皇）に譲位した。それゆえにこの集は白河天皇の盛時をたたえる記念碑となったのである。

　白河天皇が勅撰集を思い立った時、宮廷歌人として令名が高かったのは源経信《つねのぶ》である。

彼は永承四年（一〇四九）の『内裏歌合《だいりうたあわせ》』や天喜四年（一〇五六）の『中殿御会《ちゅうでんぎょかい》』など、後冷泉天皇の宮廷に深く関わり、延久五年（一〇七三）二月の後三条院の住吉御幸にも従って、

　沖つ風吹きにけらしな住吉の松のしづ枝をあらふ白波（後拾遺集・雑四・一〇六三）

の秀歌を詠んでいる。

けれども、承保二年（一〇七五）に彼はすでに六十歳になっていた。そして摂関家とも近かった。そのようなことを併せ考えれば、白河天皇が自らの勅撰集撰者として経信を起用することは思いも寄らなかったのではないか。しかしながら、年齢の開きも大きいことから、承保の頃の通俊が経信に比して作歌経歴の乏しいことは事実である。

その他、白河天皇が通俊と共に「近古之名臣」と見なしていた人物としては、大江匡房もいた。彼は承保二年には三十五歳である。承保元年十一月に行われた天皇の大嘗会では主基方丹波国の屏風歌や風俗歌を詠進している。ただし、天皇にとっては彼はやはり儒者の名臣と認識されていたのであろう。

しかしながら、後代の人々から見ると、これは何とも納得できないことであった。そのせいか、藤原清輔は『袋草紙』において、通俊は私撰した集を白河天皇の「御気色を取」って勅撰集として頂いたのだという「ある人」の説を伝え、順徳院の『八雲御抄《やくもみしょう》』

も「かの集は天気よりおこらず、通俊これを申し行へり」と述べ、通俊が自らの和歌の才を過信し、匡房をも見くだしていたこと、通俊は歌人としては「くちのきかぬ」こと、経信は楚国の屈原《くつげん》のようにその才を認められなかったが、間違いなく和歌の第一人者であったことなどを詳しく論じている。

序によれば、『古今』『後撰』両集の時代の作者は対象外として、ほぼ『拾遺集』初出の歌人から撰進時の歌よみまでの範囲で選歌したという。通俊自身、康資《やすすけ》王母に詠草を送ってほしいと求めたり（『康資王母集』）、姪に当たる令子《れいし》内親王（白河天皇皇女）の女房大弐《だいに》を通じて、良暹《りょうせん》や藤原兼房《かねふさ》の家集を入手しようと努めたり（『二条太皇太后宮大弐集』）したらしい。『袋草紙』によれば、甥の若狭阿闍梨隆源《りゅうげん》（兄通宗の子）と漢詩人として知られる大江佐国《すけくに》が、撰進の業を助けたという。

通俊が草稿段階の『後拾遺集』を経信に見せてその意見を求めたことは、『袋草紙』その他に佚文《いつぶん》が引かれる『後拾遺問答』によって確かめられる。また、彼は「片端でも見たい」という周防内侍《すおうのないし》に清書以前の本を送って、見せている（『周防内侍集』）。

『袋草紙』は、奏覧本の清書を依頼された藤原伊房《これふさ》（行成の孫）は自詠が一首しか採られていないことに腹を立てて清書しなかったので、隆源が書写したという。しかし『後拾遺集』の伝本には、清書した伊房がひそかに自詠二首を書入れたことを知った通俊が、これを除くべきことを示す鉤印を付したという奥書を有するものもある。ただ現在知られるいずれの本にも、伊房の歌は一首しか存しない。

序によれば応徳三年の九月十六日撰進ということになるが、「目録序」では「孟冬の仲旬、始めて奏覧を経たり」と述べているから、実際の奏覧は十月十日頃だったのであろう。「目録序」はさらにその後、翌年二月に「召見」されたという。これは手直しをした本が再奏されたと解されている。

令子内親王の女房摂津の集、『前斎院摂津集』に、次のような贈答を含む三首が見出される。

治部卿、後拾遺まゐらせたりし奥に書かれたりし

尋ねずはかひなからましいにしへの代々のかしこき人のたまづさ

と書かれたりしを、その御草子になほすべき所ありとて
申されしに、その奥の歌の返しせよと仰せられしかば

尋ねつつ書き集めずは言の葉もおのがちりぢり朽ちやしなまし

返し　　　　治部卿

君見よと書き集めたるたまづさをしるくも風のへだてつるかな

「治部卿」は嘉保元年（一〇九四）十二月以後の通俊を意味するから、「尋ねずは」の歌は奏覧本の奥に記されていた、撰者通俊の識語ともいうべきもの、「尋ねつつ」は白河天皇の意を体した摂津が撰者の労をねぎらった形の歌だが、それへの通俊の返歌で、「しるくも風のへだてつるかな」というこの「風」は、後に述べるような批判・論難の嵐を暗示しているのであろうか。

再奏の後、同年（四月七日に寛治と改元された）八月に、通俊は『後拾遺和歌抄目録』を作成した。これは作者ごとに入集歌の所在やその主題を記し、作者に関する簡単な注記をも付したものと考えられるが、現存しない。ただ、それに加えた真名序のみが一部の伝本に付載されて残っている。これが「目録序」と呼ばれるものである。真名で記したのはおそらく『古今集』の真名序を意識してのことであろう。

さらに、紀貫之が『古今集』の成立後、その勝れたものを抽けとの醍醐天皇の勅命により、四季三百六十日になぞらえた三六〇首（実際は『古今集』にない歌八〇首を含む）から成る『新撰和歌』を編んだのに倣って、通俊は『後拾遺集』から三六〇首を抄出し、これを「続新撰」と名づけたことが、『袋草紙』や守覚法親王《しゅかくほっしんのう》の蔵書目録かとされる『古蹟歌書目録』他から知られるが、これも現存していない。

三　諸本と底本

このような経過を辿って成立した『後拾遺集』は直ちに和歌に関心ある人々によって書き写され、享受されて、当時の貴族社会に話題を提供したことであろう。そして転々書写が続けられる過程で、その本文にも種々の変化を生ずるに至った。『後拾遺集』の場合は、通俊が草稿段階で人々に見せており、奏覧も二度にわたっているから、祖本がすでに複数存したと考えられ、それぞれの系統の転写本が流布し、どれが再奏された本に最も近いかはわからなくなってしまった。現在『後拾遺集』の伝本は約九〇本が知られるというが、それら諸本の系統分類のしかたは研究者によって異なり、決定的なものは未だ提示されたとは言いがたい状態である。

以前、「新日本古典文学大系」で『後拾遺集』を校注する際に、平田喜信氏と私は底本として宮内庁書陵部蔵の『後拾遺和歌抄』綴葉装一帖によることとした。宮内庁図書寮編『図書寮典籍解題　文学篇』(昭和二十三年刊)で、「二二・三糎×一六・一糎、胡蝶装、表紙雲形鳥の子紙。外題は左上に後西天皇宸筆で「後拾遺和歌抄」。本文用紙は布目の縹、淡褐、黄、白、鴇の五色紙。(中略)江戸初期の写」と解説し、宮内庁書陵部の『和漢図書分類目録』(同二十七年刊)に「通俊筆本系　江戸写」と注する御所本、函架番号四〇五・八七の写本である。料紙は七括から成る綴葉装で、計一四六丁のうち前後各一丁は遊紙である。序は一面一〇行、歌集部分はほぼ一面一一行から一三行、和歌は一首一行、詞書は和歌よりも一字下げて書写されている。各巻のはじめに歌数を注記する他、ところどころに歌の出典や解釈に参考となる書入れが存する。これらは墨書であるが、頭書の形で歌の主題や歌材などを、「元日」「桃」「遇」「託宣」のように朱書している。春下・一三六番の作者と歌、及び恋二・七〇一番の詞書から七〇三番の歌までの二箇所は付紙によって補われている。同様に後西天皇宸筆の外題を有する典籍は東山御文庫その他にも伝存するとのことである。

この本はそれ以前『新編 国歌大観』第一巻勅撰集編に収められ、研究者の間ではこの集の定本的な存在になりつつあった。同大観刊行開始の少し前に冷泉家時雨亭文庫の公開が発表され、同家伝来の藤原為家相伝本『後拾遺集』の本文とこの書陵部四〇五・八七本の本文が、親子関係と言ってよい極めて近い関係にあることが明らかになっていたが、「冷泉家時雨亭叢書」第四巻に冷泉本が影印の形で収められ、その全貌が知られるようになったのは、同大観や新大系版の刊行以後のことである。

今回その新大系版を基にして文庫版を編むにあたって、編集部の方針通り、底本を変えることはしなかった。改めて書陵部四〇五・八七本と冷泉本とを照合して、書陵部本が漢字・仮名の別はもとより、改行、注記に至るまでじつに正確に冷泉本を写し取っていることを確かめることができたので、底本を変更する必要はないと判断した。ただし、人間のすることであるから、両本の違いが絶無であるとは言えない。それゆえに、新大系版で用いた七種の校合本に新たに冷泉本を加えることとした。

藤原為家相伝本（冷泉本と書陵部四〇五・八七本を合わせていう）には、ほぼ次のような意味の奥書が記されている。

長承三年（一一三四）十一月十九日、故礼部納言（権中納言治部卿通俊）の自筆本を書写しおえた。その自筆本の奥には、寛治元年（一〇八七）九月十五日、世間に公表するために重ねて奏覧した本を申請し、下されて校合した、これ以前に世間に行われている本には三百余首の違った歌があるが、信用してはならない、その由は目録序につぶさに書いてある。

朝散大夫（従五位下）藤判

そして、位置としては、これを前後で挟む形で、前に「出家以後、息子の侍従為相に譲る　桑門判」とあり、後に「相伝の秘本である　戸部尚書（民部卿）為家」という内容の、二つの識語が添えられている（「朝散大夫藤」と「桑門」の下の「判」は、冷泉本では花押である）。

奥書にいう、長承三年に通俊自筆本を書写した朝散大夫藤原某は、この年二十一歳で従五位下であった俊成《しゅんぜい》であると、以前は考えられていた。しかし、書風は年齢と共に変化するから、俊成の晩年の書風と冷泉本のそれとが異なっていることが冷泉本の書写者を俊成ではないとする根拠にはならないが、俊成の歌論書『古来風躰抄《こらいふうていしょう》』に引く『後拾遺集』の秀歌例の本文と冷泉本の本文との間には一致しない点が少なからず見出される。それらのことから、後藤祥子氏は、朝散大夫藤原某は長承三年に従五位下であった俊成以外の人物である可能性もあるとして、たとえばこの年に十五歳であった六条藤家の正三位太皇太后宮《たいこうたいごうぐう》権大夫《ごんのだいぶ》俊盛《としもり》もその一人であると指摘した。『花押かがみ』に載る俊盛の花押は冷泉本の「朝散大夫藤」の下に書かれた花押に似ているという（「為家相伝の後拾遺和歌集について」、橋本不美男編『王朝文学資料と論考』）。しかも、俊盛の祖父長実の母は通俊の姉妹であり、俊盛の母は藤原敦兼《あつかね》女で、彼女は俊成の生母である藤原敦家《あついえ》女の姪に当たる。さらにまた、俊盛の孫娘、すなわち季能《すえよし》女は俊成男定家の最初の妻であった。たしかに俊盛自身には和歌的事跡は知られないが、通俊自筆本の写本が俊盛・季能の家から御子《みこ》左家《ひだりけ》に移ったかという想像は十分可能なのである。

四　構成

『後拾遺集』全二十巻の構成を、先行する三代集と比較しながら見てゆきたい。

この集はまず巻頭に仮名序を掲げ、巻第一から巻第六までを四季歌に宛て、春・秋を重視して、この二季の歌は上下に分けている。この構成は『古今集』と一致する。『後撰集』や『拾遺集』は序文を設けていない。『後撰集』での春秋重視は際立っていて、それぞれを上中下の三巻に分けるので、四季歌は八巻となっている。一方、『拾遺集』では逆に四季のそれぞれに等しく一巻を宛てているから、四季歌は四巻にとどまる。

『後拾遺集』の巻第七から巻第十までは、賀・別・羇旅・哀傷の巻々である。『古今集』のこの部分は賀歌・離別歌・羇旅歌・物名であった。巻第十が異なる他は、『後拾遺集』は『古今集』をほぼ踏襲していると言える。これに対して、『後撰集』では巻第九から巻第十四まで、六巻を恋歌に宛てている。『拾遺集』の巻第七から巻第十までには、物名・雑上・雑下・神楽歌が収められている。

『後拾遺集』の後半十巻の部立は、形の上では極めて単純で、巻第十一から巻第十四までの四巻を恋歌に、巻第十五から巻第二十までの六巻を雑歌に宛てている。従って恋歌は恋一から恋四まで、雑歌は雑一から雑六までという形を取る。ただし、巻第二十雑六は神祇・釈教・誹諧歌の三部分から構成されている。

『古今集』では巻第十一から巻第十五まで五巻を恋歌に宛て、巻第十六が哀傷歌、巻第十七と十八の二巻が雑歌の上下、巻第十九が雑体で、その内容は短歌（長歌をこう呼んだ）・旋頭歌・誹諧歌の三部分から成っていた。巻第二十は大歌所御歌・神遊びの歌・東歌の三部に分けられている。

『後撰集』では、巻第十五から巻第十八までの四巻を雑歌に宛て、巻第十九を離別と羇旅の、巻第二十を慶賀と哀傷の二部構成としている。一方、『拾遺集』は『古今集』と同様、巻第十一から巻第十五までの五巻を恋歌に宛てるが、巻第十六から巻第十九までの四巻は、それぞれ雑春・雑秋・雑賀・雑恋とし、巻第二十を哀傷とした。

このように見てくると、『後拾遺集』の後半十巻の部立は、形式的には先行する三代集のどれとも異なっていることになる。けれども、雑一から雑五までに収められている歌には、恋歌や羇旅歌・賀歌・哀傷歌、さらには雑六の神祇や釈教の部分に入れてもおかしくないような作品も少なくない。しかるにそれらを雑歌として括っているのは、『古今集』では雑歌に二巻しか宛てなかったのに対して、『後撰集』では四巻を割き、『拾遺集』では二巻の雑歌の他に雑春など四巻を設けたという処理のし方を参考した結果のことであるかもしれない。ただし、やや雑然とした印象を与えていることは確かであろう。

通俊が部立に関して『後拾遺集』が三代集と異なる点を明示したのは、次の四点としてよいであろう。

一、『古今集』と『拾遺集』とが共に一巻を宛てた物名を設けない。

二、『古今集』の大歌所御歌・神遊びの歌・東歌や『拾遺集』の神楽歌を設けず、大嘗会関係の歌は賀に、神社関係の歌は雑六の神祇に収める。

三、『古今集』の雑体を設けない。雑体のうちの誹諧歌は雑六に移し、短歌(じつは長歌)・旋頭歌(『拾遺集』ではこの二体は雑下に収められていた)は収めない。

四、雑歌に六巻を割き、雑六に新たに神祇・釈教の部を設ける。

これらの新しい試みのうち、後代の勅撰集に継承され、充実していった部は、雑六の神祇・釈教である。『千載集』以後の勅撰集ではこの二部はそれぞれ一巻を与えられてゆくようになる。雑歌の巻を思い切ってふやしたことも、『新勅撰和歌集』や『玉葉和歌集』にいささか影響を及ぼしたかもしれない。中世のこの両集は共に雑歌に五巻を宛てているのである。

五　主要歌人と歌風

『後拾遺集』で撰者通俊がどのような歌人を重視していたのかを知る試みとして、多い順に五首入集の作者までを挙げると、次のようになる。

和泉式部68　相模39　赤染衛門32　能因31　大中臣能宣・清原元輔・伊勢大輔26
源道済22　藤原長能20　藤原公任・藤原頼宗19　平兼盛17　道命16　小弁15　藤原実方・源重之・藤原範永・良暹14　大中臣輔親13　増基・馬内侍12　恵慶・藤原道信11　源高明・大江嘉言10　曽禰好忠・大弐三位・康資王母9　藤原高遠・源為善・藤原経衡8　斎宮女御・藤原道綱母・選子内親王・少将藤原義孝・藤原元真・源兼澄・大江匡衡・藤原兼房・弁乳母・白河天皇・永源・素意7　源頼家・源経信6　小大君・藤原道長・藤原道雅・上東門院中将・藤原国房・出羽弁・源頼実・源兼長・藤原国行・源師賢・藤原通俊5

まず注目されることは、和泉式部《いずみしきぶ》が入集歌人の首位を占めて抜群に多いこと、そしてまた、相模《さがみ》・赤染衛門《あかぞめえもん》と、いずれも女歌人がこれに次ぐことであろう。歌数は多くはないが小《こ》大君《おおぎみ》の歌が巻頭歌に選ばれていること、巻軸歌は赤染衛門の歌であることなども考えると、通俊は一条朝から後冷泉朝の頃にかけての女歌人の高まりを十分に認識し、それをこの集に反映させようと努めたのであろうと思われる。

さらに和泉式部の六八首は、たとえば、

とゞめおきて誰をあはれと思ふらん子はまさるらん子はまさりけり（哀傷・五六八）

のように、痛切な現実に直面して自身の真情を確認し、それを真率な表現に托した作をはじめ、

津の国のこやとも人をいふべきにひまこそなけれ蘆の八重葺き（恋二・六九一）

あらざ覧《らん》この世のほかの思ひ出でにいまひとたびの逢ふこともがな（恋三・七六三）

もの思へば沢のほたるもわが身よりあくがれ出づるたまかとぞ見る

（雑六・神祇・一一六二）

などの、円転自在に機智的な表現を連ねた歌、情感の流露する歌といった、彼女のさまざまな詠みぶりが知られるように選ばれていて、通俊の選歌眼が的確であったことをうかがわせる。

和泉式部に次いで多く入集した相模の歌では、歌合で披講された際、満座の人々のど

よめきが御殿の外まで伝わったと伝えられる（『袋草紙』雑談）、

さみだれは美豆《みづ》の御牧《みまき》の真菰草刈りほすひまもあらじとぞ思《おもふ》（夏・二〇六）

の名歌や、大江公資《きんより》の妻でありながら恋人の藤原定頼《さだより》の訪れがとだえがちであることを嘆いた、

逢ふことのなきよりかねてつらければさてあらましにぬるゝ袖かな（恋一・六四〇）

また、歌合で恋の題を詠み、後に百人一首に採られた、

うらみわびほさぬ袖だにあるものを恋にくちなん名こそをしけれ（恋四・八一五）

などの恋の歌がとくに注目に価するであろう、

『後拾遺集』の巻軸歌が赤染衛門の作であることは前に述べたが、それは、乳母の候補である女性の乳の出が悪いことを慨嘆した夫大江匡衡《まさひら》の、

はかなくも思ひけるかなちもなくて博士《はかせ》の家の乳母《めのと》せんとは（雑六・誹諧歌・一二一七）

という諧謔の歌に、

さもあらばあれ山と心しかしこくはほそぢにつけてあらす許《ばかり》ぞ(同・一二一八)

と、同じ調子で応じた、機知に富んだ歌である。ここには「博士の家」を巧みに切りまわす家刀自《いえとうじ》の姿が浮かびあがるが、赤染衛門はその夫に先立たれた。その後、石山詣での途中で荒れた家を見かけて詠んだという歌が、

ひとりこそ荒れゆくことはなげきつれ主《ぬし》なき宿はまたもありけり(哀傷・五九四)

である。しかし、彼女自身は長寿を保って、曽孫に当たる大江匡房の誕生を見届けることができ、

雲の上にのぼらんまでも見てしがな鶴《つる》の毛衣年ふとならば(賀・四三八)

と、その将来を祈ったのである。

伊勢大輔《いせのたいふ》の入集歌にも夫成順に関連する歌が三首含まれている。そのうちの成順の一周忌に詠んだ、

別れにしその日ばかりはめぐり来ていきも返らぬ人ぞかなしき(哀傷・五八五)

という歌は、平明な調べのうちに故人への深い情愛を湛えている。

能因《のういん》・道命《どうみょう》・良暹・増基《ぞうき》・恵慶《えぎょう》など、出家者・僧侶の歌人がかなり優遇されていることも、あるいは時代の思潮と無関係ではないのであろうか。

能因の歌では、後に、ひそかに都に隠れ住んでいながら、みちのくに旅したとの噂を流しておいて披露した歌であるとの説話を生んだ（『袋草紙』）、

　　都をば霞とともに立ちしかど秋風ぞ吹く白河の関（羇旅・五一八）

の作とともに、

　　世の中はかくても経けり象潟の海士の苫屋をわが宿にして（同・五一九）

という、旅で得られた生き方についての自覚の歌をも採って、西行や芭蕉などの後代の詩人たちに影響を及ぼした。

増基も能因と同じく、諸国を経めぐって歌った出家歌人であるが、

　　ともすればよもの山べにあくがれし心に身をもまかせつるかな（雑三・一〇二〇）

という、修行の旅に出立する日に右近の馬場の柱に書き付けた歌は、たとえば西行など、

中世の遁世者の心にも通う趣があるが、熊野では、

山がらすかしらも白くなりにけりわがかへるべきときや来ぬらん(雑四・一〇七六)

と、烏《う》頭馬《とうば》角《かく》の故事を詠んでいる。本稿のはじめに引いた清少納言の「夜をこめて」の歌と同様、このような漢籍の知識にもとづく機知的な歌も通俊の好むところであったのであろう。

それは「長恨歌の絵」の一場面を、

ふるさとは浅茅が原と荒れはてて夜すがら虫の音をのみぞ鳴く(秋上・二七〇)

と詠んだ道命の作、『白氏文集』の新楽府「上陽白髪人」の句を、

恋しくは夢にも人を見るべきを窓うつ雨に目をさましつゝ(雑三・一〇一五)

と翻案した大弐高遠《たかとお》の詠、王昭君《おうしょうくん》をテーマとした赤染衛門ら他の三首(同・一〇一六―一〇一八)、白居易の詩の心を、

急ぎつゝ我こそ来つれ山里にいつよりすめる秋の月ぞも(秋上・二四八)

と歌で表現した藤原家経《いえつね》の一首などを選んでいることにも通じる。これらの作品を採録した結果、通俊は漢籍に暗くないと人々に印象づけることができた。あるいはそれは、源経信や大江匡房を意識したためであったかもしれない。

その経信や匡房は後代の評価を思い合わせると意外なほど冷遇されている。序で「たび〳〵の仰せそむきがたくして、はゞかりの関のはゞかりながら、ところ〴〵載せたる」と言い訳めいたことを記して自詠五首を選んだ通俊は、経信は六首、匡房に至っては二首しか採ろうとしなかった。それらの中に、経信の会心の作、

　君が代は尽きじとぞ思ふ神風や御裳《みも》濯《すそ》川の澄まむかぎりは（賀・四五〇）

　沖つ風吹きにけらしな住吉の松のしづ枝をあらふ白波（雑四・一〇六三）

や、匡房の百人一首の歌、

　高砂の尾上《をのへ》の桜咲きにけり外《と》山の霞たゝずもあらなん（春上・一二〇）

が入っているのではあるが、『後拾遺集』以後の諸集におけるこの二人の処遇されようを思うと、通俊のやり方はいささか露骨ではなかったかという気がしないでもない。

通俊自選の五首の中では、筑紫から上京する船旅で得たという、

あなじ吹く瀬戸の潮あひに舟出してはやくぞ過ぐるさやかた山を（羇旅・五三二）

の一首が、実体験に裏付けられた新鮮な佳詠と言えるであろう。

同様な新鮮さ、さらに新しい美の発見は、たとえば以下に挙げるような歌に認められる。すなわち、藤原長能が難じたという（『袋草紙』）、曽禰好忠《よしただ》の、

鳴けや鳴け蓬《よもぎ》が杣《そま》のきり〴〵す過ぎゆく秋はげにぞかなしき（秋上・二七三）

という作、和歌六人党の盟主ともいうべき藤原範永《のりなが》の、

花ならで折らまほしきは難波江の蘆の若葉に降れる白雪（春上・四九）

経信が源師賢《もろかた》の梅津の山荘で、これは『金葉和歌集』を飾った秀歌、

夕されば門田の稲葉おとづれて蘆のまろ屋に秋風ぞ吹く

を詠じた際に同席して、同じく「田家秋風」の題を、

宿近き山田の引板《ひた》に手もかけで吹く秋風にまかせてぞ見る（秋下・三六九）

と詠んだ、やはり六人党の源頼家《よりいえ》の一首、同じく六人党の一人で、命に替えて秀歌を詠ませてくださいと住吉明神に祈って得たという源頼実《よりざね》（『袋草紙』他）の、

木《こ》の葉散る宿は聞き分くことぞなき時雨する夜も時雨せぬ夜も（冬・三八二）

その頼実の弟で、『後拾遺集』が流布するとともに、たいした歌でもないのに数多く入集していると誹謗されたという源頼綱《よりつな》（『袋草紙』）の、

夏山の楢《なら》の葉そよぐ夕暮はことしも秋の心地こそすれ（夏・二三一）

同様な『後拾遺集』批判の一つとして、同集が「小鰺集《こあじしゅう》」の異名と呼ばれるのは彼を優遇したからであるという津守国基《くにもと》（『袋草紙』）の、

薄墨にかく玉梓《たまづさ》と見ゆるかな霞める空に帰るかりがね（春上・七一）

などの歌である。これらの作の新鮮な表現や斬新な趣向の中には同時代人から批判されたものもあったが、後代の歌人たち――とくに平安末から鎌倉初期の――に確かな影響

を及ぼしているのである。

六　同時代の反響、後代の論評

『拾遺集』以後、八十年ほどの空白があって成っただけに、『後拾遺集』に対する歌人たちの反響は大きかった。その最も大きいものは、経信の著と考えられている『難後拾《なんごしゅう》遺《い》』である。清輔の『袋草紙』では、通俊が内々『後拾遺集』を経信に見せた時、経信は「神妙だ」と評しながら、後日『難後拾遺』を書いたので、通俊はこれを見て、既に流布していた『後拾遺集』の本文を直したと言い、また、『難後拾遺』は世間では経信作としているが、彼の孫俊恵《しゅんえ》の言によれば、あるいは経信の口述したものを男俊頼《としより》が執筆した草稿かとも述べている。この書は、

後拾遺とて、このごろ世に書きさわぐ集ありとて、人の持《も》たるを、いとまのひまに人に読ませて聞きまつれば、いとをかしう覚ゆる歌もあり、またいかゞあらんと覚ゆるもあれば、これを書き出《いだ》して、それはさぞといふ人あらば、げにとも思はんとてなり。（中略）おほかた聞きて腹立ち、そしる人もありなん。ゆめ〳〵

という短い序文的な文章を冒頭に記して、『後拾遺集』の歌八十四首について、歌の表現の問題点や作者・詞書の誤りなどを論じている。

たとえば、平兼盛《かねもり》の、

思ふてふことはいはでも思《おもひ》けりつらきもいまはつらしと思はじ（恋四・七八六）

という歌について、

「おもふてふことをいはでもおもひけり」といはゞ、「つらきをもいはじ」とあらばこそよからめとおぼゆるは、もしひがおぼえにや。

と評し、筑紫の大山寺歌合で詠まれたという、

わが宿の垣根な過ぎそほとゝぎすいづれの里もおなじ卯の花（夏・一七八）

の歌の作者を『後拾遺集』で「元慶《げんけい》法師」としていることについて、この歌は自身（経信）が筑紫にいた時に、良暹が「私が詠んだ」と言うのを聞いた、撰者は実源《じつげん》律師が筑紫で元慶がこの歌を詠んだのを見たと言ったので元慶の歌としたとのことだが、実源が

筑紫にいたのは源資通《すけみち》が大宰大弐在任中のこと、私が良暹の言葉を聞いたのはそれ以前だから、良暹が古歌を自分の歌と言ったのかもしれないが、元慶の歌とするのは誤りであると詳論している。

『後拾遺集』を読む際に参考になる批評はもとより少なくはないが、和歌の本質に関わる内容の記述が多いとは思われない。

清輔の『袋草紙』はこれまでにもしばしば引いたように、『後拾遺集』や集中の歌に言及することの極めて多い歌学書である。「雑談」と題した和歌説話集ともいえる部分には、病気を見舞わなかった小式部内侍《こしきぶのないし》を難詰した藤原教通《のりみち》に答えた彼女の、

死ぬばかりなげきにこそはなげきしかいきてとふべき身にしあらねば

（雑三・一〇〇一）

の歌に接した教通が、感動の余り衝動的な行動に出たことが語られていたり、楠葉の御牧を騎馬で過ぎようとして咎められた素意《そい》が「紀伊入道素意、後拾遺の作者にはあらずや」と名乗って、下馬しなかったなど、興味深い話が多い。

鎌倉時代初頭の建久八年（一一九七）、八十四歳になっていた藤原俊成は、「ある高きみ山」に求められて、歌論書『古来風躰抄』を書き、これを進覧した。「ある高きみ山」は後白河法皇の皇女式子《しょくし》内親王をさすと考えられている。

この書は和歌の歴史を述べた部分と『万葉集』から『千載集』までの八集より抄出した例歌の部分から成っているので、彼が『後拾遺集』をどのように見ていたか、同集のどんな歌を秀歌と考えていたかを知ることができる。

彼は和歌史的な叙述においては、『後拾遺集』について、次のように言う。

後拾遺の歌は、かみ村上の御時の梨壺の五人が歌をむねとして、それよりこなた拾遺ののち、久しく撰集なくして、世に歌よみは多くつもりにければ、公任卿をはじめとして、長能・道済・道信・実方らの朝臣、女は小大君・泉式部・紫式部・清少納言・赤染・伊勢大輔・小式部・小弁など、多くの歌よみどもの歌つもれる頃ほひ撰びければ、いかによき歌多く侍りけん。されば、げにまことにおもしろく、聞き近く、物に心えたるさまの歌どもにて、をかしくは見ゆるを、撰者の好む筋や、ひとへにをかしき風躰なりけん、ことによき歌どもはさる事にて、はざまの地の歌の、少し先々の撰集に見合はするには、たけのたちくだりにけるなるべし。

そしてさらに、経信をさしおいて通俊が撰者となったことを「少しはおぼつかなき事」と言い、経信は「ことに歌のたけを好み、古き姿をのみ好める人と見えたれば、後拾遺集の風躰をいかに相違して見え侍りけん」とも述べている。

例歌部分では全体の十分の一弱になる九五首を抄出している。

『後拾遺集』に関する俊成の見方に近いというか、さらに批判的な見方は、鴨長明の歌論書『無名抄《むみょうしょう》』にも認められる。すなわち、同書の「近代歌体」という章段で、

後拾遺の時、今少し和らぎて昔の風を忘れたり。ややその時の古き人などはこれを請けざりけるにや、後拾遺姿と名づけて、くちをしきことにしけるとぞ、ある先達語り侍りし。

と論じているのである。

俊成が「たけのたちくだりにける」「はざまの地の歌」と呼んだ作品は、具体的にはどのような歌をさすのであろうか。思うに雑六の誹諧歌のあるもの、たとえば、橘季通《すえみち》の、

武隈《たけくま》の松は二木《ふたき》をみやこ人いかゞと問はばみきとこたへむ（雑四・一〇四一）

という歌を揶揄《やゆ》した、

武隈の松はふた木をみきといふはよくよめるにはあらぬなるべし（雑六・誹諧歌・一一九九）

という深覚《じんかく》の歌、また、「三日《みか》の夜の餅」についての、

三日《みか》の夜のもちゐは食はじわづらはし聞けばよどのに母子つむなり（同・一二〇三）

という藤原実方《さねかた》の歌、殿居人の落し物の枕に書き付けたという、

道芝やをどろの髪にならされてうつれる香こそくさまくらなれ（同・一二一三）

という小大君の歌などが、それに相当するのではないかと考える。

さらに、これは歌そのものではなく、詞書の表現の問題であるが、「人〳〵酒たうべて」「かはらけとりて」などという、飲酒に関する記述が『後拾遺集』ではやや目立つことも、宮廷和歌においては褻晴《けはれ》を弁えるべきであるという貴族の美意識を尊重した俊成には相当抵抗感を抱かせる一因だったのではないであろうか（この問題については、かつて拙稿「酒の歌、酒席の歌」（『季刊文学増刊　酒と日本文化』岩波書店、一九九七年一一月）で言及したことがある）。

けれども、俊成の評価基準が絶対的であるわけはない。王朝の貴族たちも現代のわれ

われも、結局は似たようなことを喜んだり悲しんだりしているのである。そして、『古今集』仮名序にいうように、生きるということは「ことわざ繁きもの」であるから、「心に思ふことを見るもの、聞くものにつけて言ひ出《いだ》」した言葉が歌なのである。それならば、これら「はざまの地の歌の……たけのたちくだりにける」をも含めて、「多くの歌よみどもの歌つもれる」この『後拾遺和歌集』の多彩で豊穣な歌の世界に分け入ることは、古典を読む楽しみでもあると言えるのではないだろうか。

凡例に記したように、新大系版では本集の前半を平田喜信氏が、序と後半を久保田が分担執筆した。刊行六年後の二〇〇〇年八月、平田氏は急逝された。今回作業を進めながら、氏と共に昔の仕事の再検討、全面的な改訂ができたならばどんなにか嬉しかったであろうと思うこと頻りである。このような形での刊行を御快諾下さった平田澄子氏、凡例でお名前を挙げた、新大系版の際に御協力頂いた多くの方々、底本閲覧に際してお世話になった宮内庁書陵部の方々、そして種々お手数を煩わせた岩波書店の鈴木康之氏・金子陽子氏に深くお礼申し上げる。

主要参考文献

藤本一恵『太山寺本 後拾遺和歌集とその研究』　桜楓社　昭和四十六年
久曾神昇・嘉藤久美子解題『後拾遺和歌集　日野本』　汲古書院　昭和四十八年
橋本不美男解題『後拾遺和歌抄・正広詠歌』　汲古書院　昭和四十九年
陽明文庫編集『後拾遺和歌集』(陽明叢書国書篇第二輯)谷山茂・藤本一恵解説　思文閣　昭和五十二年
糸井通浩編『後拾遺和歌集伝惟房筆本』　青葉図書　昭和五十六年
久曾神昇・奥野冨美子編『穂久邇文庫蔵　後拾遺和歌集と研究』(未刊国文資料)　未刊国文資料刊行会　平成二年
冷泉家時雨亭文庫編『後拾遺和歌集　難後拾遺』(冷泉家時雨亭叢書第四巻)、解題後藤祥子　朝日新聞社　平成十年
糸井通浩・渡辺輝道編『後拾遺和歌集総索引 本文・校異 索引・研究』　清文堂　昭和五十一年
西下経一『後拾遺和歌集』(岩波文庫)　岩波書店　昭和十五年
新編国歌大観編集委員会『新編　国歌大観　第一巻勅撰集編』　角川書店　昭和五十八年
西端幸雄編『後拾遺和歌集総索引』　和泉書院　平成四年
関根慶子『難後拾遺集成』　風間書房　昭和五十年
顕昭『後拾遺抄注』、久曾神昇編『日本歌学大系』別巻四　風間書房　昭和五十五年
北村季吟『八代集抄』、山岸徳平編『八代集全註』　有精堂　昭和三十五年　他

秋山虔・久保田淳『古今和歌集　王朝秀歌選』（鑑賞日本の古典3）尚学図書　昭和五十七年
藤本一恵『後拾遺和歌集（一）―（四）』（講談社学術文庫）講談社　昭和五十八年
川村晃生『後拾遺和歌集』和泉書院　平成三年
藤本一恵『後拾遺和歌集全釈』上巻・下巻　風間書房　平成五年
久保田淳・平田喜信校注『後拾遺和歌集』（新日本古典文学大系8）岩波書店　平成六年
犬養廉・平野由紀子・いさら会著『後拾遺和歌集新釈』上・下巻（笠間注釈叢刊）笠間書院　平成八―九年

嘉藤久美子「「後拾遺和歌集」諸本の研究方法に関する再吟味」金城国文　十九巻一号　昭和四十七年九月
後藤祥子「後拾遺和歌集の伝本――その系統と性格――」、日本女子大学紀要　文学部第二十二号　昭和四十八年三月
上野理『後拾遺集前後』笠間書院　昭和五十一年
後藤祥子「為家相伝の後拾遺和歌集について」、橋本不美男編『王朝文学資料と論考』笠間書院　平成四年
浅田徹「後拾遺集為家相伝本をめぐって」、樋口芳麻呂編『王朝和歌と史的展開』笠間書院　平成九年
武田早苗『後拾遺和歌集攷』青簡舎　平成三十一年

松田武夫『勅撰和歌集の研究』　日本電報通信社出版部　昭和十九年
橋本不美男『院政期の歌壇史研究』　武蔵野書院　昭和四十一年
同　　　　『王朝和歌史の研究』　笠間書院　昭和四十七年
千葉義孝『後拾遺時代歌人の研究』　勉誠社　平成三年
川村晃生『摂関期和歌史の研究』　三弥井書店　平成三年
平田喜信『平安中期和歌考論』　新典社　平成五年

初句索引

一、異本歌を除いた『後拾遺和歌集』一二一八首の、初句による索引である。句に付した数字は、本書における歌番号を示す。
二、表記はすべて歴史的仮名遣いによる平仮名表記とし、五十音順に配列した。
三、初句を同じくする歌がある場合は、更に第二句を、第二句も同じ場合は第三句を示した。

あ

初句	番号
あかざらば	三九
あかつきの	
―かねのこゑこそ	九六
―つゆはまくらに	七〇一
あきかぜに	
―あふことのはや	一〇八〇
―こゑよわりゆく	三三二
―したばやさむく	三〇三
―なびきながらも	七八
―をれじとすまふ	三三
あきぎりの	三〇
あきぎりは	九三
あきのたに	三四〇
あきらけき	一六九
あくがるる	八七
あけぬなり	一〇二一
あけぬなの	一〇八一
あけのよの	三二四
あけのよは	三六八
あけのよを	二四一
あきはぎの	三八四
あきはぎを	三五五
あきはただ	三七四
あきはなほ	三六七
あきまでの	四八
あきもあき	二六五
あきらけき	一六九
あくがるる	八七
あけぬなり	一〇二一
あけぬなの	一〇八一
あけのよの	三二四
あけるかか	三二四
あけぬれば	六二二
あけはてば	三七二
あけばまづ	八二
あきせを	
あさぢはら	九〇五

670

—あれたるやどは
　—たままくくずの　　八三三
あさぢふに　　　　　　三三六
あさぢふの　　　　　　二五六
あさなあさな　　　　　三二一
あさねがみ　　　　　　九二四
あさぼらけ　　　　　　六二九
あさましや　　　　　　四〇六
あさまだき　　　　　　五二四
あさみどり
　—のべのかすみの　　三五一
　—みだれてなびく　　　三〇
あさゆふに　　　　　　　七六
あしのねの　　　　　　三三〇
あしのやの　　　　　　七七一
あしひきの
　—やまほととぎす　　五〇七
　—やまるのみづは　　一八二
あじろぎに　　　　　　一二四
あすならば　　　　　　三八五
あすよりは　　　　　　七三三
あせにける　　　　　　一〇四八

あだにかく　　　　　　五六三
あたらしき　　　　　　　　八
あぢきなく　　　　　　九六四
あぢこほるまは　　　　六三〇
なきよりかねて　　　　六四〇
あづまぢに　　　　　　七六五
あづまぢの
　—おもひいでにせむ　九六四
　—くもゐはるかに　　五二五
　—さもこそひとめ　　四九三
あづまぢは　　　　　　六三三
　—そのはらからは　　一九五
—たびのそらをぞ　　　七二四
—はまなのはしを　　　五二六
—ひとにとはばや　　　　九三
あづまやの　　　　　　七七一
あとたえて　　　　　　一七一
あなじふく　　　　　　五三三
あはづのの　　　　　　　四五
あはゆきも　　　　　　四〇三
あはれにも　　　　　　三八〇
あひみしを　　　　　　七三二
あひみての　　　　　　七六四
あひみては　　　　　　六九七
あふことの

—いつとなきには　　　六二九
—ただひたぶるの　　　七六二
—とどこほるまは　　　六三〇
—なきよりかねて　　　六四〇
あふことは
　—くもゐはるかに　　五二五
　—さもこそひとめ　　四九三
　—たなばたつめに　　六三三
あふことを　　　　　　七二四
　—いまはかぎりと　　七二六
　—ゆふぐれごとに　　六〇一
あふさかの
　—すぎのむらだち　　二六八
　—せきうちこゆる　　四六六
　—せきごゆとも　　　四九〇
　—せきとはきけど　　五〇〇
　—せきにこころは　　九一五
　—せきのあなたも　　九二七
　—せきのしみづや　　七四一
　—せきをやはるも　　　四一
　—なをもたのまじ　　六三三
あふさかは　　　　　　七四八

あふまでと 六八三
あふまでや 七六四
あふみにか 六四四
あまぐもの 六六七
あまのがは 八六九
　—おなじながれと 八六六
　—とわたるふねの 二四三
　—のちのけふだに 四九二
あまのはら
　—つきはかはらぬ 八五二
　—はるかにわたる 九六六
あめのした 二七三
あめふれば 八四七
あやしくも 七六七
あやふしと 七六九
あやめぐさ 七六五
あらざらむ 七六三
あらしふく 三六六
あらしふく 七六
あらたまの 二四二
あらはれて 八七三
ありあけの 一九二
ありしこそ 五三八

い

あをやぎの 九二一
あるがうへに 八三三
ありまやま 七〇九
ありとても 三三七
ありてやは 二二〇
ありそうみの 七六六

いかがせむ 八六九
いかでかく 三一六
いかならむ 一〇二四
　—おなじじぐれに 一〇〇九
　—おなじいろにて 三二一
　—こよひのつきの 二八一
　—しらぬにおふる 六〇六
　—ふなきのやまの 三二六
いかなれば 八三九
いかなれや 八九一
　—ふなでぞしつる 五三一
いかばかり 一
　—うれしからまし 七三一
　—かけてもいまは 六二九
いかにして 六八三
　—うつしとめけむ 五三二
　—たまにもぬかむ 三〇七

いかにせむ
　—あなあやにくの 六八三
　—あほつかなさを 七六一
　—きみなげくらむ 五五一
　—さびしかるらむ 四九八
　—そらをあふぎて 四〇二
　—ふるゆきなれば 五五四
いけみづは 八三九
いけづの 七二
いそぎつつ 五三一
いそなるる 二四六
いそらぬに 九六二
いたづらに 九一
　—なりぬるひとの 八二五
　—みはなりぬとも 八二二
いたまあらみ 八四六
いづかたと

―かひのしらねは
　―ききだにわかず　四〇四
いづかたへ
　―ゆくとばかりは　一九七
いづかたへ
　―ゆくともつきの　九二四
いづかたを
　―ふりゆくみこそ　八四〇
いつかまた
　―いへのかぜこそ　七三三
いづくにか
　―いつのまにかも　五九五
いつしかと
　―きならしごろも　二五〇
いづちとも
　―たきぎもけふの　九一九
いつとても
　―ちかきまもりを　九四九
いつとなく
　―ちぢのこがねは　八九二
いつもみる
　―つきかかりせば　八五三
いつよりも
　―とこよのくにや　一二九六
いづるゆの
　―はなみしひとは　八四一
いづれをか
　―ひとさへけさは　一〇六一
いでてみよ
　―まゆとじめにも　一二
いとけなき
　―わかれのにには　八九
いとどしく
　―つゆけかるらむ　四三四
いとはしき
　―なぐさめがたき　三二八

　　　　　　　　　　　二三九
　　　　　　　　　　　四七五

いとふとは
　―いなりやま　七三三
いにしへに
　―もりのいはけと　一二六六
いにしへに
　―なにはにはのことも　七六四
いにしへの
　―ふりゆくみこそ　一〇四九
いにしへの
　―いへのかぜこそ　一〇七四
　―つつじ　一〇九三
　―をのへのかぜに　一〇四九
いはつつじ
　―まだしらじかし　一〇二〇
いはぬまは
　―つつみしほどに　六一〇
いはねの
　―きならしごろも　五四六
いはまには
　―たきぎもけふの　九二九
いはまより
　―ちかきまもりを　二〇四
いはれの
　―ちぢのこがねは　一〇八五
いまこむと
　―つきかかりせば　二六一
いまはただ
　―おもひたえなむ　九二三
いまはとて
　―ひとさへけさは　一一三
いまよりは
　―くもゐのつきを　六六五
　―そよそのことと　一二七六
いにしへは
　―わかれのにには　一二五九
いのちあらば
　―いにしへを　九〇二
いのちけむ
　―いのりける　一〇一九
いのりつつ

　　　　　　　　　　　四六九
　　　　　　　　　　　九四四
　　　　　　　　　　　四七六
　　　　　　　　　　　九〇二

いはくぐる
　―いなりやま　四五四
いはしろの
　―もりのいはけと　七六四
　―をのへのかぜに　一〇四九
いはつつじ
　―まだしらじかし　一〇二〇
いはぬまは
　―つつみしほどに　一〇九三
　　　　　　　　　六一〇
いはねの
　―きならしごろも　一〇四九
いはまには
　―たきぎもけふの　四二一
いはまより
　―ちかきまもりを　八四五
いはれの
　―ちぢのこがねは　三〇五
いまこむと
　―つきかかりせば　八八
いまはただ
　―おもひたえなむ　七五〇
いまはとて
　―ひとさへけさは　八六一
いまよりは
　―くもゐのつきを　五五〇
　―そよそのことと　五七三
いにしへは
　―わかれのにには　五六七
いまはとて
　―くもゐのつきを　一二六五
いりぬとて
　―いろいろに　八五九
いろいろの
　―いろいろに　四四七
いろいろの

　　　　　　　　　　　二六六

う

初句	番号
うかりける	一〇九七
うきこととも	九六九
うきころも	五九一
うきながら	二六三
うきままに	七四六
うきよをも	一三
うぐひすの	八二六
うごきなき	四九五
うしとても	三一
うすくこく	八三二
―いろぞみえける	七一
―ころものいろは	五〇
うすずみに	三二七
うたたねに	五六一
うたたねの	三一三
うぢがはの	八八
うちしのび	七六
うちつけに	三元四
うちはへて	八九
うちはらふ	三元九
うちむれし	一三三

初句	番号
うつつにて	六五
うづみびの	四〇二
うつりがの	七六六
うづゑつき	三三
うどはまに	二七二
うのはなの	
―さけるあたりは	一七四
―さけるさかりは	一六六
うばたま→むばたま	
うめ→むめ	
うらかぜに	七〇六
うらみずは	九五二
うらみわび	八五
うらむとも	七一〇
うらやまし	
―いかなるはなか	一四二
―いるみともがな	一七
―はるのみやびと	二一一
うれしきを	六三七
うれしさを	五四一
うれしといふ	一〇九四
うれしとも	六六三

お

初句	番号
おいのなみ	
―あるじはなくて	一三四七
―ひとなきやどの	九九
―ひとのこころは	三五六
おいのなみ	一三一
おきあかし	一二九五
おきつかぜ	一〇六五
おきつなみ	一四二
おきながら	六〇八
おきもゐぬ	六八一
おくつゆに	三〇一
おくやまに	二七五
おくやまの	一六六
―いかでかひとに	六三六
おくれじと	五四二
おくれても	一四二
おしなべて	九八二
おちつもる	三九八
―にはのこのはを	二〇六
―にはをだにとて	三七七
―もみぢをみれば	

おともせで	三六
おなじくぞ	四一六
おのづから	九五二
おひたつを	九四八
おほかたに	八〇四
おほかたの	三二七
おほかたの	二二三
おほかりし	一〇〇二
おほぞらに	三五二
おほぞらの	一二六一
おほぢちち	
おぼつかな	
——つくまのかみの	一〇六一
——みやこのそらや	五三一
おぼめくな	六二一
おほゐがは	三七九
おもはずに	一〇二九
おもひあまり	六八
おもひいづや	五六〇
おもひいづる	
——ことのみしげき	一六四
——こどもあらじと	二三五
おもひいでて	八七

おもひいでよ	四八四
おもひおく	二三
おもひかね	五七六
おもひなき	五八九
おもひきや	
——あきのよかぜの	九〇
——ころもののいろを	九六一
——ふるきみやこを	一〇一七
——ふるさとびとに	一二八
——わがしめゆひし	一二六
おもひしる	
——ひともありける	一〇三一
——ひともこそあれ	六五五
おもひつつ	一〇七
おもひには	八三
おもひやる	
——あはれなにはの	五九六
——かたなきままに	七六七
——こころさへこそ	一〇三八
——こころのそらに	七二一
——こころばかりは	八六
おもふこと	一〇〇三

	六六
——かすみこめたる	五一
——かねてわかれし	一七六
——しらぬくもぢも	一〇四〇
——とふしともなき	四四四
——まだつるのこの	五二一
——やそうぢびとの	九九一
——ゆきもやまぢも	四三
おもひわび	
——かへすころもの	七六二
——きのふやまべに	六二七
おもふこと	
——いまはなきかな	四一
——かみはしるらむ	一〇六七
——なけれどぬれぬ	二九六
——なるかはかみに	二七六
——みなつきねとて	二二〇
おもふてふ	七六六
おもふにも	一〇二八
おもふひと	五一七
——おもふらむ	
——しるしだになき	六二四
——わかれしひとの	五九六

おもへただ　　　　　四八三
おもへども　　　　　二七

か

かがみやま　　　　　四
かきくもれ　　　　　二五七
かきくらし　　　　　五〇
かぎりあらむ　　　　三三
かぎりあれば　　　　八二九
かぎりぞと　　　　　二九九
かくしつつ　　　　　九六七
かくとだに　　　　　八二六
かくなむと　　　　　九八八
かくばかり　　　　　六二三
かくれぬに　　　　　八四九
かけてだに　　　　　八七一
かしはぎの　　　　　一〇二五
かすがのは　　　　　九〇三
　─なのみなりけり　八五四
　─ゆきのみつむと　三二五
かすがやま　　　　　一三二
かずしらず　　　　　三七

かずならぬ
　─ひとをのがひの　九六一
　─みのうきことは　九〇〇
かすみさへ　　　　　四二六
かぜだにも　　　　　一四六
かぜのおとの　　　　七〇六
かぜはただ　　　　　七六六
かぜふけば　　　　　九三五
　─なびくあさぢは　九六〇
　─まつやぶれぬる　二六
　─みほのけぶり　　一六九
　─をちのかきねの　六三
かぞふれば　　　　　五二
かたがたの　　　　　四七
かたしきの　　　　　七六
かたみぞと　　　　　七二
かたらへば　　　　　八九九
かづきする　　　　　一〇九五
かなしさに　　　　　一三五五
かはかみや　　　　　五五七
かばかりに　　　　　八五二
かばかりの　　　　　九二五

かはふねに　　　　　九三
かひなきは　　　　　七三〇
かひもなき　　　　　三八
かへしけむ　　　　　九二
かへりしは　　　　　一〇八六
かへりては　　　　　六六六
かへるかり　　　　　四九六
かへるさの　　　　　六八
　─ねざめにきけば　七六一
　─よはのしぐれに　二四二
かみよより　　　　　八二六
かもめこそ　　　　　四二〇
からころも　　　　　一二三三
　─そでしのうらの　三六〇
　─ながきよすがら　三二五
　─むすびしひもは　六四九
からにしき　　　　　三六〇
かりがねぞ　　　　　七二

かりそめの	一四七	
かりにこば	一二九	
かりにこむ	三二四	
かるもかき	八二二	
かれはつる	九〇一	
かをとめて	二一〇	

き

きえかへり	七〇〇	
きえにける	五二一	
きえもあへず	一〇三二	
きかばやな	一五二	
ききすてて	一八五五	
ききつとも	一八八	
ききつるや	一九六	
きくにだに	一三五二	
きしとほみ	八七四	
きてなれし	六〇〇	
きてみよと	三三七	
きのふけふ	七〇二	
きのふまで		
―かみにこころを	二二四一	

―をしみしはなも	一六六	
きみがうゑし	一〇四六	
きみがかす	一二〇五	
きみをだに		
きみがため	八二一	
―おつるなみだの	八一〇	
―をしからざりし		
きみがによは	三一	
―かぎりもあらじ	四三五	
―しらたまつばき	四三二	
―ちよにひとたび	四四九	
―つきじとぞおもふ	四五〇	
きみこふと	四三三	
きみこふる	八〇七	
きみすめば	八〇一	
きみすらも	一〇二六	
きみなくて	三〇二	
きみにひと	一〇三三	
きみのみや	五八一	
きみはまだ	九五〇	
きみませせと	一七	

きみみれば	四二二	
きみをいのる	四二九	
きりわけて	九九四	
きりはれぬ	三八七	
きりもせぬ	六一〇	

く

くさのうへに	三一〇	
くさのはに	一〇二一	
くちにける	六五〇	
くちもせぬ	四二六	
くみてしる	六一五	
くものさへ	六二三	
―さばかりさしし	七六九	
くものうへに		
―のぼらむまでも	四二八	
―ひかりかくれし	九四七	
くもりなき	四三三	
くもるよの	八四〇	
くもぬにて		
―いかであふぎと	二〇九	

初句索引

―ちぎりしなかは 六二六
くもぬまで 九九〇
くるひとも 九五五
くるるまの 一〇五二
くれてゆく 六六七
くれゆけば 四九九
くろかみの 二一一

け

けさきつる 七五五
けふくるる 三〇四
けふしなば 一〇五〇
けふとくる 六六〇
けふとしも 八三二
けふばかり 四二五
けふはきみ 一〇二七
けふまつる 五二三
けふまでも 二二七
けふもけふ 九九五
けふよりは 六六六

こ

こえにける 七〇五
こえはてば 五二一
こえにこぬ 一九五
こえにしも 一二七四
ここにわが 一八一
このごろは 四三
こころあらむ 九六〇
こころえつ 一四一
こころから 一二〇八
こころざし 九九三
こころには 八六〇
こころにも 七二一
こころをば 七五二
こじとだに 四〇二
こしみちも 一二九二
こしらへて 八九二
こぞのけふ 五八四
こぞよりも 二二〇
ことしだに 四五六
ことしより 三三七
こととはば 五〇九
ことのはに 九五五
ことわりや 九九三
ことまでも 六六九
こぬもうく 七九九
このごろの 八八三
このごろは 一八六
―きぎのこずゑに 三三四
―ねでのみぞまつ 一六二
このはちる 三三二
―やどはききわく 六〇五
―やまのしたみづ 八〇
こはぎさく 六四五
こひこひて 七一九
こひしきに 一〇二五
こひしくは 五九七
こひしさに 七七二
こひしさの
―うきにまざぎる 八九二
―わすられぬべき 七三三
こひしさは 七五二
こひしさも

こひしさを	八〇九	さかきばに	一二七一	さつきやみ	九九六
こひしてふ	六四五	さとびとの	一〇四三		
こひしなむ	六五七	さならでも	一二〇〇		
こひしとも	六六九	さかざらば	二六〇		
こひそめし	六二六	さかづきに			
		―おりゐるたづは	二一六	―そらなるほしの	九八〇
こひともと	六二四	さきにたつ		―そらなるほしの	二一七
こもまくら		さきのひに	一〇六〇	さびしさに	
こよひこそ	一二四	さくらいろに	一〇五三	―けぶりをだにも	五九〇
―しかのねちかく		さくらちる	九一	―やどをたちいでて	一三三二
―よにあるひとは	二六八	さくらばな	一三六	さほがはの	三六八
こよひさへ	二六四	―あかぬあまりに	一三三	さまざまに	
こりつめて	七一一	―さかばちりなむと	八一	―あらぬけふさへ	八二七
こりぬらむ	四四	―さかりになれば		―ひもくれぬめり	五六二
これもさは	九三二	―にほふなごりに	一二一四	さみだれの	
これもまた	九五九	―まだきなちりそ	九六六	―そらなつかしく	一二一
これやこの	四四六	みちみえぬまで	一三二四	―をやむけしきの	二〇九
これを	五五七	ささがにの		さみだれは	
ころもなる	一二九四	―いづこにひとを	七六一	―みえしをささの	二〇七
こゑたえず	一六〇	―すがくあさぢの		―みづのみまきの	四〇八
		さしてゆく	三〇六	さむしろは	
さ		さだめなき		さもあらばあれ	三三八
さかきとる	一六九				

さもこそは	
—こころくらべに	九五一
—みやこのほかに	八六一
—やどはかはらめ	六三一
さよふかき	一五〇
—しぐれとは	二二六
さよふかく	八九五
—したきゆる	五九九
さよふくる	二六六
—しなのなる	二三二
さよふけて	四四九
—ころもしでうつ	三六
—みねのあらしや	一二二六
さらでだに	五四五
—あやしきほどの	三六
—いはまのみづは	九四三
さりともと	三二六
—こころのとまる	三二
—おもひしひとは	六五二
—おもふころに	三二
し	
しかすがに	一〇三三
しかのねぞ	二九一
しかのねに	二八二

しかばかり	五八
しきたへの	八六
しぎのふす	六三二
しぐるれど	八二
—ゆめもこのよも	三〇〇
しらなみの	八二二
—おとせでたつと	一七二
—たちながらだに	三二六
しらゆきの	一〇〇一
—しぐれとは	五五九
したきゆる	八九五
しなのなる	六三九
しぬばかり	二二六
しのすすき	一〇〇一
しのびつつ	六一九
—なきわかれぢに	六一〇
しのびねの	二一〇〇
しのびねを	一〇六
しのぶべき	六四
しのべき	一〇〇八
しばしこそ	九五八
ほたたる	一〇〇
しめゆひし	六三六
しもがれの	三二六
—かやがしたれ	七一九
—くさのとざしは	三九六
—ふゆのにたてる	六〇七
しらぎくの	三五五

しらくもの	五一四
しらつゆも	
—こころおきてや	
—ゆめもこのよも	
しらなみの	
—おとせでたつと	一七二
—たちながらだに	三二六
しらゆきの	
—しひとも	五二七
—なきわかれぢに	六七六
—なくてやみぬ	六九四
しるらめや	四三
しろたへに	
—ころものそでを	一二六四
—とよみてぐらを	
す	
すがのねの	六九
すぎがてに	五〇六
すぎたてる	六九〇
すぎてゆく	六八九

すぎのいたを	三九九			たけくまの
すぎむらと	七三九			―まつはこのたび	一〇四二
すぎもすぎ	二四七	せ		―まつはふたきを	二九
すだきけむ	二三三	せきれたる	一〇五七	―みきといふは	一〇二一
すてはてむと	五七四			―みやこびと	八四七
すべらきも	九九八	そ		たたぬより	五三九
すまのあまの	一五六	そでかけて	二六	たちのぼる	一〇五四
すまのうらを	六二一	そでふれば	三〇	―けぶりにつけて	四六
すみぞめに	五二〇	そなはれし	五五八	―もしほのけぶり	
すみぞめの	八九二	そのいろの	九〇八	たたなはれ	
すみなめる	五五二	そのかみの	二二九	たづねくる	六四
すみのえの	八五〇	そのほどと	四九〇	―ひとにもみせむ	二六九
すみよしの	一五六	そらになる	九二六	―ひともあらなむ	一〇八八
―うらかぜいたく	一〇六四			たづねずは	
―うらのたまもを	四四六	た		たづねつる	
―かみはあはれと	一〇八二	たえにける	一一九	―やどはかすみに	一二一
―きしならねども	七四〇	たえやせむ	四九二	―ゆきのあしたの	一〇九二
―まつさへかはる	二六一	たかさごと	一〇九二	たづのすむ	二〇六
―まつのしづえに	二七五	たかさごの	二〇六	たなばたの	二一〇
すむとても	一五六	たがそでに	一二〇	たなばたは	二四四
すむひとの	九一七			―あさひくいとの	二二〇
すむひとも	二五八			―くものころもを	二四一
すむひまぜぶ	六五				
すゑむすぶ					
				たきぎつき	五四四
				たぐひなく	八〇〇

たなばたを 七六八
たににかぜに 一〇三五
たにがはの 一一
たのみきて 一〇六九
たのむるに 一〇六四
たのむるを 六六六
たのめしを 七三六
たのめずは 八五三
たびたびの 四七四
たびねする 一〇五二
たびのそら 五〇二
たまくしげ 九三二
たまさかに
　—あふことよりも 六六七
　—ゆきあふさかの 二四七
たむけにも 三六八
たらちねは 二五六
たれかまた 九二一
たれがよも 四七〇
たれとてか 八六四
たれよりも 四六九
たれをけふ 一〇四七

ち

ちかきだに 九四五
ちかのうらに 六七三
ちぎりあらば 八一一
ちぎりありて 五六六
ちぎりきな 七七〇
ちぎりしに 七六六
ちぢにつけ 二〇五
ちとせふる 四一〇
ちとせへむ 四五七
ちはやぶる
　—きみがかざせる 二一四
　—やどのねのひの 二七〇
　—かみのそのなる 二六六
　—まつのをやまの 四三二
ちよをいのる 九四二
ちらさじと 二二一
ちりはてて 一三三
ちるはなも 二九一
ちるまでは 一二四
ちるをこそ 二〇〇五

つ

つきかげの
　—いるををしむも 八三二
　—かたぶくままに 六二六
つきかげは 八二六
つきかげを
　—たびのそらとて 五三一
　—やまのはいづる 八二七
つきにつけ 一七二
つきのわに 一六八
つきはかく 五二三
つきはよし 三三九
つきては 八四六
つきみれば 八五六
つきもせず 六四三
つくしぶね 四九五
つくまえの 二二一
つなたえて 九五四
つねならぬ 一三五二
　—やまのさくらに 一二九一
　—わがみはみづの 一二一〇
つねならば 四六三

つねよりも
 ―けふのかすみぞ　一二〇
―さやけきあきの　八五四
つのくにの
 ―はかなきころの　一〇一〇
 ―こやともひとを　一二一
―なにはのことか　一六七
つれづれと
 ―おとたえせぬは　二〇八
つらしとも
 ―ひとこそいとど　一七四
つらからむ
 ―しのうちに　二九一
つもるらむ
 ―しへつる　二八四
つみにくる
 ―しふれば　二三六
つれなくて
 ―おもへばながき　七八一
つれもなき
 ―くるればかへる　六四六

と
ときかけつ
ときしもあれ　　　一〇六八
ときのまも　　　　五四七
とこなつの　　　　一〇三〇
　　　　　　　　　三三五

としごとに
 ―せくとはすれど　一〇五九
とふひとも
 ―むかしはとほく　五九七
としつもる
 ―かしらのゆきは　一二五
としのうちに
 ―ひとこそいとど　三七五
としふれば
 ―たる　八三三
としへつる
 ―つる　一〇四二
としへぬる
 ―る　二六八
としもへぬ　　　　六二四
としをへて
 ―すめるいづみに　二二六
 ―なれたるひとも　五八六
 ―はがへぬやまの　六三二
 ―みしひともなき　一四二
とどのへし　　　　一〇四五
とどまらぬ　　　　七〇
とどめおきて　　　五六八
とはばやと　　　　五四九

とふひとの
 ―とふひとも　四〇〇

な
なかたゆる　　　　九六七
なかなかに
 ―なかぬよも　七五八
 ―むらむ　七四五
なかむらむ　　　　五二四
ながむれば　　　　一九三
ながめつつ　　　　八六六
　　　　　　　　　六七九

初句索引

なきかずに 一〇〇四
なきながす 七五七
なきなたつ 六五三
なきひとの 五七五
なきひとは 八九四
なぐさむる 八六三
なくなくも 七六三
なげかじな 六〇二
なげきこし 一〇六五
なけやなけ 一〇六六
なごりある 四九一
なごりの 一二九
なつかりの 一六八
なつくさは 一二九
なつごろも 一二〇
なつのひに 一二一
なつのよの 一二一
——ありあけのつきを
——つきはほどなく 一三〇
なつのよも 一三一
なつのよは 一二四
なつふかく 一二六
なつやまの 一三二

などてかく 五四〇
ななへやへ 二五四
なにかその 一〇二三
なにごとを 一〇二一
なにしかは 一一九
なにしにか 一三四
なにたかき 五七二
なにはがた 一〇六五
——あさみつしほに 三八九
——うらふくかぜに 四
なにをかは 一三二
なのりせば 五二八
なほざりの 一〇六三
なみだがは
——おなじみよりは 八〇二
——ながるるみをと
なみだこそ 五五〇
なみだやは 八三〇
ならされぬ 九四七

に

にごりなく 二五一
にしきぎは 六五一
にはのおもの 一二三
にほひきや 七九四
にほふらむ 九二

ぬ

ぬしなしと 五五三
ぬまみづに 一五八
ぬれぎぬと 九二三

ね

ねてのみや 二〇三
ねぬなはの
——くるしきほどの 九六五
——ねぬなのおほく 九一六
ねぬよこそ 七九一
ねやちかき 七六八
ねやのうへに 二三二

の

のがはねど　八一
のこりなき　二九四
のべまでに　五三三
のべみれば　一四九
のりのため　五七九

は

はかなくも
　—おもひけるかな　三七
はかなさに
　—わすられにける　三一〇
はぎはらも　八九六
はしばしら　三五五
はなざかり　一〇七二
はなならで　一二〇二
はなのかげ　四九
はなのしべ　一三八
はなみてぞ　一〇八七
はなみにと　一〇五
はなみると　一〇三

はなもみな　一二七
はやくみし　一二〇
はるがすみ　四〇
はるはまづ
　—のなかにみゆる　九〇七
　—やへのしほぢに　一三
　—へだつるやまの　七一三
はるくれど　一二七
はるもあきも　一四一
はるごとに
　—のべのけしきの　一三
　—みるとはすれど　九五
　—わすられにける　一一六
はるさめの　一〇九
はるごとの　一〇七二
はるたちて　一八
はるのうちは　一〇八
はるのくる　一〇二
はるののに　五一
はるのひに
　—つくるおもひの　八三二
　—いでぬねのひは　二六
はるのひの　二〇一
はるのよの　五三

はるはただ　五七
はるははな　四八二
はるはまづ　四〇
はるばると
　—たつやおそきと　九〇七
　—のなかにみゆる　一三
　—やへのしほぢに　七一三
　—へだつるやまの　一四一
はるやくる　四三〇
はるもあきも　四一〇
はれずこそ　四五六
はれずのみ　二九三

ひ

ひかげぐさ　二九二
ひかりいづる　五四五
ひかりつる　四一〇
ひきすつる　一二七
ひきつれて　一二一
ひたすらに　八七五
ひとこゑも　一二五
ひとしらで　七九九
ひとしれず
　—あふをまつまに　九二一
　—いりぬとおもひし　六六六

初句索引

―おつるなみだの 八六
―かほにはそでを 七六一
―こころながらや 九三六
―ものをやおもふ 二九六
ひとしれぬ 七六〇
ひとととせに 二一〇
ひととせの 九二六
ひとのみも 八二〇
ひとはみな 三二
ひとへなる 三一八
ひとまきに 一〇八四
ひとめのみに 六三二
ひとも みぬ 四三一
ひともとの 五九四
ひとりこそ 六三七
ひとりして 一〇一
ひとりぬる
　―くさのまくらは 九〇九
　―ひとやしるらむ 一〇六二
ひにのみ 四〇一
ひにそへて 八〇六
ひめこまつ 四三七

ひもくれぬ 二一五
ひをへつつ 三四三

ふ

ふえのねの 二九六
ふかきうみの 一二五三
ふかさこそ 五六〇
ふきかへす 一二四
ふくかぜぞ 一四三
ふしにけり 九〇三
ふぢごろも 一四二
ふぢのはな
　―さかりとなれば 七一六
　―をりてかざせば 一五二
ふちやさは 六六九
ふみみても 八八二
ふゆのよに 三五二
ふりつもる 二一
ふるさとの
　―はなのみやこに 四九六
　―はなのものいふ 一三〇
　―みわのやまべを 九四〇

ふるさとは
　―あさぢがはらと 二七〇
　―まだとほけれど 三四五
ふるゆきは 二一〇

ほ

ふるゆきは 四一七

ほととぎす
　―おもひもかけぬ 一六三
　―きなかぬよひの 二〇一
　―ここひのもりに 九九七
　―たづぬばかりの 一六〇
　―なかずはなかず 一六二
　―なのりしてこそ 一八四
　―まつほどとこそ 一九四
　―よぶかきこゑを 一九一
　―われはまたでぞ 一七六
ほどへてや 一〇三七
ほどもなく
　―こふるこころは 六六四
　―なつのすずしく 三九
ほにいでて 六七

ま

ほのかにも　　　　　　　六〇四
まがきなる
　—そらになきなの　　一二六六
まけがたの
　—まことにゃ　　　　一三二四
まことにゃ
　—おなじみちには　　一〇三三
まださかぬ
　—そらになきなの　　九三〇
まだちらぬ
　—なべてかさねし　　一二三五
まだぬよも
　—をばすてやまの　　一〇八一
まだよひに
　—ばすてやまの　　　九三三
まちえたる　　　　　　一二〇一
まつかぜは　　　　　　二七〇二
まつかぜも　　　　　　一二四五
まつことの　　　　　　九九一
まつしまや　　　　　　九三二
まつほどの　　　　　　八二七
まつみれば　　　　　　一〇六五
まつやまの　　　　　　四八六

み

まといひし　　　　　　六四一
みがくれて　　　　　　一五九
みかさやま
　—かすがのはらの　　二一四
みかのよの
　—さしはなれぬと　　九二七
みくさみし
　—みづのいろに　　　一三二〇
みしひとに
　—みどりにて　　　　一〇二六
みしひとも
　—みなそこも　　　　七〇二
みしまえに　　　　　　一〇二四
みしよりも　　　　　　四二
みたやもり　　　　　　三六七
みちしばや　　　　　　二〇四
みちすがら　　　　　　一二二三
みちとほみ　　　　　　一〇六八
　—なかぞらにてや　　一二九三
　—ゆきてはみねど　　一五六
　—のでへもゆかじ　　九七
　—あだちのくの　　　二七九

　—あだちのまゆみ　　一二七
　—きみにこそ　　　　九六六
　—ひくやとて　　　　七五一
　—をだえのはしや　　一二八
みつしほの　　　　　　六二五
みつよへて　　　　　　一〇四八
みつのいろに　　　　　三六五
みづもなく　　　　　　五二八
みどりにて　　　　　　一〇四三
みなかみに　　　　　　三六六
みなかみも　　　　　　一二四
みなそこも　　　　　　一五五
みなれざを　　　　　　八三五
みむといひし　　　　　八六〇
みやぎのに　　　　　　二八九
みやこいづる　　　　　四六四
みやこいでて　　　　　一〇七〇
みやこにて　　　　　　五一七
　—あきよりふゆに　　一〇七〇
　—くもゐはるかに　　五一七
　—ふきあげのはまを　五〇四
　—やまのはにみし　　五三六

みやこには 一二八
みやこにも
　―こひしきひとの 七六四
　―はつゆきふれば 五〇一
みやこのみ 五〇八
みやこびと
　―いかがととはば 一〇〇
みやこをば
　―くるればかへる 一四六
みやこへと 一三六
みやこへは 四二四
みやこをば 五八
みやまぎの 七三
みやまぎを 一〇五一
みゆきせし 一〇九
みゆきとか 二二〇
みよしのは 一一〇
　―かがみのかげの 一〇二八
　―はなのなだての 九四
みるからに 五六九
みるままに 七七
みるめこそ
みわたせば

―なみのしがらみ 一七五
―みやこはちかく 五二四
　―にほふあたりの 五一
むらさきに
　―もみぢしにけり 三二一
むらさきの
　―うつろひにしを 六四七
　―やしほそめたる 三五八
　―きくのはな 三五〇
　―ふぢのはな 一五三

む

むかしみし 八六五
むかしをば 二三五
むさしのを 四二七
むばたまの
　―よはのけしきは 六八四
　―よをへてこほる 四三三
むめがかを 六〇
むめがえに
　―さくらのはな 八二
　―たよりのかぜや 五〇三
　―よはのあらしの 三五
むめのはな
　―かきねににほふ 五八
　―かばかりにほふ 五九

め

めづらしき 四三二
めもかれず 三四九

も

もちづきの 二六〇
もちながら 一二五二
ものいはば 一〇九六

ものおもふ	五一九
ものおもへば	二六三
ものはいはで	八六七
ものをのみ	一〇〇七
もみぢする	九六七
─おもひたちにし	一二三六
みぢせば	一二二
もみぢちる	
─あきのやまべは	三六三
─おとはしぐれの	三六三
─ころなりけりな	三六一
もみぢの	
もみぢばは	三六二
もみぢばを	三〇六
もみぢみる	四六一
もみぢむ	四〇五
もみぢゆゑ	
ものはな	三〇二
もろかづら	二一〇
もろともに	
─いつかとくべき	六九五
─おなじうきよに	八六八
─ながめしひとも	八五五
─みつのくるまに	二八七
─やまのはいでし	八五一

や

やくとのみ	八一四
やすらはで	
─おもひたちにし	一二三六
─たつにたてうき	六八〇
─ねなましものを	一二三
やすらひに	一九
やどごとに	
─おなじのべをや	三二五
─かはらぬものは	八四三
やどちかき	三六九
やどりぬものは	二一六
やへぎくに	一七〇
やへしげる	四〇三
やへぶきの	九五六
やまがらす	一〇六六
やまざくら	
─こころのままに	九一
─しらくもにのみ	一二三
─みにゆくみちを	七一
やまざとに	一三五

─しづのまつがき	三五〇
─もみぢみにとや	三五九
やまざとは	四一三
やまざとを	八六七
やまたかみ	
─おもひたちにし	一二三六
─みやこのはるを	三八
やまでらの	
─ゆきふるすより	一九
やまのはに	六八〇
─いりにしよはの	九二〇
─いりぬるつきの	一二三三
─かくれなはてぞ	八六七
─さはるかとこそ	五〇五
─つきかげみえば	四七三
やまのはの	八二二
やまはは	三九一
やまざとの	

ゆ

ゆかばこそ	八七六
ゆきかへり	七二四
ゆきかへる	六九
ゆきとのみ	一七七

ゆきとまる	九〇
ゆきふかき	
ゆきふりて	四一
ーせきとどめばや	
ゆくすゑを	七
ゆくはると	一六
ーながれてなにに	
ゆくひとも	九六六
ゆくみちの	四六八
ゆふしでや	四九一
ゆふだすき	五〇一
ゆふつゆは	一二一
ゆふひさす	一〇七二
ゆめのごと	三二一
ゆめみずと	八七九
ゆゆしさに	五七八

よ

よしさらば	一五
よしのやま	三一二
よそながら	一二一五
よそなりし	二五五

よそにきく	五三
ーなににたとへむ	一〇二三
よそにてぞ	三九
よそにのみ	三六
よそひとに	八〇五
よそふる	
よだにあけば	七三一
ーそらすむつきを	
ーちぎりしことを	一八九
よとともに	一三三
ーながめてだにも	
よどのへと	六六三
よなよなは	七六五
よにとよむ	一一二八
よのつねに	四六七
よのなかに	
ーあらばぞひとの	七六四
ーこひてふいろは	七九〇
よのなかの	九九四
よのなかは	五一九

ーなににたとへむ	一〇二三
よひのまの	五五九
よひのまは	一八七
ーそらすむつきを	二六二
ーちぎりしことを	五三六
ーながめてだにも	五七六
ーまちつるものを	一九四
よよとも	一二六
よよふたり	
よろづに	四五三
よろづよの	
ーかぞへむものは	四二五
ーきみがまほりと	一一〇三
ーすめるかめぬの	一〇七一
よをこめて	
ーかへるそらこそ	六六六
ーとりのそらねに	一二〇三
よをすくふ	九三二
よをすてて	一二九
よをてらす	一二八二

わ

わがおもふ
　—かはらむものか 七二〇
わがこころ
　—こころにもあらで 八一六
わがこひは
　—あまのはらなる 六六六
　—こころにもあらで 八一六
　（※）

わがこひは
　—あまのはらなる 六六六
　—はるのやまべに 六八八
わがみには
　—ますだのいけの 八〇三
わがそでを
　—のきのしのぶに 七八七
わかなつむ
　—むめのさかりに 一〇二
わがやどに
　—あきののべをば 七六五
　—うゑねばかりぞ 五八八
　—さきみちにけり 三一九
　—ちぐさのはなを 一二六
　—はなをこさず 三二一
　—ふりしくゆきを 四二五
わがやどの
　—かきねなすぎそ 一七六

わかきねのむめの
　—こずゑのなつに 一六七
　—こずゑばかりと 一〇六
　—さくらはかひも 一〇二
わかるべき
　—むめのさかりに 五六七
わかれけむ
　—のきのしのぶに 五八〇
わかれぢに
　—ひとにみせばや 四四七
わかれての
　—むめのさかりに 四六五
わかれにし
　—おもふさへこそ 一二二
わすれなむと
　—そのひばかりは 七六〇
わすれねど
　—ひとはくべくも 五七一
わすれにし
　—そのさみだれの 五八六
わぎもこが
　—かけてまつらむ 二七六
われゆく
　—くれなゐぞめの 六三一
　—そでふりかけし 一五一
わしのやま 一二九五
わすらるる 七〇四
わすられず 一〇三三

わすられぬ 一二三九
わするるなよ 八五五
わすれぐさ 九二六
わすれじと 一〇六六
わすれずよ 八八六
わすれても 一〇六七
わすれなむ 一二二二
　—おもふさへこそ 七六〇
　—ひともとひけり 七五九
わたのはら
　—ひとにみせばや 二四六
わたのべや 九三四
わりなしや 五三二
わすれにし
　—こころにかなふ 八八四
われがみは
　—みはここのへの 九六七
　—われといかで 七六一
われのみと 九八五

初句索引

われのみや 三五七
われればかり
　―きくものならば 一〇七三
われひとり
　―ながむとおもひし 一六一
　―ながめてのみや 八三四
われぶねの 八四
われをのみ 九八八

　　を

をぎかぜも 四七二
をぎのはに
　―ひとだのめなる 三三
をぐらやま
　―ふきすぎてゆく 三二
をじかふす 三三〇
をしほやま 二五一
をしまるる 二一九
をしむには 五八
をしむべき 一四〇
をしめども 四六三
をぶねさし 六一六

をみなへし
　―おほかるのべに 三二
　―かげをうつせば 八五
をらでただ 三一
をりしもあれ 七二

人名索引

一，この索引は，『後拾遺和歌集』の作者と詞書・左注等に見える人物について，簡単な略歴を記し，該当する歌番号を示したものである．作者名は立体の洋数字で，詞書・左注等に見える人物名は斜体の洋数字で示した．

二，人名の表示は，原則として本文記載の名による．ただし，本文が官職名等による表記の場合，男性は実名により，また女性は出仕先を冠さない形で本項目を立て，適宜参照項目を立てた．

三，人名は，現代仮名遣いの五十音順によって配列した．

四，生没年のうち，生年は多くの場合，没年からの逆算による．没年に異伝がある場合，生年を記さないこともある．

五，資料は多く「勅撰作者部類」「尊卑分脈」「公卿補任」勅撰集勘物等によったが，特別の場合以外は出所を記さない．

あ

赤染衛門《あかぞめえもん》　推定では天徳元年(957)–康保元年(964)の出生で，長久2年(1041)以後没とも．赤染時用女だが，実父は母の先夫平兼盛といわれる．道長室鷹司殿倫子(源雅信女)に出仕．貞元(976–978)年中に大江匡衡と結婚．挙周・江侍従らを儲けた．中古三十六歌仙．家集『赤染衛門集』．『栄花物語』正篇の作者にも擬せられる．拾遺集初出．　14, 68, 193, 194, 264, 275, 352, 410, 438, 439, 491, 511, 592, 594, 646, 680, 696, 710, 712, 859, 935, 1012, 1016, 1058, 1069, 1073, 1083, 1091, 1140, 1192, 1194, 1218／*198, 582, 883, 934*

顕季《あきすえ》　藤原．天喜3年(1055)生，保安4年(1123)没．父は美濃守隆経．母は白河天皇の乳母藤原親国女，従二位親子．閑院実季の猶子．六条藤家の祖．六条修理大夫と称さる．天仁2年(1109)大宰大

弐．非参議正三位．人麻呂影供和歌会を催行，影供和歌の創始となる．家集『六条修理大夫集』．後拾遺集初出．　631

顕綱 あきつな　藤原．讃岐入道とも．生没年未詳．父は大納言道綱男参議兼経．母は藤原順時女，弁乳母．丹波・讃岐・但馬守等を歴任，正四位下．家集『顕綱朝臣集』．後拾遺集初出．　59, 921, 1098

明衡 あきひら　藤原．永祚元年(989)生，治暦2年(1066)没．父は敦信．母は良峰英材女（一説に橘恒平女とも）．天喜4年(1056)には式部少輔，文章博士・東宮学士(後三条院)・大学頭を歴任した．従四位下に至る．後冷泉期を代表する学者・詩人であり，『本朝文粋』はじめ『明衡往来（雲州往来）』，『新猿楽記』などの編著書を著す．後拾遺集にのみ入集．　166, 423

顕房 あきふさ　源．六条右大臣と称す．長暦元年(1037)生，寛治8年(1094)没．父は土御門右大臣師房．母は道長女尊子．永保3年(1083)右大臣，寛治8年従一位，のち贈正一位．後拾遺集初出．　436, 440, 662, 698／*212*

顕基 あきもと　源．法名円照．号横川．長保2年(1000)生，永承2年(1047)没．父は大納言俊賢．母は藤原忠尹(一説に忠君)女．関白頼通の猶子．従三位権中納言．後拾遺集初出．　106, 1029

章行女 あきゆきのむすめ　生没年未詳．父は従四位下中宮亮阿波守高階章行．母は安芸守平為政女．大宰大弐成章の孫．後拾遺集初出．　692

朝任 あさとう　源．号二条別当．永祚元年(989)生，長元7年(1034)没．父は大納言時中．母は参議藤原安親女．万寿3年(1026)，右兵衛督を兼ね，長元2年，従三位に．後拾遺集にのみ入集．　934

朝光 あさみつ（あさてる）　藤原．閑院大将と号す．天暦5年(951)生，長徳元年(995)没．父は関白太政大臣兼通．母は醍醐天皇皇子有明親王女，従二位能子（一説に昭子とも）．正二位大納言．家集『朝光集』．拾遺集初出．　541, 948／*687, 916*

敦貞親王 あつさだしんのう　長和3年(1014)生，康平4年(1061)没．父は三条天皇第1皇子敦明親王(小一条院)．母は左大臣藤原顕光女，延子．三品，中務卿，式部卿．　*1150*

敦敏《あつとし》　藤原．延喜 12 年(912)生，天暦元年(947)没．父は小野宮太政大臣実頼．母は左大臣藤原時平女．子に能筆の佐理．正五位下左少将．後撰集に 1 首のみ入集．　*437*

敦儀親王《あつのりしんのう(あつよししんのう)》　石蔵式部卿宮と号す．長徳 3 年(997)生，天喜 2 年(1054)没．三条天皇第 2 皇子．母は左大将藤原済時女，娍子．敦明親王(小一条院)は同母兄．長和 2 年(1013)中務卿，寛仁 4 年(1020)式部卿．長元 3 年(1030)出家．　*1103*

敦文親王《あつふみしんのう》　承保元年(1074)生，同 4 年没．白河天皇第 1 皇子．母は中宮賢子．疱瘡の流行により夭折，周囲の涙を誘った．　*436, 440*

敦道親王《あつみちしんのう》　帥宮と称さる．天元 4 年(981)生，寛弘 4 年(1007)没．冷泉天皇第 4 皇子．母は太政大臣藤原兼家女，超子．正暦 4 年(993)大宰帥．長保 5 年(1003)に和泉式部との交際が始まり，自邸東三条院南院での同居に至る．新古今集初出．　*573*

敦康親王《あつやすしんのう》　長保元年(999)生，寛仁 2 年(1018)没．一条天皇第 1 皇子．母は藤原道隆女，皇后定子．嫄子女王の父．長和 5 年(1016)式部卿．　*364*

有親《ありちか》　藤原．生没年未詳．父は伊予守従五位下元尹．笛大夫と号した．子に国行．従五位上内匠頭．後拾遺集にのみ入集．　793

粟田右大臣《あわたのうだいじん》　→道兼

安法《あんぽう》　嵯峨源氏．俗名は源趁．生没年未詳．父は内匠頭従五位下適．母は大中臣安則女．天元 6 年(983)3 月，天王寺別当に任ぜらる．曽祖父河原左大臣源融の造営になる河原院の一隅に在住．家集『安法法師集』．中古三十六歌仙．拾遺集初出．　286, 1080

家経《いえつね》　藤原．正暦 3 年(992)生，天喜 6 年(1058)没．父は藤原広業．母は下野守安部信行女．万寿 3 年(1026)文章博士．正四位下式部権大輔．家集『家経朝臣集』．後拾遺集初出．　248, 291, 383, 482／*946, 1144*

伊賀少将《いがのしょうしょう》　生没年未詳．父は縫殿頭従五位上藤原顕長．母は頼通家女房という．後朱雀天皇中宮嫄子の冊立前，遅くとも長元末(–

1037)ごろまでには嫄子のもとに上がっていたか. 長暦3年(1039)に嫄子が崩御してのちは, その女祐子内親王家の女房. 後冷泉天皇の乳母をつとめたとの説もある. 後拾遺集に2首, 金葉集に1首入集.　119, 946／*551*

威子 いし　藤原. 藤壺中宮と称さる. 長保元年(999)生, 長元9年(1036)没. 道長3女. 母は左大臣源雅信女, 倫子. 寛仁2年(1018)後一条天皇に入内, 中宮となり, 太皇太后彰子, 皇太后妍子と共に一家からの三后並立と喧伝された.　***551, 1100, 1102***

和泉式部 いずみしきぶ　雅致女式部・江式部とも. 生没年未詳. 父は越前守大江雅致. 母は越中守平保衡女とされる. 少女時代より「御許丸」の童名で, 父母ともに縁の深い冷泉天皇皇后昌子内親王に仕えたとする説と, 帥宮邸入り以前に出仕を考えない説とに見解が分かれる. 長徳初め(995–)頃橘道貞と結婚, 小式部内侍を儲ける. 長保元年(999)道貞任和泉守の際, ともに下向. 女房名はこれに由来. 弾正宮為尊親王との恋愛に次いで, 為尊死後は弟宮敦道と長保5年4月より交渉, 12月には敦道邸に迎えられるが, この間の経緯が『和泉式部日記』の題材となった. 敦道との間に寛弘2年(1005)ごろ石蔵宮を儲ける. 同4年10月敦道死去. 同6年ごろ道長女中宮彰子に出仕. 寛弘末から長和ごろ藤原保昌と結婚, 寛仁4年(1020)ごろには保昌の任国丹後に同行. 家集に『和泉式部集』(正集), 『和泉式部続集』・宸翰本・松井本・雑種本. 中古三十六歌仙. 拾遺集初出.　13, 25, 35, 48, 57, 100, 101, 102, 148, 150, 165, 293, 299, 317, 334, 390, 414, 509, 539, 568, 573, 574, 575, 611, 635, 681, 691, 703, 711, 745, 746, 755, 757, 763, 776, 777, 790, 799, 800, 801, 802, 817, 820, 821, 831, 909, 910, 912, 919, 920, 924, 925, 926, 927, 950, 963, 964, 967, 999, 1007, 1008, 1009, 1095, 1142, 1162, 1204, 1210, 1211／***491, 1163***

出雲 いずも　生没年未詳. 父は前出雲守正五位下藤原成親. 母は前筑前守正五位下永道女. 右馬権頭従五位上藤原資経の妻. 後一条天皇中宮威子の女房. 後拾遺集にのみ入集.　551

伊勢大神宮 いせだいじんぐう　主たる神の宮は天照坐皇大御神を祀る皇大神宮(内

宮)と，豊受大御神を祀る豊受大神宮(外宮)．その起源については，『日本書紀』では垂仁天皇25年(前5)に鎮座したと伝えられるが，一方では，在来の地方神の社が，皇室の祖神と結びつき，取ってかわられたとする説もある．また皇祖神天照大神に対し，豊受大神は，雄略天皇が天照大神の夢告をうけ，比治の真名井で八乙女が祀るトユケの神を迎えたものという．　1160

伊勢大輔《いせのたいふ》　生没年未詳．父は大中臣輔親．寛弘4,5年(1007–08)ごろ出仕した道長女中宮彰子(後の上東門院)を長く主家とし，その後宮の殷賑の一端を担った．家集『伊勢大輔集』．中古三十六歌仙．また三才女の1人．後拾遺集初出．　32, 33, 176, 188, 213, 234, 276, 295, 336, 349, 368, 442, 580, 585, 596, 670, 717, 1004, 1028, 1074, 1115, 1118, 1120, 1144, 1182, 1184／***375, 1088, 1181***

伊世中将《いせのちゅうじょう》　生没年未詳．父は伊勢守藤原孝忠．教円は兄弟．上東門院彰子の女房．後拾遺集にのみ入集．　1191

一条院皇后宮《いちじょういんこうごうぐう》　定子．貞元元年(976)生，長保2年(1000)没．父は中関白藤原道隆．母は高階成忠女貴子．永祚2年(990)一条天皇の女御として入内，同年に中宮．長保2年2月25日皇后．後拾遺集初出．　536, 537／***536, 543, 1124***

一条左大臣《いちじょうさだいじん》　→雅信

一条摂政《いちじょうせっしょう》　→伊尹

一条天皇《いちじょうてんのう》　名は懐仁．天元3年(980)生，寛弘8年(1011)没．第66代天皇．円融天皇第1皇子．母は藤原兼家女，東三条院詮子．寛和2年(986)7歳で即位．以後寛弘8年まで25年の長きにわたる在位の間，文化の豊饒の時代を展開した．自らも漢詩文に造詣が深く，『本朝麗藻』『類聚句題抄』などにその作をとどめる．後拾遺集初出．　543, 583／***10, 84, 536, 569, 1120, 1124, 1128, 1168***

一宮紀伊《いちのみやのきい》　→紀伊

一宮駿河《いちのみやのするが》　→駿河

斎院《いつき》　→選子内親王

斎宮[1]《いつき》　→媞子内親王

斎宮《いつきのみや》[2]　→媞子内親王

一品宮《いっぽんのみや》　→章子内親王

井手尼《いでのあま》　橘三位清子か．生没年未詳．父は大納言橘好古．典侍．寛弘8年(1011)，正三位に叙せらる．三条天皇に仕えた．藤原道隆との間に好親(号井手少将入道)を儲けたほか，道隆男山の井の大納言道頼とも関わりがあったらしく，小一条院妃寛子女房の大納言の君は，橘三位と道頼の女という．後拾遺集にのみ入集．　1019

出羽弁《いでわのべん》　生年は長徳2年(996)，寛弘4年(1007)の2説がある．没年未詳．父は平季信．はじめ後一条天皇中宮威子に出仕，威子崩後はその女章子内親王に仕えた．さらに六条斎院禖子内親王に仕えたとする説もある．『栄花物語』続編作者にも擬せられている．家集『出羽弁集』．後拾遺集初出．　130, 557, 593, 1099, 1101／***424, 556, 1102***

いもうとの女御《いもうとのにょうご》　→懐子

宇治前太政大臣《うじのさきのだいじょうだいじん》　→頼通

右大臣《うだいじん》　→顕房

右大臣北方《うだいじんのきたのかた》　名は隆子．六条右大臣源顕房室．生年未詳．寛治3年(1089)没．父は権中納言源隆俊．宇治大納言隆国の孫に当たる．母は但馬守源行任女か．顕房との間に久我太政大臣雅実・白河天皇中宮賢子らを儲けた．後拾遺集初出．　28, 87, 554

内《うち》[1]　→村上天皇

内《うち》[2]　→一条天皇

内大まうちぎみ《うちのおおいもうちぎみ》　→師通

うれしき　未詳．童女か．　***637***

叡覚《えいかく》　俗名藤原信綱，蔵人入道と号す．生没年未詳．父は右小弁正五位下定成．母は信濃守挙直女．後拾遺集に4首．なお金葉集の頼綱との連歌に見える信綱は在俗時の叡覚その人とも．　209, 288, 605, 718

恵慶《えぎょう》　生没年未詳．父母未詳．寛和(985–987)ごろの人で，播磨講師を務めたという以外その閲歴はほとんど不明．曽禰好忠の百首歌

に応和した百首歌を家集『恵慶法師集』にとどめる．中古三十六歌仙．拾遺集初出．　210, 236, 253, 280, 347, 461, 510, 774, 1000, 1084, 1166／***152, 986***

絵式部《えしきぶ》　生没年未詳．父は散位従五位下平繁兼．母は一条天皇女御義子の乳母子．白河天皇中宮賢子の女房．後拾遺集にのみ入集．　524

越前[1]《えちぜん》　大宮越前．生没年未詳．父は従四位下越前守源経宗．母は筑前守高階成順と伊勢大輔の女で後拾遺歌人の兼俊母．後三条院越前は同母姉妹．四条宮寛子家女房．後拾遺集にのみ入集．　340

越前[2]《えちぜん》　後三条院越前．生没年未詳．父は従四位下越前守源経宗．母は高階成順と伊勢大輔の女．後三条天皇女房．後拾遺集にのみ入集．　1089

延喜のひじりの帝《えんぎのひじりのみかど》　醍醐天皇．本名は維城，諱は敦仁．法名は金剛宝．元慶 9 年(885)生，延長 8 年(930)没．宇多天皇第 1 皇子．母は内大臣藤原高藤女，胤子．第 60 代天皇．寛平 9 年(897)から延長 8 年まで在位．延喜 5 年(905)ごろ，紀貫之らに命じて古今集を撰進．家集に『延喜御集』．後撰集初出．　*序*

円昭《えんしょう》　円松とも．生没年未詳．父母未詳．後拾遺集にのみ入集．　1014

円融天皇《えんゆうてんのう》　諱は守平，法名は金剛法．天徳 3 年(959)生，正暦 2 年(991)没．村上天皇第 5 皇子．母は中宮藤原安子．第 64 代天皇．安和 2 年(969)から永観 2 年(984)まで在位．家集に『円融院御集』．拾遺集初出．　***541, 583***

王昭君《おうしょうくん》　名は嬙(檣)，字は昭君．王明君，明妃とも称さる．生没年未詳．中国・前漢代元帝の宮女．章寧元年(前 33)元帝の命により匈奴の呼韓邪単于(こかんやぜんう)に嫁した．美貌でありながら肖像画を醜く描かれ，単于の妻に選ばれた悲劇の女性と伝えられる(西京雑記)．　***1016***

大まうちぎみ《おおいもうちぎみ》　→頼通

大宮越前《おおみやえちぜん》　→越前[1]

居貞親王(おきさだ(いやさだ)しんのう(じんのう)) →三条天皇
小野宮の太政大臣(おののみやのだいじょうだいじん) →実頼
小野宮太政大臣女(おののみやのだいじょうだいじんのむすめ)　生没年未詳．父は小野宮太政大臣藤原実頼．後拾遺集にのみ入集．　654

　　　　か

懐円(かいえん)　生没年未詳．父は筑前守源道済．叡山法師．後拾遺集にのみ入集．　504, 839, 1018

快覚(かいがく)　治安2年(1022)生か．没年未詳，永保元年(1081)生存．父は中宮大進従五位下藤原保相(「勅撰作者部類」は俊相，「尊卑分脈」は権中納言藤原伊房)．母は村上天皇皇子為平親王家女房という．園城寺の阿闍梨で，頼豪の弟子．後拾遺集にのみ入集．　419

懐子(かいし)　藤原．天慶8年(945)生，天延3年(975)没．父は摂政太政大臣伊尹．母は恵子女王(代明親王女)．冷泉天皇女御で，花山天皇の母．天延2年従二位．死後，贈皇太后宮．拾遺集初出．　*598, 600*

懐寿(かいじゅ)　天禄元年(970)生，万寿3年(1026)没．父母未詳．天台宗延暦寺の僧．少僧都．後拾遺集にのみ入集．　1017

賀縁(がえん)　俗姓未詳．賀延とも．山本房と号す．生没年未詳．天台宗の僧で，延暦寺に住したが，のちに園城寺に移った．寛仁年間(1017-21)，僧都教静により入壇灌頂を遂げた．大僧正明尊の師で，能説と伝えられる．　*599*

加賀左衛門(かがのさえもん(かがのさいもん))　生没年未詳．父は加賀守但波奉親か．母は未詳．一説に，三河守菅原為理女．はじめ一条天皇皇女脩子内親王家の女房であったが，脩子の養女藤原延子(頼宗女)の後朱雀天皇後宮への入内に付き従い，女御延子の女房となった．永承5年(1050)「前麗景殿女御歌合」から寛治3年(1089)「四条宮扇歌合」まで，多くの歌合に参加した．後拾遺集初出．　8, 124, 843, 1024

覚超(かくちょう)　俗姓巨勢氏．兜率僧都と号す．天徳4年(960)生か，長元7年(1034)没．叡山横川の学僧で，多くの仏書を著述した．長元2

年権少僧都．後拾遺集にのみ入集．　1188

景理《かげまさ》　大江．応和 3 年(963)生，長元元年(1028)没．父は伊賀守通理．母は未詳．大輔命婦と交渉があった．長和 3 年(1014)従四位下，任備前守．死亡時は摂津守だが，越前守任官時は未詳．　***682***

花山天皇《かざんてんのう》　名は師貞．法名入覚．安和元年(968)生，寛弘 5 年(1008)没．第 65 代天皇．冷泉天皇第 1 皇子．母は一条摂政藤原伊尹女，懐子．永観 2 年(984)即位．寛和 2 年(986)退位・出家した．家集『花山院御集』は散佚．後拾遺集初出(ただし拾遺集・恋五に「読人不知」として 1 首入る)．　128, 441, 503, 522, 1117／*序*, ***5, 11, 250, 323, 338, 1064***

佳子内親王《かしないしんのう》　富小路斎院と号す．天喜 5 年(1057)生，大治 5 年(1130)没．後三条天皇第 3 皇女．母は贈皇太后藤原茂子．延久元年(1069)から同 4 年まで斎院．　***183***

上総大輔《かずさのたいふ》　生没年未詳．父は春宮大進高階成行．母は四条宮女房という．寛仁元年(1017)上総介となった菅原孝標に伴われて下向，『更級日記』に「継母なりし人」として登場する．寛仁 4 年(1020)上京直後に孝標と離別し，上総大輔の女房名で後一条天皇中宮威子に出仕した．後拾遺集にのみ入集．　959

上総乳母《かずさのめのと》　生没年未詳．父は越前守源致書(致文)，あるいは国光(到文父)とも．光成は兄弟，後朱雀天皇の梅壺女御生子の乳母．前上総介源著信の妻となったので，上総乳母と称したとも．後拾遺集にのみ入集．　242

兼明親王《かねあきらしんのう》　前中書王・御子左大臣とも．延喜 14 年(914)生，永延元年(987)没．醍醐天皇第 16 皇子．母は藤原菅根女，淑姫．源姓を賜り，天禄 2 年(971)左大臣に至る．関白兼通の策略により貞元 2 年(977)勅により親王に復し，二品中務卿．「莵裘賦」「池亭記」が『本朝文粋』に載る．後拾遺集にのみ入集．　1154

兼家《かねいえ》　藤原．法名如実．法興院・東三条殿・大入道殿などと称される．延長 7 年(929)生，永祚 2 年(990)没．父は右大臣師輔．母は藤原経邦女，贈正一位盛子．子に道隆・道兼・道綱・道長・超子・

詮子・綏子. 寛和2年(986)6月の花山天皇の出家, 一条天皇の践祚の後, 摂政となる. 永祚元年太政大臣, 同2年出家. 拾遺集初出. 472, 813, 822, 824／*426, 427, 471, 700, 869, 870, 903, 1215*

兼澄 かねずみ　源. 光孝源氏. 天暦9年(955)生か, 長和2年(1013)生存. 父は鎮守府将軍信孝. 右大弁公忠の孫. 従五位上加賀守. 家集『兼澄集』. 拾遺集初出.　20, 88, 428, 431, 488, 621, 1168

兼綱 かねつな　藤原. 永延2年(988)生, 天喜6年(1058)没. 父は粟田関白道兼. 母は大蔵卿藤原遠量女とする説と,「御門・春宮のあたり近づかでありぬべき族」(大鏡・道兼伝)との理由で, 大宰大弐藤原国光女とする説がある. 源道成女を妻としたか. 長和3年(1014)蔵人頭となるが, 在任わずかにして免職. 右中将正四位下.『俊頼髄脳』では, 藤原道雅の詞花集149番の歌は上句が道雅, 下句が兼綱の連歌であるとする. 後拾遺集にのみ入集.　983／*578*

兼俊母 かねとしのはは　生没年未詳. 父は筑前守高階成順. 母は伊勢大輔. 同腹の姉妹に康資王母や筑前乳母. 通俊母の異母姉妹か. 従四位下越前守源経宗の室となり, 兼俊を儲けた. 後拾遺集にのみ入集. 989, 1133

兼仲 かねなか　藤原. 長暦元年(1037)生, 応徳2年(1085)没. 父は中宮亮兼房. 母は中宮亮源高雅女(一説に大宰大弐藤原惟憲女). 左少将, 相模守を務め従四位下.　*692*

兼長 かねなが　源. 本名は重成. 生没年未詳. 父は右馬権頭道成. 母は平親信女. 備前守・讃岐守等を経て正五位下に至る. 和歌六人党の1人. 後拾遺集にのみ入集.　46, 376, 483, 538, 1132

兼平母 かねひらのはは　生没年未詳. 父は権中納言藤原定頼. 母は従三位源済政女. 太政大臣藤原信長の室となる. のち正二位中納言藤原経季の妻となり, 従四位上右少将兼平を儲けた. 後拾遺集にのみ入集. 917

兼房 かねふさ　藤原. 長保3年(1001)生, 延久元年(1069)没. 父は中納言兼隆. 母は左大弁源扶義女. 兼綱は父方の叔父. 寛仁2年(1018)頃中宮亮, 長元2年(1029)に正四位下. 備中・播磨・讃岐・美作・丹

後等の国司を務め，天喜２年(1054)か，「播磨守兼房家歌合」を主催した．柿本人麻呂を尊崇し，夢に見たその像を絵師に描かせたという．後拾遺集初出．　190, 337, 345, 380, 620, 996, 1057／***856, 929***

兼通《かねみち》　藤原．諡号忠義公．通称堀川太政大臣．延長３年(925)生，貞元２年(977)没．父は九条右大臣師輔．母は藤原経邦女，盛子．天禄３年(972)関白，天延２年(974)太政大臣．同母弟兼家との確執は有名で『大鏡』などに詳しい．後拾遺集初出．　500

兼盛《かねもり》　平．生年未詳，正暦元年(990)没．父は篤行王(光孝天皇の曽孫で古今集作者平篤行)．大監物を経て，康保３年(966)従五位上．天元２年(979)駿河守．三十六歌仙．家集『兼盛集』．後撰集初出だが，同集には「兼盛王」とする歌もあり，作者名表記に混乱がある．　7, 50, 97, 109, 110, 133, 228, 251, 271, 360, 426, 427, 430, 638, 656, 786, 986

兼頼《かねより》　藤原．小野宮中納言と号す．長和３年(1014)生，康平６年(1063)没．父は右大臣頼宗．母は内大臣藤原伊周女．正二位権中納言．　*882*

閑院贈太政大臣《かんいんぞうだいじょうだいじん》　→能信

寛子《かんし》[1]　藤原．四条宮と号す．長元９年(1036)生，大治２年(1127)没．父は太政大臣頼通．母は因幡守種成女(贈従二位祇子)．永承５年(1050)後冷泉天皇に入内，翌年皇后．天喜４年(1056)「皇后宮春秋歌合」，寛治３年(1089)「四条宮扇歌合」などを主催．　*36, 49, 61, 276, 351, 368, 837, 1146, 1178, 1184, 1186*

寛子《かんし》[2]　藤原．媞子，提子とも．東宮御匣殿，高松女御と称さる．生年未詳，万寿２年(1025)没．父は藤原道長．母は左大臣源高明女，明子．寛仁元年(1017)小一条院(敦明親王)と結婚．堀河女御藤原延子に苦悩を与えるところとなった．　*991*

関白前大まうちぎみ《かんぱくさきのおおいもうちぎみ》　→頼通

関白前の大いまうちぎみ《かんぱくさきのおおいもうちぎみ》　→師実

関白前左大臣《かんぱくさきのさだいじん》　→師実

関白前太政大臣《かんぱくさきのだいじょうだいじん》　→師実

紀伊 きい　一宮紀伊・祐子内親王家紀伊とも．生没年未詳．父は左衛門尉陸奥守源忠重とも，平経方ともいわれ，決めがたい．母は祐子内親王家小弁．素意(藤原重経)の妻とされる．母と同じく後朱雀帝皇女高倉一宮祐子内親王家に出仕．康和4年(1102)「堀河院艶書合」，『堀河百首』などの作者．家集『一宮紀伊集』．後拾遺集初出．688

紀伊式部 きいしきぶ　生没年未詳．父は紀伊守従五位下藤原俊忠．上東門院の女房．後拾遺集・新千載集に各1首．404

皇后宮・后の宮 きさいのみや　→寛子[1]

嬉子 きし　藤原．寛弘4年(1007)生，万寿2年(1025)没．道長4女．母は左大臣源雅信女，倫子．寛仁5年(1021)東宮敦良親王(後朱雀天皇)の妃．親仁親王(後冷泉天皇)を産後間もなく赤斑瘡により病没．*604*

義子 ぎし　藤原．弘徽殿女御と称さる．天延2年(974)生，天喜元年(1053)没．父は太政大臣公季．母は醍醐天皇第7皇子有明親王女．長徳2年(996)一条天皇に入内．従二位．*1121*

規子内親王 きしこないしんのう　天暦3年(949)生，寛和2年(986)没．村上天皇第4皇女．母は重明親王女，斎宮女御徽子女王．天禄3年(972)「女四宮歌合」を主催．天延3年(975)斎院に卜定され，翌々年伊勢下向．永観2年(984)斎宮退下．後拾遺集にのみ入集．1093

貴船明神 きぶねみょうじん　京都市左京区鞍馬貴船町にある貴船神社の神．貴船神社は玉依姫が祠を開いたのがその始まりと伝えられるが，創建年代は不明．河社・河上社とも称された．主神は罔象女神．高龗神・闇龗神とも．水神として尊崇され，保延6年(1140)7月正一位．1163／*1163*

清家 きよいえ　藤原．生没年未詳．父は摂津守範永．母は但馬守藤原能通女．従五位上(「尊卑分脈」では従四位上)．皇太后宮大進，また伊賀・相模・加賀などの国司をつとめた．後拾遺集にのみ入集．121／*732*

慶意 きょうい　寛弘3年(1006)生，治暦3年(1067)没．父は文章得業生藤

原章輔．母は土佐守源季随女．延暦寺の僧，権律師．後拾遺集にのみ入集． 733

教円《きょうえん》 天元2年(979)生，永承2年(1047)没．父は伊勢守従四位下藤原孝忠．伊世中将は姉妹．長暦3年(1039)第28代天台座主，同4年には法成寺権別当を兼ねる．法印大僧都．後拾遺集にのみ入集． 1159

慶尋《きょうじん》 駿河律師と称す．生没年未詳．父は従五位下駿河守平業任．延暦寺の僧．後拾遺集にのみ入集． 407

慶暹《きょうせん》 百光房と号す．正暦4年(993)生，康平7年(1064)没．父は宇佐大宮司大中臣公宣．大中臣輔親の猶子．園城寺の僧．権律師．後拾遺集初出． 313, 429, 743, 1180

慶範《きょうはん》 横川大供奉と号す．生没年未詳．父は右京亮従五位下中原致行．延暦寺の僧．後拾遺集初出． 179, 479, 1157, 1181

御製《ぎょせい》 →白河天皇

清時《きよとき》 源．生没年未詳．父は左近中将英明．母は大納言藤原道明女．中将尼は娘．従五位上大和守． ***1129***

清仁親王《きよひとしんのう》 生年未詳，長元3年(1030)没．花山天皇皇子．母は平祐忠女平子．長徳4, 5年(998, 999)頃の出生とも．四品弾正尹．長保6年(1004)祖父冷泉院の親王として宣下され，冷泉院第6皇子となる．叙四品．後拾遺集にのみ入集． 846／***847***

公実《きんざね》 藤原．三条大納言と号す．天喜元年(1053)生，嘉承2年(1107)没．父は後閑院大納言実季．母は大宰大弐藤原経平女(通俊の姉妹)．康和2年(1100)正二位権大納言．康和5年(1103)には春宮大夫を兼任．『堀河百首』の筆頭作者．家集『公実集』は，陽明文庫蔵「予楽院臨書手鑑」に断簡のみ伝わる．後拾遺集初出． 31, 249

今上《きんじょう》 →白河天皇

公経《きんつね》 藤原．生年未詳，承徳3年(1099)没．父は宮内少輔正五位下成尹．母は前伊勢守従四位下源元忠(光忠とも)女．従四位上主殿頭．禖子内親王家家司．後拾遺集にのみ入集． 105

公任《きんとう》　藤原．四条大納言とも．康保 3 年(966)生，長久 2 年(1041)没．父は廉義公関白太政大臣頼忠．母は醍醐天皇第 3 皇子中務卿代明親王女，厳子．定頼は子．寛弘 6 年(1009)権大納言，同 9 年正二位．一条朝期四納言の 1 人で，三舟の才をうたわれた才人．『拾遺抄』撰集の他，歌学書『新撰髄脳』『和歌九品』，私撰集『金玉集』『深窓秘抄』『如意宝集』(断間のみ)，秀歌撰『前十五番歌合』『後十五番歌合』(花山院撰とも)，『三十六人撰』，秀句秀歌撰『和漢朗詠集』，音義書『大般若経字抄』，有職故実書『北山抄』と編著書は多岐多数にのぼる．家集『公任集』．拾遺集初出．　52, 56, 257, 268, 359, 377, 417, 434, 497, 501, 628, 982, 1031, 1035, 1072, 1113, 1114, 1189, 1196／*序*, ***127*, *416*, *974*, *1112***

公俊《きんとし》　高階．生没年，出自未詳．六位蔵人，延久 2, 3 年(1070, 71)の頃，右兵衛少尉，左衛門少尉を務める．　***1090***

公成《きんなり》　藤原．閑院左兵衛督，滋野井別当とも．長保元年(999)生，長久 4 年(1043)没．父は中納言藤原実成．母は播磨守藤原陳政女．祖父閑院太政大臣公季の養子．従二位権中納言．後拾遺集にのみ入集．　622

公信《きんのぶ》　藤原．貞元 2 年(977)生，万寿 3 年(1026)没．父は太政大臣為光．母は摂政藤原伊尹女．従二位権中納言．また敦良親王(後朱雀天皇)の東宮権大夫．後拾遺集にのみ入集．　914

公基《きんもと》　藤原．治安 2 年(1022)生，承保 2 年(1075)没．父は春宮亮保家．母は大膳大夫菅野敦頼女．藤原範永女を妻とした．蔵人，右少将，皇太后宮亮，丹後守などを務め，正四位下．　***282***

公資《きんより》　大江．生没年未詳．長暦 4 年(1040)6 月 25 日以前没(春記)．父は薩摩守清言．母は藤原伊周家女房とも．相模・遠江の国司，従四位下兵部権大輔に至る．相模を妻としたが，後に離別した．後拾遺集初出．　195, 267, 399／***356*, *448*, *489*, *516*, *640*, *915***

国章《くにのり》　藤原．延喜 19 年(919)生，寛和元年(985)没．父は参議元名．母は大納言藤原扶幹女．従三位皇后宮権大夫．拾遺集初出．　***890***

国房[1]《くにふさ》　藤原．生没年未詳．父は玄蕃頭範光．従五位下石見守．

承保4年(1077)出家．後拾遺集初出． 408, 660, 722, 782, 1038

国房[2]《くにふさ》 源．生没年未詳．父は後拾遺集作者の淡路守定季．母は未詳．従五位上，駿河守． ***1156***

国基《くにもと》 津守．治安3年(1023)生，康和4年(1102)没．父は基辰．母は神主頼信女という．康平3年(1060)住吉社39代神主．延久元年(1069)叙爵．家集『津守国基集』は晩年の自撰か．後拾遺集初出．71, 409, 987

国行《くにゆき》 藤原．生没年未詳．父は内匠頭従五位上有親．右衛門府生竹田種理の養子となり，竹田大夫と号したという．従五位上諸陵頭．後拾遺集初出． 260, 403, 506, 527, 975

恵子女王《けいしじょおう》 桃園宮と称さる．延長3年(925)生，正暦3年(992)没．父は醍醐天皇第3皇子代明親王．母は未詳．摂政藤原伊尹室，挙賢・義孝・義懐・冷泉天皇女御懐子らの母．拾遺集初出． ***598, 599***

馨子内親王《けいしないしんのう》 長元2年(1029)生，寛治7年(1093)没．後一条天皇第2皇女．母は中宮藤原威子．長元4-9年賀茂斎院．永承6年(1051)皇太子尊仁親王(後三条天皇)に入内，延久元年(1069)中宮，延久6年皇后宮． ***922***

源縁《げんえん》 生没年未詳．永保2年(1082)生存．父は藤原邦任．延暦寺の僧．越後の国に住し，越後君と称したと言う．後拾遺集初出．112, 116, 279

兼経《けんけい》 生没年未詳．伝不詳．後拾遺集にのみ入集． 1064

元慶《げんけい》 生没年未詳．父は対馬守従五位上藤原茂規と伝える．筑前大山寺の別当．後拾遺集にのみ入集． 178

源賢《げんけん》 幼名は美女丸．多田法眼・摂津法眼・八尾法眼などと号す．貞元2年(977)生，寛仁4年(1020)没．父は摂津守・鎮守府将軍源満仲．母は近江守源俊女．頼光の同母弟．延暦寺の僧．源信の弟子．寛仁元年法眼に至る．家集『源賢法眼集』の他，後拾遺の撰集資料とされた私撰集『樹下集』(散佚，20巻，仮名序あり)の編者かという．後拾遺集にのみ入集． 374, 1126

賢子 げん 源・藤原. 天喜5年(1057)生, 応徳元年(1084)没. 父は右大臣源顕房. 母は権中納言源隆俊女. 藤原師実の養女となり, 延久3年(1071)東宮貞仁親王(白河天皇)に入内. 同6年中宮. 敦文親王・媞子内親王・善仁親王(堀河天皇)らの母. **87, 523**

妍子 けん 藤原. 枇杷殿と称さる. 正暦5年(994)生, 万寿4年(1027)没. 太政大臣道長の次女. 母は左大臣源雅信女, 倫子. 寛弘8年(1011)三条天皇に入内, 寛仁2年(1018)に皇太后となり, 太皇太后彰子, 中宮威子と併せ一家からの三后並立と持て囃された. 陽明門院(禎子内親王)の母. **540, 548, 549, 588, 899**

嬉子 げん 藤原. 弘徽殿中宮と称さる. 長和5年(1016)生, 長暦3年(1039)没. 父は一条天皇第1皇子敦康親王. 母は具平親王女. 藤原頼通養女. 長元10年(1037)1月後朱雀天皇に入内, 3月中宮となる. 長暦2年祐子内親王を出産. 同3年禖子内親王を出産後程もなく死亡. **551, 897**

元子 げん 藤原. 承香殿女御と称さる. 生没年未詳. 父は左大臣顕光. 母は村上天皇第5皇女, 盛子内親王. 長徳2年(996)一条天皇に入内, 女御. 寛弘2年(1005)従二位. 同8年の一条天皇崩御の後, 左兵衛督源頼定の室. 拾遺集初出. **957**

源心 げん 西明房と号す. 天禄2年(971)生, 天喜元年(1053)没. 父は未詳, 一説に陸奥守平基衡. 母は陸奥守平元平女. 永承3年(1048)第30代天台座主. 永承5年に大僧都. また法成寺別当. 後拾遺集初出. **294, 1209 ∕ 498**

玄宗 げん 姓は李, 名は隆基. 廟号は玄宗. 垂拱元年(685)生, 宝応元年(762)没. 父は睿宗. 母は昭成順聖皇后竇氏. 唐朝第6代皇帝. 先天元年(712)から天宝15年(756)まで在位. その治世は「開元の治」と称えられたが, 『長恨歌』の題材ともなった楊貴妃への寵愛が安禄山の乱を招き, 失意の晩年であった. **270**

小一条院 こいちじょういん 名は敦明. 正暦5年(994)生, 永承6年(1051)没. 三条天皇第1皇子. 母は藤原済時女, 娍子. 長和5年(1016), 父三条天皇の強固な意志により立坊. しかし父の没後は道長の圧力に抗し

きれず寛仁元年(1017)東宮を辞退，院号を授かる．東宮時代の妃は顕光の女延子だが，辞退後間もなく道長の女寛子(高松殿腹)と結婚し，寛子が没して後は，頼宗女を妻とした．後拾遺集初出．　918／***595, 958, 960, 990, 991, 1206***

小一条右大将《こいちじょううだいしょう》　→済時

後一条天皇《ごいちじょうてんのう》　諱は敦成．寛弘 5 年(1008)生，長元 9 年(1036)没．一条天皇第 2 皇子．母は藤原道長女，彰子(上東門院)．第 68 代天皇．長和 5 年(1016)から長元 9 年まで在位．誕生の様子は『紫式部日記』『栄花物語』(初花)に，崩御の経緯は『栄花物語』(着るは侘しと歎く女房)に詳しい．　***433, 551, 569, 588, 593, 1029, 1107, 1109***

小一条の大臣《こいちじょうのおおいもうちぎみ》　→師尹

公円母《こうえんのはは》　生没年未詳．父は二条関白藤原教通．母は小式部内侍．静円は同母兄弟．後拾遺集にのみ入集．　771

光源《こうげん》　生没年未詳．父母未詳．延暦寺の僧，慶円座主の弟子．後拾遺集にのみ入集．　1179／***265***

皇后宮[1]《こうごうぐう》　→一条院皇后宮

皇后宮[2]《こうごうぐう》　→馨子内親王

皇后宮美作《こうごうぐうみまさか》　→美作

小右近《こうこん》　鴨氏，童名は児．生没年未詳．三条殿こと贈従二位藤原祇子家女房．後拾遺集にのみ入集．　321

皇太后宮《こうたいごうぐう》　→妍子

皇太后宮陸奥《こうたいごうぐうみちのく》　→陸奥[1]

光朝母《こうちょうのはは》　父は因幡守橘行平．陸奥守橘則光の妻．後拾遺集にのみ入集．　2, 721

江侍従《ごうのじじゅう》　生没年未詳．父は大江匡衡．母は赤染衛門．はじめ道長家に出仕，のち道長の女枇杷皇太后宮妍子とその女陽明門院禎子に仕えた．夫とした高階業遠とは寛弘 7 年(1010)に死別．藤原兼房と関わりを持ち，少輔を儲けたと言う．左大臣源俊房の乳母とする伝えもある．後拾遺集初出．　292, 460, 588, 841, 856, 1044

高内侍《こうのないし》　名は貴子．儀同三司母，帥殿母上とも．生年未詳，長徳

2年(996)没. 父は式部卿高階成忠. 円融天皇の時に典侍をつとめて高内侍と称された. 中関白藤原道隆の室となり, 伊周・一条天皇皇后定子・隆家・淑景舎女御原子らを儲ける. 拾遺集初出. 701, 906

小大君 こおほいぎみ 訓みは「こおほいぎみ」「こだいのきみ」とも. 東宮左近・三条院女蔵人左近とも称す. 生没年未詳. 出自未詳. 三条天皇の東宮時代の女蔵人を務めたという. 家集『小大君集』. 三十六歌仙. 拾遺集初出. 1, 455, 889, 1005, 1213

弘徽殿中宮 こきでんのちゅうぐう →嫄子

弘徽殿女御[1] こきでんのにょうご →生子

弘徽殿女御[2] こきでんのにょうご →義子

小左近 こさこん 生没年未詳. 散位従五位下中原経相女で, 新左衛門の姉. 勘物には「三条院女房」ともあるが, 歌人たちとの贈答関係を考えると時代的に疑問がある. 後拾遺集初出. 240, 552, 898

後三条院越前 ごさんじょういんえちぜん →越前[2]

後三条天皇 ごさんじょうてんのう 名は尊仁. 長元7年(1034)生, 延久5年(1073)没. 第71代天皇. 後朱雀天皇第2皇子. 母は三条天皇皇女, 禎子. 摂関家を外戚としない帝として, 治暦4年(1068)から延久4年の在位の間に, 延久の荘園整理令など摂関家の弱体化につとめ, 次代院政期の礎を築いた. 後拾遺集初出. 922, 1062, 1090／*183, 423, 442, 562, 888, 921, 1089, 1090, 1169, 1170*

小式部 こしきぶ 生没年未詳. 父は下野守藤原義忠というが疑問. あるいは大和守藤原義忠女かとも. 後朱雀天皇皇女祐子内親王家の女房という. 天喜3年(1055)「六条斎院物語合」に出された『逢坂越えぬ権中納言』(『堤中納言物語』の内)の作者. 後拾遺集初出. 863, 873

小式部内侍 こしきぶのないし 生年未詳, 万寿2年(1025)没. 父は陸奥守橘道貞. 母は和泉式部. 寛弘6年(1009)頃, 母が中宮彰子に出仕した際, ともに出仕したとみられる. 道長の男教通に愛され, 静円, 公円母を儲けたが, 藤原範永・藤原公成らとも交渉があった. 家集も存せず,

残された歌も少ないが，当意即妙の返歌の巧みさなどから，三才女の１人とされる．後拾遺集初出．　1001／*568, 911*

小侍従命婦《こじじゅうのみょうぶ》　生没年未詳．父は加賀守藤原正光．母は大中臣能宣女か．前常陸介従四位上藤原家房の母．外舅大中臣輔親の猶子となり，伊勢にちなんで，浜荻侍従と称したと言う．一条天皇皇女脩子内親王家の女房．後拾遺集にのみ入集．　545, 546

後朱雀天皇《ごすざくてんのう》　名は敦良．寛弘６年(1009)生，寛徳２年(1045)没．第69代天皇．一条天皇第３皇子．母は関白道長女，上東門院彰子．長元９年(1036)に即位し，寛徳２年まで在位．後拾遺集初出．　604, 715, 897／*434, 551, 715, 861, 898, 902, 977*

五節の命婦《ごせちのみょうぶ》　生没年未詳．一条天皇皇女脩子内親王の女房か．『秦筝相承血脈』に載る，嵯峨命婦とも号した麗景殿女御の女房の五節命婦も同一人か．　*1096*

近衛姫君《このえのひめぎみ》　生没年未詳．父は従四位上左衛門佐越前守源良宗．後拾遺集にのみ入集．　942

小弁《こべん》　生没年未詳．父は越前守藤原懐尹．母は越前守源致書女．ただし異説もある．後朱雀天皇皇女祐子内親王家に仕え，宮の小弁とも称される．祐子内親王家紀伊の母．天喜３年(1055)「六条斎院物語合」に出された『岩垣沼』(散佚)の作者．後拾遺集初出．　15, 67, 91, 191, 203, 238, 247, 655, 803, 862, 874, 875, 900, 995, 1190／*810, 873, 875, 1111*

小馬命婦《こまのみょうぶ》　童名は狛，俗称小馬．生没年未詳．父は摂津守藤原棟世．母は清少納言．上東門院彰子の女房．ただし異説もある．後拾遺集にのみ入集．　908

伊家《これいえ》　藤原．長久２年(1041)生か．永承３年(1048)生とも．応徳元年(1084)没．父は周防守正四位下公基．母は摂津守藤原範永女．蔵人を兼ねて，正五位下右中弁に至る．後拾遺集初出．　157

後冷泉天皇《ごれいぜいてんのう》　名は親仁．万寿２年(1025)生，治暦４年(1068)没．第70代天皇．後朱雀天皇第１皇子．母は関白道長女，嬉子．寛徳２年(1045)に即位し，治暦４年まで在位．後拾遺集初出．　454,

714, 845／*36, 49, 86, 111, 276, 351, 368, 458, 459, 561, 562, 584, 837, 888, 977, 980, 981, 1099, 1100, 1102, 1110, 1178*

惟正 これただ 源. 延長7年(929)生, 天元3年(980)没. 父は右大弁相職. 母は従五位上源当年(当平)女. 従三位参議. *1061*

伊周 これちか 藤原. 儀同三司と号す. 天延2年(974)生, 寛弘7年(1010)没. 父は中関白道隆. 母は高階成忠女, 貴子(高内侍). 中宮定子は妹. 隆家は弟. 正暦5年(994)内大臣に至り, 翌年内覧の宣旨を得たが, 長徳2年(996)隆家が花山院に矢を射かけた事件により, 大宰権帥に左遷. 翌年召還され, 長保3年(1001)本位に復帰. 寛弘5年准大臣. 家集『儀同三司集』は散佚. 後拾遺集初出. *529, 1158*

惟任 これとう 藤原. 生没年未詳. 父は右大弁美濃守頼明. 母は近江守源高雅女. 乳母は永源法師の母. 従四位下阿波守. *666*

惟仲 これなか 平. 字は平昇. 天慶7年(944)生, 寛弘2年(1005)没. 父は従四位上美作介珍材. 母は備中国青河郡司貞氏女. 大和宣旨は娘. 長徳4年(998)中納言. 長保3年(1001)より大宰権帥に任ぜられ, 大宰府で客死. *608*

伊房 これふさ 藤原. 通称朱雀帥. 長元3年(1030)生, 嘉保3年(1096)没. 父は参議行経. 行成の孫. 母は土佐守源貞亮女. 正二位下権中納言に至るが, 寛治8年(1094)に解官. 死の直前, 正二位に復した. 後拾遺集初出. 1171

伊尹 これまさ(ただ) 藤原. 一条摂政と号す. 諡は謙徳公. 延長2年(924)生, 天禄3年(972)没. 父は右大臣師輔. 母は武蔵守藤原経邦女, 盛子. 正二位摂政太政大臣. 後撰集の撰集にあたり撰和歌所の別当. 家集『一条摂政御集』がある. 後撰集初出. *567, 1105*

さ

斎院¹ さいいん →選子内親王
斎院² さいいん →禖子内親王
斎院³ さいいん →佳子内親王
斎院中将 さいいんのちゅうじょう →中将²

斎院中務《さいいんのなかつかさ》　→中務

斎宮《さいぐう》　→当子内親王

斎宮女御《さいぐうのにょうご》　徽子女王．承香殿女御とも．延長7年(929)生，寛和元年(985)没．父は三品式部卿重明親王．母は摂政関白太政大臣藤原忠平女，寛子．承平6年(936)斎宮に卜定され，天慶8年(945)退下．天暦2年(948)に村上天皇に入内，同3年には女御．同年第4皇女規子内親王を儲けた．三十六歌仙．家集『斎宮女御集』．拾遺集初出．　153, 319, 871, 879, 901, 970, 1002

宰相《さいしょう》　粟田宰相とも．生没年未詳．父母未詳．四条中宮諟子に仕えた．後拾遺集にのみ入集．　944

左衛門督北方《さえもんのかみのきたのかた》　生没年未詳．正二位大納言源師忠室か．蔵人少将女・橘俊綱女・藤原良綱女らのいずれかは不明．後拾遺集にのみ入集．　1045

左衛門蔵人《さえもんのくろうど》　少将藤原義孝と交渉のあった女蔵人というほか，未詳．　***947***

相模《さがみ》　生没年未詳．正暦末(-995)頃の出生で康平4年(1061)以後の没かと推定される．父は未詳．母は慶滋保章女．母は源頼光と再婚．はじめ三条天皇中宮妍子に出仕．乙侍従はその頃の呼称か．長和年間(1012-17)に大江公資と結婚，寛仁4年(1020)夫の相模赴任に同行．女房名相模はこれに由来するが，任期満ち上京後公資とは離別．上京後一条天皇皇女脩子内親王家に再出仕．家集は流布本『相模集』の他，『思女集』『異本相模集』などがある．中古三十六歌仙．後拾遺集初出．　175, 206, 214, 370, 389, 401, 474, 475, 547, 549, 640, 643, 678, 679, 695, 702, 740, 753, 754, 758, 789, 795, 796, 814, 815, 816, 825, 830, 880, 881, 915, 930, 936, 941, 951, 954, 955, 1141, 1150／***114, 356, 545, 546, 560***

盛少将《さかりのしょうしょう》　生没年未詳．父は蔵人式部丞藤原貞孝．母は円融天皇乳母子，周防命婦．三条院天皇女房．後拾遺集にのみ入集．　85, 828

前斎院《さきのさいいん》　→媞子内親王

前中宮出雲 さきのちゅうぐういずも　→出雲

左京の君 さきょうのきみ　人物を特定できないが，『紫式部日記』に「左京の馬」ともいう，もと内裏女房．一条天皇女御藤原義子(弘徽殿女御)に仕え，寛弘5年(1008)の五節の折，藤原実成の舞姫の介添役であった．　*1121*

左大臣 さだいじん　→俊房

定成 さだけ(さだなり)　坂上．生年未詳，寛治2年(1088)没か．父は主計算師範親．母は和泉国の人という．従五位上河内守．明法博士．後拾遺集にのみ入集．　115, 138

定季 さだすえ　源．生年未詳，長久3年(1042)没．父は正三位参議頼定．母は橘輔正女．従五位上左少将に至る．阿波守藤原高定に射殺された．後拾遺集にのみ入集．　668／*1156*

定輔 さだすけ　藤原．生没年未詳．父は左大弁説孝．母は中宮亮藤原元尹女．上野介・播磨権守・陸奥守などを務め，正四位下．　*884*

定輔女 さだすけのむすめ　生没年未詳，父は正四位下藤原定輔．母は未詳．後拾遺集にのみ入集．　591

定頼 さだより　藤原．四条中納言と称さる．長徳元年(995)生，寛徳2年(1045)没．父は大納言公任．母は村上天皇皇子昭平親王女．長元2年(1029)権中納言，長久3年(1042)正二位，同4年兵部卿を兼ねる．家集は『四条中納言集』と『四条中納言定頼集』の2種がある．中古三十六歌仙．後拾遺集初出．　114, 144, 162, 225, 357, 365, 477, 486, 502, 847, 929, 956, 1011, 1055／*348, 435, 640, 735, 753, 771, 809, 846, 936, 951, 1010*

定頼母 さだよりのはは　生没年未詳．父は村上天皇第9皇子昭平親王．母は多武峰少将藤原高光女．永観2年(984)粟田関白道兼の養女．正暦初年(990-)頃，公任と結婚．後拾遺集初出．　563

実方 さねかた　藤原．生年未詳，長徳4年(998)没．父は従五位上侍従貞時．母は左大臣源雅信女．父の早世により，叔父小一条大将済時の養子．正暦4年(993)従四位上，同5年左近中将に至る．長徳元年陸奥守として赴任．中古三十六歌仙．家集『実方集』は大きく3系統に分

かれる．拾遺集初出．　564, 566, 570, 612, 706, 707, 957, 1082, 1124, 1136, 1137, 1139, 1201, 1203／***1081, 1138***

実方女《さねかたのむすめ》　藤原．生没年未詳．父は左近中将実方．母は未詳．伝未詳．　***914***

実成《さねしげ》　藤原．天延 3 年(975)生，寛徳元年(1044)没．父は太政大臣公季．母は醍醐天皇第 7 皇子有明親王女．正二位中納言．　***1121, 1123***

実季《さねすえ》　藤原．長元 8 年(1035)生，寛治 5 年(1091)没．父は権中納言右兵衛督公成．母は淡路守藤原定佐女．治暦 2 年(1066)従四位下，延久元年(1069)左中将．次いで蔵人頭，同 4 年参議．その後承暦 4 年(1080)権大納言等を経て，正二位按察大納言に至る．後拾遺集にのみ入集．　155

実綱《さねつな》　藤原．長和 2 年(1013)生，永保 2 年(1082)没．父は従三位資業．母は備後守藤原師長女．文章博士．正四位下式部大輔に至る．また但馬・美濃・伊予などの国司をつとめた．後拾遺集初出．　853

実範女《さねのりのむすめ》　藤原．生没年未詳．父藤原実範は従四位上但馬守能通男．実範女には散位藤原知仲の母と文章得業生藤原広実の母とが知られるが，源頼綱との関係は不明．　***665***

実政《さねまさ》　藤原．寛仁 3 年(1019)生，寛治 7 年(1093)没．父は従三位資業．母は加賀守源重文女．文章博士．承暦 4 年(1080)参議左大弁となり，式部大輔・勘解由長官を兼ねる．従二位．八幡宮神輿を射たかどで，伊豆に配流された．後拾遺集初出．　95, 1169

実頼《さねより》　藤原．小野宮太政大臣と称さる．諡は清慎公．小野宮流の祖．昌泰 3 年(900)生，天禄元年(970)没．父は太政大臣忠平．母は宇多天皇皇女，源順子．従一位摂政太政大臣．家集に『清慎公集』．後撰集初出．　***24***

三条院の皇后宮《さんじょういんのこうごうぐう》　→妍子

三条小右近《さんじょうこうこん》　→小右近

三条太政大臣《さんじょうだいじょうだいじん》　→頼忠

三条天皇（さんじょうてんのう） 諱は居貞．法名金剛浄．天延4年(976)生，寛仁元年(1017)没．冷泉天皇第2皇子．母は藤原兼家女，超子．第67代天皇．寛弘8年(1011)践祚．彰子儲生の敦成親王(後一条天皇)を帝位に即けようとする道長と対立．生来の眼病が悪化して，長和5年(1016)譲位．後拾遺集初出． 860, 1033, 1104／*29, 449, 455, 548, 1032, 1103, 1118, 1213*

式部（しきぶ） →和泉式部

式部卿の親王（しきぶきょうのみこ） →敦康親王

式部命婦（しきぶのみょうぶ） 生没年未詳．父は筑後権守従五位下藤原信尹．母は式部卿敏貞親王家の女房という．後冷泉天皇の女房．左中弁源師賢との間に大僧正寛助を儲け，右大臣源顕房とも交渉があった．『栄花物語』(布引の滝)では顕房女従一位師子の母を式部命婦とする．後拾遺集初出． 561, 966

重信（のぶ） 源．六条左大臣と号す．延喜22年(922)生，長徳元年(995)没．父は宇多天皇第8皇子敦実親王．母は左大臣藤原時平女．正二位左大臣． *1106*

重之（しげゆき） 源．生没年未詳．長保年間(999-1004)に60歳余で没したか．父は三河守従五位下兼信．伯父の参議兼忠の猶子となる．康保4年(967)従五位下，貞元元年(976)相模権守，以後肥後・筑前等の国司を務め，長徳元年(995)ごろ陸奥守として赴任する藤原実方に随行．家集『重之集』．三十六歌仙．拾遺集初出． 168, 216, 219, 447, 515, 597, 685, 827, 972, 976, 1061, 1116, 1128, 1152

重如（しげゆき） 山口．生没年未詳．父母未詳．河内国の人という．金葉集の作者田口重如と同一人物とする説もある．後拾遺集初出． 1167

重義（しげよし） 平．生没年未詳．父は参議信．母は未詳．教成・棟仲の父．藤原道長の家司．従四位下，安芸守． *589*

侍従の尼（じじゅうのあま） 未詳．広沢に住し，藤原範永と交際があった．「侍従内侍」(次項)の出家後の名か． *867*

侍従内侍（じじゅうのないし） 出自・生没年未詳．上東門院彰子の女房．『栄花物語』(根合)では「殿守の侍従」として見える． *902*

四条宰相《しじょうさいしょう》　→宰相

四条大納言《しじょうだいなごん》　→公任

四条中宮《しじょうちゅうぐう》　名は諟子．花山天皇女御．生年未詳，長元８年(1035)没．父は廉義公藤原頼忠．母は代明親王女，厳子女王．公任の同母妹．永観２年(984)入内．一説に，諟子の同母姉遵子(円融天皇中宮)とするが，『公任集』の記載などから，諟子説が有力．ただし本集での「四条中宮」の呼び方は正しくない．　269

四条の宮《しじょうのみや》　→寛子[1]

順《したごう》　源．延喜11年(911)生，永観元年(983)没．父は左馬允挙．天暦７年(953)43歳で文章生．康保３年(966)下総権守．のち和泉・能登(天元２年〔979〕)の国司をつとめた．従五位上に至る．承平(931–938)年中，勤子内親王のため『倭名類聚抄』を選進．天暦５年撰和歌所寄人となり，梨壺の五人として，万葉集の訓読(いわゆる古点)及び後撰集撰進に従事した．『宇津保物語』『落窪物語』の作者にも擬せられる．家集は『順集』．三十六歌仙．拾遺集初出．425, 559, 1013／*序*

実源《じつげん》　万寿元年(1024)生，嘉保３年(1096)没．肥後の国の人．延暦寺の僧．寛治５年(1091)，法印仁源の譲により権律師となる．後拾遺集初出．　613

実誓《じっせい》　天禄３年(972)生，万寿４年(1027)没．延暦寺の僧．父は未詳．母は一条天皇女御元子(藤原顕光女)の乳母．治安３年(1023)少僧都．慈徳寺別当をつとめた．後拾遺集にのみ入集．　322

下野《しもつけ》　四条宮下野・四条太皇太后宮下野とも．生没年未詳．父は従五位下下野守源政隆．後冷泉天皇皇后四条宮寛子の女房．家集は『四条宮下野集』．後拾遺集初出．　943

寂昭(寂照)《じゃくしょう》　俗名は大江定基．参河入道・参河聖とも．応和２年(962)生，長元７年(1034)没．父は参議大江斉光．三河守従五位下に至るが，愛妾の死により無常を観じて発心し，永延２年(988)出家(寛和２年〔986〕説もあり)．天台・真言両宗を修め，五台山巡礼を請い，長保５年(1003)入宋(元亨釈書は長保２年説)．同地におい

て入滅した．蘇州の僧録司に任じられ，円通大師の号を与えられた．後拾遺集初出．　498／***497***

脩子内親王《しゅうしないしんのう》　入道一品宮と称される．長徳2年(996)生，永承4年(1049)没．一条天皇第1皇女．母は藤原道隆女，皇后定子．　***545, 546, 636, 1150***

少輔《しょう》　生没年未詳．父は中宮亮藤原兼房．母は江侍従．主殿頭藤原公経が中務少輔のとき妻となり，少輔と称した．その出仕先については右大臣家，左大臣家と2つの所伝がある．右大臣とすれば源顕房，左大臣とすればその兄の俊房．後拾遺集にのみ入集．　397, 505

静円《じょうえん》　長和5年(1016)生，延久6年(1074)没．父は二条関白教通．母は小式部内侍．公円母は同母姉妹．木幡権僧正．定基大僧都の弟子．長久2年(1041)入壇受職．延久2年権僧正．後拾遺集初出．　45, 762

清基《しょうき》　生没年未詳．伝未詳．父は石清水権別当栄春．母は石清水少別当大中臣定海女．石清水少別当．後拾遺集にのみ入集．　63

承香殿《じょうきょうでん》　→元子

性空上人《しょうくうしょうにん》　書写上人と称される．俗名は橘方角．延喜10年(910)生，寛弘4年(1007)没．父は美濃守橘善根．母は源氏．36歳にして出家．播磨国書写山に円教寺を開く．新古今集初出．　***522, 1197***

章子内親王《しょうしないしんのう》　二条院と号す．万寿3年(1026)生，長治2年(1105)没．後一条天皇第1皇女．母は藤原道長女，中宮威子．長元3年(1030)一品に叙され，長暦元年(1037)皇太子親仁親王(後冷泉天皇)に入内，永承元年(1046)中宮．　***714, 759, 1099, 1100, 1102***

清成《しょうじょう》　寛弘7年(1010)生，治暦3年(1067)没．父は法印元命．母は鎮西松浦殿．師主を法成寺入道大相国，学師を木幡定基大僧都と伝える．長元10年(1037)元命に譲られて別当となる．康平5年(1062)別当を弟子清秀に譲り，即日検校に補せられる．後拾遺集にのみ入集．　363

少将井尼《しょうしょうのいのあま》　生没年未詳．父母未詳．伝の詳細は不明．上東門院彰子家女房らとの交友の深さから，もと彰子家女房か，あるいは三条天皇への御代がわりの頃という出家時期を勘案すれば，一条天皇に仕えた上の女房でその崩御を機に出家したか．後拾遺集初出．896, 1119／***1118***

少将内侍《しょうしょうのないし》　生没年未詳．父は能登守藤原実房．母は祭主大中臣輔親女．白河院女房．金葉集所収歌詞書から，はじめ後冷泉天皇に仕えたと想像される．後拾遺集初出．　945, 965

成尋《じょうじん》　俗姓藤原．善慧大師と号す．寛弘 8 年(1011)生，永保元年(1081)没．父は中将藤原実方男(叡山阿闍梨義賢か貞叙とも)．母は大納言源俊賢女．7 歳で岩倉大雲寺に入る．のち関白藤原頼通の護持僧．延久 4 年(1072)渡宋，天台山・五台山を巡拝．宋朝の信任が厚く，同地で没した．詞花集初出．　***499***

成尋母《じょうじんのはは》　源．永延 2 年(988)頃生，没年未詳．父は権大納言源俊賢．母は未詳．藤原実方男と結婚，成尋及び律師となった男子を儲けるが間もなく夫と死別．老齢の身で息子と離別したこの前後の時期の心情を家集『成尋阿闍梨母集』に記した．千載集初出．　***499***

上東門院《じょうとうもんいん》　名は彰子．法名清浄覚．永延 2 年(988)生，承保元年(1074)没．父は藤原道長．母は源雅信女，倫子．長保元年(999)一条天皇に入内．翌年立后．寛弘 5 年(1008)に第 2 親王敦成，同 6 年に第 3 親王敦良(後の後一条・後朱雀天皇)を儲け，国母となる．寛弘 8 年一条天皇の崩御にあい皇太后．万寿 3 年(1026)出家し院号を賜る．後拾遺集初出．　569, 1030／***349, 561, 902, 977, 1026, 1029, 1070, 1074, 1109, 1110, 1115, 1120, 1121, 1122***

上東門院新宰相《じょうとうもんいんしんさいしょう》　→新宰相

上東門院中将《じょうとうもんいんちゅうじょう》　→中将[1]

少納言《しょうなごん》　未詳．選子内親王女房．『八代集抄』は拾遺集作者「御乳母少納言」と同人と見て「天暦の御乳母」と注するが存疑．正四位下藤原陳政の姉妹，参議安親の女か．天徳 4 年(960)『内裏歌合』右方女房方人の「少納言」，貞元 2 年(977)『三条左大臣殿前栽歌

合』に出詠の「少納言」と同人か． *579*

聖梵 しょうぼん　生没年未詳．出自未詳．東大寺の僧．長元9年(1036)竪者．後拾遺集にのみ入集． 858

書写の聖 しょしゃのひじり　→性空上人

白河天皇 しらかわてんのう　名は貞仁．天喜元年(1053)生，大治4年(1129)没．第72代天皇．後三条天皇第1皇子．母は藤原公成女で，藤原能信の養女となった，贈皇太后茂子．延久4年(1072)即位．応徳3年(1086)に譲位し，以後堀河・鳥羽・崇徳の3代にわたって院政を敷く．嘉保3年(1096)落飾，法皇．大井河行幸和歌，承暦3年(1076)『殿上歌合』，承暦2年(1078)『内裏歌合』『郁芳門院根合』『鳥羽殿北面歌合』などを主催．後拾遺集・金葉集の下命者．後拾遺集初出． 277, 283, 315, 362, 379, 632, 1050／序, *28, 87, 346, 379, 442*

深覚 じんかく　禅林寺大僧正，石山大僧正などと号す．天暦9年(955)生，長久4年(1043)没．父は九条右大臣藤原師輔．母は醍醐天皇皇女，康子内親王．治安3年(1023)に勧修寺長吏．高徳験者の聞こえ高く，東寺長者に補し，大僧正に至る．危篤に陥った教通を，碁を打って治したなど，洒脱な人柄をしのばせる逸話が多い．後拾遺集初出． 378, 866, 1199

新宰相 しんさいしょう　生没年未詳．父は参議従三位藤原広業．母は下野守安部信行女．後拾遺集にのみ入集． 1070

新左衛門 しんざえもん　童名は良宇太．生没年未詳．父は散位従五位下中原経相．図書頭季綱の妻．後朱雀天皇の梅壺女御生子に仕え，のち関白頼通家の女房．後拾遺集にのみ入集． 246, 297, 907

信寂 しんじゃく　俗名俊平(信平とも)．生没年未詳．父は尾張守高階助順．丹後守従四位上．後拾遺集初出．金葉集では，俗名で三奏本のみに入集． 413

新少納言 しんしょうなごん　未詳．天喜4年(1056)『皇后宮春秋歌合』左方方人として見える「新少納言」と同人か． *1090*

季通 すえみち　橘．季道とも．生年未詳，康平3年(1060)没．父は陸奥守則光．母は橘行平女．則長・光朝法師と兄弟．後拾遺集初出．

560, 1041／*1199*

周防内侍《すおうのないし》 平．本名仲子．長元末(−1037)頃の出生で，天仁 2 年(1109)頃出家し，ほどなく 70 余歳で没した．父は和歌六人党の 1 人，周防守棟仲．母は加賀守源正職女で，後朱雀天皇女房小馬内侍．後冷泉朝から出仕し，後三条・白河・堀河天皇の 4 代に仕えた．家集『周防内侍集』．後拾遺集初出．　562, 765, 888, 979／*37, 444, 1185*

相方《すけかた》 源．生年未詳，長徳 4 年(998)以降没(権記)．父は六条左大臣重信．母は中納言藤原朝忠女．長徳 2 年権左中弁．拾遺集初出．　1106

佐国《すけくに》 大江．寛弘 9 年(1012)頃生，応徳末(−1087)から寛治(1087−94)にかけて没か．父は従四位上大学頭通直．母は未詳．従五位上掃部頭．後拾遺集撰者藤原通俊の漢学の師で撰集に助力，三代集の目録を作ったと伝えられる．『本朝無題詩』の作者．　*1183*

資成《すけしげ》 橘．大和入道と号す．生没年未詳．父は美濃守義通．後拾遺集にのみ入集．　187

輔尹《すけただ》 藤原．生年未詳．寛仁 5 年(1021)頃没か．父は従五位上尾張守興方．大納言藤原懐忠の養子．一説には，従五位下正家の養子．正暦 4 年(993)頃六位蔵人式部丞となる．この時藤原道兼の家人．木工頭に至る．家集に『輔尹集』．後拾遺集初出．　16

輔親《すけちか》 大中臣．天暦 8 年(954)生，長暦 2 年(1038)没．父は正四位下祭主能宣．母は越後守藤原清兼女．娘に伊勢大輔．治安 2 年(1022)神祇伯，長元 9 年(1036)には大中臣家としてははじめて正三位に至る．中古三十六歌仙．没後，家人によって編纂された家集『輔親卿集』がある．拾遺集初出．　89, 462, 490, 493, 619, 625, 664, 720, 892, 961, 1060, 1087, 1161／*448, 461, 704, 839, 1160*

資綱《すけつな》 源．寛仁 4 年(1020)生，永保 2 年(1082)没．父は権中納言顕基．母は藤原実成女．承暦 4 年(1080)中納言．後拾遺集初出．　335, 358, 523

佐経《すけつね》 大江．一説に伴とも．生没年未詳．父は為国．母は石見守

従五位下卜部為親女．右衛門大夫，検非違使大夫，左衛門尉など各伝に異同が見られる．後拾遺集にのみ入集． 239

資仲 すけなか 藤原．治安元年(1021)生，寛治元年(1087)没．父は大納言資平．母は近江守(春宮亮)藤原知章女．『節会抄』『青陽抄』の著作や私撰集『資仲後拾遺』は散佚．後拾遺集初出． 1049

輔長 すけなが 大中臣．生年未詳，寛治2年(1088)没．父は従五位下神祇大副輔宣．母は大江公資女であろう．従五位下，神祇権少副． *448*

資業 すけなり 藤原．通称日野三位，法名素舜(寂)．永延2年(988)生，延久2年(1070)没．父は参議従二位有国．母は橘仲遠女，橘三位徳子．永承元年(1046)式部大輔．寛仁(1017-21)頃以降は頼通の家司的存在．後拾遺集初出． 453, 458, 459, 531／*1172*

輔弘 すけひろ 大中臣．長元元年(1028)生，康和5年(1103)以降没．父は神祇権大副輔宣(輔宗とも)．母は大江公資女．神祇権大副，従五位上に至る．康和5年豊受宮放火と落書の罪で，佐渡に配流．後拾遺集初出． 170, 212, 744

佐理 すけまさ 藤原．天慶7年(944)生，長徳4年(998)没．父は左少将敦敏．母は参議藤原元名女．大宰大弐を務め正三位．能筆で知られ，三蹟の1人． *1128*

資通 すけみち 源．寛弘2年(1005)生，康平3年(1060)没．父は従三位修理大夫済政．母は摂津守源頼光女．永承5年(1050)大宰大弐，天喜5年(1057)従二位．後拾遺集初出． 223, 375／*930*

相如 すけゆき 藤原．生年未詳，長徳元年(995)没．父は右中将道信．母は和泉守藤原俊連女．正五位下出雲守．粟田右大臣藤原道兼の家司を務めた．家集に『相如集』がある．詞花集初出． *565*

相如女 すけゆきのむすめ 藤原．生没年未詳．伝不詳．父は出雲守相如．「尊卑分脈」には兵庫頭藤原隆資の母と，加賀守源兼澄女で歌人命婦乳母の母の両方に「相如女」とあるが，同一人か不明．後拾遺集にのみ入集． 565

資良 すけよし 藤原．生没年未詳．父は丹波守保相．母は未詳．蔵人，皇

后宮権大進，伊賀守，皇后宮権亮，丹波守，尾張守を歴任．　*321, 945*

涼《すずしき(すずし)》　生没年未詳．後に源少納言と号す．散位従五位下源頼範女．母は式部卿敦貞親王家女房．二条前太政大臣家女房．前中宮女房薄の母．後拾遺集にのみ入集．　282

駿河《するが》　一宮駿河．生没年未詳．父は駿河守正五位下源忠重．母は美濃国の人と伝える．一品宮祐子内親王家女房．後拾遺集にのみ入集．　86

生子《せいし》　藤原．弘徽殿女御と称される．長和3年(1014)生，治暦4年(1068)没．父は関白教通．母は藤原公任女．長暦3年(1039)後朱雀天皇に入内，女御．新古今集初出．　*46, 159, 657*

正子内親王《せいしないしんのう》　押小路斎院と号す．寛徳2年(1045)生，永久2年(1114)没．後朱雀天皇第5皇女．母は右大臣藤原頼宗女，延子．天喜6年(1058)から延久元年(1069)まで斎院．　*175*

清少納言《せいしょうなごん》　康保3年(966)頃出生，治安・万寿年間(1021–28)頃没と推定される．父は清原元輔．天元4年(981)頃橘則光と結婚，則長を儲ける．正暦4年(993)頃一条天皇の中宮定子に出仕し，和漢の才を発揮したが，長保2年(1000)定子が崩じたのを機に宮仕えを辞したらしい．この前後に藤原棟世と結婚し，後拾遺歌人小馬命婦を儲けた．随筆『枕草子』，家集『清少納言集』．中古三十六歌仙．後拾遺集初出．　939, 1155／*707*

静範《せいはん》　俗姓藤原．讃岐上座と号す．生没年未詳．父は讃岐守藤原兼房．母は未詳．興福寺の僧．康平6年(1063)成務天皇陵を盗掘した科で伊豆に流されるが，治暦2年(1066)赦された．　*996*

選子内親王《せんしないしんのう》　大斎院とも．応和4年(964)生，長元8年(1035)没．村上天皇の第10皇女．母は藤原師輔女，中宮安子．天延3年(975)第16代斎院に卜定．以来，長元4年老病を理由に退下するまで，円融・花山・一条・三条・後一条の5代，57年間にわたって勤仕．いわゆる大斎院サロンを形成し，歌合を催した．『大斎院前の御集』『大斎院御集』からはそのはなやかな日常生活が窺える．

神に仕える身ながら仏教に帰依し仏に結縁を願った家集『発心和歌集』もある．拾遺集初出．　40, 468, 579, 1026, 1107, 1109, 1123／***21, 29, 339, 1107***

媞子内親王《せんしないしんのう》　寛弘2年(1005)生，永保元年(1081)没．具平親王3女．母は為平親王2女．長和5年(1016)斎宮に卜定，寛仁2年(1018)に伊勢下向．長元9年(1036)まで斎宮．のち藤原教通と結婚．***1160***

先帝《せんてい》　→後冷泉天皇

素意《そい》　俗名は藤原重経．紀伊入道と号す．生年未詳，寛治8年(1094)没．父は越前守藤原懐尹．権中納言藤原重尹とも．母は大中臣輔親女．一説に源致書女．祐子内親王家紀伊を妻とも妹とも伝える．従五位下紀伊守に至るが，康平7年(1064)粉河寺で出家．延久3年(1071)多武峰に入り，永保3年(1083)和泉国に移る．後拾遺集初出．　60, 259, 305, 402, 940, 998, 1036

増基《ぞうき》　廬主と号す．生没年未詳．天暦10年(956)生存．熊野・伊勢・遠江などに旅をしている．藤原朝忠らと親交があった．家集は『増基法師集』(『いほぬし』とも)．後撰集や『大和物語』に見える「増基法師」とは別人．中古三十六歌仙．後拾遺集初出．　186, 392, 464, 508, 512, 730, 768, 1020, 1068, 1076, 1174, 1207

帥前内大臣《そちのさきのないだいじん》　→伊周

帥内大臣《そちのないだいじん》　→伊周

染殿式部卿の親王《そめどのしきぶきょうのみこ》　→為平親王

た

第一親王《だいいちのみこ》　→敦文親王

太皇太后宮《たいこうたいごうぐう》　→寛子[1]

太政大臣[1]《だいじょうだいじん》　→忠平

太政大臣[2]《だいじょうだいじん》　→信長

大弐三位《だいにのさんみ》　本名，藤原賢子．藤三位・越後弁・越後弁乳母とも．長保元年(999)頃の出生，永保2年(1082)頃の没と推定される．父

は藤原宣孝．母は紫式部．上東門院彰子に出仕，藤原兼隆に嫁し，後の後冷泉天皇の乳母．のちに大宰大弐高階成章と結婚し，天皇即位に際し従三位典侍に至る．家集は『大弐三位集』．後拾遺集初出．143, 202, 290, 348, 391, 709, 792, 997, 1100／***980, 996***

大輔命婦《たいふのみょうぶ》 生没年未詳．大臣女と称したと伝え，母は小輔命婦という中宮女房であったという．もと源雅信家女房であったが，倫子に従い藤原道長家に入り，彰子入内の際，信望の篤い古参女房であったことが『紫式部日記』『栄花物語』の記述から窺える．後拾遺集にのみ入集． 682

高明《たかあきら》 源．西宮殿・帥殿・四条などとも．延喜14年(914)生，天元5年(982)没．醍醐天皇の皇子．母は更衣源周子．藤原師輔の女を妻とした．安和2年(969)安和の変により筑紫に配流．天禄3年(972)召還されたが，政界には復帰せず葛野に隠棲した．一世源氏としてときめきながら，その悲運の生涯は光源氏のモデルにも擬される．有職故実の書『西宮記』の著者．家集は『西宮左大臣集』．後拾遺集初出． 528, 652, 653, 675, 766, 778, 805, 806, 811, 812／***1000***

隆家《たかいえ》 藤原．幼名阿古．大炊帥と号す．天元2年(979)生，長久5年(1044)没．父は中関白道隆．母は高内侍と称された高階成忠女，貴子．伊周は兄，定子は姉．長徳2年(996)花山院に矢を射かけた罪で出雲権守に左降されたが，長徳4年帰京．長保4年(1002)権中納言に再任，寛弘6年(1009)中納言となるが，長和3年(1014)眼病の治療のため自ら大宰権帥を望み赴任し，刀伊の来寇をよく防いだ．後拾遺集初出． 530, 994

隆方《たかかた》 藤原．但馬弁と称す．長和3年(1014)生，承暦2年(1078)没．父は備中守隆光．母は但馬守源国挙女．祖父に紫式部の夫宣孝．治暦元年(1065)右中弁，同5年権左中弁，承暦元年但馬守．日記『但記(隆方朝臣記)』．後拾遺集にのみ入集(風雅集に1首重出)．667, 865

隆国《たかくに》 源．幼名宗国．宇治大納言と称す．寛弘元年(1004)生，承

保4年(1077)没. 父は正二位権大納言俊賢. 母は右兵衛督藤原忠尹女. 治暦3年(1067)権大納言. 散佚した『宇治大納言物語』の編者. また『安養集』の編著者. 後拾遺集初出. 556

高倉の一宮 たかくらのいちのみや →祐子内親王

高定 たかさだ 藤原. 高貞とも. 生没年未詳. 父は正四位下讃岐守定輔. 母は美濃守源頼国女(異説もあり). 六条斎院宣旨は妻か. 従四位下, 大膳亮, 右近将監, 阿波守. 長久3年(1042)源定季を射殺した. *1096*

挙周 たかちか 大江. 生年未詳, 永承元年(1046)没. 父は文章博士匡衡. 母は赤染衛門. 文章博士, 正四位下式部大輔. *1069*

鷹司殿 たかつかさどの →倫子

隆綱 たかつな 源. 長久4年(1043)生, 承保元年(1074)没. 父は宇治大納言隆国. 母は左大弁(参議)源経頼女. 承保元年正三位. 後拾遺集初出. 727

隆経 たかつね 藤原. 寛弘6年(1009)頃生, 延久4年(1072)以降没. 父は従四位上右中弁頼任. 母は伊予守藤原済家女. 白河天皇の乳母, 親子を妻として顕季を儲けた. 正四位下美濃守. 散佚私撰集『三巻撰』の撰者. 後拾遺集初出. 12, 78, 683／***404, 1077***

高遠 たかとお 藤原. 大弐高遠とも. 天暦3年(949)生, 長和2年(1013)没. 父は参議右衛門督斉敏. 母は播磨守藤原尹文女. 寛弘元年(1004)大宰大弐に至り, のち正三位に叙せられたが, 寛弘6年訴により公務を停止されて上洛したという. 中古三十六歌仙. 家集は『大弐高遠集』. 拾遺集初出. 158, 215, 250, 521, 577, 690, 1015, 1135／***689***

隆成 たかなり 藤原. 生没年未詳. 父は備中守隆光. 母は但馬守源国挙女. 永承6,7年(1051,52)に蔵人. 後拾遺集にのみ入集. 263

高松女御 たかまつのにょうご →寛子[2]

孝善 たかよし 藤原. 青衛門と称される. 生没年未詳. 寛治7年(1093)生存. 父は長門守貞孝. 母は藤原実政家女房. 右衛門少尉. 「青衛門」と呼ばれ, 『袋草紙』に逸話が多い. 後拾遺集初出. 77, 387, 422, 1077, 1094

隆資《たかより》　藤原．武蔵入道観心と号す．生年未詳，康和元年(1099)没か．父は右近将監頼政または安隆で頼政とは兄弟ともいう．母は出雲守藤原相如女．武蔵守，従五位下．後拾遺集初出．　205, 629

忠家《ただいえ》　藤原．小野宮と号す．長元6年(1033)生，寛治5年(1091)没．父は権大納言長家．母は源高雅女，従三位懿子．承暦4年(1080)大納言．後拾遺集初出．　736

忠家母《ただいえのはは》　従三位源懿子．生没年未詳．父は中宮亮源高雅．美濃守藤原基貞の女(今鏡)とも．権大納言藤原長家の室．長元6年(1033)忠家を出生．後拾遺集初出．　761

忠信女《ただざねのむすめ》　宇治．生没年未詳．伝不詳．後拾遺集にのみ入集．『八代集抄』は「宇治忠信母〈女ィ〉」とし，諸陵頭高階資長女と注記する．　833

斉信《ただのぶ》　藤原．右金吾と号す．康保4年(967)生，長元8年(1035)没．父は恒徳公，法住寺太政大臣為光．母は左少将藤原敦敏女．寛弘5年(1008)正二位，寛仁4年(1020)大納言に至る．藤原公任・源俊賢・藤原行成とともに一条朝の四納言と称される．朗詠・管弦にもすぐれ『紫式部日記』や『枕草子』では貴公子として賞讃されている．後拾遺集初出．　113

斉信民部卿の女《ただのぶみんぶきょうのむすめ》　藤原．生年未詳，万寿2年(1025)没．父は大納言斉信．母は藤原佐理女か．治安2年(1022)頃藤原長家と結婚．懐妊中に赤斑瘡を患い，男児を早産(のち死亡)，2日後に没す．
855

忠平《ただひら》　藤原．小一条太政大臣，五条殿と号す．諡は貞信公．元慶4年(880)生，天暦3年(949)没．父は太政大臣基経．母は仁明天皇第4皇子人康親王女．従一位関白太政大臣．後撰集初出．　***9***

為家《ためいえ》　高階．長暦2年(1038)生，嘉承元年(1106)没．父は大宰大弐成章．母は未詳．六位蔵人，兵衛佐，周防守，播磨守，近江守，備中守などを歴任，正四位下．　***908***

為経《ためつね》　惟宗．有心判事と号す．生没年未詳．父は大隅守行利．長元8年(1035)叙爵．後拾遺集にのみ入集．　261

為任 ためとう 藤原. 惟宗とも. 伊予入道と号す. 生年未詳, 寛徳2年(1045)没. 父は大納言済時. 母は皇太后宮亮源能正女とも, 源兼忠女とも. 長和3年(1014)1月伊予守に任じられ, 寛仁元年(1017)まで在任. 射殺されたという. 後拾遺集にのみ入集. 993

為時 ためとき 藤原. 生没年未詳. 父は刑部大輔雅正. 母は三条右大臣藤原定方女. 子に紫式部, 惟規. 寛弘8年(1011)越後守, 長和5年(1016)三井寺で出家. 後拾遺集初出. 147, 639, 834／*466, 764*

為基 ためもと(ため) 大江. 生没年未詳. 父は参議正三位斉光. 母は大隅守桜嶋忠信女. 永祚元年(989)図書権頭となり, まもなく出家. 拾遺集初出. 974

為仲 なか 橘. 生年未詳, 応徳2年(1085)没. 父は筑前守義通. 母は信濃守藤原挙直女. 太皇太后宮亮, 正四位下に至った. 後年和歌六人党に加えられたという. 後拾遺集初出. 533, 980／*989*

為長 ためなが 藤原. 生没年未詳. 父は刑部大輔雅正. 母は三条右大臣藤原定方女. 五位に至る. 後拾遺集にのみ入集. 1065

為言 ためのぶ 菅原. 菅和歌, 菅五と号す. 生没年未詳. 父は三河守正五位下為理. 母は未詳. 散位従五位下. 後拾遺集にのみ入集. 90

為義 ためのり(ため) 橘. 生年未詳, 寛仁元年(1017)没. 父は近江掾内蔵助道文. 子に義通. 最終官は但馬守. 道長家の家司. 後拾遺集初出. 307, 526／*488*

為憲 ためのり 源. 字は源澄. 生年未詳, 寛弘8年(1011)没. 父は筑前守忠幹. 母は未詳. 従五位下伊賀守. 『口遊』『三宝絵』『世俗諺文』などを撰した. 拾遺集のみ. *465*

為平親王 ためひらしんのう 染殿式部卿親王と称される. 天暦6年(952)生, 寛弘7年(1010)没. 村上天皇第4皇子. 母は中宮藤原安子. 源高明女と結婚, そのため藤原師尹・実頼らによって, 立太子を妨げられたとされる. *403*

為正 ためまさ 藤原. 生年未詳. 長徳2年(996)没か. 大和守正五位下, 合間の男か. 筑後守, 従五位下. ただし, 源忠理を誤認したとする説あり. 後拾遺集にのみ入集. 469／*468*

為政《ためまさ》　善滋(慶滋とも). 本姓は賀茂. 善博士・外記大夫などと称さる. 生年未詳. 長元5年(1032)以前没. 文章博士能登守保章の男. 寛仁2年(1018)文章博士, 従四位上に至る. 小野宮実資の家司. 拾遺集初出.　832

為光《ためみつ》[1]　重出する拾遺集1162詞書では「ためあきらの朝臣」. 藤原か. 生没年未詳. 紀伊守. 『類聚符宣抄』応和4年(964)2月2日文書に「(紀伊国)新司藤原朝臣為光」として見える人物か. なお彰考館本後拾遺集勘物は紀伊守為光について「藤守義男」と記す. これは従四位下美作守の「為昭」をいうか.　***445***

為光《ためみつ》[2]　藤原. 通称は法住寺太政大臣, 後一条太政大臣. 諡号恒徳公. 天慶5年(942)生, 正暦3年(992)没. 父は右大臣師輔. 母は醍醐天皇皇女雅子内親王. 正暦2年太政大臣. 正一位を追贈. 後拾遺集初出.　1105

為盛女《ためもりのむすめ》　藤原. 生没年未詳. 父は越前守従四位下為盛. 母は前上野介正五位下藤原仲文女. 後拾遺集にのみ入集.　451

為善《ためよし》　源. 生年未詳, 長久3年(1042)没. 父は播磨守国盛. 母は越前守源致書女. 中宮亮. 大江公資・能因と親しかった. 後拾遺集にのみ入集.　154, 252, 285, 424, 489, 857, 1046, 1102／***466***, ***488***, ***514***

為頼《ためより》　藤原. 生年未詳, 長徳4年(998)没. 父は刑部大輔雅正. 母は三条右大臣藤原定方女. 長徳2年太皇太后宮大進. 家集『為頼集』. 拾遺集初出.　237, 1153／***891***

堪円《たんえん》　生没年未詳. 伝不詳. 伊予国の人. 延暦寺の阿闍梨. 後拾遺集にのみ入集.　473

親範《ちかのり》　源. 生年未詳, 寛徳2年(1045)没. 父は道済. ただし「尊卑分脈」では父は懐国で, 道済は祖父とする. 母は主計頭従四位下小槻忠臣女. 大内記従五位下. 後拾遺集にのみ入集.　309

筑前乳母《ちくぜんのめのと》　生没年未詳. 父は筑前守高階成順. 母は伊勢大輔. 康資王母は姉妹. 延久元年(1069)斎宮に卜定された俊子内親王の乳母. 後拾遺集に1首と, 金葉集に採られた1首のみ.　300

中宮《ちゅうぐう》[1]　→賢子

中宮《ちゅうぐう》[2]　→上東門院

中宮《ちゅうぐう》[3]　→威子

中宮《ちゅうぐう》[4]　→嫄子

中宮内侍《ちゅうぐうのないし》　→内侍

中将《ちゅうじょう》[1]　生没年未詳．父は左京大夫藤原道雅．母は山城守正五位下藤原宣孝女という．長楽寺中将とも称された．上東門院彰子の女房．少将尼と号したというが，長元 4 年(1031)上東門院石清水・住吉詣でに名を連ねる「少将の尼君」はその人か．『六条斎院歌合』にみえる道雅三位女は同一人物とする説もある．中古三十六歌仙．後拾遺集にのみ入集．　66, 92, 344, 1040, 1110

中将《ちゅうじょう》[2]　生没年未詳．父は斎院長官源為理．母は大江雅致女．和泉式部の姪．斎院選子内親王家に出仕．紫式部の兄弟，藤原惟規と恋愛関係にあった．後拾遺集初出．　851／*764*

中将尼《ちゅうじょうのあま》　生没年未詳．父は大和守従五位上源清時．高階明順に嫁し，成順を生んだという．後拾遺集にのみ入集．　1129

中納言女王《ちゅうなごんのにょおう》　生没年未詳．父は小一条院．一説に，小一条院女房．関白師実の女房とも．母は伊賀守従五位下源光清の女で，源式部．中納言藤原通任の猶子となり中納言と号したという．「中納言の君」の作を勅撰集では彼女の和歌として入集しており，同一人物とすると，源頼綱に嫁し，金葉集歌人兵庫頭仲正を儲けた女性か．後拾遺集初出．　298

忠命《ちゅうみょう》　寛和 2 年(986)生，天喜 2 年(1054)没．天台寺門宗智証系の門徒で，園城寺の僧．また延暦寺にいたこともあったらしい．長久 2 年 (1041) には法橋上人に叙せられた． 後拾遺集初出．　196, 544

長済《ちょうさい》　万寿元年(1024)生，永保 2 年(1082)没．父は藤原家経．母は中宮大進藤原公業女．東大寺の律師．真福寺律師ともいう．後拾遺集の他，金葉集には母の夢の中で詠じた和歌 1 首が入集．　200, 395, 1023

長算《ちょうさん》　正暦 3 年(992)生，天喜 5 年(1057)没．父は，少納言従四

位下朝典(朝忠・朝範の伝もある)．母は，筑前守藤原兼清女(兼法女とも)．天台宗，延暦寺の僧．天喜3年権大僧都．後拾遺集にのみ入集．　420

朝範《ちょうはん》　治安3年(1023)生，承暦2年(1078)没．父は周防守平棟仲．母は但馬守橘則隆女．周防内侍は姉妹．比叡山にて出家し，承保3年(1076)律師となる．後拾遺集にのみ入集．　953, 1039

土御門右大臣《つちみかどうだいじん》　→師房

土御門右大臣女《つちみかどうだいじんのむすめ》　生没年未詳．父は右大臣源師房．母は藤原道長女．右大将藤原通房の妻となるが，通房は20歳で夭折する．後拾遺集初出．　576

土御門御匣殿《つちみかどみくしげどの》　本名光子．生年未詳，万寿3年(1026)没．父は大蔵卿藤原正光．母は西宮左大臣源高明女との伝がある他，対御方と称したともいう．三条天皇皇太后宮妍子の女房で，三条天皇が土御門殿行幸の時に叙位．権中納言従二位藤原公信の室．後拾遺集にのみ入集．　142, 960

経章《つねあきら》　平．生年未詳，承保4年(1077)没．父は伊予守正四位下範国．母は丹後守高階業遠女．従四位下，春宮亮に至る．後拾遺集にのみ入集．　65, 609

経成《つねしげ(つねなり)》　源．寛弘6年(1009)生，治暦2年(1066)没．父は備前守長経．母は淡路守藤原時方女(一説に右京大夫藤原遠基女)．権中納言正二位．　***552***

経輔《つねすけ》　藤原．寛弘3年(1006)生，永保元年(1081)没．父は大宰権帥隆家．母は伊予守源兼資女．治暦元年(1065)権大納言．後拾遺集初出．　752

経隆《つねたか》　源．生年未詳，康平元年(1058)没．父は権中納言道方．母は播磨守源国盛女．常陸介・備前守・信濃守等を歴任．後拾遺集にのみ入集．　895

経任《つねとう(つねのり)》　源．長保2年(1000)生，長元2年(1029)没．父は木工頭従四位上源政職．六位蔵人を経て，越後権守従五位下．後拾遺集にのみ入集．　978

経長《つねなが》　源．寛弘2年(1005)生，延久3年(1071)没．父は権中納言道方．母は播磨守源国盛女．　経信・経隆は同母弟．正二位権大納言に至る．　***207***

経信《つねのぶ》　源．帥大納言・桂大納言・源都督とも．長和5年(1016)生，永長2年(1097)没．父は権中納言道方．母は播磨守源国盛女．後拾遺集以下に入集．俊頼の父．寛治8年(1094)大宰権帥．当代歌壇の第一人者として活躍したが，白河朝では政治的に疎外された．後拾遺集編纂に際し，通俊と論議を交わしていたことは，『後拾遺問答』の逸文から窺える．『難後拾遺』の作者という．日記は『帥記』．家集は『大納言経信集』．後拾遺集初出．　30, 450, 725, 810, 1052, 1063

経信母《つねのぶのはは》　源．通称大納言経信母，帥大納言母，高倉尼上．生没年未詳．父は播磨守正四位下源国盛．母は越前守源致書女．道長の女彰子か威子に仕えたか．家集は『帥大納言母集』．後拾遺集初出．324

経衡《つねひら》　藤原．寛弘2年(1005)生，延久4年(1072)没．父は中宮大進公業．母は藤原敦信女．天喜2年(1054)筑前守・正五位下に至る．和歌六人党の1人．『経衡十巻抄』(散佚)の撰者．家集は『経衡集』．後拾遺集初出．　64, 75, 325, 343, 356, 411, 1054, 1170／***1006***

貫之《つらゆき》　紀．童名は内教坊阿古久曽．生年未詳，天慶9年(946)没．父は茂行(望行とも)．従五位上木工権頭．古今集撰者の1人で，仮名序を執筆．家集は『貫之集』．『土佐日記』の作者，『新撰和歌』の撰者．古今集初出．　***1084***

媞子内親王《ていしないしんのう》　郁芳門院．承保3年(1076)生，嘉保3年(1096)没．白河天皇第1皇女．母は中宮賢子．承暦2年(1078)8月から応徳元年(1084)9月まで斎宮を務める．寛治5年(1091)堀河天皇准母となる．永保3年(1083)10月『媞子内親王家歌合』，寛治7年5月『郁芳門院根合』などを主催．　***136, 436***

天暦《てんりやく》　→村上天皇

東宮《とうぐう》[1]　→三条天皇

東宮《とうぐう》[2]　→後冷泉天皇

東宮《とうぐう》[3]　→後朱雀天皇

東三条院《とうさんじょういん（ひがしさんじょういん）》　藤原詮子．応和2年(962)生，長保3年(1001)没．父は法興院関白兼家．母は摂津守藤原中正女，時姫．天元元年(978)円融天皇に入内し梅壺女御，同3年懐仁親王(後の一条天皇)を出生，寛和2年(986)皇太后，正暦2年(991)円融法皇崩御により出家，院号宣下．一条天皇を動かし，道長を関白の位に就けた．後拾遺集初出．　1003／*125, 428*

藤三位《とうさんみ》[1]　藤原親子．治安元年(1021)生，寛治7年(1093)没．父は大和守親国．母は伊豆守従五位上高階光衡女．藤原隆経に嫁し，顕季を儲ける．知綱母亡きあとただ1人の白河天皇乳母として政界に隠然とした勢力を持ち，地下の出では異例の従二位に上った．後拾遺集にのみ入集．　37, 444

藤三位《とうさんみ》[2]　→繁子

当子内親王《とうしないしんのう》　長保3年(1001)生，治安3年(1023)没．三条天皇第1皇女．母は左大将藤原済時女，娍子．長和元年(1012)斎宮に卜定．同5年9月に三条天皇の譲位により退下，帰京．翌寛仁元年(1017)4月藤原道雅との恋が露見し，同年11月病んで尼となった．*748*

道命《どうみょう》　道命阿闍梨と称される．天延2年(974)生，寛仁4年(1020)没．父は大納言藤原道綱．母は中宮少進源広女．永延元年(987)比叡山延暦寺に入山，天台座主慈恵大僧正(良源)の弟子となる．長和5年(1016)天王寺別当．能読の僧として知られる．中古三十六歌仙．家集は『道命阿闍梨集』．後拾遺集初出．　103, 182, 198, 199, 270, 618, 626, 627, 633, 663, 772, 785, 885, 886, 887, 1075／*161, 181, 877, 1092*

遠古女《とおふるのむすめ》　源．生没年未詳．父は正四位下伊勢守源遠古(参議惟正男)．あるいは従五位下藤原忠家(従四位下伊予介景舒男)の母と伝えられる「伊予守源遠古女」と同人か．　*720*

時綱《ときつな》　源．生没年未詳．父は肥後権守従五位下信忠．母は河内守

源頼信女．肥後守従五位上．寛治 2 年(1088)大宰大弐藤原実政が八幡宮の神輿を射た事件に連座して，安房国に配流．後拾遺集初出．　302

節信《ときのぶ》　藤原．生年未詳，寛徳元年(1044)没．長久 5 年(1044)正月任河内権守．従五位下．『袋草紙』に能因と初めて対面した時の逸話が語られる．後拾遺集初出．　41, 494

時房《ときふさ》　藤原．生没年未詳．父は上野介(守)成経．母は紀伊守源致時女．蔵人，皇后宮大進，従五位下．後拾遺集初出．　1177

時文《ときぶみ》　紀．生年未詳，長徳 2, 3 年頃(996, 997)没．父は貫之．母は藤原滋望女．大内記などを経て従五位上．梨壺の五人の 1 人として万葉集の読解と，後撰集の撰進に携わった．後拾遺集初出．　586, 1085／*序*, ***1086***

俊実《としざね》　源．永承元年(1046)生，元永 2 年(1119)没．父は権中納言隆俊．母は但馬守源行任女，美乃．右大臣北方(源顕房室隆子)は姉妹．正二位権大納言．金葉集初出．　***554***

俊綱《としつな》　橘．伏見修理大夫とも．長元元年(1028)生，寛治 8 年(1094)没．父は関白藤原頼通．母は従二位源祇子．讃岐守橘俊遠の養子．のち，藤原氏に復姓したとも伝えられる．修理大夫，正四位上に至る．一時期源俊頼の養父でもあった．『作庭記』の著者．後拾遺集初出．　4, 208, 400, 1146／***23***, ***79***, ***231***, ***387***, ***457***, ***658***, ***659***, ***942***

俊房《としふさ》　源．法名は寂俊．長元 8 年(1035)生，保安 2 年(1121)没．父は土御門右大臣師房．母は道長女，尊子．堀河左大臣．後拾遺集初出．　661

俊宗《としむね》　橘．生年未詳，永保 3 年(1083)没．父は肥後守俊経．母は橘義通女．太皇太后宮少進となる．入集歌から六位蔵人であったことが分かる．後拾遺集にのみ入集．　981

具平親王《ともひらしんのう》　後中書王・六条宮・千種殿などと称される．応和 4 年(964)生，寛弘 6 年(1009)没．村上天皇第 7 皇子．母は代明親王女，荘子女王．永延元年(987)中務卿となり，寛弘 4 年二品に叙せられたが，その一生は不遇であった．家集『具平親王集』も，現存

は伝寂然筆の古筆断簡 7 首のみ．拾遺集初出．　127, 891／***1046***

倫寧《ともやす》　藤原．生年未詳，貞元 2 年(977)没．父は従五位下左馬頭惟岳．母は山城権守経基王(清和天皇の孫六孫王，賜姓源氏)女．子に長能・道綱母ら，孫に孝標女などがいる．中務少丞，右衛門尉などを経て，天暦 8 年(954)陸奥守，その後常陸・河内・丹波・伊勢守等を歴任した．後拾遺集にのみ入集．　471

な

内侍《ないし》　山井中務・中宮内侍と号す．生没年未詳．父は藤原有家．母は越前守雅致女．小一条院女御寛子の女房であったが，後に関白頼通家に出仕し，後冷泉天皇皇后章子内親王が立后した際には掌侍．後拾遺集のみに入集．　386, 558, 958, 1025／***1024***

内侍の督《ないしのかみ》　→嬉子

内大臣《ないだいじん》　→師通

尚忠《なおただ》　藤原．生没年未詳．父は吉信．六位春宮少進・越後介．後拾遺集にのみ入集．　181

長家《ながいえ》　藤原．幼名，小若君．三条民部卿と称さる．寛弘 2 年(1005)生，康平 7 年(1064)没．御子左家の祖．父は御堂関白道長．生母は源高明女，高松殿明子．鷹司殿倫子の猶子．行成女・斉信女を妻とする．万寿元年(1024)正二位に叙せられ，同 5 年権大納言となるが，のち昇進せず没するまで留任．家集が存したらしいが現存しない．後拾遺集初出．　93, 224, 393, 855／***1115***

長国《ながくに》　中原．生年未詳，天喜 2 年(1054)没．父は大隅守重頼．藤原頼方女を妻とした．大外記．寛徳元年(1044)但馬介として，宋国商客の対応．後拾遺集初出．　952

長国妻《ながくにのつま》　生没年未詳．伝不詳．父は石見守藤原頼方．後拾遺集にのみ入集．　868

中務《なかつかさ》　生没年未詳．父は斎院長官為理．母は大江雅致女か．『大斎院御集』に登場する祭の使「おやなど斎院のひとなりける」中務典侍はその人か．後拾遺集初出．　339, 850

中務典侍《なかつかさのすけ》　生没年未詳．父は藤原興方．藤原惟風の妻で，三条天皇中宮藤原妍子の乳母．本名藤原高子，後に改名して灑子となった人物とは別人か．後拾遺集にのみ入集．　878

中関白《なかのかんぱく》　→道隆

長房《ながふさ》　藤原．本名師光．長元3年(1030)生(一説に長元2年)，康和元年(1099)没．父は権大納言経輔．母は日野三位藤原資業女．永保3年(1083)参議に至り，のち大蔵卿・大宰大弐等を歴任．後拾遺集初出．　351, 837／***184***

長能《ながよし(ながとう)》　藤原．天暦3年(949)頃の出生，長和年間(1012–17)没と推定されている．父は伊勢守倫寧．母は刑部大輔源認女．『蜻蛉日記』の作者道綱母の弟．近江少掾・図書頭・上総介・伊賀守などを歴任した．花山天皇春宮時代の帯刀先生でもあり，その恩顧をうけて歌壇の重鎮として活躍し，拾遺集編纂にも関与したか．中古三十六歌仙．『道綱母集』の編者ともいう．家集『長能集』．拾遺集初出．　11, 47, 160, 256, 274, 289, 306, 323, 338, 467, 615, 713, 797, 818, 829, 931, 1022, 1122, 1164, 1165／***243, 891***

奈良の帝《ならのみかど》　平城天皇．諱は安殿．日本根子天推国高彦と称される．宝亀5年(774)生，天長元年(824)没．桓武天皇第1皇子．母は贈太政大臣藤原良継女，乙牟漏．第51代天皇．延暦25年(806)から大同4年(809)まで在位．平安時代にはこの天皇が万葉集を撰集したと考えられていたらしい．古今集・続後拾遺集に入集．　*序*

成助《なりすけ》　賀茂．大池神主と号す．長元7年(1034)生，永保2年(1082)没．父は賀茂神主成真．永承6年(1051)賀茂社神主．天喜4年(1056)従五位下に叙せられた．家集『成助集』は，古筆断簡1葉(3首)が伝わるのみ．後拾遺集初出．　27, 58, 80, 849／***987***

成資《なりすけ》　藤原．生没年未詳．父は美濃守庶政．母は大外記菅野忠輔女．従四位下大和守．　***738***

済時《なりとき》　藤原．小一条大将と号す．天慶4年(941)生，長徳元年(995)没．父は左大臣師尹．母は右大臣藤原定方女．三条天皇皇后娀子は娘．正二位大納言．拾遺集初出．　***976, 1065, 1104***

成順《なりのぶ》　高階．法名乗蓮．筑前入道と称さる．生年未詳，長暦4年(1040)没．父は播磨守明順．母は後拾遺集作者中将尼か．伊勢大輔を妻とし，康資王母・筑前乳母・源兼俊母を儲けた．万寿2年(1025)任筑前守．　***558, 585, 717, 1027, 1129***

成信《なりのぶ》　源．号は照中将．入道の中将と称さる．天元2年(979)生，没年未詳．父は村上天皇第3皇子致平親王．母は左大臣源雅信女．藤原道長室倫子の甥で，道長猶子となる．従四位上右近衛権中将兼備中守に至るが，長保3年(1001)突然出家．　***1035***

成章《なりのり(なりあきら)》　高階．欲大弐と称された．正暦元年(990)生，天喜6年(1058)大宰府で没．父は春宮亮業遠．母は修理大夫業尹女，修理少進紀重平女，修理大夫業平女と3説あるがいずれとも決し難い．紫式部の女，大弐三位を妻とした．天喜2年大宰大弐に任じられ，同6年正三位に至る．後拾遺集にのみ入集．　962／***1173***

成棟《なりむね》　高階．生年未詳，長久2年(1041)没．父は筑前守成順，母は未詳．内匠助．　***558, 958***

成元《なりもと(しげもと)》　橘．和歌橘大夫・烏大夫と号す．生没年未詳．父は能因の子孫にあたる忠元との伝があるが，能因の孫で，忠元と兄弟と想定する説もある．永保元年(1081)近江少掾に任じられた．寛治5年(1091)『従二位親子歌合』に出詠．後拾遺集初出．　137

西宮前左大臣《にしのみやさきのさだいじん》　→高明

西宮のおほいまうちぎみ《にしのみやのおおいもうちぎみ》　→高明

二条院《にじょういん》　→章子内親王

二条院の御方《にじょういんのおんかた》　→章子内親王

二条前太政大臣《にじょうさきのだいじょうだいじん》　→教通

二条前太政大臣妻《にじょうさきのだいじょうだいじんのめ》　→教通妻

二条のさきのおほいまうちぎみ《にじょうのさきのおおいもうちぎみ》　→教通

入道一品宮《にゅうどういっぽんのみや》　→脩子内親王

入道前太政大臣[1]《にゅうどうさきのだいじょうだいじん》　→道長

入道前太政大臣[2]《にゅうどうさきのだいじょうだいじん》　→頼通

入道摂政《にゅうどうせっしょう》　→兼家

人名索引

入道の中将 にゅうどうの ちゅうじょう →成信

能因 のういん　俗名橘永愷. 法名融因, 後に能因. 肥後進士・古曽部入道と称さる. 永延2年(988)生, 永承5,6年(1050,51)頃没か. 父は長門守元愷か. 実父は系譜上祖父にあたる忠望とも. 文章生となったが, 長和2年(1013)出家, 摂津の難波・児屋・古曽部などに住み, 奥州をはじめ諸国を旅した. 藤原長能とは師弟関係にあり師伝相承の始まりとされる他, 和歌六人党の指導者的な立場にあったといわれる. 中古三十六歌仙. 私撰集『玄々集』, 歌学書『能因歌枕』を著した. 自撰家集『能因集』. 後拾遺集初出.　39, 43, 98, 117, 118, 167, 189, 201, 218, 226, 243, 287, 296, 366, 384, 394, 405, 452, 507, 514, 517, 518, 519, 553, 624, 651, 788, 893, 1042, 1172, 1216／序, *476, 482, 483, 496*

宣方 のぶかた　源. 生年未詳, 長徳4年(998)没. 父は左大臣重信. 母は左大臣源高明女. 従四位上右中将.　*1136*

信長 のぶなが　藤原. 九条と号す. 治安2年(1022)生, 寛治8年(1094)没. 父は関白左大臣教通. 母は藤原公任女. 承暦4年(1080)太政大臣, 寛治2年従一位. 新勅撰集に1首のみ入集.　*917*

惟規 のぶのり　藤原. 生年未詳, 寛弘8年(1011)没. 天禄3年(972)頃の生まれか. 父は散位従五位下為時. 母は常陸介藤原為信女. 紫式部の同母弟(一説に兄). 寛弘8年春, 父が越後守に任じられた際ともに下向, 越後にて病没. 家集『藤原惟規集』. 後拾遺集初出.　466, 729, 764

信宗 のぶむね　源. 院中将と称さる. 生年未詳, 承徳元年(1097)没. 父は小一条院. 母は下野守源政隆女, 瑠璃女御. 後拾遺集初出.　595／*596*

義定 のりさだ(よしさだ)　藤原. 大宮先生と称さる. 生没年未詳. 父は織部正従五位下通文. 母は上総守平惟時女. 応徳2年(1085)壱岐守に補任. 後拾遺集にのみ入集.　985

教成 のりしげ　平. 生没年未詳. 父は重義(一説に重茂). 和歌六人党の1人棟仲は弟. 蔵人所雑色・左衛門尉・紀伊守を歴任. 後拾遺集にの

み入集. 590

義孝《のりたか》 藤原. 本名克孝か. 寛弘年間(1004–12)生と推測されている. 没年未詳. 父は敦舒. 母は藤原朝野女. 永源は兄弟. 康平元年(1058)に伊勢守. 同名異人少将義孝詠との混同があるとされるが, 彼の詠は後拾遺集のみ入集と推定される. 149, 151, 1051／***1159***

義忠《のりただ》 藤原. 生年未詳, 長久2年(1041)没. 父は為文. 平惟仲女, 大和宣旨を妻とした. 長久2年大和守. 後拾遺集初出. 350／***1056, 1091***

範永《のりなが》 藤原. 津入道と号す. 生没年未詳. 延久2年(1070)頃出家. 父は尾張守中清. 母は藤原永頼女. 小式部内侍との間に娘を儲けている. 春宮少進・伯耆守・尾張守・大膳大夫・但馬守・阿波守・摂津守などを歴任. 和歌六人党の1人として受領層歌人らの指導者的立場にあった. 家集『範永朝臣集』. 後拾遺集初出. 23, 49, 207, 258, 304, 367, 372, 373, 456, 848, 867, 902, 1053, 1178／***118, 732***

則長《のりなが》 橘. 天元5年(982)生, 長元7年(1034)没. 父は陸奥守則光. 母は清少納言と伝える. 正五位下, 越中守. 『枕草子』に則長の恋人から相談を受けた清少納言が, 則長に歌を詠んでやる逸話が見える. 入集歌の詞書(560番)から相模との婚姻関係を想定する説もある. 後拾遺集初出. 301, 312, 478／***560, 954***

範永女《のりながのむすめ》 藤原. 尾張と号す. 生没年未詳. 父は範永. 母は小式部内侍. 堀河右大臣家の女房. 承香殿女御にも仕えたか. 後拾遺集にのみ入集. 819

則成《のりなり》 源. 生没年未詳. 父は道成. 母は平親信女. 和歌六人党の1人, 兼長とは兄弟. 文章生・蔵人・式部丞などを歴任. 従五位下弾正大弼. 後拾遺集にのみ入集. 614

教通《のりみち》 藤原. 大二条殿と号す. 長徳2年(996)生, 承保2年(1075)没. 父は道長. 母は左大臣源雅信女, 倫子. 従一位関白. 永承5年(1050)『祐子内親王家歌合』で詠歌. 玉葉集のみ. ***911, 1001, 1114, 1122***

教通妻《のりみちのめ》 藤原. 長保3年(1001)頃生, 治安4年(1024)没. 父は大

納言公任．母は村上天皇第9皇子昭平親王女．教通との間に後朱雀天皇女御生子，太政大臣信長，権大納言信家らを儲けるが，治安3年男児出産の後間もなく病没．その様子は『栄花物語』(後悔の大将)に詳しい．　***417, 563***

則光《のりみつ》　橘．康保2年(965)生，没年未詳．父は駿河守敏政．母は花山院の乳母(右近か)．清少納言，光朝法師母を妻とし，子に則長・季通・光朝ら．寛仁3年(1019)頃陸奥守として任国に下向．従四位上．金葉集のみ．　***477, 721, 954, 1041, 1155***

は

禖子内親王《ばいしないしんのう》　六条斎院と号す．長暦3年(1039)生，嘉保3年(1096)没．後朱雀天皇第4皇女．母は中宮嫄子．寛徳3年(1046)から天喜6年(1058)まで斎院．詞花集初出．文雅を好み，20度余りの歌合を催した．　***92, 183, 247, 873, 875, 1111***

白居易《はくきょい》　字は楽天，号は香山居士．大暦7年(772)生，会昌6年(846)没．父は李庚．母は陳氏．中国中唐の詩人．詩文集『白氏文集』．　***248***

繁子《はんし》　藤原．藤三位と称さる．生没年未詳．父は右大臣師輔．母は未詳．一条天皇の乳母．右大臣藤原道兼との間に一条天皇女御尊子を儲ける．平惟仲と再婚．　***583***

備前典侍《びぜんのすけ》　生没年未詳．父は源雅通．後冷泉天皇乳母．備前守兼長の妻．後拾遺集にのみ入集．　184

兵衛内侍《ひょうえのないし》　生没年未詳．父は信濃守源守信・信濃守源隆俊・信濃守隆信と諸説ある．『栄花物語』の兵衛内侍，『権記』の兵衛内侍，『御堂関白記』の兵衛典侍と同一人物とも．また一連の『六条斎院歌合』に出詠した兵衛に擬する説もある．『定頼集』『範永朝臣集』にも同じ名が見える．後拾遺集に1首，新千載集の1首もこの人か．913

広経《ひろつね》　大江．生年未詳，寛治3年(1089)没か．父は相模守公資．母は主税助従五位下中原奉平女．下野守・河内守・伊勢守を歴任．

散佚歌学書『上科抄』の著者．後拾遺集にのみ入集．　516

遍救《へんぐ》　応和2年(962)生，長元3年(1030)没．延暦寺の僧．長元元年(1028)少僧都．後拾遺集にのみ入集．　741

遍昭(遍照)《へんじょう》　俗名良岑宗貞．花山僧正と号す．弘仁7年(816)生，寛平2年(890)没．父は大納言安世．母は未詳．子に素性法師．蔵人頭，従五位上に至るが嘉祥3年(850)，仁明天皇崩御により出家，天台宗の僧．仁和元年(885)僧正．元慶寺座主．六歌仙また三十六歌仙の1人．古今集初出．　*序*

弁乳母《べんのめのと》　藤原明子．生没年未詳．父は加賀守藤原順時．母は肥後守紀敦経女．参議藤原兼経の室となり，顕綱を儲ける．讃岐典侍は孫女．長和2年(1013)禎子内親王(陽明門院)の乳母．家集『弁乳母集』．後拾遺集初出．　61, 72, 779, 899, 1056, 1071, 1185

法円《ほうえん》　天徳4年(960)生，寛弘7年(1010)没．真言僧．寛弘2年(1005)第15代法琳寺別当．後拾遺集初出．　161

保子内親王《ほうしないしんのう》　村上の女三宮と称さる．天暦3年(949)生，永延元年(987)没．村上天皇第3皇女．母は左大臣藤原在衡女，正妃．
1093

法住寺太政大臣《ほうじゅうじだいじょうだいじん》　→為光[2]

堀川右大臣《ほりかわうだいじん》　→頼宗

堀川太政大臣《ほりかわだいじょうだいじん》　→兼通

堀河女御《ほりかわのにょうご》　藤原延子．生年未詳，寛仁3年(1019)没．父は左大臣藤原顕光．母は村上天皇第5皇女，盛子内親王．小一条院の御息所となり皇子なども儲けるが，東宮退位事件後，寵愛が道長の娘寛子に移ったため悲嘆して没し，父顕光と伴に悪霊となり祟ったと伝えられる．後拾遺集初出．　990, 991

ま

正家《まさいえ》　平．生年未詳，延久5年(1073)没か．父は出羽守正済．母は長門守藤原信繁女．従五位下，信濃守．後拾遺集にのみ入集．
1127

正言《まさとき》　弓削，のち大江に復姓．生年未詳．寛仁5年(1021)没か．父は大隅守仲宣．兄弟に以言・嘉言．寛弘3年(1006)大学允．また出雲守も務めたか．後拾遺集初出．　38, 496

政成《まさなり》　源．生年未詳，永保2年(1082)没．父は経任．式部大丞・式部大夫・勘解由判官を務めた．後拾遺集にのみ入集．　637, 747

正済《まさなり》　平．生没年未詳．父は伊勢守維衡．母は未詳．正五位下，出羽守．　***1127***

雅信《まさのぶ》　源．一条左大臣，また鷹司と号す．法名覚実(覚貞とも)．延喜20年(920)生，正暦4年(993)没．父は宇多天皇第8皇子敦実親王，母は左大臣藤原時平女．娘に藤原道長室倫子．従一位左大臣．新古今集に1首のみ入集．　***932***

匡衡《まさひら》　大江．天暦6年(952)生，寛弘9年(1012)没．父は右京大夫重光．母は一条摂政家女房，参河．赤染衛門を妻とし，挙周・江侍従を儲けた．長保3年(1001)正四位下，寛弘7年(1010)式部大輔．中古三十六歌仙．家集『匡衡集』，詩集『江吏部集』．後拾遺集初出．272, 719, 883, 937, 973, 1138, 1217／***582, 594, 892***

匡房《まさふさ》　大江．江匡房・江中納言・江帥・江都督・江大府卿とも．唐名は満昌．長久2年(1041)生，天永2年(1111)没．父は大学頭成衡．母は文章博士橘孝親女．曽祖父母に大江匡衡・赤染衛門がいる．永長2年(1097)大宰権帥を兼任，大宰府赴任の賞により康和4年(1102)正二位．長治3年(1106)大宰権帥に再任されたが病を理由に赴任しなかった．天永2年大蔵卿にも任じられた．家集に『江帥集』．後拾遺集初出．　120, 571／***438***

雅通《まさみち》　源．丹波中将とも．生年未詳，寛仁元年(1017)没．父は時通．母は但馬守尭時女．祖父源雅信の養子．長和元年(1012)中将にて丹波守を兼ねる．後拾遺集にのみ入集．　84

雅通女《まさみちのむすめ》　生没年未詳．源雅通女．後冷泉天皇乳母であった備前典侍の姉妹．後拾遺集にのみ入集．　884

政義《まさよし》　中原．生年未詳，永承2年(1047)没．父は大隅守重頼．五位大外記．後拾遺集にのみ入集．　658

松君《まつぎみ》　→道雅

親王《みこ》　→清仁親王

道兼《みちかね》　藤原．粟田関白，町尻関白，二条関白と号す．また七日関白と称さる．応和元年(961)生，長徳元年(995)没．父は太政大臣兼家．母は摂津守藤原中正女，時姫．長徳元年兄道隆の没後関白となるが，僅か11日後に死去．拾遺集初出．　***147, 565***

道貞《みちさだ》　橘．生年未詳，長和5年(1016)没．父は播磨守仲任．母は未詳．長徳3年(997)頃和泉式部と結婚，同4年頃小式部内侍を儲ける．長保元年(999)和泉守，太皇太后宮(昌子内親王)権大進．程もなく和泉式部と離別．寛弘元年(1004)任陸奥守．同年閏9月，新たな妻子と任国に下向．　***491***

道隆《みちたか》　藤原．中関白・後入道関白・南院殿・町尻殿・二条と号す．天暦7年(953)生，長徳元年(995)没．父は太政大臣兼家．母は摂津守藤原中正女，時姫．高階成忠女貴子(高内侍)との間に伊周・隆家・定子を儲ける．正二位関白．　***680, 701, 859, 906, 1014***

道綱《みちつな》　藤原．傅大納言と号す．天暦9年(955)生，寛仁4年(1020)没．父は太政大臣兼家．母は伊勢守藤原倫寧女(『蜻蛉日記』作者)．右大将，大納言，東宮傅などを務め正二位．詞花集初出．　***710, 883***

道綱母《みちつなのはは》　藤原．傅殿母上・右大将道綱母・右近大将道綱母とも．生年未詳．一般に，長徳元年(995)没．父は伊勢守倫寧．母は刑部大輔源認女．姪に『更級日記』の作者菅原孝標女．天暦8年(954)藤原兼家と結婚，翌年道綱を生む．著作『蜻蛉日記』は，兼家との結婚生活を中心に，天延2年(974)までの21年間のことを記している．本朝三美人の1人とされ，和歌にも秀れていた．中古三十六歌仙．家集『傅大納言殿母上集』．拾遺集初出．　700, 823, 869, 870, 894, 903, 1215／***471***

通俊《みちとし》　藤原．永承2年(1047)生，承徳3年(1099)没．父は大宰大弐経平．実母は高階成順女．経平正室藤原家業女の猶子．通宗は兄．寛治8年(1094)治部卿・従二位に至る．白河天皇の側近として信厚

く，大江匡房と並び称せられ，「近古之名臣」とも讃えられたが，歌人としては当代歌壇長老の源経信には及び難く，後拾遺集撰者となったことについて様々な憶測・論議を呼んだ．後拾遺集初出．　108, 136, 346, 532, 731／序，*979*

道長 みちなが　藤原．御堂関白・法成寺などとも．法名行観・行覚．康保3年(966)生，万寿4年(1027)没．父は兼家．母は摂津守藤原中正女，時姫．長徳元年(995)兄道隆・道兼の相次ぐ薨去の後，伊周を退け，姉詮子の助力により内覧宣旨をうけて，右大臣・氏長者となる．長和5年(1016)摂政，寛仁元年(1017)従一位太政大臣に至るが，翌2年太政大臣を辞し，出家．一家から三后を出し，三代の天皇の外戚となって，藤原氏全盛時代を築きあげた．出家後は法成院の造営など多くの仏事に携わった．日記『御堂関白記』，家集『御堂関白集』．拾遺集初出．　17, 416, 1103, 1108, 1112／*16, 197, 420, 544, 932, 1019, 1107, 1114, 1206*

道済 みちなり　源．生年未詳，寛仁3年(1019)没．父は能登守方国．長和4年(1015)筑前守兼大宰少弐となり，寛仁2年正五位下に至る．『拾遺集』の編纂に関与したらしい．中古三十六歌仙．家集『道済集』．拾遺集初出．　125, 126, 135, 177, 255, 316, 318, 341, 406, 463, 484, 485, 534, 535, 647, 780, 794, 804, 949, 992, 1059, 1200／*226, 697*

道成 みちなり　源．生年未詳，長元9年(1036)没．父は則忠．母は，長門守正五位下藤原由忠女．則成は子．正四位下右馬権頭．家集『道成集』．後拾遺集にのみ入集．　578

陸奥[1] みちのく　生没年未詳．父は陸奥守藤原朝光朝臣．後拾遺集にのみ入集．　738, 1205

陸奥[2] みちのくに　生没年未詳．一条天皇皇女脩子内親王の女房．　*636*

道信 みちのぶ　藤原．天禄3年(972)生，正暦5年(994)没．父は法住寺太政大臣為光．母は一条摂政伊尹女．容貌・心情ともに秀れ，和歌の上手で，花山天皇女御婉子を実資と争った話をはじめとして『今昔物語集』などに多くの逸話を残す．中古三十六歌仙．家集『道信朝臣集』．拾遺集初出．　69, 465, 470, 644, 671, 672, 673, 676, 767, 798,

968／*570*

通房《みちふさ》　藤原．幼名長君．宇治大将と号す．万寿2年(1025)生，長久5年(1044)流行病にて没．宇治関白頼通の嫡男．母は右兵衛督源憲定女．長久3年(1042)権大納言に至る．土御門右大臣源師房の女を妻とした．後拾遺集初出．　245／*576, 900*

道雅《みちまさ》　藤原．幼名は松君．荒三位・悪三位とも．正暦3年(992)生，天喜2年(1054)没．父は儀同三司伊周．母は大納言源重光女．長和5年(1016)斎宮退下直後の三条天皇皇女当子に通い父院の怒りを買い，寛仁元年(1017)院に勘当され，万寿3年(1026)中将も免ぜられて右京権大夫に貶された．のち，永承6年(1051)備中権守となる．中関白家没落の中にあって粗暴無頼の奇行が多く伝わる．中古三十六歌仙．後拾遺集初出．　742, 748, 749, 750, 751／*64, 411, 1158*

通宗《みちむね》　藤原．長久元年(1040)前後に出生か．応徳元年(1084)没．父は大宰大弐経平．母は高階成順女．通俊は弟．永保元年(1081)父経平と商宋忠孫との密交の一件により若狭守に左遷．極位は正四位下．後拾遺集初出．　122, 140, 171, 303／*33, 112*

通頼《みちより》　藤原．生年未詳，正暦4年(993)没か．父は右少弁雅材．従五位下，加賀権守．拾遺集初出．　617

光成《みつなり》　源．生没年未詳．父は致書．上総乳母は姉妹．後朱雀天皇が東宮時の蔵人．藤原定頼の家人．後拾遺集にのみ入集．　487

美作《みまさか》　生没年未詳．父は美作守従四位上源資定．母は斎院出羽弁．始め六条斎院禖子内親王家に出仕，のち後冷泉天皇皇后四条宮寛子の女房．後拾遺集に2首，金葉集三奏本に1首入集．　79, 183

美作三位《みまさかのさんみ》　藤原豊子．宰相の君，弁の宰相の君，讃岐の宰相とも．生没年未詳．父は右大将道綱．讃岐守大江清通に嫁し，後年美作守となった定経を儲けた．彰子付きの女房として出仕し，寛弘5年(1008)敦成親王(後一条天皇)の乳母となり，後年，三位に叙せられた．『紫式部日記』では，式部と最も親しく，美しい中宮女房として描かれている．後拾遺集にのみ入集．　582

宮木《みやぎ》　生没年未詳．母は遊女今裳．元一条摂政女房．後拾遺集に

のみ入集. 1197

明快 みょうかい 梨本大僧正・蓮実坊と号す. 寛和元年(985)生, 延久2年(1070)没. 父は文章博士藤原俊宗. 延暦寺僧. 康平3年(1060)大僧正. 後拾遺集初出. 977

明尊 みょうそん 俗姓は小野. 志賀僧正と号す. 天禄2年(971)生, 康平6年(1063)没. 道風は祖父. 天台宗園城寺の僧. 長暦2年(1038)大僧正. 永承3年(1048)8月11日天台座主となるが, 同13日辞退. 新勅撰集初出. *429*

命婦乳母 みょうぶのめのと 源憲子. 生没年未詳. 父は源兼澄. 母は藤原相如女. 三条天皇皇女禎子内親王(陽明門院)の乳母. 長和2年(1013)に叙爵. のち加階. 藤原道隆の男, 周頼の妻. 後拾遺集に1首のみ入集. 540

致時 むねとき 中原. 天徳4年(960)生, 寛弘8年(1011)没. 父は有衆. 大外記, 明経博士・肥前守・信濃守・伊勢守を歴任. 従四位上. 後拾遺集の入集歌のみが知られる. 82

棟利 むねとし 藤原. 生年未詳, 永観2年(984)没. 父は伊賀守保方. 母は未詳. 東宮少進・備後守・紀伊守・備中守などを務め従四位上. *971*

棟仲 むねなか 平. 生没年未詳. 康平2年(1059)まで生存か. 父は安芸守重義. 母は藤原高節の養女となった藤原道隆女. 周防内侍は娘. 因幡・周防守を歴任, 従五位上に至る. 和歌六人党の1人. 後拾遺集にのみ入集. 589, 1066

陳政 むねまさ 藤原. 生没年未詳. 大斎院女房「少納言」は姉妹. 底本・冷泉本には「棟政」. 父は参議安親. 母は未詳. 内蔵頭, 春宮亮, 播磨守, 冷泉院判官代などを務め, 正四位下. *579*

統理 むねまさ 藤原. 生没年未詳. 父は祐之. 少納言従五位上に至る. 後拾遺集にのみ入集. 1032

馬内侍 うまのないし 「むま」・中宮内侍とも. 生没年未詳. 父は源致明. 叔父時明の養女となったか. 円融朝では媓子に, 花山朝では選子内親王に, また, 一条天皇皇后定子にも出仕. 中古三十六歌仙. 家集『馬

内侍集』. 拾遺集初出.　70, 606, 630, 769, 876, 904, 923, 932, 938, 1021, 1047, 1097／***879***

村上天皇《むらかみてんのう》　諱は成明. 天暦の帝と称さる. 法名は覚貞. 延長4年(926)生, 康保4年(967)没. 醍醐天皇第14皇子. 母は藤原基経女, 穏子. 第62代天皇. 天慶9年(946)から康保4年まで在位. 天暦5年(951), 梨壺に撰和歌所を設置し, 源順らに万葉集読解と後撰集撰進を行わせた. 家集に『村上御集』. 後撰集初出.　*序*, ***54***, ***129***, ***314***, ***319***, ***327***, ***353***, ***415***, ***425***, ***871***, ***901***

村上の女三宮《むらかみのおんなさんのみや》　→保子内親王

紫式部《むらさきしきぶ》　生没年未詳. 本名香子説もあるが存疑. 父は越後守藤原為時. 母は摂津守藤原為信女. 藤原宣孝と結婚して大弐三位(賢子)を儲ける. 長保3年(1001)夫と死別し, この後『源氏物語』を執筆しはじめた. 寛弘2年(1005)頃中宮彰子のもとに出仕, 以後も執筆は続けられた. 寛弘5年の敦成親王(後一条天皇)誕生の記事を中心とした『紫式部日記』を著してもいる. 中古三十六歌仙. 家集『紫式部集』. 後拾遺集初出.　10, 104, 433

望城《もちき》　坂上. 茂材とも. 法名明径. 生年未詳. 貞元3年(978)頃没か. 父は是則. 安和2年(969)大外記, 天禄元年(970)従五位下. 天暦5年(951)万葉集訓読と後撰集撰進の勅により梨壺の五人の1人に任じられた. 拾遺集初出.　74／*序*

元真《もとざね》[1]　藤原. 生没年未詳. 父は清邦. 康保3年(966)丹波介. 三十六歌仙. 家集『元真集』. 後拾遺集初出.　76, 107, 773, 807, 808, 969, 984

元真《もとさだ（もとざね）》[2]　清原. 『順集』によれば「もとざね」. 生没年未詳. 「尊卑分脈」によれば深養父男であるが, 元輔の両親と伝えられる下総守春光・高利生女を父母とするか. 元輔の弟. 学生.　***559***

元輔《もとすけ》　清原. 延喜8年(908)生, 永祚2年(990)没. 父は下総守春光. 母は高利生女. 深養父は祖父, 清少納言は娘. 寛和2年(986)肥後守. 天暦5年(951)撰和歌所寄人となり梨壺の五人の1人として万葉集の訓点作業と, 後撰集撰集に携わった. 三十六歌仙. 家集

『元輔集』．拾遺集初出． 22, 24, 54, 129, 139, 266, 314, 327, 353, 361, 415, 437, 445, 446, 587, 677, 716, 756, 770, 783, 791, 852, 890, 933, 971, 1086／序, *152, 559, 931*

元任 もとたう　橘．生没年未詳．父は永愷(能因法師)．後冷泉天皇の少内記で，その労により永承元年(1046)に叙爵．後拾遺集初出．　83, 244

基長 もとなが　藤原．長久4年(1043)生，没年未詳．父は内大臣能長．母は源済政女．寛治5年(1091)弾正尹．後拾遺集初出．　988／*124*

基房 もとふさ　藤原．生没年未詳．一説に康平7年(1064)没．父は権中納言朝経．母は備後守奉職女．後拾遺集にのみ入集．　1130

師賢 もろかた　源．藤津弁と号す．長元8年(1035)生，永保元年(1081)没．父は参議資通．母は源頼光女．式部命婦を妻とした．承暦4年(1080)蔵人頭．管弦の家に生まれ，特に和琴に秀れていた．後拾遺集初出．　3, 233, 326, 686, 835／*369, 552, 966*

師実 もろざね　藤原．京極殿，後宇治殿と号す．長久3年(1042)生，康和3年(1101)没．父は関白頼通．母は進命婦と称された因幡守種成(頼成との説も)女，贈従二位祇子．摂政太政大臣．家集『京極関白集』は断簡のみ．後拾遺集初出．　329／*440, 456, 661*

師経 もろつね　藤原．寛弘6年(1009)生，治暦2年(1066)没．父は登朝．母は藤原安親女．寛徳2年(1045)従三位，永承7年(1052)但馬権守を兼ねる．後拾遺集にのみ入集．　1048

師房 もろふさ　源．幼名は万寿宮．本名は資定．土御門右大臣，久我右大臣とも．寛弘5年(1008)生，承保4年(1077)没．父は後中書王具平親王．母は為平親王女か．実母を雑仕とする伝もある．藤原頼通の猶子．延久元年(1069)右大臣，同6年従一位に至る．後拾遺集初出． 146, 222／*252, 285, 309, 320, 325, 370, 1187*

師尹 もろただ　藤原．小一条左大臣と号す．延喜20年(920)生，安和2年(969)没．父は太政大臣忠平．母は右大臣源能有女，昭子．正二位左大臣．後撰集のみ．　*852*

師通 もろみち　藤原．二条関白，後二条関白とも．康平5年(1062)生，承

徳3年(1099)髪際に二禁(腫物)を発して没．父は京極関白師実．母は右大臣源師房女，麗子．寛治8年(1094)関白，氏長者．嘉保3年(1096)従一位．日記『後二条師通記』．後拾遺集初出．　230／***120, 440***

師光《もろみつ》　源．本名国仲・国保．生年未詳，康和2年(1100)没．父は頼国．母は尾張守藤原仲清の女．相模守・信濃守などを歴任．後拾遺集初出．　854

や

康資王母《やすすけおうのはは》　伯母・四条宮筑前とも．生没年未詳．父は高階成順．母は伊勢大輔．筑前乳母は姉妹．後冷泉天皇皇后四条宮寛子に仕えた．神祇伯延信王に嫁し，神祇伯康資王を生んだ．のち常陸守藤原基房の妻となり，郁芳門院安芸と呼ばれる義理の孫娘を養女としたらしい．家集『康資王母集(伯母集)』．後拾遺集初出．　525, 581, 726, 728, 1088, 1134, 1186, 1193, 1195

泰憲《やすのり》　藤原．寛弘4年(1007)生，承暦5年(1081)没．父は春宮亮泰通．母は紀伊守源致時女，従三位隆子．近江守・左大弁・権中納言・民部卿などを歴任し，正二位．　***18, 156, 172, 840***

保昌《やすまさ》　藤原．天徳2年(958)生，長元9年(1036)没．父は右京大夫致忠・母は醍醐天皇の皇子源元明女．寛弘末年か長和初め(1012–)頃に，和泉式部を妻とする．円融朝で蔵人．父は殺人を犯し，兄弟の保輔も強盗・傷害で悪名高く，捕らえられて獄中で自害した中にあって，肥後・大和・丹後・摂津守などを歴任できたのは，道長家の家司としての忠勤の賜物であったという．後拾遺集にのみ入集．　448／***999***

山田中務《やまだのなかつかさ》　生没年未詳．父は藤原致貞．小一条院皇后宮女房であったと伝える．後に尼となったか．後拾遺集にのみ入集．　548

大和宣旨《やまとのせんじ》　生没年未詳．父は中納言平惟仲．母は藤原忠信女．左京大夫藤原道雅と結婚し，少僧都に至った観尊の他，一女を儲けたが，離別して三条天皇中宮妍子に出仕．のち大和守藤原義忠の妻．

同時代に同人と考えられる人物が存在するが,いずれとも決し難い.後拾遺集にのみ入集. 550, 735, 809／549

祐子内親王 ゆうしないしんのう 高倉一宮と号す.長暦2年(1038)生,長治2年(1105)没.後朱雀天皇第3皇女.母は中宮嫄子. *86, 119, 131, 143, 188, 192, 290*

遊女宮木 ゆうじょみやぎ →宮木

行親 ゆきちか 平.生没年未詳.父は武蔵守行義.母は未詳.治安元年(1021)蔵人に補せらる.左衛門尉・検非違使・中宮大進・右衛門権佐などを務め,正五位下. *913*

行親女 ゆきちかのむすめ 平.生没年未詳.父は右衛門権佐行親.母は未詳.左中弁藤原隆方の妻となり,為房,家実を産む. *667*

行成 ゆきなり 藤原.「こうぜい」とも.天禄3年(972)生,万寿4年(1027)没.父は右近衛少将義孝.母は中納言源保光女.寛仁4年(1020)権大納言に至った所から,その日記を『権記』,書を「権跡」と言う.道長にも重用された能書家で,室町時代末にいたる世尊寺流の祖.三蹟の1人.後拾遺集初出. 542／*939*

行資 ゆきすけ 橘.生没年未詳.父は右中弁為政.母は未詳.六位蔵人・式部丞などを経て,従四位上伊予守.拾遺集に1首入集する「たちばなのゆきより」と同人の可能性が高い. *914*

永胤 ようゐん 雲林院院供奉と号す.生没年未詳.父は左馬助従五位上藤原栄光.康平6年(1063)「丹後守公基歌合」の作者.後拾遺集にのみ入集. *164, 381, 840*

永源 ようげん 生没年未詳.父は肥後守藤原敦舒.母は阿波守惟任の乳母.義孝のたかは兄弟.観世音寺前別当.承保3年(1076)「源経仲歌合」に出詠.後拾遺集初出. *81, 141, 254, 645, 666, 674, 844*

永成 ようじょう 生没年未詳.西若と号す.父は越前守源孝道.長久2年(1041)「弘徽殿女御歌合」に出詠.後拾遺集初出. *657*

陽明門院 ようめいもんゐん 禎子内親王.長和2年(1013)生,寛治8年(1094)没.三条天皇の皇女.母は藤原道長女,中宮妍子.万寿4年(1027)に東宮(後朱雀天皇)に入内し,後三条天皇や良子・娟子内親王を儲ける.

長元10年(1037)中宮，同年皇后となるが，頼通の後見により敦康親王女嫄子が入内したことから長久元年(1040)まで参内しなかった．寛徳2年(1045)後朱雀天皇崩御により出家，永承6年(1051)皇太后，治暦4年(1068)太皇太后，延久元年(1069)院号を賜る．後拾遺集初出． 861／***460, 588, 715***

義清《よしきよ》 橘．生没年未詳．父は筑前守義通．母は未詳．蔵人，式部丞，勘解由次官，春宮大進，正五位下．初期和歌六人党の1人に推定される． ***331, 1132***

義孝《よしたか》 藤原．後少将・夕少将とも．天暦8年(954)生，天延2年(974)没．父は一条摂政伊尹．母は代明親王女，恵子女王．天禄3年(972)正五位下．中古三十六歌仙．家集『義孝集』．『義孝日記』は，散佚．拾遺集初出． 567, 598, 599, 600, 669, 947, 1212／***598, 599, 600, 1105***

好忠《よしただ》 曽禰．生没年未詳．父母の名も未詳．長期間六位の丹後掾であったことから，曽丹後・曽丹と呼ばれたという．中古三十六歌仙．家集『曽丹集(好忠集とも)』．拾遺集初出． 42, 169, 204, 220, 227, 273, 421, 775, 872

義懐《よしちか》 藤原．法名悟真，受戒後の名を寂真．飯室入道と号す．天徳元年(957)生，寛弘5年(1008)没．父は一条摂政伊尹．母は代明親王女，恵子女王．寛和元年(985)権中納言．後拾遺集初出． 1034

良経《よしつね》 藤原．生年未詳，康平元年(1058)没．父は大納言行成．母は源泰清女．越前守・伯耆守・尾張権守などを歴任．左馬頭．民部大輔．後拾遺集にのみ入集． 217

嘉言《よしとき》 弓削，のち大江に復姓．生年未詳，寛弘7年(1010)没．父は大隅守従五位下仲宣．正言・以言は兄弟．寛弘6年対馬守として下向，翌年同地にて没す．中古三十六歌仙．家集『大江嘉言集』．拾遺集初出． 53, 62, 145, 197, 449, 476, 572, 610, 1043, 1202／***475***

良成《よしなり》 高橋．生没年未詳．出自不詳．六位．祐子内親王家侍．安芸守．治暦3年(1067)「備中守定綱歌合」の作者良成も同一人物か．

後拾遺集にのみ入集.　760

能宣《よしのぶ》　大中臣. 号は三条. 延喜21年(921)生, 正暦2年(991)没. 父は頼基. 輔親は子. 大中臣家重代歌人の1人. 天暦5年(951)讃岐権掾となるが, のち家職を継いで伊勢神宮に奉仕した. 天延元年(973)第28代祭主, 寛和2年(986)正四位下. 天暦5年村上天皇の命により和歌所の寄人として万葉集訓読と後撰集撰進の作業に携わった梨壺の五人の1人. 三十六歌仙. 家集『能宣集』. 拾遺集初出.　5, 6, 9, 19, 34, 51, 73, 96, 134, 152, 163, 174, 185, 232, 284, 310, 328, 354, 396, 520, 641, 648, 649, 723, 1149, 1151／*序*, ***892***

能信《よしのぶ》　藤原. 長徳元年(995)生, 康平8年(1065)没. 父は道長. 母は源高明女, 高松殿明子. 正二位権大納言に至る. 春宮大夫の職にあって, 養女茂子(閑院公成女, 白河天皇母)を後宮に入れるなど後三条天皇擁立に努め, 没後の同天皇即位ののち正一位太政大臣を贈らる. 後拾遺集初出.　443

義通《よしみち》　橘. 生年未詳, 治暦3年(1067)没. 父は為義. 母は周防守大江清通女. 美濃守・因幡守・筑前守を歴任. 長元8年(1035)中宮大進. 後拾遺集にのみ入集.　385／***478***

能通《よしみち》　藤原. 生没年未詳. 父は皇太后宮権大夫永頼. 母は木工頭宣雅女. 寛仁元年(1017)右馬頭. 従四位下但馬守に至る. 道長男教通に近しく, その家司として終生奉仕したらしい. 後拾遺集にのみ入集.　623, 705／***944***

良基《よしもと》　藤原. 万寿元年(1024)生, 承保2年(1075)没. 父は良頼. 母は源経房女. 延久2年(1070)従二位, 同3年大宰大弐. 後拾遺集にのみ入集.　759

頼家《よりいえ》　源. 生没年未詳. 和歌六人党内での年齢関係から寛弘4年(1007)前後の出生と推定される. 承保2年(1075)以後没. 父は摂津守頼光. 母は中納言平惟仲女(実父は藤原忠信とも). 長元8年(1035)1月蔵人に補され, 備中・越中・筑前守等を経て従四位下に至る. 頼通家家司. 和歌六人党の1人. 後拾遺集初出.　281, 331, 369, 412, 838, 1125／***1023***

頼家母《よりいえのはは》　源．生没年未詳．その父を陽明本勘物は従三位藤原忠信，「尊卑分脈」は中納言平惟仲とするが，実父は忠信で，忠信出家後姉が惟仲の妻であった縁から惟仲の養女となったかと推察されている．後拾遺集にのみ入集．　608

頼清《よりきよ》　源．生没年未詳．父は鎮守府将軍頼信．母は未詳．長元4年(1031)安芸守．陸奥守・肥後守を歴任，従四位下に至る．　***474***

頼国《よりくに》　源．生年未詳，天喜6年(1058)没．父は正四位下頼光．母は伊予守藤原元平女．満仲は祖父．兄弟に頼家．蔵人・左衛門尉・讃岐守・紀伊守などを務め正四位下に至る．　***734, 1131***

頼実《よりざね》　源．長和4年(1015)生，長久5年(1044)没．父は美濃守頼国．母は播磨守藤原信理女．長久4年，任蔵人．従五位下左衛門尉．和歌六人党の1人で，同じく六人党の頼家は叔父にあたる．家集『故侍中左金吾集』．後拾遺集初出．　221, 332, 382, 1067, 1145

頼成《よりしげ》　中原．生没年未詳．父は主税頭従四位下貞清．母は従五位下林重親女．淡路守従五位下．後拾遺集にのみ入集．　492

頼成妻《よりしげのつま》　生没年未詳．父は散位従五位下菅原為言．関白頼通家女房．天喜4年(1056)4月30日『皇后宮春秋歌合』では「少納言」の女房名で出詠．後拾遺集にのみ入集．　36, 787

頼忠《よりただ》　藤原．三条太政大臣と号す．諡は廉義公．延長2年(924)生，永延3年(989)没．父は太政大臣実頼．母は左大臣藤原時平女．子に公任・遵子．従一位関白太政大臣．　***251, 957, 1203***

頼綱《よりつな》　源．多田歌人と号す．万寿元年(1024)生，永長2年(1097)没．父は美濃守頼国．母は尾張守藤原仲清女．頼実は兄．後冷泉帝時代に蔵人をつとめ，以後越後守・下総守・三河守を歴任，従四位下に至る．後拾遺集初出．　231, 371, 636, 665／***734***

頼言《よりとき》　高岳．生没年未詳．父は飛騨守従五位下相如．阿波守従五位下．後拾遺集にのみ入集．　94

頼俊《よりとし》　源．生没年未詳．父は肥前守従五位下頼房．母は嬉子(後朱雀天皇の尚侍で後冷泉天皇母)家女房という．祖父頼親の猶子．従五位下陸奥守．後拾遺集にのみ入集．　1156

頼通《よりみち》　藤原．宇治殿と号す．正暦3年(992)生，延久6年(1074)没．父は関白道長．母は源雅信女，倫子．寛仁元年(1017)摂政，後一条・後朱雀・後冷泉3代の摂関を務める．至従一位．延久4年出家．和歌重視政策により，後朱雀・後冷泉朝期における和歌の興隆を実現した立役者．後拾遺集初出．　192／***113, 117, 118, 193, 206, 217, 224, 241, 265, 359, 429, 451, 642, 875, 897, 989, 1053, 1112, 1143, 1159, 1184***

頼光《よりみつ》　源．幼名文殊丸．天暦2年(948)生，治安元年(1021)没．満仲の長子．母は近江守源俊女．和歌六人党の頼家の父．摂関道長の家司．摂津・但馬・美濃・伊予などの国司を歴任，財を以て道長家に奉仕した．春宮権亮，左馬権頭，内蔵頭を経て正四位下．清和源氏直系にふさわしく『酒呑童子』はじめ数々の武勇伝・説話が伝えられている．拾遺集初出．　607／***889***

頼宗《よりむね》　藤原．幼名いは君．堀川右大臣・入道右大臣と号す．正暦4年(993)生，康平8年(1065)没．父は御堂関白道長．母は源高明女，明子．康平3年右大臣．家集『入道右大臣集』．後拾遺集初出．29, 131, 132, 180, 229, 241, 262, 311, 342, 364, 388, 642, 781, 826, 842, 911, 1010, 1143, 1206／***106, 792***

ら

頼慶《らいけい》　別所供奉と号す．生没年未詳．公資との連歌が金葉集に載る．後拾遺集初出．　418

良勢《りょうせい》　大門供奉と号す．生没年未詳．長徳4年(998)頃から康平7年(1064)頃か．延暦寺の僧．後拾遺集にのみ入集．　481／***480***

良暹《りょうせん》　生没年未詳．父母未詳．但し母は実方家童女白菊とする伝えもある．叡山僧．祇園別当．私撰集『良暹打聞』を編み，家集も存したというがいずれも現存しない．後拾遺集初出．　111, 123, 159, 211, 278, 308, 330, 333, 355, 457, 513, 659, 836, 1037／***27, 77, 1036, 1038, 1094, 1157***

倫子《りんし》　源．鷹司殿と号す．康保元年(964)生，天喜元年(1053)没．

父は一条左大臣雅信．母は中納言藤原朝忠女，穆子．永延元年(987)藤原道長と結婚．頼通・教通・彰子・妍子・威子・嬉子を産む．新勅撰集初出．　*14*

麗景殿女御《れいけいでんのにょうご》　藤原延子．長和5年(1016)生，嘉保2年(1095)没．父は右大臣藤原頼宗．母は内大臣藤原伊周女．寛仁4年(1020)入道一品宮脩子内親王の養女．長久3年(1042)後朱雀天皇に入内．正子内親王を儲けたが，寛徳2年(1045)後朱雀天皇崩御により退出．後拾遺集にのみ入集．　584／*842*

冷泉天皇《れいぜいてんのう》　諱は憲平．天暦4年(950)生，寛弘8年(1011)没．村上天皇第2皇子．母は中宮藤原安子．第63代天皇．康保4年(967)から安和2年(969)まで在位．家集に『冷泉院御集』．　*168, 441, 1116*

蓮仲《れんちゅう》　生没年未詳．父は佐渡守正六位上為信．良岑宗貞の裔という．比叡山僧．六角堂の別当．後拾遺集にのみ入集．　1148, 1175

連敏《れんびん》　生没年未詳．長徳(995–99)頃の人という．後拾遺集にのみ入集．　495, 1131

六条斎院宣旨《ろくじょうさいいんせんじ》　推定では長保(999–1004)頃の出生．寛治6年(1092)没．父は右馬権頭正四位下源頼国．初め藤原高定の妻，のち宇治大納言源隆国の妻となるかと推定．六条斎院禖子内親王家の女房．『狭衣物語』の作者にも擬せられる．後拾遺集初出．　1096, 1111

六条前斎院《ろくじょうさきのさいいん》　→禖子内親王

六条左大臣《ろくじょうさだいじん》　→重信

六条中務親王《ろくじょうなかつかさしんのう》　→具平親王

わ

童木《わらわき》　生没年未詳．父母未詳．後拾遺集にのみ入集．　684

作者不明　601, 603

読人不知（よみ人しらず，読人しらず）　18, 21, 26, 44, 55, 99, 156, 172, 235, 265, 320, 398,

432, 435, 480, 499, 555, 602, 616, 634, 650, 689, 693, 694, 697, 699, 704, 708, 724, 734, 737, 739, 784, 864, 877, 882, 905, 916, 928, 1006, 1027, 1078, 1079, 1081, 1092, 1121, 1147, 1173, 1176, 1183, 1187, 1198, 1208, 1214

後拾遺《ごしゅうい》和《わ》歌集《かしゅう》

2019年9月18日　第1刷発行
2025年4月 4 日　第2刷発行

校注者　久《く》保《ぼ》田《た》淳《じゅん》　平《ひら》田《た》喜信《よしのぶ》

発行者　坂本政謙

発行所　株式会社　岩波書店
〒101-8002 東京都千代田区一ツ橋 2-5-5

案内 03-5210-4000　営業部 03-5210-4111
文庫編集部 03-5210-4051
https://www.iwanami.co.jp/

印刷・理想社　カバー・精興社　製本・中永製本

ISBN 978-4-00-300299-5　　Printed in Japan

読書子に寄す

——岩波文庫発刊に際して——

岩 波 茂 雄

真理は万人によって求められることを自ら欲し、芸術は万人によって愛されることを自ら望む。かつては民を愚昧ならしめるために学芸が最も狭き堂宇に閉鎖されたことがあった。今や知識と美とを特権階級の独占より奪い返すことはつねに進取的なる民衆の切実なる要求である。岩波文庫はこの要求に応じそれに励まされて生まれた。それは生命ある不朽の書を少数者の書斎と研究室とより解放して街頭にくまなく立たしめ民衆に伍せしめるであろう。近時大量生産予約出版の流行を見る。その広告宣伝の狂態はしばらくおくも、後代にのこすと誇称する全集がその編集に万全の用意をなしたるか。千古の典籍の翻訳企図に敬虔の態度を欠かざりしか。さらに分売を許さず読者を繋縛して数十冊を強うるがごとき、はたしてその揚言する学芸解放のゆえんなりや。吾人は天下の名士の声に和してこれを推挙するに躊躇するものである。このときにあたって、岩波書店は自己の責務のいよいよ重大なるを思い、従来の方針の徹底を期するため、すでに十数年以前より志して来た計画を慎重審議この際断然実行することにした。吾人は範をかのレクラム文庫にとり、古今東西にわたって文芸・哲学・社会科学・自然科学等種類のいかんを問わず、いやしくも万人の必読すべき真に古典的価値ある書をきわめて簡易なる形式において逐次刊行し、あらゆる人間に須要なる生活向上の資料、生活批判の原理を提供せんと欲する。この文庫は予約出版の方法を排したるがゆえに、読者は自己の欲する時に自己の欲する書物を各個に自由に選択することができる。携帯に便にして価格の低きを最主とするがゆえに、外観を顧みざるも内容に至っては厳選最も力を尽くし、従来の岩波出版物の特色をますます発揮せしめようとする。この計画たるや世間の一時の投機的なるものと異なり、永遠の事業として吾人は微力を傾倒し、あらゆる犠牲を忍んで今後永久に継続発展せしめ、もって文庫の使命を遺憾なく果たさしめることを期する。芸術を愛し知識を求むる士の自ら進んでこの挙に参加し、希望と忠言とを寄せられることは吾人の熱望するところである。その性質上経済的には最も困難多きこの事業にあえて当たらんとする吾人の志を諒として、その達成のため世の読書子とのうるわしき共同を期待する。

昭 和 二 年 七 月

《日本文学（古典）》（黄）

書名	校注・編者
古事記	倉野憲司 校注
日本書紀 全五冊	坂本太郎・家永三郎・井上光貞・大野晋 校注
万葉集 全五冊	佐竹昭広・山田英雄・工藤力男・大谷雅夫・山崎福之 校注
竹取物語	阪倉篤義 校訂
伊勢物語	大津有一 校注
古今和歌集	佐伯梅友 校注
土左日記	紀貫之／鈴木知太郎 校注
蜻蛉日記	今西祐一郎 校注
紫式部日記	池田亀鑑・秋山虔 校注
紫式部集 付 大弐三位集・藤原惟規集	南波浩 校注
源氏物語 全九冊	柳井滋・室伏信助・大朝雄二・鈴木日出男・藤井貞和・今西祐一郎 校注
補作 源氏物語 山路の露・雲隠六帖・他二篇	今西祐一郎 編注
枕草子	池田亀鑑 校訂
和泉式部日記	清水文雄 校注
更級日記	西下経一 校注

書名	校注・編者
今昔物語集 全四冊	池上洵一 編
堤中納言物語	大槻修 校注
西行全歌集	久保田淳・吉野朋美 校注
建礼門院右京大夫集 付 平家公達草紙	久保田淳 校注
拾遺和歌集	小町谷照彦・倉田実 校注
後拾遺和歌集	久保田淳 校注
金葉和歌集	川村晃生・柏木由夫・工藤重矩 校注
詞花和歌集	工藤重矩 校注
古語拾遺	西宮一民 校注
斎部広成 撰	
王朝漢詩選	小島憲之 編
方丈記	市古貞次 校注
新訂 新古今和歌集	佐佐木信綱 校訂
新訂 徒然草	西尾実・安良岡康作 校注
平家物語 全四冊	梶原正昭・山下宏明 校注
新皇正統記	岩佐正 校注
御伽草子 全三冊	市古貞次 校注
王朝秀歌選	樋口芳麻呂 校注

書名	校注・編者
定家八代抄 続王朝秀歌選 全二冊	樋口芳麻呂・後藤重郎 校注
閑吟集	真鍋昌弘 校注
中世なぞなぞ集	鈴木棠三 編
千載和歌集	久保田淳 校注
謡曲選集 読む能の本	野上豊一郎 編
おもろさうし	外間守善 校注
太平記 全六冊	兵藤裕己 校注
好色一代男	横山重 校訂
好色五人女	井原西鶴／東明雅 校注
武道伝来記	井原西鶴／前田金五郎 校注
西鶴文反古	片岡良一 校訂
芭蕉紀行文集 付 嵯峨日記	中村俊定 校注
芭蕉 おくのほそ道 付 曾良旅日記・奥細道菅菰抄	萩原恭男 校注
芭蕉俳句集	中村俊定 校注
芭蕉連句集	萩原恭男 校注
芭蕉書簡集	萩原恭男 校注
芭蕉文集	穎原退蔵 編註

芭蕉俳文集 全二冊　堀切実編注

芭蕉自筆 奥の細道　上野洋三・櫻井武次郎校注

蕪村俳句集 付 春風馬堤曲 他二篇　尾形仂校注

蕪村七部集　伊藤松宇校訂

近世畸人伝　伴蒿蹊／森銑三校註

雨月物語　上田秋成／長島弘明校注

宇下人言 修行録　松平定信／松平定光校訂

新訂 一茶俳句集　丸山一彦校注

一茶 父の終焉日記・おらが春 他一篇　矢羽勝幸校注

増補 俳諧歳時記栞草 全二冊　曲亭馬琴編／藍亭青藍補／堀切実校注

北越雪譜　鈴木牧之編撰／京山人百樹刪定／岡田武松校訂

東海道中膝栗毛 全二冊　十返舎一九／麻生磯次校注

浮世床　式亭三馬／和田万吉校訂

梅暦 全二冊　為永春水／古川久校訂

百人一首一夕話 全二冊　尾崎雅嘉／古川久校訂

こぶとり爺さん・かちかち山 ―日本の昔ばなしⅠ　関敬吾編

桃太郎・舌きり雀・花さか爺 ―日本の昔ばなしⅡ　関敬吾編

一寸法師・さるかに合戦・浦島太郎 ―日本の昔ばなしⅢ　関敬吾編

芭蕉臨終記 花屋日記 付 芭蕉翁終焉記・前後日記・行状記　小宮豊隆校訂

醒睡笑 全二冊　安楽庵策伝／鈴木棠三校注

歌舞伎十八番の内 勧進帳　郡司正勝校注

江戸怪談集 全三冊　高田衛編・校注

柳多留名句選　山澤英雄選／粕谷宏紀校注

松蔭日記　上野洋三校注

鬼貫句選・独ごと　復本一郎校注

井月句集　復本一郎編

花見車・元禄百人一句　雲英末雄／佐藤勝明校注

江戸漢詩選 全二冊　揖斐高編訳

説経節 俊徳丸・小栗判官 他三篇　兵藤裕己編注

《日本思想》〔青〕

風姿花伝（花伝書）　世阿弥 / 野上豊一郎・西尾実校訂
五輪書　宮本武蔵 / 渡辺一郎校注
葉隠　全三冊　山本常朝 / 和辻哲郎・古川哲史校訂
養生訓・和俗童子訓　貝原益軒 / 石川謙校訂
貝原益軒 大和俗訓　石川謙校訂
蘭学事始　杉田玄白 / 緒方富雄校註
島津斉彬言行録　牧野伸顕序
塵劫記　吉田光由 / 大矢真一校注
兵法家伝書　付 新陰流兵法目録事　柳生宗矩 / 渡辺一郎校注
農業全書　宮崎安貞編録 / 貝原楽軒刪補 / 土屋喬雄校訂
上宮聖徳法王帝説　東野治之校注
霊の真柱　平田篤胤 / 子安宣邦校注
仙境異聞・勝五郎再生記聞　平田篤胤 / 子安宣邦校注
茶湯一会集・閑夜茶話　井伊直弼 / 戸田勝久校注
西郷南洲遺訓　附 手抄言志録及遺文　山田済斎編
文明論之概略　福沢諭吉 / 松沢弘陽校注

新訂 福翁自伝　富田正文校訂
学問のすゝめ　福沢諭吉
福沢諭吉教育論集　山住正己編
福沢諭吉家族論集　中村敏子編
福沢諭吉の手紙　慶應義塾編
新島襄の手紙　同志社編
新島襄 教育宗教論集　同志社編
新島襄自伝　―手記・紀行文・日記　同志社編
植木枝盛選集　家永三郎編
日本の下層社会　横山源之助
中江兆民 三酔人経綸問答　桑原武夫・島田虔次訳・校注
中江兆民評論集　松永昌三編
一年有半・続一年有半　中江兆民 / 井田進也校注
憲法義解　伊藤博文 / 宮沢俊義校註
日本風景論　志賀重昂 / 近藤信行校訂
日本開化小史　田口卯吉 / 嘉治隆一校訂
新訂 蹇蹇録　―日清戦争外交秘録　陸奥宗光 / 中塚明校注

茶の本　岡倉覚三 / 村岡博訳
武士道　新渡戸稲造 / 矢内原忠雄訳
新渡戸稲造論集　鈴木範久編
キリスト信徒のなぐさめ　内村鑑三
余はいかにしてキリスト信徒となりしか　内村鑑三 / 鈴木範久訳
代表的日本人　内村鑑三 / 鈴木範久訳
後世への最大遺物・デンマルク国の話　内村鑑三
宗教座談　内村鑑三
ヨブ記講演　内村鑑三
足利尊氏　山路愛山
徳川家康　全二冊　山路愛山
妾の半生涯　福田英子
三十三年の夢　宮崎滔天 / 島田虔次・近藤秀樹校注
善の研究　西田幾多郎
西田幾多郎哲学論集 Ⅱ　―論理と生命 他四篇　上田閑照編
西田幾多郎哲学論集 Ⅲ　―自覚について 他四篇　上田閑照編
西田幾多郎歌集　上田薫編

西田幾多郎講演集	田中裕編
西田幾多郎書簡集	藤田正勝編
帝国主義	幸徳秋水 山泉進校注
兆民先生 他八篇	幸徳秋水 梅森直之校注
基督抹殺論	幸徳秋水
貧乏物語	河上肇 大内兵衛解題
河上肇評論集	杉原四郎編
西欧紀行 祖国を顧みて	河上肇
中国文明論集	宮崎市定 礪波護編
史記を語る	宮崎市定
中国史 全二冊	宮崎市定
大杉栄評論集	飛鳥井雅道編
女工哀史	細井和喜蔵
奴隷 ―小説・女工哀史1	細井和喜蔵
工場 ―小説・女工哀史2	細井和喜蔵
初版 日本資本主義発達史 全二冊	野呂栄太郎
谷中村滅亡史	荒畑寒村
遠野物語・山の人生	柳田国男
海上の道	柳田国男
野草雑記・野鳥雑記	柳田国男
孤猿随筆	柳田国男
婚姻の話	柳田国男
都市と農村	柳田国男
十二支考 全二冊	南方熊楠
津田左右吉歴史論集	今井修編
特命全権大使 米欧回覧実記 全五冊	久米邦武編 田中彰校注
日本イデオロギー論	戸坂潤
古寺巡礼	和辻哲郎
風土 ―人間学的考察	和辻哲郎
イタリア古寺巡礼	和辻哲郎
倫理学 全四冊	和辻哲郎
人間の学としての倫理学	和辻哲郎
日本倫理思想史 全四冊	和辻哲郎
「いき」の構造 他二篇	九鬼周造
九鬼周造随筆集	菅野昭正編
偶然性の問題	九鬼周造
時間論 他二篇	九鬼周造 小浜善信編
田沼時代	辻善之助
パスカルにおける人間の研究	三木清
構想力の論理 全二冊	三木清
漱石詩注	吉川幸次郎
新版 きけわだつみのこえ ―日本戦没学生の手記	日本戦没学生記念会編
新版 第二集 きけわだつみのこえ ―日本戦没学生の手記	日本戦没学生記念会編
君たちはどう生きるか	吉野源三郎
地震・憲兵・火事・巡査	山崎今朝弥 森長英三郎編
懐旧九十年	石黒忠悳
武家の女性	山川菊栄
覚書 幕末の水戸藩	山川菊栄
忘れられた日本人	宮本常一
家郷の訓	宮本常一
大阪と堺	三浦周行 朝尾直弘編

国家と宗教 —ヨーロッパ精神史の研究　南原繁
石橋湛山評論集　松尾尊兊編
民藝四十年　柳宗悦
手仕事の日本　柳宗悦
工藝文化　柳宗悦
南無阿弥陀仏 付 心偈　柳宗悦
柳宗悦茶道論集　熊倉功夫編
雨夜譚 —渋沢栄一自伝　長幸男校注
中世の文学伝統　風巻景次郎
平塚らいてう評論集　小林登美枝・米田佐代子編
最暗黒の東京　松原岩五郎
日本の民家　今和次郎
原爆の子 —広島の少年少女のうったえ 全二冊　長田新編
暗黒日記 —一九四二—一九四五　清沢洌 山本義彦編
臨済・荘子　前田利鎌
『青鞜』女性解放論集　堀場清子編
大津事件 —ロシア皇太子大津遭難　尾佐竹猛 三谷太一郎校注

幕末遣外使節物語 —夷狄の国へ　尾佐竹猛 吉良芳恵校注
極光のかげに —シベリア俘虜記　高杉一郎
イスラーム文化 —その根柢にあるもの　井筒俊彦
意識と本質 —精神的東洋を索めて　井筒俊彦
神秘哲学 —ギリシアの部　井筒俊彦
意味の深みへ —東洋哲学の水位　井筒俊彦
コスモスとアンチコスモス —東洋哲学のために　井筒俊彦
幕末政治家　福地桜痴 佐々木潤之介校注
渡辺一夫評論選 狂気について 他二十二篇　大江健三郎・清水徹編
維新旧幕比較論　木下真弘 宮地正人校注
被差別部落一千年史　高橋貞樹 沖浦和光校注
花田清輝評論集　粉川哲夫編
英国の文学　吉田健一
中井正一評論集　長田弘編
山びこ学校　無着成恭編
考史遊記　桑原隲蔵
福沢諭吉の哲学 他六篇　丸山眞男 松沢弘陽編

政治の世界 他十篇　丸山眞男 松本礼二編注
超国家主義の論理と心理 他八篇　丸山眞男 古矢旬編
田中正造文集 全二冊　由井正臣・小松裕編
国語学史　時枝誠記
定本 育児の百科 全三冊　松田道雄
大西祝選集 哲学篇 全二冊　小坂国継編
哲学の三つの伝統 他十二篇　野田又夫
大隈重信演説談話集　早稲田大学編
大隈重信自叙伝　早稲田大学編
人生の帰趣　山崎弁栄
転回期の政治　宮沢俊義
何が私をこうさせたか —獄中手記　金子文子
明治維新　遠山茂樹
禅海一瀾講話　釈宗演
明治政治史　岡義武
転換期の大正　岡義武
山県有朋 —明治日本の象徴　岡義武

近代日本の政治家　岡　義武

ニーチェの顔 他十三篇　氷上英廣・三島憲一編

伊藤野枝集　森まゆみ編

前方後円墳の時代　近藤義郎

日本の中世国家　佐藤進一

岩波茂雄伝　安倍能成

《日本文学（現代）》〔緑〕

怪談 牡丹燈籠　三遊亭円朝
小説神髄　坪内逍遥
当世書生気質　坪内逍遥
アンデルセン 即興詩人 全二冊　森鷗外訳
ウィタ・セクスアリス　森鷗外
青年　森鷗外
雁　森鷗外
阿部一族 他二篇　森鷗外
山椒大夫・高瀬舟 他四篇　森鷗外
渋江抽斎　森鷗外
舞姫・うたかたの記 他三篇　森鷗外
鷗外随筆集　千葉俊二編
大塩平八郎 他三篇　森鷗外
浮雲　二葉亭四迷 十川信介校注
吾輩は猫である　夏目漱石
坊っちゃん　夏目漱石

草枕　夏目漱石
虞美人草　夏目漱石
三四郎　夏目漱石
それから　夏目漱石
門　夏目漱石
彼岸過迄　夏目漱石
漱石文芸論集　磯田光一編
行人　夏目漱石
こころ　夏目漱石
硝子戸の中　夏目漱石
道草　夏目漱石
明暗　夏目漱石
思い出す事など 他七篇　夏目漱石
文学評論 全二冊　夏目漱石
夢十夜 他二篇　夏目漱石
漱石文明論集　三好行雄編
倫敦塔・幻影の盾 他五篇　夏目漱石

漱石日記　平岡敏夫編
漱石書簡集　三好行雄編
漱石俳句集　坪内稔典編
漱石・子規往復書簡集　和田茂樹編
文学論 全二冊　夏目漱石
坑夫　夏目漱石
漱石紀行文集　藤井淑禎編
二百十日・野分　夏目漱石
五重塔　幸田露伴
努力論　幸田露伴
一国の首都 他一篇　幸田露伴
渋沢栄一伝　幸田露伴
飯待つ間 ―正岡子規随筆選　正岡子規 阿部昭編
子規句集　高浜虚子選
病牀六尺　正岡子規
子規歌集　土屋文明編
墨汁一滴　正岡子規

仰臥漫録	正岡子規
歌よみに与ふる書	正岡子規
獺祭書屋俳話・芭蕉雑談	正岡子規
子規紀行文集	復本一郎編
正岡子規ベースボール文集	復本一郎編
金色夜叉 全二冊	尾崎紅葉
多情多恨	尾崎紅葉
不如帰	徳冨蘆花
武蔵野	国木田独歩
運命	国木田独歩
愛弟通信	国木田独歩
蒲団・一兵卒	田山花袋
田舎教師	田山花袋
一兵卒の銃殺	田山花袋
あらくれ・新世帯	徳田秋声
藤村詩抄	島崎藤村自選
破戒	島崎藤村

桜の実の熟する時	島崎藤村
夜明け前 全四冊	島崎藤村
藤村文明論集	十川信介編
生ひ立ちの記 他一篇	島崎藤村
島崎藤村短篇集	大木志門編
にごりえ・たけくらべ	樋口一葉
大つごもり・十三夜 他五篇	樋口一葉
修禅寺物語 正雪の二代目 他四篇	岡本綺堂
高野聖・眉かくしの霊	泉鏡花
歌行燈	泉鏡花
夜叉ケ池・天守物語	泉鏡花
草迷宮	泉鏡花
春昼・春昼後刻	泉鏡花
鏡花短篇集	川村二郎編
日本橋	泉鏡花
外科室・海城発電 他五篇	泉鏡花
海神別荘 他二篇	泉鏡花

鏡花随筆集	吉田昌志編
化鳥・三尺角 他六篇	泉鏡花
鏡花紀行文集	田中励儀編
俳句はかく解しかく味う	高浜虚子
俳句への道	高浜虚子
立子へ抄 —虚子より娘へのことば—	高浜虚子
回想 子規・漱石	高浜虚子
有明詩抄	蒲原有明
宣言	有島武郎
カインの末裔・クララの出家	有島武郎
一房の葡萄 他四篇	有島武郎
寺田寅彦随筆集 全五冊	小宮豊隆編
柿の種	寺田寅彦
与謝野晶子歌集	与謝野晶子自選
与謝野晶子評論集	鹿野政直・香内信子編
私の生い立ち	与謝野晶子
つゆのあとさき	永井荷風

岩波文庫の最新刊

天演論
坂元ひろ子・高柳信夫監訳
厳復

清末の思想家・厳復による翻訳書。そこで示された進化の原理、生存競争と淘汰の過程は、日清戦争敗北後の中国知識人たちに圧倒的な影響力をもった。〔青二三五-一〕 定価一二一〇円

断章集
武田利勝訳
フリードリヒ・シュレーゲル

「イロニー」「反省」等により既存の価値観を打破し、「共同哲学」の樹立を試みる断章群は、ロマン派のマニフェストとして、近代の批評的精神の幕開けを告げる。〔赤四七六-一〕 定価一一五五円

断腸亭日乗(三) 昭和四―七年
永井荷風著/
中島国彦・多田蔵人校注

永井荷風は、死の前日まで四十一年間、日記『断腸亭日乗』を書き続けた。(三)は、昭和四年から七年まで。昭和初期の東京を描く。(注解・解説=多田蔵人)(全九冊)〔緑四一-一二六〕 定価一二六五円

十二月八日・苦悩の年鑑 他十二篇
太宰治作/安藤宏編

第二次世界大戦敗戦前後の混乱期、作家はいかに時代と向き合ったか。昭和一七―二一(一九四二―四六)年発表の一四篇を収める。(注=斎藤理生、解説=安藤宏)〔緑九〇-一二〕 定価一〇〇一円

……今月の重版再開……

ベーオウルフ
忍足欣四郎訳
中世イギリス英雄叙事詩

〔赤二七五-一〕 定価一三二一円

エジプト神イシスとオシリスの伝説について
プルタルコス/柳沼重剛訳

〔青六六四-五〕 定価一〇〇一円

定価は消費税10%込です　2025.3

岩波文庫の最新刊

平和の条件
E・H・カー著／中村研一訳

第二次世界大戦下に出版された戦後構想。破局をもたらした根本原因をさぐり、政治・経済・国際関係の変革を、実現可能なユートピアとして示す。〔白二二一-二〕 定価一一七六円

英米怪異・幻想譚
芥川龍之介選
澤西祐典・柴田元幸編訳

芥川が選んだ「新らしい英米の文芸」は、当時の〈世界文学〉最前線であった。芥川自身の作品にもつながる〈怪異・幻想〉の世界が、十二名の豪華訳者陣により蘇る。〔赤N二〇八-一〕 定価一五七三円

俳諧大要
正岡子規著

正岡子規(一八六七-一九〇二)による最良の俳句入門書。初学者へ向けて要諦を簡潔に説く本書には、俳句革新を志す子規の気概があふれている。〔緑一三-七〕 定価五七二円

賢者ナータン
レッシング作／笠原賢介訳

十字軍時代のエルサレムを舞台に、ユダヤ人商人ナータンが宗教的対立を超えた和合の道を示す。寛容とは何かを問うたレッシングの代表作。〔赤四〇四-二〕 定価一〇〇一円

……今月の重版再開……

近世物之本江戸作者部類
曲亭馬琴著／徳田武校注
〔黄二二五-七〕 定価一二七六円

トオマス・マン短篇集
実吉捷郎訳
〔赤四三三-四〕 定価一一五五円

定価は消費税10％込です　2025.4

岩波